B. J. Hoff

Im Morgenglanz seiner Verheißung

Irland-Saga – Band 5

francke

Über die Autorin:
B. J. Hoff hat irische Vorfahren, die vor dem Unabhängigkeitskrieg nach Amerika kamen. Neben exakter historischer Forschung prägt deshalb persönliches Engagement ihr Werk. Ihre Liebe zum irischen Volk und seinen Kämpfen, seiner Musik und seinem unbeugsamen Willen verleiht ihrem Werk die Leidenschaft ihres gälischen Erbes.

Bibliografische Information Der Deutschen Bibliothek
Die Deutsche Bibliothek verzeichnet diese Publikation in der Deutschen Nationalbibliografie; detaillierte bibliografische Daten sind im Internet über http://dnb.ddb.de abrufbar.

ISBN 978-3-86122-988-9

Originally published in English under the title *Dawn of the Golden Promise* by Bethany House Publishers, a division of Baker Publishing Group, Grand Rapids, Michigan, 49516, USA

35037 Marburg an der Lahn
Deutsch von Agentur Lardon/Roselinde Päßler
Umschlaggestaltung: Henri Oetjen, Design Studio Lemgo
Satz: Verlag der Francke-Buchhandlung GmbH
Druck: Koninklijke Wöhrmann, Niederlande

www.francke-buch.de

Inhaltsverzeichnis

Teil drei:
Die Verheißung wird erneuert – Hoffnung für die Zukunft

Denn auf alle Gottesverheißungen ist in ihm das Ja.
2. Korinther 1,20a

Prolog

Das Erbe

Das Erbe dieser königlichen Art – die Prophezeiung
böser wie auch guter Dinge – an Kind und Kindeskindern
stets erfüllet ward.

Joseph Plunkett (1887 – 1916)

Killala, Grafschaft Mayo, Irland
Dezember 1818

Dieser Wintertag war kalt und ungemütlich, und alles war noch feucht von dem Regen, der in der vergangenen Nacht gefallen war. Owen Kavanagh stand schweigend am Grab seiner beiden Brüder: Owens Zwillingsbruder Brian, siebzehn Jahre, und des kleinen Dominic, der kaum ein Jahr alt geworden war. Beide waren der grassierenden Typhusepidemie zum Opfer gefallen, die überall in Irland unzählige Opfer forderte.

Der kleine Dominic war, als letztes von sechs Kindern spät geboren, für alle eine Überraschung gewesen. Von den sechs Geschwistern war nur noch Owen am Leben.

Im Dorf flüsterte man in diesen Tagen nur, wenn die Rede auf Peg Kavanagh und ihre sechs Söhne kam. Der tödliche Typhus hatte sowohl das Leben der drei Söhne ihres ersten Mannes gefordert als auch das der beiden, die sie ihrem zweiten Mann, Dan Kavanagh, geboren hatte.

Nun besaß Owen das Erstgeburtsrecht in der Familie und würde damit auch die Harfe der Kavanaghs erben, um sie an die nächste Generation weiterzugeben. Eigentlich hätte Brian, Owens Zwillingsbruder, der einige Minuten früher zur Welt gekommen war, die Harfe geerbt, doch Brian war nun tot.

Owen wusste genau, was im Dorf geredet wurde, nämlich, dass man in ihrem gesamten Stammbaum kaum einen ungeeigneteren Erben für die Harfe finden könnte als ihn. Die Leute im Dorf wussten genauso wie er, dass die Harfe lange Zeit nicht mehr erklingen würde, denn Owen Kavanagh kam nach seinem Vater, der völlig, aber auch völlig unmusikalisch war. Tatsächlich war keiner von ihnen in der Lage gewesen, heute am Grab die traditionelle Trauermusik der Kavanaghs zu spielen. Deshalb hatten sie Tom O'Malley aus Kilcummin holen lassen, damit er an ihrer Stelle spielte.

Owen hatte schon als Junge erkannt, dass seine Gaben nicht auf den Gebieten der Musik oder der Gelehrsamkeit lagen. Wie sein Vater kannte er nur das Land mit seinen Stärken und Schwächen, seinen Herausforderungen und seinem Trotz. Mit seinen langen Armen und Beinen war er ein guter Feldarbeiter, der immerhin leichte Rechenaufgaben lösen und die Familiennamen in die Bibel schreiben konnte.

Er war ganz anders als sein Zwillingsbruder Brian, dessen Stimme die Vögel in den Bäumen bezauberte und die Bienen aus ihrem Stock hervorlockte. Voller Witz und mit flinken Füßen konnte er bis zum Morgengrauen tanzen, wie es auch sein Onkel, Brian der Ältere, getan hatte, ehe man ihn erhängt hatte.

Im Stammbaum der Kavanaghs schienen stets sowohl Bauern als auch Barden vertreten zu sein, und Owen wusste genau, zu welcher Seite er gehörte. Doch obgleich er die Saiten der Harfe nicht zum Klingen bringen konnte, hielt er sich doch für mannhaft genug, ihr Vermächtnis zu bewahren. Und das würde er auch tun.

Eines Tages würde er vielleicht eigene Söhne haben, und wenn die Zeit gekommen war, würde der älteste von ihnen die Harfe der Kavanaghs erben. Owen wünschte sich wenigstens einen Sohn, der die Gaben besaß, die ihn zu einem so fröhlichen Burschen machen würden, wie es sein Bruder und sein Onkel gewesen waren. Ja, es wäre schön, wenn er einen Sohn hätte, der die Harfe der Kavanaghs noch zu seinen Lebzeiten wieder zum Klingen bringen würde.

Während er zwischen seinen Eltern stand, die Hand seines Vaters auf seiner Schulter und seinen Arm um seine Mutter gelegt, um sie zu stützen, vergoss Owen Abschiedstränen für seine beiden Brüder. Wenn auch ein anderer die Harfe spielte und die Trauermelodie anstimmte, die seit Generationen als letzter Gruß für alle männlichen Mitglieder der Familie Kavanagh erklang, sprach Owen dennoch voller Ehrerbietung jedes Wort in seinem Herzen mit:

„Das Lied meiner Harfe schwingt übers Land sich weit,
gestern und heute, und zu allen Zeiten
wird auch in Not, im Tod und allem Leid
ihr Lied in Treue uns begleiten."

Owen spürte, wie der zarte Körper seiner Mutter zusammenzubrechen drohte, und er hielt sie noch fester in seinem Arm. Gleichzeitig spürte er auch die Hand seines Vaters noch stärker auf seiner Schulter, als die letzten Zeilen des Trauergesangs erklangen und über dem Friedhof verhallten:

„Von der Gnade des Herrn will ich singen,
seinem Sieg über Tränen und Schmerz,
der endlich auch zu ewiger Freude wird bringen
den Fremdling, dem hier gebrochen das Herz."

Teil eins

Eine alte Verheißung

Hoffnung im Sturm

Denn euch und euren Kindern gilt diese Verheißung
und allen, die fern sind.
Apostelgeschichte 2,39

1. Kapitel

Dunkelheit und Schrecken

Die Hoffnung entschwindet, je dunkler die Nacht,
die Scham und Schande mit sich bracht'...
James Clarence Mangan (1803 – 1849)

Vor der Küste Portugals
Ende Juni 1850

Kurz vor Mitternacht ließ Rook Mooney sein Kartenspiel liegen und ging an Deck. Der sternenlose Nachthimmel war mit tief hängenden Wolken bedeckt, und obwohl der Wind gerade erst aufkam, wusste Mooney, dass es in einer Stunde bereits ein Gewitter geben würde.

Er hasste nächtliche Gewitter auf dem Meer und ganz besonders die, die plötzlich aufkamen. Der Atlantik war voller unberechenbaren Launen und konnte ohne Vorwarnung heftigsten Seegang entwickeln. Selbst die erfahrensten Seeleute waren stets auf der Hut, und manch unerfahrener junger Matrose wurde in einem tosenden Sturm vom Meer verschlungen.

Würde sich kein Gewitter zusammenbrauen, wäre Mooney für den Wind dankbar gewesen. Lissabon war viel zu schwül für ihn gewesen, zu heiß für seinen Geschmack, und so freute er sich auf das milde Wetter in Irland.

Über die Reling gebeugt, starrte er in die Dunkelheit hinaus. Obwohl Irland wieder ein ganzes Stück näher gerückt war, war seine Stimmung beinahe so trübe wie die Nacht. Er hätte längst in Dublin sein sollen, doch hatte er stattdessen drei Monate in einer schmutzigen Zelle in Tanger verbracht, weil er einem Kneipenbesitzer den Schädel zerschlagen hatte.

Dunkelheit brach in ihm auf, ergriff Besitz von ihm. Sie allein war schuld daran – *die Unschuldige.* Seine Hände umklammerten die Reling, und sein Mund verzog sich, wenn er an sie dachte. Nach all den Monaten konnte er sie immer noch nicht vergessen. Sie war wie ein Feuer, das in seinem Geist brannte, ihn quälte, ihn beinahe wahnsinnig werden ließ.

Nichts war mehr glatt gelaufen seit jener Nacht im Healy's Inn. Tagsüber plagten ihn hämmernde Kopfschmerzen, und die Nächte waren von Whiskey und heißem Verlangen umnebelt. Er war wie ein Pulverfass, das bei dem kleinsten Funken zu explodieren drohte. Selbst Frauen bedeuteten keine Ablenkung für ihn. Er konnte den Anblick der verbrauchten Huren, die sich in den ausländischen Häfen herumtrieben, kaum ertragen. Nach ihr erschienen sie ihm alle schmutzig, nach ihr mit der elfenbeinfarbenen Haut, dem goldenen Haar und dem sauberen Duft.

Sie schien ihn zu rufen wie eine dumpfe, teuflische Schiffssirene. Er kam nicht los von ihr, konnte keine Ruhe finden.

Noch fester hielt er die Reling umklammert. Bald, in wenigen Tagen nur, würden sie in Dublin sein. Er würde wieder zum Healy's Inn gehen. Diesmal würde sie nicht so leicht davonkommen. Wenn er diesmal mit ihr fertig war, würde er ihrer Hexerei ein Ende bereiten ... Er würde ihr Leben auslöschen ... und frei sein.

Mit einem Mal wurde er von Regen durchnässt. Die Wellen begannen zu toben und stießen das Schiff umher, als wäre es nichts als ein winziges Spielzeug. Zornig und rastlos fegte der Sturm über das Deck. Salz aus dem Meer mischte sich unter den Regen, brannte in Mooneys Augen und auf seiner Haut, während der Regen in sein Gesicht peitschte.

Er fluchte in die stürmische Nacht hinaus, während er sich an der Reling festklammerte. Er hatte keine Angst vor dem Gewitter, sondern spürte nur eine Art wilder Erregung, als hätte das Toben des Gewitters ein dunkles Biest geweckt, das irgendwo tief in ihm lauerte.

***

Drogheda

Die kleine Hütte auf dem Feld schien unter dem Wind zu schwanken. Frank Cassidy widerstand dem Drang, seinen Kopf zu ducken, als der Donner die Wände erschütterte und grelle Blitze vor dem Fenster aufleuchteten. Nach Monaten ergebnisloser Suche, die ihn immer wieder in die Irre geführt hatte, saß er jetzt einem Menschen gegenüber, der seine Suche schließlich zum Ziel führen konnte. Es war ein langes, frustrierendes Forschen gewesen, doch heute Abend, in dieser kleinen, kärglichen Hütte vor der Stadt, in der der Schwarze Cromwell mit unverschämter Wut getobt hatte, wurden seine Hoffnungen von Augenblick zu Augenblick größer.

Seine Freundschaft zu Morgan Fitzgerald hatte ihn motiviert, etwas über Finola Fitzgeralds Vergangenheit herauszufinden. Wenn er seinem alten Freund nicht so viel zu verdanken gehabt hätte, hätte er die Suche schon lange aufgegeben. Er hatte sich in den vergangenen Monaten mehr als einmal gefragt, ob das Unternehmen nicht zum Scheitern verurteilt war. Jede Spur, die er aufgenommen hatte, jeder Hinweis, dem er nachgegangen war, hatte sich am Ende als bedeutungslos erwiesen.

Bis jetzt.

Schon länger hatte Cassidy an die Möglichkeit gedacht, in Drogheda nach Antworten zu suchen. Die vage Bemerkung eines Dubliner Straßenmusikanten über einen ungelösten Mordfall in der alten Stadt – ein tragisches Geheimnis, das auch ein junges Mädchen mit einschloss – hatte sofort sein Interesse geweckt, und er hatte sich noch in derselben Woche auf den Weg gemacht.

Der Musikant war der Meinung, eine Frau namens Sally Kelly und ihr Sohn Peter wüssten Näheres über den Vorfall. Cassidy hatte einige Tage versucht, die beiden in Drogheda ausfindig zu machen, nur um am Ende zu erfahren, dass sie bereits vor einigen Jahren nach Norden gezogen waren.

Er reiste weiter nach Cavan und schließlich bis nach Roscommon in westlicher Richtung, doch fand er keine Spur, nicht den geringsten Hinweis auf die Kellys. Entmutigt und im Unklaren darüber, was er als Nächstes tun sollte, kehrte er nach Drogheda zurück. Zu seinem Erstaunen erfuhr er in einem Gespräch mit einem Kesselflicker, dass ein junger Mann, der Peter Kelly hieß, vor wenigen Wochen einen kleinen Hof außerhalb der Stadt gepachtet hatte.

Jetzt, da er dem jungen Burschen persönlich gegenübersaß, konnte Cassidy seine Aufregung kaum verbergen. Selbst der kurze, lückenhafte Bericht, den er bisher gehört hatte, sagte ihm, dass er diesmal Drogheda nicht mit leeren Händen verlassen würde.

„Wenn Sie nur mit meiner Mutter hätten sprechen können, bevor sie starb“, erklärte Peter Kelly. „Sie hätte Ihnen wahrscheinlich alles sagen können, was Sie wissen möchten. Sehen Sie, ich kann mich an so vieles nicht mehr erinnern.“

Kelly war ein kräftiger, junger Mann, die Hemdsärmel über den muskulösen Armen aufgerollt. Auf dem sonnengebräunten Gesicht tanzten Sommersprossen, und sein rostbraunes Haar war dicht und gelockt.

„Trotzdem wäre ich dankbar, zu hören, woran Sie sich erinnern“, erklärte Cassidy. „Einfach alles, was Ihnen einfällt.“

Kelly griff in den Topf, der auf dem Tisch stand, und nahm eine kleine Kartoffel heraus, die er mit dem Daumennagel zu schälen begann. Auf den Topf zeigend, bedeutete er Cassidy, sich ebenfalls zu bedienen.

Eine kurze Zeit saßen sie schweigend auf den Hockern an dem hölzernen Tisch und aßen ihre Kartoffeln. Die Hütte war alt, sie hatte nur ein Zimmer mit einem grob zurechtgehauenen Kamin. In Kästen an der Wand befand sich Geschirr. Auf einer Matratze aus Stroh lag eine abgenutzte braune Decke. Sonst gab es keinerlei Möbel in der Hütte.

Peter Kelly hatte ein freundliches, ehrliches Gesicht mit klugen Augen. „Ich erzähle Ihnen gern alles, was mir einfällt", erklärte er, „aber es wird nicht viel sein, fürchte ich. Es muss vor etwa sieben Jahren oder noch mehr gewesen sein. Ich war erst zehn oder elf, wenn nicht noch jünger."

„Und Ihre Mutter war als Köchin angestellt?", fragte Cassidy weiter. Der junge Mann nickte. „Ja, sie hat schon bei Mr Moran gearbeitet, als ich noch ein ganz kleiner Junge war. Wir waren nur zu zweit, mein Vater war schon lange gestorben."

„Erzählen Sie mir von Moran", drängte Cassidy. „War er ein wohlhabender Mann?"

Kelly biss in seine Kartoffel und zuckte mit den Schultern. „Nicht reich und nicht arm", erklärte er. „Er hatte eine Apotheke, aber er arbeitete auch als Arzt. Er hat das Geschäft und das Anwesen von seinem Vater geerbt. Das Gelände war schön, aber nicht übermäßig groß – ein paar kleinere Felder, ein paar Bäume – und der See."

„Und Moran selbst? Was für ein Mensch war er?"

Wieder zuckte der junge Mann mit den Schultern. „Er war ein älterer Herr, und er hatte niemanden außer seiner Tochter. Ich glaube, seine Frau ist bei der Geburt gestorben. Soweit ich mich erinnern kann, hat er Mutter und mich gut behandelt." Er hielt inne. „Meine Mutter sagte, dass er seine Tochter über alles liebte."

„Sie hatten jenen Tag erwähnt, als der Schuss fiel", fragte Cassidy weiter. „Ich wäre sehr dankbar, wenn Sie mir mehr davon erzählen."

Peter Kelly leckte sich die Finger ab, ehe er sich noch eine Kartoffel nahm. „Ich erinnere mich, dass es ein warmer Tag war. Es muss im Frühling oder im Sommer gewesen sein, denn die Bäume waren voller Laub, und die Sonne schien hell. Ich war gerade im Wald, als ich den Lärm hörte. Eigentlich durfte ich nicht in den Wald gehen", erklärte er, zu Cassidy aufblickend, „denn Mutter hatte immer Angst, wenn ich dort war. Trotzdem spielte ich im Wald, sooft ich Gelegenheit hatte."

Nachdem er seine großen Hände an seinen Hosenbeinen abgewischt hatte, fuhr er fort. „Doch als ich das Schreien hörte, rannte ich sofort davon. Ich jagte so schnell aus dem Wald heraus, als sei der Teufel hinter mir her."

Cassidy lehnte sich nach vorn, und man sah, wie seine Muskeln sich anspannten. „Was für ein Schrei war das damals?"

„Nun, es klang wie eine Wildkatze, die in eine Falle geraten war. Ich war zu weit entfernt, um etwas sehen zu können, aber ich wusste, dass der Lärm vom See herkam, der am anderen Ende des Geländes gelegen war. Ich lief ins Haus, so schnell mich meine Füße trugen."

Leicht verschämt sah er Cassidy an. „Ich war noch ein kleiner Junge", murmelte er. „Ich dachte nur daran, von diesem furchtbaren Schreien wegzukommen, ohne dass Mutter merkte, dass ich wieder im Wald war. Sie war eine strenge Frau."

„So haben Sie überhaupt nichts gesehen?"

Der junge Mann schüttelte den Kopf, und Cassidy fühlte die schon vertraute Enttäuschung in sich aufsteigen. Trotzdem durfte er noch nicht aufgeben.

„Und was passierte dann?"

„Mutter zog mich in die Küche und holte Mr Moran. Er sagte, wir sollten im Haus bleiben, während er nachsehen wollte, was passiert war." Er hielt inne. „Ich sah, dass er eine Pistole in der Hand hielt, und ich erinnere mich, wie Mutter zitterte. Nicht lange nachdem Moran mit der Waffe das Haus verlassen hatte, hörten wir die Schüsse."

Cassidys Interesse war von neuem geweckt. Er beugte sich nach vorn. „Schüsse, sagten Sie?"

Kelly nickte. „Mr Moran wurde an diesem Tag erschossen, er muss sofort tot gewesen sein." Einen Augenblick später fügte er hinzu: „Alle sagten, der Lehrer hätte ihn umgebracht."

Um seine Ungeduld zu zügeln, verknotete Cassidy seine Hände. „Welcher Lehrer?"

Der junge Bursche kratzte sich am Kopf. „Nun, an seinen Namen kann ich mich nicht mehr erinnern – es ist schon zu lange her. Doch ich weiß noch, dass er Franzose war. Mr Moran war sehr darauf bedacht, dass seine Tochter eine gute Ausbildung erhielt. So stellte er einen Franzosen als Privatlehrer ein, der ihr Gesangsunterricht erteilte. Sie war sehr musikalisch, müssen Sie wissen."

In Cassidys Kopf jagten die Gedanken durcheinander. „Dieser Lehrer – er lebte also in der Familie, nicht wahr?"

„Ja, ich glaube, er hatte ein Zimmer oben im Haus."

„Doch welchen Grund könnte er gehabt haben, James Moran zu erschießen?"

Peter Kellys Augen begegneten Cassidys Blick. „Man erzählte sich, dass Mr Moran versucht haben soll, seine Tochter vor dem Franzosen zu retten, doch der Lehrer muss ihn überrumpelt haben. Mr Moran war schon älter, und so muss der Franzose den Vorteil seiner Jugend genutzt haben."

Während Cassidy sich bemühte, die einzelnen Teile zusammenzufügen, fuhr Peter Kelly fort. „Ich fürchte, sonst weiß ich kaum noch etwas, Sir. Nur dass Mr Moran an der Schussverletzung gestorben und seine Tochter verschwunden ist."

Cassidy schaute ihn an. „Verschwunden?"

„Sie wurde seit diesem Tag nie wieder gesehen", erklärte Kelly, die Arme über der Brust verschränkt. „Mutter hat nach ihr gesucht, nachdem sie Mr Moran tot aufgefunden hatte, konnte jedoch keine Spur von ihr finden. Man fand nichts außer ihrer Blechflöte, die in der Nähe des Sees lag. Nein, weder sie noch der Franzose wurden jemals gefunden." Er atmete tief durch, ehe er hinzufügte: „Mutter sagte immer, sie glaubte auch nicht, dass man sich große Mühe gegeben hätte."

Cassidy runzelte die Stirn. „Warum hat sie so etwas gedacht?"

Peter verzog den Mund, als er erwiderte: „Die Polizei hatte kein großes Interesse, verstehen Sie? Die Morans waren nicht wichtig genug, als dass man sich bei der Suche große Mühe gegeben hätte, sagte Mutter. Sie wussten nicht, wo sie suchen sollten, und so täuschten sie die Ermittlungen nur vor."

Cassidy trommelte mit seinen Fingern auf den Tisch. „Könnte das Mädchen einfach mit dem Franzosen durchgebrannt sein? Was meinen Sie?"

Der andere schüttelte heftig den Kopf. „Nein, Sir, ich bin sicher, dass dies nicht der Fall war. Mutter war überzeugt, dass der Franzose dem Mädchen etwas Furchtbares angetan hatte und dass Mr Moran ihn deswegen gestellt hat. Mutter war bis zu ihrem Tod davon überzeugt, dass der Franzose Mr Moran umgebracht hat und dann geflohen ist."

Cassidy rieb sich das Kinn. „Aber das sagt uns noch nichts über den Verbleib des Mädchens", sagte er, während er laut nachdachte. „Was ist mit ihr?"

„Der Gedanke quälte meine Mutter, doch sie war stets der Meinung, der Franzose habe das Mädchen mitgenommen."

„Sie entführt, meinen Sie?"

Peter nickte. „Ja, und vielleicht auch umgebracht." Er schien einen Augenblick nachzudenken. „Mutter hat diesen Franzosen nie gemocht, kein bisschen. Sie sagte immer, er sei hinterhältig und verschlagen."

Alle Sinne schienen Cassidy zu sagen, dass er endlich gefunden hatte, wonach er suchte, doch er war schon zu oft enttäuscht worden, um nicht vorsichtig zu sein. Er stand auf, um den Beutel aufzubinden, den er um seine Taille trug, und holte das kleine Bild hervor, das Morgan ihm vor einigen Monaten geschickt hatte.

Er breitete es aus und reichte es Peter Kelly. „Könnte dies das Mädchen sein?", fragte er, während sein Puls ebenso heftig schlug, wie draußen das Gewitter tobte. „Würde Mr Morans Tochter heute diesem Porträt ähnlich sehen?"

Kelly betrachtete das Bild, und seine Augen wurden immer

größer. „Ja, das ist sie", sagte er mit einem langsamen Nicken. „Gewiss, das ist Miss Finola persönlich."

Cassidy starrte ihn an. „Finola?", sagte er mit versagender Stimme. „Sie hieß – *Finola.*"

„Ja, so hieß sie tatsächlich", sagte der junge Mann. „Und passt dieser Name nicht gut zu ihr ? Sie war groß und hübsch, einige Jahre älter als ich. Als kleiner Junge dachte ich immer, sie sei eine Märchenfigur, eine Prinzessin – mit goldenem Haar."

Eine Woge übergroßer Freude erfasste Cassidy. Beinahe hätte er laut gejubelt. Nach dem zu urteilen, was Morgan ihm erzählt hatte, schien das Einzige, was Finola Fitzgerald aus ihrer Vergangenheit im Gedächtnis behalten hatte, ihr Vorname zu sein. „Sind Sie ganz sicher, junger Mann?", fragte er noch einmal mit bewegter Stimme. „Es ist schließlich schon lange her, seitdem Sie das Mädchen zuletzt gesehen haben."

Während er noch einmal genau das Bild betrachtete, nickte Kelly. „Das ist sie, ganz bestimmt. Sie ist zwar inzwischen eine erwachsene Frau, aber dieses Gesicht vergisst man nicht so schnell, auch nach vielen Jahren nicht."

„Das stimmt", pflichtete Cassidy dem jungen Burschen lächelnd bei.

„Also wurde sie nach so langer Zeit gefunden?", fragte Kelly, während er Cassidy das Bild zurückgab.

Noch immer lächelnd, betrachtete Cassidy das Bild. „Ja, junger Mann", sagte er einen Augenblick später mit vor Erregung belegter Stimme. „Sie wurde gefunden. Sie ist in Sicherheit, und sie ist jetzt eine verheiratete Frau."

„Oh ... Gott sei es gedankt!", rief Peter Kelly.

„Jawohl", wiederholte Cassidy. „Gott sei es gedankt."

* * *

Nelson Hall, Dublin

Zum zweiten Mal in dieser Woche durchbrach Finolas Schreien die nächtliche Stille ihres Schlafzimmers. Sofort hellwach, streckte Morgan seine Arme nach ihr aus, hielt jedoch sofort wieder inne. Er hatte gelernt, sie nicht zu berühren, solange sie nicht völlig wach war und ihn erkannte.

„Finola?“ Er beugte sich über sie. „Finola, ich bin Morgan. Du träumst, *mo chroí*, meine Liebste. Du bist in Sicherheit, in Sicherheit bei mir.“

Ihr Körper war steif, die Arme hielt sie vor ihr Gesicht, als wollte sie einen Angriff abwehren. Sie schlug um sich, stöhnte und wimmerte, die Augen noch immer geschlossen.

Draußen rollte der Donner, und es fing an zu blitzen. Als spürte sie das herannahende Gewitter, stieß Finola einen entsetzten Schrei aus.

Morgan versuchte weiter, sie mit seinen Worten zu beruhigen, indem er auf Irisch zärtlich mit ihr redete. Es kostete ihn große Anstrengung, sie nicht in seine Arme zu schließen. Als jedoch die Alpträume vor einigen Monaten begonnen hatten, hatte Morgan den Fehler begangen und versucht, sie aus dem Traum herauszureißen. Wie wild hatte sie sich gegen ihn zur Wehr gesetzt, hatte mit ihren Fäusten auf ihn eingeschlagen und mit ihren Fingernägeln sein Gesicht zerkratzt.

Was auch immer an diesem dunklen, verborgenen Ort ihrer Traumwelt geschah, es musste so furchtbar, so entsetzlich sein, dass es ihr zeitweise den Verstand raubte.

Wie sehr er sich auch danach sehnte, sie zu erlösen, er konnte nichts tun ... nichts, außer zu warten.

***

In der Welt ihres Traums stand Finola in einer dunklen Höhle, durch die der Wind fegte.

Voller Entsetzen hielt sie sich mit den Händen die Ohren zu, um sie vor dem Heulen des Sturms zu verschließen.

Der Sturm, das wusste sie, verfolgte sie. Sie hörte das zornige, donnernde Dröhnen, spürte, wie der Boden unter ihr erzitterte, während der Sturm auf sie zuraste.

Jetzt wurde er noch schneller ... wie ein Orkan, der immer mehr an Stärke zunahm, über ihr wütete und sich auf sie herabstürzen würde wie ein Raubvogel ... jetzt, jetzt griff er nach ihr, packte sie.

Er schien lebendig zu sein, schwarz und wütend, während er sie näher an sich zog ... immer näher, als wollte er sie ganz verschlingen. Während sie sich freizukämpfen versuchte, hörte sie in der Dunkelheit einen seltsamen, undefinierbaren Laut, wie einen Trauergesang, als seufzten alle Bäume der Welt vor Kummer.

Sie versuchte wegzulaufen, doch die Gewalt des Sturms hielt sie zurück, umklammerte sie, nahm ihr den Atem und zog sie in eine Dunkelheit, die so intensiv war, dass sie ihre Augen, ihren Mund, ihre Lungen füllte – oh, liebster Herr Jesus, diese Gewalt zerstörte sie ... löschte sie aus zu einem Nichts ...

* * *

Finola schreckte schließlich hoch. Panisch rang sie nach Atem.

Voller Entsetzen starrte Finola Morgan an, sie war schweißgebadet.

Noch immer berührte er sie nicht. „Du bist in Sicherheit, Finola, *a stór,* mein Liebling. Es war nur ein böser Traum. Du bist hier bei mir.“

Sie fasste sich an die Kehle und öffnete den Mund, als wollte sie etwas sagen, brachte jedoch keinen Laut hervor. Endlich ... endlich begann sie leise zu wimmern wie ein Tier, das sich aus einer Falle befreit hatte.

Schließlich sah Morgan, dass sie ihn erkannte. Finola schluchzte, dann ließ sie sich in seine ausgebreiteten Arme fallen.

Sanft strich Morgan über ihr Haar und hielt Finola im Arm. Er sang leise eine Melodie, wie er es auch für ein verängstigtes Kind getan hätte. „Niemand wird dir etwas zu Leide tun, mein Schatz, niemand und nichts."

„Halte mich fest ... halte mich ..."

Morgan drückte Finola noch fester an sich und wiegte sie sanft in seinen Armen. „Ganz still, mein Liebling ... es ist alles gut. Du bist sicher und geborgen."

Er spürte, wie sie erschauderte, und fuhr fort, sie mit seiner Stimme zu beruhigen und ihr über das Haar zu streichen, bis er merkte, wie sie ruhiger wurde.

„War es wieder der gleiche Traum?"

Ihr Kopf nickte an seiner Brust.

Er wusste, dass es Stunden dauern konnte, bis sie wieder einschlief. Die Qualen des Alptraums waren so groß, dass sie anschließend Angst davor hatte, die Augen wieder zu schließen. Manchmal lag sie bis zum Morgengrauen wach.

Morgan erschrak jedes Mal, wenn sie ihm den Alptraum beschrieb. Es hatte kurz nach ihrer körperlichen Vereinigung begonnen. Obgleich es ihm unendlich schwerfiel, diese Möglichkeit in Betracht zu ziehen, musste Morgan sich dennoch fragen, ob ihre intime Beziehung, wenn sie auch eine lange Zeit damit gewartet hatten, nicht doch irgendwie für die Träume verantwortlich war.

Irgendwo, in einer Ecke seines Bewusstseins, lauerte die Angst, dass er, indem er sie geheiratet und zu sich ins Bett genommen hatte, irgendwie den Alptraum provoziert hatte. Er betete, dass dies nicht der Fall sein möge, doch würde er Finola von seinen Befürchtungen erzählen müssen. Sie mussten darüber reden.

Aber noch nicht jetzt. Heute Nacht würde er sie einfach so lange in seinen Armen halten, bis sie nicht mehr zitterte, bis sie sich nicht mehr an ihm festklammerte, als könne er allein all ihre Qualen bannen.

* * *

Finola lag still, regungslos und war nicht gewillt, sich aus der tröstenden Wärme von Morgans Umarmung zu lösen. Allmählich spürte sie, wie sich ihr Puls seinem gleichmäßigen Herzschlag anpasste. „Es tut mir leid, dass ich dich geweckt habe", flüsterte sie.

Morgan brachte sie zum Schweigen, indem er seinen Finger auf ihre Lippen legte. „Nichts muss dir leid tun, ganz still jetzt, lass mich dich einfach in meinen Armen halten."

Etwas kam auf sie zu. Etwas Dunkles. Etwas Kaltes und Finsteres ... Unheilverkündendes ...

In der Ferne dröhnte der Donner wie der Schuss einer Kanone, und Finola erschauderte. Sicher in Morgans schützenden Armen geborgen, rang Finola darum, die dunkle Last einer Vorahnung abzuschütteln, die sie zu erdrücken drohte.

Es war immer so nach dem Alptraum, als lauerte der dunkle Sturm aus dem Traum noch gefährlich in ihrer Nähe, um sie zu überfallen. Manchmal vergingen Stunden, bevor sie das Entsetzen des Alptraums völlig verbannen konnte.

Manchmal meinte sie, sie wäre gewiss in den Nachwehen des Alptraums wahnsinnig geworden, hätte sie nicht die sichere Mauer von Morgans Gegenwart gehabt, die sie beschirmte und beschützte. Doch er war immer da, mit seinen starken Armen und seiner beruhigenden Stimme, ihre Festung und ihr Schutz – ihre Zuflucht.

„Ist es nun wieder besser, *mo chroí*, meine Liebste?"

Finola nickte, und er legte sie sanft in ihre Kissen, den Kopf an seine Schulter geschmiegt.

„Versuch zu schlafen", sagte er, während seine Lippen ihr Haar mit einem sanften Kuss berührten. „Niemand wird dir heute Nacht wehtun, niemand wird dich jemals wieder ängstigen, das verspreche ich dir."

Finola schloss ihre Augen und zwang sich, still zu liegen. Sie wusste, dass Morgan es sich nicht gestatten würde, einzuschlafen, bevor sie wieder schlief. So tat sie nach ein paar Minuten so, als schliefe sie ein, und bald darauf hörte sie ihn gleichmäßig und flach atmen.

Nachdem er eingeschlafen war, starrte sie zum Fenster hinaus und versuchte, nicht zusammenzuzucken, wenn ein Blitz die Dunkelheit der Nacht erhellte. Wenn der Donner rollte, schlang sie ihre Arme fester um sich. Im Schutz von Morgans Umarmung war es beinahe möglich zu glauben, dass nichts und niemand sie jemals wieder verletzen und ängstigen würde. Sie wusste, dass der Alptraum mit dem ersten Morgenlicht weit entfernt erscheinen würde, so, als hätte sie ihn niemals geträumt.

Doch genauso sicher wusste sie, dass es wieder Nacht werden und mit der Nacht auch der Alptraum zurückkehren würde, mit seinem finsteren Sturm und dem Bösen, das tief darin verborgen lag.

Nach langer Zeit wurde auch Finola wieder schläfrig. Als sie jedoch gerade die Grenze zwischen Wachen und Schlaf überschreiten wollte, heulte der Sturm laut auf. Sie wurde von Panik erfasst und war sofort wieder hellwach.

Finola fühlte sich unsagbar allein und verletzlich, während sie dalag und lauschte, wie das Gewitter draußen mit unbändiger Gewalt wütete. Der Donner dröhnte mit solcher Wucht, dass das große Haus zu zittern und zu ächzen schien, während der Sturm davor tobte, als forderte er Zutritt.

Wieder schloss sie die Augen, diesmal, um zu beten.

2. Kapitel

Dunkle Schatten

Im Traum sah ich die dunkle Pforte ...
Lady Wilde (1821 – 1896)

Annie Fitzgerald hatte unheimlich lange geschwiegen – gewiss länger, als es ihrer Gewohnheit entsprach – doch am Samstag entschied sie, dass damit nun Schluss war.

Tierney Burke und der Zigeuner schienen sie bewusst zu übersehen, doch sie würde ihnen zeigen, dass man sie nicht einfach ignorieren konnte.

Aus Erfahrung wusste sie, dass sie Tierney Burkes Aufmerksamkeit am schnellsten auf sich lenken konnte, wenn sie ihn ärgerte. Dazu brauchte sie sich nur wie ein aufdringliches Kind zu benehmen, was zu sein er ihr zuweilen vorwarf.

Seit beinahe einer halben Stunde hatte sie, während Jan Martova danebenstand, zugeschaut, wie Tierney mit einer Reihe von Werkzeugen hantierte, bedeutungsvoll die Stirn runzelte und vorgab, genau zu wissen, was er tat – was, wie Annie vermutete, gewiss nicht der Fall war. Auf ihre Frage hin, was das alles sollte, murmelte er nur, dass er „wie man deutlich sehen kann", einen Wagen baute.

„Aber du hast doch bereits einen Wagen", erwiderte sie, an den Zigeuner gewandt.

Sie musste zugeben, dass Jan Martova weitaus höflicher war als sein mürrischer Kamerad. Er honorierte ihre Anwesenheit zumindest mit einem Lächeln, bevor er antwortete: „Wir bauen den Wagen für Tierney, nicht für mich."

Annie schaute ihn an, dann wandte sie sich wieder Tierney zu. Er hatte den Kasten hinten am Wagen geöffnet und kramte darin herum. Fergus, der Wolfshund, stand daneben und beschnupperte den Inhalt der Kiste.

„Und warum willst du dir einen Wagen bauen?“, fragte Annie. „Du bist kein Zigeuner.“

Tierney Burke warf einen Blick auf den Wolfshund neben ihm, ehe er den Kopf hob. Annie freute sich schalkhaft, als sie den ungeduldigen Blick sah, den er ihr zuwarf.

„Du und der Hund geht mir auf die Nerven. Habt ihr nichts im Haus zu tun?“

„Ich habe zufälligerweise schon alle meine Aufgaben erledigt.“

„Warum gehst du dann nicht schleunigst an deine Handarbeit?“

Er stachelte sie natürlich an, das bereitete ihm immer Freude. Er würde sie so lange provozieren, bis sie die Fassung verlor, mit den Füßen aufstampfte oder eine Schimpfkanonade auf ihn herabregnen ließ. So oder so, er würde sich über sie lustig machen.

Doch diesmal würde er kein Glück haben. Die Sache mit dem Wagen war Annie wichtig genug, um ihrem Stolz den zweiten Platz hinter ihrer Neugier zuzuweisen. Obgleich sie den Wolfshund vom Wagen wegrief, machte sie keinerlei Anstalten, ins Haus zurückzukehren.

„Warum solltest du einen Wagen brauchen?“, drängte sie weiter und sah zu, wie Tierney ein Stück Eschenholz mit einem Zugmesser zu bearbeiten begann. „Ich meine, du brauchst überhaupt keinen Wagen. Du gehörst keinem fahrenden Volk an, und du hast bereits zwei Zuhause – eins hier in Nelson Hall und ein anderes in Amerika.“

Er fuhr fort, das Holz zu spalten, dann nahm er sich ein neues Stück. „Du bist lästig, du kleiner Gernegroß“, erklärte er, ohne sie anzuschauen.

Annie blitzte ihn zornig an. Es wurmte sie zutiefst, wenn er sie „Gernegroß“ nannte, und er wusste das.

Weil sie die Frage, die sie bewegte, nicht einfach so plump stellen wollte, redete sie einfach weiter auf ihn ein. „Man plant wohl eine Reise, was?"

Er zuckte mit den Achseln. „Noch plane ich gar nichts. Ich möchte nur einen eigenen Wagen haben." Er blickte auf. „Vielleicht, damit ich mich zurückziehen kann."

„Aber vielleicht planst du für später eine Reise?"

„Hab ich das gesagt, kleiner Gernegroß?"

Annie musterte ihn, studierte das hübsche Gesicht, das durch die kesse Narbe fast ein wenig gefährlich wirkte. Plötzlich spürte sie, wie sich ein Kloß in ihrem Hals bildete. *Warum sollte er sonst einen Wagen für sich haben wollen, es sei denn, er plante, Nelson Hall zu verlassen?*

Plötzlich, bevor er ihre Erregung wahrnehmen konnte, wandte sie sich ab und ging zu dem Steg, der über den Fluss führte. Trotz seiner unablässigen Sticheleien konnte Annie sich Nelson Hall nicht mehr ohne Tierney Burke vorstellen. Sie wusste, dass sie für ihn, der bereits achtzehn Jahre alt war, nichts anderes als ein lästiges Kind war. Ohne jedoch ihre Gefühle näher zu erforschen, war sie sicher, dass sie viel lieber seine Herablassung erdulden wollte, als Tierneys Gegenwart gänzlich zu missen.

Außerdem war sie mit fast dreizehn Jahren *nicht* das kleine Kind, für das er sie hielt. Das würde er früher oder später begreifen müssen. Bis dahin, hatte sie beschlossen, würde sie einfach seine ständigen Neckereien und seine gelegentliche Ungeduld ihr gegenüber ignorieren.

Sobald sie den Steg verlassen hatten, rannte Fergus in Richtung des Hauses. Annie versuchte nicht, ihn zurückzurufen, ging jedoch langsam weiter und dachte nach.

Vielleicht sollte sie sich tatsächlich darum bemühen, in ihrem Benehmen etwas reifer zu wirken – und auch in ihrem Aussehen.

Obgleich ihr dieser Gedanke einige Schwierigkeiten bereitete, schien es doch lohnenswert zu sein. Als Erstes wollte sie Finola bitten, ihr dabei zu helfen, ihr Haar etwas eleganter zu frisieren. Doch es war so wild und unzähmbar wie eine Pferdemähne!

Sie runzelte die Stirn. Sie mochte es zwar nicht, ständig in Kleidern herumzulaufen, die übermäßig mit Spitzen und Rüschen besetzt waren, doch konnte sie trotzdem den *Seanchai* fragen, ob sie ein paar neue Kleider bekommen könnte. Vielleicht sollte sie den raffinierteren französischen Stil wählen, bei dem es so aussah, als hätte sie einen Busen.

Wenn sie nur nicht so ein Stecken wäre! Bis jetzt hatte sie noch keinerlei Rundungen. Und manchmal zweifelte sie daran, ob sie jemals noch größer würde. Bis jetzt reichte sie Finola kaum bis an die Schultern.

Finola beharrte darauf, dass Annie eines Tages „eine Schönheit von einem Mädchen" sein würde. Doch Finola sagte oft solche Dinge.

Was, wenn sie ... immer so blieb, wie sie jetzt war? Was, wenn sie in zehn Jahren immer noch aussah wie eine Zwölfjährige mit Hühnerbrust und störrischen Zöpfen und der entsetzlichen Lücke zwischen den oberen Schneidezähnen? Ganz zu schweigen von ihren staksigen Beinen!

Einen Augenblick darauf blieb sie tief seufzend stehen und schaute zu, wie Fergus über das Feld einem Hasen nachjagte. Das kleine Wesen entwischte in einer Gruppe junger Eichen, und, als hätte er die Jagd von Anfang an nicht ernst genommen, trottete Fergus zu Annie zurück.

Noch einmal stieß sie einen Seufzer aus. Selbst der schwerfällige Wolfshund, so lang und schlaksig wie er war, schien noch anmutiger zu sein als sie.

***

Louisa stand am Fenster ihres Schlafzimmers und sah zu, wie die junge Annie und der treue Wolfshund zum Haus schlenderten.

Wie gewöhnlich schien der Hund sehr zufrieden mit sich zu sein. Vielleicht war das große Tier wirklich so einfältig, wie sie es ihm oft vorwarf, schien es doch fortwährend zu lächeln.

Was das Mädchen betraf, so sahen ihre Zöpfe struppig und unordentlich aus wie immer, der Rocksaum hing schief, während sie mit langen, dürren Beinen wie ein junges Fohlen daherstakste. Lächelnd schüttelte Louisa den Kopf. Sie wusste, es würde nicht mehr lange dauern, bis das Wunder der Verwandlung geschah. Aus dem unbeholfenen Fohlen würde bald ein stolzes Rassepferd werden. Sie hatte das während vieler Jahre in zahllosen Klassenräumen immer wieder erlebt. Mädchen mit langen, dürren Beinen, spitzen Ellenbogen und zu großen Zähnen, die kein Zimmer betreten konnten, ohne zu stolpern, bekamen plötzlich einen neuen, ungewohnten Liebreiz, waren von einer Aura der Anmut umgeben. Die Sommersprossen wurden blasser, das Haar geschmeidig, die kleinen Engel bekamen Rundungen, und aus ihrem Kichern wurde Schluchzen.

Vom Mädchen zur Frau: ein erstaunlicher und wunderbarer Vorgang. Wenngleich dieser Wandel auch schmerzlich und beängstigend sein mochte, war er dennoch etwas Großartiges.

Bei der altklugen Tochter des *Seanchai* waren die ersten Anzeichen bereits erkennbar. Kritische Blicke in den Spiegel, gefolgt von unzufriedenem Stirnrunzeln, Haltungsexperimente sowie die verstohlenen Blicke, die sie bei Tisch dem gutaussehenden – aber gewiss gefährlichen – jungen Amerikaner zuwarf; Launenhaftigkeit und Tagträumerei und vor allem zahllose Weinanfälle.

In Bezug auf Annie wusste Louisa, dass sie hinter verschlossenen Türen weinte, wo sie glaubte, dass niemand sie hörte. Sie würde sich nicht in einem Moment eigener Schwachheit überraschen lassen. Annie Fitzgerald würde niemandem, außer vielleicht Finola, einen Blick in ihre heimlichen Ängste, ihre versteckten Sehnsüchte und die Träume, die sich insgeheim in ihrem Herzen regten, gestatten.

Louisa stieß einen tiefen Seufzer aus. Das Mädchen würde sich bald verändern, so viel war sicher, und wenn sie sich nicht zu sehr täuschte, würde es eine gewaltige Veränderung sein. Mehr als einmal hatte sie mit Finola darin übereingestimmt, dass Annie eines Tages eine Schönheit sein würde.

Glücklicherweise schien Annie noch nichts von diesem großartigen Wandel, der ihr bevorstand, zu ahnen. Im Gegenteil deuteten die Gespräche mit dem Mädchen eher darauf hin, dass sie glaubte, aus ihr würde nie etwas anderes werden als das staksige Fohlen, das sie im Augenblick war.

Louisa lächelte still vor sich hin. Es war gut, dass der Schöpfer diese Dinge verborgen hielt. Das Mädchen war ohnehin schon schwierig genug. Wer weiß, welches Unheil sie anrichten würde, wenn sie eine Ahnung davon hätte, was einmal aus ihr werden sollte.

Sie verweilte noch einen Augenblick am Fenster und dachte über die Weisheit des allmächtigen Gottes nach. Sie wusste, dass Leute, die darauf erpicht waren, zu wissen, was ihnen das Leben noch bringen würde, gleichzeitig meinten, damit eine gewisse Macht über ihre Zukunft zu bekommen. Für sie persönlich war es reiner Wahnsinn, seine Zukunft kennen zu wollen.

In der Tat würde dieses Wissen um ihre Zukunft, dachte sie erschaudernd, viele unvermeidlich zum Wahnsinn treiben.

***

In seinem Schlafzimmer knöpfte sich Morgan Fitzgerald das Hemd zu, bevor er sich in seinem Bett aufrichtete.

„Sie sind unzufrieden mit dem Ergebnis der Untersuchung?“, bemerkte Morgan, den Blick auf den Arzt gerichtet, der am Fußende des Bettes stand. Das Kinn des jungen Arztes war ein zuverlässiges Stimmungsbarometer. Je tiefer das Kinn, desto trüber war seine Stimmung. Jetzt hing sein Kinn herunter wie der Kehlsack eines alten Truthahns – kein gutes Zeichen.

Der Arzt, der gerade dabei war, seine Tasche zu schließen, blickte auf. „Unzufrieden? O nein – das würde ich nicht sagen. Sie scheinen im Gegenteil erstaunlich fit zu sein. Die Methode Ihres Sandemons wirkt in der Tat Wunder."

„Aber?", forschte Morgan weiter.

Der Arzt schaute ihn an, zögerte seine Antwort hinaus. „Ich mache mir Sorgen", sagte er schließlich.

„Wegen des Zitterns", erwiderte Morgan, der dies ohnehin wusste.

Dr. Dunne ging um das Bett herum und stellte sich neben Morgan. „Ja, deswegen auch. Aber auch ohne das Zittern möchte ich Sie noch einmal dringend bitten, sich von einem Spezialisten untersuchen zu lassen. Es ist einfach nicht mein Fachgebiet."

„Sagen Sie mir, was Sie denken", sagte Morgan, als hätte er Dr. Dunnes Meinung nicht schon gehört.

„Habe ich das nicht bereits getan?" Der Doktor seufzte. „Ich wünschte, ich könnte Ihnen noch Genaueres sagen, doch ich kann nur meine Befürchtung wiederholen, dass sich die Lähmung ausbreiten und weiter nach oben wandern könnte."

Morgan zuckte innerlich zusammen, während er versuchte, gegen das vertraute Gefühl der Panik anzukämpfen, das die Worte des Arztes in ihm auslösten.

„Es kann nur zu Ihrem Nutzen sein, den Rat eines Arztes zu suchen, der auf diesem Gebiet viel mehr weiß als ich. In Fällen wie dem Ihrem gibt es noch so viel, was unerforscht ist."

Obwohl es gemütlich warm in seinem Schlafzimmer war, fröstelte Morgan. „Und was, glauben Sie, könnte ein Spezialist für mich tun, das Sie nicht auch tun könnten?"

Der Arzt schaute ihm in die Augen, und Morgan entging nicht der flüchtige Hauch von Mitleid, der in den Augen des anderen aufflackerte.

Als Dr. Dunne antwortete, war er wieder vollkommen sachlich. „Erstens könnte er Ihnen Ihren Zustand genau schildern und aufzeigen, welche Möglichkeiten Sie haben."

Morgan versuchte zu lachen. „Ich glaube, diese Einschätzung kann ich selbst auch ohne den Rat eines Spezialisten treffen."

„Es geht mir nicht nur um Prognosen", erklärte der Arzt, während er Morgan direkt ins Gesicht schaute. „Was wäre, wenn es die Chance gäbe, die Kugel zu entfernen?"

Morgan starrte ihn zornig an. „Mir ist von drei angeblichen Spezialisten gesagt worden, dass die Entfernung der Kugel nicht in Frage käme, es sei denn, ich wolle nur noch dahinvegetieren oder als Leiche enden." Er holte tief Luft. „Sie werden gewiss verstehen, dass ich meinen augenblicklichen Zustand beiden Alternativen vorziehe."

Der Arzt beugte sich zu ihm herunter. „Natürlich verstehe ich das", erklärte er mit durchdringendem Blick. „Doch man hat in der Chirurgie inzwischen Fortschritte gemacht, auch in diesem Jahr erst wieder. Ich habe Berichte gelesen aus Paris, aus Großbritannien – und aus den Vereinigten Staaten –, in denen von atemberaubenden neuen Methoden die Rede ist." Er zögerte, als wäre er nicht sicher, ob er fortfahren sollte, bevor Morgan zum Zeichen seines Einverständnisses genickt hatte.

„Wenn auch nur die geringste Gefahr besteht, dass die Lähmung sich ausbreitet, sollten Sie um jeden Preis alle Möglichkeiten ausschöpfen."

Wieder erschauderte Morgan. Er schloss die Augen und versuchte den Aufruhr der Gefühle zu unterdrücken, der in ihm entbrannt war – eine Mischung aus Angst und einer gewissen Hoffnung.

Er war nicht bereit, dem Gedanken ins Auge zu sehen, eines Tages völlig gelähmt zu sein. Mit Beinen, die er nicht gebrauchen konnte, zu leben, war schon schlimm genug, doch er lebte wenigstens noch wie ein Mensch. Er konnte sich selbst anziehen, essen und sich im Haus bewegen, was ihm ein gewisses Maß an Freiheit gestattete. Auch wenn seine Beweglichkeit begrenzt war, konnte er dennoch seinen Kindern ein aktiver Vater und Finola ein richtiger Ehemann sein. Er konnte sich immer noch als Mann bezeichnen.

Was war, wenn die Lähmung fortschritt?

Er glaubte, lieber sterben zu wollen.

Doch wenn man die Kugel entfernen konnte?

Er öffnete die Augen. „Nun gut – was raten Sie mir?"

Dr. Dunnes Gesicht hellte sich auf. „Es gibt zwei Ärzte, deren Arbeit besonders erfolgversprechend zu sein scheint. Erlauben Sie mir, in Ihrem Namen mit ihnen zu korrespondieren?"

Morgan befeuchtete seine Lippen, dann nickte er. „Wo sind denn diese Wundertäter? Gewiss nicht in Irland."

„Einer von beiden lebt in London, der andere ist aus Wien, arbeitet jetzt jedoch in den Vereinigten Staaten."

„Ich muss zugeben, dass ich den Gedanken, einen Engländer mit einem Messer an meinem Rücken hantieren zu sehen, nicht gerade erfreulich finde", erklärte Morgan trocken. „Doch es kann gewiss nichts schaden, beiden zu schreiben."

Der Arzt nahm seine Tasche und wollte gehen, doch Morgan hielt ihn zurück. „Wir werden meiner Frau im Augenblick noch nichts davon sagen. Sie wissen von den Problemen, die sie immer noch mit sich selbst hat."

Dr. Dunne nickte, abwartend.

„Die Alpträume werden immer schlimmer", fuhr Morgan fort, und seine Sorge um Finola wurde bei jedem Wort größer. „Ich werde nichts unternehmen, was sie noch zusätzlich belasten könnte. Wie immer ich mich auch entscheide, ich werde abwarten, bis sie stärker geworden ist."

Der Arzt betrachtete ihn skeptisch. „Natürlich verstehe ich das. Trotzdem rate ich Ihnen dringend, die Sache nicht hinauszuzögern. Je länger Sie warten ..." Er ließ seinen Satz unvollendet. „Was Ihre Frau betrifft, so glaube ich – wie ich Ihnen bereits früher gesagt habe – dass die Zeit die Wunden heilen wird, die Zeit und ein normales, erfüllendes Leben mit Ihnen und den Kindern."

Nachdem der Arzt das Zimmer verlassen hatte, legte Morgan sich hin. Die Arme hinter dem Kopf verschränkt, stierte er an die Decke. Er versuchte, weder an ein Fortschreiten der Lähmung, noch an neue Ärzte oder was ihm sonst noch bevorstehen mochte, zu denken, und richtete seine Gedanken stattdessen auf Finola.

Zeit, hatte Dr. Dunne gesagt. Zeit und ein normales, erfülltes Leben – so hatte der Arzt ihre Genesung beschrieben.

Doch wie normal und erfüllend würde Finolas Leben sein, wenn er schließlich völlig gelähmt wäre?

Wenn sie nur außer ihm noch jemanden hätte, auf den sie sich stützen konnte. Diesem Gedanken auf dem Fuß folgte die Erinnerung, dass Finola sehr wohl noch jemanden haben könnte: Eltern, Geschwister, andere Verwandte. Wenn er nur wüsste, wo er sie finden könnte!

Seit langem hatte er gehofft, wieder etwas von Cassidy zu hören. Anfänglich hatte Frank Cassidy ihm ziemlich oft geschrieben, doch dann waren die Abstände zwischen seinen Briefen immer größer geworden. Er hatte keine Ahnung, wo er sich im Augenblick aufhielt. Offenbar hatte er immer noch nichts von Bedeutung erfahren, sonst hätte er gewiss geschrieben.

Morgans Magen krampfte sich zusammen, wenn er daran dachte, was Cassidys Suche am Ende ans Licht bringen würde. Man konnte nicht wissen, was in Finolas Vergangenheit verborgen lag.

Als sie das erste Mal in Nelson Hall aufgetaucht war, war sie stumm gewesen und ohne die geringste Erinnerung, wer sie war und woher sie kam. Sie kannte nur ihren Vornamen – und Morgan hatte sich zuweilen sogar gefragt, ob dieses letzte Stück Erinnerung wirklich verlässlich war. Auch im Laufe der Zeit waren kaum Erinnerungen zurückgekehrt, und sie schien darüber ihren Frieden gemacht zu haben.

Und dennoch, so sehr er sich auch davor fürchtete, die Wahrheit über Finolas Vergangenheit zu erfahren, wenn Finola noch irgendwo eine Familie hatte, die sich um sie sorgte, konnte es nur in

Finolas Interesse sein, sie zu finden. Nicht nur, dass sie es verdient hätte, wieder mit denen vereint zu sein, die sie einst geliebt hatten, ihre Familie wiederzufinden würde gleichzeitig bedeuten, dass sie nicht völlig auf sich allein gestellt wäre, falls ihm etwas zustieße.

Morgan konnte den Gedanken nicht ertragen, dass sie allein und schutzlos zurückbleiben würde und für Annie und Gabriel zu sorgen hätte. Natürlich konnte er ihr finanzielle Sicherheit bieten – und er hatte in der Tat schon alle Vorkehrungen getroffen. Der größte Teil des beachtlichen Vermögens, das er von seinem Großvater geerbt hatte, würde im Fall seines Todes Finola zur Verfügung stehen. Doch es ging um mehr als nur äußere Versorgung. Ihre emotionale Verfassung beunruhigte ihn weiterhin ... sie war in dieser Beziehung noch immer sehr verletzlich. Ihr Zögern, sich in der Öffentlichkeit zu zeigen, ihre zuweilen unbegründete Sorge um die Kinder, die fortwährenden Alpträume – waren das nicht alles Zeichen dafür, dass ihre Wunden bei weitem noch nicht geheilt waren?

So betete er trotz seiner eigenen Befürchtungen weiter darum, dass Cassidys Suche schließlich zur Aufdeckung von Finolas Vergangenheit führen würde. Gleichzeitig bat er Gott, er möge es nicht zulassen, dass irgendetwas ... nicht einmal die Wahrheit ... zwischen ihn und seine Geliebte treten oder ihrem gequälten Geist noch mehr Kummer auferlegen würde.

Genau in dem Augenblick klopfte sie leise an die Tür und betrat das Zimmer. Wie immer ließ der Anblick ihrer goldenen Anmut eine atemberaubende Woge der Zärtlichkeit und Liebe in seinem Herzen anschwellen.

Trotz der ernüchternden Gedanken, die er soeben noch gehabt hatte, bereitete es ihm keine Mühe, ihr ein Lächeln zu schenken. „Oh – und ich dachte, heute wäre ein trüber Tag“, sagte er, während er seine Hände nach ihr ausstreckte. „Doch die Sonne ist nun hereingekommen.“

Sie zögerte, und ihr prüfender Blick wurde schelmisch. „Glauben Sie nicht, dass Sie mich durch Ihre Schmeicheleien ablenken könnten, mein Herr", erklärte sie, während sie zu ihm ging und seine Hände in ihre nahm. „Ich bin gekommen, um alles zu hören, was der Arzt gesagt hat."

„Er sagte, ich sei ein unverschämter Mann."

Sie zog eine Augenbraue hoch. „Welch gute Menschenkenntnis unser Dr. Dunne doch besitzt."

„Er sagte außerdem, dass ich weiterhin viel Liebe und Zuwendung von meiner schönen Frau benötigen werde. Du darfst gleich damit beginnen."

„Du *bist* ein unverschämter Mann!"

Ihr glockenhelles Lachen war entzückend. Morgan versäumte nie eine Gelegenheit, ihr diesen Ton zu entlocken. Manchmal glaubte er, allein von der Wärme ihres Lächelns und der Musik ihres Lachens leben zu können.

3. Kapitel

Haus der Hoffnung

Die Hoffnung lebt weiter, von Generation zu Generation ...
George William Russell (AE) (1867 – 1935)

Washington, D.C.

Im Weißen Haus, das in der Hitze des heißen Sommertages glühte, tat Präsident Zachary Taylor seinen letzten Atemzug. Dies war ein plötzliches Ende einer kurzen Amtszeit.

Der Präsident war einige Tage zuvor, am 4. Juli, dem Tag der Unabhängigkeit, bei der Grundsteinlegung für das Washington-Monument erkrankt. Er hatte nur ein Jahr und vier Monate amtiert.

Er ließ das Land inmitten der heftigen Auseinandersetzungen zurück, die um die Frage der Sklaverei entbrannt waren. Ein Land im Aufruhr, an dessen Küsten Tausende und Abertausende von Einwanderern strömten – Einwanderer, die die Städte mit fremden Sprachen, fremdländischer Kleidung und noch fremderen Sitten und Gebräuchen füllten. Ein Land im Konflikt über die Frage der Freiheit, auf die sich die junge Nation zu gründen behauptete.

Freiheit für *alle* – hatten die Väter der Nation verkündet.

Freiheit für einige wenige – forderten die neuen, immer lauter werdenden Stimmen der Macht.

Das Prinzip, dass die Vereinigten Staaten einen Zufluchtsort für alle darstellten, die der Tyrannei und Unterdrückung in anderen Ländern zu entfliehen suchten, wurde plötzlich in Frage gestellt. Einigen war dieser Aspekt der jungen Nation schon immer suspekt erschienen. Für andere war es ein heiliges, nicht aufzugebendes

Ideal, das Banner der Hoffnung für jeden Flüchtling hochzuhalten, der dieses Land betrat.

In jenen Städten, deren Häfen jetzt von Einwanderern überflutet wurden, versuchten einige wenige mutige Kämpfer – größtenteils selbst aus Immigrantenfamilien stammend –, dieses Ideal über Wasser zu halten.

***

New York City

Dem Einfluss – und der Tatkraft – des Schiffsbauers und Millionärs Lewis Farmington war es zu verdanken, dass heute, weniger als sechs Monate nachdem die Idee geboren und ihm unterbreitet worden war, das Whittaker-Haus offiziell seine Türen öffnen würde.

Das neueste Kinderheim der Stadt war bereits von den Behörden zur Nutzung freigegeben und zumindest teilweise renoviert und mit Möbeln ausgestattet. Bald würden die ersten kleinen Bewohner Einzug halten.

Lewis Farmington war auch für den Einweihungsgottesdienst verantwortlich, den Pastor Dalton hielt. Die Feier fand im Freien auf der großen Veranda an der Vorderseite des Gebäudes statt. Trotz der drückenden Hitze war eine beeindruckende Anzahl Geistlicher, Philanthropen und anderer Honoratioren zu der Einweihungsfeier erschienen.

Als schließlich die Reden beendet und der Segen gesprochen worden war, wurde Evan Whittaker, dem Leiter der neuen Einrichtung, eine großzügige Spende überreicht, die in verschiedenen Kirchgemeinden und privaten Organisationen in der gesamten Stadt gesammelt worden war.

Auch das hatte Lewis Farmington angeregt.

Der neue Leiter nahm diese Gabe mit der ihm eigenen englischen Würde und sicherem Auftreten entgegen. Nur die sechs kleinen Jungen hinter ihm – die ersten Bewohner des neuen Kinderheims – bemerkten das leichte Zittern seiner Beine.

Denjenigen unter den Zuhörern, die ihn am besten kannten – seine noch sehr schwache, aber strahlende Frau eingeschlossen – entging jedoch nicht die Schamröte des schlanken Engländers. Obgleich er bei seiner Dankesrede ziemlich stotterte, kamen die letzten Worte unerschütterlich und klar wie ein Gebet über seine Lippen:

„Es ist meine tiefe Hoffnung, dass Gott diesen Ort zu einem Haus macht, wo alle seine Kinder, ungeachtet ihrer Hautfarbe und ihres Bekenntnisses, eine sichere Zuflucht finden und in seiner Liebe geborgen gedeihen können."

* * *

Michael und Sara Burke waren die Ersten, die Evan nach dem Gottesdienst die Hand schüttelten, obgleich Sara noch einen Augenblick zurückgeblieben war, bevor sie sich Michaels Segenswünschen anschloss. Die Einweihungsfeier hatte sie sehr bewegt, und sie war selbst überrascht, so tief gerührt zu sein.

Welche unglaublichen Veränderungen hatte sie im Leben von Evan und Nora Whittaker miterlebt, nachdem sie in New York eingetroffen waren – als ängstliche, kränkliche Immigranten, die, auf die Verheißung Amerikas bauend, ihre Heimat verlassen hatten. In kaum drei Jahren hatten die beiden Krankheit, Unglück und Tod, das Zerbrechen ihrer Träume und schmerzliche Trauer erleiden müssen. Kämpfe und Leiden, wie sie niemand voraussahnen konnte, hatten ihren Weg in den Vereinigten Staaten von Amerika gekennzeichnet.

Trotz allem hatten Evan und Nora weiter an die Verheißung der neuen Welt geglaubt und sich an diesem Traum sowie an der Treue ihres Gottes festgeklammert. Und heute hatte sich allen Hindernissen und Rückschlägen zum Trotz die Verheißung in einer Weise erfüllt, die alle Träume überstieg.

Heute erkannte Sara, dass die Verheißung nicht nur Evan und Nora allein, sondern auch den Kindern von New York City galt. Wie ein strahlendes, einzigartiges Geschenk leuchtete das Whittaker-Haus als ein Hoffnungsschimmer für diejenigen, die in ihrem jungen Leben kaum etwas anderes als Hoffnungslosigkeit und Verzweiflung kennengelernt hatten. So wie Amerika zahllosen Einwanderern Hoffnung auf ein neues, besseres Leben bot, bedeutete das solide Backsteingebäude Hoffnung und Leben für die ungeliebten und vergessenen Kinder von New York City.

Hoffnung – das Wort allein war gewiss eine der süßesten Regungen des menschlichen Herzens.

Während sie darum rang, ihre Tränen zurückzuhalten, schaute Sara zu, wie Michael eine Hand auf Evans Schulter legte. „Was für ein großer Tag, Evan", sagte er mit einem breiten Lächeln. „Du und Saras Vater, ihr habt Großartiges geleistet."

Evan schüttelte den Kopf. „Mr Farmington hat Großes geleistet – und der Herr. Ich muss zugeben, dass ich noch immer verblüfft bin von allem."

„Es ist einfach eine wunderbare Idee, Evan", erklärte Sara, über dic Bescheidenheit lächelnd, die sie stets von Evan gewöhnt war. „Es muss eine große Freude für dich sein, zu erleben, wic dein Traum endlich Wirklichkeit wird."

Er sah sie an. „Aber es war nicht mein Traum, wie du weißt. Das Whittaker-Haus war Gottes Idee, nicht meine. Ich wäre nie so kühn gewesen, von etwas so Wundervollem zu träumen."

Sara forschte in dem schmalen, ehrlichen Gesicht des Engländers und wusste, dass er meinte, was er sagte. Und doch hatte sie, wie auch andere, einen Charakterzug an Evan entdeckt, der ihm offenbar selbst nicht bewusst war: ein Geist, der sich stets zum Anwalt derer machte, die in Not waren, eine edle Gesinnung, die trotz widrigster Umstände und unter großen Opfern durchhielt.

Vielleicht war Evan Whittaker gerade deswegen so ein wunderbares Werkzeug von Gottes Gnade. Dieser wundervolle Mann war in der Tat für viele Menschen zu einer Quelle des Segens geworden – nicht nur innerhalb seiner Familie und seines Freundeskreises, sondern ganz besonders für solche, die sonst niemandem etwas zu bedeuten schienen: die heimatlosen, ungeliebten Kinder dieser Stadt.

„Nun, wer immer sie auch ersonnen hat, es ist eine großartige Idee. Und du musst wissen, dass mein Vater voll hinter diesem Unternehmen steht, dass er dich von ganzem Herzen unterstützt."

„Obwohl er immer noch mit den Zähnen knirscht, weil er dich auf der Werft verloren hat", warf Michael ein. „Daran hat er noch immer zu kauen."

„Vater sagt, dies sei sein persönliches Opfer zum Wohl der Allgemeinheit", ließ Sara Evan wissen, und sie lächelte, als sie Evan vor Freude leicht erröten sah. „Er sagt außerdem, das Whittaker-Haus werde binnen kürzester Zeit überfüllt sein, doch hofft er gleichzeitig, dass diese Idee Schule macht und auch in anderen Teilen der Stadt ähnliche Einrichtungen ihre Türen öffnen werden. Ihr werdet bei aller Anstrengung den Bedarf, der bereits besteht, nur zu einem kleinen Teil decken können."

Evans Blick trübte sich. „Ich weiß. Allein in dieser Woche haben wir fünf Kinder aufgenommen – außer B-Billy."

Sara nickte und warf einen Blick auf den kleinen Billy Hogan, der mit einem anderen kleinen Jungen unten an der Treppe stand. Beide aßen Kekse, während sie einander mit abschätzenden Blicken musterten.

„Der Junge ist unter eurer Pflege aufgeblüht", bemerkte Michael. „Schön, dass er wieder wie ein normaler kleiner Junge und nicht wie ein geprügelter junger Hund aussieht."

„Er ist ein wundervolles Kind", erklärte Evan. „Und ich glaube, er fühlt sich wirklich wohl bei uns. Doch er macht sich größte Sorgen um seine b-beiden kleineren Brüder."

„Ich war der Meinung, einer der Immigrantenvereine kümmert sich um Billys Familie", erwiderte Sara.

Evan nickte. „Ja, und ich glaube, sie k-kommen größtenteils gut zurecht. Billy macht sich jedoch Sorgen darum, was geschähe, falls Sorley Dolan aus dem Gefängnis entlassen wird."

Sara erschauderte. Die Erinnerung an die erbarmungslose, körperliche Qual, die Dolan dem Kind zugefügt hatte, war noch zu frisch. Dolan, der sich – obwohl er in keiner Weise mit dem Jungen verwandt war – zu Billys Onkel ernannt hatte, hatte den kleinen Billy durch seine furchtbaren Schläge und indem er ihn hungern ließ beinahe ums Leben gebracht.

„Ich kann nicht glauben, dass man auch nur daran denkt, diesen Barbaren auf freien Fuß zu setzen!", sagte sie, zu Michael gewandt. „Er wird sicher noch lange im Gefängnis bleiben müssen."

Auf Michaels Gesicht fiel ein Schatten. „Verlass dich nicht darauf, Sara. Es ist bereits ein Wunder, dass er so lange einsitzen musste. Wenn die Gefängnisse so überfüllt sind wie in unseren Tagen, werden viele früher entlassen."

„Nun, ich hoffe, dass Sorley Dolan nicht dazugehören wird", erklärte Sara entschlossen.

Evan Whittakers Augen wanderten zu den Jungen, die unten an der Treppe standen. „Ja", sagte er leise. „Das hoffe ich auch."

Sara wandte sich wieder ihrem Mann zu. „Michael, du musst doch irgendetwas dafür tun können, dass Dolan nicht frühzeitig entlassen wird."

Er sah sie an, dann zuckte er mit den Achseln. „Ein Polizist hat keinen Einfluss auf die Entscheidungen des Gerichts, Sara. Das weißt du selbst, und um die Wahrheit zu sagen, reicht der Platz in den Zellen nicht einmal für die Hälfte der Banditen, die wir jeden Tag in die Reviere bringen. Ja, wenn wir morgen zehn neue Gefängnisse aufmachten, wären sie noch am gleichen Tag alle zum Bersten gefüllt. Die Situation ist außer Kontrolle geraten."

Empört schüttelte Sara den Kopf. „Mir scheint, die ganze Stadt ist außer Kontrolle geraten."

„Die meisten Polizisten würden dir recht geben", räumte er ein.

Sara sah, wie sein Blick plötzlich hart wurde, als er seine Aufmerksamkeit auf die andere Straßenseite lenkte. „Ich glaube, einen großen Teil des Durcheinanders verdanken wir solchen Halunken wie ihrem Ehemann", stieß er hervor.

Stirnrunzelnd folgte Sara seinem Blick. Auf der anderen Straßenseite stand Alice Walsh, scheinbar in ein Gespräch mit ihren Kindern vertieft.

Isabel Walsh, ein recht dickliches Mädchen, die in ihrem gelben Rüschenkleid furchtbar aufgeputzt aussah, und Henry, ein Junge mit einem eher schmalen Gesicht und dicken Brillengläsern, redeten von beiden Seiten auf ihre Mutter ein.

Auch Evan blickte in Alice Walshs Richtung. „Ich glaube", sagte er, „was ihren Mann betrifft, gibt es nichts hinzuzufügen. Doch über M-Mrs Walsh selbst – kann ich nicht genug Gutes sagen."

Michael nickte, doch sein Ton war widerwillig, als er erklärte: „Ja, Sara denkt auch gut über die Frau. Sie scheint ein anständiger Mensch zu sein. Doch wie soll man sich erklären, dass sie sich mit einem Biest wie Walsh einlassen konnte?"

Sara hörte die alte Feindschaft in seinem Ton. Es war immer das Gleiche; schon bei dem geringsten Gedanken an Patrick Walsh funkelte Zorn in seinen Augen, und in seiner Stimme klang Bitterkeit.

Manchmal fürchtete sie, Michael habe es sich zur Lebensaufgabe gemacht, Patrick Walsh um jeden Preis zu vernichten. Sie war überzeugt, dass er aufgrund dieser Besessenheit sogar seine politischen Ambitionen zurückgestellt hatte.

Wenn sie versuchte, mit ihm darüber zu reden, tat er nur so, als ob er ihr zuhörte. Er wich ihren Fragen aus und missachtete ihre Befürchtungen. Walsh war unmittelbar für den brutalen Überfall auf Michaels Sohn Tierney – und den zwangsläufigen Aufenthalt des Jungen in Irland – verantwortlich. Deshalb widersprach Michael unweigerlich Saras Auffassung, dass er zu sehr auf Walsh fixiert sein könnte.

Doch Sara wusste ohne den geringsten Zweifel, dass er seine ganze Willenskraft auf ein Ziel gerichtet hatte: Patrick Walsh seiner gerechten Strafe zuzuführen. Und er würde nicht eher ruhen, bis er dieses Ziel erreicht hatte.

Sara fröstelte, trotz der glühenden Hitze. Sie musste sich fragen, ob Patrick Walsh Michaels feindselige Haltung kannte – und, wenn ja, was er unternehmen würde, um Michael zuvorzukommen.

* * *

Alice Walsh hörte nur mit halbem Ohr zu, als Isabel sich über die Hitze beklagte und Henry die Architektur des Whittaker-Hauses kritisierte. Ihre Gedanken drehten sich noch um die Ereignisse des heutigen Tages.

Sie freute sich so für Evan Whittaker und darüber, was die neue Einrichtung für die heimatlosen Kinder dieser Stadt bedeuten würde. Gern wäre sie über die Straße gelaufen, um ihm zu gratulieren. Als sie ihn jedoch mit Sara Burke und ihrem Mann sprechen sah, verzichtete sie lieber darauf.

Sara würde sie gewiss herzlich empfangen, sie war immer nett, ja sogar überaus freundlich, wenn sie einander begegneten. Aber der Captain ...

Alice biss sich auf die Lippen, als ihr wiederum bewusst wurde, was sie von dem Captain zu erwarten hatte: das gezwungene Lächeln, ein widerwilliger höflicher Gruß, gefolgt von einem Blick, der nahezu an Abscheu grenzte. Sie spürte, dass Captain Burkes Verhalten durch seine feindliche Haltung Patrick gegenüber hervorgerufen wurde, und diese stumme Ablehnung verletzte sie.

Sie verstand die Feindschaft zwischen dem Polizisten und ihrem Mann nicht. Der Grund für diese tief verwurzelte Feindseligkeit, die die beiden Männer gegeneinander hegten, beunruhigte sie zunehmend. In der Tat schreckte sie die Angst vor dem, was sie entdecken könnte, davor zurück, tiefer zu schürfen.

Und was noch schlimmer war, sobald sie über diese Angelegenheit nachzudenken begann, beschuldigte sie automatisch ihren Mann, als ob die Schuld allein auf seiner Seite läge. Es hatte eine Zeit gegeben, wo es ihr unmöglich gewesen wäre, Patrick auch nur *irgend etwas* vorzuwerfen. Die Tatsache, dass sie das jetzt konnte, und noch dazu so leicht, rief ein Gefühl der Schuld in ihr hervor, das sie nicht so leicht abzulegen vermochte.

* * *

In seinem Hotelbüro starrte Patrick Walsh noch einmal finster auf den Brief in seiner Hand, bevor er ihn zerknüllte und in den Aschenbecher auf seinem Schreibtisch warf. Er zündete ein Streichholz an, und binnen weniger Sekunden war der Brief verbrannt.

Diese kleine Närrin! Was in aller Welt dachte sie sich dabei, ihm einen Drohbrief zu schicken! Als ob ihn Drohungen von Leuten wie ihr einschüchtern könnten!

Natürlich bedauerte er seine Unachtsamkeit. Es hatte zu viele Abende mit Sekt in ihrer Wohnung gegeben, zu oft war es zu spät geworden, und er hatte zu wenig auf die sonst geübte Vorsicht geachtet. Er war insgesamt zu unbekümmert gewesen, und das würde nicht wieder vorkommen.

Er hätte wissen müssen, dass die kleine Nutte ihn in die Falle locken wollte. Natürlich wollte sie Geld. Das wollte sie sagen, wenn sie schrieb, dass sie um nichts für sich selbst bat, sondern nur darum, die Zukunft des Kindes zu sichern. Sie wollte offenbar ein Vermögen aus ihm herauspressen.

Nun, sie würde eine große Enttäuschung erleben. Nichts würde sie von ihm bekommen, nur so viel, um die Rechnung für den Arzt begleichen zu können, keinen Cent mehr.

Er ging zum Fenster und schaute in den schwülen Sommernachmittag hinaus, während er über ihr letztes Zusammensein nachdachte. Ruth hatte heftig geweint, als er sich verabschiedete. Das hatte sie immer getan, hatte ihn jedes Mal gebeten, noch länger bei ihr zu bleiben. Manchmal hatte er nachgegeben, doch nicht an jenem Abend.

Schon vorher hatte er die Geduld mit ihr und ihren offensichtlichen Bemühungen, ihn zu umgarnen und ihn zu einer festeren Bindung zu überreden, verloren. Zunächst hatten ihn ihre schwachen Versuche, ihn einzufangen, nur belustigt. Schließlich war er ihres Quengelns überdrüssig geworden und hatte immer weniger Zeit in ihrer Wohnung verbracht, wenn er in der Stadt war.

Nachdem er erfahren hatte, dass sie schwanger war, hatte er einen Schlussstrich gezogen. Zumindest hatte er das gedacht.

Sie hatte ihm nie viel bedeutet, nicht mehr als eine willkommene Abwechslung für die Zeit, wenn er dienstlich in Chicago war. Die gesamte Affäre wäre längst vergessen, hätte sie ihm nicht tatsächlich gedroht, nach New York zu kommen!

Er glaubte kaum, dass sie es wirklich tun würde. Sie war viel zu schüchtern, als dass sie es wagen würde, diese lange Strecke allein zu reisen. Sie hatte nicht genügend Selbstvertrauen und keinerlei Erfahrung damit, auf sich allein gestellt zu sein. Nein, sie würde sich nicht auf ein so riskantes Unterfangen einlassen.

Doch wenn sie es *dennoch* tat? Wenn Alice von der Affäre erfuhr, oder, was noch schlimmer war, Alices Vater?

Obwohl es in seinem Büro angenehm kühl war, fühlte Patricks Haut sich heiß und feucht an. Mit dem Hemdsärmel wischte er sich den Schweiß von der Stirn.

Jacob Braun würde seinem Schwiegersohn einen so eklatanten Treuebruch niemals verzeihen. Er würde es als eine Todsünde betrachten, als eine bewusste Demütigung seiner Tochter, seiner abgöttisch geliebten, verhätschelten, überbehüteten, einzigen Tochter.

Obgleich Alices Vater seinem Schwiegersohn längst den größten

Teil seines Hotelgewerbes übergeben hatte, wusste Patrick, dass Jacob Braun ihm immer noch schaden konnte. Zum einen war Braun schnell zum Reden bereit und würde jedem, der es hören wollte, von der Affäre erzählen. Er konnte Patrick vielleicht keine größeren finanziellen Verluste beibringen, doch war er einflussreich genug, um seine politischen Ambitionen zu beeinträchtigen. Außerdem könnte er seine großzügige Unterstützung für Alice unterbinden ... ganz zu schweigen von ihrem Erbe.

Abrupt kehrte Patrick zu seinem Schreibtisch zurück und griff zur Feder. Er würde Ruth Marriott noch heute eine Nachricht übermitteln, eine Nachricht, die sie auf keinen Fall missverstehen konnte. Einer seiner Männer würde sie überbringen. Er würde ihr Geld schicken, eine ansehnliche Summe. Er gönnte ihr keinen Cent, doch vielleicht war dies am sichersten. Mit Geld konnte man immer Schweigen erkaufen.

Zornig und besorgter, als er zugeben wollte, kritzelte er ein paar eilige Zeilen, in denen er noch einmal erklärte, keinerlei Verantwortung für das Kind zu übernehmen. Mit unmissverständlichen Worten machte er ihr deutlich, dass ihre Beziehung für ihn nicht mehr war als eine flüchtige Affäre.

Schon an jenem Abend, als sie ihn mit der Nachricht überrascht hatte, dass sie schwanger war, hatte er angedeutet, dass er nicht unbedingt davon überzeugt war, der Vater des Kindes zu sein. Jetzt wiederholte er seine Zweifel noch deutlicher, bevor er mit beinahe skrupelloser Endgültigkeit seine Unterschrift unter den Brief setzte.

Dann öffnete er den Safe hinter seinem Schreibtisch und entnahm einen Stapel Geldscheine. Er zählte fünfhundert Dollar ab, zögerte, und fügte dann noch einmal die gleiche Summe hinzu.

* * *

Als Quinn O'Shea ihn später an diesem Nachmittag suchte, war Evan im Garten und ließ Teddy auf seinen Schultern reiten. Die anderen Jungen spielten Fangen.

„Mr Whittaker, könnten Sie bitte zum Eingang kommen?" Evan richtete sich auf, und Teddy umklammerte seinen Hals umso fester. „Halt, mein Sohn", stieß er hervor, „nicht so fest."

Er lächelte die junge Irin an. „Was ist los, Quinn?"

Sie zögerte. „An der Tür ist ein Junge, der darauf besteht, mit Ihnen zu sprechen. Soll ich Teddy nach oben bringen?"

Evan bückte sich, damit sie ihm den Kleinen abnehmen konnte. „Könntest du bitte hier auf ihn und die anderen Jungen aufpassen, bis ich zurück bin?"

Auf dem Weg ins Haus dachte Evan darüber nach, welches Glück es für sie bedeutete, Quinn O'Shea gefunden zu haben. Sie war ein Gottesgeschenk für sie alle. Sie war nicht nur eine ausgezeichnete Haushälterin – das Mädchen konnte sehr gut kochen und verstand sich auf alle Hausarbeiten –, sie konnte auch sehr gut mit Kindern umgehen. Das Beste von allem war, dass sie sich unaufdringlich und unauffällig in ihre Familie eingefügt hatte und in einer stillen und bescheidenen Art, die Noras Ehre und Selbstwertgefühl nicht verletzte, immer mehr Verantwortung übernommen hatte.

Evan glaubte, dass Nora sie nicht mehr als einen Eindringling betrachtete. Außerdem schien Nora in letzter Zeit ihre eigene Schwachheit besser annehmen zu können. Er vermutete, dass Quinns taktvolle Art, Nora die kleineren, weniger anstrengenden Aufgaben zu überlassen, während sie selbst die anstrengenderen Arbeiten übernahm, zumindest zum Teil dafür verantwortlich war, dass Nora die Situation so annehmen konnte.

Nora mochte das Mädchen, so viel war offensichtlich, und Quinn hatte zu Nora ein überraschend herzliches Verhältnis. Während sie den anderen, einschließlich Evan, mit einer gewissen Distanziertheit begegnete, schien sie Nora gegenüber sehr viel von ihrer Reserviertheit abzulegen.

Die Haustür war angelehnt und Evan trat hinaus. Auf der Veranda stand ein kleiner Junge in einem zerrissenen Hemd und zerlumpten kurzen Hosen. An einem Stock befestigt, hing ein Bündel von seiner schmalen Schulter herab.

Evan räusperte sich, und der Junge drehte sich um. Evan sah, dass sein ovales Gesicht eine bräunlich-gelbe Farbe hatte, als zwei der dunkelsten Augen, die Evan jemals gesehen hatte, zu ihm aufblickten. Der Junge sah aus, als hätte er seit Wochen keine richtige Mahlzeit mehr zu sich genommen.

„Du wolltest mich sprechen, junger Mann?", fragte Evan.

Der Junge nickte. „Ich heiße Oscar", sagte er ohne Vorrede. „Sind Sie Mistah Whittaker?"

Aus seinem gedehnten Akzent schloss Evan, dass er aus dem tiefen Süden stammen musste. Der Junge schien ein Mulatte zu sein. Er war ein kleiner Bursche von etwa fünf oder sechs Jahren, und er sah nicht allzu sauber aus. „Ich bin Mr Whittaker, das ist richtig."

„Sie nehmen hier kleine Negerjungen?"

Überrascht zögerte Evan. „Nun, mein Junge ..."

„Ich bin nur ein halber Schwarzer, müssen Sie wissen", erklärte das Kind. „Mein Vater war ein Weißer."

„Ja ... also, wo sind deine Eltern ... Oscar?"

Evan sah die spitzen, knochigen Schultern und die noch spitzeren Ellenbogen. Er schien kaum Fleisch auf den Knochen zu haben, der arme Junge.

„Meine Mutti ist tot", erklärte der Junge sachlich. „Mein Vati ist auf einem Segelschiff weggefahren. Ich glaube, er mochte uns nicht." Er hielt inne und deutete auf sein Bündel. „Ich habe meine Sachen mitgebracht."

Evan warf einen Blick auf das Bündel.

„Darf ich hierbleiben?", fragte der Junge, seine dunklen Augen auf Evans fixiert.

Evan seufzte tief. „Hast du niemanden, der dich aufnehmen könnte? Verwandte? Freunde?"

Der Junge schüttelte den Kopf. „Nein, seit Mutti tot ist, habe ich in der alten Brauerei unten in Five Points gewohnt. Als ich von Ihrem Haus für heimatlose Jungs hörte, beschloss ich, Sie aufzusuchen."

Als der Junge die alte Brauerei erwähnte, erschauderte Evan. Dieser Ort war eine schmutzige Lasterhöhle, die Dieben, Trunkenbolden und sogar Mördern als Unterschlupf diente.

„Wenn ich dir erlaube hierzubleiben, müsstest du arbeiten, Oscar."

Der Junge nickte. „Oh, ich wollte nicht umsonst hier wohnen, Mistah Whittaker. Ich bin sechs Jahre alt. Ich kann für meinen Unterhalt arbeiten. Ich werde bestimmt sehr fleißig sein."

Evan unterdrückte ein Lächeln. „Gewiss wirst du das", sagte er ernst. „Unsere Jungen hier s-sind *sehr fleißig,* und wir lernen auch. Du müsstest bestimmte Aufgaben im Haus erledigen und lernen. Hier im Whittaker-Haus wird nicht gestohlen, nicht geflucht, sich nicht geschlagen, und außerdem sind Glücksspiele verboten", fügte er hinzu, weil er wusste, dass dieses Laster bei den Straßenkindern sehr beliebt war.

Oscars Kinn ging ein winziges Stück nach unten, doch zögerte er keinen Augenblick mit seiner Antwort. „Das ist in Ordnung." Er hielt inne. „Ob ich aber vielleicht etwas zum Abendbrot bekommen könnte, bevor ich zu arbeiten beginne, Mistah Whittaker? Ich bin nämlich furchtbar hungrig."

Evan strich einen Augenblick über seinen Bart. „In Ordnung, Oscar, komm mit", sagte er und wies zu dem großen Speisesaal auf der rechten Seite. „Alle Jungen im Whittaker-Haus nehmen hier gemeinsam ihre Mahlzeiten ein."

4. Kapitel

Junge Träume

„Ich bin noch zu jung", hört' ich mich sagen.
„Ich bin alt genug", flüsterte ich sodann.
Deshalb beschloss ich das Los zu fragen,
ob schon zu lieben ich wagen kann.

W. B. Yeats (1865 – 1939)

Die Bibliothek war Quinn O'Sheas liebster Platz im Whittaker-Haus. Das freundliche, mit Eiche getäfelte Zimmer war zu einem Ort geworden, an den sie sich gern zurückzog – noch lieber als in ihr eigenes Zimmer, das mit seinen weißen Rüschengardinen, einem kleinen Kamin und einer Fensterbank auch sehr gemütlich war.

Während der ersten Tage, in denen sie der Familie geholfen hatte, sich in ihrer neuen Wohnung einzurichten, war ihr keine Zeit geblieben, das verwinkelte Haus zu erforschen. Quinn hatte jeden Tag beinahe bis zur völligen Erschöpfung gearbeitet. Alle Zimmer, vom Boden bis in den Keller, mussten gründlich gelüftet und gesäubert werden, Kisten mussten ausgepackt und die Speisekammer gefüllt werden – und das alles neben ihrer Aufgabe, sich um den kleinen Teddy und Mrs Whittaker zu kümmern.

Das junge Mädchen, Johanna, hatte ihr geholfen, wann immer sie konnte, und das Mädchen liebte Teddy. Doch sie war oft in der Akademie, einer besonderen Schule, wo taube Kinder unterrichtet wurden und sprechen lernten.

Für Quinn war es erstaunlich, dass ein Kind wie Johanna lernen konnte, ihre Stimme zu gebrauchen – ohne auch nur ein Wort hören zu können. Das war einfach ein Wunder.

Doch war es nicht ebenso ein Wunder, dass sie hier war, im

Whittaker-Haus? Ihr gefiel es wirklich sehr gut bei den Whittakers – sie waren feine Leute und behandelten sie beinahe so, als gehörte sie zur Familie.

Und die Bibliothek – allein die Bibliothek war ein Traum, der Wirklichkeit geworden war. Sie hatte es anfangs kaum fassen können, freien Zugang zu einer solchen Goldgrube zu haben. Ihre erste Aufgabe war es gewesen, gründlich sauberzumachen. Während Daniel Kavanagh und Mr Whittaker Bücher durchgesehen und geordnet hatten, hatte sie Staub gewischt und geschrubbt, poliert und gestrichen, bis der Raum schließlich nach all den Anstrengungen in neuem Glanz erstrahlte.

Als ihr dann gesagt wurde, dass sie alle Bücher, die in den Regalen standen, lesen durfte, hatte sie sich beinahe heißhungrig auf die Bibliothek gestürzt. Seitdem Quinn lesen gelernt hatte, liebte sie Bücher über alles: sie einfach in der Hand zu halten, den feinen Geruch von Leder, das leise Rascheln der Seiten, wenn sie jede einzelne ehrfürchtig umblätterte.

Während sie mitten in dem Raum stand, schloss sie für einen Moment die Augen und genoss das Gefühl, völlig von Büchern umgeben zu sein. Das waren gewiss mehr Bücher, als sie jemals im Leben zu lesen imstande wäre.

Dic Regale waren mit Bänden verschiedenster Art gefüllt, viele von ihnen waren aus Lewis Farmingtons Privatbibliothek gespendet, andere von Frauen verschiedener kirchlicher Organisationen im gesamten Bundesstaat zusammengetragen worden. Mr Whittaker sagte, die Bibliothek sei eine der wichtigsten Einrichtungen des Kinderheims. Sein Ziel bestand darin, dass jedes Kind, das im Whittaker-Haus Zuflucht suchte, schließlich lesen lernte.

„Bücher bergen eine gewisse Freiheit in sich“, hatte er zu Quinn und Daniel einmal gesagt, als sie die Bibliothek einrichteten. Die drei hatten den ganzen Nachmittag damit verbracht, Bücher zu entstauben und in die Regale zu stellen. Während sie zusammen arbeiteten, hatte Mr Whittaker in seiner ruhigen, schleppenden

Redeweise seine persönliche Überzeugung dargelegt, dass die unterprivilegierten Kinder, die sie aufnehmen wollten, sich schließlich selbst aus ihrer Armut befreien konnten, indem sie lesen lernten.

„Für viele sind diese Bücher der einzige Weg in ein besseres Leben."

Dann hatte er gelächelt, ein flüchtiges, scheues Lächeln, als schämte er sich, diese kleine Rede gehalten zu haben, doch Quinn hatte ihn sofort verstanden. Irgendwo in den vielen Reihen von Büchern in diesem Raum könnte auch der Schlüssel für *ihre* Zukunft liegen, einer *verheißungsvollen* Zukunft, nicht nur die armselige Existenz eines von vielen hungernden irischen Landmädchen. Sie könnte etwas finden, das noch über die achtbare Arbeit als Dienstmädchen bei den Whittakers hinausging, obgleich ihre gegenwärtige Stelle besser war als alles, was ihr das Leben bisher geboten hatte.

Sie war fest entschlossen, mehr aus ihrem Leben zu machen. Sie würde sich durch ihre eigenen Anstrengungen ein gutes Leben aufbauen – ein Leben, das mehr war als bloße Existenz, mehr als ein voller Bauch und ein schmerzender Rücken am Ende eines Tages, mehr als ein schuldbeflecktes Gewissen – ein Leben, in dem sie nie mehr etwas tun musste, nur um überleben zu können.

Sie ging an den Wänden entlang, während ihre Finger zärtlich über ein Buch nach dem anderen strichen. *Ich werde mir eine eigene Zukunft aufbauen, mein eigenes Zuhause auf dieser Welt,* versprach sie sich selbst. *Ich werde mir eine freie, sichere und ehrbare Zukunft aufbauen. Ganz gleich, wie lange es dauern wird und wie hart ich dafür arbeiten muss, mein Leben soll einen echten Wert bekommen und nicht nur spurlos verwehen.*

Ihre Augen sogen die Fundgrube unendlicher Möglichkeiten in den Regalen um sie herum ein. Das Whittaker-Haus ... dieser Raum ... das war der Beginn dieses Lebens. Das spürte sie.

Doch es war, erinnerte sie sich schnell, nur der Anfang.

***

Unfähig, sich loszureißen, stand Daniel Kavanagh vor der einen Spaltbreit geöffneten Tür und schaute zu, wie Quinn O'Shea an den Bücherregalen entlanglief. Die Art, wie sie ihre Finger über die Bücher gleiten ließ, die Wärme in ihrem Blick, die leichte Bewegung ihrer Lippen, all das erweckte den Eindruck einer Liebkosung.

Es war nicht das erste Mal, dass er sie heimlich beobachtete, wie sie in der Bibliothek auf und ab ging, um sich ein Buch auszuwählen, das Gesicht verzückt, die Augen strahlend. Fast jeden Abend war sie in der Bibliothek zu finden, nachdem die Familie sich in die oberen Räumen zurückgezogen und die Jungen im Schlafsaal zu Bett gegangen waren.

Daniel teilte ihre Liebe zu den Büchern, verstand ihre Freude über die Bibliothek, doch Quinns Leidenschaft für die Bücher überstieg Daniels eigenes Erleben. Für ihn war Lesen Unterhaltung oder Wissenserwerb, während die Bibliothek auf sie eine Faszination auszuüben schien, die beinahe an Besessenheit grenzte. Sie schien ein völlig anderer Mensch zu werden, sobald sie die Bibliothek betrat.

Das sah er auch jetzt wieder. Die ständige Vorsicht und Wachsamkeit ihrer Katzenaugen verschwand ebenso wie das beinahe zynische Lächeln, die forsche Entschlossenheit, mit der sie ihre täglichen Aufgaben erledigte. Jahre schienen von ihr abzufallen und mit den Jahren die Festung eiserner Zurückhaltung und bitteren Argwohns, aus der sie selten hervorkam.

Daniel gefiel es, sie so zu sehen, fühlte sich jedoch gleichzeitig auf unerklärliche Weise durch diese Veränderung in ihr bedroht. Er war hingerissen von dem wunderbaren Leuchten dieser seltsamen, bernsteinfarben gefleckten Augen, der unerwarteten Weichheit ihrer Züge, der Verletzlichkeit, die sie zu keinem anderen Zeitpunkt offenbarte. Wieder wurde ihm bewusst, dass Quinn O'Shea in Wirklichkeit nicht die harte, unbeugsame Frau war, die sie zu sein vorgab, sondern ein zierliches Mädchen – nur wenige Monate älter als er.

Ahnte sie, dass er sich in sie verliebt hatte?

Allein bei dem Gedanken glühte sein Gesicht. Sie hielt ihn offenbar für einen dummen Jungen, der noch nicht einmal trocken hinter den Ohren war. So wie Daniels Herz höher schlug, wenn er sie nur anschaute, beachtete sie *ihn* kaum, so, als wäre er überhaupt nicht da.

Bestenfalls duldete sie ihn, schlimmstenfalls wurde sie ärgerlich. Sie ließ ihn deutlich spüren, dass sie es als plumpe Aufdringlichkeit betrachtete, wenn er sich in ihrer Nähe aufhielt, und es wurde ihm schmerzlich bewusst, dass sie seine Gegenwart nur erduldete, weil er zu der Familie gehörte, bei der sie angestellt war. Sie war nicht unbedingt unhöflich zu ihm, einfach nur gleichgültig.

Daniel empfand ihre Gleichgültigkeit demütigend. Und doch konnte er sich nicht von ihr losreißen. Trotz ihres offenkundigen Desinteresses fühlte er sich auf unerklärliche Weise immer stärker zu ihr hingezogen. Gleichzeitig spürte er zuweilen eine Art Groll gegen sie, als wäre sie an seiner jugendlichen Dummheit schuld.

Er konnte nur hoffen, dass Quinn O'Shea seine Gefühle auch weiterhin verborgen blieben. So sehr ihn ihre Gleichgültigkeit auch schmerzte, zog er sie dennoch ihrer Verachtung vor.

* * *

Später an diesem Abend lag Evan still neben Nora im Bett und las. Von Zeit zu Zeit blickte er zu ihr hinüber, um zu sehen, ob sie noch immer wach war. Jedes Mal sah sie ihm in die Augen und lächelte ihn an.

Schließlich legte er sein Buch beiseite. „Hält das Licht dich wach?"

Sie schüttelte den Kopf. Sie war auf einen Berg von Kissen gebettet, was ihr das Atmen erleichtern sollte. Im schwachen Schein der Öllampe sah Evan Erschöpfung in ihr Gesicht geschrieben, ihre Haut war aschfahl.

„Du musst schlafen", sagte er, während er ihre Hand nahm. Sie drehte sich zu ihm herum. „Nun – was hältst du v-von unserem neuesten Gast?", fragte er. „Ich habe gesehen, wie du ihn bei Tisch beobachtet hast."

Sie lächelte. „Ich glaube, dein kleiner Oscar wird dich noch ganz schön auf Trab halten." Dann wurde sie ernst. „Armer kleiner Bursche, er war schon fast verhungert. Hast du es bemerkt?"

Evan nickte. Der Junge hatte für drei gegessen und seine Mahlzeit hinuntergeschlungen wie ein ausgehungerter Hund. „Ich bezweifle n-nicht, dass er uns auf Trab halten wird. D-doch was hätte ich tun sollen? Er hat niemanden, bei dem er bleiben könnte."

Immer noch lächelnd, drückte sie seine Hand. „Ich bin überzeugt, dass das Whittaker-Haus schon innerhalb kurzer Zeit zum Bersten voll sein wird."

Evan seufzte. „Ich wünschte, ich könnte sie alle aufnehmen. Ich wollte, dass d-dies irgendwie möglich wäre."

Nora streichelte Evans Gesicht mit ihrer freien Hand. „Evan – das kannst du unmöglich allein schaffen, es müssen noch andere mithelfen."

„Ich bete darum, dass das geschieht. Es gibt Hunderte, vielleicht Tausende heimatloser Kinder auf den Straßen vor unserer Tür, Nora. Was soll aus ihnen werden?" Seine Gedanken umspannten die Tragweite der Aufgabe, die er in Angriff genommen ... oder vielmehr, die Gott ihm vor die Füße gelegt hatte. Wie immer fühlte er sich beinahe überwältigt von dem, was vor ihm lag. Doch sofort wurde ihm bewusst, dass er damit nicht allein war.

„Wie viele Jungen *werden* wir aufnehmen können, Evan?"

Er dachte über ihre Frage nach, bevor er erwiderte: „Nun ... dank Tante Winnie und Mr Farmington – und Sponsoren aus anderen Kirchen, natürlich – werden wir im Herbst in der Lage sein, für wenigstens zwanzig Jungen zu sorgen." Er hielt inne, um im Geist schnell etwas nachzurechnen. „Nach Weihnachten rechnen wir noch mit weiterer Unterstützung, sodass wir dann vielleicht fünfundzwanzig Kinder oder noch mehr aufnehmen können."

Nora schwieg so lange, dass Evan glaubte, sie wäre eingeschlafen. Doch dann drückte sie fest seine Hand. „Evan – glaubst du, dass wir bald in der Lage sein werden, Daniel John auf die Universität zu schicken? Ich weiß, dass er einen Teil dessen, war er bei Dr. Grafton verdient, spart, doch ich bin mir auch sicher, dass er uns das meiste davon gibt."

Evan versuchte, seine Unsicherheit zu verbergen. „Ich glaube, w-wir werden es schaffen." In dem Bestreben, sie gleichzeitig zu beruhigen und doch nicht zu täuschen, versuchte er, mehr Zuversicht in seine Stimme zu legen, als er selbst hatte. „Wir werden eine Lösung finden. Wenn Gott will, dass Daniel Arzt wird, wird er auch den Weg für ihn ebnen."

„Ich mache mir Sorgen um ihn, Evan", sagte sie leise.

Er sah sie an. „Warum in aller Welt solltest du dir Sorgen um Daniel machen?"

„Hast du nicht bemerkt, wie er um Quinn herumschleicht?"

Evan hatte es natürlich bemerkt, jedoch gleichzeitig gehofft, Nora würde nichts davon mitbekommen. Als er nichts erwiderte, fuhr sie fort. „Er ist verliebt in das Mädchen. Ist dir das noch nicht aufgefallen?"

„Hm, ich weiß nicht, ob das wirklich der Fall ist, Liebling", erklärte er ausweichend. „Sie mag ihm gewiss gefallen. Quinn ist schließlich ein hübsches M-Mädchen. Ich denke jedoch nicht, dass es etwas ... Ernsthaftes ist."

In Wahrheit wusste er überhaupt nicht, was er denken sollte. In der Tat fand er Daniels offenkundige Zuneigung für ihre kleine Haushälterin auch ein wenig beunruhigend. Das Mädchen hatte eine gewisse Härte an sich, und man hatte immer das Gefühl, als versuchte sie, etwas zu verbergen. Außerdem hatte er Michael

Burkes Verdacht, Quinn könnte vor irgendetwas oder irgendjemandem davonlaufen, noch nicht völlig vergessen.

Trotz dieser Unsicherheiten war es eine unbestreitbare Tatsache, dass sich Quinn bereits binnen weniger Monate für sie praktisch unverzichtbar gemacht hatte. Er mochte nicht daran denken, wie ihr Leben ohne sie aussähe.

Ganz gleich, wie sehr sie das Mädchen brauchten, verstand er jedoch Noras Sorge sehr wohl. Daniel war sechzehn Jahre alt und in vielerlei Hinsicht weitaus reifer, als es seinem Alter entsprach. Gleichzeitig war er jedoch noch ziemlich unschuldig. Evan glaubte, dass er in Herzensangelegenheiten besonders verletzlich war.

Ähnlich wie er es in diesem Alter gewesen war ... und noch lange Zeit danach.

„Hat Daniel schon jemals I-Interesse an einem Mädchen gezeigt?“, fragte Evan unvermittelt.

„Nur für die arme Katie, Gott sei ihrer Seele gnädig.“ Auf einen Ellenbogen gestützt, richtete Nora sich auf. „Aber das war nur eine kindliche Zuneigung. Das hier ist etwas anderes, Evan.“

Sie hatte recht. Die Befangenheit des Jungen in Quinns Gegenwart, seine verzweifelten Versuche, ihr gegenüber Haltung zu bewahren, das freudige Erröten, wenn sie ihm einmal ihre Aufmerksamkeit schenkte, die Art, wie seine Augen ihr folgten, wenn sie durch das Zimmer ging – all das deutete darauf hin, dass der Junge sich zum ersten Mal wirklich verliebt hatte.

Evan seufzte. Weil die Liebe erst so spät in sein Leben gekommen war, konnte er die Bedrängnis des jungen Daniel nicht aus eigener Erfahrung nachvollziehen. Doch auch er kannte die Angst und die Verwirrung jener ersten Schritte auf dem Weg zur Liebe, die für ihn qualvoll langsam und furchtbar schwierig gewesen waren.

Dennoch bemühte er sich, Noras Befürchtungen wegen des Jungen zu zerstreuen. In ihrem zerbrechlichen Zustand durfte sie sich auf keinen Fall mit neuen Sorgen belasten. Daniel stand schließlich an der Schwelle des Mannseins, und er war stets ein einfühlsamer Junge, ein guter Sohn.

„Wir d-dürfen nicht vergessen, Liebling, dass Quinn, obwohl sie ein attraktives, junges Mädchen ist, außerordentlich verantwortungsvoll zu sein scheint. Ich kann mir nicht vorstellen, dass sie Daniel Hoffnungen machen würde."

Er sah, dass er Nora nicht überzeugt hatte.

„Es geht nur darum, dass die beiden so verschieden sind", erklärte Nora. „Quinn wirkt viel älter als Daniel John, obwohl in Wirklichkeit nicht einmal ein Jahr Unterschied zwischen ihnen ist." Sie hielt inne. „Das Mädchen scheint so ... hart zu sein, Evan, und Daniel John ist so ein sanfter Junge."

Evan erwiderte nichts und ließ seine Gedanken schweifen. Auch ihm war der gravierende Unterschied zwischen ihrer jungen Haushälterin und Noras liebenswertem Sohn aufgefallen. Obwohl sie beinahe gleich alt waren, schienen sie dennoch in vielerlei Hinsicht Welten zu trennen. Während Daniel eher ein Idealist war – rücksichtsvoll, von edler Gesinnung, auch ein wenig zum Träumen neigend – glaubte Evan, dass Quinn O'Shea das Leben mit dem schonungslosen Blick eines Realisten betrachtete. Sein Gespür sagte ihm, dass sie schon zu sehr mit der rauen Wirklichkeit des Lebens konfrontiert worden war, um anders reagieren zu können.

Sie hatte gewiss kein übermäßiges Interesse an Daniel gezeigt. Evan glaubte, den Grund dafür zu kennen. „Wenn du bemerkt hast, wie Daniel sich von dem Mädchen angezogen fühlt", bemerkte er, „dann k-kann dir auch nicht entgangen sein, dass sich auch Sergeant Price für das Mädchen interessiert."

Nora schaute ihn an. „Sergeant Price?"

Evan nickte. „D-Du glaubst doch wohl nicht im Ernst, dass er so oft bei uns vorbeikommt, nur um nach B-Billy und den anderen Jungen zu schauen?"

Nora setzte sich noch weiter auf. Evan streckte eine Hand aus, um sie zurückzuhalten, doch sie wehrte ab.

„Du meinst, Sergeant Price hat Interesse an Quinn?“ Ihr Gesicht hellte sich zusehends auf. „Wirklich, Evan?“

Er lächelte ein wenig über den Eifer in ihrer Stimme. „Es würde mich nicht im Geringsten überraschen. Er scheint uns auffallend oft zu besuchen, oder?“

Nora begegnete seinem Lächeln mit einem Lächeln ihrerseits. „Ja, jetzt, wo du es sagst, fällt es mir auch auf“, erklärte sie nachdenklich. „Und würden die beiden nicht viel besser zusammenpassen? Obwohl Quinn viele Jahre jünger ist als der Sergeant?“

„Wie wir bereits festgestellt haben, erscheint das Mädchen einige Jahre älter, als sie in Wirklichkeit ist.“

„Und Sergeant Price ist ein gut aussehender Mann“, sagte Nora beinahe zu sich selbst. „Und laut Sara ist er auch ein kleiner Charmeur. Quinn wird den Sergeant zweifellos viel interessanter finden als einen Jungen wie Daniel John.“

Evan hörte, wie sie sich selbst zu überzeugen versuchte – und das mit beachtlichem Erfolg. „Nun, du siehst also ... du hast keinen Grund, dir Sorgen zu machen, wirklich keinen Grund.“

Nora sah immer noch etwas unsicher aus. „Ich möchte aber auch nicht, dass Daniel John sich verletzt fühlt. Obgleich mir seine Zuneigung zu dem Mädchen nicht gefällt, möchte ich auf der anderen Seite auch nicht, dass sie ihn praktisch verschmäht.“

Evan schüttelte den Kopf. Noras Gedanken waren – wie die Gedanken aller Frauen, wenn es um das Thema Liebe ging – eine echte Herausforderung.

Schließlich sank Nora seufzend in ihre Kissen zurück. „Du magst Quinn, nicht wahr, Evan? Ich wollte nicht sagen, dass sie kein anständiges Mädchen sei, zumal sie ja bei uns hier im Haus wohnt.“

„Ich m-mag Quinn sehr“, entgegnete er schnell. „Und sie ist gewiss ein feines Mädchen, aber ...“

Er zögerte, doch Nora drängte ihn weiter. „Aber was?“, forschte sie.

„Nun, sie hat eine gewisse ... Zurückhaltung an sich, die mir zuweilen rätselhaft erscheint.“

In Wahrheit kam ihm das Mädchen zuweilen wirklich seltsam vor. Er musste zugeben, dass auch er es lieber sehen würde, wenn sie sich mit Sergeant Price anstatt mit Daniel John befreundete. Er bezweifelte, dass es etwas gab, womit der gute Sergeant nicht zurechtkäme, die mysteriöse Quinn O'Shea eingeschlossen.

Evan ließ Noras Hand los und beugte sich über sie, um ihre Stirn zärtlich zu küssen, bevor er sich ebenfalls ausstreckte. „Wir m-müssen einfach darum beten, dass Daniel, wenn die Zeit gekommen ist, jemanden findet, der ihn genauso glücklich macht wie du mich."

Ihr Blick trübte sich. „Bitte, Gott, lass sie nicht zu einer solchen Last für ihn werden, wie ich es für dich bin", sagte sie mit leiser Stimme.

Tief betrübt beeilte sich Evan, sie zu beruhigen. Er wandte sich ihr wieder zu und umschloss ihr Kinn mit seiner Hand. „O, meine Liebste, das darfst du nie ... *nie* wieder sagen! Jawohl, die meisten Männer fahren ins Grab, ohne auch nur einen *Vorgeschmack* der Freude kennengelernt zu haben, die du mir geschenkt hast! Ich wünsche mir n-nichts anderes als nur deine Liebe. Nora, wenn du nichts anderes glaubst von dem, was ich dir jemals gesagt habe, dann glaube mir das."

Sie lächelte schwach. „Ich habe dich nicht verdient, Evan Whittaker. Ich habe dich auf keinen Fall verdient. Doch ich danke Gott an jedem Tag meines Lebens für dich, ja, Evan."

Mit einem Finger berührte er ihre Lippen. „Dann wollen wir ihm gemeinsam für diesen Tag danken, mein Liebling ... und für jeden Tag, den er uns noch gemeinsam schenken will. Und dann m-musst du aber wirklich schlafen."

Nora umklammerte Evans Hand und war eingeschlafen, noch ehe sie ihr gemeinsames Gebet beendet hatten.

5. Kapitel

Eine hartherzige Frau

Wie eine bronzefarbene Woge wellte sich ihr Haar.
Der Blick ihrer Augen – so tief und so sinnend er war.
Wer konnte sagen, bevor er sie wirklich gekannt,
ob ihr Herz schon erkaltet oder dennoch in Liebe entbrannt?
John Boyle O'Reilly (1844 – 1890)

Es war Mittwochabend, und Quinn hatte es sich am Küchentisch mit einem Buch gemütlich gemacht. Es war bereits halb neun und sie war erschöpft nach einem langen Arbeitstag. Den ganzen Abend hatte sie sich auf diese Zeit gefreut, wo sie sich mit einem Buch und einer Scheibe Brot mit Käse, was sie so gerne aß, verwöhnen konnte.

Das Buch, das sie ausgewählt hatte, war eines der neueren Bände der Bibliothek: ein Buch mit Aufsätzen des zeitgenössischen irischen Dichters und Geschichtenerzählers Morgan Fitzgerald.

Obwohl der Gedanke sie faszinierte, dass Mrs Whittaker eine Kindheitsfreundin des legendären Fitzgerald war – und die Whittakers hielten diese Freundschaft noch durch Korrespondenz aufrecht –, vergötterte Quinn den Rebellen und Poeten nicht in dem Maße wie die meisten ihrer Landsleute. Sie teilte weder Fitzgeralds Hingabe an die gequälte, verhungernde Insel, auf der sie geboren worden war, noch hatte sie jemals etwas von jener alten Schönheit und ihren bezwingenden Geheimnissen, die der Dichter ihr zuschrieb, zu entdecken vermocht.

Sie sehnte sich gewiss nicht danach, dorthin zurückzukehren, und sie konnte auch nicht nach Irland zurück – es sei denn, sie wollte den Rest ihres Lebens im Gefängnis verbringen oder mit einer Schlinge um den Hals enden.

Für einen mittellosen Verbrecher, egal ob Mann oder Frau, würde es in Irland keine Gnade geben. Von dem Augenblick an, da Quinn das Schiff nach Amerika betreten hatte, hatte sie beschlossen, jegliche Erinnerung an ihr Land hinter sich zu lassen. Außer der schmerzlichen Erinnerung an ihre Mutter und ihre Schwester Molly gestattete sie ihren Gedanken selten, in die Heimat zu schweifen ... und ihrem Herzen niemals.

Dennoch zogen Fitzgeralds Worte sie in ihren Bann. In Irland sagte man, Fitzgerald könne mit der Musik seiner Worte die Engel zum Weinen bringen und die Feen aus ihren Verstecken hervorlocken. Obgleich ihr sein Nationalismus widerstrebte, war sie bald dem Zauber dieses Mannes verfallen.

Sie genoss die reiche, bildhafte Sprache des Dichters ebenso wie die Ruhe und den Frieden, der an diesem Abend im Haus herrschte. Tagsüber fand man im Whittaker-Haus kaum Ruhe; da waren der kleine Teddy und eine ganze Schar lärmender Jungs. So kostete sie die abendliche Ruhe umso mehr aus.

Leider schlief sie gewöhnlich, bald nachdem sie sich hingesetzt hatte, ein, zu müde, um diese Zeit für sich allein wirklich genießen zu können. Heute Abend war es nicht anders. Sie hatte das Buch beiseitegestellt und schlummerte, den Kopf auf die Arme gelegt, als an der Hintertür ein Klopfen ertönte.

Sie schreckte hoch und saß kerzengerade auf dem Stuhl. Noch ehe sie aufstand, wusste sie, wer es war. Nur einer konnte um diese Zeit mit seiner kräftigen Faust so hemmungslos laut klopfen.

Gähnend stolperte sie zur Tür, die sie nicht gerade begeistert öffnete. „Sie kommen ein wenig spät", erklärte sie trocken, während sie in Sergeant Prices freundliches Gesicht blickte.

Er schaute sie an. „Spät?"

„Ja, heute ist Mittwoch, und mittwochs kommen Sie gewöhnlich um halb acht."

Er lächelte. „Ach so, du hast also schon auf mich gewartet?"

Sie ignorierte seine Frage und trat zur Seite, als der Sergeant ohne

Aufforderung eintrat. Sergeant Denny Price war von den Whittakers eingeladen, jederzeit bei ihnen vorbeizuschauen. So stand es ihr nicht zu, ihn abzuweisen, obgleich sie es in dem Augenblick zu gern getan hätte.

In der Mitte der Küche blieb er stehen. „Und wie geht es dir, Quinn O'Shea?"

Der Mann war eigentlich lange genug in den Vereinigten Staaten, um seinen starken Donegal-Akzent abzulegen. Zu ihrer Empörung schien er jedoch stattdessen seine irische Aussprache wie einen Schatz zu pflegen.

„Danke, mir geht es sehr gut", erwiderte sie, wobei sie sich bewusst darum bemühte, ihren irischen Tonfall zu unterdrücken. „Und Ihnen, Sergeant?"

Sein Lächeln war ansteckend, und so konnte sie trotz der Unduldsamkeit, die sie ihm gegenüber verspürte, ein Lächeln ihrerseits nicht völlig verkneifen.

„Nun, ich dachte, es ist ein herrlicher Abend, für einen Spaziergang wie geschaffen", erklärte er fröhlich. „Hättest du vielleicht Lust, mich zu begleiten?"

Obgleich sie viel lieber mit ihrem Buch in der Stille der Küche geblieben wäre, gab Quinn nach. Er war schließlich ein Gesetzeshüter, der noch dazu in hohem Ansehen bei ihren Arbeitgebern stand. Sie schienen ihn sehr zu mögen. Deshalb konnte sie ihn nicht zu oft brüskieren.

Außerdem fand sie seine Gesellschaft, wenn er sie nicht gerade neckte oder seinen irischen Stolz hervorkehrte, überraschend angenehm. Er war zwar ein bisschen rau und schien außerdem keinerlei Interesse daran zu haben, sich diesbezüglich zu bessern, aber dennoch hatte der gedrungene Polizist etwas an sich, das es ihr schwer machte, ihn nicht zu mögen.

Obwohl er ein Mann des Gesetzes und so verwegen wie ein Trinker war, fühlte sich Quinn in seiner Gegenwart ungewöhnlich wohl. Er hatte fast immer gute Laune, und seine Versuche, sie zum

Lachen zu bringen, blieben kaum erfolglos – was sonst bei ihr nicht oft vorkam. Quinn hatte bisher im Leben wenig zu lachen gehabt.

Sie hoffte, dass der Mann nicht mehr als eine beiläufige Bekanntschaft im Sinn hatte. Er hatte ihr bereits zweimal aus der Klemme geholfen, und dafür empfand Quinn eine gewisse Dankbarkeit ihm gegenüber. Aber das war auch alles – nicht mehr.

Das Letzte, was Quinn wollte, war die Aufmerksamkeit eines Mannes und schon gar nicht die eines Polizisten wie Sergeant Price.

Er war alles, was sie an einem Mann nicht mochte. Er war barsch, ungebildet, vermutlich mittellos – einfach einer von vielen stämmigen, dickköpfigen Iren. Sollte jemals eine Zeit kommen – was sie sich jedoch nicht vorstellen konnte –, da sie die Berührung eines Mannes wieder ertragen konnte, dann würde dieser Mann bestimmt kein rauer, irischer Polizist sein. Er musste einfühlsam, gebildet, ehrgeizig und rücksichtsvoll sein – ein Gentleman. Mit anderen Worten, es musste ein Mann sein, der all das war, was Sergeant Price *nicht* war.

* * *

Als sie zum Whittaker-Haus zurückkehrten, war es bereits dunkel, und sie begegneten nur noch wenigen Menschen. Diejenigen, die noch draußen waren, saßen entweder auf den Terrassen ihrer Häuser oder waren damit beschäftigt, Rollläden herunterzulassen und ihre Läden abzuschließen.

Ein wenig enttäuscht musste Denny feststellen, dass er und Quinn, wie immer, in kein echtes Gespräch gekommen waren. Wieder war es bei einem oberflächlichen Reden über das Wetter und die letzten Neuigkeiten aus dem Whittaker-Haus geblieben.

Er hatte nie Schwierigkeiten mit Mädchen gehabt – außer mit Quinn. Immer hatte er ein hübsches Mädchen gefunden, das er zu einer Bootsfahrt oder zu einem Picknick im Park einladen konnte, nie hatte es an einer Partnerin für einen geselligen Abend im Großen Saal gemangelt.

Obgleich Denny sich nicht unbedingt für einen Mann hielt, für den die Frauen schwärmten, wusste er dennoch, dass er eine gewisse Anziehung auf Frauen ausübte – sowohl auf jüngere als auch auf nicht mehr ganz so junge.

Er mochte die Gesellschaft von Frauen, und die meisten schienen auch die seine nicht zu missachten. Ein Mädchen musste nicht unbedingt außergewöhnlich schön sein, um Dennys Interesse zu wecken, doch mochte er Mädchen, die auch ein wenig Geist besaßen.

Diese Quinn O'Shea besaß mehr als nur ein wenig Geist. Was ihr Äußeres betraf, so war sie durchaus attraktiv, aber sie war keine solche Schönheit, nach der man sich sofort umdrehte – sie war ein wenig zu dünn, beinahe nur ein Strich. Unter dem Blick jener seltsamen Katzenaugen konnte sich ein Mann schnell unbehaglich fühlen. Sie betrachtete ihn, als sei er nichts anderes als ein Flegel.

Doch in den seltenen Fällen, wo es ihm gelang, ihr ein echtes Lächeln zu entlocken, war Denny entzückt, und wenn sie laut lachte, spürte er eine unbeschreibliche Wärme in seinem Herzen aufsteigen. Er hatte von Anfang gespürt, dass Quinn O'Shea nicht zu den Mädchen gehörte, die leicht oder gar töricht lachten.

Manchmal schalt er sich selbst dafür, dass er ihr nachlief. In ihrer Gegenwart fühlte er sich einfältiger und unbeholfener, als er in Wirklichkeit war. Sie hielt ihn zweifellos für einen groben Klotz, der weder schreiben noch lesen konnte. Jedes Mal, wenn er versuchen wollte, ihr deutlich zu machen, dass er weder dumm noch unbeholfen war, scheiterte er an ihrem stählernen Blick. Und obgleich er sich in ihrer Gegenwart derart unbehaglich fühlte, befand er sich oft am nächsten Abend wieder auf dem Weg in die Elizabeth Street zum Whittaker-Haus.

Er schien einfach nicht von dem Mädchen loszukommen. Ihm

fielen schon bald keine Ausreden mehr ein, die sein häufiges Erscheinen entschuldigten, und er wusste, er würde bald mit ihr über den wahren Grund seines Kommens reden müssen – wahrscheinlich würde sie ihn noch mehr für einen Toren halten, als sie es bereits tat.

Nun waren sie wieder zurück, sie würde jeden Augenblick ins Haus gehen, und wieder hatten sie nichts von Bedeutung gesprochen.

Vor den Stufen blieben sie stehen, und Denny rang um Worte. „Und wie geht es Mrs Whittaker in letzter Zeit? Ich glaube, sie sah letzte Woche etwas besser aus."

Quinn nickte. „Sie scheint Fortschritte zu machen, doch es geht ihr immer noch schlecht. Sie ist immer noch sehr schwach."

Denny nickte. „Es wäre furchtbar, wenn ihr etwas zustoßen würde. Sie ist so eine feine Frau."

Sie zog eine Augenbraue hoch. „Eine feine Frau? Ich weiß nicht, ob man eine von uns jemals als eine feine Frau bezeichnen würde."

Denny musterte sie. „Ich bin der Meinung, dass es wenig damit zu tun hat, wo wir herkommen. Jeder Narr kann sehen, dass Mrs Whittaker in der Tat eine feine Frau ist."

„Ja, das ist sie", pflichtete Quinn ihm bei. „Doch weil sie Irin ist, bezweifle ich, dass viele Leute dies zugeben würden."

Denny bemerkte den harten Zug, der um ihre Augen und ihren Mund spielte, sowie den gereizten Unterton in ihrer Stimme. „Du machst dir nicht viel daraus, Irin zu sein, nicht wahr?"

Ihre Augen wurden kalt.

„Das bin ich nun einmal."

„Ja", erwiderte er sanft. „Das stimmt, und ich finde das sehr schön."

„Ja, das finden Sie", schoss sie zurück. „Es gibt Leute, die sind der Meinung, es gibt Besseres auf dieser Welt."

Als er sah, wie bei ihr die Rollläden heruntergingen, wechselte Denny schnell das Thema. Er wollte sie nach dieser kurzen Stunde noch nicht gehen lassen. „Hast du wieder etwas von deiner kleinen Schwester gehört? Molly, so hieß sie doch?“

Sofort wurden ihre Züge weich. „Ja, sie schreibt oft. Ich habe sie lesen und schreiben gelehrt, bevor ich weggegangen bin.“

Denny lächelte sie an. „Und hat sie die Briefe erhalten, die du zum zweiten Mal schreiben musstest – die Briefe, die du bei Tompkinsville im Fluss verloren hast?“

Quinn nickte. „Sie schreibt, sie hat sie alle erhalten, und sie will sie aufheben. Sie hat sogar einige meiner Worte gebraucht, als sie zurückschrieb. Molly war schon immer ein kluges Mädchen.“

„Du hast immer noch vor, sie herüberzuholen, nehme ich an.“

Ihr Kinn schnellte nach oben. „Ja, das habe ich vor, und das werde ich auch tun.“

Denny bereitete es Freude, sie anzuschauen, wenn sie von ihrer Schwester sprach. Es war genauso, wenn er sie mit den kleinen Waisenjungen im Whittaker-Haus beobachtete: Ihre Züge hellten sich auf, und die Mauer des Selbstschutzes, hinter der sie zu leben schien, fiel ein wenig von ihr ab. In solchen Augenblicken wie jetzt sah sie jung und hoffnungsvoll – beinahe glücklich – aus.

Sie war gut zu diesen heimatlosen Jungen. Sie folgten ihr wie der Schatten der Sonne, und sie schien mit jedem der kleinen Burschen unendliche Geduld zu haben. Aus ihren Augen sprach unmissverständlich Liebe und Anteilnahme, wenn sie ein Knie verband oder eine Nase putzte.

Denny versuchte weiter ein Gespräch mit ihr in Gang zu bringen, war er doch nicht bereit, sie schon zu verlassen. „Was ist mit deiner Mutter? Sie wird doch mit deiner Schwester nach Amerika kommen, oder?“

Wie von einem plötzlichen Windstoß ausgeblasen, erlosch das Leuchten in ihren Augen. „Nein“, war alles, was sie sagte, seinem Blick ausweichend. „Sie würde Athlone niemals verlassen.“

Denny runzelte die Stirn. „Nicht einmal um ihrer Töchter willen?“

„Auf jeden Fall nicht wegen dieser Tochter." Abrupt wandte sie sich von ihm ab. „Ich muss jetzt gehen."

Unwillkürlich ergriff Denny ihren Arm. „Bleib noch einen Moment, bitte."

Sie riss ihren Arm weg, als wäre sie von einer Schlange gebissen worden. Bestürzt – und weil er spürte, dass sie jeden Moment davonlaufen würde – stieß Denny den ersten Satz hervor, der ihm in den Sinn kam. „Ich wollte dich noch etwas fragen, wenn du gestattest."

Sie starrte Denny an, als sei er nichts anderes als ein grober, ungehobelter Schläger, während sie noch weiter vor ihm zurückwich.

Das war etwas völlig Neues für Denny. Er hatte zwar schon ein oder zweimal von einer Frau einen Korb bekommen, doch keine hatte ihn je mit solcher Abscheu betrachtet. Einen Augenblick lang glaubte er beinahe, Furcht in ihren Augen zu sehen.

Diese unerwartete Reaktion von ihr rüttelte an seinem Selbstvertrauen. Er rang nach Worten. „Die Sache ist die ... dass du dich vielleicht darüber wunderst, dass ich so außergewöhnlich oft komme ..."

Als Denny keinerlei Zeichen der Ermutigung bei ihr entdecken konnte, nichts als den gleichen starren, an Feindseligkeit grenzenden Blick, sank ihm der Mut noch weiter. Sein Mund war trocken, und er wich bewusst ihrem Blick aus, als er sich beeilte, die Sache zu Ende zu bringen. „Falls du es nicht bemerkt hast – äh –, fühle ich mich in deiner Gesellschaft sehr wohl."

Die Worten waren heraus, und er fuhr fort, jedoch mit noch weniger Zuversicht. „Was ich zu erklären versuche, ist, dass ich dich ... gern regelmäßiger sehen möchte." Wieder hielt er inne. „Ich möchte mich mit dir verabreden, wollte ich sagen."

Ihre Augen blitzten, dann erstarrte sie. Mit einer Hand warf sie den Zopf zurück, der über ihre Schulter fiel, und erklärte: „Ich pflege keinen Umgang mit Männern."

Sie schaute ihn direkt an. Denny kam es vor, als schaute sie durch ihn hindurch.

Um einen beiläufigen Ton bemüht, erwiderte Denny: „Ich kann mir nicht vorstellen, warum. Es gibt gewiss mehr als genug junge Männer, die sich um deine Aufmerksamkeit bemühen." Dann kam ihm plötzlich ein Gedanke in den Sinn. „Wenn es wegen des Altersunterschieds zwischen uns ist, so kann ich verstehen ..."

„Der Altersunterschied ist nicht der Grund", unterbrach sie ihn.

Denny atmete tief durch. Schmerzliche Enttäuschung übermannte ihn. Aus welchem Grund auch immer, sie wollte offenbar nichts mit ihm zu tun haben.

„Nun, dann ist ja alles klar, nicht wahr? Ich werde jetzt gehen."

Er drehte sich um, darauf bedacht, ihren Augen entschwunden zu sein, ehe sie sehen konnte, wie gedemütigt er war.

Ihre Stimme hielt ihn zurück. „Sergeant?"

Widerstrebend kehrte Denny zurück.

„Wissen Sie, es ist ... es hat nichts mit Ihnen zu tun", erklärte sie in einem seltsam niedergeschlagenen Tonfall. „Ich kann mich im Augenblick mit niemandem treffen. Ich habe gar keine Zeit dafür. Aber ..." Sie unterbrach sich, biss sich unsicher auf ihre Lippen. „Ich wollte Ihnen sagen, dass Sie jederzeit vorbeikommen können, wenn Sie möchten. Um die Whittakers und die Jungen zu besuchen", fügte sie schnell hinzu.

Denny nickte, erwiderte jedoch nichts. Er hatte plötzlich nichts anderes im Sinn, als so schnell wie möglich vor diesen katzenhaften, durchdringenden Augen zu fliehen.

Er schalt sich selbst, während er die dunkle Straße entlanglief. Warum hatte er auch nur daran gedacht, dass das Mädchen seine Aufmerksamkeit begrüßen würde? Sie hatte ihm nicht das geringste Anzeichen der Ermutigung geschenkt, hatte ihn nie anders als mit gleichgültiger Höflichkeit behandelt.

Was hatte er sich dabei gedacht, sich so töricht aufzuführen –

wie ein Schuljunge um sie herumzuschleichen und sich dann aufzuregen, wenn sie ihm einen Korb gab?

Sie war hartherzig, dieses Mädchen. Es war nur gut, dass sie kein Interesse daran hatte, „Umgang mit Männern zu pflegen". Kein Mann, der auch nur das geringste Körnchen Selbstwertgefühl besaß, würde Umgang mit ihr pflegen wollen, das war sicher. Ja, es würde ihm viel besser gehen ohne sie. Es gibt nichts Schlimmeres als eine hartherzige Frau, pflegte sein Vater zu sagen.

Obgleich er es versuchte, wollte es Denny nicht gelingen, die Erinnerung an jene Nacht abzuschütteln, als er sie zum ersten Mal gesehen hatte – ein halb verhungertes, hilfloses kleines Ding mit verängstigtem Blick. Schon damals hatte irgendetwas an Quinn O'Shea sein Herz gerührt. Und obwohl er sie erst einige Monate später wiedergesehen hatte, hatte er sie nicht vergessen.

Es war zweifellos Mitleid. Er hatte immer Mitleid mit den ausgestoßenen Kindern der Stadt – selbst mit heimatlosen Tieren. Und wurde er nicht deswegen von den anderen Polizisten geneckt?

Das Mädchen tat ihm leid, das war alles, und er hatte zugelassen, dass dieses Mitgefühl außer Kontrolle geraten war.

Doch schon als Denny in die Hester Street einbog, wusste er, dass das Gefühl, das in seinem Herzen für Quinn O'Shea gewachsen war, wenig mit Mitleid zu tun hatte. Es war ein anderes Gefühl, anders als alles, was er je empfunden hatte ... ein Gefühl, das er nicht zu beschreiben imstande war.

6. Kapitel

Von Alter und Zeit

Wenn gleich all der bezaubernde Liebreiz,
das jugendhafte Glück,
das voll Wonne entzückt ich heute darf genießen,
morgen schon, wie die böse Fee ein Geschenk nimmt zurück,
entschwinden würde, in meinen Armen zerfließen,
liebte ich dich dennoch so innig wie in diesem Augenblick.
Lass die Schönheit der Jugend verblassen.
Jeder Schlag meines Herzens, all mein Geschick,
wird dich dennoch mit immer blühender Liebe umfassen.

Thomas Moore (1779 – 1853)

Am Sonntagabend nahmen Sara und Michael Burke am Abendgottesdienst in Jess Daltons kleiner Kirche am Rande der Bowery teil.

Immer öfter besuchten sie diese neue Gemeinde, vermissten sie doch den großen Pastor in ihrer eigenen Gemeinde in der Fifth Avenue sehr. Obgleich diese Stelle nach Daltons Rücktritt sehr schnell wieder besetzt worden war, erschien der Einfluss des neuen Pfarrers im Vergleich zu Jess Dalton erbärmlich schwach. Insgeheim vermutete Sara, dass ihr neuer, vornehmer Pastor, Dr. Stockley, die Gemeinde eher zu Tode langweilen, als sie beunruhigen oder verletzen würde.

Als sie in ihrem Buggy nach Hause fuhren, war es schon beinahe dunkel. Mit einem tiefen Seufzer nahm Sara Michaels Hand. „War es nicht gut, eine Predigt mit echter Substanz zu hören?"

Er grinste sie an. „Eine Predigt, in der es an echter Auseinandersetzung nicht fehlte, wolltest du sagen, nicht wahr?"

Sara zuckte mit den Achseln. „Ich glaube nicht, dass es Jess Dalton um Auseinandersetzung geht. Er versucht einfach nur, die Wahrheit zu predigen, und die Wahrheit ist uns oft unbequem. Das ist nicht die Schuld des Pfarrers."

„Trotzdem bist du ein bisschen zu hart gegen Dr. Stockley, meinst du nicht? Ich habe bemerkt, wie du dir hinter deinen weißen Handschuhen auf die Lippen gebissen hast. Dein Vater würde dir raten – und das gewiss nicht zum ersten Mal –, dass du dich vor einem zu kritischen Geist hüten solltest."

„Tatsächlich? Vielleicht ist dir nicht aufgefallen, dass Vater heute Morgen selbst einige Male eingenickt ist."

„Das ist verständlich nach einer Stunde", erwiderte Michael trocken.

Sara lehnte ihren Kopf gegen den Sitz. „Auf jeden Fall war es gut, die Daltons wiederzusehen. Ich vermisse sie sehr. Hast du gesehen, wie die kleine Amanda gewachsen ist? Sie haben mit den Formalitäten für ihre Adoption begonnen. Vater sagt jedoch, dass es Komplikationen geben könnte, weil ihre Eltern Immigranten waren."

„Was ist denn nicht kompliziert für Immigranten?", murmelte Michael. „Keiner scheint so recht zu wissen, was er mit ihnen machen soll."

„Nun, ich hoffe für Kerry, dass alles glatt geht – und schnell. Sie ist total vernarrt in das kleine Mädchen – sie lieben sie beide natürlich sehr. Amanda wird ein wunderbares Zuhause haben."

Michael nickte geistesabwesend, und sie wusste, dass er an etwas anderes dachte. Nun, auch sie musste noch an etwas anderes denken. Sie drückte Michaels Hand. „Ich hoffe, dass wir bald ein Kind haben werden, Michael."

Er war offensichtlich überrascht. „Das werden wir bestimmt, Liebling." Er hielt inne und forschte in ihren Augen. „Du machst dir doch nicht etwa schon Sorgen deswegen?"

Sara schaute weg. „Wir sind jetzt mehr als anderthalb Jahre verheiratet. Ich hatte gehofft, dass wir inzwischen ..."

Sie ließ ihre Worte unvollendet verhallen.

Einen Augenblick später spürte Sara, wie Michael einen Arm um ihre Schulter legte. Mit seiner freien Hand drehte er ihr Gesicht zu sich. „Oh, Sara“, sagte er leise, und schüttelte den Kopf, „du hast es immer eilig, selbst wenn es um ein Baby geht.“

Sara versuchte zu lächeln, doch wie immer sah er hinter den äußeren Schein.

„Wir haben Zeit, Liebling – sehr viel Zeit.“

„Aber du willst doch auch Kinder, Michael! Du hast natürlich Tierney, doch hast du mir, schon ehe wir geheiratet haben, gestanden, dass du noch mehr Kinder haben möchtest – unsere Kinder.“

Er fasste sie an den Schultern. „Ja, das möchte ich auch, Sara, *a ghrá,* meine Liebe. So viele, wie Gott uns schenken möchte. Doch wenn es jemand eilig haben müsste, dann wäre ich das. Ich bin derjenige von uns, der bereits Silberfäden im Haar hat, nicht du.“

„Bei einem Mann ist das anders“, erklärte sie und wischte seinen Hinweis auf den Altersunterschied beiseite. „Ein Frau kann nicht ihr ganzes Leben lang Kinder gebären. Wenn wir eine große Familie werden wollen, müssen wir damit anfangen.“

„Gleich jetzt?“

Sara sah ihn vorwurfsvoll an, als sie das schelmische Grinsen in seinen Augen sah.

Dann wurde er wieder ernst. „Sara, ich kann dich verstehen, wirklich, mein Liebling“, betonte er, als sie widersprechen wollte. „Und ja, ich möchte Kinder mit dir haben. Doch weißt du auch, dass, falls wir aus irgendeinem Grund nicht sofort ein Kind haben werden, mir das überhaupt nichts ausmachen würde? Du bist genug Familie für mich, Sara – du und Tierney. Du wirst immer alles sein, was ich brauche.“

Die Zärtlichkeit in seinen Augen schmolz Saras Herz. „Oh, Michael! Du bist auch alles für mich. Ich weiß, es ist schrecklich von mir, noch mehr haben zu wollen als das, was ich bereits besitze! Aber weißt du, als ich heute Abend Kerry mit der kleinen Amanda gesehen habe, da wollte ich am liebsten sofort auch ein Baby haben!

Er lachte leise, dann beugte er sich hinüber und küsste sie. „Nun", sagte er, während er sie immer noch in seinen Armen hielt, „dann sollten wir uns bald um die Einrichtung des Kinderzimmers kümmern. Wenn du dir einmal etwas in den Kopf gesetzt hast, dann lässt die Tat nicht mehr lange auf sich warten."

* * *

Später an diesem Abend saß Jess Dalton an seinem Schreibtisch in der Bibliothek und versuchte, an seinem neuesten Buch zu arbeiten, einer Sammlung von Aufzeichnungen ehemaliger Sklaven, die in den Norden geflohen waren. Doch heute brachte er nur sehr wenig zustande. Stattdessen richtete er seine Aufmerksamkeit auf seine Frau, die sich mit ihrem Sohn und der kleinen Amanda beschäftigte.

Die Tür stand offen, und er konnte direkt über den Flur ins Wohnzimmer schauen, wo Kerry, Casey-Fitz und das kleine Mädchen, das sie zu ihrer rechtmäßigen Tochter machen wollten, in das abendliche Geschichtenerzählen vertieft waren.

Amanda, knapp zwei Jahre alt, saß auf Kerrys Schoß und nickte mit ihrem blonden Lockenköpfchen, als wüsste sie genau, was als Nächstes kam. Casey-Fitz hatte sich zu den Füßen seiner Mutter ausgestreckt. An seinem gespannten Gesichtsausdruck erkannte Jess, dass er Kerrys lebhafter Wiedergabe einer alten irischen Legende lauschte.

Während er mit der Feder auf das Papier klopfte, beobachtete Jess das Geschehen auf der anderen Seite des Flurs mit einem zufriedenen Lächeln. Es war kaum zu glauben, dass der rothaarige kleine Junge, den sie vor einigen Jahren adoptiert hatten, inzwischen zwölf Jahre alt war. Alles schien darauf hinzudeuten, dass Casey-Fitz das erfüllte, was seine Kindheit versprochen hatte. Er reifte zusehends zu einem klugen, einfühlsamen jungen Burschen heran, der dazu bestimmt schien, in seinem Leben etwas Gutes, etwas Wertvolles zu vollbringen. Er sprach oft davon, dass er Arzt werden oder Neues auf dem Gebiet der Medizin erforschen wollte.

Jess staunte wiederum darüber, wie sehr der Junge, obwohl er adoptiert war, Kerry äußerlich glich. Doch überraschte ihn diese Ähnlichkeit nicht mehr so sehr wie früher. Er war im Lauf der Jahre zu der Überzeugung gelangt, dass Gott Casey-Fitz speziell für sie ausgewählt hatte – und ganz besonders für Kerry.

Kerry – was für ein Geschenk sie für ihn war! Noch immer erinnerte er sich an den Augenblick, als er sie zum ersten Mal gesehen hatte, wie sie in West Point den Dampfer verließ: ein aufgeregtes, außergewöhnlich reizendes, heimatloses Mädchen, unter dessen Kapuze eine kupferfarbene Locke hervorlugte und dessen Augen deutlich sagten, dass es viel lieber irgendwo anders als hier wäre.

Durch eine Vereinbarung, die ihre Väter Jahre zuvor getroffen hatten, war sie, widerstrebend nur, als sein Mündel zu ihm gekommen. Kerry war erst ein Teenager, als ihr Vater starb. Andrew Dalton, Jess' verstorbener Vater, hatte ihm Kerrys Vormundschaft übertragen.

Jess, bereits Anfang dreißig, diente zu jener Zeit als Kaplan an der Militärakademie der Vereinigten Staaten. Er hatte sich im Grunde damit abgefunden, Junggeselle zu sein. Doch als Kerry aus dem Dampfer ausstieg, traf es ihn wie ein Blitz, und von dem Augenblick an hatte sich sein Leben verändert.

Lächelnd folgte er den Erinnerungen, die in seinem Geist auftauchten: die Zeit ihrer jungen Liebe, nachdem Kerry es endlich gelungen war, ihn davon zu überzeugen, dass der Altersunterschied zwischen ihnen kein Hindernis war ... ihre Hochzeit in der Kapelle der Akademie ... ihre Flitterwochen in Adorin ...

Doch sein Lächeln verschwand, als er an den darauffolgenden Umzug nach Washington dachte, wo Kerry beinahe ihr Leben verloren hätte – gemeinsam mit ihrem Sohn, der tot zur Welt gekommen war –, und wo er von einem fanatischen Politiker angeschossen worden war, der einen unbändigen Hass gegen alle hegte, die sich für die Abschaffung der Sklaverei einsetzten. Dieses Geschehen hatte Kerry todunglücklich und bekümmert gemacht, und Jess hatte um die Frage nach Gottes Berufung für sein Leben gerungen.

Mitten in ihrer Qual hatten sie jedoch überraschend ein wunderbares Geschenk erhalten: ihren Adoptivsohn, Casey-Fitz. Ein siebenjähriger irischer Waisenjunge mit viel zu großen Ohren für das schmale Gesicht und Augen, die für seine Jahre zu alt waren, hatte Casey-Fitz geholfen, Kerry aus dem Feuer zu retten. Und schließlich hatte er sie auch aus der Trauer über ihre eigene Kinderlosigkeit befreit.

Und jetzt ... Amanda.

Jess betrachtete das kleine Mädchen, das dicht an Kerrys Herz geschmiegt war. Er hatte sie mit nach Hause genommen, nachdem er ihrer sterbenden Mutter versprochen hatte, sich um das Kind zu kümmern. Ursprünglich hatte er nur die Absicht, Amanda so lange eine Heimat zu geben, bis ihr Großvater aus England jemanden schicken würde, der das Mädchen zu sich nahm. Wenige Wochen nach dem Tod von Amandas Mutter hatten sie jedoch die Nachricht erhalten, dass ihr Großvater ebenfalls verstorben war – ohne Amanda jemals gesehen zu haben.

Inzwischen hatten Jess und Kerry das kleine Mädchen so sehr ins Herz geschlossen, dass sie es sich nicht vorstellen konnten, sie jemals wieder wegzugeben. Auch Casey-Fitz hatte Amanda schnell als seine kleine Schwester „adoptiert".

So war Amanda bei ihnen geblieben, und nun waren sie dabei, sie offiziell zu adoptieren. Obgleich Jess befürchtete, dass es im Verlauf des Verfahrens zu Komplikationen kommen könnte, hütete er sich, Kerry etwas davon spüren zu lassen. Nachdem sie den Antrag auf Adoption gestellt hatten, konnte Kerry ihre Aufregung kaum verbergen. Sie freute sich wie ein Kind. Mit Molly, ihrer Haushälterin, die schon seit vielen Jahren in Jess' Familie arbeitete, hatte Kerry bereits genaue Pläne für die Einrichtung des Kinderzimmers geschmiedet. In der Zwischenzeit brachten sie jeden Tag viele Stunden damit zu, reizende Sachen für das kleine Mädchen zu nähen, während Mollys Ehemann Mack damit begonnen hatte, ein Schaukelpferd und eine Spielzeugkiste zu bauen.

Darum bemüht, Casey-Fitz nicht aus der allgemeinen Begeisterung auszuschließen, erzählte Kerry ihm oft davon, wie es war, als er adoptiert wurde. „Nun, bei dir war die Aufregung noch größer, und alles musste schnell gehen“, erzählte sie mit glühenden Augen. „Wir haben dich praktisch von einem Moment zum anderen nach Hause gebracht! Doch Omi Molly und Opi Mack hatten einen wunderschönen Anzug für dich bereit, als wir ankamen – und auch ein Paar glänzende schwarze Schuhe! Wie stolz du auf deine neuen Sachen warst! Ich glaube, dein Vater hat dir erzählt, dass wir anschließend einige Nächte nicht geschlafen haben – er sagt, ich hätte ihm die Ohren wundgeschwatzt mit allen meinen Plänen für dich.“

Genau das hatte sie getan, erinnerte sich Jess mit einem zärtlichen Lächeln, und er hatte jeden Augenblick davon genossen. Nichts machte ihn glücklicher, als Kerry glücklich zu sehen. Aus diesem Grund allein würde er – von seiner eigenen Liebe zu Amanda abgesehen – alles tun, sie auch rechtmäßig zu ihrem Kind zu machen.

* * *

Später, in ihrem Schlafzimmer, setzte sich Jess hinter seine Frau an die Frisierkommode. Während er ihr im Spiegel zulächelte, nahm er ihr die Haarbürste aus der Hand und fing an, ihre kupferfarbenen Locken, die er so sehr liebte, zu bürsten, sodass sie in einer feurigen Woge über ihren Rücken herabfielen.

Eine Zeitlang war sie ungewöhnlich still, und er wusste, dass ihre Gedanken durcheinanderjagten. „Was geht da drinnen vor sich?", neckte er sie, während seine Lippen ihren Scheitel berührten. „Planst du Amandas Hochzeit? Oder Caseys Karriere? Was ist heute Abend an der Reihe?"

Kerry kräuselte die Nase, während sie, seinem Spiegelbild zugewandt, erwiderte: „Eigentlich habe ich über Sara nachgedacht."

Überrascht bürstete er langsamer. „Sara? Was ist mit Sara?"

„Weißt du, sie wünscht sich ein Baby."

Jess zog eine Augenbraue hoch, dann bürstete er weiter. „Tatsächlich?"

Kerry nickte. „Sie hat sich mir vor einigen Wochen anvertraut. Sie hat es irgendwie ... eilig, glaube ich, aufgrund ihres Alters – und Michaels."

Wieder hielt er im Bürsten inne. „Du meine Güte, Sara ist doch selbst beinahe noch ein Kind! Und Michael kann so alt auch noch nicht sein."

Nun wurde sie ernst. „Nein, Jess, Sara ist älter als ich – sie ist achtundzwanzig. Michael ist neununddreißig."

Jess dachte über ihre Worte nach, wobei er sich bemühte, nicht über die Tatsache zu brüten, dass er vor kurzem vierzig geworden war.

„Sie sind trotzdem noch jung", erklärte er und hoffte, dass sie ihm zustimmen würde.

Das tat Kerry, und er bürstete ein wenig fröhlicher weiter.

„Sara wird bestimmt eine wunderbare Mutter, meinst du nicht auch, Jess?"

Er nickte. „Wie du."

Sie lächelte ihn im Spiegel an. „Wir müssen für sie beten, damit sie ein Baby bekommen. Ich möchte, dass alle so glücklich sein können wie wir, verstehst du?"

Er lächelte zurück, während er mit großer Sorgfalt eine besonders widerspenstige Locke bürstete. „Das ist unmöglich", sagte er. „Aber ich freue mich, dass Sara und du Freunde seid. So bist du wenigstens nicht allein damit, mit einem Patriarchen verheiratet zu sein."

Sie warf ihm im Spiegel einen feurigen Blick zu. „Wage es nicht, wieder mit diesem Unsinn anzufangen, Jess Dalton! Du weißt, dass mich das wütend macht. Als ob diese wenigen Jahre dir und mir auch nur das Geringste ausmachen würden!"

Er grinste, über ihren Zorn amüsiert. „Dann macht es dir also wirklich nichts aus, mit einem Mann in den reiferen Jahren verheiratet zu sein?"

Sie zog eine Augenbraue nach oben. „Sie benehmen sich nicht gerade wie ein Mann in den reiferen Jahren, Mr Dalton, schon gar nicht, wenn wir allein sind."

Jess lächelte breit. Er legte die Bürste auf der Frisierkommode ab, sodass er sie zu sich herumdrehen konnte. „Tatsächlich, Mrs Dalton?", erwiderte er und schloss sie in seine Arme.

7. Kapitel

Unruhige Nächte

Wenn der Morgen graut, werden die Nächte unruhig …
W. B. Yeats (1865 – 1939)

Dublin
Ende Juli

Während des Sommers war es ruhiger in Dublin.

Die Leute schlenderten vielmehr durch die Straßen, als dass sie eilten, sie unterhielten sich, während sie ihre Geschäfte ohne Hast erledigten. Besucher verweilten länger bei den Four Courts, dem Custom House und Dublin Castle als ihre Vorgänger, die im Frühjahr gekommen waren. Selbst die zerlumpten Straßenkinder schienen weniger Dummheiten anzustellen. Jemand, der über die Halfpenny Bridge ging, sagte, der River Liffey verlangsamte im Sommer seine Reise von den Wicklow Mountains zur Irish Sea.

Es gab keinen gewaltigen Temperaturanstieg. Im Gegensatz zu den Bewohnern der Insel war das Klima größtenteils gemäßigt, ohne auf der einen oder anderen Seite in ein Extrem umzuschlagen. Gewiss war es vielmehr der Liebreiz dieser Jahreszeit, der das hektische Treiben der ganzen Stadt beruhigte.

Der Sommer war eine herrliche Zeit. Der Windhauch, der von den Bergen herüberwehte, war sanft, beinahe berauschend mit seinem lieblichen Duft, und die Berge schienen den Menschen der Stadt zuzurufen, doch wieder zu einem einfacheren Leben zurückzukehren. Abends war der Wind besonders sanft, die Stimmen sorglos, lieblich die Musik.

Im Norden der Stadt jedoch, in Nelson Hall, ging es an diesem wunderschönen Sommerabend sehr lebhaft, beinahe hektisch zu.

Ein Ereignis von großer Bedeutung stand bevor, und der Haushalt Morgan Fitzgeralds – des *Seanchai* – war mitten in den Vorbereitungen.

***

Die Familie hatte beschlossen, dass es längst an der Zeit war, für Finola eine Geburtstagsfeier auszurichten. Das Problem war, einen geeigneten Zeitpunkt zu finden.

Weil es keine Möglichkeit gab, Finolas wirklichen Geburtstag herauszufinden, sollte sie einen Tag wählen. Sie hatte wiederum ihren Mann gebeten, einen Tag für sie auszusuchen. Nach einiger Überlegung hatte der *Seanchai* den ersten August vorgeschlagen. Dies war der Geburtstag seiner Mutter, hatte er erklärt, und er würde sich freuen, wenn Finola ihn auch als ihren annehmen würde.

Und so waren Sandemon und Schwester Louisa zwei Abende vor der großen Feier eifrig damit beschäftigt, für diesen Anlass ein ganz besonderes Geschenk fertigzustellen. Sie hatten eine kleine Wäschekammer am einen Ende des Flurs in ein Gebetsstübchen verwandelt. Sandemon hatte den größten Teil der Arbeiten, die Lärm verursachten, wie Hämmern und Schleifen, an einem Nachmittag erledigt, während der *Seanchai*, der inzwischen in das Geheimnis eingeweiht worden war, Finola zu einem Picknick am Fluss eingeladen hatte.

Nachdem Sandemon während vieler langer Abende, unterstützt von Schwester Louisa und Annie, hart gearbeitet hatte, war das Werk nun fast vollbracht. Heute Abend würden sie die Einrichtung des Stübchens fertigstellen.

„Der *Seanchai* wird Mrs Finola gewiss etwas sehr Schönes und Kostbares schenken", sinnierte Sandemon, während er ein geschnitztes Kruzifix an einem Nagel an der Wand befestigte. „Schmuck vielleicht?"

Schwester Louisa schniefte. Sie war fest davon überzeugt, dass weltlicher Flitter unbedeutend war im Vergleich zu geistlichem Reichtum. „Unser Geschenk wird ihr einen besseren Dienst erweisen", erwiderte sie, während sie eine weiße Decke über einen Tisch breitete, der aus einem unbenutzten Schlafzimmer im östlichen Flügel stammte. „Das Mädchen braucht Stille für sich nötiger als schillerndes Glas."

Während er das Kruzifix betrachtete, nickte Sandemon zufrieden. „Sie meinen wirklich, dass sie sich freuen wird?"

„Und warum sollte sie sich nicht freuen? Das arme Kind weiß nicht einmal mehr, was es bedeutet, Zeit für sich zu haben. Und ich glaube, das beginnt sich schon bemerkbar zu machen. Sie ist in letzter Zeit so bekümmert und weinerlich – überhaupt nicht sie selbst."

Sandemon runzelte die Stirn. Er musterte einen Leuchter, den Louisa am Ende des Tisches aufgestellt hatte, dann rückte er ihn etwas mehr in die Mitte.

Der Mann mit der schwarzen Hautfarbe zog eine Augenbraue nach oben. „Ich habe bemerkt, dass sie nachts oft nicht schlafen kann", erklärte er. „Wenn alle anderen schlafen, wandelt sie auf dem Flur. Oft musste ich aus Furcht, entdeckt zu werden, meine Arbeit hier beenden. Ich bezweifle, dass eine mangelnde Privatsphäre allein die Ursache einer solchen Unruhe sein kann."

Louisa hatte nichts von der Schlaflosigkeit gewusst, und ihre Sorgen um das Mädchen wurden nur noch größer. „Das wusste ich nicht", räumte sie ein, während sie den Leuchter an seinen ursprünglichen Platz zurückstellte. „Trotzdem steht außer Zweifel, dass sie selten allein ist. Annie folgt ihr wie ein Schatten, und auch Gabriel scheint am liebsten ständig an ihrem Rockzipfel zu hängen. Und dann ist auch Lucy da, die darauf beharrt, das Mädchen ständig wie einen Schutzengel zu bewachen." Sie hielt inne. „Ganz zu schweigen von dem *Seanchai,* der schon ungeduldig wird, wenn sie länger als fünf Minuten außer Sichtweite ist."

Nachdem sie eine Bibel und ein kleines Gebetsbuch neben den

Leuchter gelegt hatte, musterte Schwester Louisa noch einmal kritisch das kleine Zimmer. „Es wird viel gefordert von einer jungen Frau und Mutter“, sagte sie besorgt. Sie bückte sich, um den Läufer und das Gebetskissen zu prüfen. „Jeden Tag ein paar Augenblicke mit dem Herrn allein werden ihr unendlich guttun. Finola ist sehr fromm. Oft stiehlt sie sich in die Kapelle, um stille Zeit zu haben. Doch meist folgt ihr eins von den Kindern oder der *Seanchai.* Selbst dort findet sie selten wirklich Ruhe.“

Sandemon nickte. „Oh ja, hier kann sie die Tür hinter sich schließen – sie kann sogar zuriegeln, wenn sie möchte.“ Er deutete auf den kleinen Riegel, den er angebracht hatte. „Die Familie wird es bestimmt respektieren, wenn sie sich zurückzieht. Die Zeit eines Menschen mit Gott allein sollte in Ehren gehalten werden.“ Die Arme über der Brust verschränkt, wandte sich Sandemon lächelnd an Louisa. „Sie hatten eine wunderbare Idee.“

Louisa zuckte mit den Achseln. „Ideen hat man schnell, doch es kostet Mühe, sie in die Tat umzusetzen. Sie waren sehr fleißig“, räumte sie ein. „Und es ist alles sehr schön geworden. Wenn unsere Annie“, fügte sie hinzu, „das Geheimnis bloß noch für zwei Tage zu hüten vermag!“

Sandemon lachte leise und warf einen letzten Blick auf sein Werk. „Das wird sie ganz bestimmt“, entgegnete er. „Bei der schweren Strafe, die Sie ihr angedroht haben, wird sie kein Sterbenswörtchen sagen. Außerdem möchte sie die Überraschung nicht verderben. Sie liebt die junge Herrin über alle Maßen.“

Louisa musste daran denken, dass alle im Haus Finola liebten. Mit ihrem scheuen Lächeln, ihrer sanften Art und unendlichen Freundlichkeit hatte sie sich bei der ganzen Familie – wie auch bei allen Angestellten von Nelson Hall – beliebt gemacht. Jeder Einzelne, von den Küchenmädchen bis zu den Stallknechten, wünschte seiner reizenden, sanften Herrin nichts als Glück und Wohlergehen.

Und so sollte es auch sein, dachte Louisa. Wenn jemand, der so jung und reinen Herzens war wie sie, schon so unendlich viele

Qualen erdulden musste, schien es nur gerecht zu sein, wenn er jetzt besonders gesegnet wurde.

Sofort beschlich sie jedoch der beunruhigende Gedanke, dass das Leben nicht immer Schmerz mit einem gleichen Maß an Freude ausglich. Entschlossen verbannte Louisa diesen Gedanken, dennoch konnte sie nicht verhindern, dass sie erschauderte.

Als sie sich umwandte, sah sie, dass Sandemon auf die Knie gegangen war. Er betete zweifellos um Gottes Segen für Finolas Zufluchtsort. Ohne zu zögern, kniete Louisa nieder, um auch ihre Fürbitte vor Gott zu bringen.

***

Im Regen stand Rook Mooney auf der Straße gegenüber vom Healy's Inn. Fast eine Woche lang hatte er die obere Tür nun schon jeden Abend beobachtet, lang genug, um mit zunehmender Wut festzustellen, dass die Unschuldige nicht mehr in dem Zimmer oben an der Treppe wohnte.

Sie war verschwunden. Mehr als ein Jahr lang hatte er gewartet, hatte die wütende Glut in sich geschürt. Jetzt war er endlich zurück, und sie war verschwunden!

Verschwunden!

Mit einer groben Handbewegung wischte er sich den Regen aus dem Gesicht. Unheimlicher Zorn packte ihn wie ein wildes Biest. Ein Jahr lang hatte er für den Augenblick gelebt, an dem er nach Dublin zurückkehren und dem Wahnsinn ein Ende machen würde, den sie in ihm geweckt hatte.

Er wusste, dass es nur einen Weg gab, das Fieber in seinem Geist auszulöschen, nur einen Weg, um sich von ihr zu befreien. Um die Fesseln zu vernichten, mit denen sie ihn gebunden hielt, musste er sie vernichten.

Doch wo sollte er sie finden? In dem Zimmer über der Treppe wohnte eine neue Frau – eine ältere Frau, mit harten Zügen, die kein bisschen anziehend wirkte. Fünf Nächte lang hatte er kein Zeichen von der Hexe mit dem goldenen Haar gesehen, keinen Hinweis darauf, dass sie, außer in seinem Geist, jemals existiert hatte.

Er spie auf die Straße, dann entfernte er sich von der Mauer und ging die Straße entlang. Es hatte heftiger zu regnen begonnen, und er fluchte, während er sich mit den Schultern gegen den Regen stemmte und in die Nacht hineinstolperte.

Die anderen Huren konnte er nicht fragen. Er wollte auf keinen Fall ihre Neugier wecken.

Außerdem wusste er, wo er eine Antwort finden konnte. Am Hafen konnte man fast alles erfahren, zumindest gegen Geld. Dort hatte er auch zum ersten Mal von ihr gehört.

Seine Stiefel schlurften über den Boden, dann stapfte er schwerfällig durch eine Pfütze. Er würde sie finden. Wenn nicht heute, dann morgen. Egal, wie lange es dauerte, er würde sie finden.

Und wenn er diesmal mit ihr fertig war, würde sie ihn nicht mehr im Schlaf verfolgen und seine Tage vergiften. Er würde frei sein ... weil sie tot war.

***

Finola schreckte aus dem Schlaf, und ihr Herz klopfte wild. Sie schaute zu Morgan hinüber und stellte erleichtert fest, dass er noch fest schlief.

Irgendwann während der Nacht hatte sich der starke Arm, der sie sicher und warm hielt, von ihr gelöst, und sie hatte zu frieren begonnen. Als sie versuchte, in der Dunkelheit etwas zu erkennen, stellte sie beruhigt fest, dass die Kerze neben ihrem Bett noch brannte. Sie konnte es nicht ertragen, wenn alles völlig dunkel war.

Sie streckte sich nach Morgans Wärme aus und schmiegte sich näher an seine starke Schulter. Darauf bedacht, ihn nicht zu wecken, lag sie ganz still und versuchte, das Zittern ihres Körpers unter Kontrolle zu bekommen. Sie versuchte, nicht zu denken.

Als sie den Regen gegen das Haus peitschen hörte, erschauderte sie. Regen in der Nacht war stets ein so trostloses Geräusch, wie der traurige Schlag eines bekümmerten Herzens.

Wieder stieß ein heftiger Windstoß, der den Regen herantrieb, draußen gegen die Brüstung, bevor er am Fenster rüttelte. Finola zuckte zusammen und schloss für einen Augenblick die Augen.

Diesmal war es nicht der *Traum,* der sie aus dem Schlaf gerissen hatte, sondern das *Gefühl,* ein unheimliches, düsteres Gefühl der Verlassenheit, als wäre sie inmitten der Dunkelheit der Nacht gefangen. Diese Dunkelheit war eiskalt und bedrückend, undurchdringlich barg sie gleichzeitig den Gedanken an Verrat, der sie zu überwältigen drohte, einer hohen Welle der Verzweiflung gleich, die über sie hinwegspülte.

Wieder hatte sie in der Ferne den Klang der Musik gehört ... seltsame, hohe Töne – beinahe schrill – und doch flüchtig, wie der Nachtwind in den Bäumen seufzt.

Schließlich hatte sie gespürt, wie sich Hände um ihren Hals legten ... sie zu ersticken drohten ... ihr den Atem raubten ... ihr das Leben nahmen ...

Und dann war sie wie immer plötzlich erwacht, voller Angst und Entsetzen. Sie verspürte ein Gefühl der Abscheu in sich, als wäre sie von etwas Unreinem berührt worden.

Übelkeit befiel sie, furchtbare Übelkeit. Mit aller Kraft widerstand sie dem Drang, das Bett zu verlasen und aus dem Zimmer zu laufen. Die Übelkeit würde bald vorübergehen, wie immer.

Schließlich war sie in der Lage, tief durchzuatmen, und noch einmal. Langsam verebbte auch das Zittern. Völlig erschöpft und noch immer benommen, unterdrückte sie ein verzweifeltes Schluchzen. Morgan regte sich, und seine Hand berührte ihr Haar, doch er schlief weiter.

Sie wusste, sie würde in dieser Nacht keinen Schlaf mehr finden. Sie würde in dem spärlich erleuchteten Schlafzimmer wach liegen und auf das Zittern und Ächzen des verwinkelten alten Herrenhauses lauschen. Wenn sie zu unruhig war, um im Bett zu bleiben, wanderte sie entweder auf den Gängen umher, oder sie ging in die Kapelle und versuchte zu beten.

Im Augenblick wollte sie jedoch den tröstenden Klang von Morgans gleichmäßigem Atem, die sichere Zuflucht seines Bettes nicht verlassen.

Was hatte das alles zu bedeuten – der böse Traum und das unheimliche Gefühl, die sie fortwährend so grausam quälten? Sie glaubte, dass dies die schlimmsten aller Alpträume waren, die sie seit dem Überfall durchleben musste. Sie raubten ihr nicht nur viele Stunden Nachtschlaf, den sie so nötig brauchte, sie beeinträchtigten sie auch tagsüber, machten sie ängstlich und ungeduldig. Seit kurzem fühlte sie sich auch den ganzen Tag über körperlich schwach.

Sie vernachlässigte ihre Familie, enttäuschte den Haushalt.

Doch was sollte sie tun?

Manchmal fürchtete sie sogar, sie sei von einer furchtbaren Geisteskrankheit befallen. Vielleicht aufgrund der dunklen Kluft, in der es keine Erinnerung gab ... vielleicht aufgrund des furchtbaren Verbrechens, das an ihr verübt worden war?

Würde es noch schlimmer werden? Würde sie am Ende völlig den Verstand verlieren?

Wieder erschauderte sie.

Sie schaute zu Morgan, betrachtete im Kerzenschein das geliebte, entschlossene Gesicht. Dann rannen Tränen aus ihren Augen und rollten still über ihre Wangen.

Dieser gute und edle Mann hatte um ihretwillen genug gelitten. Sie durfte ihm nicht noch mehr Schmerz, seiner Seele nicht noch mehr Qualen bereiten. Sie würde schweigen, sie würde es erdulden.

Vorsichtig legte sie sich auf die andere, ihm abgewandte Seite. Sie wollte nicht, dass er jemals erfuhr, dass seine Frau während der langen Stunden der Nacht weinend neben ihm lag.

8. Kapitel

Schatten breiten sich aus

Zurück, in die Vergangenheit meine Gedanken gleiten,
obgleich die Erinnerung unsäglichen Schmerz
mir wird bereiten ...

James Clarence Mangan (1803 – 1849)

Am Morgen von Finolas Geburtstag ließ Morgan es über sich ergehen, wie einer der O'Higgins-Zwillinge auf Lateinisch etwas vortrug, während er gleichzeitig ein wachsames Auge auf die anderen Schüler warf.

Morgan fand es unerträglich, und zwar nicht nur den Vortrag des Jungen, der vor ihm am Schreibtisch stand und über seine Vokabeln stolperte, sondern noch viel mehr das Fach als solches. Er verabscheute das Studium – und das Unterrichten – der lateinischen Sprache. Diese Sprache war für seinen Geschmack zu steif, zu präzise. Obgleich Schwester Louisa einige Male ihr Bestes getan hatte, um ihn von der Nützlichkeit dieser Sprache zu überzeugen, hatten sich Morgans Gefühle im Vergleich zu dem, was er als Junge empfunden hatte, nicht im Geringsten gewandelt.

„Es wäre viel besser für unsere jungen Leute, wenn sie mehr Zeit für ihre eigene Sprache verwendeten", argumentierte er gegenüber der Nonne. „Das Irische ist eine kräftige, lebendige Sprache – eine *geistreiche* Sprache. Im Vergleich dazu ist Latein wie eine fade Brühe."

„Latein ist die Sprache der Kirche", hob die Nonne ausdrücklich hervor. „Es ist eine Sprache, die sowohl Tradition als auch Würde besitzt. Sie lehrt gleichzeitig, klar und exakt zu denken und vermittelt außerdem ..."

„... ein besseres Verständnis grammatikalischer Zusammenhänge", beendete Morgan den Satz für sie. Er kannte ihre Argumentation auswendig.

Die Frau verstand es, ihm das Gefühl zu vermitteln, ein dummer, nichtsnutziger Junge zu sein.

Morgan warf Barry O'Higgins – oder war es Barnaby? – einen zornigen Blick zu, als der Junge zum wiederholten Male eine erbärmliche Leistung bei der Kontrolle der täglichen Hausaufgaben zeigte.

„Vielleicht ist es Ihnen in der Zwischenzeit aufgefallen, Mr O'Higgins, dass man *esse* nicht im Passiv konjungieren kann", erklärte Morgan, während er das runde Sommersprossengesicht mit einem vernichtenden Blick bedachte. „Gehe ich recht in der Annahme, dass du die Aufgabe vor dem Vortrag nicht einmal durchgelesen hast?"

Obwohl ein Hauch von Röte über das Gesicht des Jungen huschte, zeigten seine Züge keinerlei Reue. Der kurze Blick nach unten konnte Morgan keinen Augenblick täuschen. Die O'Higgins-Zwillinge nahmen nichts ernst, es sei denn, man drohte ihnen körperliche Züchtigung an.

Morgan seufzte und wünschte sich nicht zum ersten Mal, er hätte seiner Intuition gehorcht und die beiden längst nach Hause geschickt. In Wahrheit hatten sie es Schwester Louisa zu verdanken, dass sie als Schüler aufgenommen worden waren. Sie beharrte darauf, dass man selbst die O'Higgins-Zwillinge zähmen und lehren könne.

Wenn der Teufel einmal Ferien macht, dachte Morgan, während er den schwierigen Schüler musterte. „Nun, Barry ..."

„... Barnaby, Sir ..."

„ Sehr wohl, Barnaby – du kannst zu der Übung für heute die drei Aufgabenkomplexe im Anhang zu Kapitel fünf hinzunehmen und sie morgen vortragen."

„Sie haben gesagt, es gibt heute keine Hausaufgaben, Sir!", platzte der Junge heraus. „Heute ist doch Mrs Finolas Geburtstag."

Morgan ließ seine Brille auf seinem Nasenbein herabgleiten und betrachtete den Jungen, nach einer Weile seufzte er: „Ja, das habe ich gesagt. Also gut."

Der Junge strahlte ihn an.

„Doch du bereitest dich für Samstagmorgen vor", warnte Morgan.

„Oh gewiss, Sir."

„Und ich rate dir, das Lernen endlich ernster zu nehmen, oder ..."

Ein Klopfen an der Tür unterbrach ihn. Morgan bedeutete dem Jungen, auf seinen Platz zurückzukehren, als Sandemon das Klassenzimmer betrat.

„Entschuldigung, ein Herr möchte Sie sprechen."

Morgan runzelte die Stirn. Es war erst mitten am Vormittag, sehr früh für einen Besucher.

„Ein Herr?"

„Mr Cassidy", erwiderte Sandemon.

„Cassidy!" Morgan hielt den Atem an, dann warf er das Klassenbuch in das oberste Fach des Schreibtischs. „Führ ihn in die Bibliothek. Ich komme sofort!"

* * *

Während er seinen Rollstuhl in die Bibliothek steuerte, kämpfte Morgan gegen eine Woge der Aufregung und Angst an, die in ihm aufzusteigen drohte.

Etwas an der Art, wie Cassidy zuversichtlich vor ihm stand – obgleich sein Lächeln etwas verhalten erschien –, ließ Morgans Herz erwartungsvoll springen.

Sie schüttelten einander die Hand, und Morgan rollte hinter seinen Schreibtisch. Einen Augenblick lang forschte er in dem Gesicht des großen weißhaarigen Mannes ihm gegenüber. „Nun, Frank ..." Er bedeutete Cassidy, sich einen Stuhl zu nehmen.

„Welche Nachricht bringst du mir?"

„Endlich habe ich dir etwas zu berichten", erklärte Cassidy, während er auf einem Stuhl Platz nahm. „Wenn es auch leider furchtbar lange gedauert hat."

Morgan schluckte den Klumpen hinunter, der sich in seinem Hals gebildet hatte. „Erzähl es mir", sagte er mit angespannter Stimme.

Cassidy begann sofort mit seinen Ausführungen: „Ich glaube, ihr Familienname war Moran. Die Familie stammte aus Drogheda, doch offenbar besteht auch eine entfernte Verwandtschaft zu Michael Moran."

Morgan starrte ihn an. „Zozimus?" Michael Moran, der blinde Straßenmusikant und legendäre Vater der fahrenden Sänger, war besser unter seinem Beinamen Zozimus bekannt. Sein Ruhm war so groß, dass er unzählige Nachahmer hatte.

Cassidy nickte. „Jawohl, der Name deiner Frau ist auf jeden Fall Finola Moran."

Finola. So war Finola doch ihr richtiger Name.

Morgan bemühte sich, die widerstreitenden Gefühle, die in ihm aufbrachen, niederzukämpfen. Wollte er nicht Finolas Vergangenheit entdecken, um ihr zu helfen, die Dunkelheit zu besiegen, die sie fortwährend bedrohte? Und jetzt dachte er, selbstsüchtig wie er war, an nichts anderes als an die Möglichkeit, dass jemand anderes, jemand, der mehr Anspruch auf sie hatte als er, versuchen könnte, sie ihm wegzunehmen. Er wollte das Beste für Finola, natürlich, aber ... bei allen Heiligen, er konnte nicht einmal die Vorstellung ertragen, sie wieder zu verlieren!

Um das Zittern seiner Hände zu verbergen, stemmte sich Morgan gegen den Schreibtisch, der vor ihm stand. „Und ... hast du ... die Familie gefunden?"

Cassidy schüttelte den Kopf. „Sie lebte nur mit ihrem Vater zusammen. Der alte Mann ist tot." Er hielt inne. „Er wurde ermordet, erschossen, erzählt man sich. Er war Witwer, und das Mädchen, Finola, sein einziges Kind."

Erleichterung spülte über Morgan hinweg wie ein kühler Strom, der jedoch sogleich von einer Woge der Schuld abgelöst wurde. War er wirklich so selbstsüchtig, um durch etwas Trost zu empfangen, was für Finola nichts als Trauer bedeutete?

„So gibt es also niemanden sonst aus der Familie?", brachte er hervor, seine Hände umklammerten den Schreibtisch fester. „Wirklich niemanden?"

Cassidy schüttelte den Kopf. „Sie waren nur zu zweit, das Mädchen und ihr Vater – und er lebt nicht mehr. James Moran besaß eine Apotheke und außerdem einige Felder am Rand der Stadt. Er schien ein geachteter Mann zu sein. Ich habe ihre Geschichte schließlich vom Sohn der Haushälterin erfahren – und es ist eine traurige Geschichte."

Morgan schloss die Augen.

Es gab niemanden, der sie ihm wegnehmen wollte, niemanden, der ihre Liebe beanspruchte. Wieder durchzuckte ihn ein Gefühl der Schuld, noch stärker als vorhin.

So lange hatte er sich vor der Wahrheit gefürchtet ...

Plötzlich wurde ihm bewusst, dass Cassidy von einem Mord gesprochen hatte. „Wie war das mit dem Mord an ihrem Vater?", gelang es ihm zu fragen, während er die Augen öffnete. „Berichte mir alles, was du erfahren konntest."

* * *

Annie saß in ihrem Zimmer an ihrem kleinen Schreibtisch in der Ecke. Sie hatte gerade ihren Privatunterricht mit Schwester Louisa beendet und musterte nun das kleine Kunstwerk, das ihr bis jetzt am besten gelungen zu sein schien.

Sie nickte zufrieden. Neben ihr bellte Fergus leise, der offensichtlich auch gern einen Blick auf Annies Werk werfen wollte.

Annie schaute den Wolfshund an. „Nun gut", erklärte sie, während sie den Stift in die Schachtel zurücklegte. „Du darfst es dir anschauen. Aber pass auf, dass du nicht sabberst. Ich möchte Finola kein Bild überreichen, das die Spuren deiner großen Zunge trägt."

Sie hielt das Bild in einiger Entfernung von dem großen Kopf des Wolfshunds hoch. Er musterte es mit ernstem Blick, bevor er schließlich ein kurzes Bellen hören ließ.

„Sei nicht gleich beleidigt", tadelte Annie. „Habe ich dir nicht gesagt, dass die Katze auf das Bild gehört? Sie ist schließlich Finolas Lieblingstier, und da ist es nur recht."

Fergus winselte, doch Annie ignorierte ihn und studierte weiter das Bild, das sie gemalt hatte. Die Zeichnung zeigte Finola im großen Wohnzimmer am Kamin, Gabriel auf ihrem Schoß und Flecky, die Katze, zu ihren Füßen.

Die Zeichnung war recht gut gelungen, wenn sie das sagen durfte. Die Schwester hatte ihr versprochen, ihr zu helfen, das Bild aufzuziehen, dadurch würde es noch ansehnlicher werden.

Annie hoffte so sehr, dass Finola sich freuen würde. Von Anfang an hatte sie beschlossen, selbst ein Geschenk herzustellen. Sie wollte Finola etwas Persönliches schenken, etwas, worin sie Liebe und Mühe investieren konnte.

Einen Ellbogen auf den Tisch gestützt, hatte Annie ihr Kinn auf ihre Hand gelegt. „Finola sieht in letzter Zeit gar nicht glücklich aus", sagte sie zu Fergus, der seinen Kopf zur Seite neigte, als wartete er auf eine Erklärung.

Doch Annie hatte keine Erklärung. Sie wusste nur, dass es Zeiten gab, wo Finolas schönes Gesicht traurig und bekümmert aussah, Augenblicke, wo sie die Gespräche um sie herum überhaupt nicht wahrzunehmen schien – selbst wenn der *Seanchai* sprach.

Vielleicht, dachte Annie traurig, betrübte es Finola immer noch, dass sie sich nicht an ihre Vergangenheit erinnern konnte – woher sie kam, wer sie war, was sie zurückgelassen hatte. Und war es nicht nur natürlich, dass sie sich Gedanken machte, ob sie noch irgendwo eine Familie hatte, ob man sie vermisste, nach ihr suchte?

Eine Hand auf Fergus' Kopf legend, begann sie seine Ohren zu kraulen. „Ich glaube, sie ist manchmal traurig", erklärte sie dem Wolfshund. „Es ist furchtbar, nicht zu wissen, wo man herkommt, wo seine Verwandten leben. Wenn meine Mutter mich auch im Stich gelassen hat, so kam ich doch wenigstens mit einem Namen hier an. Doch Finola hat nicht einmal das. Sie kann sich weder an ihre Mutter, noch an ihren Vater oder an Schwestern oder Brüder erinnern – an niemanden."

Annies Herz zog sich zusammen. Sie war nicht so selbstsüchtig, um zu hoffen, dass Finola außerhalb von Nelson Hall keine anderen Verwandten mehr hatte. Sie wünschte sich auch nicht, dass Finolas Erinnerung an ihre Familie niemals zurückkehren würde. Doch, so fragte sie sich, wenn sie wirklich noch eine Familie hatte, wäre es dann unbarmherzig, zu hoffen, dass sie keine jüngere Schwester hatte?

* * *

Am späten Nachmittag war Morgan so von Cassidys unglaublichem Bericht beschlagnahmt, dass er fürchtete, zu explodieren. Er musste alle seine Kraft zusammennehmen, um nicht Finolas Geburtstagsfeier zu verderben.

Jetzt, nachdem zumindest einige Fragen geklärt zu sein schienen, wusste er nicht, wie er mit diesen Informationen umgehen sollte. Zunächst hatte er die Absicht gehabt, Finola sofort die ganze Geschichte zu erzählen. Sie hatte ein Recht darauf, alles zu erfahren, ein Recht, die Lücken in ihrer Erinnerung endlich zu schließen.

Doch was würde das bei ihr auslösen?

Ihr Gefühlsleben war ohnehin zerbrechlich. Was wäre, wenn diese neuesten Erkenntnisse mehr waren, als sie ertragen konnte! Bestand nicht die Möglichkeit, die Fortschritte zu gefährden, die sie seit Gabriels Geburt gemacht hatte?

Was wäre, wenn sie den Schock einer solchen Entdeckung nicht verkraften konnte? Zu erfahren, dass sie nicht einmal, sondern zweimal Opfer eines grausamen Überfalls geworden war – eines Überfalls, der vermutlich ihren Vater das Leben gekostet hatte – mussten solche Gräuel nicht unvermeidlich weiteres Unheil gebären?

Er brauchte ja nur davon auszugehen, was die Wahrheit für ihn bedeutete. Auch jetzt noch, Stunden nachdem er Cassidys Bericht gehört hatte, war er sichtlich erschüttert, halb krank von dem verzweifelten Wissen um das, was Finola hatte erleiden müssen. Er wusste, dass es sehr, sehr lange dauern würde, ehe er über die ganze Geschichte nachdenken konnte, ohne mörderische Wut oder qualvolle Pein zu empfinden. Er konnte sich nicht ausdenken, was das für Finola bedeuten musste, die das Opfer dieser abscheulichen Tat war.

Und außerdem, was würde es ihr überhaupt nützen, wenn er es ihr erzählte? Es gab ja keine Familie mehr, die sie liebte und die sie vermisste. Offensichtlich existierte aus ihrer Familie niemand mehr außer Finola.

Musste sie es wirklich wissen? Wäre es nicht am besten – am barmherzigsten – die Vergangenheit einfach zu begraben?

Er schüttelte den Kopf, als wolle er diese Versuchung abschütteln. Es wäre unverzeihlich, sie weiter der Pein um den Verlust ihrer Vergangenheit zu überlassen, wenn er ihr die Wahrheit sagen konnte. Das wäre gewiss eine grausame Täuschung, ein regelrechter Betrug.

Doch wie sollte er es ihr sagen?

Und wann?

Mit seiner Weisheit am Ende, machte er sich auf die Suche nach Schwester Louisa. Vielleicht würde der stets zuverlässige, gesunde Menschenverstand der Nonne ihm helfen, die richtige Entscheidung zu treffen.

Er fand sie oben in der Nähstube mit Annie und dem Wolfshund. Sie zogen gemeinsam die Bleistiftzeichnung auf, die Annie als Geburtstagsgeschenk für Finola angefertigt hatte.

„Ich möchte mit der Schwester allein sprechen, Annie, wenn es dir nichts ausmacht", erklärte Morgan. „Vielleicht könntest du mit Fergus zu Gabriel ins Kinderzimmer gehen."

Das Mädchen blickte neugierig von ihm zu der Schwester, bevor sie, gefolgt von dem Wolfshund, das Zimmer verließ.

Schwester Louisa reagierte nicht so, wie es Morgan erwartet hatte. Nachdem sie die Geschichte gehört hatte, sank sie in den Sessel, der am Fenster stand, die Hände ringend. Sie war furchtbar bleich geworden.

„Oh, das arme Mädchen!", sagte sie mit unendlich leiser Stimme. Ihr Gesicht in ihren zitternden Händen verborgen, wiederholte sie diesen Satz noch einmal. „Wie konnte sie eine solche Grausamkeit ... ein solches Unheil ... mehr als einmal überleben?"

Betroffen von dem aufgelösten Verhalten der Nonne, rollte Morgan zu ihr. „Ist alles in Ordnung, Schwester?"

Sie nahm die Hände von ihrem Gesicht und schaute ihn an. „Ja, ja natürlich." Einen Augenblick lang sagte sie nichts weiter. Als sie endlich zu sprechen begann, war ihre Stimme alles andere als fest. „Was werden Sie tun, *Seanchai?*"

Morgan schüttelte den Kopf. „Ich weiß nicht, was ich tun soll. Ich weiß, ich habe nicht das Recht, ihr die Wahrheit vorzuenthalten. Ich glaube, sie wird von den unbekannten Geheimnissen ihrer Vergangenheit gequält. Doch wird sie so viel Grausamkeit ertragen können, Schwester?"

Schwester Louisa runzelte die Stirn, dann schüttelte sie den Kopf.

„Finola ist noch nicht stark genug. Sie hat so viel durchmachen müssen", fügte sie schnell hinzu. „Sie hat sehr gute Fortschritte gemacht, aber ..."

Sie ließ ihren Satz unvollendet verhallen, doch Morgan verstand, was unausgesprochen geblieben war.

„Sie leidet noch immer unter Alpträumen." Er sprach laut, doch mehr zu sich selbst als zu der Nonne. „Sie träumt nachts und schreit laut auf – manchmal erwacht sie mit so viel Angst und Pein, dass man meinen könnte, die Dämonen der Hölle wären hinter ihr her!“

Die Nonne schaute ihn an, ihr Gesicht war bekümmert. „Ich weiß“, sagte sie leise. „Sandemon hat es gehört.“

Morgan wurde übel, übel und angst. „Was soll ich nur tun, Schwester? Ich weiß nicht, was ich tun soll!“

Wieder schwieg die Nonne eine Zeitlang. Schließlich erwiderte sie seinen Blick. „Ich denke Folgendes, *Seanchai*“, erklärte sie mit leiser, aber fester Stimme. „Heute hat unsere Finola Geburtstag. Dies ist ein Tag, den wir feiern wollen. Wir sollten nicht zulassen, dass irgendetwas einen Schatten auf ihre Freude wirft. Wir müssen sehr behutsam sein, nichts übereilen. Wir wollen darüber beten und sehen, wie Gott uns führt. Doch heute ... heute Abend ... wollen wir mit Finola feiern!“

***

Rook Mooney trottete den vom Regen aufgeweichten Hügel empor, der nach Nelson Hall führte, und gratulierte sich im Stillen, sie so schnell gefunden zu haben.

Es hatte kaum Mühe gekostet. Ein paar Gläser mit den Klatsch mäulern am Hafen hatten genügt, um binnen weniger Stunden alles zu erfahren, was er wissen musste.

Er war empört, zu hören, dass sie inzwischen unter dem Schutz des großen Herrn auf dem Berg lebte, bei dem *Seanchai,* wie sie ihn nannten. Er war ein Dichter – und reich – so reich wie ein König, sagten die Leute.

Ein Krüppel! Ein Krüppel im Rollstuhl!

Erneut kochte Mooney vor Wut. Er hatte geglaubt, sie jedem anderen Mann verleidet zu haben, besonders den edlen Herren. Stattdessen hatte dieser Narr sie *geheiratet.* Er hatte sie geheiratet, und sie lebte in seiner Familie, in seinem Haus!

Diese Frauen – sie schreckten vor nichts zurück, um ein bequemes Leben zu führen, nicht einmal davor, das Bett mit einem Krüppel zu teilen!

Während der Regen ihm ins Gesicht peitschte, blieb er stehen und starrte auf das große, hässliche Gebäude, das sich ganz oben auf dem Hügel abzeichnete. Es sah aus wie ein altes Schloss – gewaltig und furchteinflößend. Mit seinen zahllosen Türmen und Zinnen, den hohen Hecken und riesigen Bäumen, die überall wuchsen, schien es jeden Eindringling zu warnen, nicht näher zu kommen.

Nun, *ihn* würde es nicht aufhalten! Er war gekommen, um sie zu holen, und er würde sie bekommen!

Er brauchte fast eine Stunde, um das Gelände zu durchstreifen. Auf der Westseite des Hauses führte eine Uferböschung zum Fluss hinunter, und das Gelände dahinter war dicht mit hohen Bäumen bewachsen. Das Herrenhaus war von verschiedenen kleineren Gebäuden umgeben – Ställen, Schuppen, einer Schmiede und einer Bäckerei.

Der morastige Boden an den Ställen quatschte unter seinen Stiefeln, als er schnell, aber verstohlen zu der hinteren Seite des Hauses schlich.

Als er endlich ein Versteck gefunden hatte, einen großen Wagenschuppen mit angrenzenden, leerstehenden Ställen, tat sich der Himmel auf und regnete in Strömen zornig auf ihn herab. Blitze zuckten, und der Himmel hallte von Donner wider, als Mooney sich fluchend in das Innere des Wagenschuppens zurückzog.

Mit einem durchnässten Ärmel wischte er sich das Wasser ab, das sein Gesicht herunterlief. Völlig durchnässt und durchgefroren trottete er durch das Gebäude und musterte alles sorgfältig.

Es war genau das, was er brauchte. Nach außen hin abgelegen, waren im Inneren des Gebäudes nur zwei Wagen zu finden – eine große, offensichtlich gut erhaltene Kutsche und eine kleinere, verstaubte, die offenbar längere Zeit nicht mehr benutzt worden war.

Die auf der rechten Seite gelegenen Ställe waren leer. Als er auf den Boden kletterte, fand er nichts außer Heu und abgelegtem Pferdegeschirr. Alles schien darauf hinzudeuten, dass schon lange kein Mensch mehr den Heuboden betreten hatte.

Mooney wühlte im Heu herum, bis er eine Stelle gefunden hatte, die ihm eine gute Sicht auf die Rückseite des Hauses bot. Nach Wärme suchend, grub er sich in das Heu ein und beobachtete so die beleuchteten Fenster des großen Hauses.

Dort drinnen, zweifellos in elegante Kleider gehüllt, die der Krüppel ihr gekauft hatte, war sie sicher, hatte es warm und gemütlich, während er, durchnässt und frierend, auf einem Heuboden hockte.

Das war ungerecht. Sie gehörte nicht hierher, hatte nicht das Recht, sich als feine Dame, als ehrbare Frau aufzuspielen.

Wusste der Narr im Rollstuhl denn nicht, was mit ihr passiert, dass sie ruiniert war? Wusste er nicht, dass er etwas geheiratet hatte, was bereits geplündert war, ein dummes Ding mit dem Körper einer Hure?

Auf der anderen Seite, so meinte er, hatte jedoch ein Krüppel nicht viel zu bieten, wenn es um Frauen ging. Leute wie er konnten bestenfalls auf das hoffen, was ein anderer Mann zurückgelassen hatte.

Mooney fuhr sich mit dem Finger über den Riss an seinem Mundwinkel. Ganz gleich, warum der Mann sie duldete, er würde sich bald ein anderes Flittchen suchen müssen, das ihm das Bett wärmte.

9. Kapitel

Geburtstagsfeier in Nelson Hall

Des Himmels Glanz erleuchtet ihr Gesicht,
wo Schnee und Rosen errichten ihren Thron.
Die Sonne, als hätte sie nur ihr allein zu spenden ihr Licht,
erstrahlt auf dem Gesicht von Geraldines Tochter
– schönster Lohn.

Egan O'Rahilly (etwa 1675 – 1726)

Annie freute sich sehr, Finola während der gesamten Geburtstagsfeier so glücklich zu sehen. Die ganze Familie war versammelt, und auch die Schüler waren eingeladen – zu ihrem Verdruss – einschließlich der furchtbaren O'Higgins-Zwillinge.

Für die Feier geschniegelt und gebügelt, stopften sich sowohl Barry als auch Barnaby den Mund mit Mrs Ryans Apfelkuchen voll. Offensichtlich, dachte Annie angewidert, interessierte keinen der beiden Lausebengel etwas anderes an dem Fest als das Essen.

Die feierliche Eröffnung der kleinen Gebetskammer war ein großer Erfolg. Finola war so begeistert, dass sie auch während des Essens nicht aufhören konnte, davon zu sprechen. Sie war in der Tat den ganzen Abend über sehr lebhaft, lobte die Geschicklichkeit des *Seanchai* und die guten Ideen und Beiträge aller Beteiligten. Jedes Mal, wenn sich ihre Blicke trafen, lächelte sie den *Seanchai* an.

Für Annie wurde der Abend nur noch schöner, wenn sie sah, wie glücklich Finola war. Und als der *Seanchai* Jan Martova bat, zu seiner Geige zu greifen, steigerte sich die Freude des Mädchens noch weiter.

Es gab kaum Gelegenheit, den Zigeuner spielen zu hören. Jan Martova nahm seine Mahlzeiten selten mit der Familie ein. Zu

Annies Entsetzen schienen sowohl er als auch Tierney es vorzuziehen, für sich selbst am offenen Feuer zu kochen, zumindest, solange das Wetter es zuließ.

Doch heute Abend hatten sie sich beide der Familie angeschlossen. Annies Blick folgte dem Zigeuner, als er sich vor den großen, steinernen Kamin am Ende des Zimmers stellte. Die Augen geschlossen, entlockte er seiner Geige eine langsame, schmerzlich schöne Melodie.

Bis zum Ende dieses Stücks herrschte absolutes, beinahe ehrfürchtiges Schweigen im Raum. Doch dann öffneten sich die dunklen Augen, und die Geige erwachte mit einer mitreißenden Zigeunerweise zu neuem Leben, an die sich ein Country Reel anschloss. Bald klatschten alle Gäste im Takt der Musik. Annie hatte große Mühe, in ihrem Stuhl sitzenzubleiben, als der Zigeuner eine lebhafte, leidenschaftliche Weise nach der anderen spielte.

Nach dem kleinen Konzert war es Zeit, die Geburtstagsgeschenke zu überreichen. Jetzt, wo der Augenblick gekommen war, wurde Annie immer unruhiger, während sie Finolas Reaktion auf jedes Geschenk genau beobachtete. Sie machte sich Gedanken, ob sie nicht vielleicht doch lieber von ihrem wöchentlichen Taschengeld ein anspruchsvolleres Geschenk hätte kaufen sollen, anstatt selbst etwas herzustellen. Wenn Finola nun dachte, dass sie nur zu geizig war, um ein ordentliches Geschenk zu kaufen?

Unruhig auf ihrem Stuhl hin und her rutschend, sah Annie zu, wie Finola jedes Mal in Jubelrufe ausbrach, wenn sie ein Geschenk, das man ihr überreicht hatte, öffnete. Das Geschenk des *Seanchai,* das er schon früher bekanntgegeben hatte, war für alle eine Überraschung gewesen. Während man vielleicht wertvollen Schmuck oder einen exotischen Duft erwartet hatte, hatte der *Seanchai* statt dessen – auf Finolas Wunsch – eine großzügige Summe für den Bau eines neuen Armenkrankenhauses am Hafen gespendet.

Zusätzlich zu diesem Geschenk überreichte der *Seanchai* jedoch jetzt ein Exemplar seiner eigenen Schriften. Diese Veröffentlichung war Finola gewidmet, die das kleine Büchlein an ihr Herz hielt und ihren Mann mit strahlenden Augen ansah.

Annie seufzte, als sie den Blick sah, den die beiden austauschten, und eine Unruhe überfiel sie. Sie fragte sich, ob sie jemals jemand so ansehen würde. Sie, mit ihren dürren Beinen und dem störrischen Pferdehaar ... würde sie ein Mann jemals so anschauen, als würden in ihren Augen die Sterne aufgehen, als wäre in ihrem Lächeln die ganze Welt zusammengefasst?

Sie seufzte wieder, und diesmal war es echtes Bedauern. Sie konnte sich nicht vorstellen, wie ihr dünnes Gesicht mit der Lücke zwischen den Zähnen und der Hakennase jemals das Herz eines Mannes berühren könnte. Vielleicht würde sie am Ende auch Nonne werden wie Schwester Louisa. Sie wollte ein geheiligtes Leben führen für Gott und für die Kirche.

Oder vielleicht würde sie Schauspielerin werden und die Bühne zu ihrer einzigen, großen Liebe machen.

Sie beschloss jedoch, der Schwester von dieser Möglichkeit nichts zu erzählen. Für eine Nonne war die Bühne zweifellos nicht viel mehr als eine bezahlte Arena der Gottlosigkeit.

* * *

Beunruhigt betrachtete Morgan Jan Martova mit zusammengekniffenen Augen, als er sah, wie der Junge Annie anschaute. Einen Augenblick später richtete er seine Aufmerksamkeit auf das Mädchen, die offenbar von den Blicken ihres Bewunderers nichts bemerkte.

Bewunderer? Morgan hatte dieses Wort unwillkürlich gebraucht, und deshalb musterte er Annie jetzt umso intensiver.

Wann hatte sie sich so verändert?

Seine Adoptivtochter wurde erwachsen!

Obwohl ihr Gesicht noch etwas zu dünn und die schwarzen Marmoraugen noch viel zu groß waren, hatten ihre Züge eine Weichheit angenommen, die er vor heute Abend noch nicht wahrgenommen hatte. Sie hatte immer noch ein Kindergesicht, mit einem breiten Mund und einer frechen Nase, doch schon bald, wurde es Morgan plötzlich bewusst, würde seine Annie eine bezaubernd schöne junge Frau sein.

Die weiße Haut bekam bereits einen rosigen Schimmer, und in der widerspenstigen Mähne ihres schwarzen Haars entdeckte er glänzende Strähnen, die, dessen war er gewiss, früher nicht da gewesen waren.

Sie würde keine große Frau werden wie Finola, doch was ihr an Größe fehlte, würde sie gewiss durch Geist ausgleichen.

Wo war die Zeit geblieben?

Als spürte sie seinen Blick auf sich ruhen, wandte sich das Mädchen um und lächelte ihn an. Morgan gelang nur ein schwaches Lächeln als Erwiderung, und er war seltsam erleichtert, als er sah, dass die Lücke zwischen den oberen Schneidezähnen noch vorhanden war.

Morgan fiel wieder ein, was ihn dazu bewegt hatte, Annie zu mustern, und er lenkte seine Blicke auf Jan Martova. Sein Gesicht spannte sich an. Hätte das Interesse des Zigeuners nicht ausgerechnet seiner dreizehnjährigen Tochter gegolten, hätten seine verstohlenen Blicke in die Richtung des Mädchens ihn möglicherweise sogar amüsiert. An dem jungen Mann waren alle Zeichen hoffnungslosen Verliebtseins sichtbar, wie sie Morgan noch aus seiner eigenen Jugendzeit kannte.

Aber *Annie.*

Undenkbar! Obgleich es nicht mehr zu übersehen war, dass sie bald eine junge Frau sein würde, war sie immer noch ein Kind!

Und der Zigeuner ...

Er begann darüber nachzudenken, dass in dem Jungen Zigeunerblut floss, doch dann schob er den Gedanken beiseite. Er wollte jetzt nicht über seine Stellung gegenüber den Zigeunern im Allgemeinen nachdenken. Wenn er restlos ehrlich war, musste er zumindest eine gewisse Voreingenommenheit eingestehen.

Außerdem ging es hier nicht nur um die Unterschiede in Rasse und Kultur. Jan Martova musste sein zwanzigstes Lebensjahr bereits überschritten haben. Obwohl Morgan ihn selbst auch eher als einen Jungen betrachtete, war er in Wahrheit ein Mann, wenn auch ein sehr junger. Ja, es lagen Jahre zwischen ihm und Annie!

Genau wie zwischen ihm und Finola ...

Wie von einem Schlag getroffen, zuckte er zusammen. Er schaute zu Finola und erinnerte sich daran, dass der Altersunterschied zwischen ihnen trotzdem noch etwas anderes war. Finola war kein Kind mehr gewesen, als sie zu ihm gekommen war, sondern eine Frau.

Außerdem war *er* kein Zigeuner ...

Wieder wurde ihm seine Intoleranz bewusst. Es war allgemein bekannt, dass Zigeuner oft junge Mädchen heirateten, oder zumindest mit ihren Eltern einen Ehevertrag schlossen. Selbst wenn diese Ehen erst vollzogen wurden, wenn die Bräute älter geworden waren – und Morgan glaubte, dass dies nicht immer der Fall war –, fand er die Tatsache, dass ein Zigeuner seine Tochter anstarrte, einfach empörend.

Dennoch war Jan Martova Christ, und zu seiner Ehre musste gesagt werden, dass er eifrig darum bemüht war, ein gottgefälliges Leben zu führen. Morgan konnte keinerlei Anzeichen entdecken, dass der Zigeuner wieder in das Heidentum zurückgefallen wäre.

Plötzlich schalt sich Morgan selbst für seine Torheit. *Was fiel ihm eigentlich ein!* Er hatte nicht nur den Zigeuner und Annie mit Finola und sich verglichen – er hatte sich auch angemaßt, das geistliche Leben des jungen Mannes zu beurteilen!

Einfach lächerlich!

Morgan richtete sich in seinem Rollstuhl auf und schaute den Zigeuner bewusst so lange an, bis dieser seinen Blick erwiderte, um Jan Martova dann mit seinem strengsten Blick zu bedenken. Die dunkle Haut des Jungen glühte, als hätte Morgan ihn ertappt. Schnell blickte er weg.

* * *

Auf der anderen Seite des Tisches war Annie dabei, die Aufmerksamkeit auf sich zu lenken. Sie sah zu, wie Finola sorgfältig das himmelblaue Schultertuch, das Schwester Louisa aus feiner, weicher Wolle gestrickt hatte, zusammen mit einer kleinen, gewebten Decke ablegte, die Lucy ihr für das neue Gebetsstübchen geschenkt hatte.

Mit einem tiefen Seufzer stand sie auf, um Finola das in einfaches Papier eingewickelte Bild zu überreichen. Beinahe sofort erkannte sie, dass all ihre Sorge umsonst gewesen war.

Nachdem sie die Zeichnung einen Augenblick schweigend betrachtet hatte, wandte sich Finola mit einem strahlenden Lächeln an Annie. „Was für ein *wunderbares* Geschenk, Annie", erklärte sie, während sie Annie herzlich umarmte. „Ich werde es immer in Ehren halten!"

Über alle Maßen erfreut, sah Annie zu, wie Finola Tierney Burkes Geschenk auspackte – einen importierten seidenen Fächer. Für eine solche Kostbarkeit musste er den größten Teil seines Lohns für die Arbeit in den Ställen ausgegeben haben, dachte Annie. Vielleicht würde das Schwester Louisa, die ihren amerikanischen Gast einmal einen „rücksichtslosen, undisziplinierten Bengel" genannt hatte, zeigen, dass Tierney durchaus großmütige Gefühle zu offenbaren imstande war – wenn er wollte.

Während Finola noch den Fächer bewunderte, näherte sich Jan Martova ihrem Stuhl. „Auch ich habe ein Geschenk für Sie", sagte er leise. Wie immer verneigte er sich vor Finola, offenbar eine Geste des Respekts.

Offensichtlich überrascht, lächelte Finola ihn an, als sie das Geschenk in Empfang nahm. Immer noch lächelnd, faltete sie ein schillernd buntes Seidentuch auseinander und enthüllte eine kleine Blechflöte.

Einen Augenblick lang starrte sie die Blechflöte nur an, beinahe so, als hätte sie noch nie ein solches Instrument gesehen. Dann schien sie plötzlich zu erstarren und wurde kreidebleich. Nach Atem ringend, sprang sie auf und schüttelte das Instrument von sich ab, als hätte man ihr eine Schlange in den Schoß geworfen.

Dann stieß sie einen Schrei aus – einen langen, gequälten Schrei, der das Zimmer mit Angst erfüllte. Sie verdrehte die Augen und verlor die Kontrolle über ihren Körper.

Annie sprang von ihrem Stuhl auf. Gleichzeitig versuchte der *Seanchai,* die schwankende Finola in seinen Armen aufzufangen. Doch es war Tierney Burke, der noch immer neben ihrem Stuhl stand, dem es gelang, sie gerade noch aufzufangen, bevor sie auf dem Fußboden aufschlug.

10. Kapitel

Der Sturm bricht herein

Weh, weh uns, der Donner naht mit dumpfem Grollen!
Durch die dunkle Wolke rasend kommen sie, die grausigen Reiter,
um ihre Hufe tief ins Herz zu bohren – immer weiter –
denen, die – in Tücke auserkoren – sie zerschlagen wollen.
Lady Wilde (1821 – 1896)

Einen Augenblick lang konnte Morgan nicht begreifen, was geschehen war. Er erstarrte, als er sah, wie Tierney Finola in seinen Armen auffing – keine Sekunde zu spät. Seine Augen fixierten die auf den Fußboden geschleuderte Blechflöte und das bunte Seidentuch daneben.

Der Anblick von Finola, die wie eine Stoffpuppe in Tierneys Armen lag, rüttelte ihn wach, und er rollte eilends um den Tisch herum. „Dorthin!", befahl er. Er wies Tierney zu dem Teppich vor dem Kamin, und folgte ihm.

In dem Augenblick, als Tierney Finola sanft auf dem Teppich ablegte, knieten Sandemon und Schwester Louisa neben ihr nieder. „Sie ist ohnmächtig", stellte die Schwester, zu Morgan emporblickend, fest. „Ich hole schnell das Riechsalz."

Morgan kniff die Augen zusammen. Seine Gedanken jagten durcheinander, während er zu begreifen versuchte, was geschehen war. „Mach bitte Feuer im Kamin", sagte er zu Sandemon. „Es ist kalt hier."

„Seanchai?"

Auf die sanfte Bitte von hinten wandte Morgan sich um. Im Schatten neben der Anrichte stand der Zigeuner. Seine dunklen Augen blickten tieftraurig, die Hände waren zur Faust geballt.

„Bin ich … schuld daran? Sie liebt die Musik so sehr, so wollte ich ihr nur … bestimmt wollte ich ihr kein Leid …"

Er ließ seine Worte unvollendet verhallen.

Morgan starrte ihn an. Einen Augenblick lang spürte er unbändige Wut gegen den Zigeuner in sich aufsteigen, die aus ihm hervorzubrechen drohte. Doch er wusste, dass dieses Empfinden widersinnig war. Was auch immer Finolas verwirrendes Verhalten ausgelöst haben mochte, es wurde auf keinen Fall durch irgendeine böse Absicht Jan Martovas verursacht, auf dessen Gesicht deutlich Trauer und Verwirrung geschrieben standen.

„Dich trifft keine Schuld", gelang es Morgan einzuräumen. „Wer kann wissen, was diese Ohnmacht ausgelöst hat!"

Doch es war offensichtlich, dass die Blechflöte in irgendeinem Zusammenhang zu Finolas Ohnmachtsanfall stand. In Morgans Kopf jagten sich die Gedanken. *Was hatte Frank gesagt? Er hatte etwas von einer Blechflöte erwähnt, die man am Ufer des Sees neben der Leiche von Finolas Vater gefunden hatte …*

Plötzlich kamen ihm Frank Cassidys Worte wieder mit vernichtender Klarheit in den Sinn. *„Der Sohn der Haushälterin sagte, dass sie oft am See spazierenging und auf ihrer Blechflöte spielte. Wahrscheinlich hatte ihr Musiklehrer – der Franzose – sie ihr geschenkt …"*

Angst drohte Morgan zu überwältigen. Der Regen, der bereits den ganzen Abend gefallen war, schlug jetzt mit heftiger Wucht gegen das Haus. Ein heftiger Sturm wehte heulend durch die dichte Festung von Bäumen, die über das gesamte Gelände verteilt standen. Während er Finolas regungslosen Körper betrachtete, verschränkte er fröstelnd die Arme über der Brust und rieb sich die Schultern.

Er sah zu, wie Schwester Louisa mit dem Riechsalz zurückkehrte und begann, Finola damit zu behandeln. Finola regte sich, stöhnend, dann flüsterte sie etwas, zu leise, als dass Morgan es hätte verstehen können.

Morgan beugte sich nach vorn. „Was hat sie gesagt?"

Sandemon war zurückgekommen und kniete zwischen Morgan und der am Boden liegenden Finola. Ohne sich umzudrehen, schüttelte er den Kopf. „Einen Namen vielleicht? Ich bin mir nicht sicher."

Finola begann sich von neuem zu winden. Sie wimmerte wie im Schmerz, während sie den Kopf von einer Seite auf die andere warf.

Schwester Louisa nahm das Riechsalz beiseite, doch Finola fuhr fort, sich zu winden und leise, protestierende Worte auszustoßen.

Ihr Stöhnen wurde lauter. „Vater! Oh, nein, Vater!" Mit den Armen um sich schlagend, schrie sie wie in Todesangst. *„Garonne!"*

Garonne ...

Dieses Wort traf Morgan wie ein Hammerschlag. *Ein französischer Name ... ihr Musiklehrer war ein Franzose ...*

Plötzlich rang Finola nach Luft. Ihre Augen öffneten sich, und Entsetzen erfüllte ihren Blick. Der Schrei, der ihrer Kehle entrann, ließ Morgan entsetzt zurückschrecken.

„Vater! Nein, Vater – nein!"

Sie sah aus, als erlebte sie gerade irgendeinen Überfall. Morgan starrte sie an, sein Gesicht vor Qual angespannt. Er beugte sich zu ihr, wollte sie berühren, zog jedoch seine Hand sofort wieder zurück.

Liebevoll rief er ihren Namen, dann ein zweites Mal. „Finola ... Finola, *mo chroí,* meine Liebste. Es ist alles in Ordnung. Alles ist gut. Du bist in Sicherheit, Finola." Während er sich mit einer Hand auf den Schultern des knieenden Sandemon abstützte, beugte sich Morgan weiter zu Finola herab und rief leise, aber bestimmt ihren Namen.

Langsam richtete sie ihre Augen auf ihn, ihre Züge erstarrt in furchtbarer Qual. Sie begann zu zittern, erst leicht, dann immer stärker. „Garonne ...", stieß sie hervor.

„Nein, ich bin Morgan, *mo chroí.* Es ist nur Morgan ..."

Mit verschwommenem Blick schaute sie ihn voller Verwirrung an. Morgan wartete, schweigend. Schließlich sah er, wie das Zittern etwas nachzulassen schien. Sie versuchte, sich aufzusetzen, und Sandemon half ihr geschickt. Sofort streckte sie Morgan ihre Arme entgegen.

„Ganz ruhig jetzt, meine Liebste", flüsterte er, während er ihre Hände in die seinen nahm. Er spürte, dass sie noch völlig verwirrt war und die Aufmerksamkeit so vieler Menschen sie nur belasten würde.

„Hilf uns nach oben", sagte er mit leiser Stimme, zu Sandemon gewandt. „Wir möchten allein sein."

Mit einem Kopfnicken nahm Sandemon Finola behutsam in seine Arme und trug sie aus dem Zimmer.

Hinter ihnen verweilte Morgan lange genug, um Annies Hand zu drücken, und dem Mädchen, das ihn voller Angst anblickte, in die Augen zu schauen.

„*Seanchai!* Was ist passiert? Geht es Finola wieder gut?"

Er drückte Annies Hand noch fester und erwiderte: „Es wird ihr wieder gut gehen, *a leanbh,* mein Kind. Sie braucht jetzt ein wenig Ruhe, das ist alles. Wirst du nach Gabriel schauen?"

Annie nickte. „Vielleicht möchtest du gleich mit nach oben kommen? Das Gewitter hat gewiss deinen kleinen Bruder und Lucy unruhig gemacht. Vielleicht ist es am besten, wenn du bei ihnen bleibst, bis es vorüber ist."

Als er seinen Blick durch das Zimmer schweifen ließ, stellte er fest, dass Tierney und Jan Martova gegangen waren.

* * *

Später ließ Morgan Finola gerade so lange allein, um mit dem Arzt zu sprechen, den sie gerufen hatten.

„Sie sind sicher, dass alles in Ordnung ist?"

„Es wird ihr wieder völlig gut gehen, nachdem sie geschlafen hat", antwortete Dr. Dunne. Er zögerte. „Und Sie sind ganz sicher, dass die Blechflöte die Ohnmacht ausgelöst hat?"

Morgan nickte. Selbst in dem spärlich erleuchteten Flur konnte Morgan die Verwirrung in den Augen des Arztes erkennen.

„Ich kann es mir nicht anders erklären. Wären Sie zugegen gewesen, würden Sie es verstehen. Es war, als würde sie von diesem Instrument angegriffen."

„Und sie hat Ihnen bisher nichts gesagt?"

Morgan zögerte, unentschlossen, wie viel er im Augenblick dem Arzt gegenüber preisgeben sollte. „Nur ein Wort ... einen Namen. Ich denke, es muss jemand sein, der ... ihr einst große Qualen bereitet hat."

Der Arzt sah ihn an. „Der Mann, der sie überfallen hat?"

Morgan spürte die alte, bittere Wut in sich aufsteigen. „Es gibt Gründe, die dafür sprechen", erklärte er angespannt, „dass sie möglicherweise ... mehr als einmal überfallen worden ist. Das erste Mal ... muss sie noch sehr jung gewesen sein, beinahe noch ein Kind."

Der Arzt war bestürzt. „Und Sie meinen, dass sie begonnen hat, sich zu erinnern?"

„Ja, ich halte das durchaus für möglich."

Ihre Blicke begegneten sich, und einen Augenblick lang sprach keiner von beiden. „Wird das Laudanum ihr helfen zu schlafen?", fragte Morgan schließlich.

„Ja, und ich habe Schwester Louisa noch mehr davon gegeben, falls es gebraucht werden sollte. Sie weiß über die Dosierung Bescheid. Ich fürchte, wir können im Augenblick kaum mehr tun, als gut auf sie aufzupassen. Ich werde morgen wieder vorbeischauen, um zu sehen, wie es ihr geht." Er hielt inne. „Das heißt, wenn es Ihnen recht ist, Morgan ..."

Morgan blickte auf. Dr. Dunne betrachtete ihn mit dem abschätzenden Blick eines Arztes.

„Sie gefallen mir nicht. Sie sehen ziemlich erschöpft aus."

Morgan schob seine Sorge beiseite. „Mir geht es sehr gut. Vielen Dank, dass Sie bei diesem furchtbaren Gewitter gekommen sind, James. Ich weiß das zu schätzen."

„Ich hoffe, Sie haben ein wenig in Bezug auf den Arzt in Amerika nachgedacht", wagte der Arzt einen Vorstoß.

„Das ist wohl kaum die richtige Zeit, an eine Fahrt nach Amerika zu denken", fauchte Morgan.

Sofort bedauerte er die Schärfe in seinem Ton. „Es tut mir leid, James. Ich wollte Sie nicht beleidigen, aber es ist jetzt einfach *nicht* der richtige Zeitpunkt."

„In Ordnung." Der Doktor trat einen Schritt zurück, forschte jedoch noch einen Augenblick lang in Morgans Gesicht. „Schicken Sie nach mir, wenn Sie mich brauchen", erklärte er freundlich, dann wandte er sich zum Gehen.

* * *

Nachdem der Arzt gegangen war, lag Morgan still im Bett und hielt Finola in seinen Armen. Von Zeit zu Zeit schien sie in einen unruhigen Schlaf zu verfallen. Oft schluchzte sie oder schlug mit den Fäusten um sich, als wollte sie sich wehren. Ein- oder zweimal murmelte sie etwas Unverständliches, dann wurde sie wieder still.

Er spürte den Kampf, der in ihr tobte. Es war so, als versuchte sie sich zu erinnern. Oder versuchte sie, sich *nicht* zu erinnern?

Er konnte kaum etwas für sie tun, außer sie in seinen Armen zu halten und zu versuchen, sie so gut wie möglich zu trösten. Der Arzt hatte gesagt, es sei besser für sie, wenn sie sich nur Stück für Stück erinnerte, doch schien sie von einer ganzen Flut von Erinnerungen überwältigt zu werden.

Morgan spürte, wie dieser Kampf ihre Kräfte verzehrte, sowohl körperlich als auch seelisch. Jetzt, wo sie sich endlich wieder zu erinnern begonnen hatte, zögerte Morgan, den Strom der Erinnerungen aufzuhalten.

Heute Abend hatte er nur eine Ahnung davon bekommen, wie verheerend die Rückkehr ihrer Erinnerung sein konnte. Auch wenn er kein Arzt war, spürte er dennoch, dass es gefährlich für sie sein konnte, sich zu schnell wieder an zu viele Dinge zu erinnern. Wie viel sollte er – durfte er – ihr von dem erzählen, was Cassidy in Drogheda entdeckt hatte?

Morgan fühlte sich von der gleichen düsteren Ahnung, von der gleichen bangen Sorge bedrückt wie vorher. Es war Angst: Angst um Finola und Angst um sich selbst.

Außer der Furcht, was dies für ihre emotionale Gesundheit bedeuten würde, konnte Morgan eine sehr existenzielle Angst davor nicht leugnen, welche Auswirkungen sich am Ende für ihre Ehe, ihre Liebe ergeben würden. Es gab bereits Zeiten, wo sie sich vor ihm zurückzog. Er versuchte, sich nicht einzureden, dass sein körperlicher Zustand für ihre zeitweilige Zurückhaltung verantwortlich sein könnte, versuchte, nicht über die Tatsache nachzudenken, dass die schöne junge Finola an einen älteren Mann im Rollstuhl gebunden war. Er versuchte, sich nicht zu fragen, ob ihre Leidenschaft für ihn vielleicht nachgelassen haben könnte.

Vielleicht waren tatsächlich nur der Schmerz, die Erinnerungen, die sie verfolgten, die Ursache dafür, dass sie ihm zuweilen auswich. Gewiss konnte die Gewalt, die ihrem Körper und ihrer Seele widerfahren war, zu einer gewissen Zurückhaltung, wenn nicht zu völliger Abneigung in Bezug auf intime Beziehungen führen, selbst mit einem Mann, den sie liebte.

Und er zweifelte keinen Augenblick daran, dass Finola ihn liebte.

Doch jetzt ... jetzt kannte er die grausame Wahrheit. Konnte er es wirklich über sich bringen, das zu gefährden, was ihm über alle Maßen kostbar war ... Finolas Liebe? Durfte er es ihr sagen?

Während sie sich ruhelos in seinen Armen hin und her wälzte, studierte Morgan das bezaubernde Gesicht, das er mehr als sein eigenes Leben zu lieben gelernt hatte – ein Gesicht, das jetzt von einer stummen Qual verzerrt wurde, einem einsamen Kampf, bei dem er nur hilflos zuschauen konnte.

Er zog sie noch fester an sich, ihr Gesicht an seine Schulter gedrückt, um den Schmerz zu verdecken, der ihren Liebreiz zu verhüllen drohte. Draußen peitschte der Regen weiter gegen das Haus, doch der Wind hatte sich etwas gelegt und war zu einem beständigen Stöhnen geworden. Morgan wurde an manche Nacht in seiner eigenen, bewegten Vergangenheit erinnert, die er auf einer einsamen Straße, im Regen frierend, verbracht hatte. Sein Gesicht in Finolas goldenem Haar verborgen, dankte er für die Geborgenheit in ihrer Liebe ... und für die Liebe Gottes, die sie beide zusammengeführt hatte.

Und doch fühlte sich Morgan irgendwie nicht geborgen, nicht einmal mit Finolas süßer Wärme, die er in seinen Armen spürte, und dem Feuer, das im Kamin brannte. Stattdessen fröstelte er. Seine Nerven aufs äußerste angespannt, spürte er seinen Puls inzwischen wild in seinen Adern rasen.

„*Garonne* ..."

Morgan zuckte zusammen, als der Name über ihre Lippen kam. Er legte sich wieder so, dass er sie anschauen konnte. Sie hatte die Augen geöffnet, und ihr Gesicht sah gequält aus, als sie ihn anschaute.

„Was ist los, *mo chroí,* meine Liebste?", flüsterte er, während er ihr zärtlich eine goldene Strähne aus der Stirn strich. „Wer ist dieser Garonne?"

Ihre Fingernägel gruben sich in seine Schulter, als sie sich an ihn klammerte, doch sie erwiderte nichts.

Das Gewitter war vorüber. Man hörte nur noch ein sanftes Tropfen aus den Dachrinnen und gelegentlich in der Ferne ein leises Donnern. Doch Morgan blieb weiter auf der Hut, seine Nerven bis zum Äußersten angespannt. Nahezu greifbar spürte er einen anderen Sturm herannahen, aus weiter Ferne ... der aber unglaublich schnell auf sie zueilte.

* * *

Sandemon stand am Fenster und starrte in die verregnete Nacht hinaus. Er war von Stunde zu Stunde unruhiger geworden.

Noch keinen Augenblick war sein Geist in dieser Nacht so weit zur Ruhe gekommen, dass er hätte schlafen können. Er hatte keinen Frieden in seinem Geist, keine Ruhe in seiner Seele.

Er wusste, dass ein Teil seiner Unruhe in dem geheimnisvollen Ohnmachtsanfall von Mrs Finola begründet lag. Er hatte ihr Schluchzen, ihr schmerzerfülltes Stöhnen im Schlafzimmer gehört und ebenso, wie der *Seanchai* sie mit leisen Worten zu trösten versuchte. Seine Sorge war so groß, dass er es nur unter größter Anstrengung vermocht hatte, nicht zu ihnen zu gehen.

Die Sorge um Mrs Finola war jedoch nicht die einzige Last, die seinen Geist beschwerte, und das Gewitter allein war ebenso wenig die Ursache seiner Schlaflosigkeit. Der Regen hatte sogar nachgelassen, als das Gewitter vorüber war.

Doch draußen vor Nelson Hall trug der Nachtwind etwas Schauriges, Kaltes, Bedrohliches heran. In der Dunkelheit lauerte etwas. Sandemon spürte es genau – die böse Vorahnung war nahezu greifbar.

Plötzlich erschauderte er, dann ging er noch näher an das Fenster heran und bemühte sich, draußen etwas zu erkennen. Doch es waren weder Mond noch Sterne zu sehen, und das Dunkel der Nacht erschien undurchdringlich. Nichts bewegte sich in der Dunkelheit.

Er wandte sich um, und sein Blick wanderte durch das Zimmer. Die Kälte war unheimlich und begann von ihm Besitz zu ergreifen. Wieder erschauderte er. Er sehnte sich unendlich nach Wärme und Licht, und er ging zum Kamin, um das Feuer zu schüren, bevor er einen zweiten Leuchter entzündete.

Das war noch nicht genug. Sandemon ging wieder zum Feuer und wartete, die Hände zusammengepresst, bis die Glut des Feuers seine Knochen erwärmen ... bis *das Licht* das Gefühl der herannahenden Bedrohung vertreiben würde.

Schließlich, nach langer Zeit, begann er zu beten.

11. Kapitel

Lang begrabene Geheimnisse

Als die Zeit der gold'nen Träume war verflossen,
Verzweiflung ihre Macht verlor,
lernte das Leben ich dankbar und unverdrossen
zu schätzen – auch ohne der Freude Flor.
Emily Brontë (1818 – 1848)

Morgan brach beinahe das Herz, als er Finola in seinen Armen hielt und sie im trüben Schein der Kerze betrachtete, die neben ihrem Bett flackerte. Das gequälte Schluchzen kam von tief innen, als weinte ihre Seele in ihr in höchster Not.

Wie lange würde sie das noch ertragen können? Sie war völlig erschöpft, und doch hörte das Weinen nicht auf, das tiefe, herzzerreißende Schluchzen, als befände sich ihr Geist inmitten eines furchtbaren Kampfes.

Er sehnte sich verzweifelt danach, sie zu trösten, sie zu beruhigen, ihren Schmerz zu lindern und den Sturm in ihrem Inneren zu stillen, der an ihrem zerbrechlichen Körper rüttelte und ihren Geist erschütterte. Doch er konnte nichts tun.

Er konnte nur warten ... bei ihr bleiben in dieser dunklen Nacht und darum beten, dass seine Gegenwart ihr irgendwie die Kraft schenken möge, diese Qualen zu erdulden.

Noch nie im Leben hatte Morgan sich so absolut hilflos gefühlt. Er hatte Angst um Finola und Angst um sich selbst. Was würde das Aufdecken dieser Erinnerungen für sie bedeuten ... für ihre Sinne ... für ihr Leben ... *für sie beide?*

„*Garonne ...*" Als sie wieder den Namen des Franzosen ausrief, erzitterte ihr ganzer Körper in einem solchen Schüttelkrampf, dass er gleichzeitig das große Bett, in dem sie lagen, erschütterte.

Morgan hielt sie noch fester in seinen Armen, und über sein Gesicht rollten Tränen in seinen Bart. „Finola, *a stór,* mein Liebling", flüsterte er verzweifelt. „Ich bin Morgan, ich bin bei dir, meine Liebste – ich werde dich nicht loslassen."

***

„Ich werde dich nicht loslassen ..."

Diese Worte schnitten in Finolas Seele wie ein scharfes Messer. Garantie! Das waren *seine* Worte gewesen, als sie sich ihm zu widersetzen begonnen hatte.

„Nein!", schrie sie.

Und noch immer ließ er nicht von ihr ab – dieser Lehrer, der zu einem Ungetüm geworden war. Plötzlich sah sie sein grässliches Gesicht über ihr lauern ... und dann erinnerte sie sich ... an alles ...

Sie erinnerte sich an Henri Garonne, der im Winter zu ihnen gezogen war. Er war als ihr Privatlehrer angestellt, der sie nicht nur in sprachlichen Fächern, sondern auch in Musik unterrichtete.

Finola hätte nicht glücklicher sein können. Garonne war eine Rarität, eine willkommene Abwechslung nach dem trockenen Unterricht bei ihrem früheren Hauslehrer Dr. Jennings, einem Mann in den mittleren Jahren, der jedermann in Drogheda damit überrascht hatte, dass er die Witwe Browne geheiratet und sich auf das Land zurückgezogen hatte.

Schon bald war es so, als gehörte Garonne zu ihrer Familie. Fröhlich und geistreich unterhielt er Finola und ihren Vater mit seinen Geschichten über das Leben in Paris. Er lobte sie überschwänglich für ihre Leistungen, ganz besonders auf musikalischem Gebiet. Sie wäre ein Wunder und eine Freude, sagte er und streichelte ihre Hand oder drückte ihre Schulter.

Finola blühte unter ihm auf und reagierte sehr aufgeschlossen auf seine liebevolle Art. Sie und ihr Vater hatten ihm vollkommen vertraut, bis zu jenem furchtbaren Tag am See ...

* * *

Finola schrie und Morgan ließ sie los, sein Herz raste. Sie schaute ihn an, die Augen weit aufgerissen, ihr Blick leer, blickte sie nervös im Zimmer umher.

„Es ist alles in Ordnung, *mo chroí,* meine Liebste“, sagte Morgan sanft.

Finola warf ihren Kopf herum und schaute ängstlich zur Tür. Morgans Blick folgte dem ihren, und mit schrecklicher Klarheit begriff er. „Die Tür ist abgeschlossen“, beruhigte er sie mit leiser Stimme. „Niemand kann zu dir kommen, meine Finola. Du bist in Sicherheit.“

Bei dem Wort Sicherheit stieß Finola einen tiefen Seufzer aus, während sie sich zitternd noch dichter an ihn schmiegte, und ihren Kopf an seiner Schulter barg. „Ich erinnere mich ...“, begann sie. Dann kamen ihr wieder die Tränen, und sie war unfähig weiterzusprechen.

Als das Weinen endlich aufhörte, drehte Morgan ihr Gesicht so, dass er ihr in die Augen schauen konnte. Was er in ihren Augen sah, erschütterte ihn zutiefst: blankes Entsetzen und ein Schmerz, der so tief war, dass er jegliche Vorstellung überschritt. Er konnte es nicht ertragen, sie so grausam leiden zu sehen. Und doch wusste er genau, dass sie diesen Berg von Schmerz und Herzeleid nicht umgehen konnten. Er würde sonst für immer zwischen ihnen stehen – und zwischen Finola und ihrer endgültigen Heilung an Leib, Seele und Geist. Sie mussten durch diese furchtbare Dunkelheit hindurch, und sie mussten darum bitten, dass es auf der anderen Seite licht werden möge.

Morgan schluckte hart. Er konnte den Gedanken nicht ertragen, sie noch mehr leiden zu sehen, doch er *musste.*

„Kannst du darüber sprechen?“, fragte er leise.

Finola nickte steif, wie ein Kind gegen seine Schulter gelehnt. Sie holte ein paarmal tief Luft, dann begann sie:

„Garonne war mein Hauslehrer – er war Franzose. Er war ... ich dachte, er wäre ... ein wunderbarer Mann. Inspirierend, liebevoll ..." Unwillkürlich erschauderte sie. „Ich war noch sehr jung – erst vierzehn Jahre alt – und ich war noch völlig unschuldig und unwissend. Wenn ich es gewusst hätte, hätte ich ..."

Wieder erstickten Tränen ihre Worte.

Morgan drückte sie fest an sich, und sein Herz litt mit ihr den gleichen Schmerz. „Du warst noch ein Kind, mein Liebling. Verstehst du mich, ein Kind! Du hättest nichts gegen ihn ausrichten können. Er hat dir etwas Furchtbares angetan, und es war nicht deine Schuld." Finola schaute zu ihm auf, mit einem flehenden, verzweifelten Blick. „Es war nicht deine Schuld", wiederholte er.

Sie ließ sich wieder in seine Arme fallen. „Wir gingen am See spazieren. Wenn das Wetter schön war, lernten wir oft im Freien, und ich war so gern unten am See. Ich hatte meine Blechflöte mitgenommen – ein Geschenk von Garonne." Ein Schatten fiel auf ihr Gesicht, und sie zuckte leicht zusammen.

„Ich besinne mich, dass ich gesungen habe", fuhr sie mit angespannter, beinahe erstickter Stimme fort. „Manchmal fühlte ich mich einfach glücklich, so glücklich, dass ich stundenlang singen wollte. Ich war einfach erfüllt von der Schönheit des Sommers, von Musik und Mädchenträumen. Ich war vor Glück beinahe wie benommen, freute mich einfach am Leben und war vollkommen sorglos. Es war so ein wunderbares Gefühl, beinahe schmerzlich schön ..."

Morgan nickte. Dies war eine besonders treffende Beschreibung der Jugendzeit. Ihre Worte hatten ihn an Sommertage erinnert, wo auch er von einer großen Freude an der Schönheit dieser Welt und des Lebens, das noch vor ihm lag, buchstäblich verzehrt worden war.

Doch Finola war ihrer Jugendzeit, zumindest größtenteils, beraubt worden – ein Mann, der doppelt so alt war wie sie, hatte sie ihr entrissen ...

„Garonnne führte mich zu einer abgelegenen Stelle unter einer großen Eiche am Ufer des Sees", fuhr Finola fort. „Ich saß neben ihm unter dem Baum, und dann ..."

Sie hielt plötzlich inne, und Morgan schaute zu ihr hinunter. Die Augen fest zugekniffen, ihr Körper aufs Äußerste angespannt, erschauderte sie, als würde sie, während sie darüber sprach, diesen furchtbaren Augenblick noch einmal durchleben.

„Er ... er vergewaltigte mich!", stieß sie hervor. Tränen strömten über ihr Gesicht, und ihr Atem ging stoßweise, doch sie fuhr hastig fort. „Er stieß mich zu Boden ... Ich besinne mich noch, wie mir die Blechflöte aus der Hand flog. Er zerrte an meinen Kleidern, legte sich auf mich ... und ich schrie um Hilfe. Es war, als hätte er sich völlig verändert, in jemand anderen – oder in *etwas* anderes verwandelt. Er war nicht mehr der freundliche Lehrer, den ich geliebt und dem ich vertraut hatte, sondern ein Wahnsinniger, ein Tier."

Grenzenlose Wut stieg in Morgan auf. Wie konnte jemand nur so etwas tun! Wie konnte jemand das Vertrauen eines Mädchens derart missbrauchen ... eines Mädchens, das nicht älter war als seine Annie ...

Annie! Bei dem Gedanken an seine Tochter schäumte Morgans Wut über. Er würde wahnsinnig werden, wenn jemand wagte, sein Kind zu vergewaltigen, so wie Finola vergewaltigt worden war. Er würde diesen Mann umbringen – mit seinen eigenen, bloßen Händen würde er ihn erwürgen, so wie er jetzt den Franzosen Garonne erwürgen wollte ...

„Mein Vater kam gerannt", erzählte Finola weiter. „Jemand musste mein Schreien gehört haben. Plötzlich hielt Garonne inne und wandte sich um ... und da stand mein Vater, die Pistole auf ihn gerichtet." Sie bedeckte mit beiden Händen ihr Gesicht, als wollte sie dieses Bild verbannen. „Garonne – war in Panik geraten, glaube ich. Er stürzte sich auf meinen Vater und stieß ihn zu Boden ..."

Heftiges Schluchzen verschluckte den Rest ihrer Worte, und sie zitterte am ganzen Leib, als sie sich an diesen furchtbaren Tag erinnerte. „Ich lag auf der Erde ... meine Kleider waren zerrissen. Ich stand auf und rannte zu meinem Vater, doch Garonne stieß mich beiseite. Ich stolperte, fiel das Ufer hinunter, stürzte beinahe in den See. Und dann ..."

Sie holte tief Luft. „Garonne und mein Vater kämpften um die Waffe, und dann ... *erschoss Garonne meinen Vater!* Er stand einfach auf, richtete die Pistole auf den Kopf meines Vaters und drückte ab!"

„Ich schrie und weinte ... Garonne richtete die Pistole auf mich, starrte mich an, und einen Augenblick lang glaubte ich, er würde mich auch erschießen. Doch dann rannte er in den Wald. Ich lief zu meinem Vater, doch er atmete nicht mehr ..."

* * *

Finola schaute zu Morgan empor. Sein Gesicht war hart, wie versteinert. War er zornig auf sie? Enttäuscht? Würde er sie nun verstoßen, jetzt, da er die Wahrheit kannte ... da sie die Wahrheit kannte. Ihr sank der Mut, doch sie würde zu Ende berichten, ganz gleich, was es kostete.

„Ich glaube ... ich glaube, dann muss ich wahnsinnig geworden sein", flüsterte sie. „Ich rannte in den Wald ... und ich weiß nur noch, dass ich geschrien ... und immer wieder geschrien habe ..."

Nach Atem ringend, hielt Finola einen Augenblick inne. Draußen rollte in der Ferne ein Donner, und Finola erschauderte.

„Sonst kann ich mich an nichts weiter erinnern", fuhr sie fort. „Vermutlich bin ich immer weiter in den Wald hineingerannt – ich weiß nicht, wie lang, einige Tage vielleicht. Als Nächstes erinnere ich mich daran, dass ich in Dublin war, im Healy's Inn. Lucy hatte mich auf der Straße gefunden und mich mit zu Gemma Malone genommen. Sie und die anderen Frauen, die bei Gemma wohnten, kümmerten sich um mich."

Sie holte tief Luft. „Und dann, nachdem ich etwa vier Jahre bei Gemma gewohnt hatte, fand ich mich hier ... in Nelson Hall wieder ..."

Finola hielt den Kopf gesenkt. Sie konnte Morgan nicht anschauen, konnte es nicht ertragen, zu erfahren, was er dachte, und doch *musste* sie es wissen. Schließlich richtete sie langsam ihren Blick auf ihn.

Aus seinem Gesicht sprach unendliche Liebe. Tränen rannen über seine Wangen in seinen Bart, und in seinen Augen standen Schmerz und Dankbarkeit geschrieben.

„Und dafür, *mo chroí,* meine Liebste, werde ich immer dankbar sein." Sein Stimme war vor Rührung belegt, und er zog sie noch fester an sich. „Du bist eine starke, mutige Frau, Finola, mein Liebling", flüsterte er, und berührte ihr Haar mit einem Kuss. „Und ich bin ein überaus gesegneter Mann, dich als Frau zu haben."

Erleichterung durchflutete Finola, als sie sah, wie Morgan sie durch seine Tränen hindurch anlächelte.

„Nun sind wir endlich der Wahrheit auf den Grund gekommen", flüsterte er. „Du kennst nun die Wahrheit, und die Wahrheit wird dich frei machen."

Finola schmiegte sich an ihn und genoss die Wärme seiner starken Arme, die sie fest umschlungen hielten. Endlich begann sie, sich sicher zu fühlen – sicher und frei und geliebt. Während sie in Morgans Armen einschlummerte, hörte sie seine Stimme wie aus weiter Ferne sagen: „Das Schlimmste ist vorüber, *mo chroí*, ... ganz bestimmt."

Und ihr Herz erwiderte: *„Bitte, Gott, lass es so sein ..."*

12. Kapitel

Brady vom Broadway

Stumm schauen sie auf mich herab wie aus einem Schattenland.
Mein Herz spüre ich schlagen im Pulsschlag ferner Zeiten.
Und ich frage mich, wer hat mit geheimnisvoller Hand
sie so vorzüglich eingefangen, dass nichts ihm konnte entgleiten?
Und wie ein Echo tönt es – wer? –
die Kunst von Louis Daguerre!

Caleb Lyon (1822 – 1875)
(1850, nach einem Besuch in Bradys Porträt Gallery)

New York City

Im Wartezimmer von Mathew Bradys Galerie saß Michael Burke wie ein Verurteilter auf einem Stuhl mit steifer, gerader Lehne. Nicht zum ersten Mal während der vergangenen Stunde schalt er sich selbst für seine Dummheit. Er musste wirklich eine schwache Stunde gehabt haben, als er seinem Schwiegervater und seiner Frau gestattet hatte, ihn zu dieser verrückten Idee zu überreden.

Er schaute auf und warf Sara, die ihm gegenübersaß, einen zornigen Blick zu. Seine Frau reagierte darauf mit einem süßen Lächeln und tat so, als merkte sie gar nicht, wie aufgebracht er war.

Doch er konnte nicht übersehen, dass Sara heute besonders reizend aussah in dem blauen Kostüm, das sie sich für diese Aufnahme hatte nähen lassen. Einen Augenblick lang vergaß er beinahe, ein böses Gesicht zu machen – aber auch nur für einen Augenblick.

Das Wartezimmer von Bradys Gallery am Broadway wirkte recht bescheiden, ganz anders als das protzige Plakat unten an der Wand, auf dem eine große, grelle Hand dargestellt war, die mit einem Finger zum Aufgang und dem Schild „Drei Treppen höher" wies.

Michael hatte eher etwas im Stil von Barnums Museum auf der gegenüberliegenden Straßenseite erwartet. Doch dieses schlichte, bescheidene Atelier hatte nichts Herausragendes an sich, außer den faszinierenden Bildern, welche die Wände zierten – und dem Ruf seines Besitzers.

Die meisten der Bilder zeigten berühmte Persönlichkeiten aus dem Leben Amerikas: Politiker, Erfinder, Schauspieler ... Man sagte, dass Mathew Bradys Bilder alles übertrafen, was man in den anderen Photoateliers entlang des Broadway finden konnte.

Fast alle Fotografen – seinerzeit nach der Methode von Daguerre arbeitend – nannten sich ‚Künstler', doch Brady schien einer der wenigen zu sein, die diese Bezeichnung verdienten. Bradys hochgeschätzte Kunst brachte mehr Kunden in sein Atelier, als er bedienen konnte.

Zweifellos, sinnierte Michael verdrießlich, war die Popularität des Mannes daran schuld, dass er seine Termine nicht pünktlich einhalten konnte.

Er blickte auf, als einer von Bradys Assistenten, ein junger Mann mit einem langen Gesicht in zerknitterter Kleidung, der an nervösen Zuckungen zu leiden schien, – zum dritten Mal – in der Tür erschien, um ihnen ziemlich schüchtern mitzuteilen: „Mr Brady wird Sie gewiss bald bitten lassen."

„Heute Nachmittag oder morgen früh, was meinen Sie?", fragte Michael in einem ruhigen Tonfall.

Der Junge zuckte, dann zog er sich eilends zurück.

Michael seufzte angewidert und wandte sich an seine Frau: „Ich könnte schwören, dass dein Vater gesagt hat, es würde nur wenige Augenblicke dauern."

Sara lächelte weiter. „Versuch bitte, noch ein wenig Geduld aufzubringen. Mr Brady macht schließlich getrennte Aufnahmen von

Vater und Winnie. Und vergiss nicht, welche Ehre es ist, wenn Mr Brady uns persönlich zu sich bittet."

„Du weißt sehr wohl", stellte Michael heraus, „dass wir nur deshalb hier sind, weil Mr Brady Mr und Mrs Lewis Farmington fotografieren wollte."

Sie zuckte einfach mit den Achseln und begann einen ihrer Handschuhe zu inspizieren. „Mr Brady hat darum gebeten, auch von uns ein Bild machen zu dürfen. Er hat seine Absichten deutlich genug zum Ausdruck gebracht."

„Ich glaube, es waren die Absichten deines raffinierten Vaters."

Nachdem sie den anderen Handschuh inspiziert hatte, schaute Sara zu ihm auf. „Mein Vater ist nicht raffiniert."

Michael runzelte die Stirn.

„Nun ..." Um ihren Mund zuckte es. „Nun, vielleicht ist er zuweilen recht gewitzt. Trotzdem finde ich das alles sehr aufregend. Wenn du schmollen willst, musst du es eben tun. Ich für mein Teil habe die Absicht, es zu genießen. Außerdem solltest du dir einmal vorstellen, wie stolz unsere Enkel einst auf dieses Bild sein werden. Du siehst einfach fantastisch aus in deinem neuen Anzug."

Michael versuchte, sich ein wenig zu entspannen. „Trotzdem ist es ein Riesenlärm um nichts."

In diesem Augenblick erschien Brady persönlich im Wartezimmer. „Captain, Mrs Burke", erklärte er, „ich möchte mich für die Verzögerung entschuldigen. Wenn ich Sie zunächst zu Mr und Mrs Farmington bitten darf – wir werden zuerst die Gruppenaufnahme und danach weitere Aufnahmen von Ihnen beiden machen."

Während sie Brady in das andere Zimmer folgten, war Michael über dessen jugendliche Erscheinung verblüfft. Er war einer der berühmtesten Fotografen des Landes, und trotz seines Vollbarts sah er noch nicht einmal wie dreißig aus. Er war klein von Wuchs, und sein Kopf reichte kaum bis an Michaels Schulter. Der Anzug aus schwarzem Wollstoff hing lose über seine schmalen Schultern, und durch seine vollen, schwarzen Locken wirkte er noch kleiner. Selbst die Brille mit den dicken Gläsern schien zu groß für ihn zu sein.

Mathew Brady war eine Art Geheimnis für die New Yorker. Trotz seines spektakulären Erfolgs und Wohlstands lebte er mit seiner Frau offensichtlich still und zurückgezogen, kaum am gesellschaftlichen Leben der Hautevolee New Yorks beteiligt.

Es gab unzählige, widersprüchliche Geschichten über den jungen Fotografen, von denen manche sehr weit hergeholt waren. Seine Eltern waren angeblich arme irische Einwanderer, doch Brady behauptete, er sei auf einer Farm im Osten des Bundesstaates New York aufgewachsen, wo auch seine Mutter und sein Vater geboren worden waren.

Es gab auch Gerüchte, dass Brady weder lesen noch schreiben könnte. Doch Michael hatte gesehen, wie er mit seinem kurzsichtigen Blick seinen Terminkalender durchgesehen und eine Mitteilung aufgeschrieben hatte, die einer seiner Assistenten überbringen sollte.

Dass Brady nicht gut sehen konnte, war offensichtlich jedoch mehr als ein Gerücht. Der Mann schien Probleme zu haben, seine Eintragungen zu tätigen, und er drückte sein Gesicht beinahe auf das Blatt, ehe er zu schreiben begann. Offenbar war dieses Problem so akut, dass er seine Kameras nicht mehr selbst bediente, sondern sich, was die technische Seite seines Handwerks betraf, auf seine Assistenten verließ.

Trotzdem stand es außer Frage, dass Brady der Künstler war, der hinter dem Erfolg seiner Aufnahmen stand. Mit großem Interesse beobachtete Michael seine sicheren und geschickten Bewegungen, seine Aufmerksamkeit für das Detail sowie die Gelassenheit, die ihn als Meister auszeichneten.

Michael fiel noch etwas anderes an dem berühmten Brady vom Broadway auf: Der Mann besaß unbestreitbar die Gabe der Iren,

Geschichten zu erzählen. Während der Aufnahmen gab der Fotograf eine Anekdote nach der anderen zum Besten und unterbrach sich nur für ein kurzes Lächeln zwischen den einzelnen Geschichten.

Brady machte zunächst gemeinsame Aufnahmen von den beiden Paaren, dann von Michael und Sara, und schließlich Einzelaufnahmen. Als die Klappe zum letzten Mal gefallen war, seufzte Michael erleichtert.

„Ausgezeichnet", sagte Brady. „Ich verbürge mich persönlich für Bilder, die Sie mit Stolz und Freude an kommende Generationen weitergeben werden." Der Fotograf sah Michael an, dann lächelte er jungenhaft.

***

Nach den Aufnahmen wartete Sara mit Winnie, während die Männer sich noch unterhielten. Als sie Michael beobachtete, kam Sara zu dem Schluss, dass er das Fotografieren doch nicht so abscheulich gefunden hatte wie anfangs kundgetan. Sowohl er als auch ihr Vater lachten herzlich, als Brady sie aus dem Atelier begleitete.

„Ich habe mir erst kürzlich ein Exemplar Ihres neuen Buches gekauft", erklärte ihr Vater dem Fotografen. „Ich bin von Ihren Fotografien sehr beeindruckt, Brady. Sie haben eine ausgezeichnete Arbeit geleistet."

Sara wusste sofort, dass er sich auf Bradys *Gallery of Illustrious Americans* – eine Galerie berühmter Amerikaner – bezog. Das schwere Buch war eine Sammlung hervorragender Fotografien angesehener Persönlichkeiten Amerikas. Es wog nahezu fünf Pfund und wurde für den unverschämt hohen Preis von dreißig Dollar pro Exemplar verkauft.

„Nun, Mr Farmington, Sie können sicher sein, dass auch Ihr Bild meine nächste Ausgabe zieren wird", erwiderte Brady. Dann wandte er sich Michael zu und betrachtete ihn forschend durch seine dicken Brillengläser. „Wissen Sie, Captain, ich habe vor, einen Band mit den führenden Persönlichkeiten unserer Stadt, einschließlich der Polizei, herauszugeben. Ich muss jedoch sagen, dass die Polizeidirektoren, mit denen ich bisher darüber gesprochen habe, alles andere als begeistert waren."

Michaels dunkle Augen blitzten belustigt. „Ich glaube, die meisten unserer Männer sind genauso zurückhaltend, wie ich es war, wenn es darum geht, ihr Gesicht für die Nachwelt konservieren zu lassen. Sie kommen vielleicht weiter, wenn Sie dem Polizeipräsidenten, Chief Matsell, Ihre Idee unterbreiten."

„Oh, ich verstehe. Vielen Dank für diesen Rat, Captain. Ich werde das sofort tun, sobald ich aus Europa zurück bin. Ich plane eine ziemlich umfangreiche Sammlung", fuhr Brady fort, während er sich über seinen Bart strich. „Experten aus den verschiedensten Fachbereichen, Bühnenstars, Persönlichkeiten aus dem öffentlichen Leben – die Polizeistreitkräfte, die Feuerwehr –, und natürlich auch Politiker. Von dem Bürgermeister sowie von dem Gouverneur habe ich bereits Aufnahmen gemacht, ebenso von einigen Mitgliedern unserer Stadtverwaltung." Er hielt inne. „Ich, äh ... ich habe gehört, dass Sie eventuell auch eine politische Karriere im Auge haben, Captain?"

Michael lächelte nur und ging nicht weiter auf die Frage des Fotografen ein.

„Wenn die Gerüchte zutreffen", fuhr Brady fort, „werde ich nächste Woche eine Aufnahme von einem Ihrer künftigen Rivalen machen. Vielleicht kennen Sie Mr Patrick Walsh?"

Michael reagierte genau so, wie Sara es erwartet hatte. Seine Gesichtszüge erstarrten, und sein Mund wurde unter seinem Schnurrbart zu einem dünnen Strich. Er stand unbeweglich da, die Hände auf beiden Seiten zur Faust geballt.

„Walsh?", fragte er, und seine Stimme war genauso hart wie seine Augen.

Brady, der offensichtlich nicht bemerkte, welche Reaktion er ausgelöst hatte, fuhr fröhlich fort. „Ja, offenbar plant er außer seinen geschäftlichen Aktivitäten auch eine politische Karriere."

Sara behielt Michael scharf im Auge. Gewöhnlich war seine Selbstbeherrschung einfach beeindruckend, doch wenn es um Patrick Walsh ging, konnte ihr Mann unberechenbar, beinahe explosiv werden.

„Eine politische Karriere, sagten Sie?" In Michaels Stimme klangen sowohl Zorn als auch Zweifel. „Ich wusste nicht, dass Walsh spezielle Ambitionen in dieser Richtung hat."

„Oh doch", plauderte Brady munter weiter. „Er scheint sehr eifrig an diesen Plänen zu arbeiten. Er ist offenbar der Meinung, dass seine Tammany-Verbindungen, gepaart mit seinen geschäftlichen Beziehungen, ihm in der politischen Arena sehr dienlich sein können."

„Damit hat er gewiss recht", bemerkte Michael.

Wenn sein Gesichtsausdruck sich auch nicht veränderte, entgingen Sara dennoch nicht der Zorn in seinen Augen und die Verachtung in seiner Stimme. Sie suchte krampfhaft nach einer Möglichkeit, das Gespräch zwischen dem Fotografen und ihrem Ehemann zu beenden, bevor Michaels Zorn die Oberhand über seine sonst so guten Manieren gewann. Im Zorn konnte er ein richtiger Bär sein.

Sie stieß heimlich einen Seufzer der Erleichterung aus, als sie sah, wie ihr Vater sich einschaltete.

„Wenn Sie an Aufnahmen von Politikern interessiert sind", schlug er vor, „dann sollten Sie vielleicht einmal Kontakt mit Simon Dabney aufnehmen." Saras Vater wandte sich direkt an den Fotografen, während seine Augen jedoch auf Michael fixiert blieben. „Erstens wäre Simon selbst bestens für Ihre Sammlung geeignet, und zweitens könnte er Sie mit vielen anderen Politikern in Kontakt bringen. Kennen Sie ihn?"

Als Brady erklärte, noch nicht das Vergnügen gehabt zu haben, erbot sich Saras Vater, einen Termin zu arrangieren. „Im Augenblick sollten wir uns jedoch lieber auf den Weg begeben. Michael und ich haben diesen beiden reizenden Damen versprochen, mit ihnen im Astor House zu speisen."

Sara entging nicht der feste Griff, mit dem ihr Vater Michaels Arm fasste, als er sich zur Tür wandte. Dann hielt er noch einmal inne. „Den Termin für Aufnahmen von Saras Großmutter werden Sie nicht vergessen, Brady, nicht wahr?"

Der Fotograf schüttelte den Kopf. „Ich freue mich schon darauf. Sobald Sie mir mitteilen, wann es Mrs Platt recht wäre, werde ich eine Zeit einplanen, wo ich zu ihr nach Hause kommen kann."

Saras Vater nickte, dann stieß er Michael leicht an. „Gut, Sie werden bald von mir hören."

Draußen auf der Straße angekommen, herrschte lange Zeit Schweigen zwischen ihnen. Schließlich war es Winnie, die stets ein feines Gefühl für die Stimmung ihrer Mitmenschen sowie das nötige Geschick hatte, die Spannung zu lösen, die sich lächelnd an Michael wandte. „Nun, Michael, du siehst in der Tat unheimlich fesch aus. War es wirklich so schlimm, sich herauszuputzen und diese Bilder machen zu lassen?"

Michael zwinkerte. „Wie bitte? ... O nein, nein, vielleicht nicht", erwiderte er unsicher. „Ich glaube, ich habe gerade über etwas anderes nachgedacht."

Einen Augenblick lang erwiderte er Saras Blick, dann schaute er weg.

* * *

An diesem Abend, als Sara schon längst schlief, war Michael noch hellwach und ruhelos. Schließlich stieg er vorsichtig aus dem Bett und zog seinen Morgenmantel über. Er ging durch das Zimmer zu der Doppeltür, die auf den Balkon führte.

Er trat auf den Balkon und schaute in die Nacht hinaus. Selbst für eine Augustnacht war es außergewöhnlich warm und schwül. Nicht der geringste Windhauch bewegte die Blätter der alten Eichen am Haus. Der Himmel war von seltsam tiefhängenden Wolken bedeckt, und es sah aus, als würde es bald einen heftigen Regenguss geben.

Während er auf den gepflasterten Weg hinabstarrte, waren seine Gedanken so trübe wie die Nacht. Er fragte sich, ob er nicht einen törichten Fehler begangen hatte, bei der Polizei zu bleiben, anstatt die politische Karriere zu wählen, die ihm Simon Dabney vor kurzem vorgeschlagen hatte.

Wenn Mathew Brady recht hatte und Walsh tatsächlich ernsthaft daran dachte, in die Politik einzusteigen, was konnte er dann als Captain der Polizei anrichten? Gegen korrupte Politiker war die Polizei völlig machtlos.

Die politische Szene wurde bereits von unzähligen professionellen Verbrechern beherrscht. Patrick Walsh würde ihre Ränge nur weiter auffüllen helfen. Durch seine unlauteren Geschäftspraktiken und ein weit verzweigtes Netz der Korruption verfügte er bereits in allen Teilen der Stadt und im gesamten Bundesstaat über eine beachtliche Macht.

Michael hatte sich nie dazu hinreißen lassen, den Einfluss seines Erzfeindes zu unterschätzen. Patrick Walsh hatte schließlich beinahe Michaels Sohn Tierney in seinen Krallen gefangen. Durch seine Schläger und Mittelsmänner, die im gesamten Staat verteilt lebten, besaß er eine reale Macht. Walsh verfügte außerdem über eine Reihe von Marionetten in der Tammany Hall in New York. Er war vermutlich in der Lage, genügend Stimmen für jedes Amt zu gewinnen, das er ins Auge gefasst hatte.

Politik wäre nur der nächste, logische Schritt für Walsh – ein Schritt, der ihn nur noch mächtiger und noch gefährlicher machen würde, als er bereits war. Wenn er erst einmal eine politische Stellung innehatte, würde ihn nichts mehr aufhalten können. Er würde immer weiter aufsteigen, wie ein giftiges Gas, ohne dass ihn jemand zurückhalten konnte.

Michael rieb sich mit einer Hand über sein Genick. Sein Kopf hämmerte aufgrund seiner inneren Spannung und der Schlaflosigkeit. Er konnte den Gedanken nicht ertragen, dass Patrick Walsh sich völlig dem Zugriff jeglicher Gerechtigkeit entziehen würde – und frei und unbelastet seinen verkommenen Willen durchsetzen konnte, wie immer es ihm beliebte.

Wie die Dinge im Augenblick standen, gab es immer noch die Möglichkeit, Walsh in seiner eigenen Skrupellosigkeit zu fangen. Doch ein kleiner Polizist – und selbst ein Captain, ein Polizeidirektor – konnte kaum hoffen, einen prominenten Politiker zu überführen, ganz gleich, welche Vergehen gegen die Gesellschaft ihm zur Last gelegt wurden. So war die Wahrscheinlichkeit sehr groß, dass Walsh so weitermachen konnte wie bisher, nach außen den Schein des ehrbaren Mannes wahrend, während er ständig darauf achtete, den Maschen des Gesetzes zu entfliehen.

Mit beiden Händen umklammerte Michael das Geländer vor sich. Er wollte sich nicht mit dem Gedanken abfinden, dass eine Schlange wie Walsh der Gerechtigkeit endgültig entrinnen sollte. Es musste einen Weg geben, um ihn aufzuhalten – es *musste* einfach möglich sein.

Walsh würde schließlich doch einen Fehler begehen. Er mochte auf seine Art sehr schlau sein – gewissenlos und mörderisch verschlagen wie eine Hyäne. Doch musste es einen Punkt geben, wo er ausrutschte.

Und Michael würde zur Stelle sein, wenn er fiel.

13. Kapitel

Unwillkommener Besuch

Mein Herz ließ ich erkalten –
aus Furcht vor meinem Untergang …
Mein Herz ließ ich erkalten –
und meine Liebe löschte ich aus.
Patrick Pearse (1879 – 1916)

Ruth Marriott kam am Samstag in New York an, und erst am Montag brachte sie den Mut auf, Patrick Walsh gegenüberzutreten.

Sie verbrachte das Wochenende in einem heruntergekommenen Hotelzimmer in der *Bowery.* Nach der Beschreibung des Beamten an der Rezeption konnte sie das Hotel, in dem sich Patrick Walshs Büro befand, gut zu Fuß erreichen. Als sie jedoch zum wiederholten Male in eine zwielichtige Straße bog, begann sie sich zu fragen, ob der Beamte ihr den richtigen Weg beschrieben hatte.

Inzwischen wünschte sie sich, sie wäre ihrer ursprünglichen Absicht gefolgt und hätte einen Teil ihres Reisegeldes für eine Droschke ausgegeben. Die Augusthitze war drückend, und ihr wurde zunehmend übel. Wenn sie den Broadway nicht bald erreichte, würde sie umkehren müssen.

Doch sie durfte nicht umkehren. Sie hatte diese lange Strecke zurückgelegt, um Patrick Walsh zur Rede zu stellen. Das Geld, das er ihr geschickt hatte, würde nicht ewig reichen. Und was sollte sie tun, wenn es aufgebraucht war?

Während sie weiterging, fiel ihr auf, dass ihre Umgebung sich verändert hatte. Anstelle der Kneipen und Spielhöllen säumten kleine Läden die Straße, anständige Geschäfte, wenngleich sie auch nicht von übermäßigem Reichtum zeugten. Auch die Passanten sahen ehrbarer aus, ein krasser Gegensatz zu den lauten, schmutzigen Halunken ein paar Straßen vorher.

Vielleicht war sie doch auf dem richtigen Weg. Patricks Hotel befand sich gewiss in einer viel vornehmeren Gegend als ihre Unterkunft.

Von Anfang an hatte Patrick sie mit der schlimmsten Lüge von allen betrogen – damit, dass er ein unverheirateter Mann sei. Er hatte vorgetäuscht, er sei ein Witwer mit heranwachsenden Kindern. Erst als er erfuhr, dass sie ein Kind erwartete, hatte er ihr die Wahrheit gesagt: dass er in der Tat zwei Kinder hatte – und eine Frau, die sehr wohl noch lebte. So könne sie kaum von ihm erwarten, dass er die Verantwortung für ihr Kind übernähme.

Ihr Kind! Als ob er keinen Anteil daran hätte, dass sie sich jetzt in dieser ausweglosen Situation befand!

Er glaubte offenbar, dass er sich durch das Geld, das er durch einen überheblichen Boten hatte überbringen lassen, völlig aus der Verantwortung ziehen konnte. Der Brief, den er ihr geschrieben hatte, war rein sachlich und enthielt nicht die geringste Andeutung von dem, was sie einander einst bedeutet hatten. Das Geld sollte „die Arztrechnungen decken und ihr helfen, über die Runden zu kommen, bis sie für sich und das Kind die nötigen Vorkehrungen getroffen hatte".

Er war sogar so weit gegangen, ihr vorzuschlagen, das Baby überhaupt nicht auszutragen. *Es gibt Frauen, die wissen, wie man so etwas macht,* hatte er in dem gleichen, kaltblütigen Stil geschrieben. *Du solltest diese Möglichkeit erwägen.*

Bei dem bloßen Gedanken an diese Möglichkeit wurde Ruth übel. Wie konnte es nur so weit kommen, dass der Mann, der noch vor wenigen Monaten behauptet hatte, sie über alles zu lieben – der ihr versprochen hatte, sie zu heiraten, sobald seine Kinder älter waren – jetzt mit offensichtlicher Selbstverständlichkeit vorschlug, ihr Kind abzutreiben.

Patrick Walsh hatte ihr Herz geraubt, ihr Vertrauen, ihre Unschuld und sie mit nichts anderem als einer erdrückenden Schmach zurückgelassen – und einem Kind, das als das seine anzuerkennen er sich weigerte.

Wie hatte sie nur so naiv, so töricht sein können? *So gottlos ...*

Ja, so würde ihre Mutter es bezeichnen, wenn sie es erfahren würde: *Gottlosigkeit.* Sie würde Ruth mit ihrem durchdringenden, anklagenden Blick anschauen und sie als die Sünderin beschuldigen, die sie war. Dann würde sie ihr fromm anbieten, für sie zu beten, und eine angemessene Buße für Ruths Übertretungen vorschlagen.

Ruth war entschlossen, ihren Zustand so lange wie möglich vor ihrer Mutter zu verbergen. Sie war bereits beschämt und gedemütigt genug, sodass sie glaubte, die unausweichliche Erniedrigung durch ihre Mutter nicht auch noch ertragen zu können.

Außerdem würde ihre Mutter von ihr fordern, dass sie das Kind weggab. Amalie Marriott würde keinen Augenblick riskieren, dass die Schande ihrer Tochter in ihrem Frauenverein oder bei den Nachbarn, die sich in alles einmischten, bekannt wurde.

Das würde sie nicht tun! Sie würde ihr Baby nicht weggeben! Sie bereute, was sie mit Patrick getan hatte ... und wie sie es bereute! Doch sie würde nicht zulassen, dass ihr Kind für ihr Versagen büßen musste. Irgendwie würde sie für ihr Baby sorgen – sie würde einen Weg finden.

Es gab aber niemanden, den sie um Hilfe bitten konnte. Sie hatte keine Freunde und keine Verwandten außer ihrer Mutter.

Als sie beschlossen hatte, Patricks Geliebte zu werden, war sie immer verschlossener geworden. Sie hatte sich zurückgezogen, bis ihr schließlich nur noch ihre Arbeit und das heimliche Zusammenleben mit Patrick geblieben waren.

Dieses Zusammenleben war nun vorbei, und bald würde sie auch ihre Arbeitsstelle verlieren. Sie würde ihren Zustand nicht mehr lange verbergen können, und man würde sie fristlos entlassen, sobald sie der Schulleitung die Wahrheit offenbart hatte. An einer privaten Mädchenschule war kein Platz für eine ledige Lehrerin, die ein Kind erwartete.

Sie musste Patrick irgendwie dazu bringen, für die Zukunft des Kindes zu sorgen. Dieser Entschluss hatte sie, gepaart mit ihrer ständig wachsenden Verzweiflung, schließlich dazu motiviert, die Reise nach New York anzutreten und Patrick zur Rede zu stellen. Doch jetzt, als sie den Broadway betrat und die dunkle Ziegelfassade des Braun-Midtown-Hotels drohend vor sich aufragen sah, wurde sie von einer Woge der Angst erfasst, die sie beinahe lähmte.

Ruth blieb lange Zeit vor dem Hotel stehen und musterte die imposante Vorderfront. Sie dachte an die vielen Male, als sie Patrick an diese Adresse geschrieben hatte.

„Ich verbringe viel mehr Zeit in meinem Büro als zu Hause", hatte er ihr erklärt. „Ich bekomme deine Briefe schneller, wenn du sie an das Hotel schickst."

Sie hatte ihm geglaubt. Jetzt, da ihr bewusst wurde, wie schnell sie seinen Lügen Glauben geschenkt hatte, wie leicht sie sich hatte betrügen lassen, mischte sich Zorn unter ihre Scham.

Die Augen auf die massive Doppeltür des Hoteleingangs gerichtet, stemmte Ruth die Hände in die Hüften. Er musste bezahlen. Er musste bezahlen für seinen Betrug, für die unverschämte Art und Weise, wie er sie manipuliert und missbraucht hatte. Es war nur gerecht, wenn er dafür zahlte.

Doch sie wusste auch, dass sie Patrick nicht gewachsen war. Wenn er von ihrer Bitte um Hilfe weiter ungerührt blieb, konnte sie nichts tun – absolut nichts.

Außer einer Sache, die sie, wenn irgend möglich, vermeiden wollte ...

Während sie gegen eine Woge der Übelkeit ankämpfte, wiederholte Ruth Patricks Adresse auf Staten Island, die sie von einem Botenjungen im Hotel erfahren hatte. Schließlich atmete sie, innerlich zitternd, tief durch und begab sich zum Eingang des Hotels.

***

Jess Dalton sah von seinem Schreibtisch auf und lächelte erfreut, als er Nicholas Grafton in der Tür stehen sah.

„Hallo, Nicholas! Erst gestern Abend hat Kerry nach dir gefragt. Wo bist du die ganze Zeit gewesen?"

Die beiden Männer waren während der letzten beiden Jahre gute Freunde geworden und hatten es sich zur Gewohnheit gemacht, einander unangemeldet einen kurzen Besuch abzustatten, wann immer ihre Zeit es erlaubte. Jess fand jedes noch so kurze Zusammensein mit dem freundlichen Arzt angenehm und erfrischend.

Als er aufstand, stieß sein Stuhl gegen die Wand hinter ihm. Der Raum, der ihm in der Kapelle in der Bowery als Amtszimmer diente, war eigentlich nicht mehr als eine kleine Kammer. Seine enorme Körpergröße ließ das Zimmer noch kleiner erscheinen, doch hatte er sich inzwischen an die Enge gewöhnt. Außerdem verbrachte er im Augenblick sehr wenig Zeit hinter dem Schreibtisch.

„Wir haben dich vermisst", sagte Jess, während er um den Schreibtisch herumging, um Nicholas Grafton die Hand zu schütteln. „Ich hoffe, es ist alles in Ordnung."

Bevor der Arzt antworten konnte, betrat ein anderer Mann – ein Fremder – das Zimmer. Jess betrachtete ihn interessiert. Erst jetzt fiel ihm auf, dass Nicholas ungewöhnlich ernst war.

Der Fremde war, wie auch Nicholas Grafton, nicht allzu groß, wirkte jedoch durch seinen stämmigen Körperbau viel wuchtiger. Der junge Mann mit blondem Haar und blassem Teint hatte einen durchdringenden Blick, der auf eine gewisse Dreistigkeit, wenn nicht sogar Arroganz hindeutete.

Als Jess darauf wartete, mit dem Mann bekannt gemacht zu werden, fragte er sich, weshalb Nicholas so bekümmert wirkte. Als er endlich zu sprechen begann, schien sein Freund sich beinahe entschuldigen zu wollen.

„Jess", begann er endlich mit leiser Stimme, „das ist Colin Winston." Er hielt inne. „Elisabeth Wards Bruder."

Amandas Onkel …

Jess wurde plötzlich schwindlig. Sein Herz schien für einen Augenblick zu stocken, bevor es wild zu rasen begann. Steif reichte er Winston, der ihn ernst ansah, die Hand. Der junge Mann ignorierte diese Geste jedoch, und nach einem peinlichen Augenblick zog Jess seine Hand wieder zurück.

Er hätte nicht schockierter sein können. Er hatte gewusst, dass die kleine Amanda irgendwo in Europa einen Onkel hatte, doch nachdem man monatelang vergeblich versucht hatte, mit ihm Kontakt aufzunehmen, hatten die Anwälte sowohl in den Vereinigten Staaten als auch in England ihr Einverständnis erklärt, das Adoptionsverfahren einzuleiten.

Die kleine Amanda hatte von dem Augenblick an, als er sie im vorigen Winter mit nach Hause gebracht hatte, sowohl Kerrys als auch sein Herz erobert. Schon wenige Tage nach dem Tod ihrer Mutter hatten sie begonnen, eine Adoption in Erwägung zu ziehen.

Nicholas Grafton hatte Amandas Großvater in England einige Male geschrieben, doch es schien, als hätte Edward Winston seine Tochter und ihre Familie endgültig verstoßen. Jeglicher Versuch, mit ihm Kontakt aufzunehmen, war nur mit Schweigen beantwortet worden.

Dann konnte Lawrence Hancock, der Anwalt, den Jess eingeschaltet hatte, schließlich in Erfahrung bringen, dass Amandas Großvater verstorben war und dass der Onkel des Kindes – der einzige Verwandte, der noch lebte – sich seinem alten Vater ebenfalls seit Jahren entfremdet hatte. Colin Winstons Aufenthaltsort war unbekannt gewesen.

Bis jetzt.

„Jess?"

Nicholas Graftons Stimme holte Jess in die Gegenwart zurück.

„Du weißt, dass Mr Winston ... Amandas Onkel ist."

„Ja", erwiderte Jess schwach, unfähig, noch ein weiteres Wort über seine Lippen zu bringen.

„Er ist wegen ..." Die Stimme des Arztes versagte für einen Augenblick. „... Amanda gekommen. Er möchte sie ... mit nach England nehmen."

Jess erstickte fast an dem Schmerz, der in seinem Körper brannte. „Ach so", war alles, was Jess hervorbringen konnte. Abrupt wandte er beiden Männern den Rücken zu.

Zuerst dachte er an Kerry – sie würde das nicht überstehen. Amanda war für sie von dem Augenblick an, da sie sie zum ersten Mal in ihren Armen gehalten hatte, wie ihre eigene Tochter gewesen. Ihre Freude an dem Kind war mit jedem Tag größer geworden, und es war wunderbar, zu sehen, welch inniges Band der Liebe zwischen beiden existierte.

Dann dachte er an sich selbst, denn er liebte das goldige kleine Mädchen ebenfalls über alles. Er hatte sie sein „Lockenköpfchen" genannt, und er freute sich, eine kleine Tochter zu haben, die ihn offenbar auch liebte. Wenn sie abends zu ihm gerannt kam und ihre Arme ausstreckte, damit er sie auf seine Schulter nahm, fühlte er plötzlich neue Kraft in sich aufsteigen – ganz gleich, wie schwer sein Tag gewesen war.

Er konnte es sich nicht vorstellen, in ein Heim zu kommen, in dem es keine Amanda mehr gab.

Steif ging er zu seinem Schreibtisch zurück und ließ sich in seinen Stuhl sinken. Die Finger ineinander verflochten, starrte er lange Zeit stumm auf seine Hände. Als er schließlich aufschaute, sah er, wie ihn Nicholas Grafton mit unverhülltem Mitleid betrachtete, während Colin Winston ihn feindselig anstarrte.

„Ich plane, sobald wie möglich wieder zurückzusegeln", erklärte Winston kurz angebunden. „Sie werden das Kind vorbereiten, nehme ich an?"

Jess starrte den Mann an. Ihm wurde plötzlich unheimlich kalt.

Er fror, und er fühlte sich matt und traurig, als wäre in seinem Gemüt soeben die Sonne untergegangen.

* * *

Patrick trank noch eine Tasse Kaffee. Seine Nerven waren bereits angespannt, er war in einer gereizten Stimmung und wusste genau, dass der Kaffee keine gute Idee war. Doch er war im Augenblick nicht in der geistigen Verfassung, sich etwas zu versagen.

Über seinen Schreibtisch gebeugt, starrte er auf die Vorderseite der Zeitung, die eine weitere „Errungenschaft" der Kommission pries, deren Vorsitz Louis Farmington innehatte. Besonders hob der Artikel Lewis Farmingtons Schwiegersohn, Captain Michael Burke, wegen „seiner Wachsamkeit und Ausdauer" hervor, „die schließlich dazu führten, diejenigen vor Gericht zu stellen, die abscheuliche Verbrechen an Ahnungslosen und Unschuldigen verübten".

In dem überschwänglichen Artikel wurde weiter beschrieben, wie Captain Burke wesentlich dazu beigetragen hatte, die grauenvollen Missstände im Chatham Shelter aufzudecken, der eigentlich eine Zufluchtsstätte für Frauen in Not sein sollte. Die Leiterin der Einrichtung, Mathilda Crane, musste sich im Augenblick – neben anderen Vergehen – wegen Missbrauchs sowohl privater als auch öffentlicher Gelder verantworten. Der Shelter war in der Zwischenzeit geschlossen und seine Bewohner in anderen Einrichtungen untergebracht worden.

Mit diesem Fall in Zusammenhang standen auch Untersuchungen in Bezug auf eine religiöse Vereinigung, die von einem gewissen William Butterby geleitet wurde – von den Anhängern der Sekte „Bruder Will" genannt. Gegenwärtig befasste sich das Gericht mit einer Reihe von Anklagen gegen Butterby, zu denen auch ungehörige Annäherung gegenüber weiblichen Gemeindegliedern zählte. Man vermutete auch eine Zusammenarbeit zwischen Butterby und der oben erwähnten Mathilda Crane.

Patrick Walsh hatte weder Interesse an dem Chatham Shelter noch an den unvorsichtigen Tölpeln, die sich durch ihre eigene Dummheit hatten erwischen lassen. Doch es widerte ihn unsagbar an, von den Errungenschaften der Kommission zu lesen, die sich mit den Problemen der Immigranten befasste – und ganz besonders von den heroischen Leistungen des Captain Michael Burke.

Er hätte längst seinem ursprünglichen Instinkt folgen und Burke erledigen sollen. Der starrköpfige Bulle kreiste seit Jahren wie ein Geier über ihm, und während der letzten Monate hatte die Feindschaft zwischen ihnen einen Höhepunkt erreicht. Burke unternahm nicht einmal den Versuch, seine Absichten zu verhüllen: Er war fest entschlossen, Patrick Walsh mit allen Mitteln zur Strecke zu bringen.

Bis jetzt hatte der hartnäckige Polizist jedoch kaum mehr erreicht, als einige seiner Männer ins Gefängnis zu bringen – wo Walsh sie unverzüglich hatte umbringen lassen, bevor sie auch nur ein Wort ausplaudern konnten. Vor kurzem war es Burke jedoch gelungen, ihm zwei lukrative Geschäfte zu verderben, einschließlich einer äußerst gewinnträchtigen Sklavenauktion, was in der Folge zu Spekulationen über Walshs Geschäfte geführt hatte – worauf die Tammany-Bosse ihrerseits verstimmt reagiert hatten.

Patrick wusste, dass wirkliche Macht – wie er sie anstrebte – nicht in finanzieller Herrschaft allein, sondern auch in politischem Einfluss begründet lag.

Er war bereits ein reicher Mann, und sein Vermögen wuchs weiter – trotz der armseligen Anstrengungen ekelhafter Polizisten wie Burke. Doch sein größtes Bestreben lag darin, den weiteren Ausbau seines kriminellen Imperiums mit der noch viel größeren Macht zu verbinden, die in der politischen Arena zu finden war.

Keinen einzigen Augenblick dachte er auch nur daran, einem unbedeutenden Polizisten zu gestatten, seine Pläne zu durchkreuzen.

Er zerknüllte die Titelseite und warf die Zeitung auf den Boden.

Es musste etwas geschehen in Bezug auf Burke. Es wäre die größte Torheit, weitere Störungen von Seiten dieses Mannes zu riskieren.

Patrick begann darüber nachzudenken, welche Qualen er seinem Widersacher bereiten könnte, bevor er ihn endgültig erledigte. Unwillkürlich öffnete er das mittlere Fach auf der rechten Seite seines Schreibtischs und starrte auf die Pistole, die er auf dem Weg zwischen seinem Heim und seinem Büro stets bei sich trug.

Einen Augenblick später machte er das Fach wieder zu und schloss es ab. Es wäre tollkühn, selbst Hand an Burke zu legen, gestand er sich widerwillig ein. Gewiss war es viel sicherer, diese Aufgabe einem derjenigen zu überlassen, die dafür bezahlt wurden, ihr Leben aufs Spiel zu setzen.

Lange Zeit saß er da und dachte nach. Schließlich nahm Patrick seine Pfeife zur Hand, stopfte sie und zündete sie an. Er wollte etwas Besonderes, etwas besonders Hässliches für Burke. Er würde nach Spicer Blaize schicken. Es gab niemanden, der für einen Mord besser geeignet war, und dieser Mann war überraschend einfallsreich, was seine Methoden betraf.

Als ein leises Klopfen an der Tür ertönte, runzelte Patrick verärgert die Stirn. Die Tür ging auf und herein trat zögernd sein neuer Mitarbeiter, Glenn Stockton.

„Entschuldigen Sie bitte die Störung, Mr Walsh, aber ... äh ... es ist jemand hier, der Sie sprechen möchte."

Patricks Falten auf der Stirn wurden noch tiefer. „Ich dachte, ich hätte heute vor drei Uhr keinerlei Verabredungen."

Der plattnasige Stockton nickte. „Ja, die Sache ist die, dass sie nicht mit Ihnen verabredet ist, doch sie besteht darauf ..."

„Sie?" Patrick schaute an dem schmalgebauten Stockton vorbei, konnte jedoch hinter ihm niemanden sehen.

„Ja, Sir, es ist eine junge Dame." Stocktons blasse Augen blitzten einen Augenblick vielsagend. „Eine äußerst attraktive junge Dame." Sein forschender Blick war ungewöhnlich kühn, beinahe verschwörerisch.

Noch verärgerter, aber gleichzeitig neugierig geworden, bedeutete Patrick Stockton, die Frau in sein Büro zu schicken.

Die Pfeife im Mund, beugte er sich nach vorn, um die Zeitung vom Fußboden aufzuheben. Als er sich wieder aufrichtete, stand Ruth Marriott vor seinem Schreibtisch.

14. Kapitel

Boten guter und schlechter Kunde

Jeder Mensch soll sein eignes Geschick beurteilen,
ob es gut sei oder schlecht.

Irisches Sprichwort

Quinn O'Shea unternahm den halbherzigen Versuch, auf der Veranda auf der Vorderseite des Whittaker-Hauses einige Spielsachen aufzusammeln. Die Sonne brannte glühend auf sie herab, und sie hatte gerade beschlossen, ins Haus zu gehen, wo die hohen Räume und zugezogenen Fenster zumindest ein wenig Schutz vor der großen Hitze boten, als sie Sergeant Denny Price um die Ecke der Elisabeth Street biegen sah.

Quinn zögerte. Der Polizist schien ihr etwas sagen zu wollen, und als sie hörte, wie er mit seinem Donegalakzent ihren Namen rief, blieb sie stehen. Als ihr bewusst wurde, dass sie sich eigentlich freute, den Mann zu sehen, schrillten ihre Alarmglocken.

Sie grüßte ihn bewusst kühl und kurz angebunden mit einem Wort: „Sergeant."

Es überraschte sie, dass er nicht wie gewohnt mit einem dreisten Grinsen und einem fröhlichen Gruß antwortete. Neugierig geworden, entdeckte Quinn, dass er ungewöhnlich ernst aussah und in einer Hand ein Buch hielt.

Zwei Stufen auf einmal nehmend, erklärte er nur: „Ich muss sofort Mr Whittaker sprechen. Ist er im Haus?"

Sein Ton war angespannt, seine Worte abgehackt. Auch das stand im Gegensatz zu dem irischen Geplauder, das sie sonst von ihm gewöhnt war.

„Ja", erwiderte sie, während er seinen Schritt kaum verlangsamte. „Er ist oben und streicht mit den älteren Jungen den Flur."

Er nickte kurz und eilte an ihr vorbei ins Haus. Während Quinn ihm nachschaute, kämpfte sie ihre leichte Enttäuschung darüber nieder, dass er so kurz angebunden war. Was hatte es schon für sie zu bedeuten, wenn der Mann heute andere Dinge im Kopf hatte, als ihr auf die Nerven zu fallen!

Und hatte sie nicht auch Wichtigeres zu tun? Daniel Kavanagh kam heute ausnahmsweise früher nach Hause, um die anderen beim Streichen zu unterstützen. Er hatte jedoch angeboten, ihr erst bei ihren Grammatikstudien zu helfen.

Quinn hatte ihren Stolz endlich überwunden und Daniel Kavanagh gebeten, sie zu lehren, wie man korrekt spricht. Sie konnte gut lesen und begriff auch sprachliche Zusammenhänge meist sehr schnell. Wenn es jedoch um das Sprechen ging, drückte sie sich oft unbeholfen, wenn nicht sogar falsch aus.

Seitdem sie bei den Whittakers arbeitete, war sie von dessen feinen Manieren und gepflegter Sprache beeindruckt – ganz besonders von Mr Whittaker und Daniel. Mrs Whittaker hatte noch eine ganze Menge aus der alten Heimat an sich, was besonders an ihrem westirischen Akzent deutlich wurde. Doch sowohl Daniel als auch sein Stiefvater waren Gentlemen, und ihre vornehme Art spiegelte sich darin wider, wie sie die Sprache zu gebrauchen verstanden.

Ein Schritt auf dem Weg von Quinns Bestreben, eine Dame zu werden – eine *amerikanische Lady* – bestand darin, richtig sprechen zu lernen. Doch oft wusste sie einfach nicht, wie man sich richtig ausdrückt, und Daniel Kavanagh schien nur zu gern bereit, sie zu unterrichten.

Natürlich wäre Mr Whittaker mit seiner ausgezeichneten Bildung der ideale Lehrer gewesen. Doch seine Zeit war von morgens bis abends völlig ausgefüllt. Wenn er sich nicht um die Jungen oder um seine eigene Familie kümmerte, saß er im Aufenthaltsraum am Klavier und arbeitete an Liedern. Gewiss hatte er keine Zeit mehr für irgendetwas anderes.

Manchmal nahm Quinn an einer Unterrichtsstunde der Jungen teil, doch meist war der Stoff noch zu einfach, um ihr weiterzuhelfen.

Schon ehe sie Daniel Kavanagh um Hilfe bat, hatte sie gewusst, dass er ihre Bitte nicht abschlagen würde. Dem Jungen gelang es nicht, zu verbergen, dass er in sie vernarrt war.

Zuweilen fühlte Quinn ein Schuldgefühl in sich aufsteigen, dass sie die Schwärmereien des Jungen ausnutzte, sie tat jedoch ihr Bestes, um sie zu ignorieren. Sie wusste, dass Gelegenheiten selten zweimal kamen, und dass man nicht zögern sollte, sie zu nutzen, sobald sie sich boten.

* * *

„Ich muss allein mit Ihnen sprechen, Mr Whittaker, wenn es möglich ist."

Evan sah, wie der Polizist Billy Hogan betrachtete, der mit drei anderen Jungen dabei war, eine großzügige Schicht weißer Farbe auf die Wände des Flurs aufzutragen.

„Natürlich, Sergeant. Jungs, ihr streicht schön w-weiter. Ich bin gleich zurück."

Evan deutete auf einen Schlafsaal auf der anderen Seite des Flurs. „Wir können uns dort unterhalten."

Sobald Evan die Tür hinter sich geschlossen hatte, kam der Sergeant zur Sache. „Sorley Dolan ist wieder draußen", erklärte er bitter. „Seit heute Morgen. Ich dachte, ich sage Ihnen Bescheid."

Evan starrte ihn an und versuchte zu begreifen. „Sie meinen d-doch n-nicht, dass er frei ist? Nicht nach so kurzer Zeit!"

„Kaum jemand sitzt in diesen Tagen seine volle Zeit ab", erklärte der Polizist mit finsterer Miene. „Die Gefängnisse sind überfüllt. Es ist nicht genug Platz für die Hälfte der Verbrecher, die wir stellen. So sieht es leider aus."

Evan nickte. Im vergangenen Jahr war in den Zeitungen immer

wieder von den Bedingungen in den überfüllten Gefängnissen berichtet worden. Bürger forderten Reformen, während Politiker größere Gefängnisse verlangten. Die Polizei drängte die Stadtverwaltung jedoch fortwährend, noch mehr Polizisten einzustellen. Jeder schien eine Lösung anzubieten, doch in der Zwischenzeit drohte die Situation völlig außer Kontrolle zu geraten.

„Die meisten der Verbrecher sind zur Hintertür wieder hinaus, nicht lange nachdem wir sie vorn hereingeschleift haben. Selbst die schlimmsten Rabauken sind binnen kurzer Zeit wieder auf der Straße. Es ist einfach kein Platz für sie da. Die Zellen, die uns zur Verfügung stehen, brauchen wir für die Mörder und Geistesgestörten."

„G-Geistesgestörte sollten überhaupt n-nicht in gewöhnliche Gefängnisse kommen", musste Evan seine Empörung kundtun. „Sie sollten in Krankenhäuser oder a-andere Einrichtungen eingewiesen werden, wo sie die nötige m-medizinische Betreuung erhalten."

„Vielleicht, doch wenn die Stadt nicht einmal genug Platz für ihre Schwerverbrecher finden kann, wird sie sich kaum um die Geisteskranken sorgen."

Der Gedanke an Mörder und Geisteskranke brachte Evan zu dem zurück, weswegen der Sergeant hier war. „Dolan hat doch bis jetzt keinerlei offizielle Rechte in Bezug auf Billy, nicht wahr?"

Der Sergeant schüttelte den Kopf. „Keinerlei. Doch offizielle Rechte interessieren einen Teufel wie Sorley Dolan nicht im Geringsten. Besonders wenn er betrunken ist – was er bis zum Abend bestimmt sein wird." Er hielt inne. „Es wäre bestimmt gut, jetzt besonders auf den Jungen zu achten, wenn Sie verstehen, was ich meine."

Die Sorge um Billy legte sich wie eine dunkle Wolke auf Evans Gemüt. Was, wenn Dolan dem Jungen nachstellte?

Der Polizist schien seine Gedanken zu lesen. „Ich werde tun, was ich kann, um Sorley im Auge zu behalten. Und wenn Sie Hilfe brauchen, dann schicken Sie einfach einen von den Jungen. Jeder Polizist wird bereit sein, Ihnen zu helfen."

Evan wusste, dass Sergeant Price ihn beruhigen wollte, und ihm gelang ein schwaches Lächeln. Doch in Wahrheit war er kein bisschen beruhigt.

„Ach, und ich hätte beinahe den anderen Grund vergessen, weswegen ich noch gekommen bin", erklärte der Sergeant, während er Evan das Buch reichte, das er sich zuletzt aus der Bibliothek ausgeliehen hatte. „Dieses hier hat mir offen gestanden nicht so gut gefallen wie der Milton."

Evan schaute Sergeant Price interessiert an. Der kräftige Polizist hatte sich seit Wochen regelmäßig Bücher ausgeliehen, und Evan fand es immer noch erstaunlich, dass Sergeant Prices Interesse beinahe ausschließlich auf dem Gebiet der Poesie, und insbesondere der klassischen Poesie zu liegen schien. Seine Bemerkungen bei der Rückgabe der Bücher waren äußerst scharfsinnig.

„Was faszininiert Sie so an Milton, Sergeant – wenn Sie mir die Frage gestatten?"

Der Polizist dachte nur einen Augenblick über Evans Frage nach.

„Nun, ich glaube, Mr Whittaker, es ist einfach seine schlichte Direktheit."

Evans Interesse war geweckt. „Schlichte Direktheit? Milton?" Der Sergeant nickte. „Jawohl, obwohl Milton offensichtlich ein gottesfürchtiger Mann und äußerst sprachgewandt war, scheint er jedoch auch seine eigenen Schwächen sehr gut zu kennen. Mir erscheint er zuweilen sogar etwas derb – ein Mann, der mit beiden Füßen auf der Erde steht, während seine Seele sich in den Himmel erhebt. Er kann über Sünde oder Heiligkeit schreiben, über die Herrlichkeit des Paradieses oder die Finsternis der Hölle, doch was er auch sagt, seine Worte sind wie Musik, nicht wahr?"

Evan starrte ihn an. Noch nie hatte er jemanden Milton so prägnant beschreiben hören wie diesen stämmigen Polizisten mit den großen Händen und den sanften Augen.

„Bitte nehmen Sie sich wieder ein Buch mit, bevor Sie gehen, wenn Sie möchten", erklärte er.

„Vielen Dank, Sir, aber heute bin ich etwas in Eile. Vielleicht komme ich morgen wieder vorbei, wenn es Ihnen nichts ausmacht."

Evan schüttelte den Kopf. „Sie brauchen nicht erst zu fragen, Sergeant. Sie sind stets willkommen."

Während Evan dem Polizisten nachsah, als er die Treppe hinunterging, wurde er erneut von einer Woge der Angst erfasst. Er hatte bereits den Mund geöffnet, um Sergeant Price zurückzurufen, doch dann überlegte er es sich anders. Die Gesetzeshüter dieser Stadt hatten bereits mehr Arbeit, als sie bewältigen konnten. Man konnte nicht noch von ihnen erwarten, einen betrunkenen Schuft wie Sorley Dolan zu bewachen.

Er wandte sich um und sah zu, wie die Jungen auf der anderen Seite des Flurs arbeiteten. Er wollte Billy nicht diese wenigen sorglosen Augenblicke in seinem Leben verderben. Gerade jetzt schien er viel Freude zu haben, während er mit den anderen unter jungenhaftem Spaßen und gutmütigen Neckereien die Farbe auf die Wände auftrug. Sein strohblondes Haar war mit Farbe bespritzt, und auf seinem schmalen Gesicht stand ein Lächeln. Der Junge sah glücklich aus.

Billy war in letzter Zeit glücklich, dachte Evan, zumindest glücklicher, als er es gewesen, bevor er zu ihnen kam. Seine Augen blickten nicht mehr bedrückt und sorgenvoll. Außer der Sorge um seine Mutter und seine beiden Halbbrüder schien er so frei von den Sorgen des Lebens zu sein, wie es ein Junge in seinem Alter sein musste.

Es war eine Schande, ihm diesen neugefundenen Frieden zu rauben. Doch weil Vorsicht im Augenblick ihr einziger Schutz zu sein schien, blieb ihm vermutlich nichts anderes übrig, als den Jungen zu warnen.

Evan seufzte und ging schweren Herzens zu Billy und den anderen Jungen zurück.

***

Unten angekommen, hätte Denny Price sich gern mit Quinn O'Shea unterhalten, wenn sie nicht anderweitig beschäftigt gewesen wäre. Er blieb unter der Tür stehen und beobachtete sie mit dem Kavanagh-Jungen – Daniel – auf der Veranda. Denny kniff die Augen zusammen, als er sah, wie der Junge Quinn anhimmelte.

So war das also, nicht wahr? Der Junge war in sie verliebt.

Denny richtete seine Aufmerksamkeit auf Quinn. Obgleich er keinerlei Koketterie an dem Mädchen entdecken konnte, lächelte sie dennoch zu dem langbeinigen Knaben empor, als wäre er ein erwachsener Mann, und zwar einer, der ihren Respekt verdiente.

Denny knirschte mit den Zähnen. Er konnte sich meist schon glücklich preisen, wenn er dem Mädchen ein vernünftiges Wort zu entlocken vermochte! Wenn sie einen guten Tag hatte, lächelte sie ihn vielleicht einmal an oder ging mit ihm spazieren, doch dann sah sie die ganze Zeit so aus, als wollte sie jeden Augenblick davonlaufen.

Behandelte das kleine Biest den jungen Daniel nicht wie einen feinen Herrn? Sie konnte es doch nicht auf einen schüchternen Schuljungen abgesehen haben! Dieser Junge war nicht viel mehr als halb so alt wie er.

Natürlich war Daniel ein feiner Bursche. Er war als aufrichtig und anständig bekannt, und er war klug – ein feiner Junge, dagegen gab es nichts einzuwenden. Und trotzdem war er noch ein Junge!

Und was war mit Quinn? Denny musterte sie mit dem geübten, unvoreingenommenen Blick des Polizisten, seine Gefühle unterdrückte er für einen Augenblick. Er konnte sich natürlich nicht ganz sicher sein, aber er glaubte, dass ihr Lächeln weniger angespannt, jene seltsamen, katzenhaften Augen weniger vorsichtig und argwöhnisch als gewöhnlich blickten.

Aber warum? Wie war es Daniel Kavanagh gelungen, die Mauern ihres Selbstschutzes zu durchbrechen?

Je länger er sie beobachtete, umso mehr kochte er. Alles an dem Jungen war kultiviert und elegant: sein Blick, seine Stimme, selbst seine Kleidung. Ire oder nicht, der Junge hatte etwas Edles an sich, das nicht zu verleugnen war. Und er ging mit dem Mädchen um wie ein Ritter mit seiner Dame. Respektvoll, höflich, galant.

Denny Price wurde von Eifersucht übermannt wie von einem wildgewordenen Eber, der durch den Wald rast. Er konnte es leugnen, wie er wollte, aber die Wahrheit war, dass Quinn sich zu einem Jungen wie Daniel Kavanagh hingezogen fühlen könnte, obgleich er noch sehr jung und unreif war. Er sah gut aus, konnte gut reden und hatte elegante Manieren – ein gebildeter Junge. Im Vergleich zu ihm kam sich Denny grob und laut und ungehobelt vor.

Es war kein Wunder, wenn so ein Junge auf ein Mädchen anziehend wirkte.

Denny schluckte seine Enttäuschung hinunter. Es war ihm schmerzlich bewusst, wie wenig anziehend er selbst auf sie wirkte. Wenn sie nicht völlig ablehnend war, dann sah sie ihn an, als wäre er für sie so interessant wie ein Baumstumpf.

Er war sich nicht ganz sicher, worauf ihre Gleichgültigkeit zurückzuführen war. Manchmal glaubte er, es sei eine Feindseligkeit gegenüber Männern im Allgemeinen. Dann glaubte er wiederum, der Grund sei einfach der, dass er ein Ire war, ein großer, stämmiger, ungebildeter, irischer Polizist.

Warum konnte er sich dann nicht einfach von ihr fernhalten?

Über sich selbst verärgert, unternahm Denny größte Anstrengungen, seine Eifersucht auf Daniel Kavanagh zumindest im Augenblick zu verbergen. Und gewiss war es gut, wenn ein Mann zuweilen herausgefordert wurde. Er wäre bestimmt kein guter Polizist, wenn er angesichts von Schwierigkeiten die Flucht ergriff!

Schließlich gelang es ihm, ein breites, stolzes Lächeln aufzusetzen, während er aus dem Schatten auf die Veranda trat, wo er sich bewusst zwischen dem jungen Ritter und seiner Dame hindurchdrängte.

* * *

In ihrem luxuriös eingerichteten Salon in ihrem Haus auf Staten Island saß Alice Walsh auf ihrem Klavierhocker und lächelte erfreut beim Anblick der Unterlagen, die vor ihr auf dem Klavier lagen.

Es handelte sich um ein offizielles Dokument, einen Vertrag von dem New Yorker Verlagshaus Firth, Pond & Co. Wenn alles wie geplant lief, würden auf der Grundlage dieses Vertrages bald die Partituren für verschiedene Chorwerke sowie zwei Instrumentalstücke für eine kleinere Band veröffentlicht werden – alles Kompositionen von Evan Whittaker.

Alice war so begeistert, als wäre der Vertrag auf *ihren* Namen ausgestellt. Evan Whittaker wusste nichts von ihren Bemühungen. Sie hatte nur Harold Elliott, ein Mitglied des Chores ihrer Gemeinde, der in dem Verlag angestellt war, ins Vertrauen gezogen.

Seit einiger Zeit half Alice Evan Whittaker nicht nur als Korrepetitorin bei den wöchentlichen Chorproben, sie hatte außerdem die Aufgabe übernommen, seine Kompositionen für Chor und Orchester abzuschreiben. Der fleißige, gebildete Engländer hatte bereits mehr als genug zu tun. Am Klavier zu komponieren war für einen Mann mit nur einem Arm gewiss anstrengend genug, so sollte er seine Arrangements nicht auch noch selbst abschreiben müssen.

Vor einigen Monaten hatte Alice es sich erlaubt, einige von Whittakers Arrangements Harold Elliott zur Einschätzung vorzulegen. Zu ihrer großen Freude war Harold so begeistert, dass er die Stücke seinen Vorgesetzten bei Firth, Pond & Co. vorstellen wollte. Nach einer frustrierenden Zeit der Verzögerung, in der Alice dem armen Harold ständig in den Ohren gelegen hatte, hatte der Verlag schließlich diesen Vertrag angeboten.

Doch beinahe so aufregend wie der Vertrag selbst war der beiliegende Brief. Weil Evan Whittaker ein Neuling bei Firth, Pond & Co. war, hatte der Verleger einen ihrer berühmtesten Komponisten, Stephen Foster, um eine Einschätzung von Whittakers Kompositionen gebeten. Foster hatte nicht nur seine Wertschätzung für die neue Musik zum Ausdruck gebracht, sondern gleichzeitig auch einen persönlichen Brief hinzugefügt, in dem er den Komponisten ermutigte.

Wie Alice selbst, war auch Evan Whittaker begeistert von Stephen Fosters Kompositionen, und nun wurde ihm nicht nur ein Vertrag von Fosters Verleger angeboten, sondern er erhielt gleichzeitig eine begeisterte Unterstützung durch den Komponisten.

Alice wusste, dass dieser Vertrag für Evan Whittaker und seine Frau sehr viel bedeuten würde. Die Tantiemen, ganz gleich, wie gering sie auch ausfallen mochten, wären ihnen bestimmt willkommen. Doch irgendwie spürte sie, dass die unerwartete Anerkennung durch Stephen Foster für den zurückhaltenden Engländer noch mehr bedeuten würde als finanzielle Unterstützung.

Sie konnte es kaum erwarten, ihm den Vertrag und den Brief zu übergeben – ja, sie hatte bereits beschlossen, nicht bis zu der wöchentlichen Probe in Five Points am Donnerstag zu warten. Sie würde schon heute Nachmittag zum Whittaker-Haus gehen.

Wie ihre Mutter zu sagen pflegte, war es für schlechte Nachrichten immer zu früh, für gute jedoch niemals.

15. Kapitel

Ein schwacher Hoffnungsschimmer

Wozu um Hilfe schreien,
wenn es keine Hoffnung auf Hilfe mehr gibt?
Egan O'Rahilly (etwa 1675 – 1726)

Einen Augenblick lang spürte Ruth Befriedigung in sich aufsteigen, als sie Patrick Walshs verblüfftes Gesicht sah.

Er hatte offenbar nicht damit gerechnet, dass sie nach New York kommen würde. Keine Sekunde lang hätte er ihr so viel Mut zugetraut. Einer seiner Kosenamen für sie war nicht ohne Grund „schöner scheuer Spatz" gewesen. Sie nahm an, dass es eine Liebkosung sein sollte, doch dieses Bild hatte sie tief verletzt.

Ruth war schon immer sehr schüchtern. Patrick hatte oft ihr gutes Aussehen und ihre schöne Figur gelobt, und Ruth hatte sich insgeheim gefreut, dass er sie attraktiv fand, obgleich seine Komplimente sie auch peinlich berührten.

Während sie sich zu groß und zu dünn fand, bezeichnete Patrick sie als eine vornehme Dame. Ihr schweres, widerspenstiges kastanienbraunes Haar schien einen besonderen Reiz auf ihn auszuüben, denn er beharrte darauf, dass ihr starker Knoten ihr Eleganz verlieh.

Und wenn sie von ihrer Befangenheit sprach, behauptete Patrick, dass er ihre Scheu charmant fand. Als sie sich ein einziges Mal dagegen verwahrt hatte, dass er sie wegen ihrer Schüchternheit neckte, hatte er sie schnell zu beruhigen versucht. „Ich mochte noch nie dreiste Frauen mit übersteigertem Selbstbewusstsein. Ich mag dich viel lieber so, wie du bist."

Jetzt, in diesem Augenblick angespannter Stille zwischen ihnen, strömte eine ganze Flut von Erinnerungen auf Ruth ein – Erinnerungen, denen Trauer folgte. Trauer um verlorene Liebe ... verlorene Jahre ... verlorene Unschuld.

Einen Augenblick lang wurde sie von Panik erfasst. War sie tatsächlich in der Lage, das durchzuführen, was sie sich vorgenommen hatte, jetzt, da sie hier war? Konnte sie wirklich diesen Mann anklagen und zur Rede stellen, den sie so bedingungslos und von ganzem Herzen geliebt hatte?

Sie rang darum, sich an die Argumente zu erinnern, die sie sich während der gesamten Fahrt von Chicago so sorgfältig zurechtgelegt hatte, doch in diesem Augenblick konnte sie an nichts anderes mehr denken, als daran, zu fliehen. Unter seinem wütenden, ungläubigen Blick erstarrte sie und musste all ihren Mut zusammennehmen, um sich nicht auf der Stelle umzudrehen und wegzulaufen.

Während er seine Pfeife geräuschvoll ablegte, stieß er einen Fluch aus. Die Hände auf dem Tisch abgestützt, stand er auf, die Augen zornentbrannt. Dann begann er zu sprechen, und die unheimliche Wut, die aus seinen Worten sprach, lähmte sie. „Was in aller Welt fällt dir ein, *hierher* zu kommen? Hast du völlig den Verstand verloren?"

Ruth stand stocksteif da. Sie atmete tief durch und versuchte, ihrer Stimme Festigkeit zu verleihen, als sie ihn schließlich anschaute. „Ich wollte nicht hierher kommen, Patrick. Ich *musste.* Ich brauche Hilfe – besinnst du dich?"

„Soweit ich mich erinnern kann, habe ich dir bereits eine großzügige Summe zukommen lassen", schoss er zurück. Das Feuer in seinen Augen erlosch plötzlich, und er begegnete ihr mit einem eiskalten, starren Blick, während seine Stimme zu einem drohenden Zischen wurde. „Du verschwendest deine Zeit und meine, falls du noch mehr haben willst."

Mit klopfendem Herzen suchte sie krampfhaft nach irgendwelchen Resten ihrer sorgsam zurechtgelegten Worte. „Patrick ... ich bekomme ein Kind von dir!" Selbst in ihren eigenen Ohren klangen ihre Worte wie das Jammern eines ängstlichen Schulmädchens. „Du – du kannst mich nicht einfach abweisen. Dies ist genauso dein Problem wie das meine."

Die steinerne Maske blieb unnachgiebig. Seine Worte schnitten eiskalt in ihr Herz. „Du hast einen ausgeprägten Sinn für Dramatik, Ruth. Die Tatsache, dass du dich in einer misslichen Lage befindest, bedeutet noch lange nicht, dass du mir dein unwillkommenes kleines Balg aufbürden kannst. Du willst mir doch nicht im Ernst einreden, dass ich der einzige Mann sei, mit dem du geschlafen hast?"

Ruth ergriff die Lehne eines Stuhls, der neben ihr stand, um nicht zu schwanken. „Du *bist* der einzige Mann, mit dem ich jemals vereint war!", stieß sie hervor. „Und du weißt es genau!"

Sein Mund verzog sich zu einem widerlichen Lächeln. „Liebstes Mädchen, ich weiß nichts dergleichen. Im Gegenteil, die Art, wie du so frei und ungezwungen mit mir umgegangen bist, macht es mir schwer, zu glauben, dass du jemals so unschuldig warst, wie du mir einzureden versuchst."

Sein Ton war ungehalten, und sein Gesicht sagte klar und deutlich, dass sie schleunigst verschwinden sollte. Den Blick nach unten gerichtet, blätterte er gelangweilt in einem Stapel von Papieren.

Heiße Tränen brannten in Ruths Augen, sodass sie fast nichts mehr sehen konnte. Als die bittere Realität ihr immer deutlicher bewusst wurde, wollte sie zunächst nicht wahrhaben, was geschah, und kämpfte weiter.

„Wie kannst du so etwas zu mir sagen", explodierte sie. „Es hat nie einen anderen Mann gegeben außer dir. Nie! Nicht, ehe ich dich kennerlernte – und ganz gewiss wird es danach auch keinen mehr geben!"

Er blätterte weiter in seinen Unterlagen. „Du brauchst dich mir gegenüber nicht zu verteidigen, Ruth. Dein Privatleben ist nicht meine Angelegenheit."

Plötzlich wurde Ruth von Zorn gepackt wie von einer gewaltigen Faust. „Vielleicht solltest du es lieber zu deiner Angelegenheit *machen,* Patrick!"

Er blickte auf, und die offene Verachtung in seinem Blick ließ Ruths Seele erschaudern. Eine furchtbare Angst überfiel sie. Es war ein Fehler gewesen, ihm zu drohen.

„Geh!" Seine Stimme war frostig, und in seinem Ton klang die gleiche Verachtung wie in seinem Blick. Doch dieser Ton enthielt außerdem eine unmissverständliche Warnung, die Ruth unwillkürlich einen Schritt zurücktreten ließ. „Verschwinde aus meinem Büro, und verschwinde aus New York, Ruth! Sofort!"

Sie war entsetzt darüber, wie sie sich selbst so weit betrügen konnte, zu glauben, dass dieser kalte, rücksichtslose Mann, der ihr gegenüber am Schreibtisch saß, sie jemals geliebt hätte. Sie kannte ihn nicht einmal. Erst jetzt wurde ihr bewusst, dass sie ihn nie gekannt hatte.

Ruth versuchte zu schlucken, doch Angst stieg in ihr auf, ihre Kehle abschnürend. Während sie noch immer nach einem Ausweg suchte, seine Gleichgültigkeit zu durchbrechen, begriff ihr Verstand die Endgültigkeit seiner Worte.

Sie streckte ihm eine Hand entgegen. „Patrick ... wie kannst du das tun ... nach allem, was wir einander bedeutet haben?"

Er hob sein Kinn und musterte sie voller Abscheu mit einem fahlen, starren, vernichtenden Blick. „Du dummes, kleines Flittchen", erklärte er in einem unglaublich beiläufigen Tonfall. „Du hast mir niemals irgendetwas bedeutet."

Ruth schwankte und klammerte sich fester an die Stuhllehne, um nicht nach vorn zu fallen. „Du ... du bist verabscheuungswürdig!" Sie erstickte beinahe an ihren eigenen Worten. „Du kommst nicht so leicht davon, Patrick!", stieß sie hervor. „Vielleicht interessiert sich deine Frau mehr für mein Dilemma als du!"

Bevor Ruth überhaupt wusste, was geschah, war er um seinen Schreibtisch herumgekommen, und seine Hände schnürten ihr die Kehle ab.

„Wage nicht, mir zu drohen, du kleine Hure!“

Auf dem Gesicht, das ihr einst so edel und schön erschienen war, stand jetzt eine einzige Drohung – und diese Drohung galt ihr. Seine angespannten Gesichtszüge wurden zu einer hässlichen, von rasender Wut verzerrten Fratze.

„Ich warne dich – halte dich von meiner Frau fern!“

Nackte Wut brannte in seinen Augen. Zum ersten Mal hatte Ruth wirklich Angst vor ihm. Seine Finger umkrallten ihre Kehle noch fester, schnürten ihr den Atem ab. In diesem Augenblick war sie fest davon überzeugt, dass er fähig war, sie umzubringen.

Nach Atem ringend, wand sie sich und versuchte, ihn beiseitezuschieben.

„Patrick!“, stieß sie hervor. „Du tust mir weh!“

Seine Finger gaben kaum merklich nach, als er seine Augen in die ihren bohrte. Der flammende Hass verbrannte ihre Seele. „Ich habe noch nicht einmal begonnen, dir wehzutun, du kleine Närrin! Wenn du noch einmal – einmal – versuchst, in mein Leben einzudringen, werde ich dir zeigen, was echter Schmerz ist!“

Er ließ seinen wütenden Blick noch einen weiteren Augenblick über sie gleiten. „Und jetzt verlässt du mein Büro, Ruth, und New York!“ Um seinen Mund erschien ein verächtliches Zucken. „Du fährst nach Chicago zurück und suchst dir einen beschränkten, glatzköpfigen Fleischer, an dem du deinen fragwürdigen Charme ausspielen kannst. Wenn du keine Zeit verlierst, kannst du ihn sogar davon überzeugen, dass der Balg in deinem Bauch zu ihm gehört.“

Die Grausamkeit seiner Worte hallte in der Stille des Raums wider. Der körperliche Schmerz an ihrem Hals war nichts im Vergleich zu der Selbstverachtung, die sie wie ein Pfahl durchbohrte.

Er packte sie an den Schultern, drehte sie herum und schob sie grob quer durch das Zimmer zur Tür hinaus.

Schluchzend, ihr Blick durch die Tränen, die sie nicht mehr zurückhalten konnte, getrübt, stolperte sie an den neugierigen Blicken des schmalgesichtigen Mannes an der Rezeption vorbei.

Die Tür zu Patricks Büro schlug hinter ihr zu.

In ihrem unendlichen Schmerz empfand sie diesen Ton so wie das Zuschlagen eines Sargdeckels.

Ruth erschauderte, als sich irgendwo tief in ihrem Inneren langsam ein Abgrund der Verzweiflung öffnete und sie hinabzog.

***

Sofort nachdem Colin Winston das Büro verlassen hatte, wandte sich Nicholas Grafton an Jess.

„Du wirst doch seinen Anspruch anfechten, nicht wahr?"

Den Kopf in die Hände gestützt, blickte Jess zu seinem Freund empor. „Anfechten?", wiederholte er undeutlich. „Wie sollte ich das? Er ist doch Amandas Onkel."

„Aber für das Kind ist er eine völlig fremde Person." Nicholas hielt inne. Einen Augenblick lang glitten seine Finger über die Kette seiner Taschenuhr. „Jess ... ist dir nicht aufgefallen, dass er sich mit keiner Silbe nach Amanda erkundigt, nicht einmal gefragt hat, wie es ihr geht? Findest du das nicht auch etwas seltsam?"

Jess sah ihn an, erwiderte jedoch nichts.

„Irgendetwas an dem Burschen", fuhr Nicholas fort, „gefällt mir nicht. Ich bin mir nicht sicher, was es ist – vielleicht ist es auch nur der Schock und dass ich nicht möchte, dass ihr Amanda verliert – aber er gefällt mir nicht."

Jess kämpfte gegen die dunkle Wolke an, die seinen Geist zu umnebeln drohte. Ihm fiel auf, dass er noch niemals gehört hatte, dass der gutmütige Arzt schlecht über einen anderen Menschen gesprochen hatte. Nicholas Grafton fand gewöhnlich immer etwas Gutes, was er über einen Menschen sagen konnte, und wenn das nicht der Fall war, schwieg er.

Doch er hatte recht in Bezug auf Colin Winstons offenkundige Gleichgültigkeit gegenüber Amanda; das *war* eigenartig. Wenn Winston wirklich so besorgt war, wie er vorgab, warum hatte er sich dann nicht wenigstens nach dem Kind erkundigt, anstatt nur das Vormundschaftsrecht zu beanspruchen, als sei sie nichts anderes als ein lebloser Besitz?

Er schaute Nicholas an. Der Arzt mit dem silbergrauen Haar hatte seine Brille abgesetzt und fuhr mit dem Finger über sein Nasenbein, während er Jess betrachtete. „Ich an deiner Stelle“, sagte er schließlich, während er seine Brille wieder aufsetzte, „würde sofort mit meinem Anwalt sprechen. Vielleicht findet Hancock eine Möglichkeit, Colin Winston eine Zeitlang aufzuhalten – zumindest so lange, bis du mehr über den Mann herausgefunden hast. Vielleicht solltest du sogar Nachforschungen anstellen lassen. Du hast doch gewiss nicht die Absicht, ihm Amanda zu überlassen, ohne Näheres über ihn in Erfahrung gebracht zu haben, nicht wahr?“

Jess schüttelte seinen Kopf, als könne er dadurch seine Gedanken ordnen. „Wir hatten so etwas nicht erwartet – nicht mehr nach so langer Zeit. Ich weiß nicht, was ich tun soll.“

Er konnte immer noch nicht glauben, was geschehen war. Erst heute Morgen hatten Kerry und er mit Casey-Fitz darüber gesprochen, dass er das größere Gästezimmer als sein Zimmer bekommen und sein kleineres Schlafzimmer für Amanda hergerichtet werden sollte. Sie hatten so ernsthaft über die Auswahl der Farben und Möbel für das Zimmer des kleinen Mädchens diskutiert, als hätten sie über ihren künftigen Gemahl zu entscheiden.

Doch jetzt ... jetzt würde es vielleicht niemals ein Schlafzimmer für ein kleines Mädchen geben ...

„Du liebst dieses Kind, als wäre es dein eigenes“, sagte Nicholas leise. „Du hast es mir selbst gesagt.“

„Ja“, erwiderte Jess, auf seine Hände starrend. „Ja, natürlich, und Kerry ...“ Er hielt inne, schluckte hart. Dann schaute er Nicholas in die Augen. „Meinst du wirklich, wir hätten noch irgendeine Chance, sie zu adoptieren? In solchen Fällen siegt fast immer die Blutsverwandtschaft. Ich kann mir nicht vorstellen, dass noch eine echte Hoffnung besteht, Amanda behalten zu dürfen.“

„Es gibt immer Hoffnung, Jess. Verzeih mir, wenn ich als Arzt rede, aber bis zum letzten Atemzug besteht immer Hoffnung."

Der Doktor sah Jess ernst an. „Weißt du übrigens, wie dich die Leute hier nennen?"

„Mich nennen?"

Nicholas nickte, schwach lächelnd. „In der Bowery und in Five Points nennen sie dich ‚Fighting Parson', den ‚Kämpferischen Pfaffen'."

Jess runzelte die Stirn. „Was?"

„Oh, es ist positiv gemeint", versicherte ihm der Freund. „Einige Männer hier unten in den Slums rühmen sich, dass ihr Pfarrer ein ‚richtiger Mann' sei, ein Mann, der auch kämpfte, wenn die Umstände es erforderten."

Jess stöhnte. „Das ist wohl kaum ein Kompliment für jemanden, der sich als Pazifist betrachtet, Nicholas. Wie kommen sie darauf?"

„Sie meinen es gut. Du wirst von ihnen respektiert – und das ist keine geringe Leistung, würde ich sagen. Auf jeden Fall denken sie nicht an Handgreiflichkeiten. Du bist bekannt als ein Mann, der sich nicht scheut, für das zu kämpfen, was recht ist – für das, woran du glaubst." Er hielt inne. „Und ich bin der Erste, der dem zustimmt. Deshalb weiß ich auch, dass du Amanda nicht einfach weggeben wirst, ohne um sie zu kämpfen. Du würdest sie nicht in ein fremdes Land schicken mit einem Mann, den sie nie zuvor gesehen hat – einem Mann, von dem du absolut nichts weißt."

Jess sah Nicholas einen Augenblick an, dann stand er auf. Er ging zu dem schmalen, blinden Fenster und starrte, die Hände in den Taschen, auf die Ziegelwand des Trödelladens nebenan.

„Ich halte sehr viel von *familiären Bindungen,* Nicholas. Ich weiß nicht, ob ich das Recht habe, ihn daran zu hindern, Amanda mit nach England zu nehmen. Er ist ein Blutsverwandter – der einzige Verwandte, den sie noch hat."

Einen Augenblick lang herrschte Schweigen. Dann kam die Antwort, ruhig, aber bestimmt. „Blutsverwandtschaft macht noch keine Familie aus, Jess. Liebe baut eine Familie auf, Liebe und Hingabe."

Diese Worten hallten in Jess' Ohren, tönten in seinem Herzen wie eine Glocke. Er drehte sich um und begegnete dem Blick seines Freundes. Dann nickte er schließlich und sagte: „Du hast recht."

„Nicht immer, aber gelegentlich."

Jess zögerte immer noch. „Wirst du uns helfen?"

Ein Leuchten trat in Nicholas Graftons Augen. „Wo immer ich kann."

***

Draußen vor dem Hotel stand Ruth Marriott auf der staubigen Straße. Die Schultern nach vorn gebeugt, die Augen nach unten gerichtet, versuchte sie, den neugierigen Blicken der Passanten auszuweichen.

Die Hitze war erdrückend. Der abscheuliche Gestank von verfaulenden Abfällen und Pferdeäpfeln hing wie eine giftige Glocke über der Straße. Ihr Magen rebellierte. Sie glaubte Fieber zu haben und kämpfte mit letzter Kraft gegen die Übelkeit an, die ihr die Sinne zu rauben drohte.

Die unerträgliche Last von Patricks Betrug, kombiniert mit ihrem körperlichen Zustand, drohte sie auf offener Straße zu überwältigen.

Sie war auf sich allein gestellt. Jegliche Hoffnung auf Unterstützung von Patrick war zunichtegeworden. Sie hatte nur sich selbst ... und das Baby, niemanden sonst.

Sie hatte niemanden, an den sie sich wenden, niemanden, auf den sie sich verlassen konnte. Bald würde sie ihre Arbeit verlieren und schließlich nicht einmal mehr eine Wohnung haben. Und wenn ihr gesundheitlicher Zustand sich weiter verschlechterte, würde sie nicht einmal ohne fremde Hilfe für das Baby sorgen können.

Aus einer Ecke ihres Bewusstseins drang etwas auf sie ein, was der letzte Hoffnungsschimmer zu sein schien, der ihr noch verblieben war. Sie hatte sich von Anfang an gegen diesen Gedanken gesträubt, über sich selbst empört, diese Möglichkeit überhaupt zu erwägen. Das war das Letzte, was sie tun wollte.

Doch jetzt schien es das Einzige zu sein, was ihr übrig blieb. Sie musste es versuchen ... um des Babys willen.

Einen Augenblick später hob sie den Kopf und straffte ihre Schultern. Schließlich brachte sie die Kraft auf, einen freundlichen Mann mittleren Alters nach dem Weg zur Fähre nach Staten Island zu fragen.

16. Kapitel

Kind meines Herzens

Lass noch fester dich drücken an mein Herz,
das vor Kummer blutet in tiefstem Schmerz,
denn bald, zu bald musst du von mir gehen.
Werde ich dich jemals wiedersehen?

John Walsh (1835 – 1881)

Jess Dalton brauchte nicht erst nachzudenken, ehe er Nicholas Graftons Angebot, ihn heute Nachmittag nach Hause zu begleiten, annahm.

Er hatte Angst davor, Kerry von Colin Winston zu erzählen, und war überaus erleichtert, als Nicholas sich erbot, ihn zu begleiten. Bis jetzt war es ihm noch gar nicht bewusst geworden, wie besorgt er sich fragte, was diese Wende ihrer Situation für Kerry bedeuten würde.

Sie war das Wertvollste, was er im Leben besaß, und nun musste er ihr das Herz brechen.

Als der Wagen schließlich vor ihrem Haus hielt, tauschte er mit Nicholas einen langen Blick. „Ich würde lieber sonst etwas auf mich nehmen, anstatt dem Schmerz zu begegnen, den diese Nachricht ihr bereiten wird."

Der Arzt nickte. „Ich weiß." Er nahm seine Tasche und stieg aus dem Wagen. „Ich nehme die Tasche lieber mit, für alle Fälle", bemerkte er.

Diese unerwartete Vorsicht seitens des Arztes entnervte Jess noch mehr.

Sie trafen Kerry mit Amanda am Küchentisch sitzend. Kerrys Locken waren zerzaust und ihre Schürze leicht zerknittert. Es sah so aus, als wären die beiden gerade dabei, ein verspätetes Mittagessen einzunehmen.

Kerry schaute erstaunt auf, als die Männer eintraten. „Oh, Nicholas Grafton! Es ist mehr als an der Zeit, dass du uns einmal wieder besuchst! Aber Jess, was willst du um diese Zeit zu Hause?"

Sie schaute von einem zum anderen. Jess sah, wie aus dem Glanz der Freude in ihren Augen Unsicherheit wurde. Er küsste sie und wappnete sich für die Qual, die ihnen bevorstand.

„Irgendetwas stimmt nicht. Was ist passiert?" Ihre Stimme klang plötzlich sehr jung und schwach. Sie begann, mit einer Hand eine widerspenstige Locke zu zähmen.

Nun streckte Amanda Jess ihre kleinen, rundlichen Arme entgegen und das kleine, mit Kartoffeln beschmierte Gesicht strahlte vor heller Freude. „Papa!", rief sie aufgeregt.

Kerry legte dem Kind vorsorglich eine Hand auf die Schulter. „Ja, mein Schatz, Papa ist da." Ihre Augen forschten in Jess' Gesicht. „Doch du musst deine Kartoffeln aufessen, wie ein braves Mädchen."

Selbst während sie sprach, ruhten Kerrys Augen auf Jess' Gesicht. Er sah, wie sie bleich wurde, und wollte ihren Fragen am liebsten ausweichen, zumindest vorerst.

„Jess?"

Er öffnete den Mund, doch die Worte blieben ihm im Hals stecken. Schließlich half Nicholas, einen Weg für die schlimme Nachricht zu bahnen.

„Wir müssen dir leider etwas ... ziemlich Schwieriges mitteilen, Kerry." Er hielt inne, und als er fortfuhr, kamen seine Worte schneller aus seinem Mund. „Du kannst jedoch ganz beruhigt sein; Jess und ich haben bereits Schritte unternommen, um die Angelegenheit zu klären."

Dann streckte er Amanda seine Arme entgegen, die freudig zu ihm kam. „Dokka Nick!", gurrte sie fröhlich. Sie betrachtete ihn einen Moment, dann kicherte sie und drückte ihr rundes Däumchen auf seine Brillengläser.

Nicholas lächelte sie an und hob sie auf seine Schulter. „Warum gehen wir nicht gleich einmal zu Molly, junge Dame. Wir müssen die Kartoffeln um deine Nase entfernen, bevor sie Wurzeln schlagen."

Er ging mit dem Kind zur Tür, dann wandte er sich noch einmal um. „Ich bin gleich zurück."

Als Jess sich schließlich zwang, seine Frau anzuschauen, sah er, dass aus ihren fragenden grünen Augen unmissverständlich Angst sprach. „Es geht um Amanda, nicht wahr?", sagte sie.

Jess nahm sich einen Stuhl und setzte sich zu ihr. „Ich fürchte, ja."

Sie wurde aschfahl.

„Kerry ..."

„Ich will es nicht hören!" Diese Worte brachen völlig unerwartet aus ihr hervor, während sie den Kopf schüttelte und sich weigerte, ihn anzusehen. „Was immer es auch sein mag, ich will es nicht wissen!"

Jess schaute sie bekümmert an, unsicher, wie er fortfahren sollte. „Kerry ... Liebling, ich fürchte, du *musst* es wissen. Amandas Onkel ... scheint sie holen zu wollen. Er ist gegenwärtig hier in New York. Er will Amanda mit nach England nehmen."

Kerry schloss die Augen und schüttelte weiter ablehnend den Kopf. Sie sah jetzt selbst noch wie ein Kind aus, besonders als eine Träne über ihre Wange rollte.

Jess nahm sie in seine Arme, drückte sie fest an seine Brust, wiegte sie langsam hin und her und versuchte, sie – und sich selbst – zu trösten. Zunächst war sie steif und ablehnend, benommen von dem Schock und der Trauer, nahm er an. Doch schließlich spürte er, wie sie sich an seine Brust fallen ließ. Ihr Gesicht an seiner Schulter bergend, begann sie leise und verzweifelt zu weinen, dass ihm das Herz zu brechen drohte.

In diesem Augenblick schwor Jess, dass Colin Winston, ob er nun ein Blutsverwandter war oder nicht, Amanda nicht bekommen würde. Er würde alles tun, was nötig war, um die Absichten dieses Mannes zu vereiteln, damit ihr Lockenköpfchen bei ihnen bleiben konnte … da, wo sie hingehörte. Wenn nicht Gott selbst sie aus ihren Armen riss, würden sie sie niemals hergeben.

***

Spät an diesem Nachmittag brachte Kerry Amanda nach oben, damit sie ein wenig schlafen konnte. Oben an der Treppe angekommen, schwankte sie, und sowohl Jess als auch Nicholas standen unten und beobachteten sie besorgt. So ging sie weiter, mit langsamen, aber sicheren Schritten den Flur entlang.

Neben ihr, eine kleine Hand an Kerrys geklammert, trippelte Amanda und plauderte fröhlich. Irgendwie gelang es Kerry, auf das fröhliche Plappern des Mädchens zu reagieren und die passenden Antworten zu murmeln. Doch ihr Herz war bleischwer, und eine furchtbare Angst, schon beinahe an Hysterie grenzend, drohte sie zu übermannen.

Anstatt Amanda ins Kinderzimmer zu bringen, ging Kerry in ihr Schlafzimmer. Amanda schien diese Abweichung von der üblichen Routine kaum zu überraschen, und ihr kleiner Mund plapperte fröhlich weiter, während Kerry sich mit ihr in den Schaukelstuhl am Fenster setzte.

Sie küsste die kleinen Finger, die ihre Hand berührten, während ihre Augen jeden Zug des kleinen, geliebten Gesichts des Kindes in ihrem Schoß in sich aufsogen, als wollte sie diese Erinnerungen aufbewahren, sicher und unantastbar. Kerry nahm kaum wahr, wie Amanda auf ihrem Schoß herumrutschte. Sie hatte nur Augen für die zerzausten blonden Locken und das kleine Näschen, die dunklen Wimpern und die blauen Augen, in denen sich nichts von Kerrys Furcht, sondern nur kindliche Freude und Wohlbehagen widerspiegelten.

Sie wusste, dass sie beten sollte. Sie versuchte einige Zeit lang in dem Aufruhr von Furcht und Qual, der in ihr tobte, Worte des Gebets zu finden. Doch das verzweifelte Flehen ihres Herzens blieb unausgesprochen, ließ sich nicht in Worte fassen.

Sie hatten mit ihr über die „Sachlage", wie sie es nannten, gesprochen, verhalten und unsicher. Jess hatte es ihr vorsichtig und rücksichtsvoll zu erklären versucht, als spräche er mit einem kleinen Kind. Während sie ihr berichteten, hatte Kerry so heftig auf ihre Lippen gebissen, dass sie schließlich zu bluten anfingen. Sie hatte das Blut hinuntergeschluckt, zusammen mit der bitteren Wirklichkeit, wieder ein Kind zu verlieren.

Das andere Kind hatte sie niemals gesehen, den kleinen Jungen, dessen Lebenslicht erlosch, noch bevor er das Licht der Welt erblickt hatte. Sie hatte ihn nie in ihren Armen gehalten, ihn nie gefüttert, niemals ein Wiegenlied für ihn gesungen oder ihn liebevoll im Schlaf betrachtet und liebkost. Manchmal lag sie auch jetzt noch in den langen, stillen Stunden der Nacht wach und fragte sich, wie er wohl ausgesehen hätte, wenn er am Leben geblieben wäre.

Aber Amanda ... oh, liebste Amanda ... ich habe sie in den Schlaf gewiegt, sie auf dem Arm getragen, sie gebadet, ihre Tränen getrocknet, sie an mein Herz gedrückt ... wie sollte ich es nach all dem ertragen, sie wieder zu verlieren?

Sollte die Trauer, der Schmerz, das Abschiednehmen niemals aufhören? Ihre Mutter war kurz nach Kerrys Geburt gestorben. Ihr einziger Bruder, Liam, hatte während der Überfahrt nach Amerika den Tod gefunden, und ihr Vater war gestorben, als sie gerade erst achtzehn Jahre alt war. Später wurde ihr Baby, ihr armes, kleines Baby, ihr praktisch aus dem Leib gerissen. Und dann war Arthur, der arme, heimatlose schwarze Junge, den sie bei sich aufgenommen und den sie gerade zu lieben begonnen hatte, ums Leben gekommen, als Opfer eines Infernos – und des Rassenhasses mitten in der Stadt, in die er geflohen war, um Freiheit und Sicherheit zu finden.

Und jetzt Amanda …

Oh, Gott … wie viel noch? Wie viel muss ich noch verlieren?

Sie musste an Casey-Fitz denken, der vor etlichen Jahren seine leibliche Mutter verloren hatte. Casey hatte bei ihr und Jess Liebe und Geborgenheit gefunden. Der Junge liebte Amanda sehr, hatte sie sofort als seine kleine Schwester angenommen. Arthurs Tod hatte ihn niedergeschmettert. Was würde das für ihn bedeuten?

Und Jess – wie sollte er es ertragen, sein kleines Lockenköpfchen, die Freude seines Herzens, zu verlieren?

Sie schaute auf das Kind in ihrem Schoß herab. Zusammengerollt wie ein Ball, den Kopf an Kerrys Brust geschmiegt, schaute Amanda mit schlaftrunkenen Augen zu ihr auf. Irgendwie gelang es Kerry, durch ihre Tränen hindurch zu lächeln. Den kleinen Körper sanft in ihre Arme geschlossen, zog sie Amanda so fest wie möglich an sich.

Als die Schatten des Spätnachmittags in das Zimmer fielen, wiegte Kerry das schlafende Kind in ihren Armen. Sie hielt es sanft wie eine Mutter und doch ganz fest, als wollte sie ihren geliebten Schatz vor aller Gefahr schützen.

Eine große Sorge brach über Kerry herein, als würde die Sonne über ihrem letzten Funken Hoffnung untergehen. Sie begann bereits, das kalte Dunkel der Leere zu spüren.

17. Kapitel

Wenn eine Welt zusammenbricht

Verflossen, für immer verflossen
ist alle Hoffnung, die ich jemals gehegt.
Nach helllichtem Morgen, die Schauer ergossen
sich über mich – ein Sturm hat alles weggefegt.
Gerald Griffin (1803 – 1840)

Aufgebracht schritt Patrick Walsh einige Male zwischen Schreibtisch und Fenster hin und her, bevor er sich schließlich gegen das Fenster lehnte und auf die Straße hinausstarrte. Über der Stadt hing ein düsterer Schleier, der den Himmel verdunkelte und die Straße in finstere Schatten tauchte. In den Geschäften eilten Passanten aus und ein, als wollten sie ihre Besorgungen schnell noch erledigen, bevor das Gewitter hereinbrach.

Abrupt wandte er sich um und kehrte zu seinem Schreibtisch zurück, um die mittlere Schublade aufzuschließen, in der er seine Pistole aufbewahrte. Lange Zeit stand er, auf die Pistole starrend, da und dachte nach.

Er hatte einen Fehler gemacht, Ruth die Adresse des Hotels zu geben. Nichts hätte er ihr geben sollen: keine Adresse, keine Rücksicht – und kein Geld. Er hätte sie in dem Augenblick, da er ihrer überdrüssig wurde, aus seinem Leben verbannen sollen, wie er es bei all den anderen auch getan hatte.

Sie war nicht sehr stabil, so viel war offensichtlich. Sonst hätte sie nicht die weite Reise von Chicago auf sich genommen, um ihn zu bedrohen.

Doch sie war gewiss nicht so kühn oder so dumm, um zu ihm nach Hause zu gehen und seiner Frau Alice gegenüberzutreten. So töricht war Ruth nicht.

Selbst wenn sie die Stirn besaß, es zu versuchen, könnte sie es nie in die Tat umsetzen. Sie hatte keine Ahnung, wo er wohnte.

Es sei denn, sie hatte es sich in den Kopf gesetzt, seine Adresse herauszufinden ...

Seine Augen kehrten zu der Schusswaffe zurück. Einen Augenblick später griff er nach der Pistole und dem Schulterhalfter. Die Schublade schloss mit einem lauten Knall. Er riss sein Jackett aus dem Schrank und stürmte aus dem Büro.

„Ich gehe heute früher nach Hause", fuhr er Stockton an. „Sagen Sie Huston, er soll das Boot holen und mich übersetzen."

* * *

Oben in ihrem Schlafzimmer gab Alice Walsh ihrer Frisur den letzten Schliff, bevor sie den Kragen ihrer Bluse glattstrich. Sie lächelte in Vorfreude auf ihren überraschenden Besuch in Manhattan und stellte sich bereits Evan Whittakers Überraschung vor.

Er würde verblüfft sein, und seine Frau stolz und erfreut. Alice freute sich über alle Maßen, diesen beiden außergewöhnlichen Menschen eine freudige Überraschung bereiten zu können. Niemand arbeitete in New York treuer für seinen Gott als Evan Whittaker und seine Frau. Sie hatten alle erdenklichen Opfer auf sich genommen, um den Elenden in dieser Stadt zu helfen. Selbst Mrs Whittaker, deren Gesundheitszustand chronisch angeschlagen war, ließ niemals nach in ihrer Hingabe an ihren Mann oder in ihrem Dienst an den heimatlosen Kindern.

Das fleißige Einwandererpaar schien dafür zu leben, sich für andere hinzugeben, zeitweise sogar auf Kosten ihres eigenes Auskommens und ihrer Gesundheit. Vielleicht würde es bald, dank des unerwarteten Vertrages mit dem Verlag, in finanzieller Hinsicht etwas leichter für sie werden.

Nicht dass sie jemals den Eindruck machten, belastet zu sein.

Trotz Mrs Whittakers zerbrechlicher Gesundheit schienen sie sich des Lebens – und aneinander – in höchstem Maße zu freuen. Es gab tatsächlich Zeiten, stellte Alice unbehaglich fest, wo sie die beiden beinahe beneidete.

Ihr Lächeln verschwand, als sich ein trauriger Gedanke einen Weg in ihr Herz bahnte. Sie glaubte, sie hätte ein Leben lang davon zehren können, wenn Patrick sie jemals – auch nur ein einziges Mal – so angesehen hätte, wie Evan Whittaker seine Frau ansah.

Doch Patrick war noch nie ein Mann, der seine Gefühle offen zeigte. Er konnte es nicht ertragen, seine Zuneigung offen kundzutun. Selbst in Augenblicken intimster Gemeinschaft war er nicht das, was Frauen in Romanen als *romantisch* bezeichnen würden.

In Wahrheit schien Patrick eher kalt und gefühllos zu sein, zuweilen sogar rücksichtslos. Obwohl Alice sich stets wünschte, dass er liebevoller wäre, hatte sie sich über Jahre damit getröstet, dass ihr Gatte ein außergewöhnlich erfolgreicher – und deshalb äußerst beschäftigter – Mann war. Er hatte sich um wichtigere Dinge als um sentimentale Gefühlsregungen zu kümmern. Er mochte es an den zeitaufwendigen, kleinen Aufmerksamkeiten fehlen lassen, mit denen andere Männer ihre Frauen verwöhnten, aber er war trotzdem ein guter Ehemann und Vater.

Meist war es ihr nicht schwergefallen, seine mangelnde Aufmerksamkeit zu entschuldigen. Sie hatte sich einfach eingeredet, dass Patrick sie nicht wirklich vernachlässigte, sondern einfach nur keine Zeit hatte.

Doch es hatte einen Punkt gegeben, an dem alles anders geworden war. In den letzten Monaten war es ihr immer schwerer gefallen, ihn zu verteidigen.

Schon lange war ihr sein mangelndes Interesse an ihr und den Kindern aufgefallen. Vor kurzem hatte sie jedoch seine Distanz als das erkannt, was sie war: mangelnde Liebe und Hingabe. Es war Alice schwergefallen, sich einzugestehen, dass Patrick sie nicht so liebte, wie sie einst geglaubt hatte. Doch inzwischen konnte sie nicht länger leugnen, dass seine wirkliche Liebe nur seinen eigenen Interessen galt – in erster Linie Geld und Erfolg, sowie, und das beunruhigte sie besonders, ein Drang, andere zu beherrschen. Diese Erkenntnis hatte sie so sehr erschüttert, dass sie einige Wochen nicht fähig war, weiter darüber nachzudenken.

Der letzte Weihnachtsabend hatte zu dieser Wende geführt. Wie jedes Jahr hatte sich die ganze Familie, einschließlich Alices Eltern, nach dem Abendgottesdienst versammelt, um sich gegenseitig zu beschenken. Als sich die Kinder an jenem Abend auf ihre Geschenke stürzten, war es Alice wie Schuppen von den Augen gefallen. Patrick sah den Inhalt jedes der Päckchen zum ersten Mal. Er hatte nicht im Geringsten daran gedacht, ihr mit Vorschlägen zur Seite zu stehen, sie hatten nichts gemeinsam ausgewählt, geschweige denn verpackt.

Das war durchaus nichts Neues. Er hatte diese Dinge stets Alice überlassen, doch aus irgendeinem Grund wurde Alice an jenem Abend das volle Ausmaß seiner Gleichgültigkeit bewusst. Plötzlich erschien ihr ihre eigene Duldsamkeit gegenüber Patricks Teilnahmslosigkeit genauso unakzeptabel wie sein Desinteresse. Als ihre Mutter durch eine Unachtsamkeit preisgab, dass sie und nicht Patrick die persönlichen Geschenke für Alice ausgesucht hatte, hatte die Enttäuschung, gepaart mit den Vorwürfen, die sie sich selbst machte, Wunden geschlagen, von denen sie sich nie wieder richtig erholt hatte.

Seitdem hatte es andere Gelegenheiten gegeben, wo Alice gewisse Charakterzüge oder Mängel an Patrick entdeckte, als würde sie zum ersten Mal damit konfrontiert. Und doch wusste sie, dass es nicht das erste Mal war – sie gestattete es sich nur zum ersten Mal, der Wahrheit ins Auge zu sehen.

Und die Wahrheit war, dass ihr Gatte ein äußerst selbstsüchtiger Mensch war, der, ihr und seinen Kindern emotional entfremdet, den Bedürfnissen und Gefühlen seiner Familie gleichgültig gegenüberstand. Seitdem sie verheiratet waren, hatte sie stets etwas Größeres, etwas Besseres aus ihm gemacht, als er in Wirklichkeit war. Sie hatte Patrick niemals als den Mann gesehen, der er war – sondern vielmehr so, wie sie ihn haben wollte.

Nach dem anfänglichen Schmerz dieses Eingeständnisses war ihr seine Gleichgültigkeit immer grausamer erschienen. Alice wusste noch nicht, wie sie mit diesen Entdeckungen in Bezug auf ihren Ehemann umgehen sollte. Sie wusste nur, dass sie zum ersten Mal in ihrer Ehe begann, sich der Realität zu stellen, und um ihrer Kinder willen war sie fest entschlossen, nicht zuzulassen, dass diese bittere Wahrheit sie zugrunde richtete.

Doch heute war kein Tag, an dem sie weiter darüber brüten würde. Es war ein Tag der Freude – zumindest hoffte sie, dass es für die Whittakers ein Freudentag sein würde. Und der Überbringer einer solchen Freudenbotschaft zu sein, half ihr, den eigenen Schmerz zu lindern.

Sie rang sich ein Lächeln ab und warf einen letzten prüfenden Blick in den Spiegel, bevor sie ihre Handschuhe und die Handtasche nahm.

Als sie gerade die Tür ihres Schlafzimmers öffnen wollte, klopfte Nancy, ihr Hausmädchen, an und erklärte: „Entschuldigen Sie, Mrs Walsh, aber es ist Besuch für Sie da."

Alice öffnete die Tür. Draußen stand Nancy, die kleiner und viel kräftiger als Alice war. Das runde Gesicht des Dienstmädchens war gerötet, ihr Blick voll offensichtlicher Missbilligung.

Normalerweise wäre Alice sehr erfreut gewesen, unerwartet Besuch zu bekommen. Es kam selten jemand bei ihnen vorbei, außer Hausierern und gelegentlich einmal Geschäftspartner von Patrick.

Doch wenn sie jetzt Besuch empfing, würde sie die Fähre verpassen.

„Ich habe heute niemanden erwartet", erwiderte sie unsicher, während sie über Nancys Schulter in die Diele schaute.

„Ich habe ihr auch erklärt, dass Sie jeden Augenblick wegmüssen", ereiferte sich das junge Mädchen, die Arme vor ihrer gestärkten Schürze verschränkt, um ihre Empörung zu unterstreichen. „Doch die Frau bestand darauf, Sie auf jeden Fall sprechen zu wollen."

Alice runzelte die Stirn. „Dann ist es jemand, den ich kenne?"

Nancy zuckte mit den Achseln und zog eine Augenbraue hoch. „Ich glaube es kaum." Dann schniefte sie verächtlich. „Sie hat es abgelehnt, mir ihren Namen zu sagen. Und sie hatte nicht einmal eine Visitenkarte." Das ungezwungene Benehmen des Mädchens und ihr ausgeprägter irischer Akzent ärgerten Patrick über die Maßen, doch Alice fand das Mädchen eher amüsant.

„Nun, ich glaube, du bittest sie am besten, morgen wiederzukommen", erklärte Alice, die es kaum erwarten konnte, sich auf den Weg zu machen. „Morgen werde ich sie gern empfangen."

Gereizt wandte sich das Mädchen um und begab sich in die Diele. Alice folgte ihr, blieb jedoch kurz hinter der Tür auf dem Treppenabsatz der weit ausladenden Wendeltreppe, die drei Etagen einschloss, stehen.

Alice ging zum Geländer, von wo aus sie eine gute Sicht auf die Diele hatte. An der Treppe stand eine junge Frau und schaute zu ihr herauf. Sie hatte sich offensichtlich das Recht herausgenommen, ungebeten einzutreten.

„Was für eine Frechheit!", rief Nancy. „Ich werde sie gleich hinauswerfen! Passen Sie nur auf!"

Etwas an dem verlassenen Gesichtsausdruck der jungen Frau da unten an der Treppe nahm Alice gefangen. Sie blieb stehen und starrte auf sie hinunter. Als sie dem Blick dieser dunklen Augen, die auf sie gerichtet waren, begegnete, fühlte sie plötzlich Angst in sich aufsteigen.

Sie fasste Nancy am Arm. „Nein", sagte sie, und sie spürte, wie ihre Stimme leicht zitterte, „führ sie nach oben, ins Wohnzimmer."

* * *

Ruth hätte sich nicht im Entferntesten träumen lassen, dass Patricks Gemahlin so aussah wie die Frau, die jetzt vor ihr auf der anderen Seite des Zimmers stand und sie zurückhaltend, aber nicht unfreundlich betrachtete.

Sie wusste nicht genau, *wie* sie sich Alice Walsh, nachdem sie von ihrer Existenz erfahren, vorgestellt hatte. Aber gewiss auf keinen Fall so wie die kleine, mollige Frau in einem einfach geschnittenen rosafarbenen Kostüm, der sie jetzt gegenüberstand. Sie hatte eher eine viel größere, elegant gekleidete Frau mit hochmütigem Auftreten und argwöhnischem Blick erwartet.

Sie hätte niemals an ein so freundliches, hübsches Gesicht mit einem unsicheren Lächeln gedacht, das außerdem Verletzlichkeit erkennen ließ.

Diese Frau, die Ruth mit viel mehr Freundlichkeit, als sie verdiente, ansah, erschien herzlich und arglos – und viel jünger, als sie, wie Ruth wusste, in Wirklichkeit sein musste.

Einen Augenblick lang erstarrte Ruth unter Alices direktem, forschendem Blick.

„Wir kennen uns nicht, oder?", fragte Alice Walsh, immer angestrengter im Gesicht der jungen Frau forschend. „Leider weiß ich nicht einmal Ihren Namen."

„Ich ... mein Name ist Ruth, Ruth Marriott."

Ruth wartete auf irgendeine Reaktion auf ihren Namen, aber sie wusste natürlich nichts. „Wir ... nein, wir kennen uns noch nicht", fuhr sie fort. „Ich bin gekommen ..."

In ihrer Kehle brannte es plötzlich, ihr Hals schien geschwollen zu sein. Sie stand stumm da, unfähig fortzufahren.

Als Ruth das Flackern in Alice Walshs klaren blauen Augen sah, wurde sie von einem furchtbaren Gefühl der Schuld übermannt, und sie erkannte das volle Ausmaß der Last, das sie dieser Frau aufbürden würde.

„Mrs Walsh ... ich wollte nicht hierherkommen ..."

Alice Walsh blieb regungslos stehen und betrachtete Ruth abwartend.

Ruth spürte, wie ihr übel wurde. „Entschuldigen Sie bitte", stieß sie hervor. „Ich bin ... sehr müde. Wenn ich mich für einen Augenblick setzen dürfte ..."

Ein ängstlicher Blick huschte für einen kurzen Moment über das Gesicht der anderen Frau. Doch sie war viel zu sehr eine Dame, um nicht sofort auf Ruths Bitte zu reagieren.

Sie wies auf einen pflaumenfarbenen gepolsterten Stuhl: „Möchten Sie vielleicht ein Glas Wasser?"

Schon der Gedanke, irgendetwas in ihrem Magen aufzunehmen, und sei es nur Wasser, rief eine neue Woge der Übelkeit hervor. Sie schüttelte den Kopf, schwankte zu dem Stuhl und sank darauf zusammen.

Einige Augenblicke konnte Ruth nichts anderes tun, als auf ihre Hände zu starren, die sie in ihrem Schoß gefaltet hatte. Auch als die Übelkeit nachließ, blieb sie stumm. Sie fühlte sich immer elender bei dem Gedanken daran, was sie sich ... und der Frau ihr gegenüber angetan hatte.

Schließlich brach Alice Walsh das Schweigen. „Offensichtlich bekümmert Sie etwas, Miss Marriott. Darf ich Sie fragen, weshalb Sie gekommen sind?"

Langsam blickte Ruth von ihren Händen auf und begegnete Alice Walshs besorgtem, fragendem Blick. „Ich bin ... zu Ihnen gekommen ... weil ich nicht weiß, wohin ich mich sonst wenden soll. Patrick ... Ihr Ehemann ... hat mir verboten, hierherzukommen, doch ich glaubte, keine andere Wahl mehr zu haben."

Alice Walshs Blick blieb fest, obgleich Ruth spürte, wie erschüttert sie war. „Ich fürchte, ich verstehe Sie nicht. Woher kennen Sie meinen Mann?"

Ruth war plötzlich klar, dass die Frau, die hier in ihrem Wohnzimmer stand, ein anständiger Mensch war, und dass sie zweifellos nicht die geringste Ahnung davon hatte, wie ihr Mann sie betrog.

Alice hatte vermutlich in ihrem Leben noch nie jemandem wehgetan, hatte gewiss niemandem einen Grund gegeben, ihr wehzutun.

Ruth spürte, dass dies eine Frau war, die ein anständiges Leben in der Sicherheit und Geborgenheit einer Welt führte, wo man einander weder betrog noch verletzte. Und jetzt kam – ohne dass sie irgendetwas getan hatte – eine Fremde zu ihr, um sie mit einer Nachricht zu konfrontieren, die ihre Welt zusammenbrechen lassen musste. Alice Walshs Leben würde eine totale Erschütterung erfahren.

Ruth öffnete ihren Mund, um zu sprechen, doch sie brachte kein Wort hervor. Schließlich atmete sie, innerlich zitternd, tief durch und zwang sich, die Worte, die gesagt werden mussten, über ihre Lippen zu bringen. „Mrs Walsh ... es tut mir so leid. Ich muss Ihnen jedoch mitteilen, dass ich ... das Kind Ihres Mannes unter meinem Herzen trage."

18. Kapitel

Der schlimmste Betrug, den es gibt

Ein Mann lebt allein mit seiner Schuld.
Eine Frau teilt sich mit.

Irisches Sprichwort

Es begann zu regnen, nicht ruhig und allmählich, wie man aus dem langsamen Heraufziehen des Gewitters heute Nachmittag hätte schließen können, sondern ganz plötzlich öffnete sich der Himmel, und es regnete in Strömen. Ein Donnerschlag erschütterte das Haus, und der Sturm rüttelte an den Fenstern. Es blitzte, und das Wohnzimmer wurde einen Augenblick lang in ein silbernes Licht getaucht.

Alice starrte auf Ruth Marriott herab. In dem schaurigen Lichtschein, der den Raum erfüllte, erschien die jüngere Frau wie in eine Wolke von Phosphor gehüllt. Ihr graues Kostüm bekam einen grünlichen Hauch, und ihre dunklen Augen hoben sich wie feurige Kohlen von ihrer fahl schimmernden Haut ab, was ihr ein beinahe gespenstisches Aussehen verlieh.

Das ist nur ein Trugbild, sagte Alice zu sich selbst. *Das alles findet in Wirklichkeit gar nicht statt.* Das Licht flackerte, und das Zimmer wurde erneut in Dunkelheit gehüllt, die nur von den Blitzen, die vor dem Fenster zuckten, erhellt wurde.

Schließlich gelang es Alice zu sprechen, obgleich ihre Stimme schwach und zitternd klang wie die einer alten Frau, die man eingeschüchtert und verunglimpft hatte. „Ich halte es für das Beste, wenn Sie jetzt gehen, Miss Marriott, und zwar sofort."

Langsam, ohne ihre dunklen Augen von Alices Gesicht abzuwenden, stand die junge Frau auf. Alice entging nicht, welche

Anstrengung diese Bewegung von ihr zu erfordern schien. Einen Augenblick fürchtete sie sogar, Ruth Marriott würde in Ohnmacht fallen.

Doch die junge Frau trat ihr entgegen. „Mrs Walsh ..."

Alice hatte nicht die Absicht, sich noch irgendetwas von dieser verwirrten Fremden anzuhören. „Ich weiß nicht, worum es eigentlich geht, ich kann Ihnen jedoch sagen, dass Sie sehr unklug gehandelt haben, hierherzukommen, und so etwas von meinem Ehemann zu behaupten!"

Sie wusste, dass sie zusammenhanglos redete, spürte, wie sie die Fassung verlor. *Wie töricht von ihr, sich derart über etwas aufzuregen, was entweder ein schrecklicher Irrtum oder ein grausamer Anschlag war ...*

„Bitte, Mrs Walsh, ich glaube, Sie sollten hören, was ich Ihnen zu sagen habe. Ich weiß, es muss furchtbar schmerzlich für Sie sein ..."

„Schmerzlich?", wiederholte Alice ungläubig. „Schmerzlich wohl kaum, kann ich Ihnen versichern! Es ist absurd! Nun muss ich wirklich darauf bestehen, dass Sie mein Haus verlassen." Alice bemühte sich, bestimmt und beherrscht zu sprechen, stattdessen hatte ihre Stimme jedoch einen leicht hysterischen Unterton angenommen, der Alice zusammenzucken ließ.

Es war kaum zu glauben, aber Ruth Marriott blieb stehen, wo sie war. Sie begegnete Alice mit einem Blick, der sowohl Bedauern als auch Entschlossenheit auszudrücken schien.

„Ich sage Ihnen die Wahrheit, Mrs Walsh", beteuerte sie leise. „Ihr Mann ... Patrick ..." Sie hielt inne, zu Boden blickend. „Wir hatten monatelang ein Verhältnis. Ich bekomme ein Baby, und Patrick ist der Vater."

„Sie lügen!" Plötzlich wurde Alice zornig und spürte ein widersinniges Verlangen, die bleiche junge Frau, die ihr so still und ernst gegenüberstand, zu schlagen. „Mein Mann würde mir nie untreu sein!"

Ruth Marriott betrachtete sie mit einem seltsam mitleidsvollen

Blick. „Aber er *war* Ihnen untreu, Mrs Walsh. Ich kann jedoch gut verstehen, warum Sie das schwerlich glauben können. Patrick ... ist ein sehr geschickter Lügner. Er hat mich von Anfang an belogen. Er hat mir erzählt, ... seine Frau sei tot."

Alice war erschüttert, in ihrem Kopf begann sich alles zu drehen, als hätte ihr jemand einen Schlag versetzt. „Sie sind eine Lügnerin! Ich möchte, dass Sie unverzüglich mein Haus verlassen!"

Wieder betrachtete die junge Frau Alice Walsh mit Augen voll unerklärlichen Bedauerns.

Zum ersten Mal, seitdem diese seltsame junge Frau ihre unheimlichen Anschuldigungen gegen Patrick vorgebracht hatte, begann Alice an der Treue ihres Ehegatten zu zweifeln. Übelkeit stieg in ihr auf, und ihr Mund füllte sich mit einem bitteren Geschmack.

„Ich könnte Ihnen Dinge von Ihrem Mann erzählen, Mrs Walsh ... intime Dinge ... die nur Sie wissen. Bitte, zwingen Sie mich nicht dazu." Ruth Marriott sprach noch leiser, und Röte trat in ihr Gesicht.

Trotz ihrer Benommenheit hörte Alice die Drohung und zögerte. In ihrem Kopf jagten die Gedanken durcheinander. Selbst wenn Patrick in einem schwachen Augenblick mit dem Mädchen getändelt hätte, bedeutete das noch lange nicht, dass er der Vater ihres Kindes war. Sie war offensichtlich darauf aus, sie zu erpressen.

„Warum sind Sie hierhergekommen?", fragte Alice. „Was wollen Sie?"

„Ich möchte, dass Ihr Mann die Verantwortung für sein Verhalten übernimmt", antwortete die Frau bestimmt, doch ihre Worte wurden beinahe von einem Donnerschlag verschlungen. „Ich werde Hilfe – finanzielle Hilfe – brauchen, um mein Kind großzuziehen. Patricks Kind. Er hat versucht, mich mit tausend Dollar abzuspeisen, doch so leicht wird er mich nicht los. Ich muss jetzt jeden Tag damit rechnen, meine Arbeitsstelle, meine Wohnung – alles – zu verlieren, und ich brauche Hilfe, um für das Kind sorgen zu können."

Alice starrte sie an. „Patrick ... hat Ihnen Geld gegeben?", fragte sie unsicher und von Angst gequält. „Sie haben ihn tatsächlich zur Rede gestellt?"

Ruth Marriotts Gesicht erstarrte zu einer bitteren Maske. „Oh ja", erklärte sie scharf. „Ich habe ihn zur Rede gestellt. Patrick bietet mir an, entweder das Kind abzutreiben oder einen fetten, kahlköpfigen Fleischer zu heiraten! Er lehnt es ab, in irgendeiner Weise Verantwortung für das Kind zu übernehmen. Ich habe ihn gewarnt, dass ich gezwungen wäre, zu Ihnen zu gehen, doch er hat mir nicht geglaubt. Er warf mich aus seinem Büro."

Alice war wie erstarrt. Sie erschauderte, während eine eisige Kälte ihre Schultern erfasste und dann ihren Rücken entlangkroch. Der Regen peitschte so heftig gegen das Fenster, dass man glaubte, die Scheibe würde zerbrechen. Die Blitze zuckten, und der Donner rollte. Alice zitterte, wie von Fieber gequält. Gegen diese Schwäche ankämpfend, ballte sie ihre Fäuste, bis der Schmerz in ihre Arme ausstrahlte.

„Ich weiß nicht, was Sie sich davon versprechen, mir diese Lügen aufzutischen", sagte sie so bestimmt, wie es ihr möglich war. „Das hätten Sie uns beiden ersparen können. Ich sage Ihnen, wenn Sie jetzt nicht freiwillig gehen, werde ich Sie zwingen müssen."

„Sie wissen, dass ich die Wahrheit sage."

Wieder wollte Alice die Beschuldigungen der Frau bestreiten, doch etwas in der ruhigen, beständigen Stimme und dem festen Blick ließ sie zögern.

„Mrs Walsh, ich wollte es nicht tun. Ich wollte nicht hierherkommen. Sie müssen mir glauben, dass ich mich niemals mit Patrick eingelassen hätte, wenn ich von Anfang gewusst hätte, dass er in Wirklichkeit gar kein Witwer war." Sie hielt inne, ihre Hand ehrlich mütterlich auf ihren Bauch gelegt. „Ich bin kein verdorbenes Frauenzimmer, Mrs Walsh. Ich war es zumindest nicht, ehe ich Patrick kennenlernte. Er hat mir jedoch versprochen, mich zu *hei-*

raten. Sobald seine Kinder älter wären, sagte er mir, würden wir heiraten. Bitte, versuchen Sie zu verstehen, was passiert ist."

Der Klang dieser verzweifelten Worte, das Flehen dieser verwundeten dunklen Augen durchbohrten Alices Herz. Nun wusste sie mit grausamer, vernichtender Sicherheit, dass Ruth Marriott die Wahrheit sagte.

Sie wandte der jungen Frau den Rücken zu und ging zum Kamin, wo sie sich auf ein Sofa fallen ließ.

Unglaublicherweise spürte Alice keinen Zorn. Irgendwie wusste sie, dass diese Frau hier nicht die Erste war, mit der Patrick ihr Ehegelübde gebrochen, ... mit der er eine flüchtige Affäre gehabt hatte, ... und vermutlich war sie auch nicht die Erste, die er rücksichtslos im Stich ließ, nachdem er ihrer überdrüssig geworden war.

Seltsam, dass in ihr kein wirklicher Zorn darüber aufstieg, wie er sie betrogen und gedemütigt hatte. Zum ersten Mal wurde ihr bewusst, dass sie sich die ganze Zeit selbst belogen, sich jahrelang selbst betrogen hatte.

„Vielleicht", sagte sie, kaum fähig, ein Wort über ihre Lippen zu bringen, „sollten Sie mir ... alles erzählen."

* * *

Während der gesamten Überfahrt wallte in Patricks Adern der Zorn im Rhythmus der vom Sturm gepeitschten Wellen. Sein Puls raste mit dem Donner, und jedes zornige Aufbäumen des Bootes hallte in seinem Herzen wider.

In der behelfsmäßigen Kabine hockend, sah er zu, wie ein Blitz vom Himmel fuhr und über das Wasser zuckte. Er hätte bei diesem Gewitter nicht übersetzen sollen, selbst die Fähre fuhr nicht. Doch er wollte auf keinen Fall riskieren, dass Ruth die Torheit beging und mit seiner Frau sprach.

Alice würde ihr gewiss nicht glauben, beruhigte er sich schnell.

Nicht Alice, niemals im Leben. Sie hatte ihm stets blind vertraut, seitdem sie sich kannten. Er war natürlich in all den Jahren auch sehr diskret gewesen bei seinen Affären. Er hatte sich nie mit Frauen aus der Stadt eingelassen, sondern seine Rendezvous immer mit seinen „Geschäftsreisen" außerhalb New Yorks zu verbinden gewusst. Er glaubte, dass seine Vorsicht größtenteils unnötig war; Alice, dessen war er gewiss, würde niemals auch nur daran denken, seine Treue in Frage zu stellen.

Soweit er es beurteilen konnte, dachte Alice überhaupt nicht viel nach, und gewiss würde sie nicht auf jemanden wie Ruth Marriott hören. Nein, seine Frau würde niemandem glauben, der wilde Beschuldigungen gegen ihn vorbrachte.

Doch er wollte lieber sichergehen. Er hatte zu hart gearbeitet, zu viel unglaubliches Glück gehabt, als dass er auch nur den geringsten Teil dessen, was er in all den Jahren erworben hatte, aufs Spiel setzen wollte.

Ein kleines Flittchen konnte ihm auf der anderen Seite auch nicht zu viel schaden. Das Schlimmste, was aus ihrer Torheit resultieren könnte, wäre, dass Jacob Braun, Alices Vater, ihn damit strafte, dass er eines der Hotels und einige Grundstücke wieder zurücknahm. Falls es dazu käme, besaß er immer noch mehr als genug Immobilien im legalen Geschäft, von den Tavernen und Mietshäusern in Five Points ganz zu schweigen.

Doch nicht das Geld machte ihm Sorgen. Geld war nie sein vorrangiges Ziel gewesen, sondern nur ein Mittel, um die Macht zu erlangen, die sein höchstes Ziel war. Er hatte bereits mehr Geld, als er jemals im Leben ausgeben konnte; gewiss genug, um eine künftige politische Position und die damit verbundene Macht absichern zu können – die richtigen Handlanger und eine geeignete Anhängerschaft natürlich vorausgesetzt. Während der letzten Monate hatte er alle Verbindungen geknüpft und jegliche Schritte eingeleitet, die nötig waren, um am Ende als politischer Sieger hervorzugehen.

Doch wenn der alte Herr Braun die Fassung verlor und sich gegen ihn richtete, und es ihm obendrein gelang, Alice gegen ihn aufzuwiegeln – so unwahrscheinlich das auch sein mochte –, konnte es einen furchtbaren Skandal geben, und seine politischen Ambitionen würden im Winde verwehen.

Jeder wusste, dass die meisten Politiker in ihrem Staat – zumindest die erfolgreichen unter ihnen – so verkommen waren wie verdorbenes Fleisch. Doch solange sie durchzusetzen vermochten, was ihre Wähler verlangten, kümmerte man sich kaum um ihre korrupten Machenschaften. Wenn jedoch bekannt wurde, dass einer von ihnen seiner Ehefrau untreu geworden war, schien plötzlich jeder ein Gewissen zu haben. Ein Mann, der seine Frau betrog – und sich dabei erwischen ließ –, bereitete manchem der großen Bosse Bauchschmerzen, und ein *geschiedener* Mann war von vornherein restlos erledigt. Es gab zu viele irische Katholiken und strenge Protestanten zu beruhigen. Die Wähler würden ihre Stimme niemals einem Mann geben, der seiner Frau Schande gebracht hatte, das wussten die Politiker. Sie würden jemanden, der als Schürzenjäger bekannt war, fallen lassen, ohne auch nur einen Augenblick zu zögern.

Während er sich an der Reling festklammerte, um nicht gegen die Wand zu schlittern, erinnerte Patrick sich daran, dass Alice sich niemals gegen ihn auflehnen und noch viel weniger eine Scheidung herbeiführen würde. Sie war ihm völlig ergeben.

Trotzdem durfte er keinerlei Risiko eingehen. Er würde sich besser fühlen, sobald er zu Hause war. So wäre er, falls Ruth tatsächlich auftauchte, zur Stelle und könnte sie hinauswerfen, bevor sie Gelegenheit hatte, mit Alice zu sprechen.

Im Stillen verfluchte er die kleine Närrin dafür, dass sie ihm solche Schwierigkeiten bereitete. Ein Donner rollte, und das Boot schlingerte gewaltig. Er umkrallte die Reling noch fester, und einen Augenblick lang stellte er sich vor, die Eisenstange in seinen Händen sei Ruth Marriotts Kehle.

19. Kapitel

Die Konfrontation

Tag der Verdammten, brich an mit Macht!
Ans Licht bring der Gräuel Betrug,
die im Dunkel man zu verhüllen gedacht.
Tag des Schreckens brich an – es ist genug!

Anonymus

Völlig durchnässt und von zunehmender Unruhe getrieben, riss Patrick Walsh die schwere Eingangstür mit einer solchen Wucht auf, dass sie gegen die Wand schlug. Drinnen angekommen, schüttelte er sich wie ein Hund, um das Wasser loszuwerden.

Als das Dienstmädchen herbeigeeilt kam, um nachzusehen, was der Lärm zu bedeuten hatte, fauchte er sie an. „Ich könnte ein Handtuch gebrauchen! Du solltest eins bereithaben!"

Das Dienstmädchen – Nancy – schnappte nach Luft, die Hände gegen ihre Brust gepresst. Das ängstliche Gesicht des Mädchens brachte ihn nur noch mehr in Wut. „Es tut mir leid, Sir", stammelte sie. „Wir haben Sie nicht so früh erwartet! Die Kinder sind noch nicht einmal aus der Schule zurück, und sie sind gewöhnlich längst zu Hause, bevor Sie eintreffen."

Noch einmal befahl er ihr, ein Handtuch zu holen. Dann rief er sie jedoch zurück, bevor sie seinen Befehl ausführen konnte. „Wo ist meine Frau?", zischte er, während er, ohne Rücksicht auf den polierten Fußboden unter ihm, das Wasser von seinem Haar und seiner Kleidung schüttelte.

Das Mädchen wandte sich um und zwinkerte nervös, als begriffe sie den Sinn der Frage nicht. „Nun ... Mrs Walsh ist oben im Wohnzimmer. Sie hat Besuch."

Patrick richtete sich auf und starrte das Mädchen an. „Besuch?"

Sein Magen krampfte sich zusammen. „Wer ist es?" Während er sein Jackett abstreifte, nahm er die Pistole aus dem Schulterhalfter und steckte sie in seine Hosentasche.

Nancy schielte einen Augenblick lang auf die Pistole, dann verzog sie missbilligend ihr Gesicht in einer Art, die ihn stets verdross.

„Die Dame – der Besuch – hat mir ihren Namen nicht gesagt, Sir. Sie kam ungebeten ins Haus, als sei sie von Rang und Adel, und dabei hatte sie nicht einmal eine Visitenkarte. Doch Mrs Walsh sagte, ich solle sie nach oben führen. Sie sind schon über eine Stunde oben im Wohnzimmer", fügte sie, einen Blick nach oben werfend, hinzu.

Dann, als hätte sie es vergessen, hielt sie erschrocken eine Hand vor den Mund. „Ach so, Ihr Handtuch, Sir! Ich bringe es sofort!"

„Nicht nötig." Einen Augenblick lang blickte Patrick hoch in den ersten Stock. „Geh in dein Zimmer", sagte er barsch.

„Aber Mr Walsh, Sie werden sich den Tod holen ..."

„Und du bleibst dort, bis ich dich holen lasse!"

Er wartete, bis das Dienstmädchen auf dem Gang verschwunden war, der zu ihrem Zimmer hinter der Küche führte. Dann jagte er, zwei Stufen auf einmal nehmend, die Treppe hoch.

***

Alice hörte, wie die Eingangstür aufgerissen wurde, gefolgt von einem lauten Wortwechsel.

Erschrocken sprang sie auf. „Er ist früher nach Hause gekommen."

Ruth Marriott stand ebenfalls auf, ihr Gesicht angsterfüllt. „Er wird außer sich sein vor Wut! Ich muss sofort gehen."

Alice schüttelte den Kopf. „Nein, es ist an der Zeit, dass er ... uns beiden – gemeinsam – gegenübersteht."

„Aber er hat mir *gedroht.* Er – ich dachte, er würde mich schon dort in seinem Büro erwürgen!"

Beinahe eine Stunde lang hatte Alice zugehört, wie die junge Frau ihre verzweifelte Lage ausführlich geschildert hatte. Sie hatte schweigend zugehört, ihr Puls rasend, ihr Herz zerbrechend, während die Frau ihr – wahrheitsgetreu, das wusste sie – von dem Betrug ihres Mannes berichtete. Im Verlauf der Schilderung fand sie über Zweifel und Zorn, selbst über ihre eigene Demütigung hinaus zu einer unerwarteten, unerklärlichen Art von Mitleid für die verzweifelte Lage, in der sich die junge Frau befand.

Doch im Augenblick spürte sie nichts als Ungeduld. „Patrick mag wohl ein ... Ehebrecher sein", erklärte sie in einem scharfen Ton, „aber er würde nie einer Frau Gewalt antun. Ich bestehe darauf, dass Sie bleiben. Es gibt keine Möglichkeit, eine Unterstützung für Sie zu erwirken, bevor er nicht die Wahrheit eingestanden hat – gegenüber uns beiden."

Alice war selbst von ihrer Ruhe überrascht. Hätte Sie sich jemals das grauenvolle Geschehen des heutigen Nachmittags vorzustellen versucht, wäre sie vor Kummer und Entsetzen zusammengebrochen. Stattdessen spürte sie nur eine furchtbare Leere in sich, als hätte man ihr ureigenstes Wesen zerstört und nur eine ausgetrocknete Schale, ohne jegliches Gefühl, bar jeder Regung, zurückgelassen.

Sie empfand nichts, als sie aufschaute und Patrick in der Tür stehen sah. Regungslos stand er da, sein Blick schweifte von Ruth Marriott zu Alice. „Ich kann nicht begreifen, wie du dieser Frau die Tür öffnen konntest. Du hast gewiss bemerkt, dass sie völlig verrückt ist!"

Er war vollkommen durchnässt. Das Haar klebte ihm am Kopf, Wasser perlte über sein Gesicht, und sein Hemd und seine Hose waren völlig durchtränkt.

Normalerweise wäre Alice zu ihm geeilt, um sich um ihn zu kümmern. Jetzt stand sie nur still da und sah zu, wie er Ruth Marriott einen vernichtenden Blick zuwarf.

„Was geht hier eigentlich vor?", fauchte er. Sein Ton war, wie immer, fordernd, dominierend, doch meinte Alice, in seinem Verhalten etwas von dem gewohnten Selbstbewusstsein zu vermissen.

„Ich hoffe, du hast nicht auf ihre absurden Geschichten gehört", erklärte er, wieder an Alice gewandt. „Wie ich bereits gesagt habe, sie ist geistesgestört."

Alice sah ihm direkt in die Augen. Ihre Kehle war rau wie Sandpapier, ihr Mund trocken wie Staub. Zu ihrer eigenen Überraschung gelang es ihr jedoch, ihm in einem ruhigen, festen Ton zu antworten. „Ich wünschte sehr, es wäre so, Patrick, aber Miss Marriott macht mir nicht im Geringsten den Eindruck einer geistesgestörten Frau."

Sein Gesicht spannte sich an. „Du kannst alles vergessen, was immer sie dir auch gesagt haben mag. Sie ist verrückt, und ich kann kaum glauben, dass du es nicht sofort erkannt hast."

„Bitte tu das nicht", sagte Alice, und sie spürte, wie ihre Arme und Beine bleischwer wurden. „Versuche nicht, zu lügen; damit machst du es uns allen nur noch schwerer. Es ist schon viel zu viel gelogen worden."

Es war kaum zu glauben, dass er mit einem vorwurfsvollen Blick antwortete: „Das kann nicht dein Ernst sein, Alice! Um alles in der Welt, diese Frau ist verrückt! Du glaubst dem irren Gerede einer Wahnsinnigen mehr als deinem eigenen Ehemann?"

Alice sah ihn an. Trauer, dunkle, bittere Trauer, stieg in ihr darüber auf. Welch hervorragender Schauspieler Patrick stets gewesen war. Selbst jetzt, wo er überführt war und den beiden Frauen, die er betrogen hatte, gegenüberstand – selbst jetzt war er furchtbar überzeugend. Sie war beinahe versucht, seiner Entrüstung, seiner Empörung zu glauben, die Beteuerung seiner Unschuld zu akzeptieren.

Beinahe ...

Ehe sie schwach werden konnte, ließ Alice es bewusst zu, dass Einzelheiten aus Ruth Marriotts Bericht wieder an die Oberfläche drangen. Die Frau kannte Patrick offensichtlich sehr gut, ganz intim.

Abscheu erfüllte sie von neuem, und einen Augenblick lang wandte sie sich von beiden ab. Ruth Marriott hatte von Dingen gesprochen, die nur in den Bereich der Vertrautheit zwischen Ehemann und Ehefrau gehörten, Geheimnisse, die nicht dafür bestimmt waren, nach außen getragen zu werden. Alice erschauderte und kämpfte gegen die in ihr aufsteigende Übelkeit an.

Als sie sich umwandte, sah sie, wie Patrick Ruth Marriott mit unverhohlenem Hass anstarrte, sein Gesicht zu einer hässlichen Maske verzerrt. Die junge Frau, die offenbar nicht das volle Ausmaß seiner Wut erkannte, schien entschlossen, ihn zu einem Eingeständnis zu drängen.

„Deine Frau versteht zumindest meine ausweglose Lage", erklärte sie. „Du kannst aufhören zu leugnen. Sie weiß alles, und sie ist bereit, mir zu helfen."

Alice sah, wie der letzte Rest seiner Selbstbeherrschung zerbrach, sich in eine dunkle, rasende Wut verkehrte. Er erhob eine Hand, als wollte er Ruth Marriott schlagen. Die junge Frau wich vor ihm zurück, und aus ihren Augen sprach das blanke Entsetzen.

„Ich habe dich gewarnt! Ich habe dir verboten, in mein Haus zu kommen!"

Ruth wich weiter vor ihm zurück, doch er packte ihre Handgelenke, die er mit einer Hand festhielt, während er mit der anderen ihre Kehle umklammerte.

Alice eilte zu ihm. „Patrick! Nein!"

Er schien ihrem Schreien gegenüber taub zu sein, schien nicht mehr zu wissen, dass sie sich in dem Zimmer befand. Schließlich ließ er Ruths Kehle los, packte sie an den Schultern und stieß sie in die Türöffnung.

Panik stand der jungen Frau im Gesicht, doch sie schien entschlossen, sich ihm zu widersetzen. „Das kannst du nicht tun! Deine Frau glaubt mir. Sie weiß, dass ich die Wahrheit sage!"

Patrick warf Alice einen Blick über die Schulter zu, als wollte er sagen, dass er sich später mit ihr befassen würde. Unwillkürlich zuckte sie zusammen, als sie die Wut sah, die in seinen Augen brannte.

Er stürzte sich wieder auf Ruth Marriott. „Du bist zu weit gegangen, du kleine Närrin! Ich habe dich gewarnt!"

Fassungslos schaute Alice zu, wie er Ruth zu schütteln begann, als sei sie eine wertlose Puppe. Sie versuchte, sich ihm zu entwinden, doch er schleuderte sie herum und zur Tür hinaus auf den Flur.

Alice rannte hinter ihnen her. Im Flur stieß Patrick Ruth Marriott rückwärts in Richtung der Treppe. Während eine Hand ihre Kehle umklammerte, hielt er mit der anderen seine Pistole auf ihren Kopf gerichtet.

Die entsetzte Frau versuchte sich zu befreien, indem sie, mit den Armen fuchtelnd und nach Atem ringend, mit den Fäusten auf ihn einschlug. Patrick schien jedoch wie besessen zu sein. Außer sich vor Zorn, beugte sich Patrick über sie, und plötzlich begriff Alice, was er im Sinn hatte.

Das Geländer umklammert, schrie sie ihn an: *„Um Himmels willen – Patrick, nein! Das darfst du nicht tun!"*

Wenn er ihr ersticktes Schreien gehört hatte, ignorierte er es.

Ruth Marriotts Augen, in denen das blanke Entsetzen geschrieben stand, waren auf Patrick gerichtet. Ihre Haut nahm eine tödlich graue Farbe an, und plötzlich schien ihr Körper zusammenzubrechen. Ihre Knie gaben nach, und sie sank zu Boden.

Alice vergaß ihre eigene Angst, ihre zitternden Knie, ihr Herz, das jeden Augenblick zu zerspringen drohte. Sie riss sich vom Geländer los und stürzte zu Patrick.

Doch sie kam zu spät. Auch als sie ihn erreicht hatte, gab er Ruth Marriott noch einmal einen kräftigen Tritt, und die Frau fiel rückwärts die Treppe hinunter, auf jeder Stufe aufschlagend, bis sie unten anlangte, die Arme von sich gestreckt, stumm, wie eine zerbrochene Puppe.

Mit einem Aufschrei rannte Alice ihr nach die Treppe hinunter, doch Patrick packte sie mit einem eisernen Griff am Arm, riss sie zurück und hielt sie mit seiner Linken fest.

Dann hob er die Pistole in seiner Rechten und zielte auf die Frau, die unten vor der Treppe lag.

„Um Gottes willen, Patrick, tu das nicht! Nein!"

„Halt den Mund! Du hältst dich raus!"

Er packte sie noch fester am Arm. „Ich möchte ganz sicher sein, dass sie mir keine Schwierigkeiten mehr macht!"

„Das kannst du nicht tun! Ich werde es nicht zulassen!"

Alice packte seinen rechten Arm. Sie krallte sich daran fest und versuchte so, ihn zum Ablegen der Waffe zu zwingen.

Nun wandte sich Patrick gegen sie, das Gesicht verzerrt. Seine Augen waren wild wie die eines rasenden Tieres. In einem Augenblick furchtbarer Klarheit erkannte Alice, dass etwas in ihm entfesselt worden war, etwas, was schon immer da war, unter der Oberfläche lauernd – etwas Grausames und Verdorbenes ... und durch und durch Böses.

Plötzlich sah sie die Wahrheit mit erschreckender Klarheit vor sich: Wenn sie ihm weiter Widerstand leistete, würde er sie umbringen. Sie bedeutete ihm kaum mehr als Ruth Marriott – falls sie ihm überhaupt jemals irgendetwas bedeutet hatte.

Diese Erkenntnis traf Alice wie ein Schlag, und sie schwankte. Wie in Zeitlupe erfassten ihre Sinne alles auf einmal ... Ruth Marriotts reglosen Körper unten an der Treppe ... das Hausmädchen Nancy, das in der Diele erschien und hysterisch schrie ... Patrick, der sie von sich wegzustoßen versuchte ... ihre eigene Schwäche, die furchtbare Übelkeit, die in ihr aufstieg ...

Rein instinktiv griff sie nach der Pistole. Sie zog mit letzter Kraft an seinem Arm, als sie plötzlich kaltes Metall unter ihren Fingern spürte. Patrick schrie wütend auf und versetzte ihr einen letzten, kräftigen Stoß. Die Pistole entlud sich.

Er stieß einen heiseren, überraschten Schrei aus, und die Pistole schlug auf dem Fußboden auf.

Patrick sah sie an, die Augen schockiert weit aufgerissen. „Alice?“, stieß er hervor.

Dann krümmte er sich und sank, seine Brust umklammernd, auf die Knie, bevor er zusammenbrach.

Alice starrte ihn an. Irgendwo hörte sie jemanden schreien, und dann, in völlige Dunkelheit gehüllt, erkannte sie, dass die gequälten Schreie ihre eigenen waren.

Teil zwei

Die Verheißung wird erfüllt

Hoffnung für die Hilflosen

Der Böse bleibt nicht ungestraft,
aber der Gerechten Geschlecht wird errettet werden.
Sprüche 11,21

20. Kapitel

In einem dunklen Winkel des Geistes

Warum sind diese Augen geöffnet im Schlaf?
Was verbirgt sich in den dunklen Tiefen seines Geistes?
F. R. Higgins (1896 – 1941)

Dublin, Irland
August

Rook Mooney drehte sich. Obgleich Mitternacht längst vorüber war, war er hellwach. Die Matratze auf dem durchgelegenen Bett bestand aus nichts anderem als Stroh, dünn und ausgebeult.

Es war beinahe so, wie auf einem Waschbrett zu schlafen.

Das Bett war so schlecht wie das ganze Zimmer – ein enges, schmuddeliges Loch mit einem Fenster und einem kaputten Waschtisch, dem einzigen Einrichtungsgegenstand neben dem Bett. Das Zimmer war in der Tat nicht viel mehr als eine Abstellkammer, heiß und schmutzig, doch das war alles, was er sich im Augenblick leisten konnte. Er hatte den größten Teil seines Geldes in den Spielhöllen von Lissabon gelassen.

Auf dem Rücken liegend, starrte er an die Decke, deren verschiedene Schichten im schwachen Licht des Mondscheins sichtbar wurden, das durch das rußverschmierte Fenster drang. Einen Augenblick später stützte er sich auf einem Ellenbogen ab, um einen Schluck aus der Whiskeyflasche hinunterzuspülen, die er mit zu Bett genommen hatte.

Das würde seine letzte Nacht in diesem Höllenloch sein – zum Glück. Morgen würde er wieder zu dem großen Haus auf dem Hügel gehen.

Nelson Hall, wurde es genannt. Als ob ein Haus einen Namen verdiente. Als ob es von Adel wäre wie diejenigen, die darin wohnten.

Sie seien alle verflucht! Wenn er erst sein Werk vollbracht hatte, würden sie sich nicht mehr so aufblähen!

Das erste Mal war er zwei Tage dortgeblieben. Wie eine Ratte hatte er sich verkriechen müssen. Es hatte die ganze Zeit nicht aufgehört zu regnen. Hungrig und durchfroren hatte er schließlich aufgegeben und beschlossen, in die Stadt zurückzukehren.

Doch er hatte sie gesehen. Er hatte sie gesehen, wie sie aus dem oberen Fenster geschaut hatte. Genau zu dem Wagenschuppen hatte sie gespäht, als wüsste sie, dass er dort war und auf sie wartete.

Vielleicht *wusste* sie es tatsächlich. Vielleicht spürte sie, dass er in der Nähe war; vielleicht spürte sie seinen Zorn und wusste, dass er hinter ihr her war.

Er hoffte es. Er wollte, dass sie Angst hatte. Sie sollte vor Angst beinahe den Verstand verlieren – wie beim letzten Mal.

Er besann sich, wie sie zu schreien versucht hatte, erinnerte sich an den erstickten Laut, der stattdessen ihrer Kehle entronnen war.

Verdrießlich nahm er einen weiteren Schluck aus der Flasche. Allein sein Anblick hatte ihr panische Angst eingejagt.

Nun, sie würde sich auch diesmal fürchten, noch mehr als beim letzten Mal – und nicht nur vor seinem Gesicht. Ein Blick auf das Messer würde genügen. Er würde es ihr schon zeigen.

Allerdings musste er sich sehr vor jenem großen Schwarzen hüten. Der Krüppel im Rollstuhl würde ihm kaum Probleme bereiten – nicht mehr als ein Floh an einem Hund. Doch mit dem schwarzen Teufel war nicht zu spaßen. Vielleicht sollte er ihn zuerst aus dem Weg schaffen.

Und diese Zigeunerhunde auf der anderen Seite des Flusses, auch sie konnten ihm in den Weg kommen.

Nachdem er sich mit dem Ärmel den Schweiß von der Stirn gewischt hatte, griff er erneut zum Whiskey. Was mussten das überhaupt für Leute sein, die schmutzige Zigeuner auf ihr Land ließen!

Selbst Tante Fee hätte sich nicht mit Zigeunern eingelassen. Die alte Hexe hatte sich sonst fast alles ins Bett geholt, aber niemals einen Zigeuner.

Er verzog das Gesicht, als er an seine Tante dachte, und ein Finger glitt zu der gespaltenen Lippe, die er ihr zu verdanken hatte. Hätte die alte Hexe ihn nicht mit dem Messer verunstaltet, hätte er jetzt eine anständige Arbeit, und die Frauen würden sich nicht entsetzt abwenden, wenn sie ihn sahen. Er müsste nicht dafür bezahlen, dass sie nett zu ihm waren, oder sie dazu prügeln ...

Er richtete seine Gedanken wieder auf seine Pläne. Auf den Schwarzen würde er aufpassen müssen, auf ihn und auf den Hund.

Dieser elende Wolfshund! Teufelsbiester waren sie, mehr Wolf als Hund, das wusste er. Und dies war ein großer – der größte, den er jemals gesehen hatte.

Er warf einen Blick auf die halbleere Flasche, dann führte er sie erneut zum Mund. Er brauchte nichts aufzuheben, er hatte noch eine zweite, die er mitnehmen würde.

Er sollte jetzt schlafen, um morgen fit zu sein.

Doch er konnte nicht aufhören, an sie zu denken. Beinahe zwei Wochen waren vergangen, seitdem er sich zum ersten Mal in dem Wagenschuppen versteckt und sie am Fenster gesehen hatte. Lange genug, um seine Wut und sein Verlangen zu schüren.

Bald – es würde nicht mehr lange dauern. Doch diesmal war er darauf vorbereitet, so lange zu bleiben, wie es nötig wäre. Er hatte sein letztes Geld für Brot und Käse – und eine Flasche Whiskey – ausgegeben.

Er hatte alles, was er brauchte, um warten zu können.

Bis er das erledigt hatte, weswegen er gekommen war.

Er griff unter das Bett, zog ein Messer hervor und fuhr mit dem Daumen an der langen, scharfen Klinge entlang. Diesmal würde sie nicht so leicht davonkommen!

21. Kapitel

Im Tal der Liebe

Deine Liebe schafft mir Geborgenheit,
einen heiligen Ort,
an dem wir zum Frieden finden.
Morgan Fitzgerald (1850)

Glendalough, Irland

Morgan konnte sich nicht mehr genau besinnen, wann ihm zum ersten Mal in den Sinn gekommen war, mit Finola allein ein paar Tage Ferien zu machen. Er wusste nur, dass er für die vergangenen drei Tage ewig dankbar sein würde.

Rundum zufrieden saß er in seinem Rollstuhl auf einer Lichtung in der Nähe des Rundturms von Glendalough und beobachtete einen Sonnenuntergang über den Wicklow Mountains. Neben ihm im Gras, gegen seinen Stuhl gelehnt, saß Finola.

Er freute sich über die Maßen, dass er es war, der Finola *Glendalough* – das Tal der zwei Seen – zeigen konnte. Schon lange hegte er eine besondere Vorliebe für die abgelegene Bergregion, die so reich an Naturschönheiten und alten Traditionen war. Eine der herrlichsten Gegenden Irlands, schien Glendalough ein Ort zu sein, wo die Vergangenheit mit all ihrer Romantik und ihren Legenden unberührt geblieben war, unangetastet von dem Leid und dem Unheil, das über diese Insel hereingebrochen war. Sogar die Tragödie der Hungersnot, die das Land vernichtete, konnte man inmitten der Ruhe und Schönheit dieses abgelegenen Tales beinahe vergessen.

Er hatte hier stets eine Art Heilung erfahren, als wohnten dem Ort aufbauende Kräfte inne. Vielleicht lag es an den sieben Kirchen, jenen Ruinen, die im gesamten Tal verstreut zu finden waren, dass dieser Ort einen Hauch vergangener Zeiten atmete. Die geheimnisvolle Atmosphäre dieses Ortes rankte sich um den Heiligen Kevin, einen Mystiker, der hier im sechsten Jahrhundert als Eremit gelebt hatte. Gewiss spielten diese Legenden eine Rolle, wenn dieser Ort eine heilige Atmosphäre atmete und Ehrfurcht zu gebieten schien.

Vielleicht war es auch nur die Abgelegenheit, die Einsamkeit dieser Gegend, die Morgan so erfrischend fand. Was immer es auch war, er wollte im Augenblick nirgends lieber sein als hier – und diese Zeit mit niemandem teilen außer mit Finola.

Falls sie schon einmal hier gewesen sein sollte, konnte sie sich zumindest nicht daran erinnern. Und weil alles neu für sie war, kam es auch Morgan beinahe so vor, als sähe er alles zum ersten Mal, mit ihren Augen.

Er stieß einen tiefen Seufzer aus und spürte, wie ihre Hand die seine fester drückte.

„Wirst du langsam müde, Morgan?"

Er schaute sie an. Mit dem blauen Band im Haar und der Farbe, die der stundenlange Aufenthalt in der Sonne in ihr Gesicht gebracht hatte, sah sie herrlich jung und gesund aus.

Und glücklich?

„Ich habe mich noch niemals im Leben wohler gefühlt, *mo chroí*, meine Liebste."

Sie lächelte und drückte wieder fest seine Hand. „Das war eine ausgezeichnete Idee von dir. Ich werde immer froh darüber sein, dass wir beide hierhergekommen sind."

„Wirklich? Ich hatte gehofft, dass es eine besondere Freude für dich sein würde."

„Ganz bestimmt, Morgan. Ich kann dir überhaupt nicht sagen, wie sehr ich mich freue! Ja, wenn ich nicht gern wieder zu Gabriel und Annie zurück würde, wäre ich traurig, nur daran zu denken, wieder von hier fortzugehen."

Er nickte, er empfand es genauso. Außer dass die Kinder ihnen fehlten, war diese Reise ein Geschenk für sie. So kurz die Zeit auch war, es war ihre Hochzeitsreise – das erste Mal, dass sie gemeinsam ohne Begleitung weggefahren waren.

Es war traurig genug, dass er seiner Frau niemals den Hof machen, sie niemals umwerben konnte. Er war ihr Freund und ihr Liebhaber, ihr Kamerad und ihr Geliebter. Doch er konnte nie ein Romeo für seine Julia sein, es hatte keine Zeit des romantischen Verliebtseins und Umwerbens für sie gegeben.

Die Umstände ihres Lebens hatten keine traditionelle Brautzeit für sie gestattet. Sie waren von Freundschaft zur Ehe übergegangen – eigentlich gesprungen –, und Finola hatte vieles entbehren müssen, was andere junge Frauen als selbstverständlich betrachteten.

Selbst jetzt, als Mann und Frau, fanden sie herzlich wenig Zeit, um allein zu sein. Sie lebten in einem großen Haushalt, noch dazu in einem sehr bewegten. Wegen seiner körperlichen Behinderung musste Morgan oft Sandemon um sich haben, und was Finola betraf, so folgte ihr der kleine Gabriel überall hin wie ein Schatten. So waren die Augenblicke, in denen sie allein war, kostbar und selten.

Auch Annie suchte unablässig ihre Nähe, denn Finola schien für das Mädchen eine Kombination aus Mutter, älterer Schwester und Freundin geworden zu sein.

Natürlich bestand Finola darauf, dass ihr das nichts ausmachte. „Annie ist meine geliebte Schwester, verstehst du das nicht, Morgan?“, pflegte sie zu sagen. „Ich freue mich an ihr.“

Außer der Familie gab es noch die Schüler, die in den Gängen des Flügels, in dem die Schule untergebracht war, aus und ein gingen. Und nicht zu vergessen, Schwester Louisa. Die großartige Nonne schien die Gabe zu haben, überall auf einmal zu sein.

Morgan machte das persönlich nichts aus. Nach den langen Jahren, in denen er allein gelebt hatte, genoss er das Gefühl, eine

Familie zu haben – das Oberhaupt einer Familie und Finolas Ehemann zu sein, seine Tage in der Geborgenheit ihrer Liebe zu verbringen und, sie sicher in seinen Armen haltend, einzuschlafen. Was könnte er sonst noch wollen?

Er hoffte jedoch, zumindest einen Teil dessen ausgleichen zu können, was *sie* entbehren musste, besonders jetzt, da er wusste, welche Tragödie ihr als junges Mädchen widerfahren war. Er war fest entschlossen, ihr etwas von der Schönheit und Sorglosigkeit der Jugend zurückzugeben – und auch von der Zeit der jungen Liebe und des Verliebtseins, die sie nicht erlebt hatte.

So hatte er sie überredet, mit ihm zu verreisen, mit ihm allein, nur sie beide. Er hatte seine Befürchtungen beiseitegeschoben, ohne Sandemon zu verreisen, und ihm stattdessen die Verantwortung für Nelson Hall und seine Bewohner übertragen. Annie und allen anderen – einschließlich Tierney Burke und seinem Zigeunerfreund – hatte er deutlich zu erkennen gegeben, dass jeder, der Sandemon Schwierigkeiten machte, mit strengster Bestrafung rechnen musste, sobald Morgan zurück wäre.

So hatten sie sich nur mit einem Wagen und einem Kutscher auf den Weg gemacht in eine kleine Herberge im Tal von Glendalough. Drei herrliche Tage lang hatten sie den Sonnenschein und die Luft der Berge in sich aufgesogen, die historischen Stätten in dieser Gegend besucht. Sie hatten sich unterhalten, gelacht und sogar ein wenig geträumt.

Es war die schönste Zeit in ihrer Ehe gewesen, und das war jetzt von besonderer Bedeutung, da Finolas Erinnerungen buchstäblich mit Gewalt und endgültiger Klarheit auf sie einstürmten.

Jetzt, wo das Schlimmste offengelegt war, und er gesehen hatte, mit welcher Kraft sie sich diesen Schrecken gestellt hatte, die am Rande ihres Bewusstseins lauerten, war er schließlich zu der Überzeugung gelangt, dass sie alles verarbeiten und wieder völlig gesund werden würde. Sie würde es nicht nur ertragen, sie würde es überwinden.

Seit jener ersten Nacht, da die Erinnerung in ihr aufzubrechen begonnen hatte, hatte es noch einige weitere, schlimme Nächte gegeben, in denen er nichts tun konnte, als sie festzuhalten und sie weinen zu lassen, während sie an ihn geschmiegt erschauderte wie ein Kind, das sich nicht trösten lassen wollte. Später war der Zorn gekommen – ein heftiger, glühender Zorn. Intuitiv hatte er sie ermutigt, diesem Zorn freien Lauf zu lassen, und er hatte ihr auch einen Blick in seinen Zorn und seine Empörung erlaubt.

Und es hatte auch Zeiten des Schweigens gegeben. In diesen Augenblicken hatte er gespürt, dass sie sich noch an etwas mehr erinnerte, was sie in ihren Gedanken, in ihren Gefühlen und später manchmal in ihren Träumen noch einmal durchlebte.

Doch in alledem war er voller Hoffnung geblieben. Denn sie hatte ihm schließlich ihr Herz geöffnet – ihr Herz und das Innerste ihrer Seele – hatte ihn mit hineingenommen und das Entsetzen, den Schmerz, den Zorn, sogar ihre Alpträume mit ihm geteilt.

Er hatte mit ihr gelitten, und in dem gemeinsamen Leiden waren sie einander näher gekommen als je zuvor.

Außer im Ehebett ...

Seit jenem Abend, an dem sie ihren Geburtstag gefeiert hatten, dem Abend, an dem die einfache Blechflöte, die Jan Martova ihr geschenkt hatte, die Rückkehr ihrer Erinnerungen ausgelöst hatte, hatte Morgan noch nicht wieder versucht, sich ihr körperlich zu nähern. Er spürte, dass sie jetzt körperlicher Liebe gegenüber noch abgeneigt, vielleicht sogar unfähig dazu wäre.

Um nichts in der Welt würde er einen Rückschlag im Verlauf ihrer inneren Genesung riskieren. Irgendwie gelang es ihm, seine Enttäuschung und seinen Schmerz zu verbergen, wenn sie unter seiner Umarmung zusammenzuckte oder seine keuschen Gutenachtküsse einfach nur über sich ergehen ließ.

Sie brauchte Zeit, sagte er immer wieder zu sich selbst. Nur Zeit würde helfen, ihre Leidenschaft für ihn zurückzubringen, nur die Zeit würde sie von der Tyrannei der Schrecken ihrer Vergangenheit befreien und sie schließlich befähigen, sich wieder in seinen Armen wohlzufühlen. Bis dahin würde er, wenn die körperliche Gemeinschaft nicht möglich war, ihre emotionale Bindung genießen.

„Morgan? Worüber denkst du nach?"

Ihre Stimme und das leichte Ziehen an seiner Hand brachten ihn in die Gegenwart zurück. Mit seinen Fingern streichelte er zart ihre Wangen. „Ich denke darüber nach", erklärte er, während er sie anlächelte, „wie stolz ich auf dich bin."

Sie neigte ihren Kopf weiter zur Seite, um besser in seinem Gesicht forschen zu können. „Stolz auf mich? Wie kommst du darauf?"

Er schaute sie einen Augenblick an und spürte, wie sein Herz vor Liebe überfloss. „Dafür gibt es viele Gründe, mein Liebling, besonders aber, weil du so tapfer bist: tapfer genug, um deinen Ängsten ins Auge zu sehen, und stark genug, um sie zu überwinden. Du hast mehr Schrecken überlebt, als sich die meisten von uns überhaupt vorstellen können, und doch hast du nicht zugelassen, dass diese Gräueltaten dich vernichten oder verbittern konnten. Du bist eine schöne Frau mit einem starken Herzen, und ich bin wirklich sehr stolz auf dich."

Ihre Augen füllten sich mit Tränen. „Ich bin nicht tapfer, Morgan, obwohl es sehr nett von dir ist, mir so etwas zu sagen. In Wahrheit konnte ich nur deshalb meinen Ängsten ins Auge sehen, weil wir uns ihnen gemeinsam gestellt haben. Du bist meine Stärke", erklärte sie sanft, ihren Blick in die Ferne gerichtet. „Du und der Herr ... ihr seid meine Stärke."

Einen Augenblick später schaute sie ihn wieder an, mit ernstem Gesicht. „Ich glaube jedoch, es gibt etwas, was du mir noch nicht mitgeteilt hast, und ich frage mich immer wieder, warum."

Sein Lächeln wurde fragend. „Wovon sprichst du? Ich verheimliche nichts vor dir, *mo chroí.*"

Sie sah ihm tief in die Augen. „Dann erzähle mir von dem Arzt in Amerika", sagte sie sanft.

Ärger über James Dunne stieg in ihm auf. „Du solltest noch nicht wissen, dass …“

Seine Worte hingen schwer zwischen ihnen. Hatte er nicht erst wenige Sekunden zuvor behauptet, nichts vor ihr zu verheimlichen?

Einen Augenblick lang wusste Morgan nicht, was er sagen sollte. Sie wartete offensichtlich auf eine Erklärung, und das war ihr gutes Recht.

„Es war falsch von James, es dir zu sagen“, erklärte Morgan kurz angebunden.

Sie forschte in seinem Gesicht. „Ich glaube, es war falsch von *dir*, es mir nicht zu sagen, doch wir wollen uns jetzt nicht darüber streiten. Es war nur eine beiläufige Bemerkung von ihm. Er wollte mich nur ermutigen.

Er sagte mir, wie sehr er sich über meine guten Fortschritte bei der Überwindung des Gedächtnisschwundes freute“, erklärte sie weiter. „Im Verlauf des Gesprächs rutschte es ihm heraus, dass er dich vielleicht jetzt davon überzeugen könnte, dich dem amerikanischen Arzt vorzustellen.“

Etwas beschwichtigt, aber immer noch verdrossen darüber, dass er ihr zu dem, was sie schon zu tragen hatte, noch eine weitere Last auferlegt hatte, schwieg Morgan noch einen Augenblick.

Sie setzte sich so, dass sie ihn besser anschauen konnte, dann schloss sie seine Hand in ihren Händen ein. „Dr. Dunne war todunglücklich darüber, dein Vertrauen gebrochen zu haben, Morgan, wirklich. Ich habe nicht weiter in ihn gedrängt, und er war fest davon überzeugt, dass du es mir selbst sagen würdest.“ Sie hielt inne. „Seitdem habe ich darauf gewartet, dass du es mir sagst.“

Das letzte Stück des Sonnenballs verschwand hinter den Bergen. Bald würden die goldenen und roten Streifen am Himmel von Dunkelheit abgelöst werden. Die Luft war bereits kühler geworden. Morgan streichelte mit seiner freien Hand ihr Haar, dann ihre Wange. Ihre Augen erschienen im Licht der untergehenden

Sonne beinahe violett, ihr Gesicht erwartungsvoll – und spürbar besorgt.

Er wusste, er könnte es nicht mehr aufschieben, mit ihr darüber zu sprechen, obgleich er sich sehnlichst wünschte, er bräuchte es nicht zu tun. Sie brauchten mehr Zeit – Zeit, um ihre Wunden heilen zu lassen, Zeit, um die Entscheidung zu überdenken, die täglich bleischwer auf ihm lastete.

Doch Dr. Dunne hatte recht, Zeit war der Faktor, der gegen ihn arbeitete. Es konnte zu spät sein, der rechte Augenblick konnte ihm schon jetzt entfliehen wie die Sonne, die im Westen hinter den Bergen verschwand.

Die Kälte, die ihn plötzlich erfasste, hatte wenig mit der kühlen Abendluft zu tun. Er sah Finola an. Als er sich herabbeugte, um ihr Haar zu küssen, überraschte sie ihn damit, dass sie ihr Gesicht zu ihm hob, um seine Lippen zu suchen.

Die Intensität ihres Kusses verblüffte ihn. Sein Gesicht in ihren Händen, schaute sie ihn durchdringlich an. „Lass uns hineingehen", sagte sie leise. „Ich möchte ... ganz nahe bei dir sein. Wir können den Sonnenuntergang weiter von unserem Zimmer aus beobachten."

Dann küsste sie ihn noch einmal. „Später kannst du mir von dem Arzt in Amerika erzählen. Wir werden deinen Ängsten gemeinsam begegnen, Morgan, du und ich."

22. Kapitel

Reisevorbereitungen

Wie mein Schicksal danach aussehen wird,
ist mir jetzt noch verborgen …

„A Southern“ aus einer Sammlung
von Samuel B. Oldham (1848)

Einen Tag nach ihrer Rückkehr von Glendalough begann Morgan sich nach der Ruhe und dem Frieden zu sehnen, die sie zurückgelassen hatten. Seitdem sie zurück waren, wurden sie von Familienangehörigen und Angestellten mit Berichten aus den drei Tagen, Sorgen, die sie loswerden wollten, und Problemen, die gelöst werden mussten, überhäuft.

Annie war aufgebracht, weil Tierney Burke und Jan Martova morgen früh zu einer Reise quer durch Irland aufbrechen würden. Der kleine Gabriel hatte unheimlich viel Energie zu entladen und zu erzählen, und er rannte Finola nach, wenn sie nur aufstand und durch das Zimmer ging. Sandemon hatte eine der Ursachen gefunden, weshalb Wasser in die Kellerräume eindrang, und er vermutete Mäuse im westlichen Flügel, während Schwester Louisa die Stunden gezählt zu haben schien, bis sie Morgan von den letzten Untaten der O'Higgins-Zwillinge berichten konnte – etwas, das mit Käfern im Mehlfass der Köchin zu tun hatte.

Am späten Nachmittag brummte Morgans Kopf, und er fuhr nach draußen, um ein wenig Ruhe und Frieden zu finden. Er hatte kaum den westlichen Flügel erreicht, als Annie, die Lippen zu einem dünnen Strich zusammengepresst und die Augen feurig glühend, auf ihn zugerannt kam wie ein kleines Kampfpferd und sich, die Arme über der Brust verschränkt, vor ihn hinstellte.

„Sie glauben, sie wären schon *Männer?*“

Morgan seufzte. Es war ein wunderschöner Sommertag mit herrlichem Sonnenschein, und überall grünte und blühte es. Er wünschte sich nichts sehnlicher, als nur still dazusitzen und die besinnliche Ruhe des Nachmittags zu genießen.

Stattdessen zwang er sich zu einem Lächeln und stellte sich innerlich auf den Strom von Beschwerden ein, der sich über ihn ergießen würde. „Du sprichst gewiss von Tierney Burke und Jan Martova, nicht wahr?"

„Jawohl, man könnte meinen, das Schicksal von ganz Irland hinge an der Tür ihres Wagens!"

Nun musste Morgan wirklich schmunzeln, doch er unterdrückte sein Lächeln, als er sah, wie sie ihre Stirn noch tiefer in Falten legte. „Es ist ganz normal, dass man vor einer Reise aufgeregt ist", erklärte er sachlich. „Das kannst du gewiss verstehen."

„Ich habe es satt, sie von ihrer *Reise durch Irland* reden zu hören! Sie können über nichts anderes mehr sprechen."

Sie hielt inne, als erwartete sie eine Antwort. Als Morgan nichts erwiderte, fuhr sie fort: „Alle ihm Haus haben ihr endloses Geschwätz satt. Ich werde froh sein, wenn sie morgen früh endlich weg sind!"

Morgan erkannte, weshalb sie so aufgebracht war. Erst heute Morgen hatte er mit Finola über Annies Groll gesprochen. „Sie ist enttäuscht, verstehst du das nicht? Annie hatte gehofft, dass wir, wie ursprünglich geplant, alle gemeinsam eine solche Reise machen würden. Weil das nicht möglich ist, ist sie der Meinung, die Jungen hätten warten müssen."

Morgan verstand die Enttäuschung des Mädchens gut. Auch er bedauerte es sehr, dass nichts aus ihrer gemeinsamen Reise werden konnte, obgleich er es vorgezogen hatte, nicht darüber zu sprechen. Auch er hatte sich darauf gefreut, mit seiner Familie quer durch Irland zu reisen – ja, er wollte eigentlich Michaels Sohn selbst Irland zeigen. Doch verschiedene Umstände hatten es einfach nicht zugelassen.

Zuerst war es Gabriels Geburt. Inzwischen war der kleine Bursche alt genug und würde, besonders auch durch seine liebenswürdige Art, einer Reise nicht mehr im Wege stehen. Aber er musste auf Finola Rücksicht nehmen, sie war noch nie sehr stark gewesen, und die Geburt des Jungen und die emotionalen Kämpfe, die sie durchzustehen hatte, hatten sie noch mehr geschwächt.

Außerdem war es möglich, dass sie eine noch viel längere Reise antreten würden: eine Reise in die Vereinigten Staaten von Amerika. Annie wusste von dieser Reise natürlich noch nichts – wie auch, da außer Sandemon niemand sonst darüber informiert war. Morgan und Finola hatten diese Entscheidung erst an ihrem letzten Tag in Glendalough getroffen. Doch Morgan war sicher, dass alle Enttäuschung vergessen war, sobald das Mädchen davon erfuhr.

Im Augenblick glaubte er jedoch, dass es am besten für sie war, wenn er ihr erlaubte, ihrem Groll freien Lauf zu lassen.

Zu seiner Überraschung wurde das zornige Gesicht seiner Tochter jedoch nachdenklich. „Manchmal, *Seanchai,* wünschte ich mir, ich wäre als Junge geboren."

Morgan, der nie genau wusste, was er von seinem Kind zu erwarten hatte, schwieg. Er betrachtete sie mit einer gewissen Vorsicht, immer noch auf einen neuerlichen Wutausbruch gefasst.

Stattdessen seufzte sie dramatisch und schüttelte den Kopf. „Ich glaube, ich werde wohl nie ein Abenteuer erleben."

Damit wandte sie sich um und ging ins Haus zurück. Während er ihr nachsah, schienen die schmalen Schultern zusammenzusacken. Selbst die dunklen Zöpfe schienen schwerer als gewöhnlich herabzuhängen.

Er rief sie, doch sie ging weiter, und Morgan beschloss, sie in Ruhe zu lassen. Er verstand diese Stimmungsschwankungen des Mädchens nicht, und wenn er mit Finola oder Schwester Louisa darüber sprach, erntete er nur einen Blick, der sagte, dass er es natürlich nicht verstehen würde – wie sollte er auch?

* * *

Annie wusste, dass der *Seanchai* sie nicht verstand. Natürlich interessierten ihn ihre Gefühle, aber er verstand sie nicht.

Wie konnte er es auch als Mann?

Oben in ihrem Schlafzimmer angekommen, schaute sie aus dem Fenster und sah zu, wie die beiden Jungen noch mehr Kisten in den Wagen luden. Im Stillen wiederholte sie das, was sie soeben dem *Seanchai* gesagt hatte. Manchmal wünschte sie sich wirklich, sie wäre ein Junge!

Nur Jungen schienen *wirkliche* Abenteuer zu erleben, während die Mädchen dazu da waren, den Herd zu hüten und für die Babys zu sorgen. Jungen konnten sich einfach quer durch das Land auf den Weg machen, wenn es ihnen einfiel, während Mädchen in unbequemen Kleidern zu Hause sitzen, sich mit endlosen Handarbeiten die Finger zerstechen oder sich zu Tode langweilen mussten, während sie lernten, *wie man einen Haushalt führt.*

Das war einfach ungerecht. Morgen früh, vor Sonnenaufgang, würden Tierney Burke und Jan Martova Nelson Hall ihre selbstsüchtigen Rücken kehren und sich auf die Reise begeben.

Sie hätten warten sollen, bis sich der *Seanchai* und die anderen Familienmitglieder ihrer Reise anschließen konnten. Aber nein, sie mussten *jetzt* fahren, nichts schien sie aufzuhalten.

Und dann maßten sie sich auch noch an, ihr Verhalten mit solchen sinnlosen Bemerkungen zu rechtfertigen wie: „Wir müssen uns auf den Weg machen, bevor das Wetter umschlägt." Oder: „Wir werden später, wenn der *Seanchai* mitkommen kann, *alle* gemeinsam auf die Reise gehen." Und: „Dies ist nichts weiter als ein kleiner Ausflug, um einen Eindruck von der Insel zu bekommen."

Annie war sich ziemlich sicher, dass es die beiden nicht im Geringsten interessierte, ob der *Seanchai* und die anderen jemals eine solche Reise machen konnten. Sie waren äußerst selbstsüchtige

Jungen, die sich wichtig nahmen und aufspielten, als seien sie erwachsene Männer.

Sie würde sie in Zukunft einfach ignorieren.

Vielleicht würde sie ihnen nicht einmal auf Wiedersehen sagen, wenn sie morgen früh starteten. Ganz bestimmt würde sie sich nicht so weit herablassen, um heute Abend mitzukommen, obgleich sie sie eingeladen hatten. Sie wollten mit Sandemon und dem *Seanchai* vor dem Abendbrot eine kurze Fahrt in dem neuen Wagen machen – „eine Probefahrt, bevor es morgen früh richtig losgeht".

Nun, sie glaubte, sie hatte klar und deutlich zum Ausdruck gebracht, dass sie keinerlei Interesse daran hatte, in ihrem alten, holprigen Wagen mitzufahren. Außerdem hatte Tierney Burke die Geste von vornherein verdorben, indem er unterstrich, dass es Jan Martovas Idee und nicht seine war, sie einzuladen.

Jan war ziemlich nett, musste Annie zugeben, und sie würde ihn vermissen. Für einen Zigeuner hatte er außergewöhnlich gute Manieren: Er war still, immer höflich und einfühlsam. Er behandelte sie mit größtem Respekt – und nicht wie ein dummes Kind. Aus seinen dunklen Augen sprach nichts als Freundlichkeit und eine Art verlegene Unsicherheit, die Annie reizend fand, obgleich sie nicht verstand, weshalb er verlegen sein sollte.

Tierney Burke dagegen, wenn er sich überhaupt dazu herabließ, ihr irgendwelche Aufmerksamkeit zu schenken, neckte sie entweder gnadenlos oder stieß sie in die Rolle eines lästigen Kindes. Annie schien es, dass *er* kindisch war mit seinem rüpelhaften Benehmen und seinen sinnlosen Bemerkungen.

Annie seufzte, als ihr bewusst wurde, wie übermäßig gereizt sie war. In Wahrheit würde sie *beide* vermissen, ganz gleich, wie lästig sie auch zuweilen sein mochten. Ohne sie würde alles anders sein. Obgleich sie teilweise vom Haushalt getrennt lebten, würde etwas fehlen, wenn sie weg waren.

Sie behielt diese Gefühle sorgsam für sich, ebenso wie die Tatsache, dass sie Tierney Burke am meisten vermissen würde. Warum, konnte sie selbst nicht sagen. Sie wusste nur, dass sie lieber seine endlosen Neckereien und Sticheleien ertragen würde, als ihn ganz zu vermissen ... und dieses Wissen beunruhigte sie.

Sie wollte ihnen nicht mehr länger zusehen und wandte sich vom Fenster ab. Unruhiger als je zuvor, überlegte sie, zu wem sie gehen konnte, bis ihr einfiel, dass niemand da wäre, dem sie sich anschließen konnte.

Gabriel und Finola schliefen. Dann dachte sie an Schwester Louisa, doch die Nonne und Lucy Hoy waren schon am frühen Nachmittag in die Stadt gegangen, um Obdachlose im Hafen zu besuchen. Sie würden vermutlich erst bei Einbruch der Dunkelheit zurückkehren, denn sie hatten darauf bestanden, zu Fuß zu gehen.

Die Schwester schien sehr viel Wert auf solche Dinge wie Bewegung an der frischen Luft und gesunde Ernährung zu legen: *sich fit zu halten,* wie sie es nannte. Annie schien es, als seien Nonnen in gewisser Weise besessen von Dingen wie einem gesunden und geheiligten Lebenswandel.

Nicht einmal Fergus, der Wolfshund, war da. Er hatte gebettelt und wie ein junger Hund gewinselt, um die Schwester und Lucy begleiten zu dürfen, und sie hatten nachgegeben und ihn mitgenommen.

Da war noch Flecky, doch Finolas Katze war nicht gerade freundlich. Sie war ein faules Tier, das nichts anderes im Sinn hatte, als in der Sonne zu schlafen oder sich halbherzig das Fell zu lecken.

Tief seufzend ließ Annie sich auf ihr Bett fallen. Sie würde auch ein wenig ruhen. Vielleicht würde sie später zu den Ställen gehen.

Wenigstens die Pferde schienen sich zu freuen, wenn sie kam.

* * *

Nicht lange nachdem Annie ins Haus gegangen war, folgte ihr Morgan. Er konnte etwas zu essen gebrauchen. Sie hatten heute ihren Tee sehr früh eingenommen, und jetzt bereute er es, denn sie würden heute später zu Abend essen – nach der Fahrt in dem Wagen der Jungen.

In der Küche gab ihm Mrs Ryan, mit den Vorbereitungen für das Abendessen beschäftigt, deutlich zu verstehen, dass sein Besuch nicht willkommen war. Morgan ignorierte ihren strafenden Blick so lange, bis er sich eine Kelle Bohneneintopf und einen Kanten Brot genommen hatte. Dann rollte er in die Speisekammer, um den kleinen Imbiss in Ruhe allein zu genießen.

Einige Minuten später fuhr er in die Bibliothek, wo er lange Zeit an seinem Schreibtisch saß, über den beiden Briefen brütend, die vor ihm lagen.

James Dunne hatte beharrlich nach amerikanischen Ärzten geforscht. Als Ergebnis seiner Bemühungen hatte er Post von zwei verschiedenen Ärzten erhalten, einem aus Philadelphia und einem anderen aus New York.

Morgan hatte vor ihrer Reise nach Glendalough beide Briefe unzählige Male durchgelesen, doch es war das Schreiben des New Yorker Arztes, Jakob Günther, das ihn am meisten interessierte – obgleich es alles andere als ermutigend war. Laut Dr. Dunne war dieser Dr. Günther bei einem der besten Ärzte in Wien ausgebildet worden, ehe er in die Vereinigten Staaten auswanderte. Offenbar beschäftigte er sich in erster Linie und mit einigem Erfolg mit der sogenannten „experimentellen" Chirurgie.

Es war dieser experimentelle Aspekt an der Arbeit dieses Mannes, der Morgan beunruhigte. Er hatte nicht die Absicht, einem leicht exzentrischen Arzt als Versuchskaninchen zu dienen. Und Günther erschien ihm mehr als nur leicht exzentrisch und noch dazu unheimlich arrogant.

An dem kaum leserlichen Gekritzel war jedoch etwas – eine Art

Zuversicht, die aus seinen Worten hervorzuleuchten schien –, das ihn trotz seiner Vorbehalte gefangennahm.

Mit einem tiefen Seufzer setzte er seine Brille auf und begann, den letzten Teil des Briefes noch einmal zu lesen …

… Wie ich bereits an Dr. Dunne geschrieben habe, kann ich keinerlei Aussagen über die Möglichkeiten eines operativen Eingriffs machen, bevor ich Sie nicht gründlich untersucht habe. Selbst dann müssen Sie wissen – falls ich mich für eine Operation aussprechen würde –, dass meine Methoden sehr neu sind, in hohem Maße als experimentell betrachtet werden und nicht frei von einem beträchtlichen Risiko sind. Obgleich ich zugegebenermaßen ein Arzt bin, der seinesgleichen sucht, kann ich Ihnen keinerlei Garantien oder Versprechungen geben.

Morgan lächelte bitter. Bei so viel Überzeugungskraft konnte er sich kaum zurückhalten.

Günther ließ sich tatsächlich herab, ihm eine Untersuchung vorzuschlagen, nach der er entscheiden würde, ob eine Operation anzuraten sei oder nicht.

… Ich muss Ihnen mitteilen, dass ich aufgrund der Informationen, die ich von Dr. Dunne erhalten habe, der Meinung bin, dass die Zeit gegen Sie arbeitet. Es kann bereits zu einer umfangreichen Schädigung von Nerven gekommen sein, und wenn die Kugel ihre Lage ändert, könnte sich die Lähmung auch auf Ihre oberen Extremitäten ausdehnen. So ist es zwingend, dass Sie sich so bald wie möglich einer Untersuchung unterziehen, Sie sollten jedoch keine unrealistischen Hoffnungen hegen.

Nach vorn gebeugt, strich Morgan mehrere Male mit der Hand über den Brief, um das Papier zu glätten, während er seinen Kopf auf die andere Hand legte, um Linderung für den dumpfen

Schmerz zu finden, der ihn überfallen hatte. Er hatte Finola diesen Brief nicht gezeigt, weil er ihr das volle Ausmaß von Günthers entmutigendem Ton ersparen wollte. Doch er hatte auch in keiner Weise versucht, das Risiko herunterzuspielen.

Von Anfang an, seitdem er ihr von dem Schriftwechsel berichtet hatte, hatte Finola darauf bestanden, dass er die Entscheidung treffen müsse. Trotz der Angst, die unmissverständlich in ihren Augen geschrieben stand, als sie über das Thema sprachen, hatte er sofort gemerkt, dass sie der Meinung war, er sollte zumindest alle Möglichkeiten ausschöpfen.

Er würde – er durfte – diese Entscheidung nicht allein treffen. Die Folgen waren für sie beide von zu großer Tragweite. Sie hatte sich jedoch standhaft geweigert, ihn in irgendeiner Weise zu beeinflussen, und ihm nur versichert, dass sie ihn unterstützen werde, wie immer er sich entschied.

„Das ist eine Entscheidung zwischen dir und unserem Herrn, Morgan“, hatte sie ihm immer wieder gesagt. „Ich werde Verständnis haben, wie immer du dich entscheidest. Doch eines möchte ich dir sagen – wenn du nach Amerika gehst, komme ich mit.“

In ihrer Stimme lag eine Entschlossenheit, eine überraschende Festigkeit, und sie hatte alle seine Versuche ignoriert, sie davon abzubringen. „Nein, du wirst nicht allein fahren. Wir werden gemeinsam reisen, als Familie. Du und ich ... und die Kinder. Wir werden Gabriel und Annie mitnehmen. Du solltest in solchen Zeiten deine Familie in deiner Nähe haben.“

In Wahrheit wollte er sie natürlich sehr gern bei sich haben. Und so hatten sie sich nach vielen Gesprächen, Kopfzerbrechen und Gebet schließlich entschieden. Er würde sich zumindest von Dr. Günther untersuchen lassen. Er würde nach Amerika fahren, und Finola sollte ihren Willen haben – sie würde ihn mit Annie und Gabriel begleiten.

Eine solche Reise bedurfte natürlicher gründlicher Vorbereitung und Planung. Es gab sehr viel zu bedenken bei einer so langen

Abwesenheit von seinem Grundstück und der Schule – ganz zu schweigen von der Planung der Überfahrt und ihres Aufenthaltes in den Staaten. Er hatte bereits erste Schritte unternommen: Er hatte an Dr. Günther geschrieben und sich an Michael gewandt mit der Bitte, ihm dabei zu helfen, für unbestimmte Zeit ein Quartier für ihn und seine Familie zu finden.

Außerdem plante er, das Manuskript von Vater Josephs Tagebuch fertig redigiert mit nach Amerika zu nehmen. Wenn nichts anderes bei der Reise herauskäme, war er zumindest entschlossen, den Bericht des Priesters über die Hungersnot in Irland veröffentlichen zu lassen. Dies war die beste, wenn nicht die einzige Möglichkeit, die Wahrheit über die Tragödie Irlands auf der anderen Seite des Ozeans bekannt zu machen.

Er spürte plötzlich einen Drang, alles mit Finola zu besprechen, und rollte eilig aus der Bibliothek. In der Diele angekommen, fand er das Haus ungewöhnlich still vor. Annie saß vermutlich in ihrem Zimmer und grübelte, und offenbar waren Schwester Louisa und Lucy Hoy noch nicht aus der Stadt zurück. Sandemon war an diesem Nachmittag zu den jungen Burschen an das andere Flussufer gegangen, um ihnen bei einer letzten Überprüfung ihrer Reisevorräte zu helfen.

Er fuhr weiter den Flur entlang, ziemlich sicher, zu wissen, wo er Finola finden würde. Zu dieser Tageszeit hielt sie sich am liebsten auf der Veranda auf, die in den Garten auf der Westseite führte.

Er blieb unter der Tür stehen. Seine Frau und der kleine Gabriel lagen dicht aneinandergeschmiegt auf der Couch und schliefen. Von dem Anblick gefesselt, saß er eine Weile still da und betrachtete sie lächelnd. Finola hatte beide Arme schützend um den kleinen Jungen geschlungen. Die Sonne fiel wie ein Segen auf die beiden goldenen Köpfe herab, und Morgan konnte den seidigen Glanz ihres Haars beinahe zwischen seinen Fingern spüren. Dem Drang, zu ihnen zu gehen und sie zu berühren, widerstehend, verließ Morgan die Veranda wieder und schloss die Tür leise hinter sich.

Sie hatten später noch genügend Zeit, um sich zu unterhalten. Er dachte tatsächlich, heute bei Tisch sei eine ausgezeichnete Gelegenheit, um ihre Reisepläne bekannt zu geben. Vielleicht würde die Vorfreude auf diese Reise auch Annies Trübsinn vertreiben helfen. Das Mädchen hatte genug darüber getrauert, kein Abenteuer zu erleben. Eine Überfahrt nach Amerika würde gewiss dazu beitragen, das Leben wieder von einer sonnigeren Seite zu betrachten.

Wie sehr wünschte er sich, dass dies auch für ihn zuträfe. Er freute sich bestimmt sehr darauf, Nora und Michael wiederzusehen, und nicht weniger über die Möglichkeit, Joseph Mahons Tagebuch zu veröffentlichen. Aber der Gedanke an die Reise nach Amerika löste auch einen Ansturm gemischter Gefühle in ihm aus. Und im Augenblick überwog die Angst alles andere.

23. Kapitel

Dunkle Mächte

Wie Schatten im Dunkel der Nacht,
flüstern heimlich und unheilvoll von Dingen,
an die kein Mensch je gedacht,
dunkle Mächte, wenn mit dem Licht sie ringen.
Morgan Fitzgerald (1850)

Annie schreckte aus dem Schlaf, als sie merkte, wie jemand oder etwas bei ihr im Bett war und an ihren Arm stieß.

Sie öffnete die Augen und sah ein kleines rosiges Gesicht so dicht vor sich, dass das kleine Näschen beinahe ihre Wange berührte.

„Gabriel?“ Noch benommen, brauchte sie einen Augenblick, um hellwach zu sein. „Was machst du denn hier? Ich dachte, du wärst unten ...“

Mit einem Ruck setzte sie sich auf und nahm Gabriel auf ihren Schoß. „Wo ist Finola?“, frage sie ihn. „Wo ist deine Mama?“

Sein Lächeln wurde noch breiter, als er sich umdrehte und über seine Schultern schaute. „Unten!“

Er gluckste vor Freude, als hätte er gerade etwas sehr Wichtiges bekannt gegeben.

Annie nahm die kleinen, rundlichen Hände in die ihren. „Unten? Deine Mama schläft noch unten?“

Er grinste sie an. „Unten!“

„Gabriel“, forschte Annie weiter, „bist du allein die Treppe hochgeklettert?“

Er strahlte übers ganze Gesicht, und Annie wusste, dass er genau das getan hatte. Angst durchflutete sie, als sie sich vorstellte, wie ihr kleiner Bruder allein die große, steile Treppe hochgeklettert war.

Sie zog ihn fest an sich, um sich selbst zu beruhigen und zu verhindern, dass er aus ihrem Bett fiel.

„Du kleiner Kletteraffe“, schalt sie ihn, jedoch ohne echten Groll. „Du weißt, dass du nicht allein auf die Treppe darfst!“

Er kletterte überall hin, ihr Gabriel. Seitdem er laufen gelernt hatte, war er überall dorthin geklettert, wo ein kleines Kind nicht sein sollte. Er brachte es fertig, allein jedes große Bett zu erklimmen, kam an die Keksdose in der Vorratskammer heran – und er hatte sogar versucht, auf die Bücherregale in der Bibliothek des *Seanchai* zu klettern.

„Ja, du bist ein richtiger Kletteraffe“, sagte sie noch einmal, während sie ihn noch immer fest an sich drückte.

Er wand sich und versuchte, sie an den Zöpfen zu ziehen. „Spielen“, forderte er, „Addie spielen.“

Annie dachte über seine Aufforderung nach. „Komm, wir gehen zu den Pferden“, schlug sie vor. „Vielleicht kommen der *Seanchai* und Sandmann zurück, während wir draußen sind.“

Er sah sie fragend an: „Fede?“

„Pferde“, korrigierte sie ihn lächelnd. Er war so klug für einen so kleinen Jungen. Er konnte laufen, bevor er ein Jahr alt wurde, und er sprach bereits einige Wörter.

Wieder zog er an ihrem Haar. Annie freute sich und war stolz darauf, dass ihr kleiner Bruder sie so sehr liebte. Der *Seanchai* und Finola sprachen oft darüber, wie Gabriel seine „Addie“ liebte.

Sie drückte ihn noch einmal, bevor sie ihn auf den Fußboden stellte, wo er warten sollte, bis sie sich ihre Schuhe angezogen hatte.

„Wir müssen leise sein, damit wir deine Mama nicht wecken“, erklärte Annie, während sie ihn an der Hand nahm und zur Tür ging. „Wir gehen die Treppe zur Küche hinunter.“

Annie fühlte sich besser als jemals zuvor an diesem Tag, als sie mit Gabriel den Flur entlang zur Hintertreppe ging.

„Runter“, sagte Gabriel, der neben ihr hertrippelte.

„Ja, runter", stimmte Annie ihm zu. „Aber diesmal bleibst du an meiner Hand."

* * *

Rook Mooney war außer sich vor Aufregung.

Als er gesehen hatte, wie der Krüppel mit dem Schwarzen und den beiden Zigeunern im Wagen weggefahren war, wusste er, dass die Zeit, auf die er so lange gewartet hatte, endlich gekommen war.

Solange die vier aus dem Weg waren, würde er leichtes Spiel haben. Auch der Wolfshund war nicht im Gelände. Er hatte ihn am frühen Nachmittag mit der Nonne und einer anderen Frau weggehen sehen. Niemals würde eine bessere Gelegenheit kommen als heute Abend.

Er schwankte auf seine Knie und schaute aus dem Heubodenfenster. Seine Augen durchforschten das Gelände, angefangen bei der kleinen, verlassenen Scheune zu seiner Linken, über den Weg, der zur Westseite des Herrenhauses führte.

Dann ging er gebückt zu dem Fenster auf der rechten Seite, von wo aus er das andere Flussufer im Blick hatte.

Sie waren weg. Es stand nur noch ein Wagen auf dem Feld. Auch von der schwarzen Stute, die gewöhnlich dort angepflockt war, fehlte jede Spur, wie überhaupt weit und breit niemand zu sehen war.

Er blickte zum Himmel empor. Die Sonne würde bald untergehen, doch nicht früh genug für ihn. Er würde warten müssen, bis es völlig dunkel war, bevor er sich aus dem Schuppen trauen konnte.

Auf halber Höhe der Leiter angekommen, blickte er über die Schulter und erstarrte. Durch die Schiebefenster über der Eingangstür sah er das dunkelhaarige Mädchen, das schlaksige Ding mit den Zöpfen, den Weg von der Rückseite des Hauses entlangkommen. An ihrer Hand führte sie einen kleinen Jungen mit goldenem Haar.

Einen Augenblick lang glaubte Mooney, die beiden kämen in den Wagenschuppen, doch sie gingen vorüber. Er hörte, wie sie seitlich an dem Gebäude vorübergingen, der Kleine auf das Mädchen einplappernd.

Schnell stieg Mooney die letzten Sprossen der Leiter herab und eilte zur hinteren Wand des Schuppens. Durch einen Türspalt beobachtete er, wie sie über das Feld zu den Ställen gingen und darin verschwanden.

Er hatte nichts von dem Kleinen gewusst. Er war beinahe noch ein Baby. Gehörte er der Unschuldigen? Mit dem Haar, das er hatte, musste es wohl so sein.

Wie schon zuvor, fragte er sich wieder, zu wem das Mädchen mit den Zöpfen gehörte. Nicht, dass er ihresgleichen vorzog. Er wollte eine richtige Frau, kein dürres Schulmädchen. Wenn er natürlich zufällig Zeit für beide hätte, warum nicht!

Einen Augenblick später ging er zu der Leiter zurück und kletterte gerade so hoch, dass er durch die Fenster über der Tür spähen konnte. Er hielt sich auf halber Höhe der Leiter fest und nahm die Rückseite des Herrenhauses ins Visier, wobei er sich besonders auf den ersten Stock zwischen den Zinnen konzentrierte. Seine Augen blieben an einem kleinem Fenster haften – ihrem Schlafzimmer, wie er vermutete.

War sie jetzt dort oben? Wartete sie auf ihn?

Hitze stieg in ihm hoch, die mehr von seinem Zorn als seinem Verlangen geschürt wurde. Spürte sie seine Gegenwart, seinen Zorn? Hockte sie ängstlich in einer Ecke, der Dinge harrend, die kommen würden?

Er wollte sie mit seiner Willenskraft zwingen, am Fenster zu erscheinen. Als ihm das nicht gelang, versuchte er, sich ihr Gesicht vorzustellen, die Angst, die sie überwältigen würde, wenn sie ihn sah. Er stellte sich vor, wie sie mit dieser seltsamen Flüsterstimme zu schreien versuchen würde, wie damals.

Sein Mund wurde trocken, und er fuhr mit der Zunge über den

tiefen Riss an seinem Mundwinkel. Heute Abend musste es sein. Es würde nie mehr eine solche Chance kommen ...

* * *

Finola wachte langsam auf. Zuerst wusste sie nicht, wo sie war. Als sie ihre Augen schließlich auf die Glasfront der Veranda richtete, merkte sie, dass die Sonne schon zu sinken begann.

Sie hatte länger geschlafen als beabsichtigt. Jetzt fühlte sie sich faul, müde und träge.

Plötzlich fiel ihr Gabriel ein. Er war nirgends zu sehen. Sie sprang auf, stolperte in ihrer Hast.

„Gabriel?"

Er versteckte sich gern, ihr kleiner Sohn. Es bereitete ihm großes Vergnügen, sich in irgendeiner entfernten Ecke zu verkriechen – und in Nelson Hall gab es unzählige solcher Verstecke –, bis jemand kam und ihn fand. Dann gluckste er vor Freude und streckte einem seine Arme entgegen.

„Gabriel, wo bist du? Komm sofort zu Mama!"

Schnell schaute sie hinter die Couch und unter den Sessel.

Kein Gabriel, auch nicht das geringste Anzeichen von ihm.

Wie konnte sie auch nur so verantwortungslos handeln, einzuschlafen und Gabriel sich selbst zu überlassen! Ihr Puls raste, als sie die Tür der Veranda öffnete und in den Garten hinaustrat. „Gabriel – du darfst dich nicht vor deiner Mama verstecken! Du bist sehr ungezogen!"

Keine Antwort.

Panik begann sich in ihr auszubreiten – unbegründete Angst, sagte sie sich selbst. Das Kind hatte sich entweder versteckt oder spielte irgendwo ganz in der Nähe. Sie würde ihn hinter einem der Büsche finden, und er würde sie anlachen.

* * *

Während Mooney auf der Leiter stand und verschiedene Möglichkeiten erwog, nahm er plötzlich auf der rechten Seite des Hauses eine Bewegung wahr. Er kniff die Augen zusammen, um besser sehen zu können.

Einen Augenblick lang glaubte er, dass sich jemand im Garten bewegte, und er hielt den Atem an, wartete. Doch es war alles still, und er wandte seine Aufmerksamkeit wieder dem Haus zu.

Wo war sie?

Ungeduld erfasste ihn, und er sagte sich, dass er bereits genug Zeit verschwendet hatte. Er konnte nicht ewig hier draußen bleiben. Er würde alles tun, was nötig war, um diesem Warten ein Ende zu bereiten.

Heute Abend würde er es tun.

***

Finolas hastige Suche im Garten hatte sich als nutzlos erwiesen. Ihr Herz raste, als sie ins Haus zurückeilte und darüber nachdachte, wo sie als Nächstes suchen sollte.

Annie ...

Natürlich! Das Mädchen hatte bestimmt ihren kleinen Bruder zum Spielen geholt.

Oder war er aufgewacht und hatte sie gesucht?

Bei dem Gedanken, dass ihr kleiner Sohn allein auf Wanderschaft gegangen sein könnte, erschrak sie zutiefst. Das Haus war so groß ... das Gelände so ausgedehnt ... für einen so kleinen Jungen wie Gabriel lauerten überall so viele Gefahren ...

Sie eilte den Flur entlang zur Treppe. Ihre Röcke zusammenraffend, nahm sie zwei Stufen auf einmal, während sie nach Annie und Gabriel rief.

Völlig außer Atem erreichte sie Annies Zimmer. Als sie das Zimmer des Mädchens jedoch leer vorfand, rannte sie weiter den Flur entlang zum Kinderzimmer. Gewiss würde sie die beiden dort finden.

Im Kinderzimmer war alles still.

Mitten im Zimmer blieb sie stehen und starrte vor sich. Sie musste ihren Sohn finden!

Sie musste ruhig bleiben.

Sie würde zu Morgan gehen ... er wüsste, was zu tun war ...

Dann erinnerte sie sich. Morgan und Sandemon hatten vor dem Abendessen eine Fahrt in dem neuen Wagen geplant, und höchstwahrscheinlich waren sie schon weggefahren.

Sie wandte sich um und ging denselben Weg wieder zurück, diesmal rief sie nach Morgan, während sie die Treppe hinuntereilte. Ohne eine Antwort abzuwarten, rannte sie zur Eingangstür, riss sie auf und jagte nach draußen.

Tierneys Wagen war verschwunden.

Einen Augenblick lang zögerte sie. Verwirrt und voller Angst, wusste sie nicht, was sie tun sollte.

Während sie so im Schatten der hereinbrechenden Dunkelheit stand, und weit und breit kein Laut zu hören war außer dem Seufzen des Windes in den Bäumen und dem Rauschen des Wassers im Fluss, wurde Finola plötzlich von einem Gefühl der Angst überwältigt, das sich mit unbarmherziger Gewalt auf sie zu legen begann.

Sie wirbelte herum und starrte auf das Haus. Das alte Gebäude mit seinen endlosen Flügeln und Zinnen und den überschatteten Fenstern erschien ihr plötzlich bedrohlich, wie ein seltsamer Fremder.

Finola erschauderte, dann schüttelte sie bewusst des Gefühl der dunklen Vorahnung ab. Sie atmete tief durch und zwang sich, vernünftig zu denken, ohne Panik. Gabriel war sicher aufgehoben. Warum sollte er es eigentlich nicht sein! Er konnte nicht weit gegangen sein. Diese kleinen, wackligen Beine würden ihn nicht weit tragen.

Sie hoffte sehr, dass er bei Annie war ... *bitte, Herr, lass es so sein ...* Deshalb musste sie jetzt darüber nachdenken, wo die beiden sein könnten.

Wenn sie nicht im Kinderzimmer oder im Garten oder in Annies Zimmer waren, wo waren sie dann?

In den Ställen ... Annies Lieblingsplatz ...

Natürlich! Wie konnte sie bloß die Ställe vergessen!

Immer noch außer Atem, zwang sie sich, die kleine, grasbewachsene Anhöhe zum Haus emporzugehen, und nicht zu laufen. Doch sie ging nicht ins Haus zurück, sondern um das Haus herum, durch den Garten auf die hintere Seite.

Einen Augenblick lang hielt sie inne und schaute zu den großen, massiv gemauerten Ställen, die sich in einiger Entfernung hinter dem Haus, im Anschluss an den Wagenschuppen befanden. Bald würde es dunkel sein. Das Gelände war bereits in dichte Schatten gehüllt, die dunkel und seltsam bedrohlich unter den tiefhängenden Wolken und zwischen den altehrwürdigen Bäumen, die das Gelände säumten, lauerten.

Als Finola merkte, wie sie zitterte, empfand sie einen Augenblick lang Abscheu gegen sich selbst, dass sie sich, nach allem, was sie durchgemacht hatte, noch immer so leicht ängstigte. Dann betrat sie den Pfad, der zu den Ställen führte.

* * *

Er sah sie in dem Augenblick, als sie um das Haus herumkam.

Bei ihrem Anblick zuckte er so heftig zusammen, dass er beinahe von der Leiter gefallen wäre.

Nach vorn gelehnt, hielt er den Atem an.

Sie kam auf ihn zu, blass und schemenhaft in der hereinbrechenden Dunkelheit, während der Abendwind an ihrem goldenen Haar und ihrem wallenden Kleid zauste.

Mooney stockte der Atem, als er sie beobachtete. Plötzlich erinnerte er sich mit schmerzlicher Klarheit an den Duft der Sauberkeit, der sie umgab, wie er ihre seidige Haut unter seinen Händen gespürt, wie ihr Puls an ihrem Hals gehämmert hatte.

Seine Hände umklammerten die Leiter. Sein Herz pochte wild gegen seine Brust, als er zusah, wie sie näher kam und an dem Schuppen vorüberging.

Sie war auf dem Weg zu den Ställen. Zweifellos suchte sie die Kinder.

Das Blut begann in seinen Adern zu wallen, immer stärker, mit beinahe unbändiger Kraft.

Er stieg von der Leiter und ging zur Hintertür des Wagenschuppens, wo er so lange stehen blieb, bis er sie hinter der Stalltür verschwinden sah.

Die Augen weiter auf die Doppeltür fixiert, bückte er sich, um sein Messer aus dem Stiefel zu ziehen.

Es war einfach perfekt. Genau wie beim letzten Mal würde sie ihm hilflos ausgeliefert sein.

Dann würde er sich ein für alle Mal von ihr befreien. Dann würde sie ihn nie mehr quälen können.

Er würde die Jüngere zwingen, zuzuschauen, bevor sie selbst an die Reihe kam. Er würde sie beide umbringen.

Eine Überraschung für den Krüppel.

In seinem Inneren loderte eine feurige Glut, als er die Tür aufstieß und ins Freie trat.

24. Kapitel

In der Abenddämmerung

In verborgenen Tälern wunderbar, erfüllt
Mädesüß geheimnisvoll die Abendluft.
Wo heiliges Wasser quillt,
atmet Minze ihren schwermütigen Duft.
John Todhunter (1839 – 1916)

Um keinen Preis würde Louisa zugeben, dass sie lieber mit dem Wagen in die Stadt gefahren wäre.

Es war schon beinahe dunkel, der Weg erschien ihr ungewöhnlich steinig, und ihre Füße forderten Ruhe. Doch sie hatten bereits mehr als die Hälfte des Nachhauseweges zurückgelegt – zu spät, um sich zu beklagen.

Ihre Füße schmerzten, und im Rücken spürte sie ein quälendes Stechen, doch sie würde Lucy Hoy nicht verraten, was sie sich soeben selbst erst einzugestehen begonnen hatte: Sie war nicht mehr die Jüngste. Noch vor wenigen Monaten machte es ihr überhaupt nichts aus, in die Stadt und wieder zurück nach Nelson Hall zu laufen. Sie hatte die frische Landluft genossen, die das Blut in ihren Adern schneller fließen ließ.

Louisa hatte stets behauptet, dass ihre häufigen Spaziergänge sie fit hielten und sie sich dadurch jünger fühlte, als sie eigentlich war – mittlerweile einundfünfzig Jahre alt. Im Augenblick fühlte sie sich jedoch alles andere als fit, und sie spürte auch deutlich ihr Alter. Sie erinnerte sich daran, dass sie beinahe den ganzen Vormittag im Klassenzimmer gestanden und danach die Möbel in ihrem Zimmer aufpoliert hatte. Das nachlässige Dienstmädchen, das für die obere Etage zuständig war, schien mit Möbelpolitur nichts anfangen zu können; einmal lustlos mit dem Lappen über die Möbel gewischt – und fertig war sie.

Sie hätte auch den Wolfshund baden sollen, dachte sie, als sie ihn betrachtete, wie er neben ihr hertrottete. Er sah richtig ungepflegt aus, obwohl sie ihn gemeinsam mit Annie erst letzte Woche von Kopf bis Fuß geschrubbt hatte.

Als spürte er ihre Absichten, schaute sie der Hund aus einem Augenwinkel an – mit einem irritierend menschenähnlichen Blick, musste Louisa wieder denken – und ging sofort ein Stück weit voraus.

„Ich weiß nicht, wie es Ihnen geht, Schwester", erklärte Lucy Hoy unverhohlen müde und abgeschlagen, „aber ich wünschte, wir hätten den Wagen genommen. Meine Füße fühlen sich an, als hätten die Eichhörnchen daran genagt. Können wir uns nicht ein wenig ausruhen?"

„Wir werden bald zu Hause sein", erwiderte Louisa und widerstand dem Vorschlag der anderen, so gern sie selbst auch eine Pause eingelegt hätte. Stattdessen schob sie ihr Kinn nach vorn und strengte sich an, ihren Schritt zu beschleunigen. Den Protest ihres Rückens ignorierte sie.

„Wenn Sie öfter mit mir spazieren gehen würden, fänden Sie es auch nicht so anstrengend." Der scheinheilige Ton in ihrer Stimme erfüllte sie selbst mit Abscheu. Sie fing sogar an, alt zu *klingen.* Wie eine griesgrämige alte Nonne.

Lucy Hoy warf ihr einen zweifelnden Blick zu, sagte jedoch nichts.

Louisa schätzte die andere Frau um einige Jahre jünger als sie, doch sie war wesentlich runder und weitaus phlegmatischer veranlagt als sie. Lucys Vorstellungen von sportlicher Betätigung entsprachen vermutlich einer halben Stunde im Schaukelstuhl.

Doch sie war eine treue Seele, eine ausgezeichnete Kinderfrau für Gabriel und ein Mensch, der sich nicht scheute, Aufgaben zu übernehmen, die andere vielleicht erniedrigend fänden. Heute hatte sie Louisa einzig aus dem Grund begleitet, weil sie sich Sorgen machte, wenn „die Schwester allein unterwegs war“, und Louisa freute sich über ihre Anteilnahme.

Während sie über das gute Herz ihrer Begleiterin nachdachte, wurde Louisa milder gestimmt und gab ihrem Körper nach. Sie verlangsamte ihren Schritt und erklärte: „Um ehrlich zu sein, *meine* Füße schmerzen auch, Lucy, ebenso wie mein Rücken. Aber ich möchte lieber keine Pause machen, weil sich sonst zu Hause alle um uns sorgen.“

Lucy seufzte erleichtert und verlangsamte ihren Schritt ebenfalls. Eine Zeit lang gingen sie schweigend nebeneinander her. Eine Weile später gewährte Louisa ihrer Begleiterin einen seltenen Blick in ihre ganz persönlichen Gedanken. „Wissen Sie, Lucy, ich beginne langsam, mein Alter zu spüren, und ich muss zugeben, dass mir dieser Gedanke nicht sehr behagt.“

„Aber Schwester, Sie sind kein bisschen alt!“, protestiert Lucy. „Nicht Sie! Ja, ich wette, Sie könnten es noch mit dem Wolfshund aufnehmen, wenn Sie das wollten.“

„Ha! Sie haben offenbar noch nicht gesehen, wie er auf der Wiese die armen Hasen jagt. Er hält sich immer noch für sehr jung, unser Fergus.“

Das große, zottelige Tier trottete weiter, ein stolzes Schwanzwedeln zeigte jedoch an, dass er seinen Namen erkannt hatte. Louisa vermutete, dass, nach Hundejahren gerechnet, selbst der Wolfshund viel jünger war als sie.

Seit kurzem schienen ohnehin alle jünger zu sein als sie.

***

Morgan war überrascht und bewegt, dass die beiden jungen Burschen eigens für ihren an den Rollstuhl gebundenen Passagier eine behelfsmäßige Rampe angefertigt hatten und außerdem darauf bestanden, ihn mit einem Gurt am Rollstuhl festzubinden, falls sie plötzlich halten müssten. Doch er war gleichermaßen beeindruckt von der handwerklichen Ausführung des Wagens. Die Jungen hatten fleißig gearbeitet, und es war offensichtlich, welche Sorgfalt sie an jedem einzelnen Detail hatten walten lassen.

Obgleich Tierney weniger grelle Farben als bei einem typischen Zigeunerwagen gewählt hatte, konnte das Werk insgesamt jedoch gut als echter Zigeunerwagen – als echter *Vardo* – gelten. Das Innere des Wagens war einfach gemütlich und einladend, mit den freundlichen, bedruckten Kissen und Läufern, einem kleinen Tisch mit zwei Stühlen und den neuen, mit schwerem Drillich bezogenen Strohsäcken. Von Haken an der Decke hingen eine Reihe Kupfer- und Zinngeräte herab, was dem Wagen eine unerwartet heimische Atmosphäre verlieh.

Tierney schrieb alles den hervorragenden handwerklichen Fähigkeiten Jan Martovas zu, doch Morgan wusste, dass Tierney sehr viel von seinem Zigeunerfreund gelernt und selbst nicht weniger fleißig gearbeitet hatte. Der Strolch aus Amerika mochte seine Fehler haben, aber Faulheit zählte gewiss nicht dazu.

Es war kurz nach acht Uhr abends, als sie die Rückfahrt nach Nelson Hall antraten. Jan Martova und Sandemon lenkten den Wagen, sodass nur Morgan und Tierney im Wageninneren saßen. Morgan war froh darüber, denn er wollte mit dem Jungen allein über die geplante Reise nach Amerika sprechen.

Er war überrascht und ein wenig enttäuscht, festzustellen, dass der Junge nicht die Absicht hatte, die Familie in die Vereinigten Staaten zu begleiten. Tierney beteuerte, dass seine Schwierigkeiten mit dem New Yorker Verbrecherboss Patrick Walsh seine Rückkehr nach Amerika unmöglich machten.

Während er sprach, glitt der Finger des Jungen gedankenverloren über die Narbe, die von seinem linken Auge seitlich über seine Wange verlief – eine sichtbare Erinnerung an Walshs Absicht, ihn zum Schweigen zu bringen. Morgan musste einräumen, dass Patrick Walsh und seine Handlanger eine echte Gefahr für den Jungen darstellten. Doch er glaubte, noch etwas anderes in den Entschuldigungen des Jungen gehört zu haben, eine unterschwellige Gleichgültigkeit, die ihn überraschte und die er nicht recht zu erklären vermochte.

„Aber du vermisst doch gewiss deine Familie", fuhr Morgan fort, der dieses Thema noch nicht abschließen wollte.

Den Blick abgewandt, zuckte der Junge mit den Achseln. „Ich habe ja nur meinen Vater."

„Und seine Frau – Sara", unterstrich Morgan. „Du sagtest, sie sei gut zu dir. Und dann ist da ja auch noch unser Daniel John."

Tierney nickte, wich aber weiterhin Morgans Blick aus. „Ja, ich glaube, Sara ist gewiss ein guter Mensch. Ich kann jedoch bestimmt nicht behaupten, dass ich sie liebte. Ich kenne sie kaum. Was Daniel betrifft, so ist er kaum zu Hause. Er arbeitet unablässig bei dem Arzt."

„Dein Vater wird bestimmt erwarten, dass du uns begleitest. Meinst du nicht auch? Du bist inzwischen schon mehr als ein Jahr von zu Hause weg. Wenn er erfährt, dass wir kommen, wird er gewiss hoffen, dich wiederzusehen."

Schließlich blickte der Junge Morgan wieder ins Gesicht. „Wie ich bereits gesagt habe, ich kann nicht nach Amerika zurück, jetzt noch nicht. Ich freue mich auf diese Reise mit Jan. Doch selbst wenn ich bereit wäre, darauf zu verzichten, könnte ich jetzt nicht in die Staaten zurück. Walsh würde sofort seine Killer auf mich hetzen, und ich wäre erledigt, noch ehe ich den Hafen verlassen hätte."

„Meinst du nicht, es bestünde eine Möglichkeit, dass in der Zwischenzeit alles geklärt ist?"

Tierney schüttelte den Kopf. „Mein Vater hätte es mir geschrieben. Er würde es mich sofort wissen lassen, wenn ich ohne Gefahr wieder zurückkommen könnte."

Morgan musste ihm recht geben. Michael würde bestimmt keine Zeit verlieren, seinem Sohn mitzuteilen, dass er nach Hause kommen konnte.

Einen Augenblick forschte er in dem Gesicht des Jungen. „Vermisst du die Vereinigten Staaten manchmal?“

Tierney schaute aus dem Fenster. „Gewiss vermisse ich meine Heimat manchmal, Vater, meine Freunde. Doch ich vermisse bestimmt nicht die Menschenmassen, den Lärm und den Gestank, kein bisschen, das kann ich Ihnen versichern.“

Er wandte sich Morgan zu. „Für mich erfüllt sich ein Traum, verstehen Sie? Wie viele können das je für sich behaupten? Das habe ich mir schon immer gewünscht, seitdem ich ein kleiner Junge war – hierherzukommen, nach Irland. Selbst wenn ich nach Amerika zurückkönnte“, fügte er hinzu, „würde ich es nicht tun, jetzt noch nicht.“

Morgan erwiderte nichts, sondern nickte nur. Er verstand ihn tatsächlich. Er verstand ihn nur zu gut.

Irland war nicht nur ein Traum des Jungen, es war für ihn zu einer Art Sucht geworden, und das gewiss seit vielen Jahren. Tierney hatte diese Insel in seiner Phantasie zu seiner Geliebten gemacht, obgleich sie weit von ihm entfernt war. Und jetzt, da er endlich hier war, wollte er sie erobern, seine Seele mit ihr verschmelzen lassen.

Aus bitterer Erfahrung kannte Morgan die Faszination, die Leidenschaft, die schmerzliche Sehnsucht, die einen Mann mit einer Geliebten wie dieser Insel, Eire, schließlich in den Wahnsinn, sogar bis in den Untergang treiben konnte. Er wusste, was es bedeutete, diese kleine, leidende Insel bis an den Rand der Verzweiflung, ja bis an die Grenze der Selbstzerstörung zu lieben.

Und er wusste ... und wie gut er es wusste –, dass weder er noch sonst irgendjemand etwas sagen konnte, das den Entschluss des Jungen ändern konnte. Und diejenigen, die ihn liebten und sich um ihn sorgten, konnten nichts tun – nichts, außer darum zu beten, dass er, irgendwo auf seinem Weg, anstelle des Verderbens sein Heil finden würde.

Sie schwiegen beide lange Zeit, und Morgan war derart in seinen eigenen Gedanken verfangen, dass er bei Tierneys Worten beinahe erschrak.

„Morgan – Sir ..."

Morgan zwinkerte, dann schaute er den Jungen an und erwartete halb eine Bitte um finanzielle Unterstützung für die bevorstehende Reise. Neben dem Lohn für seine Stallarbeit hatte der Junge noch niemals um mehr gebeten, seitdem er sich in Nelson aufhielt. So hatte Morgan sich bereits vorgenommen, einen finanziellen Beitrag zu dem Abenteuer der Jungen zu leisten, auch wenn er nicht darum gebeten wurde.

„Weil wir morgen früh sehr zeitig starten wollen", sagte Tierney, „und weil Sie auch eine Reise geplant haben, möchte ich Ihnen gern noch etwas sagen. Ich wollte Sie einfach wissen lassen ..."

Er zögerte, und Morgan, der noch neugieriger geworden war, was der Junge wollte, nickte ihm ermutigend zu.

Die unerwarteten Worte kamen hastig über seine Lippen, und Morgan spürte, wie unbehaglich sich der junge Bursche fühlte. „Sie waren von Anfang an einfach großartig zu mir, auch wenn ich es nicht immer verdient hatte. Ich wollte Ihnen einfach sagen, dass ich ... Ihnen wirklich dankbar bin."

Seine Stimme versagte, und er schien überall hinzuschauen, nur nicht zu Morgan.

„Ich habe es wirklich gern getan", erwiderte Morgan, während er ein Lächeln unterdrückte. Der Junge hatte recht: Er hatte es nicht immer verdient, gut behandelt zu werden, dieser Bengel.

„Ich wünsche dir alles Gute, mein Junge", erklärte Morgan aufrichtig. „Ich hoffe, du findest, was du suchst."

Tierney begegnete seinem Blick. „Ich bin mir nicht sicher, ob ich überhaupt *weiß*, was ich suche", antwortete er ehrlich. „Aber ich werde es erkennen, wenn ich es finde."

„Wir wollen es hoffen", antwortete Morgan leise. Es berührte ihn seltsam, wie sehr ihn der sehnsüchtige Blick des Jungen an seine eigene hungernde Seele in vergangenen Zeiten erinnerte.

„Weißt du, was ich dir wünsche, mein Junge?“, fragte Morgan, selbst von seiner Frage überrascht und gleichzeitig von dem Gefühl überwältigt, das ihn zu diesen Worten drängte.

Tierney schaute ihn an.

„Mehr als alles andere, Tierney, Michaels Sohn, wünsche ich dir die Gnade, in Frieden mit Gott ... und mit dir selbst zu leben. Dieser Wunsch wird dich als mein Gebet stets auf deiner Reise begleiten.“

Es folgte ein peinliches Schweigen, bevor Morgan wieder seinen eigenen Gedanken nachhing. Er spürte einen unerklärlichen Drang, so schnell wie möglich nach Hause zurückzukehren, zu Finola und den Kindern. Seitdem die Reise nach Amerika zu einer realen Möglichkeit geworden war, stellte Morgan fest, dass er noch mehr als sonst darauf bedacht war, jeden freien Augenblick mit seiner Familie zu verbringen, und manchmal wurde er ungehalten, wenn ihn immer wieder etwas von den Seinen fernzuhalten schien. Er wachte eifersüchtig über jede kostbare, gemeinsame Stunde.

Vielleicht, gestand er sich mit einem Hauch Bitterkeit ein, weil er wusste, dass diese Stunden zu bald zu Ende gehen könnten.

* * *

Ungeduldig starrte Sandemon in die Dunkelheit. Er wusste nicht, was ihn beunruhigte, doch seit einiger Zeit schon kam und ging dieses seltsame Gefühl, das wie eine entfernte Woge immer wieder an das Ufer seiner Seele drängte.

Zweimal war er im Begriff gewesen, Jan Martova am Arm zu fassen und ihn zu drängen, die schwarze Stute, die vor den Wagen gespannt war, anzutreiben. Beide Male hatte er sich beherrscht. Diese unerklärliche Dunkelheit brach plötzlich über seine Seele herein, um ihn bald darauf wieder zu verlassen. Vielleicht reagierte er auch nur auf die Schatten der Dämmerung, die über sie hereinbrachen.

Sie fuhren gerade durch ein besonders abgelegenes Gebiet, das von der Stadt wegführte, auf einer einsamen Straße, über die nur noch selten ein Wagen fuhr. Die einzigen Geräusche waren das Zirpen der Grillen und das Klappern und Scharren der Wagenräder auf dem holprigen Weg.

Er war so damit beschäftigt, seine Gefühle einzuordnen, dass die Worte des jungen Zigeuners neben ihm ihn beinahe erschreckten.

Er brauchte einen Augenblick, um sich wieder auf seine Umgebung zu konzentrieren. „Verzeih mir“, sagte er. „Ich muss gerade ein wenig geträumt haben.“

„Ich sagte, ich werde dich vermissen, unsere Gespräche und deine ausgezeichnete Art, mich zu lehren.“

Sandemon lächelte ein wenig. „Ich werde unsere Gemeinschaft vermissen. Doch ich glaube, es ist richtig, dass ihr diese Reise macht. Ein Abenteuer wie dieses lehrt uns so vieles, was wir sonst nie lernen würden. Trotzdem werden wir euch beide vermissen, dessen dürft ihr gewiss sein.“

Jan Martova hielt den Blick nach vorn gerichtet. „Wenn wir wiederkommen, wird sich vieles verändert haben, glaube ich.“

Sandemon nickte, immer noch lächelnd. „Ich werde zum Beispiel älter geworden sein.“

Der Zigeuner schaute ihn an. „Unmöglich. Ich meine, der mächtige Sandemon wird niemals älter werden; aber andere, wie der goldige kleine Sohn des *Seanchai*. In dem Alter machen wenige Monate so viel Unterschied.“

„In der Tat.“ Sandemon forschte in dem Gesicht des anderen. „Und auch die Tochter des *Seanchai* wird älter geworden sein, nicht wahr?“

Der junge Mann zwinkerte, hielt jedoch die Augen auf den Weg gerichtet.

„Jetzt steht sie an der Brücke zwischen Kindheit und Frausein“, fuhr Sandemon fort. „Wenn ihr wiederkommt, wird sie gewiss das andere Ufer erreicht haben.“

Jan Martova neigte seinen Kopf nur so weit, um Sandemons Blick zu begegnen. „Kann man nichts vor dir verbergen?"

Sandemon dachte, dass nur einem Blinden entgangen sein könnte, dass der junge Bursche in das Mädchen verliebt war, doch er schwieg.

Der junge Zigeuner schien jedoch noch weiter über dieses Thema sprechen zu wollen. „Also ... weißt du, was ich für die Tochter des *Seanchai* empfinde?"

Wieder nickte Sandemon. „Ich vermute es. Du musst jedoch wissen, dass sie für solche Gefühle noch viel zu jung ist."

Jan Martova richtete seinen Blick wieder auf die Straße. „Nicht in der Welt der Roma."

„Doch sie lebt nicht in der Welt der Roma, mein junger Freund", erklärte Sandemon freundlich. „Und auch du nicht."

Der andere seufzte. „Ich weiß. Ich glaube, du hältst es unter diesen Umständen für das Beste, dass ich gehe. Sie ist noch so jung, und ich bin ein Zigeuner ..." Er ließ seine Worte unvollendet verhallen.

Sandemon schaute sich um. Es kostete ihn immer mehr Anstrengung, sich auf das Gespräch zu konzentrieren, doch er erkannte auch, wie sehr diese ausweglose Situation den jungen Mann bedrückte.

„Du musst verstehen", sagte er, indem er versuchte, seine Aufmerksamkeit auf Jan Martova zu konzentrieren, „dass der *Seanchai* seine Tochter noch als Kind betrachtet. Ich glaube offengestanden, dass dies auch noch eine ganze Weile so bleiben wird."

„Und ich bin natürlich in seinen Augen noch immer ein Zigeuner", bemerkte Jan Martova betrübt, „auch wenn ich aus meinem Volk ausgestoßen wurde. Für einen liebenden, besorgten Vater wird auch ein *abgefallener* Zigeuner stets ein Zigeuner bleiben."

Er schaute zu Sandemon hinüber. „Aber glaube mir, mein Interesse mag einem *Gorgio,* einem der nicht zum Volk der Zigeuner gehört, unangemessen erscheinen, ich kann dir jedoch versichern, dass ich nur die edelsten Absichten gegenüber der Tochter des

Seanchai hege. Ich verstehe natürlich, dass meine Gefühle im Augenblick nur die eines Freundes oder Bruders sein können. Außerdem", sagte er, seinen Blick wieder auf die Straße gewandt, „kann sie mich überhaupt nicht sehen, weil ich stets in Tierney Burkes Schatten stehe."

Sandemon äußerte keinerlei Zustimmung, doch die Bemerkung des Jungen überraschte ihn durchaus nicht. Der junge Roma war viel zu klug, viel zu einfühlsam, um nicht die Vorliebe des Mädchens für seinen amerikanischen Freund zu spüren.

„Wie du bereits gesagt hast, bringt oft die Zeit Veränderungen mit sich", gab Sandemon gütig zu bedenken. „Unsere Aufgabe besteht dabei darin, unsere Zeit weise zu nutzen und anzunehmen, was Gott uns gibt."

Plötzlich, ohne jede Vorwarnung, wurde er wiederum von dieser Dunkelheit in seinem Inneren übermannt, während die Dunkelheit um sie herum bedrohlich und undurchdringlich wurde. Die Schatten der tiefhängenden Ästen an den Bäumen, die die Straße säumten, wurden größer, schienen sie zu belauern, nahmen bedrohliche, groteske Formen an, während sie sich im Wind bewegten.

Sandemon erschauderte. Das nagende Unbehagen, das ihn schon während des gesamten Abends immer wieder quälte, schwoll jetzt zu einer tosenden Woge böser Vorahnung an.

Aufs Äußerte erschüttert, packte er Jan Martovas Arm. „Wir müssen uns beeilen", drängte er ohne weitere Erklärung. Er *hatte* in der Tat keine andere Erklärung außer der Panik, die ihn erfasst hatte.

„Es ist etwas Schlimmes passiert", sagte er mehr zu sich selbst als zu dem jungen Zigeuner neben ihm. „Etwas ... sehr Schlimmes muss passiert sein. Wir müssen sofort nach Hause."

Jan Martova wandte sich um und sah ihn mit fragenden Augen an. Dann richtete er sich auf dem Kutscherbock auf, zog an den Zügeln und schnalzte mit der Zunge, um seine Stute voranzutreiben.

25. Kapitel

Schrecken der Nacht

Und wieder ergießt sich
der rotglühende Lavastrom des Wahnsinns
über meinen Geist.
James Clarence Mangan (1803 – 1849)

Nachdem sie den Stall betreten hatte, nahm Finola eine Laterne aus dem Regal neben der Tür und zündete sie an. Sie hielt einen Augenblick inne, ihr Herz hämmerte noch immer in wilder Angst. Wo konnten sie nur sein, Annie und ihr Gabriel?

Die Luft im Stall war warm und stickig, erfüllt von dem Geruch von Heu, Zaumzeug und Pferden. Die Pferde in ihren Boxen waren ruhig. Außer einem gelegentlichen Wiehern oder Scharren, hörte Finola nur das Pochen ihres eigenen Herzens.

Sie hielt den Atem an, als sie den Gang auf der linken Stallseite entlangging. Bei jedem Schritt raschelte das Heu unter ihren Füßen. Sie würde zuerst in Pilgrims Box nachsehen. Der große rote Hengst, Morgans Pferd, zog Annie und Gabriel anscheinend an. Sie rannten fast immer zuerst zu seiner Box, wenn sie die Pferde besuchten.

Sie war nur wenige Schritte gegangen, als sie ein hohes, kreischendes Lachen hörte.

Gabriel!

Beinahe sofort darauf folgte Annies herzhaftes Lachen als Antwort.

Finola blieb stehen, wo sie war, schloss die Augen und fasste sich mit der Hand an die Kehle. Über alle Maßen erleichtert, ließ sie einen Augenblick lang die Angst von sich abfallen. Als sie ihre

Augen wieder öffnete, ging sie weiter in Richtung von Pilgrims Box am Ende des Stalls.

***

Je näher sie an Nelson Hall herankamen, umso tiefer schienen die Wolken zu hängen. Der Weg war bereits schwer zu erkennen. Nur der Wolfshund schien sich in der Dunkelheit wohlzufühlen, und so schlossen sich die Frauen seiner Führung an.

Louisa war noch immer ärgerlich auf sich selbst, weil sie vergessen hatte, eine Laterne mitzunehmen. Natürlich hatte sie nicht beabsichtigt, so lange im Hafen zu bleiben, das taten sie nie. Doch unweigerlich stießen sie auf so viele arme Seelen, die dort hausten – und jeden Tag schienen es mehr zu werden. Von Mal zu Mal wurde es schwieriger, sich loszureißen. Es brach einem das Herz, an diesen Menschen vorüberzugehen, ohne ihnen wenigstens ein Wort von Gottes Liebe gesagt und ein kurzes Gebet für ihre Erlösung gesprochen zu haben.

Dublin war – schon von alters her – stets eine großzügige Stadt, dachte Louisa stolz. Die Einwohner Dublins schienen von Natur aus gern zu geben, sogar opferbereit zu sein. In diesen Tagen war diese Stadt jedoch außerstande, für ihre Armen und Bedürftigen zu sorgen, ganz zu schweigen von all denen, die aus dem ganzen Land in diese Stadt strömten, um Arbeit oder Unterkunft zu finden.

Sie vermutete, dass ihre Niedergeschlagenheit vielmehr in dem Elend und der Hoffnungslosigkeit, denen sie heute Nachmittag begegnet war, begründet lag als in wirklicher körperlicher Schwäche. Die ausweglose Situation dieser armen Geschöpfe im Hafen von Dublin würde selbst die Unerschrockensten niederschmettern. Diese Erlebnisse, dachte sie seufzend, überwältigten sie bis an den Rand der Erschöpfung.

Sie hatte nicht bemerkt, dass sie so langsam geworden war, dass sie beinahe stehenblieb, bis Lucy Hoy sie mit ihrer Frage aus ihren Gedanken riss. „Ist alles in Ordnung, Schwester?“ Die andere Frau kam in der Dunkelheit dicht an Louisa heran und forschte im Gesicht der Schwester.

„Es wird mir wieder ausgezeichnet gehen, wenn wir in Nelson Hall sind und ich ein Fußbad nehmen kann. Ich habe tatsächlich die Absicht, meinen armen Füßen den ganzen Abend Ruhe zu gönnen, vorausgesetzt, es wartet kein unvorhergesehenes Unheil auf uns.“

Lucy warf ihr einen seltsamen Blick zu. „Warum sagen Sie das, Schwester?“

Louisa runzelte die Stirn. Die Frau sah unerklärlicherweise völlig erschrocken aus. Außerdem glaubte sie mit ziemlicher Sicherheit, gesehen zu haben, wie Lucy erschauderte und sich bekreuzigt hatte.

„Ach, Lucy, das sollte doch nur ein Scherz sein!“ Sie hatte beinahe vergessen, dass die arme Lucy eine sehr rege Phantasie hatte und sehr abergläubisch war.

Mit einem Kopfnicken schlug Louisa wieder ihren gewohnten, forschen Schritt an. Der Wolfshund, der geduldig auf sie gewartet hatte, übernahm von neuem seine Führungsrolle, ohne sich dabei weit von den Frauen zu entfernen.

„Hatten wir nicht schon über diese schwermütigen Anwandlungen gesprochen!“, schalt Louisa im Gehen. „Sie wissen, dass eine derart übertriebene Furcht nicht mit einem Leben im Glauben in Einklang zu bringen ist.“

Mit gesenktem Kopf trabte Lucy neben ihr her. „Ich weiß, Schwester, und es tut mir leid. Als Sie jedoch von einem Unheil sprachen, kam plötzlich etwas über mich.“ Sie schwieg einen Augenblick, bevor sie hinzufügte: „Ich werde mich noch mehr bemühen, Schwester.“

„Ja, genau das müssen Sie tun“, erwiderte Louisa. Obgleich sie die andere zu beruhigen suchte, wurde auch sie von einer inneren

Unruhe erfasst. Zweifellos war dies eine Reaktion auf die törichte Angst von Lucy Hoy.

***

Im Stall sah Finola zuerst Gabriel. Er schielte um eine Ecke der letzten Box und hielt sich den Mund zu. Dann lachte er in seine Hand, als hätte er ein großes Meisterwerk vollbracht.

Annie, die Gabriel an der Hand hielt, lächelte ebenfalls. Finola hob die Laterne höher, um die beiden besser sehen zu können.

„Er hat mich geweckt", erklärte das Mädchen eilig. „Ich hielt Mittagsschlaf, und plötzlich war er bei mir im Bett. Ich dachte, wir gehen Pilgrim besuchen und lassen dich schlafen."

Finola stand da und schaute die beiden an. Sie war viel zu erleichtert, um wirklich mit den beiden zu schimpfen. „Ihr dürft nicht mehr einfach so weggehen, ohne jemandem zu sagen, wo ihr seid!"

Annie schien sofort Reue zu zeigen. „Es tut mir leid, Finola. Daran habe ich gar nicht gedacht."

Plötzlich von einem anderen Gedanken erfasst, holte Finola tief Luft. „Du hast Gabriel oben in deinem Zimmer gefunden?"

Das Mädchen nickte. Finola hängte die Laterne an einen Haken in der Wand, dann bückte sie sich, um ihren kleinen Sohn zur Rede zu stellen. „Du bist allein die große Treppe hochgeklettert, Gabriel, nicht wahr?"

Das glückliche Lächeln auf dem Gesicht des kleinen Jungen verschwand. Er warf Annie einen unsicheren Blick zu und steckte ein Däumchen in den Mund, bevor er seine Mutter wieder ansah.

„Oh Gabriel! Was soll ich nur mit dir machen?"

Finola erschauderte, als sie sich vorstellte, wie ihr kleiner Sohn allein die große Treppe hochgeklettert war. „Wenn du herunterfällst, kannst du dir sehr wehtun, verstehst du? Das darfst du nie wieder tun!"

Das Kind zwinkerte, und Finola sah, wie seine kindliche Freude über seine große Leistung getrübt war. Mit einer Hand rieb er sich die Augen, die sich inzwischen mit Tränen gefüllt hatten.

Sofort streckte ihm Finola ihre Arme entgegen, doch er zog sich zurück, wich ihrem Blick aus.

Sein verletzter Gesichtsausdruck war für Finola wie ein Messerstich in ihrem Herzen. „Nun ist alles wieder gut", sagte sie leise. „Du bist wieder mein lieber Junge. Komm, gib Mama einen Kuss."

Sein Blick weilte nur einen Augenblick auf Finola, dann schaute er an ihr vorbei, hinter sie.

Finola dachte, dass er immer noch beunruhigt wäre, und streckte ihm wiederum ihre Arme entgegen. Doch anstatt ihr entgegenzulaufen, wie er es normalerweise getan hätte, zögerte er; die Augen weit aufgerissen, formte sich sein Mund zu einem verwunderten Kreis.

Verwirrt beugte sich Finola noch weiter zu ihm herab, um ihn zu trösten, als sie bemerkte, wie Annie vor Angst den Atem anhielt. Das Mädchen war kreidebleich geworden. Als sie das fahle, geängstigte Gesicht des Mädchens sah, wich auch aus Finolas Gesicht jegliche Farbe.

Ihr Mund wurde trocken, während sie von einem zum anderen schaute. Draußen rauschten Blätter im Wind, das einzige Geräusch in der abendlichen Stille. Furcht nahm Finola gefangen, drohte sie beinahe zu ersticken.

Annies dunkle Augen wanderten von Finola zu etwas, das sich hinter ihr befand. Finola richtete sich auf, und der Schauder, der ihr den Rücken herunterlief, breitete sich wie eine eiskalte Woge aus.

Sie war außerstande, sich von Annies weit aufgerissenen Augen abzuwenden, in denen jetzt das blanke Entsetzen geschrieben stand. Ihr war, als würde ihr Herz bis an die Kehle springen, und sie glaubte, an dem heftigen Klopfen ihres Herzens ersticken zu müssen.

Nur unter äußerster Willensanstrengung gelang es ihr schließlich, sich umzudrehen. Als sie es getan hatte, fand sie sich in dem schlimmsten aller ihrer Alpträume wieder.

***

Ohne jede Vorwarnung jagte der Wagen plötzlich in rasendem Tempo davon, durch die Nacht holpernd, als sei eine Legion Dämonen hinter ihnen her.

Im Inneren des Wagens sah Tierney, wie Morgan beide Armstützen des Rollstuhls umklammerte und sich erstaunt nach hinten setzte. Tierney, der ihm gegenüber auf dem Fußboden saß, wurde zur Seite geschleudert, und er stützte sich mit einer Hand gegen die Wand.

„Etwas muss die Stute verrückt gemacht haben", bemerkte er, während er auf seine Füße torkelte. „Ich gehe einmal nachsehen."

Er hielt sich an dem Messinggeländer, das an der Seitenwand des Wagens befestigt war, fest, und steuerte auf die Doppeltür zu, die zum Kutschbock führte. Als er nach draußen trat, sah er im trüben Schein der Laterne, wie Jan Martova nach vorn gebeugt in gehockter Stellung die Stute antrieb. Sandemon, das Gesicht angespannt und starr nach vorn gerichtet, hielt mit beiden Händen den Kutschbock umklammert.

Tierney stellte einen Fuß zwischen die beiden und rief Jan Martova an. „Was ist los?"

Es war inzwischen völlig dunkel geworden, und der Mond war hinter dichten Wolken versteckt. Ein Wind hatte sich aufgemacht und zauste an den Ästen, die auf beiden Seiten über die Straße hingen, während der Wagen durch die Nacht jagte.

Jan Martova wandte sich zu Tierney um und schaute dann Sandemon an, der nur mit dem Kopf schüttelte.

„Sandemon ... ist beunruhigt", erklärte Jan, und lenkte seine

Aufmerksamkeit wieder auf den Weg. „Er meint, in Nelson Hall könnte etwas nicht stimmen."

Tierney blickte von Jan zu Sandemon, der noch immer still und stocksteif dasaß. Normalerweise achtete er kaum auf die Gefühle und Vorahnungen anderer, doch er hatte zu lange mit dem schwarzen Mann von den Westindischen Inseln zusammengelebt, um ihn nicht ernst zu nehmen.

Manchmal hielt er Sandemon für sonderbar. Der Mann mit der schwarzen Hautfarbe spürte oft, was ein anderer dachte, so wie manche Menschen spürten, wenn sich das Wetter änderte. Außerdem hatte er ein besonderes Verständnis für Tiere. Jan Martova hatte gesagt, dass selbst die Zigeuner die Pferde nicht so gut verstanden wie Sandemon.

Wenn Sandemon glaubte, dass etwas nicht stimmte, dann war es vermutlich auch so.

Er erschauderte. „Was soll ich Morgan sagen?", fragte er, von Jan zu Sandemon blickend.

Diesmal antwortete Sandemon. „Sag dem *Seanchai,* wir wissen, dass er es nach Einbruch der Dunkelheit eilig hat, nach Hause zurückzukommen."

Der schwarze Mann schwieg einen Augenblick. Als er schließlich wieder zu sprechen begann, klang in seiner Stimme ein derart gereizter Unterton, wie es Tierney noch nie bei ihm erlebt hatte. „Wenn wir zu Hause sind, bleibst du bei ihm", erklärte er, die Augen weiter auf den Weg gerichtet. „Du bist verantwortlich dafür, dass er nicht allein ist."

Er blickte über die Schulter und schaute Tierney nur einen Augenblick lang in die Augen. Doch etwas in dem dunklen, undurchdringlichen Blick ließ Tierney erschaudern.

Einen Moment später wandte er sich um und stolperte ins Wageninnere zurück.

* * *

Finola glaubte, den Verstand zu verlieren.

Der Alptraum war Wirklichkeit geworden.

Vor ihr, so nahe, dass sie den Wahnsinn in seinen Augen erkennen konnte, stand der finsterste ihrer Alpträume – leibhaftig.

Er war es, ... das Ungetüm aus der dunklen Kammer ihrer nächtlichen Qualen.

Eine wahnsinnige, betäubende Furcht überfiel sie, die gleichzeitig ihre Sinne schärfte. Im trüben Licht der Stalllaterne trat jede Linie, jeder Zug deutlich hervor, verstärkt durch das schaurige Flimmern der Angst.

Er kam näher. Dann blieb er nur eine Armlänge von ihr entfernt stehen. Im flackernden Schein der Laterne erschien sein in Schatten gehülltes Gesicht unheimlich fahl und schaurig vertraut.

Das gleiche gierige Wolfsgesicht ... der gleiche gespaltene, missgestaltete Mund. Doch die Augen, ... die Augen waren anders, noch furchterregender als zuvor, voller Zorn und Begierde glühte ihr daraus der blanke Wahnsinn entgegen.

Sie hörte, wie Gabriel hinter ihr zu weinen begann. Schockiert stand Finola jedoch wie versteinert auf der Stelle. Sie war außerstande, sich umzudrehen und Gabriel oder Annie anzuschauen. Sie konnte nur stehen bleiben, während die Angst sich über sie ergoss wie ein eiskalter Wasserfall.

Sein Mund verzog sich zu einem grässlichen Lächeln. „Nun, ich sehe, du kannst dich noch an mich erinnern. Ich hatte gehofft, du würdest mich nicht vergessen!“

Sie würde ihn niemals vergessen ... wie könnte sie hoffen, ihn jemals zu vergessen ...

Seine Stimme löste eine Flut abscheulicher Erinnerungen in ihr aus. Widernatürlich, grauenerregend, krächzend stieß er damit Worte aus seinem verstümmelten Mund, wie Kugeln aus dem Lauf eines Gewehrs.

Hinter ihr war Annie still, doch Gabriel weinte inzwischen lauter, stieß erstickte Seufzer kindlicher Verzweiflung aus.

Das Ungetüm kam näher, schwenkte etwas in seiner Hand.

Ein Messer ... oh Gott, erbarme dich unser, er hat ein Messer ...

Sie hörte, wie Annie nach Luft schnappte. Gabriel hatte aufgehört zu schluchzen und war stattdessen in ein anhaltendes Weinen verfallen, das nicht aufhören wollte.

„Bring ihn zum Schweigen! *Sofort.*"

Er war inzwischen nahe genug, dass Finola seinen ungewaschenen Körper riechen konnte. Wieder wurde sie von einer nervenzerrüttenden Erinnerung heimgesucht. Wie damals roch er nach Schweiß und billigem Whiskey.

Und nach noch etwas anderem.

Hass ...

Ein glühender, wilder Hass strömte von ihm aus, eine Kraft, die so stark, so bestialisch war, dass er kaum noch ein Mensch zu sein schien.

Er kam auf sie zu, zwei Schritte weiter. Jetzt spürte sie seinen warmen, stinkenden Atem auf ihrer Haut. Voller Abscheu wandte sie sich ab.

Er packte sie am Arm und hielt sie mit eisernem Griff fest.

Finola schloss die Augen und versuchte, das Ungeheuer, das sie umkrallte, zu leugnen, versuchte, sich davon zu überzeugen, dass alles nur ein Alptraum war, dass sie jeden Moment aufwachen und er verschwunden sein würde.

Doch als sie ihre Augen öffnete, stand er noch immer vor ihr.

26. Kapitel

Widerhall eines Alptraums

Zu unserem Unglück erweisen sich manche Dinge in Wirklichkeit als genauso furchtbar, wie sie uns in unseren schlimmsten Träumen erscheinen.

Anonymus

Das war kein Alptraum. Das war grausame Wirklichkeit. Er war hier, und sie konnte ihm nicht entkommen – genau wie beim letzten Mal.

Nein, ... nicht genauso wie beim letzten Mal. Diesmal besaß sie zumindest eine Stimme.

Irgendwie gelang es, ihrer Kehle einen Schrei abzuringen, obgleich die Angst ihr die Kehle zuschnürte. *„Annie – lauf! Nimm Gabriel und lauf!"*

Mit einer rasenden Bewegung nahm der Mann ihren rechten Arm und riss ihn mit solcher Wucht nach hinten, dass Finola dachte, er würde brechen. „Du kannst reden!", fauchte er in ihr Ohr. Dieser Gedanke schien ihn noch wütender zu machen, als hätte sie ihn getäuscht, etwas vor ihm verborgen.

Sie schrie wieder, doch er schien es nicht zu hören. Er schleifte sie zu Annie und Gabriel, die mit weit aufgerissenen Augen, von Panik erfasst, dastanden, als er das Messer über ihren Köpfen schwenkte.

„Keiner von euch bewegt sich auch nur einen Millimeter, sonst schneide ich euch das Herz aus dem Leib!" Mit dem Messer auf Finola deutend, fügte er hinzu: „Und ihrs auch!"

Als eine Flut hässlicher Erinnerung mit der Stärke eines Orkans auf sie einstürmte, taumelte Finola zu Boden.

Wie konnte das alles noch einmal geschehen? Barmherziger Gott, willst du es wirklich noch einmal geschehen lassen?

Eine grobe Hand zerrte sie hoch, während die andere über ihrem Kopf das Messer in Richtung der Kinder richtete.

„Ihr rührt euch nicht mehr von der Stelle, alle beide! Keine Bewegung! Keinen Ton!"

Seine Augen glühten, als er sich Finola wieder zuwandte. „Und du bist auch still, falls du nicht möchtest, dass ich sie beide vor deinen Augen abschlachte, verstanden! Kein Wort will ich hören! Kein einziges Wort!"

Seine geröteten, wässrigen Augen glitten über ihren Körper, brannten auf ihrer Haut, und sie fühlte sich schmutzig und befleckt.

Finola spürte seinen Zorn, den gefährlichen Wahnsinn, der ihr entgegenschlug, wie Rauch aus dem Feuer steigt.

„Seit wann?", fauchte er sie an. „Seit wann kannst du sprechen? Was war das vorher? Theater? Ein Spiel?"

Beinahe überwältigt von dem Gestank seines Atems und der nackten Bosheit, die aus seinen Augen sprach, wandte Finola ihr Gesicht ab.

Er packte ihr Haar und riss so heftig daran, dass Finola von einem brennenden, heftigen Schmerz übermannt wurde. Als sie in ihrer Qual aufschrie, zog er noch einmal an ihrem Haar, während er ihr mit seinem Gesicht noch näher kam. „Du sollst mich anschauen, wenn ich mit dir rede, du Hexe!"

Finola stöhnte. Die Tränen, die sie verzweifelt zurückzuhalten versucht hatte, rannen nun über ihr Gesicht.

„Hör auf mit deinem Geplärre! Habe ich dir nicht gesagt, du sollst still sein!"

Er ließ ihr Haar los. Mit seiner Hand umklammerte er ihre beiden Handgelenke, drehte ihre Arme auf den Rücken, während er sie nach hinten beugte. Um nicht aufschreien zu müssen, biss sich Finola so sehr auf die Lippen, dass sie zu bluten begannen.

Er führte die Schneide des Messers an ihren Hals. „Keine Angst, Mädchen, ich habe nicht die Absicht, dies hier zu benutzen, solange du mich nicht dazu zwingst." Dann fügte er mit einem gierigen Lächeln hinzu: „Zumindest nicht, bevor ich mir mein Vergnügen gegönnt habe."

Bei diesen Worten erstarrte Finolas Blut zu Eis. Sie musste alle ihre Kraft zusammennehmen, um nicht die Sinne zu verlieren. Sie wusste, wenn sie einmal zu schreien begann, könnte sie nicht mehr aufhören.

Plötzlich stellte er sie wieder aufrecht hin. „Wem gehört dieser Balg?", fragte er und zeigte mit dem Messer auf Gabriel.

Finola blieb das Herz stehen. Einen törichten Augenblick lang erwog sie, ihm die Wahrheit zu sagen. Würde er anders reagieren, wenn er es wüsste?

Als er ihren verzweifelten Blick sah, spottete er: „Er gehört also dir. Ich habe es mir gleich gedacht bei dem gelben Haar."

Über den Gedanken, der ihr in den Sinn gekommen war, entsetzt, drängte Finola ihn sofort zurück. Sie würde es *niemals* zulassen, dass dieses Ungeheuer erfuhr, dass Gabriel von seinem Fleisch abstammte! Niemals! In ihrem Herzen war es nicht so. Ihr Sohn war nicht das Produkt einer abscheulichen Sünde, sondern ein lebendiges Zeugnis von Gottes Gnade – ein kostbares Geschenk der Freude. Gabriel war *Morgans Sohn* ... und ein Geschenk Gottes.

Ein hässliches Lachen holte sie abrupt in die Wirklichkeit zurück. „Er ist doch bestimmt nicht von dem Krüppel, nicht wahr?", stichelte er. „Um einen Sohn zu zeugen, muss man ein ganzer Mann sein."

Morgan – sie konnte es nicht einmal ertragen, dass der Verrückte seinen Namen erwähnte.

Sie fühlte, wie ihre Beine schwach wurden, und ihr Herz raste so wild, hämmerte so heftig gegen ihre Brust, dass sie meinte, auf der Stelle sterben zu müssen. Sie wusste, dass sie einer Ohnmacht gefährlich nahe war.

Sie verachtete sich wegen ihrer Furcht und Schwäche. Nur ihre feste Entschlossenheit, Gabriel und Annie zu beschützen, hielt sie davon ab, sich der Dunkelheit hinzugeben, die über sie hereinzubrechen drohte. Auf keinen Fall wollte sie die beiden im Kampf gegen dieses Ungetüm allein lassen.

Wenn doch nur jemand kommen würde! Sie hatte zwar jegliches Zeitgefühl verloren, aber gewiss würde bald einer von den anderen zurückkommen.

Bitte ... oh bitte, lieber Herr Jesus, lass bald jemanden kommen ...

Im gleichen Augenblick nahm sie dieses stille Gebet ihres Herzens beinahe wieder zurück. Was würde dieses Biest Morgan, oder wer immer ihm sonst in den Weg käme, antun?

Zu ihrem Entsetzen stellte sie fest, dass Gabriel wieder angefangen hatte zu weinen, noch lauter als vorher. Seine kindliche Furcht drohte bald zu einer echten Hysterie zu werden. Von tiefem, schwerem Schluchzen unterbrochen, klang sein Weinen schrill, voller Furcht, als drohte er jeden Augenblick an seinen eigenen Tränen zu ersticken.

Finola hörte Annies flachen Atem, sah das Entsetzen und den Zorn in ihren Augen. Sie fürchtete, das Mädchen könnte aus Verzweiflung irgendetwas versuchen, was die Situation für sie alle nur noch verschlimmern könnte. Ihre Blicke begegneten sich, und Finola schüttelte kaum merklich den Kopf. *Bitte Annie,* bat sie stumm, *tu nichts Törichtes, es könnte uns alle das Leben kosten ...*

* * *

Beinahe vom ersten Augenblick an hatte Annie gewusst, wer der Mann mit dem Messer war.

Das war das Biest, das Finola vergewaltigt, sie beinahe umgebracht hatte.

Nur für den Bruchteil einer Sekunde ging es ihr durch den Sinn, dass er auch Gabriels Vater war. Sie schaute auf den kleinen Jungen herab, der sich an ihrer Hand festklammerte, und verwarf diesen Gedanken sofort. Der *Seanchai* war Gabriels Vater, er allein! Dieses Ungetüm konnte nichts anderes zeugen als Bosheit!

Der arme Gabriel weinte so sehr, dass die Tränen in Bächen über sein Gesicht strömten. Sein Atem war ein lautes, ersticktes Schluchzen. Sie drückte seine Hand, dann legte sie einen zitternden Finger auf ihre Lippen und versuchte, ihn zum Schweigen zu bringen. Als er, weiter schluchzend, zu ihr aufschaute, beugte sie sich zu ihm herab und nahm ihn in ihre Arme.

Sie wandte sich wieder dem Mann und Finola zu. Er war groß und kräftig. Wenn er auch nicht so groß war wie Sandemon oder der *Seanchai,* war er trotzdem ein Koloss von einem Mann. Und er sah furchterregend aus, mit seinem wahnsinnigen Blick und dem missgestalteten Mund.

Bei dem Gedanken an den *Seanchai* und Sandemon tat ihr Herz einen Sprung. Sicher waren sie bald zurück, mit Tierney Burke und Jan Martova!

Auch Schwester Louisa und Lucy Hoy würden bald zurückkommen. Doch sie würden wenig ausrichten können gegen dieses Biest mit dem Messer.

Sie musste *jetzt* etwas unternehmen. Der Mann mit dem Messer war offensichtlich wahnsinnig. Es war nicht auszudenken, was er anstellen würde, wenn niemand ihn aufhielt.

Sie wünschte sich verzweifelt, sie könnte sich auf ihn stürzen, ihm das Gesicht zerkratzen, ihm heftige Schläge versetzen. Sie wollte ihn für das bezahlen lassen, was er Finola angetan hatte.

Doch er hatte Finola mit dem Gesicht zu ihnen gedreht, und sie bedeutete Annie, nichts zu überstürzen.

Ein Ansturm widerstreitender Gefühle hatte in Annie zu toben begonnen. Sie glaubte, sie könnten ihn überwältigen, wenn Finola und sie ihn gleichzeitig angriffen. Sie wären zu zweit – und sie waren schließlich keine Schwächlinge – gegen ihn allein.

Doch da war auch noch das Messer ... und Gabriel.

Ihre Augen begegneten Finolas. Die Botschaft war wieder die gleiche: *Du kannst nichts tun; zumindest im Augenblick.*

So würde sie warten, wenn auch nur widerstrebend. Sie würde ihn genau beobachten und auf ihre Chance warten. Vielleicht fand sie irgendeine Waffe oder sonst eine Möglichkeit, ihn zu überlisten.

Schwester Louisa hatte gesagt, dass Männer wie er einen furchtbaren Zorn in sich trugen, einen Drang, andere zu quälen, Macht auszuüben, indem sie anderen Schmerz zufügten und sie erniedrigten. Deshalb suchten sie sich oft Frauen als Opfer. Sie betrachteten sie als schwächer und hielten es für weniger wahrscheinlich, dass sie sich zur Wehr setzten.

Vielleicht musste sie ihn im Augenblick in diesem Glauben lassen. Sie würde so tun, als wäre sie schwach, und würde durch nichts zu erkennen geben, dass sie die Absicht hatte, zurückzuschlagen. Doch sie *würde* kämpfen, sobald sich auch nur die geringste Chance bot, ein einziger, passender Augenblick. Sie würde ...

Ein ersticktes Schluchzen an ihrem Hals und Gabriels von neuem einsetzendes Weinen brachten sie in die gefährliche Wirklichkeit zurück. Sie flüsterte beruhigend auf den kleinen Jungen ein, der sich in ihren Armen gedreht hatte und seine Mutter mit einem Blick ansah, der Annie beinahe das Herz brach.

Ich werde nicht zulassen, dass er dir etwas antut, kleiner Bruder, versprach sie stumm. *Eher will ich sterben, bevor er dir etwas zuleide tut.*

* * *

Hinter den Kindern, am hinteren Ende des Stalls, schnaubte Morgans Hengst Pilgrim, bevor er zu wiehern und gegen die Tür seiner Box zu schlagen begann. Finola hörte, wie sich die anderen Pferde der Reihe nach anschlossen, schnaubend und wiehernd mit den Hufen auf den Boden aufstampften und gegen die Boxen schlugen.

Pilgrim bäumte sich auf und ließ mit einem wütenden Wiehern seinen Protest lauthals durch den Stall erschallen. Dieser Lärm schien in den Mann zu fahren wie eine Flamme in den Zunder. Einen Augenblick lang schien er Finola zu vergessen. Er ließ ihre Hände los und wandte sich um, brüllte wütend auf die Tiere.

Im selben Augenblick, als er sie losließ, sprang Finola von ihm weg zu Annie und Gabriel, in der Absicht, durch die hintere Stalltür zu fliehen.

Annie erkannte es sofort, stürzte, Gabriel fest an ihre Schulter gedrückt, zu Finola.

Doch der Mann war zu schnell. Im nächsten Augenblick hatte er Finola wieder gepackt und zog sie an sich.

Er war ein großer Mann und viel kräftiger als Finola, doch sie war kaum kleiner als er. Sie wand sich, versuchte nicht an das Messer zu denken, und trat ihm mehrere Male gegen das Schienbein.

Die Tritte hielten ihn auf, zumindest so lange, wie Finola brauchte, um sich loszureißen.

„Hexe!", schrie er laut. Beide Hände über dem Kopf erhoben, stürzte er wieder auf sie zu, die eine zur Faust geballt, die andere das Messer umklammernd. *„Hexe, Hexe, Hexe!"*

Er packte sie wieder, seinen starken Arm unter ihre Kehle geklemmt, stieß er sie so heftig nach hinten, dass sie hinfiel.

Finola sah, wie Annie ihr zur Hilfe eilen wollte. *„Nein, Annie!"*, schrie sie ihr zu. *„Bleib zurück!"*

Gabriel noch immer auf ihrem Arm, trat das Mädchen zurück. Doch dann stellte sie ihren Bruder auf seine Füße und blieb entschlossen stehen, als wartete sie nur auf eine Gelegenheit, zuschlagen zu können.

Unerwartet fiel der schwere Arm von Finolas Hals ab, jedoch nur, um sich so heftig um ihre Hüfte zu schlingen, dass es Finola beinahe den Atem verschlug. Mit der anderen Hand führte er wieder das Messer an ihren Hals.

Zu Annie und Gabriel gewandt, sah Finola das Entsetzen, das in deren Augen geschrieben stand. Ihr Sohn klammerte sich an Annies Hand fest. Als er jedoch sah, wie sie gefangengehalten wurde, versuchte er sich loszureißen und zu seiner Mutter zu laufen.

„Nein, Gabriel!“

Sofort wurde ihr bewusst, dass sich die Furcht in ihrer Stimme auf den Jungen übertragen hatte. Er hielt inne, dann begann er zu weinen – ein furchtbares, herzzerreißendes Weinen, das Finola endgültig um den Verstand zu bringen drohte.

Sie wusste, dass ihr Leben, und vermutlich auch das Leben der Kinder, davon abhing, dass sie ihre Beherrschung nicht verlor. Irgendwie gelang es ihr, leiser und sogar in einem etwas beruhigenden Ton weiterzusprechen. Während die Angst ihr beinahe den Atem raubte, als sie ihren Sohn zu beruhigen versuchte, schluckte sie um ihres Sohnes und um Annie willen ihr eigenes Entsetzen hinunter.

„Gabriel ... mein Liebling, bleib bei Annie“, stieß sie hervor. „Hab keine Angst um Mama. Es ist alles gut.“ Ihre Augen wanderten zu Annie; stumm flehte sie das Mädchen an, ihn zurückzuhalten.

Während sie die beiden beobachtete, sah sie jedoch, wie Annies erschrockenes Gesicht hart wurde. Die Lippen blass, funkelte Zorn in ihren Augen, und sie sah Finola an, als wartete sie auf irgendein Zeichen.

Entsetzt hob Finola eine Hand, als wollte sie sie zurückhalten. „Annie ... nein!“, warnte sie das Mädchen mit leiser, bebender Stimme. „Das darfst du nicht.“

Langsam senkten sich die schmalen Schultern des Mädchens und sie sackte entmutigt in sich zusammen. Doch während sie regungslos dastand, die Hand ihres kleinen Bruders umklammert, glühten ihre dunklen Augen weiter voller hilfloser Wut.

Finola schwankte, und sie schloss die Augen. Sie konnte Annies verzweifelten Blick und furchtbare Angst im Gesicht ihres kleinen Jungen nicht länger ertragen.

27. Kapitel

Verzweiflung und Angst

Hier sinkt auch dem tapfersten Herzen der Mut.
Aus einem Artikel der Illustrated London News, 1848
Verfasser unbekannt

Sandemon kannte die Strecke besser als Jan Martova. Er wusste, dass sie sich bald einer gefährlichen Kurve näherten. Während der letzten Minuten hatte er jedoch seine Umgebung bewusst ausgeschaltet, um zu beten.

Die wachsende Angst, die ihn den ganzen Abend über begleitet hatte, schien ihn plötzlich derart zu überwältigen, dass er sich nur noch vor Gottes Thron flüchten konnte. Sein Geist war viel zu aufgewühlt, seine Konzentration viel zu mangelhaft, um auch nur im Entferntesten selbst Frieden finden zu können. Aber es war ihm zumindest gelungen, die qualvollen Fesseln der Angst abzulegen und Zuflucht bei Gott zu suchen – und fürbittend für seine Lieben einzutreten.

Weil Sandemon nicht auf seine Umgebung geachtet hatte, waren sie schon beinahe in jener scharfen Kurve, ehe es ihm bewusst wurde. Er schrie Jan Martova noch eine Warnung zu, doch es war bereits zu spät.

Die Straße war vom Regen aufgeweicht, aufgrund mangelnder Wartung zerfurcht und von Schmutz bedeckt. Obgleich Jan Martova die Stute sofort zurückzuhalten versuchte, waren sie bereits zu tief in der Kurve.

Das Pferd und die vorderen Wagenräder kamen durch, doch als Sandemon spürte, wie die Hinterräder ins Schleudern gerieten, wusste er, was geschehen würde. Er drehte sich blitzschnell um und riss die Tür ins Wageninnere auf.

„Haltet euch fest!“, war alles, was er noch hervorbringen konnte, bevor der Wagen furchtbar zu schleudern begann.

Sandemon sah den Wagen schon umkippen, doch im letzten Augenblick schlitterte der Wagen, schwankte – und kam mit einem Ruck zum Stehen.

* * *

Tierney hatte bereits bemerkt, dass der Wagen ins Schleudern geraten war. In dem Augenblick, als er Sandemons Warnung vernahm, sprang er zu dem Rollstuhl.

Er warf sich zwischen den Rollstuhl und das Messinggeländer an der Wand und konnte so Morgans Aufprall gegen die Wand zumindest etwas abfangen.

Einen Augenblick lang herrschte Stille, dann hörte man von draußen Stimmen, vom aufgeregten Wiehern der Stute begleitet. Tierney schaute zu Morgan, während er sich aus seiner misslichen Lage befreite. „Sind Sie verletzt?“

Morgan schien erschrocken, aber sonst unverletzt zu sein. Er wischte Tierneys Sorge beiseite. „Es ist nichts passiert, dank deiner Aufmerksamkeit. Geh und sieh nach, was los ist.“

Draußen fand er Jan Martova und Sandemon über das rechte Vorderrad des Wagens gebeugt, das tief im Straßengraben zu stecken schien.

„Was ist passiert?“

Jan Martova warf ihm über die Schulter einen Blick zu. „Ich habe die Kurve zu schnell genommen, aber ich glaube, es ist alles in Ordnung. Die Achse ist nicht gebrochen, und auch das Rad scheint ganz zu sein.“

Tierney betrachtete den zur Seite gekippten Wagen. „Können wir ihn wieder auf den Weg bringen?“ Jan nickte. „Es scheint nichts kaputt zu sein.“

Sandemon richtete sich auf und schaute sich einen Moment

um, bevor er seinen Blick in Richtung Nelson Hall lenkte, das noch immer außer Sichtweite war.

„Wir müssen uns beeilen", sagte er mit angespannter Stimme.

Tierney und Jan Martova warfen einen Blick auf Sandemon, bevor sie einander anschauten.

Sandemon legte Jan Martova eine Hand auf die Schulter. „Ich habe dich auf der Wiese mit dem Wolfshund um die Wette laufen sehen. Du bist so schnell wie ein Reh. Lauf jetzt", drängte er ihn mit einem brennenden Blick. „Lauf nach Nelson Hall, so schnell wie du kannst. Tierney Burke und ich sind stark genug, um den Wagen ohne dich aus dem Graben zu heben. Doch keiner von uns kann so schnell laufen wie du. Geh jetzt!"

Einen Augenblick lang forschten Jan Martovas schwarze Augen in Sandemons Gesicht, bevor er seine Zustimmung murmelte und sich auf den Weg begeben wollte.

Sandemon hielt ihn mit einer Hand zurück. „Dein Messer – hast du es bei dir?"

Jan sah ihn an, dann hob er leicht das rechte Bein an und tippte an seinen Stiefel.

Sandemon nickte. „Geh jetzt! Wir kommen sobald wie möglich nach."

***

Voller Verzweiflung suchte und fand Finola tief in ihrem Inneren einen Rest an Selbstbeherrschung und gesundem Verstand. Sie erhob ihre Stimme über den Höllenlärm in dem Stall – das wütende Ausschlagen und Wiehern der Pferde und Gabriels herzzerreißendes Weinen – und versuchte, ihre Angst und Abscheu zu unterdrücken, mit dem Mann zu reden, der ihr das Messer an die Kehle hielt.

„Bitte ... bitte tun Sie das nicht", wagte sie zu sagen, und sie zuckte zusammen, als sie das Zittern in ihrer Stimme vernahm. „Sie werden nicht entkommen, verstehen Sie das nicht! Mein Mann wird jeden Augenblick mit den anderen Männern zurückkommen ... und es sind auch noch andere im Haus ... Sie können auf keinen Fall damit rechnen, unentdeckt davonzukommen!“

Zu ihrer Bestürzung lachte er sie aus. Er drehte sie so, dass sie ihn anschauen musste, während er sie mit einem Arm weiter an der Hüfte umklammert hielt. Er drängte sich dicht an sie heran, unerträglich dicht, und kam ihr mit dem Messer so nahe, dass sie das Metall der Schneide riechen konnte.

„Dein Mann, der Krüppel, wird mich zurückhalten? Das wolltest du sagen? Und wie wird er das tun? Mich mit seinem Rollstuhl überfahren?“ Wieder stieß er ein hässliches Lachen aus, das seinen entstellten Mund nur noch mehr verzerrte.

Hinter ihr begann Gabriel noch lauter zu weinen.

„Halt den Mund, hab ich dir gesagt! Halt bloß dein Maul!“

In seiner Wut stieß er Finola plötzlich von sich in die Richtung, wo Annie und Gabriel standen. „Bring ihn zum Schweigen! Ich meine das ernst, sonst schneide ich ihm die Kehle durch, bevor ich überhaupt mit dir anfange!“

Finola fiel mit einer Schulter gegen die Wand. Bestürzt sank sie neben ihrem weinenden Kind zu Boden. Sie nahm ihn in ihre Arme, drückte ihn an ihr Herz und versuchte, ihn zu trösten. Die Wärme von Gabriels kleinem Körper verlieh Finola eine ungeahnte Stärke. Sein Gesicht an ihren Körper gedrückt, begann sie, ihm über das Haar zu streichen und ihm leise auf Irisch etwas vorzusingen. Im Handumdrehen war ihr Mieder von seinen Tränen durchnässt, obgleich sein ersticktes Weinen etwas weniger geängstigt erschien.

Der Mann stellte sich über sie, die Beine gespreizt, das Messer gezückt. Einen Augenblick lang beobachtete er sie.

Plötzlich richtete er seine Aufmerksamkeit auf Annie. Ohne jede Vorwarnung packte er sie am Arm und zerrte sie hoch. Sie schrie, und er fluchte, während er drohend mit dem Messer fuchtelte.

Entsetzt sah Finola, wie Annie die Beherrschung verlor.

Das Mädchen wand sich, sträubte sich wie eine wilde Stute, während sie dem Mann zornig gegen die Beine trat und mit den Armen um sich schlagend schrie: *„Lass mich in Ruhe!"*

„Du kleine streunende Katze! Du bist nicht der Mühe wert! Ich werde dich *jetzt* erledigen!"

Das Messer in einer Hand, packte er Annie mit der anderen am Hals und schüttelte sie durch, als wäre sie nichts anderes als ein leerer Futtersack.

Finola taumelte auf ihre Füße, Gabriel in ihren Armen, mit dem Gesicht gegen ihre Schulter gelehnt, damit er nicht sehen konnte, was geschah.

Ihre Sinne erstarrten. Sie fühlte sich schwach, benommen, als sei nichts von alledem Wirklichkeit. Der Stall schien vor ihren Augen zu entschwinden, sich in einen nebelhaften Schleier aufzulösen. Der Lärm der wutschnaubenden Pferde wurde leiser, und selbst das herzzerreißende Schluchzen ihres Sohnes vernahm sie nur noch wie aus weiter Ferne. Schatten begannen aufzusteigen, alles um sie herum wurde in Dunkelheit gehüllt, bis das einzig Wirkliche der Verrückte und sein Opfer zu sein schienen.

Es war beinahe so, als sei sie um Jahre in die Vergangenheit zurückversetzt, als beobachtete sie sich selbst. Sie war kaum älter als Annie, als sie zum ersten Mal von einem Mann angegriffen worden war, kaum mehr als ein Mädchen, als sie zum zweiten Mal vergewaltigt wurde – von dem Ungetüm, das jetzt Annie gefangenhielt.

Plötzlich fühlte sie sich wieder in die Wirklichkeit zurückversetzt, mit ihrer entsetzlichen Scheußlichkeit, dem Lärm und der Angst, die ihr den Verstand zu rauben drohte. Vor ihr schlug Annie, in dem verzweifelten Versuch, sich zu befreien, mit den Fäusten auf ihren Angreifer ein.

Der Mann stieß das Mädchen zurück und versetzte ihr einen kräftigen Schlag ins Gesicht. Vor Schmerz schrie sie auf. Der Verrückte begann Annie mit dem Messer zu bedrohen, indem er es wegzog und dann wieder dicht vor sie hielt.

In dem Augenblick vollzog sich irgendwo im Inneren Finolas eine Veränderung. Die Angst, die sie nur Augenblicke zuvor noch zu lähmen gedroht hatte, verschwand. An ihrer Stelle stieg ein Zorn in ihr auf, wie sie ihn noch nie gekannt hatte – ein Zorn, der so glühend, so heftig war, dass seine Kraft sie zur Raserei zu treiben drohte.

Ihr Puls hämmerte wild und dröhnte in ihren Ohren. Sie fühlte sich leicht benommen, schwerelos, und doch spürte sie gleichzeitig eine nie gekannte Kraft in sich aufbrechen.

Ihre Augen suchte ihre Umgebung nach einer Waffe ab und blieben an einem Riemen mit Messingbeschlägen haften, der lose zusammengebunden über Pilgrims Box hing.

Mit dem Rücken zu Annie und ihrem verrückten Angreifer, stellte sie Gabriel auf den Boden. Der Junge drehte sich jedoch sofort um, streckte ihr seine Arme entgegen und begann wieder zu weinen.

Alles in Finola sehnte sich danach, ihn aufzunehmen und zu versuchen, mit ihm aus dem Stall zu fliehen, doch sie konnte Annie ebenso wenig inmitten dieses entsetzlichen Geschehens allein lassen wie ihren Sohn. Seinem mitleiderregenden Weinen widerstehend, befahl sie ihm, dass er sich nicht von der Stelle rühren durfte, was auch immer geschah. Weinend hockte sich das Kind in seine Ecke.

Den Riemen von der Tür der Box reißend, stürzte sich Finola von hinten auf den Wahnsinnigen. Wie eine Furie ging sie auf ihn los und schlug, indem sie den Riemen als Peitsche benutzte, mit aller Kraft, die sie aufbringen konnte – und diese war nicht gering – auf seinen Rücken ein. Laut schreiend fiel sie über ihn her – verwandelte jahrelang unterdrückten Zorn und Schmerz in ein wütendes Kampfgeschrei. Wie eine der alten Kriegerinnen schwang sie ihre Waffe gegen ihren Feind.

Das Opfer war zum Angreifer geworden.

***

Das Haus war inzwischen in Sicht, aber sie waren dennoch so weit entfernt, dass Louisa wiederum versucht war, sich an den Straßenrand zu setzen und auszuruhen. Allein der Gedanke, dass sie bald ihre Schuhe ausziehen und ihre Füße in einen Eimer warmen Wassers stecken konnte, half ihr, ohne zu klagen weiterzugehen.

Neben ihr keuchte Lucy, als wären sie den ganzen Tag ohne Unterbrechung gelaufen.

Der Wolfshund war ein Stück vorausgelaufen, obgleich er immer wieder seinen Schritt verlangsamte, zurückkam und um sie herumtänzelte, als wollte er sie antreiben. *„Könnt ihr denn nicht ein wenig schneller gehen!"*, schien er zu sagen.

Er war offensichtlich aufgeregt, ungewöhnlich nervös. In den letzten Minuten hatte Louisa ihren Schritt beschleunigt – nicht um des Wolfshundes willen, obgleich seine Aufregung sie tatsächlich entnervte, sondern vielmehr aufgrund ihrer eigenen inneren Unruhe. Diese ständig wachsende Angst war außergewöhnlich für sie, zumal sie jeder sachlichen Grundlage entbehrte, was ihr die Furcht dennoch nicht zu nehmen vermochte. Jetzt war *sie* Lucy Hoys elendem Aberglauben zum Opfer gefallen.

Sie schaute zu Lucy hinüber und sah, dass die Frau, ihren Blick geradeaus in Richtung Nelson Hall gerichtet, so schnell lief, wie es ihre kurzen Beine erlaubten. Falls Lucy den Blick der Schwester spürte, erwiderte sie ihn nicht.

„Wir werden bald zu Hause sein", erklärte Louisa etwas außer Atem.

Lucy nickte. Die Augen weiter auf das große Haus geheftet, begann sie noch schneller zu gehen. „Ich glaube, wir müssen uns beeilen, Schwester", sagte sie. „Sehen Sie, sogar der Wolfshund weiß, dass Eile geboten ist."

Louisa schaute sie an, bevor sie Fergus nachblickte, der inzwischen weit voraus war und viel schneller lief. Plötzlich blieb er stehen und wandte sich um, während seine unheimlich klugen Augen auf den beiden Frauen ruhten. Offensichtlich ungeduldig und verzweifelt, bellte er einmal, und dann noch einmal.

Während er sie noch einen weiteren Augenblick lang betrachtete, schien Fergus eine Entscheidung zu treffen. Er bellte noch einmal, bevor er sich umwandte und in rasendem Tempo nach Hause jagte.

Louisa war kein Mensch, der schnell in Panik geriet; nur äußerst selten hatte sie überhaupt jemals Panik verspürt – aber jetzt geschah es. Von einem eisigen Schauder erfasst, ignorierte sie ihre schmerzenden Füße, raffte ihre Röcke zusammen und begann zu laufen. Aus dem Augenwinkel sah sie, wie Lucy nur einen Augenblick zögerte, bevor sie ihr folgte.

28. Kapitel

Kampf bis zum Tod

Was dem einen Tod bringt,
bedeutet für einen anderen Leben.

Irisches Sprichwort

Von dem unerwarteten Angriff völlig überrascht, stieß der Mann Annie von sich und wirbelte zu Finola herum. Als er Annie von sich schleuderte, fiel gleichzeitig sein Messer zu Boden.

Finolas Augen wanderten zu der Klinge, doch ihr Mut sank, als sie sein Gesicht sah. Seine momentane Überraschung verwandelte sich in eine mörderische Wut. Er duckte sich; die Schulter hochgezogen und den Kopf nach vorn gestreckt, kam er auf sie zu wie ein wütender Stier.

Finola gab ihm keine Zeit. Mit voller Kraft schleuderte sie den Gurt gegen seinen Kopf.

Während er mit den Händen sein Gesicht schützte, verlor er das Gleichgewicht und landete auf einem Knie. Er brauchte einen Augenblick, um sich zu erholen, den Finola dazu nutzte, um ihm erneut mit dem Zaumzeug einen Schlag zu versetzen.

Die Messingschnalle am Ende des Riemens knallte gegen seinen Backenknochen und schnitt in die Haut. Aus der Wunde rann Blut über das zornrote Gesicht.

Er schrie vor Schmerz auf. Auf beiden Knien hockend, brüllte er Finola einen Fluch entgegen. Er bedeckte mit einer Hand seine verletzte Wange und taumelte auf seine Füße.

Finola sah, wie seine Augen verstohlen über den Boden glitten. Er suchte das Messer.

Sie schielte zu Annie hinüber. Bei Bewusstsein, aber völlig benommen, lag das Mädchen auf der Seite. Die Knie bis an das Kinn hochgezogen wie ein kleines Kind, rieb sie sich mit einer Hand den Hals.

Das Messer lag eine Armlänge von ihr entfernt.

„Annie – das Messer!“, schrie Finola. „Hol das Messer!“

Das Mädchen starrte sie verwirrt an, ihr Blick trübe und leer.

Finola rief es ihr noch einmal zu, und diesmal schien sie zu begreifen.

Doch es war zu spät. Als Annie sich ausstreckte und seitwärts nach dem Messer schnellte, sprang ihr Angreifer herbei und packte das Messer vor ihr.

Er wandte sich wieder Finola zu, das Gesicht verzerrt, die Augen glühend.

Innerhalb eines Bruchteiles einer Sekunde traf sie im Geist drei Entscheidungen: Sie würde nicht weglaufen und die Kinder allein lassen. Wenn sie könnte, würde sie den Irren eher töten, als sich noch einmal von ihm missbrauchen zu lassen. Wenn es ihr jedoch nicht gelang, würde sie trotzdem nicht nachgeben und es ihm nicht leicht machen. Sie würde bis zum Ende kämpfen.

Jetzt stürzte er sich auf sie, das zerschnittene Gesicht blutend, die Lippen über seinen Zähnen zurückgestülpt, die Augen glühend. Er schwitzte, keuchte, fluchte bei jedem Atemzug. An ihm war kein Funke gesunden Menschenverstandes mehr, er war zu einer wilden Bestie geworden, die nur noch von einer blinden, wahnsinnigen Wut getrieben wurde.

Er hatte sich von dem Angriff erholt und stand wieder sicher auf seinen Füßen. Seine Bewegungen waren schnell und instinktiv wie die eines wilden Tieres im Todeskampf. Finola hatte den Vorteil des Überraschungsangriffs verloren und fühlte sich matt. Ihr Hals brannte und in ihrer Brust hämmerte der Schmerz, ausgelöst durch die Aufregung und die Anstrengung.

Doch es war auch noch etwas anderes in ihr ausgelöst worden, ein uralter, fundamentaler Instinkt, der sie antrieb und ihr Kraft verlieh, sie auf den bevorstehenden Kampf vorbereitete. In diesem

Augenblick war sie nicht mehr länger ein Opfer, sondern einfach nur eine Frau, eine Frau, die mit jedem Teil ihres Wesens, mit ihrem Leben dafür kämpfte, ihre Lieben zu retten.

In diesem Augenblick besaß ihr Leben nur insofern einen Wert für sie, als dass es eine Art Waffe darstellte – eine Waffe zum Schutz ... zur *Rettung* ... ihres Sohnes und ihrer Stieftochter.

Und so riskierte sie, während sich die Bestie auf sie stürzte, rasend und in seiner Wut gefährlicher als je zuvor, in einem letzten, verzweifelten Versuch, ihn aufzuhalten, alles – ihre Kraft, ihren Verstand, ihren Leib und ihr Leben. Tief in ihrem Geist erklang ein inständiges, leidenschaftliches Flehen zu Gott und allen seinen Engeln, das schließlich als ohrenbetäubender Schlachtruf aus ihr hervorbrach, als sie sich blindlings auf ihren Feind stürzte.

* * *

Verschwommen, durch Tränen und Schmerz, sah Annie, wie Finola das Zaumzeug über ihren Kopf erhob, sich ungeschützt dem Messer ausliefernd.

Als er sich gerade auf sie stürzen wollte, stieß Finola einen fürchterlichen Schrei aus, schwenkte den Riemen durch die Luft und ließ ihn mit voller Wucht auf den Kopf des Wahnsinnigen niedersausen.

Annie rieb ihren schmerzenden Hals, während sie atemlos zusah.

Der Mann brüllte voller Qual auf, blieb jedoch stehen.

Keuchend, nach Atem ringend, versuchte Finola dem Messer auszuweichen, indem sie sich zu Boden warf und auf die Seite rollte. Dann hastete sie auf Knien in den offenen Gang zwischen den Boxen, nicht weit von der Hintertür des Stalls entfernt. Sie zwang sich aufzustehen, hinter sich zu blicken, bevor sie in Richtung der Stalltür schaute.

Entsetzt glaubte Annie einen Augenblick lang, Finola wollte sie verlassen, wollte durch die Stalltür flüchten und Gabriel und sie allein zurücklassen.

Doch als sie allmählich wieder klar denken konnte, wurde sie zornig über sich selbst, so etwas auch nur einen einzigen Augenblick anzunehmen. Finola würde sie niemals im Stich lassen, niemals!

Annie sah, wie Finola sich umwandte und sich dem Wahnsinnigen entgegenstellte. Ihre klaren blauen Augen, die sonst so sanft blickten, funkelten voller Zorn. Ihr langes Haar hing zerzaust über ihr Gesicht. Den Riemen um ihr Handgelenk geschlungen, die Zähne zusammengebissen, stand sie breitbeinig da, als wollte sie das Biest warnen, ihr keinen Schritt näher zu kommen.

Ein Feuer ging von ihr aus, und sie sah wahrhaftig wie eine der Kriegerinnen aus den alten Sagen aus.

Annie spürte Bewunderung und Stolz in sich aufsteigen, als sie Finolas Mut sah. Doch ihre Freude währte nicht länger. Mit einem Riemen eines Pferdegeschirrs als einziger Waffe hätte selbst die ruhmreichste Kriegerin wenig Hoffnung, einen so übermächtigen Feind zu besiegen.

Sie versuchte, sich von dem Stallfußboden zu erheben, wurde jedoch von einer solchen Woge an Übelkeit übermannt, dass ihr schwindlig wurde und sie zurückfiel. Unglaublich geschwächt, konnte sie nichts anderes tun, als im Staub zu liegen und zu beten.

* * *

Zitternd sah Finola, dass ihr Angriff die Wut des Verrückten nur noch weiter geschürt hatte. Wie ein wildes Tier, knurrend und fauchend, sprang er auf Finola zu und fiel über sie her. Er riss sie zu Boden und stürzte sich von hinten auf sie, ihr Gesicht gegen den mit Heu gestreuten Stallgang gepresst. Jeden Augenblick konnte die grausame Klinge in ihr Fleisch eindringen. Doch sie würde nicht aufgeben.

Gegen das Gewicht des Ungeheuers auf ihrem Rücken ankämpfend, jagten Finolas Gedanken zu ihrer Familie. Sie dachte an Gabriel, ihren kleinen Sohn ... und an Annie, ihre Stieftochter, die sie wie ihr eigenes Fleisch und Blut zu lieben gelernt hatte. Sie dachte an Morgan, und ihr Herz krampfte sich vor Kummer zusammen. Sie betete, dass Gott ihre Lieben irgendwie retten möge und sie nicht diesem grauenvollen Wahnsinn zum Opfer fallen würden.

Es drohte dunkel um sie zu werden, doch sie kämpfte weiter, versuchte, ihn abzuwerfen, während sie ihren Kopf gegen seine Schläge schützte.

Als das Fauchen und Brüllen so laut geworden war, dass die Wände des Stalls zu erbeben schienen, glaubte sie, der Augenblick ihres Todes sei gekommen. Wenn dies das Ende war, würde sie kämpfend sterben. Das letzte Bild vor ihren Augen würde das ihres Sohnes sein, und das letzte Wort auf ihren Lippen der Name ihres Heilands. Sie hob ihren Kopf aus dem Staub ...

Plötzlich sah sie durch den Schleier von Tränen und Schmerz hindurch, wie ein großer, graugestreifter Kopf durch die Hintertür auf sie zugejagt kam.

Einen entsetzlichen Augenblick lang glaubte sie, ihr Angreifer sei der leibhaftige Satan, der nun seine Höllengeister herbeigerufen hatte, um ihr den Garaus zu machen. Als sie die zornig glühenden Augen, das fauchende Maul, die gebleckten Reißzähne auf sich gerichtet sah, durchlebte Finola einen Augenblick endloser, entsetzlicher Panik.

Und dann erkannte sie, dass es kein Dämon aus der Hölle war, sondern dass ihr Fergus zur Hilfe eilte.

Der Angreifer lag noch immer auf ihr, doch er hatte abrupt aufgehört, auf sie einzuschlagen.

Instinktiv begann sie den Namen des Wolfshundes zu rufen.

Sie spürte, wie der Angreifer von ihrem Rücken rollte und sein wütendes Fauchen erstarb. Es ertönte ein letztes, entsetztes Stöhnen und dann ein fast unmenschlicher Todesschrei.

Als sie sich umdrehte, konnte Finola sehen, wie der riesige Wolfshund schwer atmend seine gewaltigen Reißzähne in die Kehle des Wahnsinnigen eingrub. Er schüttelte sich noch einmal kräftig – und dann herrschte Schweigen im Stall.

* * *

Weniger als eine Stunde später hatte man den Wolfshund von seiner Beute weggeholt. Hechelnd lag er neben der hinteren Stalltür. Die großen Augen des Tieres blickten ernst, aber angespannt, während er Wache hielt.

Nur Sandemon und Louisa waren noch im Stall. Tierney Burke und Jan Martova waren unterwegs, um die Polizei und den Leichenwagen zu holen. Lucy Hoy hatte die Tochter und den kleinen Sohn des *Seanchai* ins Haus gebracht, wo sie alle nötige Pflege und Fürsorge erhalten würden.

Nachdem er sich von dem Schock erholt hatte, hatte der *Seanchai* darauf bestanden, Finola selbst ins Haus zu bringen. Obgleich sie offensichtlich grausam geschlagen worden war und vollkommen erschöpft zu sein schien, hatte sie standhaft beteuert, dass sie keinen Arzt brauchte. Noch sehr zögerlich und um ihren Mann zu beruhigen, hatte sie schließlich zugestimmt, Dr. Dunne rufen zu lassen.

* * *

Sandemon hielt die Laterne hoch, als er auf die Leiche herabschaute, die in ein Tuch gehüllt vor seinen Füßen lag. Ihm gegenüber stand Schwester Louisa, die Hände in die Hüften gestemmt.

Ihre Haube sah unordentlich, ihre Tracht zerknittert und schmutzig aus. Als sie zu sprechen begann, klang ihre Stimme ungewöhnlich dünn und zitternd. „Meinen Sie, dass es Sünde ist, beim Tod eines solchen Menschen nichts anderes als Erleichterung zu empfinden? Ich sollte betrübt sein, dass seine Seele verlorengegangen ist, stattdessen bin ich nur erleichtert."

Sandemon dachte schweigend über ihre Worte nach, den Blick weiter zu Boden gerichtet. „Auch ein böser Mensch", sagte er schließlich leise, „hat seine Entscheidung gefällt. Jeder Mensch wählt den Weg, den er gehen will, entweder den Weg zum Leben oder den Weg in den Tod. Dieser Mann hat den Tod gewählt."

Schwester Louisa erschauderte. „Ich muss immer wieder denken, dass heute Abend auf grausame Weise ... *Gerechtigkeit* geübt wurde."

Sandemon nickte, sagte jedoch nichts. Doch wie sie den schweigsamen Mann kannte, war Louisa ziemlich sicher, dass auch er den gleichen Gedanken hatte.

„Er hätte unsere Finola für immer zum Schweigen gebracht", sagte sie nicht ohne Zorn.

„Stattdessen wurde er selbst zum Schweigen gebracht", ergänzte Sandemon ihre Gedanken. „Wir erleben es nicht immer, dass der Gerechtigkeit auf dieser Seite des Lebens Genüge getan wird", fuhr er nachdenklich fort. „Viel Unheil und Qual scheinen ungestraft zu bleiben, und wir fragen uns, warum. Doch Gott hat verheißen, dass das Böse nicht ewig ungerächt bleiben wird, und wir wissen, dass sein Wort wahr ist."

Langsam hob er seine Augen und sah sie an. „Ich meine, dass heute Abend, hier an diesem Ort Gerechtigkeit geübt worden ist."

Unerklärlicherweise hatte Louisa das Gefühl, dass noch etwas fehlte, dass noch etwas getan werden musste. Worte blieben unausgesprochen, Fragen unbeantwortet. Doch in einer solchen Situation *gab* es keine Antworten, keine endgültigen Worte. Warum fühlte sie sich dann so beunruhigt, ... so unzufrieden?

„Ich gebe nicht vor, traurig zu sein", sagte sie zu Sandemon. „Ich glaube keinen Augenblick, dass unsere Finola noch am Leben wäre, wenn *er* nicht den Tod gefunden hätte."

Wieder nickte der Mann zum Zeichen seiner Zustimmung. „Ich

gebe zu, dass auch ich keine echte Trauer für ihn empfinde. Ich leide nur mit unserem Herrn, dessen Herzen tief betrübt sein muss, dass eines seiner Geschöpfe, das zu Liebe und einem Leben im Glauben bestimmt war, stattdessen Gottlosigkeit und Verderben gewählt hat. Und dennoch ..."

Louisa sah ihn scharf an, gewappnet, jeglichen Versuch Sandemons zurückzuweisen, die Sache philosophisch zu betrachten oder Mitleid aufkommen zu lassen. Sie war vollkommen erschöpft. Unfähig, klar zu denken, empfand sie nicht den geringsten Funken Mitleid.

Der Mann mit der schwarzen Hautfarbe richtete seine Augen wieder auf die leblose Gestalt, die auf dem Boden zwischen ihnen lag. Im flackernden Schein der Laterne sah Louisa, dass dieses Drama auch an Sandemon nicht spurlos vorübergegangen war. Die ausgeprägten Gesichtszüge, die majestätische Haltung zeigten deutlich Spuren von Anspannung und Müdigkeit.

„Ich muss mich einfach fragen", sagte er, „welche Qualen oder welches Unrecht, welche Alpträume er erlitten haben mag, die ihren Teil dazu beigetragen haben, dass er zu dem wurde ... was er war."

Louisa starrte ihn erst ungläubig an, doch schließlich erhob sich ein anderes Gefühl in ihr, das ihr gar nicht willkommen war. Es war mehr als Verstehen und doch weniger als echtes Erbarmen; sie wollte es abschütteln ... wenn es ihr nur gelänge.

„Wie Sie bereits gesagt haben", stellte sie noch einmal heraus, während sie glaubte, das unerwünschte Gefühl auslöschen zu können, indem sie es ignorierte, „hat auch ein böser Mensch seine Entscheidung getroffen. Dieser Mann hat sich offenkundig falsch entschieden."

Sandemon hielt die Laterne ein wenig tiefer. „Doch sind nicht manche von uns durch liebende Menschen gesegnet, die uns helfen, die richtige Entscheidung zu treffen – Menschen, die uns lehren, was gut und was für uns am besten ist?" Er hielt inne, und seine Augen schweiften in die Ferne, als befände er sich in Gedanken an einem anderen Ort, in einer anderen Zeit.

„Andere", fuhr er noch leiser fort, „sind nicht in dieser glücklichen Lage, fürchte ich. Ungewollt und ungeliebt stolpern sie durch das Leben, und oft enden sie auf dem Weg, der ins Verderben führt – weil niemand sie genug liebt, um ihnen einen besseren Weg zu zeigen."

Er warf Louisa einen langen, forschenden Blick zu. „Ich habe Ihnen aus meinem Leben erzählt und von der Wende, die ich erfahren durfte. Ich glaube, auch ich hätte den Weg in die ewige Verdammnis gewählt, wenn ich nicht die geduldige, bedingungslose Liebe jenes frommen Mannes – meines Freundes Vater Ben – und aller, die wie er gesinnt waren, erfahren hätte. Ich glaube, dass mit viel Liebe und Unterweisung das Leben derer, die wir als verloren betrachten, ganz anders verlaufen könnte. Und vor allen Dingen", fuhr er bestimmter und zuversichtlicher fort, „dürfen wir nicht vergessen, dass unser Gott auch Böses zum Guten wenden kann. Man braucht nur an Gabriel zu denken, das goldige Kind, das jetzt die Räume von Nelson Hall heller erstrahlen lässt. Er wurde durch die Gewalt dieses unseligen Menschen gezeugt, und doch ist er Gottes herrliches Geschenk, ein Wunder. Wenn ich an ihn denke, stehe ich voller Ehrfurcht und Staunen vor Gott und seinem wunderbaren Wirken in unserem Leben."

Louisa erschauderte, und daran war nicht die kalte Nachtluft schuld. Sie schaute zu Sandemon, der selbst im Schatten der Dunkelheit eine edle Gesinnung, eine beständige Güte und Stärke seiner Seele ausstrahlte, ... ehe ihr Blick zu dem Toten zwischen ihnen wanderte.

Erschüttert spürte sie, dass sie plötzlich weinen wollte – vor Trauer um ein sinnlos vertanes Leben und gleichzeitig vor Erleichterung darüber, dass Leben gerettet werden konnten.

Ihre Beine schmerzten, als sie sich in den Staub kniete. Sie gehörte nicht zu denjenigen, die für Tote beteten, obgleich die Kirche dies natürlich erlaubte. Sie meinte, dass man dann Fürbitte tun sollte, wenn die Menschen noch lebten und selbst eine Entscheidung treffen konnten, wenn das Gebet ihr Leben noch zu verändern vermochte.

Das Beste war, entschied sie, während sie mit trockenen Augen auf die zugedeckte Leiche vor sich starrte, für die kostbaren Menschenleben zu danken, die gerettet worden waren – und darum zu bitten, dass sie ihr Leben nicht als selbstverständlich betrachtete. Denn sie gehörte zu den Glücklichen, von denen Sandemon gesprochen hatte, die eine Familie hatten, die sie umsorgt und behütet, die sie geliebt und ihr den Weg gewiesen hatte, das Licht anstelle der Finsternis zu wählen.

Sie würde immer dankbar sein für das Geschenk, Menschen zu haben, die sie liebten ... und nach den Geschehnissen des heutigen Abends gewiss noch viel mehr.

Es drängte sie auch, dafür zu beten, dass der Herr noch mehr treue Nachfolger berief, die andere lieben und schützen halfen und ihnen den Weg zum ewigen Leben zeigten. Wie viele unglückliche Seelen überall in der Welt brauchten allein heute Abend dringend jemanden, der sich ihrer erbarmte ... mit einer Liebe, die groß genug war, um das Leben dieser Menschen zu verändern. Sie betete, dass diese jungen Menschen ihr Leben nicht sinnlos vertun und im Verderben enden würden wie dieser unbekannte Tote vor ihr unter dem Leichentuch.

Als sie für einen Moment ihre Augen öffnete, sah sie, dass auch Sandemon vor Gottes Thron kniete.

29. Kapitel

Geheime Vorhaben

Ich hatte einen Gedanken, nur für deine Ohren bestimmt ...
W. B. Yeats (1865 – 1939)

New York City
Ende August

Vor dem Gebäude der Old Brewery, der Alten Brauerei, blieb Billy Hogan stehen und sah sich um. Sein Magen drehte sich um, während er inmitten des Drecks und des Elends auf dem Paradise Square stand – verfallene Mietskasernen, von Müll übersäte Straßen, zerlumpte Kinder, die mit hungrigen Augen und knurrendem Magen in den Abfällen nach etwas Essbarem suchten.

Eine Flut von Erinnerungen – ausschließlich trübsinnige Erinnerungen – strömte auf ihn ein, und einen Augenblick lang wünschte er sich von ganzem Herzen, er wäre niemals hierhergekommen.

Dass er gegen den Willen von Mr Whittaker hier war, machte alles nur noch schlimmer. Er sollte sich nicht in Five Points aufhalten, obgleich er es nicht direkt *versprochen* hatte, dass er es nicht tun würde.

Mr Whittaker hatte gesagt, es wäre „klüger", wenn er seine Mutter und seine Brüder jetzt, da Sorley aus dem Gefängnis entlassen war, zunächst erst einmal nicht mehr besuchen würde.

Billy nannte ihn nicht mehr *Onkel Sorley.* Sie waren ohnehin nie blutsverwandt gewesen, und jetzt, da Mr Whittaker ihm geholfen hatte, zu verstehen, dass er nichts getan, was eine derartige Misshandlung verdient hätte, würde ihm das Wort „Onkel" im Hals stecken bleiben.

Trotzdem könnte er nicht immer von seiner Familie getrennt sein, obgleich er sich nicht sicher war, ob es seiner Mutter etwas ausmachen würde, wenn sie ihn nicht sah. Als er sie das letzte Mal besucht hatte, schien sie zu abgespannt und niedergeschlagen zu sein, um überhaupt Notiz von ihm zu nehmen.

Bei Liam und Patrick, seinen kleinen Brüdern, war das anders. Eigentlich waren sie nur seine Halbbrüder, weil sie einen anderen Vater als Billy hatten, für Billy waren es jedoch Brüder. Die beiden freuten sich stets auf seinen Besuch, und sie sagten es ihm auch. Gewiss hatten auch die kleinen Geschenke, die Billy mitbrachte, ihren Anteil an ihrer Vorfreude. Mrs Whittaker sorgte immer dafür, dass er ein paar Kekse oder andere Süßigkeiten dabeihatte, wenn er sie besuchen ging. Billy wusste, dass dies die einzige Gelegenheit war, wo die beiden etwas anderes zu essen bekamen als Kartoffeln oder eine Suppe.

Seitdem Sorley etwa vor einem Monat aus dem Gefängnis entlassen worden war, hatte Billy sie nicht mehr besucht. Er wusste, dass Mr Whittaker sich sorgte, dass ihm wieder etwas zustoßen könnte. Er war ungewöhnlich streng gewesen, als er ihm gesagt hatte, er solle sich eine Zeit lang nur in der Nähe des Whittaker-Hauses aufhalten.

Doch er vermisste seine Brüder sehr, und wenn es auch seine Mutter nicht interessierte, ob er da war oder nicht, so vermisste er sie dennoch. Außerdem würden die Jungen nicht verstehen, warum er sie so lange Zeit nicht besuchte.

Er machte sich auch Sorgen um die Kleinen, und das war ein weiterer Grund, weswegen er nicht mehr länger fernbleiben konnte. Obgleich sie Sorleys leibliche Söhne waren, war Billy nicht völlig überzeugt, dass sie vor seinen Gemeinheiten sicher wären.

Er wusste, dass Mr Whittaker darauf bestanden hätte, ihn zu begleiten. Doch wenn Billy es zugelassen hätte und es ginge etwas schief – wenn Sorley beispielsweise zu Hause wäre und getrunken hatte –, dann konnte auch Mr Whittaker etwas zustoßen. Er war nicht so stark, und obendrein hätte er mit nur einem Arm gegen Sorleys brutale Gewalt nicht die geringste Chance.

Evan Whittaker war der beste Mann, den Billy je kennengelernt hatte, außer seinem Vater, der gestorben war, noch ehe sie Irland verlassen hatten. Insgeheim tat er manchmal so, als wären Mr Evan und Mrs Nora seine richtigen Eltern. Vielleicht war es nicht recht, mit solchen Gedanken zu spielen, während seine eigene Mutter noch lebte, doch *wäre* es nicht eine feine Sache, solche Eltern zu haben, die ihn wirklich liebten und die ihn so oft wie möglich bei sich haben wollten?

Auf jeden Fall könnte er es nicht ertragen, wenn Mr Whittaker etwas zustoßen würde. Und wie sollten die anderen Waisenjungen im Whittaker-Haus ohne ihn auskommen?

Es war schwierig gewesen, von Finbar loszukommen. Aus dem kleinen, gescheckten, schielenden Kater, der einst die Chorprobe gestört hatte, war inzwischen ein kräftiger Mäusefänger mit glänzendem Fell geworden. Er schielte immer noch, aber er leistete gute Dienste im Whittaker-Haus. Finbar war Billys Katze – und er folgte ihm überall hin, schlief in seinem Bett, saß auf seinem Schoß und schnurrte laut während des Unterrichts.

Finbar wollte heute mit ihm gehen. Billy musste ihn mit einem Happen Fisch, den er in der Küche entwendet hatte, ablenken, um durch die Haustür verschwinden zu können. Heute war Donnerstag, und so hatten sie am späten Nachmittag keinen Unterricht mehr. Die meisten seiner häuslichen Pflichten hatte er erfüllt, bevor er gegangen war. Es waren nur noch seine Aufgaben nach dem Abendessen zu erledigen, und um diese Zeit wollte er längst wieder zurück sein. So hatte er sich am frühen Nachmittag davongeschlichen und keinem Menschen etwas davon gesagt, wohin er gegangen war.

Er lächelte, als er daran denken musste, wie der kleine Kater, unter seiner Jacke versteckt, während seiner ersten Chorprobe bei Mr Whittaker „in der falschen Tonart miaut“ hatte. Erst jetzt traf es ihn wie ein Schlag – *die Chorprobe!* Das hatte er völlig vergessen. Die Donnerstagnachmittage waren zum Musizieren da. Deshalb wurde an diesem Wochentag der Unterricht früher beendet.

Über seine Achtlosigkeit entsetzt, stöhnte er. Er verpasste nicht nur seine Lieblingsbeschäftigung, sondern sein Fehlen würde Mr Whittaker unmissverständlich anzeigen, dass er weggegangen war.

Obgleich er es nun nicht mehr ändern konnte, machte er sich trotzdem Sorgen. Er hätte alles noch sorgfältiger planen müssen. Sein einziger Trost war der Gedanke an seine kleinen Brüder, wie ihre Augen leuchten würden, wenn sie ihn nach so langer Zeit sahen.

Mit seiner Linken fest eine kleine Tüte voller Süßigkeiten umklammernd, ging er in Richtung Mulberry Street weiter und versuchte, nicht an Mr Whittaker zu denken.

* * *

Im Whittaker-Haus sprang Quinn O'Shea wie ein Pfeil die vordere Treppe hinunter. An den letzten beiden Donnerstagen hatte sie jeweils einen Brief erhalten, den jemand am frühen Nachmittag, wo sich sonst niemand dort aufhielt, unter der Tür durchgesteckt hatte. Als sie heute Morgen aufgewacht war, war ihr erster Gedanke, ob heute wieder ein solcher Brief für sie eintreffen würde. Sie sah ihn sofort auf dem Fußboden liegen, dicht hinter der Schwelle.

Mit einem schnellen Blick vergewisserte sie sich, dass sie allein war, dann hob sie den Brief auf und eilte damit zurück in die Abgeschiedenheit ihres Zimmers.

Ihr Puls begann immer schneller zu rasen, als sie den langen, schmalen Umschlag betrachtete, auf dem mit breiten, aber sauberen Buchstaben ihr Name geschrieben stand: *Miss Quinn O'Shea, Whittaker-Haus.*

Quinns Finger zitterten leicht, als sie den Umschlag öffnete und die Zeilen überflog. Das erste Gedicht, das sie erhalten hatte, hatte sich gereimt; das zweite nicht, und es hatte mehr wie ein Brief geklungen. Mit ehrbarem Anstand verfasst, klangen die Worte dennoch wie ein Kompliment und spielten darauf an, wie einer jemanden aus der Ferne bewunderte, insgeheim liebte.

Das Gedicht von heute, in der gleichen exakten Handschrift verfasst, war zärtlich, beinahe schwärmerisch. Es war, als ob das Gedicht mit seinem starken und doch feinen Reim mit wenigen Worten viel sagen wollte:

„Ich kann nicht achtlos an dir vorübergehen,
ohne dich anzusehn.
Und ob ich es gleich versuchen will,
du ziehst mich zu dir – und ich halte still ...

Das Gedicht hatte nur noch wenige Zeilen mehr, alle sorgfältig in dem schlichten Reim abgefasst, den Quinn inzwischen schon kannte. Sie las das Gedicht noch einmal, wider ihren Willen bewegt, und gleichzeitig beunruhigt.

Natürlich hatte Daniel Kavanagh die Gedichte geschrieben. Es konnte niemand anders sein.

Sie wusste seit Monaten, dass er in sie verliebt war. Er hatte es auch kaum verbergen können. Jung und vollkommen unschuldig, hatte er nicht viel Talent, sich zu verstellen, geschweige denn zu heucheln. Quinn war in Wahrheit eher überrascht, dass er mit seinen Aufmerksamkeiten überhaupt so weit gegangen war.

Es ärgerte sie, dass sie Daniel Kavanagh für einen *Jungen* hielt, wo er doch in Wirklichkeit nicht einmal ein ganzes Jahr jünger war als sie. Sie glaubte, es lag an seiner Unschuld, dass er ihr so jung vorkam, zumindest, wenn es um Mädchen ging. Ansonsten war er außergewöhnlich klug, das stand außer Zweifel.

Während ihrer wöchentlichen Grammatikstunde zum Beispiel hatte er in Bezug auf ihre Sprache Wunder vollbracht. In der knapp bemessenen Zeit, die ihnen zur Verfügung stand, hatten sie sogar noch andere Gebiete gestreift, wie etwa die Grundlagen der häuslichen Krankenpflege, die er bei Dr. Grafton gelernt hatte.

Daniel hatte seine Nase stets in ein Buch gesteckt. Wenn es kein medizinisches Fachbuch war, das ihm Dr. Grafton geliehen hatte, dann hockte er über einem Geschichts- oder Geographiebuch aus ihrer Hausbibliothek.

Offensichtlich liebte er auch Poesie.

Trotz der Zeit, die sie gemeinsam verbrachten, hatte er nichts von seiner Scheu gegenüber Quinn verloren. Noch immer stolperte er oft über seine Zunge und wurde rot, wenn er ein Zimmer betrat, in dem sie sich gerade aufhielt.

Die Gedichte waren offensichtlich ein Versuch, sich mitzuteilen und trotzdem seine Anonymität zu wahren.

Quinn stieß einen tiefen Seufzer aus. Der Junge war bestimmt reizend. Reizend, gutaussehend und vollkommen anständig. Ein Prinz von einem jungen Mann, ein schöner Prinz – nach dem man sich bestimmt umdrehen würde mit seinem lockigen, tiefschwarzen Haar und den betörenden blauen Augen. Warum wusste er nicht, dass er sich eines von vielen Mädchen aussuchen konnte, dass er sich nicht auf eine festlegen durfte, die er *nicht* haben konnte?

Leider! Selbst wenn sie etwas für den jungen Burschen empfinden würde, dürfte sie ihm das niemals zeigen. Ein junger Mann wie Daniel Kavanagh verdiente ein feines Mädchen – ein Mädchen, das so anständig und unschuldig war wie er selbst. Ein Mädchen, auf das er stolz sein konnte.

Quinn biss sich auf die Lippen. Niemals würde ein Mann auf sie stolz sein können. Sie war verbraucht, verdorben, geschändet, von einem, der zum Abschaum dieser Welt gehörte. Wäre nicht das Messer gewesen, würde er sie vielleicht noch bis zum heutigen Tag versklaven.

Manchmal fühlte sie sich wie eine alte Frau und nicht wie ein junges Mädchen von siebzehn Jahren.

Siebzehn ... und bereits eine flüchtige und gefallene Frau. Sie war gewiss kein Mädchen für junge Männer wie Daniel Kavanagh, und so musste sie sehr auf der Hut sein, ihn nicht in seiner Torheit zu bestärken. Das Letzte, was er brauchte, war, sich mit jemandem wie ihr einzulassen. Er hatte es besser, viel besser verdient. Selbst ein rauer, stämmiger Ire wie der dickköpfige Sergeant Price würde es sich reiflich überlegen, ob er etwas mit einer wie Quinn O'Shea zu tun haben wollte, wenn er erst einmal wusste, was sie in Wirklichkeit war.

Der Gedanke an den kräftigen Polizisten brachte ein grimmiges Lächeln auf ihr Gesicht. *Dieser Mann* hatte bestimmt nichts Feinsinniges an sich. Sergeant Denny Price würde seine Absichten niemals für sich behalten können.

Doch selbst dieser dickköpfige Polizist wäre nicht so auf ihre Gesellschaft versessen, wenn er wüsste, was sich im Dunkel ihrer Vergangenheit verbarg – ganz bestimmt nicht.

Lange Zeit saß sie so da und starrte auf das Blatt, ohne die Worte wirklich zu sehen. Schließlich brachte sie die Musik, die von unten an ihr Ohr drang, in die Wirklichkeit zurück. Stimmen – Jungenstimmen –, die in dem gemütlichen Tagesraum in der ersten Etage erklangen, erinnerten sie daran, dass Mr Whittaker bereits mit der Chorprobe begonnen hatte. Die kleineren Jungen, die nicht zum Chor gehörten, brauchten ihre Aufmerksamkeit, und weil Johanna noch in der Schule war, musste sie Mrs Whittaker auch Teddy abnehmen, damit sie ihren Nachmittagsschlaf halten konnte.

Sie stand auf, streckte die Arme aus und reckte sich. Es war keine Zeit, faul herumzulungern und sentimental zu werden. Resolut steckte sie das Gedicht in den Umschlag zurück und verwahrte es bei den anderen.

Von nun an musste sie, vorsichtig zwar, um den Jungen nicht zu verletzen, Daniel Kavanagh von seiner Absicht abbringen. Vielleicht würde sie damit beginnen, ihm so oft wie möglich aus dem Weg zu gehen.

Vielleicht sollte sie auch den Grammatikunterricht beenden, doch würde sie diese Stunden nur ungern aufgeben, bevor sie alles gelernt hatte, was sie brauchte. Doch sie hatte begonnen, sich in Daniels Gegenwart unbehaglich zu fühlen, und seit kurzem wurde dies immer schlimmer.

Seltsam, dass sie sich bei jemandem, der so aufmerksam und offensichtlich in sie verliebt war wie Daniel Kavanagh, nicht wohlfühlen konnte, während sie sich in Gegenwart des unverschämten Sergeant Price – zumindest manchmal – völlig ungezwungen benehmen konnte. Für jemanden, der sich sonst von Polizisten bedrängt und eingeschüchtert fühlte, war es wirklich sehr sonderbar, dass sie in Gegenwart des Sergeants mehr sie selbst sein, sich gelegentlich sogar an seiner Gesellschaft freuen konnte.

Auf der anderen Seite musste sie auch mit den Zähnen knirschen, wenn er sich wie ein Clown benahm oder zu den unmöglichsten Gelegenheiten jenes breite, selbstgefällige Grinsen aufsetzte. Doch so unverbesserlich starrköpfig wie Quinn ihn auch fand, musste sie dem Mann eines lassen: Er konnte sie zum Lachen bringen. Wenn sie es am wenigsten erwartet hätte und zu den unmöglichsten Gelegenheiten schaffte es der Sergeant, dass sie lachen musste – und sogar über sich selbst.

Und dabei vergaß sie beinahe, dass er ein Polizist war.

Aber leider nur für kurze Zeit.

* * *

Zehn Minuten nach Beginn der Chorprobe erwog Evan Whittaker die Möglichkeit, *alle* Proben ausfallen zu lassen, bis Alice Walsh wiederkam.

Falls sie wiederkam ... bitte, Herr.

Seit dem Tod ihres Ehemanns hatte er sie nur zweimal gesehen. Das Begräbnis hatte im engsten Familienkreis und auch ohne vorausgehenden Kondolenzbesuch stattgefunden. Trotzdem war er nach Staten Island gefahren, um seine Sorge und sein Mitgefühl für die Familie zum Ausdruck zu bringen:

Er hatte Mrs Walsh zutiefst erschüttert vorgefunden, doch sie hatte sich offensichtlich gefreut, ihn zu sehen. Sie war natürlich tiefbekümmert, aber gefasster, als er es erwartet hätte. Auf der anderen Seite hatte ihn Alice Walsh jedoch schon immer als eine tatkräftige, fähige Frau beeindruckt. Je nach Ausgang der Verhandlung, die im nächsten Monat stattfinden sollte, hoffte Evan, dass sie schließlich diesen furchtbaren Schlag überwinden und für sich und ihre Kinder ein neues Leben aufbauen konnte. Und er hoffte sehnsüchtig, dass zu diesem neuen Leben auch ihre Rückkehr zu den Proben gehören würde.

Die gesamte entsetzliche Situation musste furchtbar schwer für sie sein. Es war eine grauenvolle Geschichte, die obendrein zu einem Skandal werden konnte. Vermutlich war Walshs Geliebte, die ein Kind von ihm erwartete, an jenem furchtbaren Tag sowohl Patrick Walsh als auch der armen Alice gegenübergetreten, was vernichtende Folgen gehabt hatte. Walsh hatte seine Geliebte kaltblütig ermordet, indem er sie die Treppe hinunterstieß. Offensichtlich wollte ihr Walsh auch noch eine Kugel in den Kopf jagen, um absolut sicher zu sein, dass sie auch wirklich tot war. Alice hatte versucht, ihn davon abzuhalten, und er war im Ringen um die Waffe erschossen worden.

Sara Farmington Burke war offenbar der einzige Mensch, dem Alice Walsh die hässlichen Einzelheiten dieses furchtbaren Geschehens anvertraut hatte. Sara war der Meinung, dass es einfach erstaunlich war, dass Alice Walsh keinen völligen Nervenzusammenbruch erlitten hatte.

Evan war persönlich davon überzeugt, dass die Frau nicht aufgeben würde, und sei es nur um der Kinder willen. Zu erfahren, dass ihr Mann ihr untreu war – und diese furchtbare Wahrheit noch dazu von der anderen Frau zu erfahren –, war genug, um auch den stärksten Willen zu brechen. Und mit der Tatsache zu leben, dass sie ihn, wenn auch unbeabsichtigt, erschossen hatte, war gewiss alles andere als leicht.

Trotzdem hatte Alice Walsh einige Tage nach der Beerdigung ihres Mannes Nora und ihn damit überrascht, dass sie mit einem Stapel Papieren im Whittaker-Haus erschienen war. Sie hatte es sogar fertiggebracht, ein wenig zu lächeln, als sie ihnen die aufregende Nachricht überbrachte: Firth, Pond & Co. bot Evan einen Vertrag über die Veröffentlichung einiger seiner Arrangements an.

Es war beinahe unbegreiflich, dass sie sich inmitten ihrer eigenen großen Not aufgemacht hatte, um anderen einen Gefallen zu tun. Angesichts dieses selbstlosen Großmuts hatte es Evan beinahe die Sprache verschlagen.

Selbst jetzt, nach einigen Wochen, konnte Evan dieses erstaunliche Glück, das fast ausschließlich durch die Bemühungen von Alice Walsh zustande gekommen war, kaum fassen, und ganz besonders, weil es ihrer persönlichen Tragödie unmittelbar auf den Fuß folgte. Er würde ihr für diese Ermutigung immer dankbar sein. Er wünschte, er könnte es ihr irgendwie vergelten, doch sie hatte um nichts anderes gebeten, als dass Nora und er für sie und ihre Kinder beteten.

Während er Woche für Woche ohne sie auszukommen versuchte, wurde ihm immer deutlicher bewusst, welchen Anteil Mrs Walsh an der Chorarbeit hatte. Mit einem verbissenen Lächeln gestand er sich ein, dass es bereits schwierig genug war, ein einarmiger Chorleiter zu sein. Der Versuch, als einarmiger Dirigent gleichzeitig auch als einhändiger Korrepetitor zu fungieren, war zum Scheitern verurteilt.

Im Augenblick jedoch musste er diese Situation irgendwie meistern. Die Jungen warteten offensichtlich auf ihn. Seufzend schweifte sein Blick über die vertrauten Gesichter in der Absicht, einen der älteren Jungen auszuwählen, der ihm helfen sollte, den Takt zu schlagen, damit er einzelne Teile auf dem Klavier spielen konnte.

Erst dabei bemerkte er, dass Billy Hogan fehlte.

„Wo ist Billy?“, fragte er. Seine Augen musterten die Gruppe, eine bunte Mischung verschiedener Altersgruppen und Hautfarben. Ein oder zwei Jungen zuckten mit den Achseln, andere schauten ihn unwissend an.

Während er darauf wartete, dass Oskar, ihr neuestes und jüngstes Chormitglied, Billy geholt hatte, sang Evan mit den anderen schnell einige ihrer Lieblingslieder durch. Einige der älteren Jungen sangen nicht mehr im Chor mit und hatten sich für die Band – im Stil einer Militärkapelle – entschieden, die Evan vor einiger Zeit, wiederum mit Hilfe von Alice Walsh, gegründet hatte. Andere zogen es vor, sowohl im Chor als auch in der Band mitzuarbeiten.

Obgleich die meisten Mitglieder noch immer aus Five Points kamen, führte Evan die Proben seit kurzem hier in der Elisabeth Street durch, die von dem berüchtigten Slum bequem zu Fuß zu erreichen war. So konnte er gleichzeitig auch die kleineren Jungs, die jetzt im Whittaker-Haus wohnten, im Auge behalten und auch bei Nora sein. Außerdem war er davon überzeugt, dass es den Jungen guttat, einmal aus dieser abscheulichen Gegend herauszukommen, und sei es nur für eine Stunde in der Woche.

Als Oskar nicht sofort zurückkam, wurde Evan ungeduldig und auf unerklärliche Weise beunruhigt. Er hatte sich bereits seit einigen Wochen Sorgen um Billy Hogan gemacht, weil er fürchtete, der Junge könnte wider alle guten Ratschläge seine Familie besuchen. Obwohl Evan Billy strengstens ermahnt hatte, nicht nach Five Points zu gehen – und damit außerhalb der Reichweite des brutalen Sorley Dolan zu bleiben –, hatte er es ihm auch nicht ausdrücklich verboten. In der Tat hatte er auch nicht das Recht, dem Jungen irgendetwas zu verbieten, denn er war nicht sein offizieller Vormund.

Das rief gleichzeitig einen anderen Gedanken in ihm wach, der ihn seit einiger Zeit verfolgte und den er bislang für sich behalten hatte. Er wusste nicht recht, wie er das Thema mit Nora – und auch mit Billy – anschneiden sollte. Er zog jedoch zuweilen in Betracht, die offizielle Vormundschaft für Billy zu übernehmen, ... falls Billy das wollte und wenn Nora einverstanden war.

Wie er die Situation beurteilen konnte, war Billy seiner Mutter völlig gleichgültig. Seit Wochen hatte sie kein einziges Mal versucht, Kontakt zu Billy aufzunehmen, hatte es keinerlei Verbindung zu der Familie gegeben. Auch wenn Dolan wieder da war, hätte die Frau gewiss eine Gelegenheit finden können, um mit ihrem Sohn Verbindung aufzunehmen, und wenn sie ihm nur geraten hätte, von zu Hause wegzubleiben. Doch nicht ein einziges Wort hatte sie erreicht, und Evan spürte, wie dies den Jungen befremdete und verletzte.

Sein Herz schmerzte um Billy Hogan. Er hatte den kleinen Burschen mit dem strohblonden Haar, dem feingezeichneten Gesicht und der Engelsstimme sehr liebgewonnen. Er würde Billy gern seinen Sohn nennen, doch hatte er nicht die geringste Ahnung, wie Billy über diese Möglichkeit denken würde.

Oskar kam zurück und riss Evan aus seinen Gedanken.

„Kann Billy nirgends finden, Mistah Evan. Miss Quinn sagt, sie hat ihn auch nicht gesehen. Und der Kater, Finbar, scheint auch verschwunden zu sein."

Einen Augenblick lang starrte Evan den kleinen Mulattenjungen an, bevor er sich an die anderen wandte. „Hat irgendjemand von euch Billy gesehen? Billy Hogan?"

Wieder kam keine Antwort. Evan wurde immer unruhiger. Er war sich ziemlich sicher, dass er wusste, wo Billy war.

Der Junge schien jede Chorprobe zu genießen, und gewöhnlich erschien er früher und blieb noch länger, wenn die Probe schon vorüber war. Billy würde die Chorprobe nicht ohne Grund versäumen.

Widerstrebend beschloss Evan, die Probe fortzusetzen. Wenn der Junge innerhalb der nächsten Stunde nicht zurück war, würde er sich sofort auf den Weg nach Five Points begeben.

Er hatte zwar rein rechtlich keinerlei Verpflichtung Billy gegenüber, doch trotzdem legte sein Herz ihm Verantwortung auf.

30. Kapitel

Verhöhnung der Gerechtigkeit

Der Kampf um Gerechtigkeit wütet unerschütterlich;
es gibt kein Halt und kein Erbarmen.
Die tödliche Woge schäumt unabänderlich;
sie trifft die Reichen wie die Armen.
Oscar Wilde (1854 – 1900)

Als Michael Burke an diesem Donnerstagnachmittag Jess Dalton in seinem Büro in der Bowery aufsuchte, fand er den großen Pastor mit den schwarzen Locken viel fröhlicher als bei seinem letzten Besuch vor.

Sein Händedruck war kräftig, sein Lächeln spontan. „Michael! Schön, dich zu sehen. Du bringst gewiss die gesammelten Kleider, die deine Frau uns versprochen hat. Komm herein, komm herein!"

Michael ließ sich auf dem Stuhl nieder, den Jess ihm anbot, bevor er wieder hinter seinem Schreibtisch Platz nahm.

„Ich habe Sara versprochen, zuerst nach deiner Frau und der Familie zu fragen", erklärte Michael.

Jess Daltons Lächeln blieb fröhlich. „Kerry geht es den Umständen entsprechend recht gut. Casey-Fitz ist eine große Hilfe für sie. Und wir haben tatsächlich gute Nachrichten in Bezug auf Amanda. Das Gericht hat Verlängerung für unseren Antrag gewährt; Winston darf einen Monat lang Amanda *nirgendwohin* mitnehmen."

Michael beugte sich nach vorn. „Das ist wunderbar! Ihr müsst erleichtert sein."

Ein Muskel in Jess' Augenwinkel spannte sich an, und sein Lächeln verschwand. „Wir sind natürlich sehr dankbar dafür. Das bedeutet zumindest mehr Zeit für unseren Anwalt, Winstons Verhältnisse zu erforschen und sich auf die Verteidigung unseres Antrags vorzubereiten. Doch solange auch nur die geringste Möglichkeit besteht, Amanda zu verlieren ..." Er hielt inne und schaute auf seine Hände, die zur Faust geballt auf dem Schreibtisch lagen. „Nun, es ist wirklich schwierig."

„Ihr werdet das Mädchen bald euer Eigen nennen", erwiderte Michael. „Ich kann mir nicht vorstellen, dass irgendein Richter, der auch nur ein wenig Herz hat, das Kind mit einem Fremden wegschickt, zumal sie ja fast noch ein Baby ist."

Jess Daltons Gesicht wurde betrübt. „Ich bete, dass du recht hast, doch eigentlich ist Winston für Amanda kein Fremder. Das Gericht hat ihm erlaubt, sie jede Woche zu sehen – zwar nur für eine Stunde, doch das könnte genügen, um sich bei ihr einzuschmeicheln. Amanda ist ein sehr vertrauensseliges kleines Mädchen."

Er schüttelte den Kopf, dann blickte er auf. „Ach, Michael, in letzter Zeit tobt ein regelrechter Kampf in mir. Manchmal denke ich, wenn ich wirklich das Beste für Amanda will und wenn Winston bereit ist, ihr ein gutes Leben zu bieten, dann sollte ich nicht gegen ihn kämpfen. Doch dann sehe ich die Pein in Kerrys Augen oder spüre das Messer in meiner eigenen Brust, und es erscheint mir unmöglich, die Qual zu ertragen, Amanda zu verlieren. Außerdem schwelt in mir ein Zorn, den ich kaum unterdrücken kann."

Michael nickte, erwiderte jedoch nichts. Er verstand nur zu gut, was Jess Dalton über seinen Zorn berichtete.

Seitdem Patrick Walsh tot war, hegte auch er einen stillen, aber ständigen Zorn. Er wusste, es war nicht richtig, dass dieser Ärger in ihm siedete. Er nannte sich Christ, und er hatte fast sein ganzes Leben lang versucht, als solcher zu leben. Doch ein richtiger Christ konnte vergeben, nicht wahr? Ein wahrer Christ überließ es Gott, einen Menschen zu richten. Doch obgleich er prinzipiell daran glaubte, dass Gott gerecht war und dass er seine vollkommene

Gerechtigkeit am Ende zum Ziel bringen würde, konnte er sich nicht von der wachsenden Bitterkeit in seinem Herzen befreien. Er fühlte sich enttäuscht, betrogen – und zornig.

Es hatte eine Zeit gegeben, da hatte er sich geschworen, dass er Patrick Walsh zu Fall bringen, dass er ihn bezahlen lassen würde für alle Leben, die er ruiniert hatte – einschließlich des Lebens seines eigenen Sohnes Tierney. Stattdessen war Walsh schließlich durch die Schwachheit seines Fleisches selbst zu Fall gekommen. Zur Rede gestellt von seiner Geliebten, der Frau, der er Unrecht getan hatte, wurde er, wenn auch unbeabsichtigt, durch die Hand seiner Ehefrau, der Frau, die er betrogen hatte, getötet.

Dies schien alles so ungerecht zu sein. Der Teufel selbst sollte zahlen für einen Mann wie Walsh, einen Mann ohne Skrupel, ohne Gewissen!

Walsh war durch und durch korrupt gewesen, ein Verbrecher, der unzählige Immigranten in dieser Stadt beraubt hatte. Angefangen bei seinen gnadenlosen Schleppern im Hafen, denen viele Ahnungslose, die gerade die Schiffe verließen, zum Opfer fielen, über die furchtbaren Mietshäuser, aus denen sogar die Ratten zu fliehen versuchten, zu den zahllosen Kneipen, Spielhöllen und Bordells. Walsh hatte jegliche Art von Verderben und Laster in dieser Stadt kontrolliert. Selbst Michaels eigenen Sohn hatte er zu korrumpieren versucht, und als ihm das nicht gelungen war, hatte er versucht, Tierney umzubringen.

Michael glaubte einfach, dass jemand, der so viel Leid und Elend in das Leben tausender Menschen gebracht hatte, gnadenlos bestraft werden müsste. Es musste Gerechtigkeit geübt werden.

Und noch länger, als er sich überhaupt erinnern konnte, hatte er sich vorgenommen, der Mittler dieser Gerechtigkeit zu sein.

Doch nun war Walsh tot. In einem Augenblick getötet, war er gewiss ohne große Schmerzen und ohne Reue aus diesem Leben gegangen. Diese Ratte war zu leicht davongekommen.

Michaels Magen krampfte sich zusammen. Sara und er hatten

heute Morgen wieder über seine „sinnlose Besessenheit“, wie sie es nannte, gestritten. Sara war von seiner hilflosen Wut über Walshs Tod betroffen, dennoch konnte er seine Gefühle einfach nicht ablegen. Oder vielleicht wollte er es auch nicht.

Michael hatte einen furchtbar bitteren Geschmack im Mund. Er schaute auf und sah, wie Jess Dalton ihn neugierig betrachtete.

„Was macht dich so zornig, mein Freund?“ Die Stimme des Pastors klang sanft. „Was belastet dich so sehr?“

Michael zwinkerte, während er in das freundliche Gesicht des Mannes schaute, der ihm gegenübersaß. Einen Augenblick lang war er versucht, seine Verbitterung auszusprechen und Jess Daltons Rat zu suchen. Pfarrer oder nicht, er verstand offenbar, was Zorn war. Jess Dalton gehörte nicht zu denjenigen, die andere wegen ihrer Gefühle verurteilten.

Doch was nützte es noch? Walsh war tot. Es gab nichts mehr an seinem Schicksal zu ändern, es gab kein Zurück. Und Worte, ganz gleich, wie weise oder wohlgemeint sie auch waren, vermochten nicht die Kohlen der Bitterkeit zu löschen, die noch immer in seinem Herzen schwelten.

Er lächelte gezwungen und zuckte mit den Achseln. „Es ist keine Last, Jess, es gibt ein paar Dinge, mit denen ich erst noch fertig werden muss. Doch erzähl mir mehr über Winston. Als wir uns zuletzt sprachen, sagtest du, dass ihr Nachforschungen über ihn anstellen lassen wolltet.“

Der forschende Blick des großen Pastors ruhte noch einen Augenblick auf Michael, bevor er erklärte: „Ja, Hancock – Lawrence Hancock, unser Anwalt – ist gerade damit befasst. Er hat jemanden, der in England daran arbeitet, und auch jemanden hier. Bis jetzt haben wir kaum mehr erfahren, als wir bereits wussten. Winston war seinem Vater – Amandas Großvater – entfremdet, und das seit einiger Zeit. Bevor Amandas Mutter starb, hatte sie Dr. Grafton erzählt, dass ihr Bruder trank und spielte. Er lebte offensichtlich vollkommen verantwortungslos. Ihr Vater hatte ihn aufgrund seines ausschweifenden Lebenswandels wiederholt aus dem Haus geworfen."

Dalton hielt stirnrunzelnd inne. „Doch das bedeutet noch nicht unbedingt, dass das Gericht ihm das Recht der Vormundschaft für Amanda abspricht."

„Also *habt* ihr einen Antrag auf Vormundschaft gestellt?"

„Oh ja, wir hatten die Adoption bereits beantragt, als Winston auftauchte. Doch nun mussten wir zunächst einen Antrag auf vorläufige Vormundschaft stellen."

Michael runzelte die Stirn. „Mir scheint, dass praktisch jeder Richter dich und deine Frau für geeigneter halten muss als Winston, zumal Amanda schon einige Monate bei euch wohnt."

Jess Dalton schüttelte den Kopf. „Aber Colin Winston ist ihr Onkel. Das macht den entscheidenden Unterschied aus. Oder kann ihn zumindest ausmachen, solange wir keine Beweise – schwerwiegende Beweise – erbringen können, die eindeutig klarstellen, dass er als Vormund ungeeignet ist. Und das müssen drastische Dinge sein, fürchte ich."

„Das ist vielleicht gar nicht so schwer, wie du jetzt denkst", bemerkte Michael. „Ich habe die Erfahrung gemacht, dass ein Mann, der sein Leben mit der Flasche in der Hand am Spieltisch zubringt, meist eine breite, schmutzige Spur hinterlässt. Ich weiß nicht, ob ich euch irgendwie behilflich sein kann, doch ich werde mich einmal umhören und sehen, was ich herausfinden kann. Doch jetzt muss ich gehen, fürchte ich. Wo soll ich übrigens die Kisten mit der Kleidung abstellen?"

Jess Dalton stand auf und kam um seinen Schreibtisch herum, um Michael die Hand zu schütteln. „Am besten draußen im Flur. Und sag Sara, dass wir wie immer sehr dankbar sind. Und wir schätzen natürlich jede Hilfe in Bezug auf Amanda." Er hielt inne, und sein freundliches Gesicht war nahe genug, dass Michael die Frage in seinen Augen sehen konnte. „Und Michael – falls ich *dir* irgendwann helfen kann, brauchst du mir es nur zu sagen."

Der bezwingende Blick jener blauen Augen schien noch einmal in Michaels Seele zu forschen.

In Anbetracht des augenblicklichen Zustandes seiner Seele wurde ihm bei diesem Gedanken äußerst unbehaglich zumute.

***

Colin Winston sah sich unter dem Vordach am Eingang des *Zehncentmuseums* um. Was er dort sah, ließ kaum Zweifel an dem, was den Besucher erwartete. Dies war natürlich kein Museum, es war ein Ort, an dem Menschen mit Missbildungen zur Schau gestellt wurden. In einer furchtbaren Slumgegend, wie hier in der *Bowery*, schien es von derartigen Einrichtungen zu wimmeln. Die Amerikaner waren offenbar vom Grotesken fasziniert.

Dennoch war dies vermutlich genau der richtige Ort, um einen Schläger zu finden, wie er ihn suchte; nicht unbedingt unter den Missgeburten selbst, obgleich dies auch eine Möglichkeit war. Er glaubte jedoch, dass jene abscheulichen Geschöpfe ihm sagen konnten, wo ein Mann zu finden war, der sein gräuliches Vorhaben ausführen würde. Wenn nicht, würde er sich an die rauen Kerle wenden, die an der Ecke herumlungerten.

Er bezahlte seinen Eintritt bei einem verdrießlichen Ausrufer mit herunterhängendem Schnurrbart und einem funkelnden Diamantring an jedem Finger, bevor er an einem grimmig aussehenden Zwerg, der an der Tür stand, vorüberging. Winston begegnete dem mürrischen Gesicht der abscheulichen Gestalt mit einem höhnischen Lächeln und ging hinein.

Er achtete kaum auf die Ungeheuer in Menschengestalt auf der Bühne, nahm nur im Entferntesten die Frau mit Bart und einen widerlichen jungen Mann ohne Beine wahr, den sie *Turtle Boy* – Schildkrötenjunge – nannten. Er richtete seine Aufmerksamkeit auf eine ausgesprochen hässliche Erscheinung, die als der *Strong Man* – der Starke – angekündigt wurde. Ein Kopf wie der eines

Bullen saß auf einem ungewöhnlich dicken Hals, an den sich ein Körper anschloss, der so unbezwingbar wie eine Eiche aussah. Neben dem *Strong Man* stand ein großer, dürrer Albino, der beinahe geisterhaft erschien, und dann folgte ein Mann mit zwei leeren Ärmeln und einem furchtbar grässlichen Gesicht.

Winston erschauderte und eilte durch den Raum auf eine Seitentür zu, die vermutlich hinter die Bühne führte. Ein runzliger alter Mann, der neben der Tür auf einem Stuhl saß, hielt ihn auf, indem er ihn barsch anfuhr, was er wolle.

„Eigentlich halte ich nach einem bestimmten Burschen Ausschau", erklärte Winston freundlich. „Vielleicht können Sie mir helfen, oder mir zumindest sagen, an wen ich mich wenden kann."

Von Winstons künstlicher Herzlichkeit offenbar unbeeindruckt, starrte ihn der andere nur an.

„Ein großer Bursche", plauderte Winston weiter, indem er versuchte, den Verbrechertypen zu beschreiben, nach dem er Ausschau hielt. „Ein Gauner, und ein bisschen zwielichtig, fürchte ich. Fällt Ihnen dabei jemand ein?"

Der alte Mann betrachtete ihn voller Abscheu. „Nicht mehr als einige hundert etwa, das ist alles."

Immer noch griesgrämig, musterte der grauhaarige Türhüter Winston mit einem wissenden Blick. „Mit *Stump* wollen Sie sprechen", erklärte er. „Das heißt, wenn er in der Stimmung ist, Sie zu empfangen. Er kennt alle scheußlichen Verbrecher in der Bowery. Er kann Ihnen jemanden besorgen."

„Stump?"

„Er ist gerade auf der Bühne; der, der keine Arme hat."

Winston schluckte. In ihm kämpfte sein Widerwille, einer der Missgeburten gegenüberzutreten, gegen sein Bestreben, sein scheußliches Geschäft so schnell wie möglich erledigt zu sehen.

Seine Ungeduld siegte binnen kurzer Zeit. „Kann ich irgendwo auf ihn warten?", fragte er den verdrießlichen Alten.

„Zwei Türen weiter auf der rechten Seite." Der alte Mann

zeigte mit dem Finger in Richtung eines dunklen, schmalen Korridors.

Winstons Blick schweifte in den schattigen Flur hinter dem griesgrämigen Aufseher. Er erschauderte. Er stellte sich vor, wie in allen Ecken grauenhafte Missgeburten lauerten, nahm förmlich den abscheulichen Geruch wahr, der einen solchen Ort erfüllen musste.

Er riss sich zusammen und ging, geradeaus blickend, den düsteren Korridor entlang. Innerlich schäumte er vor Wut gegen seinen verstorbenen Vater und gegen Dalton, diesen Tölpel von einem Pfarrer, der ihn zu diesem Schritt gezwungen hatte.

Ursprünglich hatte er nur vorgehabt, das Mädchen abzuholen und mit nach England zu nehmen. Dort wollte er sich völlig auf seinen alten Kumpanen Charley Seagrave verlassen, einen hartgesottenen Anwalt, der noch skrupelloser war als Winston. Er sollte sich dann um eine offizielle Vormundschaft und die Einzelheiten des Testaments kümmern. Mit seiner Nichte wollte er sich später befassen, wenn er Zeit hätte, gründlicher darüber nachzudenken.

Doch Dalton hatte sich stur gestellt und die Dinge verzögert. Jetzt konnte er zumindest einen ganzen Monat lang gar nichts unternehmen.

Das gab Dalton genug Zeit, Nachforschungen anstellen zu lassen, die dazu führen könnten, dass das Mädchen und, was viel wichtiger war, das Erbe für ihn verloren waren. Selbst hier würde das Gericht einem *Wüstling* nicht gerade gewogen sein, um die Lieblingsbezeichnung seines verstorbenen Vaters für seinen einzigen Sohn aufzugreifen, und besonders einem Wüstling, dessen Spielschulden die Hälfte des Familienbesitzes überstiegen und dessen Durst auf Whiskey in London bereits legendär war.

Also hatte er, so abscheulich und unangenehm es auch sein mochte, seine Pläne geschwind geändert. Er würde das Mädchen entführen und beseitigen lassen, *bevor* sie unter seine Vormundschaft kam. Auf diese Weise würde er einer Konfrontation mit dem

Gesetz entgehen. Wenn die Tat entdeckt würde, befände er sich längst auf dem Weg zurück nach England, zu seinem Erbe und einem neuen Leben – einem viel bequemeren Leben.

An der Tür, die ihm der alte Mann angewiesen hatte, blieb Winston stehen und atmete die muffige Luft des Korridors ein. Vorsichtig, nur mit einer Schulter gegen die Wand gelehnt, stand er da und brütete über seinem Schicksal, während er auf den Mann wartete, den sie *Stump* – Stumpf – nannten.

Das alles war natürlich nicht seine Schuld. Die Verantwortung trug allein sein unnachgiebiger, puritanischer Vater, der sich das Recht herausgenommen hatte, seine abtrünnigen Kinder für ihre Rebellion zu bestrafen.

Sein Vater würde das Ganze zweifellos als göttliche Gerechtigkeit betrachten, glaubte er doch stets, mit dem Göttlichen im Bunde zu stehen – als bevollmächtigter Mittler gerechter Vergeltung.

Göttlicher Henkersknecht!

Zuerst hatte er die arme Elisabeth aus dem Haus geworfen und enterbt, weil sie diesen irischen Stallknecht geheiratet hatte. Dann hatte der alte Herr nach einem Sinneswandel Elisabeth und ihr kleines Balg wieder als Erben eingesetzt und dabei das Erbe seines Sohnes in Frage gestellt. Winston würde nur im Falle von Elisabeths Tod einen Teil des großen Besitztums erben – und nur wenn seine Nichte von der Bildfläche verschwunden war, konnte er hoffen, jemals so reich zu werden, dass er alle seine Schulden begleichen und ein entspanntes Leben führen könnte.

Und das konnte nicht früh genug sein. Auf einmal hörte Winston Schritte im Korridor und trat von der Wand zurück. Mit einem aufgesetzten Lächeln strich er seinen Kragen glatt und schluckte einen bitteren Geschmack der Abscheu hinunter, als die Gestalt, die *Stump* hieß, langsam in Sicht kam.

31. Kapitel

Verlassen

Nichts als erkaltete Asche ich fand,
wo einst wärmend ein Feuer brannte.
Gähnende Leere nur, wo einst der Kessel stand –
an dem Ort, den mein Zuhause ich nannte.

Anonymus (1847)

Als Evan die Jungen von der Chorprobe entließ, war er beinahe krank vor Sorge. Er wusste, dass seine panische Angst unbegründet war; kleine Jungen vergaßen mitunter eine ihrer Pflichten, oder sogar ihre Lieblingsbeschäftigung. Es war möglich, dass Billy an diesem Nachmittag einfach auf eigene Faust durch die Gegend streifte.

Es war gewiss töricht von ihm, sich so viele Sorgen zu machen. Vermutlich hatte der Junge Freunde getroffen und darüber die Zeit vergessen. Oder vielleicht hatte Quinn ihn gebeten, einen Weg zu erledigen, ohne jemandem Bescheid zu sagen.

Das hatte sie nicht. Als Evan sie im Flur fragte, während die Jungen auseinandergingen, sah sie ihn verwundert an. „Nein, ich habe Billy den ganzen Nachmittag noch nicht gesehen."

„Bist du ganz sicher?"

„Ja, bestimmt. Ist etwas passiert, Mr Whittaker?"

„Ich hoffe nicht", erwiderte Evan zerstreut. „Es s-sieht B-Billy nicht ähnlich, eine Chorprobe zu verpassen. Es sieht ihm überhaupt nicht ähnlich. Vielleicht sollte ich ..." Er hielt inne und schaute das Mädchen an. „Quinn, würde es dir v-viel ausmachen, Sergeant Price zu holen, während ich mit Mrs Whittaker spreche? Ich w-werde eine Zeit lang außer Haus sein, und ich möchte es ihr sagen. Wenn du den Sergeant nicht finden kannst, dann frag bitte nach ihm. Einer der Polizisten befindet sich meist hier in der Nähe."

„Ja, gern, Mr Whittaker." Sie hielt inne. „Ich hoffe, Billy Hogan ist nicht in Schwierigkeiten?"

Evan sah sie an. Er wusste, dass ihre junge Haushälterin Billy sehr mochte. Er hatte sie oft mit dem Jungen gesehen und ihre Zuneigung für den kleinen Iren gespürt. Quinn war zu allen Jungen gut, doch dem kleinen Billy Hogan schien ihre besondere Liebe zu gehören. Vielleicht half ihr der kleine Junge mit dem ernsten Gesicht, ihre Sehnsucht nach ihrer kleinen Schwester zu Hause in Irland zu überwinden.

„Meine Frau und ich haben dir von B-Billys Familie erzählt – wie seine M-Mutter ihn vernachlässigt und sein Stiefvater ... ihn m-misshandelt hat?"

Quinn nickte, und ihr Blick trübte sich. „Und der brutale Kerl ist bereits aus dem Gefängnis entlassen, habe ich gehört."

„Ja, und deswegen mache ich mir Sorgen. Ich habe Angst, dass Billy seine Familie besuchen gegangen und Dolan begegnet sein könnte. Es ist nicht auszudenken, was der Mann ihm antun könnte, besonders, wenn er betrunken ist – und das ist meistens der Fall."

Bevor Evan seine Erklärung beendet hatte, wandte sich das Mädchen zum Gehen. Sie riss ihre Schürze vom Leib und warf sie von sich, während sie bereits auf dem Weg zur Tür war.

„Ich suche den Sergeant", sagte sie, während sie Evan einen Blick über die Schulter zuwarf. „Keine Angst, Mr Whittaker. Wir werden Billy Hogan finden, ganz bestimmt werden wir das."

Als er ihr nachsah, wie sie aus der Tür eilte, hoffte er inbrünstig, dass sie recht behalten möge.

***

Billy ging so langsam und leise wie möglich die dunkle Treppe zu ihrer Wohnung hinauf. Oben angekommen, legte er einen Augenblick lang sein Ohr an die Wohnungstür und lauschte.

Auf der anderen Seite herrschte völliges Schweigen. Er drehte an dem Knopf und fand die Tür offen. Mit äußerster Vorsicht öffnete er sie einen Spaltbreit.

Obgleich er nichts sah, nichts hörte, erwartete er dennoch halb, dass Sorley ihm entgegengerast kam, betrunken und wütend. Als er jedoch das Zimmer betrat, schlug ihm eine unheimliche Stille, eine seltsame Leere entgegen, in der sein Herzschlag wie eine Trommel widerzuhallen schien.

Einen Augenblick lang war er erleichtert, dass Sorley nicht da war, doch diese Erleichterung wich schnell der Sorge darüber, dass irgendetwas nicht stimmte.

„Mama?"

Er zuckte zusammen, als seine Stimme in dieser Leere ertönte. Noch leiser rief er die Namen seiner beiden Brüder. „Patrick? Liam? Billy ist hier, euer Bruder. Wenn ihr euch versteckt habt, dann kommt jetzt heraus."

Nichts rührte sich, außer der wachsenden Unruhe, die in ihm aufstieg.

Regungslos stand Billy da und schaute sich um. Erst jetzt wurde ihm bewusst, dass der Raum praktisch leer war.

Sein Puls hämmerte schneller, als sein Verstand die Verlassenheit des Zimmers aufnahm. Der wacklige Tisch und alle vier Stühle waren weg. Der fettbeschmierte Kocher stand noch immer in der Ecke, aber ohne die Teekanne seiner Mutter. Keinerlei Geschirr war zu sehen, kein Kessel, nicht einmal eine Blechtasse.

„Mama?", sagte er noch einmal und spürte einen Kloß im Hals, der einen Augenblick zuvor noch nicht dort gewesen war.

Als er zu dem Schlafzimmer ging, waren seine Beine bleischwer. Der Vorhang, der die Küche und das Schlafzimmer trennte, hing noch dort. Mit zitternder Hand zog er ihn beiseite und hielt den Atem an, während er eintrat.

Das Schlafzimmer ohne Fenster war dunkel und schattig, doch Billy konnte deutlich erkennen, dass es genauso leer war wie die Küche. Das durchgelegene Eisenbett, das seine Mutter und Sorley geteilt hatten, war ebenso verschwunden wie die Strohsäcke, auf denen die Jungen geschlafen hatten. Keine schmutzige Wäsche lag auf dem Fußboden verstreut, keine Decken waren in die Ecke geworfen.

Nichts zeugte davon, dass jemals jemand hier gewohnt hatte.

Lange starrte Billy in die Leere, bevor er in die Stille hinein flüsterte: „Mama?"

Seine Augen erspähten etwas Buntes in der Ecke, wo er mit seinen Brüdern geschlafen hatte, und er ging durch das Zimmer, bückte sich und hob eine kleine blaue Socke auf, die gestopft werden musste.

Während er so dastand, schien ein bitterkalter Wind durch die Wohnung zu wehen, der ihn bis auf die Knochen frieren ließ, sodass er taub und benommen zurückblieb.

Sie waren weg. Ohne ein Wort, ohne Abschied, ohne einen Brief, der ihm alles erklärte, waren sie einfach gegangen.

Einen Augenblick lang erwog er, nach unten zu rennen, um nachzusehen, ob sie vielleicht bei Mr Hudgings eine Nachricht hinterlassen hatten. Doch so schnell wie ihm dieser Gedanke gekommen war, wusste er auch, dass es sinnlos wäre.

Mr Hudgings wüsste nichts, nicht das Geringste.

Sie hatten einfach ihre Sachen gepackt und ihn sich selbst überlassen. Seine Mutter, seine Brüder – sie alle.

Er war verlassen – allein.

Es war Sorleys Schuld, vermutete er, aber seine Mutter hätte ihm wenigstens eine Nachricht schicken können. Wenn er ihr noch irgendetwas bedeutete, hätte sie ihn benachrichtigen können.

Langsam sank er zu Boden, den Rücken gegen die Wand gelehnt, die Knie bis unter das Kinn angezogen. In der unheimlichen Stille des leeren Raums vernahmen zwar seine Ohren, wie leise Schritte die Treppe heraufkamen, aber sein Geist registrierte es nicht. Die kleine Socke umklammert, schloss Billy die Augen, um die Tränen zurückzuhalten, die er nicht vergießen wollte.

***

Von sich selbst überrascht, hatte Quinn darauf bestanden, den Sergeant und Mr Whittaker nach Five Points zu begleiten. Wie vermutet, hatte Sergeant Price versucht, sie von ihrem Vorhaben abzubringen, indem er sie daran erinnerte, was für ein furchtbarer Ort dieses Slum war.

Vom ersten Moment an, als sie ihn von seinem Posten vor Dileys Bäckerei abgeholt hatte, hatte er versucht, sie zu überzeugen und er hatte nicht aufgehört, bis sie bei Mr Whittaker ankamen.

Mr Whittaker hatte jedoch offensichtlich nichts dagegen, dass sie mitkam. Er schien sich im Gegenteil sogar darüber zu freuen und meinte, dass sie für Billy ein Trost sein könnte, wenn sie ihn gefunden hatten.

Der Nachmittag war düster, und am Himmel zogen dunkle Wolken auf, als die drei die Strecke zur Mulberry Street beinahe im Laufschritt zurücklegten. Je näher sie Billys ehemaligem Zuhause kamen, umso weniger sprachen sie miteinander, ... als hegte jeder seine stillen Befürchtungen in Bezug auf das, was sie erwartete.

Sergeant Price ging ihnen auf der dunklen Treppe, die in den ersten Stock führte, voraus. Er nahm mit Leichtigkeit zwei Stufen auf einmal, den Schlagstock in der Hand.

Oben angekommen, fanden sie die Tür einen Spaltbreit offen. Quinn sah, wie der Sergeant nach seinem Revolver griff, bevor er den Schlagstock unter den Arm steckte. Mit seiner freien Hand stieß er die Tür ganz auf.

„Nell?“, rief er, seine Stimme leiser als gewöhnlich. „Nell, Sergeant Price ist hier, um nach dir und den Jungen zu sehen. Wir kommen jetzt."

In dem Augenblick, als sie über die Schwelle traten, wurde Quinn von einem durchdringenden Gefühl der Leere erfasst. Das Zimmer war kahl und ausgeräumt, bis auf den Herd und die ausgefransten Gardinen an den Fenstern. Sie hatte das Gefühl, in dieser unheimlichen Stille würde selbst ein Flüstern widerhallen.

Mr Whittaker brach das Schweigen – seine Stimme klang angespannt und dünn. „Nun ... es sieht so aus, als sei n-niemand mehr hier, als seien ... sie u-umgezogen ..." Er ließ seine Worte verhallen, als der Sergeant den Vorhang zu dem angrenzenden Schlafzimmer beiseite zog.

Der Polizist blieb einen Augenblick in der Tür stehen. Dann sah Quinn, wie sein breiter Rücken steif wurde, die Hand mit der Waffe langsam an der Seite herabglitt.

Seine Stimme klang sonderbar, als er zu sprechen begann – als drohte er an seinen Worten zu ersticken. „Mr Whittaker", sagte er leise. „Hier drinnen."

Quinn eilte zu Sergeant Price und schaute an ihm vorbei. Dort, in dem schäbigen, düsteren Schlafzimmer saß Billy Hogan, gegen die Wand gelehnt, in die Dunkelheit starrend. Neben ihm lag, wie ein treuer Wächter, der Kater Finbar, die schielenden Augen achtsam auf sie gerichtet, seinen geschmeidigen Körper an Billys Beine gekuschelt.

Quinn blieb einen Augenblick zurück, nachdem die beiden Männer an ihr vorbei in das Schlafzimmer gegangen waren. Als sie durch die Tür trat, kniete Mr Whittaker bereits auf dem Fußboden neben Billy. Auch der Sergeant hockte neben Billy.

Billy Hogan schaute von einem Mann zum anderen, die geröteten, aber trockenen Augen weit aufgerissen, trübte eine tiefe Trauer seinen Blick. Quinn erkannte diesen Blick sofort als das benommene, ungläubige Starren eines Menschen, der verlassen worden war, verstoßen von denjenigen auf dieser Welt, die ihn am meisten lieben sollten.

Oh, sie kannte diesen Blick sehr gut! Und wie war ihr dieses Gefühl so vertraut!

„Sie sind fort, Mr Whittaker", sagte Billy in einem furchtbar leeren Ton. „Meine Mutter, meine Brüder ... sie sind weg. Ohne ein Wort sind sie gegangen. Ich bin allein."

Mr Whittaker – der freundlichste Mann, den Quinn jemals kennengelernt hatte – schüttelte den Kopf. Er streckte seinen Arm aus, um ihn dem Jungen um die Schulter zu legen, wobei er beinahe das Gleichgewicht verlor. Schnell stützte ihn Sergeant Price mit seiner großen Hand.

In ihrem Hals bildete sich ein Kloß und sie schluckte hart, als ihr sanftmütiger, englischer Arbeitgeber vorsichtig den Kater aufhob und das warme, schnurrende Bündel in Billys Schoß legte.

„Nein, Billy", sagte Mr Whittaker mit unendlicher Freundlichkeit in seiner Stimme, „du bist *nicht* allein. Du hast eine andere Familie. Du hast m-mich und Mrs Whittaker – und Miss Quinn. Und vergiss auch nicht Teddy und all die a-anderen Jungen im Whittaker-Haus." Mr Whittaker nahm seine Hand von Billys Schulter und streichelte den Kater, dessen Schnurren immer lauter wurde. „Und Finbar. Er liebt dich b-bestimmt sehr." Er hielt inne, schluckte hart. „Wir haben dich alle lieb."

Während er sprach, glitt seine Hand über Billys Haar, und Quinn spürte, wie die Worte und das Streicheln in dem kleinen Jungen mit den kummervollen Augen zu wirken begannen.

„Mir scheint, Billy, du hast sogar eine s-sehr große F-Familie. Meinst du nicht auch?"

Der Junge drückte Finbar an seine Brust, dann hob er langsam den Kopf und schaute Mr Whittaker an. Schließlich nickte er langsam.

„Und Billy, ich verspreche dir, mein Junge", fuhr Mr Whittaker fort, „dass wir dich niemals verlassen werden. Vielleicht kommen deine Mutter und deine Brüder b-bald zurück, doch w-wenn nicht, dann hast du immer uns. Ich g-gebe dir mein Wort darauf, Billy, und ich breche mein Wort nicht."

Der Junge forschte einen Augenblick lang in Mr Whittakers Gesicht. Dann nahm sein Gesicht einen feierlichen Ausdruck an und er erklärte, das Kinn leicht nach vorn geschoben: „Vielen Dank, Mr Whittaker. Ich verspreche, dass ich ein gehorsamer Junge sein werde. Und ich werde alles tun, damit Sie stolz auf mich sein können."

Quinn sah, wie Sergeant Pricé Augen feucht wurden, und das überraschte sie. Sie hätte nie geglaubt, dass der große, dickköpfige Polizist zu einer solchen Gefühlsregung fähig wäre.

Auch ihre Augen trübten sich, als sie zuschaute, wie der Sergeant den Jungen in seine kräftigen Arme nahm und hochhob, während die Katze sich am Rücken des Jungen festklammerte.

„Sollen wir dich und Finbar jetzt nicht am besten nach Hause bringen, Billy?", erklärte er fröhlich. „Halt dich fest, und wir sind im Nu im Whittaker-Haus."

Quinn sah, wie der Junge schwach zu lächeln begann. Dann schlang er, die Katze in einem Arm haltend, den anderen Arm um den Hals des Polizisten. Quinn erschrak, als sie plötzlich ein ungewohntes Gefühl in sich aufsteigen spürte. Ihr Herz schien bis an ihren Hals zu springen, als sie von einer Woge unendlicher Zärtlichkeit erfasst wurde. Sie fühlte sich zu der Stärke des Polizisten hingezogen, gleichzeitig über die Maßen bewegt, wie dieser Bär von einem Mann von der Not des Jungen gerührt war.

Betroffen erinnerte Quinn sich sofort daran, dass Stärke sich schnell in Grausamkeit verwandeln konnte.

Mit äußerster Willenskraft unterdrückte sie diese zärtliche Regung ihres Herzens. Wenn sie sich jemals gestattete, einem Mann gegenüber Gefühle zu hegen, dann musste es ein zärtlicher, freundlicher und sanfter Mann sein wie der Verfasser der Gedichte, die sie Woche für Woche erhielt: Daniel Kavanagh.

Dieser Mann konnte natürlich nicht Daniel Kavanagh *sein,* doch zumindest musste er ihm in vielen Dingen sehr ähnlich sein.

Sie vermied es, den Sergeant anzusehen, als sie ihren Arm ermutigend um Billys Schulter legte. Der Junge lächelte sie an, und Quinn lächelte zurück. Dann wandte sie sich schnell ab, bevor der Polizist ihr in die Augen schauen konnte.

Als sie sich auf den Rückweg begaben, richtete sie ihren Blick geradeaus, und während des ganzen langen Weges zurück zum Whittaker-Haus vermied sie es bewusst, Billy und den Polizisten anzuschauen.

32. Kapitel

Gerechtigkeit oder Gnade?

Ist denn Gott ungerecht? Das sei ferne!
Denn er spricht zu Mose:
„Wem ich gnädig bin, dem bin ich gnädig;
und wessen ich mich erbarme,
dessen erbarme ich mich."

Römer 9,14-15

Als Denny Price Michael am späten Nachmittag nicht im Revier antraf, beschloss er, zu ihm nach Hause zu gehen.

Die verwinkelte alte Villa in der vierunddreißigsten Straße gehörte eigentlich Mrs Burkes Großmutter, aber Michael und seine Frau wohnten seit ihrer Hochzeit bei Mrs Platt.

Normalerweise hätte sich Denny in einer so herrschaftlichen Umgebung völlig deplatziert gefühlt, aber Michael war sein Freund, nicht nur sein Vorgesetzter – und Mrs Burke behandelte alle Menschen gleich – ob Bettler oder König. Bei ihr, wie auch bei Michael, fühlte man sich sofort willkommen, und es freute ihn sehr, dass sie der Freundschaft zwischen ihm und Michael von ganzem Herzen zustimmte.

Als er die Straße überquerte und auf das Haus zuging, wurde Denny bewusst, dass er heute dringend einen Freund brauchte. Der heutige Tag war ohnehin schon ein schwarzer Tag für ihn gewesen, und dann war der traurige Zwischenfall mit dem armen, kleinen Billy Hogan dazugekommen. Es würde ihm gewiss gut tun, einfach mit Michael zusammenzusitzen und die Erlebnisse des vergangenen Tages auszutauschen.

Als er das Eisentor hinter sich schloss und den Weg zum Haus entlangging, begann es zu regnen, ein sanfter Nieselregen, der gewiss einige Stunden andauern würde. Er musste wieder an Billy Hogan denken. Die düstere Stimmung, die sich wie eine schwere Decke auf ihn gelegt hatte, als sie die verlassene Wohnung betraten, lastete jetzt noch schwerer als zuvor auf ihm.

Denny war Polizist geworden, als er beinahe noch ein Junge war, und dennoch entsetzte es ihn immer wieder, wozu Menschen fähig waren.

Und nur Gott allein weiß, was aus den Unschuldigen dieser Stadt werden würde, wenn es nicht so aufrichtige Christen wie Evan Whittaker gäbe. Viele von ihnen waren noch immer verloren, doch die Whittakers und andere wie sie hatten für einige das Los gewendet – Gott segne sie.

Er wusste nicht einmal mehr genau, wie viele Jungen inzwischen die Betten im Whittaker-Haus füllten, doch was er genau wusste, war, dass sie alle so gut behandelt wurden, als seien sie die eigenen Kinder der Whittakers. Eine *Familie,* so nannten sie sich im Whittaker-Haus, Gottes Familie.

Es hatte eine Zeit gegeben, als er noch sehr jung und von jugendlicher Sorglosigkeit geprägt gewesen war, da hatte Denny kaum über die Bedeutung von Familie nachgedacht, sowohl für sich selbst als auch für andere. Damals hatten sich seine Gedanken beinahe ausnahmslos darum gedreht, ein Mann, ein Amerikaner und ein Polizist zu werden ... in dieser Reihenfolge.

Jetzt, seit er einige seiner früheren Ziele erreicht hatte, dachte er wieder mehr über Familie nach. Dabei ging es ihm nicht nur darum, eine eigene Familie zu gründen, obwohl dies gewiss dazugehörte, sondern er dachte auch über die Bedeutung von Familie im Allgemeinen nach. Das machte Amerika eigentlich aus – ein Land von Familien, die den Boden bearbeiteten, Städte bauten, Kinder erzogen – Kinder, die eines Tages erwachsen wurden und wieder eigene Familien gründeten.

Denny merkte inzwischen, wie leer zwei Zimmer sein konnten, wenn man allein darin wohnte. Er war einfach des Alleinseins müde. Er hatte Jahre gehabt, in denen er mit den Mädchen ausgegangen war, jede Woche eine andere an seinem Arm, und er hatte es großartig gefunden, als er noch jünger war. Doch jetzt füllte ihn ein solches Leben nicht mehr aus.

In seinem Herzen wusste er, dass die Zeit für ihn gekommen war, Ehemann und Vater zu werden. Es war an der Zeit, jemanden zu suchen, mit dem er sein Leben teilen konnte.

Aber genau da war der Haken. Er hatte sie gefunden, genau die richtige Frau für ihn.

Wer hätte jedoch gedacht, dass er sich in eine Frau verlieben würde, deren Zunge so scharf wie eine Rasierklinge war und der ihr Aufruhr ins Gesicht geschrieben stand – eine Frau, die ihn für so dumm wie Bohnenstroh hielt.

Überall in der Stadt gab es hübsche Mädchen, die schnell geneigt wären, einem Mann die Liebe und Aufmerksamkeit zu schenken, nach der er sich sehnte. Schönere Mädchen noch als Quinn O'Shea, und die obendrein ihre Zunge zu zügeln verstanden.

Und dennoch war es für ihn, als ob es sie alle nicht gäbe ...

Während er sich der Eingangstür näherte, fragte er sich, ob Michael wusste, wie glücklich er sich preisen konnte, nicht eine, sondern zwei Frauen gefunden zu haben, die bereit waren, ihm ihr Herz zu schenken. Michaels erste Frau war vor vielen Jahren verstorben, als ihr Sohn Tierney noch ein kleiner Junge gewesen. Doch sie hatten offensichtlich eine glückliche Ehe geführt, wenn auch nur für kurze Zeit. Jetzt hatte er seine Sara, und es war offensichtlich, wie sehr sie sich liebten.

Denny seufzte tief, dann schüttelte er den Regen von seinen Schultern und klopfte an die Tür. Vielleicht würde etwas von dem Glanz ihrer Liebe auf ihn übergehen, zumindest so viel, um ihn vor der Kälte des Regens zu schützen, bis er seine leere Wohnung erreicht hatte.

* * *

Er fand Michael in der Bibliothek, mit grimmigem Gesicht allein vor einem kalten Kamin sitzend.

Obwohl er lächelte, als Denny eintrat, wurde sein Gesicht sofort wieder ernst.

„Sara wird es bedauern, dich nicht gesehen zu haben“, erklärte er, nachdem sie Höflichkeiten ausgetauscht hatten.

Denny nahm auf dem angebotenen Stuhl Michael gegenüber Platz und begann sofort, von Billy Hogan und den Ereignissen des vergangenen Tages zu berichten.

„Armer, kleiner Bursche“, erwiderte Michael kopfschüttelnd. „Wir können dankbar sein, dass er die Whittakers und die anderen Jungen hat. Es wird alles gut für ihn werden, glaube ich.“

Denny nickte, dann erkundigte er sich nach Michaels Frau.

„Ich bezweifle, dass sie nach unten kommen wird“, erklärte Mike leicht verdrießlich. „Sie ist ... im Augenblick etwas unpässlich.“

„Ich hoffe, sie ist nicht krank?“

Michael schien zu zögern. „Um ehrlich zu sein“, erklärte er, Dennys Blick ausweichend, „glaube ich, dass sie mir aus dem Weg geht. Weißt du, wir hatten heute Morgen eine kleine Auseinandersetzung.“

Er versuchte zu lächeln, aber es wollte ihm nicht gelingen. „Aus diesem Grund bin ich heute Nachmittag früher nach Hause gekommen, in der Hoffnung, die Sache mit ihr zu klären.“ Er hielt inne, und seine Mundwinkel hingen noch tiefer nach unten. „Sie scheint jedoch noch nicht in der Lage, mit mir darüber zu sprechen.“

Denny zwinkerte und versuchte, seine Überraschung zu verbergen. Das hätte er von Michael und Sara nicht gedacht; er konnte sich überhaupt nicht vorstellen, dass sie einander gram sein konnten.

„Sara glaubt, dass ich in Bezug auf den Vorfall mit Walsh aus einer Mücke einen Elefanten mache“, erläuterte Michael. „Sie sagt, ich bin wie ein Hund mit einem Knochen, der nicht weiß, wann er ihn loslassen muss.“

Denny sagte nichts; er spürte, dass es klüger war zu schweigen.

„Sie scheint außerdem der Meinung zu sein, dass ich den Schurken lieber selbst erschossen hätte."

Denny machte große Augen, wagte jedoch immer noch keinerlei Kommentar.

Seufzend wandte Michael sich ab. „Ich fürchte, sie könnte recht haben."

„Oh, das glaube ich kaum, Mike, nicht von dir."

Der andere verschränkte die Arme über seiner Brust und sah Denny direkt in die Augen. „Sara kennt mich zu gut. Die Wahrheit ist, Denny, und ich schäme mich, es zuzugeben, dass ich mir genau das wünsche, oder zumindest, dass Walsh hätte leiden müssen, bevor er starb." Er hielt inne. „Ich kannte diesen brutalen Zug an mir selbst nicht, doch er ist da. Ich kann Sara kaum Vorwürfe machen, dass sie das stört."

Verblüfft, doch darauf bedacht, sich auf die Seite seines Freundes zu stellen, beugte sich Denny nach vorn. „Es ist gewiss für andere schwierig, das Leben eines Polizisten zu verstehen, Mike. Unser Herz wird im Laufe der Jahre einfach hart, ganz gleich, wie sehr wir uns dagegen wehren."

Michael fuhr fort, als hätte er die Worte seines Freundes nicht gehört. „Sein Ende war einfach zu leicht. Eine Schlange wie Walsh hätte ein bitteres Ende finden sollen."

Erneut seufzend, ließ er seine Arme auf die Stuhllehnen sinken. „Sara ist böse wegen dieses Zuges in mir, verstehst du. Sie sagt, es stünde mir nicht zu, das Urteil in Frage zu stellen, das einem Menschen widerfahren ist. Und sie hat natürlich recht; ich kann dem nichts entgegensetzen."

„Um dir meine bescheidene Meinung zu sagen", erwiderte Denny, „habe ich in Bezug auf Walsh das Gleiche empfunden. Dieser Schuft scheint viel zu leicht davongekommen zu sein."

Michael zog beide Augenbrauen nach oben, und diesmal gelang ihm ein saures Lächeln. „Ach, Denny – die Frauen möchten gern, dass wir die feinen Burschen sind, die sie zu heiraten geglaubt haben. Wenn wir dem nicht gerecht werden, dann sind sie enttäuscht."

Eine Zeit lang herrschte Schweigen zwischen ihnen. Mehr als einmal war Denny versucht, über seine Enttäuschungen zu sprechen, doch Michael hatte im Augenblick selbst genug Sorgen. Es schien nicht recht zu sein, ihn noch mehr zu belasten.

Als das Schweigen gerade peinlich zu werden begann, beugte sich Michael nach vorn und betrachtete Denny mit einem Interesse, das vorher nicht da gewesen war. „Wenn ich mir die Bemerkung erlauben darf, Denny, scheinst du heute nicht ganz du selbst zu sein. Hast du irgendetwas auf dem Herzen?"

Denny sah ihn an, abwägend, wie viel oder ob er überhaupt etwas sagen sollte. Michael war sein Freund, ein sehr guter Freund, doch er war auch sein Captain. Er wollte nicht, dass Michael dachte, einer seiner Sergeants hätte sich in ein leichtes Mädchen verliebt.

Doch trotz seiner Vorsicht schüttete er plötzlich sein Herz aus, stieß in schnellen, ungeordneten Worten seine Gefühle, seine Enttäuschung und seine Befürchtungen in Bezug auf Quinn O'Shea hervor. Er bekannte, wie er gelegentlich einen Drang verspürte, das Mädchen für seinen Starrsinn durchzuschütteln, ein Drang, der sich ebenso leicht in ein Verlangen verwandeln konnte, sie zärtlich zu umarmen. Er gestand ein, wie verletzt er sich fühlte, wenn sie ihm auswich oder vor ihm zurückscheute, als wäre er ein wildes Tier – als stäche man ihm einen Speer ins Herz, so war dieses Gefühl. Er erzählte Michael, wie es ihn erzürnte, wenn sie sich wie eine feine Dame aufspielte und ihm das Gefühl gab, ein dummer Dorftrottel zu sein. Und er gab sogar zu, wie furchtbar eifersüchtig er war, wenn sie ein bisschen zu vertraut mit Daniel Kavanagh umzugehen schien.

Michael hörte zu, wie immer, wenn einer seiner Männer ihm eine Angelegenheit vortrug oder sein Herz ausschüttete. Er sagte kein Wort, bis Denny sich alles von der Seele geredet hatte. Michael hatte eine Art, einem Menschen geduldig zuzuhören, als sei sein Problem augenblicklich die wichtigste Sache der Welt und der ungeteilten Aufmerksamkeit des Captains wert.

Erst als Denny sich schließlich in den großen Sessel zurücksinken ließ, schwach und erschöpft wie eine alte Frau, beugte sich Michael nach vorn und lächelte ihn an – mit einem freundlichen, brüderlichen Lächeln, das Denny die Gewissheit gab, zumindest nicht die Achtung seines Freundes verloren oder seine Geduld über Gebühr strapaziert zu haben.

„Denny, mein Junge", sagte Michael freundlich, „es ist offensichtlich, dass du dich endlich verliebt hast."

„Bestimmt nicht", protestierte Denny, gestand sich aber schnell ein, dass Michael recht hatte. Er setzte sich aufrecht hin, seine Hände auf den Knien verknotet. „Ich fühle mich hundeelend, Mike."

Michael nickte und betrachtete den Freund mit einem weisen Blick: „Ja, es ist so, wie ich gesagt habe. Armer Junge, du bist endlich verliebt."

***

In seinem Zimmer am Ende des Korridors hörte Bhima, der Schildkrötenjunge, mit wachsender Empörung, wie *Stump* von dem Fremden und seinem grausamen Plan berichtete.

Wenn man Bhima, der keine Beine hatte, zusammen mit Fritz Cochran – *Stump* – sah, der keine Arme hatte, wurde stets gespottet. Trotz dieser grausamen Witze, die ihr Zusammensein provozierte, waren die beiden jedoch im Verlauf der Jahre zu guten Freunden geworden.

Bhima kam mit seinem Wagen, mit dem er seinen beinlosen Körper vorwärtsbewegte, etwas näher an seinen Freund heran. „Was hast du ihm gesagt?"

„Ich habe ihm gesagt, ich werde etwas Zeit brauchen, aber ich glaube schon, einen abgebrühten Kerl auftreiben zu können, der bereit wäre, diese Aufgabe zu erfüllen."

Bhima sah ihn mit großen Augen an, und Fritz beeilte sich zu erklären: „Ich dachte, es sei am besten, wenn er glaubt, seinen Mann gefunden zu haben. Sonst sieht er sich womöglich anderswo um, verstehst du?"

Bhima verstand, und er war dankbar, dass sein Freund so umsichtig gehandelt hatte. „Wie willst du wieder in Kontakt mit ihm treten? Und wann?"

„Er kommt heute Abend wieder hier vorbei. Ich habe ihm gesagt, dass ich bis dahin ein Zusammentreffen organisieren würde." Er hielt inne. „Also – was machen wir jetzt?"

Bhimas Gehirn arbeitete auf Hochtouren. „Wir müssen natürlich sofort Pastor Dalton informieren."

„Er ist drüben in der Mission, in seinem Büro, oder zumindest war er dort. Ich gehe ihn holen."

„Warte, wir müssen auch nach Captain Burke schicken. Ich möchte nicht riskieren, irgendeinen Fehler zu machen und so das Leben des kleinen Mädchens zu gefährden."

Fritz nickte. „Ich sage Pauley, er soll den Captain holen, während ich zu dem Pastor gehe."

„Sei vorsichtig", warnte Bhima, als Fritz sich zum Gehen wandte. „Wir dürfen niemandem ein Wort davon sagen, was immer wir auch tun. Es steht sehr viel auf dem Spiel, und dies ist unsere Chance, Pastor Dalton zu helfen."

„Das stimmt. Gott weiß, wie viel der gute Mann aufgegeben hat, um uns zu helfen. Das Mindeste, was wir tun können, ist, seine Freundlichkeit zu erwidern."

***

Sobald Denny Price das Haus verlassen hatte, ging Michael nach oben ins Schlafzimmer. Er hatte erwartet, dass Sara schlief. Stattdessen saß sie im Schaukelstuhl und schaute aus dem Fenster.

Es war ungewöhnlich für Sara, untätig zu sein. Wenn sie sich nachmittags einmal hinsetzte, dann tat sie dies gewöhnlich mit einem Buch oder einer Handarbeit.

Schuld stieg in Michael auf. Sein Verhalten hatte sie offensichtlich tiefer betrübt, als er geglaubt hatte.

Sie schaute zu ihm auf, als er das Zimmer betrat, richtete ihren Blick jedoch sofort wieder auf das Fenster.

Er schloss die Tür, ging zu ihr und legte beide Hände hinter ihr auf den Schaukelstuhl.

Er räusperte sich. „Denny Price war hier", sagte er. „Er hat nach dir gefragt."

Sie nickte, gab jedoch keine Antwort.

Michael zögerte einen Augenblick, sein Magen schmerzte ob ihrer Kälte. „Denny scheint verliebt zu sein", sagte er leichthin, in der Hoffnung, dass sie auftaute.

Sie schaukelte langsamer, schaute ihn jedoch nicht an. „Denny Price? In wen ist er verliebt?"

Ermutigt ging Michael um den Schaukelstuhl herum, um sie anzusehen. „Du wirst es kaum glauben, es ist Quinn O'Shea. Er hat sich in Quinn O'Shea verliebt."

Nun hörte sie ganz zu schaukeln auf, und er konnte beinahe hören, wie ihr reger Geist arbeitete. „Quinn O'Shea und Denny Price?" Sie zögerte, bevor sie von neuem zu schaukeln begann. „Das überrascht mich nicht im Geringsten."

Michael starrte sie an. „Mich schon! Das Mädchen scheint mir nicht der Typ zu sein, der einem Charmeur wie Denny Price den Kopf verdreht."

Sie zuckte mit den Achseln. „Ich würde sagen, sie passen gut zusammen. Quinn ist unternehmungslustig, intelligent und temperamentvoll."

„Ganz gewiss ist sie temperamentvoll“, murmelte Michael.

Sara warf ihm einen scharfen Blick zu. „Und Denny Price ist unternehmungslustig, intelligent – und *dickköpfig.* Das müsste eine ideale Beziehung ergeben.“

„Es gibt überhaupt keine ‚Beziehung‘“, stellte Michael fest. „Denny sagt, das Mädchen will nichts mit ihm zu tun haben.“

Sie zog eine Augenbraue hoch. „Das kann ich schwer glauben. Ich habe gehört, dass Denny die Frauen praktisch zu Füßen fallen.“

„Nicht ganz so, aber er ist bei den Frauen beliebt.“

Sie schien sich für das Gespräch zu erwärmen. Entschlossen, ihre Unstimmigkeiten von heute Morgen auszuräumen, fuhr Michael fort. „Denny hat mir beteuert, dass das Mädchen ihm aus dem Weg geht. Auch wenn sie zusammen sind, sei sie so vorsichtig wie eine in die Enge getriebene Wildkatze.“

Sara schien über seine Worte nachzudenken. „Ich nehme an, das liegt an dem Altersunterschied. Quinn ist noch furchtbar jung.“

Michael zögerte einen Augenblick, um schnell etwas zu überschlagen. „Der Altersunterschied zwischen ihnen ist kaum größer als zwischen uns“, erklärte er. Sein Ton klang rechtfertigend, doch er vermochte nicht, gänzlich zu verbergen, dass auch er verletzt war.

Sie sah ihn an, ihr Gesichtsausdruck undefinierbar. „Ich vermute, du hast recht.“

Er biss die Zähne aufeinander. Sie war also immer noch verärgert, nun gut.

„Sara … können wir über heute Morgen sprechen?“

Sie blickte weg. „Ich kann mir nicht vorstellen, warum. Bei diesem Thema scheint man dich einfach nicht zu erreichen, Michael.“

„Du meinst das Thema Patrick Walsh.“

Sie nickte.

„Warum verstehst du nicht, was ich empfinde?“

Sie schaute ihn an, und er war überrascht, in ihren Augen eher

Sorge als Ärger zu sehen. „Oh Michael – ich verstehe sehr gut, was du empfindest! Aber dieses Verhalten passt einfach nicht zu dir."

„Was passt nicht zu mir?", erwiderte er steif.

Einen Augenblick lang forschte sie in seinem Gesicht. „So ... kaltherzig zu sein! Ich verstehe deine Verbitterung über Patrick Walsh, aber ..."

„So, ich bin verbittert, ach so!"

„Ja, das *bist* du auch! Du bist verbittert, verärgert und zornig. Vielleicht merkst du es gar nicht, doch wenn du über Walsh sprichst und darüber, wie er davongekommen ist, dann höre ich diesen furchtbaren Zorn in dir. Warum kannst du nicht einfach akzeptieren, was mit dem Mann passiert ist, und weiterleben?"

Er sah sie einen Augenblick lang an, dann begann er im Zimmer auf und ab zu schreiten. „Sara – ich bin Polizist. Versuche bitte zu verstehen, warum ich im Hinblick auf Patrick Walsh so empfinde. Ich habe jeden Tag mit den gemeinsten menschlichen Wesen zu tun. Einige von ihnen sind kaum mehr als hirnlose Tiere. Sie bestehlen die Armen, betrügen ehrliche Menschen, sie lügen, morden, vergewaltigen – sie zerstören das Leben anderer, Sara. Und oft kommen sie einfach so davon."

Er blieb am Fenster stehen, drehte sich jedoch nicht zu ihr um und schaute stattdessen in den regenverhangenen Spätnachmittag hinaus.

„Ich weiß, es muss dir scheinen, dass ich inzwischen gelernt haben sollte, das alles abzuschütteln – die Grausamkeit, den Wahnsinn, die ganze Ungerechtigkeit; dass ich in der Lage sein müsste, es einfach – hinter mich zu werfen." Er wandte sich zu ihr um. „Meistens kann ich das auch. Sonst wäre ich vermutlich schon längst wahnsinnig geworden."

Er fuhr mit beiden Händen seitlich an seinem Gesicht herunter und stieß einen tiefen Seufzer aus. „Die Sache ist die, Sara", fuhr er fort, während er darum rang, seine Empfindungen in Worte zu kleiden, „dass ein Polizist von Zeit zu Zeit auf ein wahres Ungeheuer stößt. Glaub mir, Sara, da draußen gibt es wirkliche Ungeheuer – Ungeheuer, die ihr ganzes Leben damit verbringen, sich das Leben von Unschuldigen zum Raub zu machen, sich zu nehmen – immer nur zu nehmen –, was sie den Ahnungslosen, den Hilflosen entreißen können. Sie ruinieren das Leben fast aller Menschen, mit denen sie in Berührung kommen, manchmal sogar das Leben derer, die sie lieben."

Michael fühlte sich plötzlich völlig erschöpft und ließ sich auf der Fensterbank nieder. Durch den Regen spürte er einen dumpfen Schmerz in seinem Knie, und er begann es zu reiben, während er fortfuhr. „Patrick Walsh war genau so ein Ungeheuer. Diese Art hat kein Gewissen, kein Herz. Als ich ihn zum ersten Mal sah, erkannte ich ihn bereits als das, was er war. Ich wusste es, Sara. Ich wusste es einfach."

Er schaute auf. Der gleichgültige Blick war aus ihren Augen verschwunden und sie beugte sich zu ihm. In ihrem Gesicht stand Verständnis geschrieben. *In ihrem lieben Gesicht ...*

„Ich kann kaum erklären, was Walsh in mir geweckt hat", fuhr er fort. „Abscheu, Verachtung und Zorn, vor allem Zorn. Es machte mich wütend, dass er so erfolgreich und mächtig war – und so unheimlich reich – auf Kosten von Unterprivilegierten; dass es ihn einfach nicht kümmerte, was er tat, wie viele Menschenleben er ruinierte, auch das unsere in gewisser Weise. Wäre Walsh nicht gewesen, würde Tierney jetzt nicht im Exil in Irland leben. Tierney wird für immer die Narben von Patrick Walshs üblem Streben an sich tragen.

Ich konnte ihn einfach nicht aufhalten. Jedes Mal, wenn ich glaubte, ihn an der Angel zu haben, entwischte er mir wieder. Jeder Versuch, ihn zu Fall zu bringen, scheiterte. So lange habe ich wegen dieses Mannes mit einem schrecklichen Gefühl der Hilflosigkeit in mir gelebt, verstehst du? Und dann, ganz plötzlich ..." Erschaudernd atmete er tief durch und hob verzweifelt die Hände. „Plötzlich war er tot, in einem Augenblick – ganz einfach tot."

Er sah sie an, flehte beinahe um ihr Verständnis.

„Oh, Sara, ich fühlte mich so unendlich betrogen! Mir war, als würde die Gerechtigkeit selbst mit Füßen getreten. Es war beinahe so, als wäre Walshs Tod nur ein weiteres Entrinnen – als wäre es ihm wiederum gelungen, der Strafe zu entgehen, die er verdient hatte! Er war ein Ungetüm, und ich wollte, dass er bezahlte, und als das nicht funktionierte ..." Er hielt inne und schüttelte einfach den Kopf, denn er fand keine Worte mehr.

„Oh, Michael ... Michael ..."

Sie schloss ihn in ihre Arme, und er hatte Mühe, nicht wie ein kleines Kind zu weinen. So lange hatte er die Last seiner Emotionen allein getragen. Noch länger, und diese Last hätte ihn vielleicht unter sich begraben.

Er setzte sich in den Schaukelstuhl, nahm Sara auf seinen Schoß und schloss sie in seine Arme. Sie drückte seinen Kopf an ihr Herz und tröstete ihn wie ein verletztes Kind.

„Verstehst du mich jetzt, Sara?" Seine Stimme klang gedämpft gegen die Wärme ihres Körpers. „Verstehst du mich?"

„Oh ja, Michael! Ja, ich verstehe dich! Du brauchst dich mir gegenüber nicht zu verteidigen. Heute Morgen ... heute Morgen war ich töricht. Ich wollte nur versuchen, dir zu helfen, und stattdessen habe ich dich am Ende beschuldigt. Es tut mir so leid."

Er legte einen Finger auf ihre Lippen. „Du sollst dich nicht entschuldigen, *mo ghirseach,* mein Mädchen. Das darfst du nicht tun. Ich war ein richtiger Brummbär, und es ist dein gutes Recht, mich zur Rede zu stellen. Mir tut es leid, und ich werde versuchen, mich zu ändern. Das verspreche ich dir."

Lange Zeit blieben sie so sitzen, eng aneinandergeschmiegt, einander tröstend, während sie langsam vor und zurück schaukelten.

Schließlich löste Sara sich so weit, dass sie Michaels Gesicht sehen konnte. „Michael? Würde es dich überraschen, zu erfahren, dass ich gegenüber Patrick Walsh die gleichen Gefühle gehegt habe wie du?"

Er runzelte die Stirn und sah sie ungläubig an.

„Wirklich, Michael, das ist so. Ich habe sogar mit Jess Dalton darüber gesprochen. Ich war auch wütend, Michael, wie du."

„Du hast es mir nie gesagt. Warum hast du nicht mit mir darüber gesprochen, Sara?"

„Ich weiß es selbst nicht genau. Ich wusste, dass du noch mehr leiden musstest als ich, und ich fürchtete, dass mein Zorn alles nur noch schlimmer für dich machen könnte. Ich wollte dir Zeit geben ... und die Freiheit, ... deine Emotionen auf deine Weise zu verarbeiten."

Er zog ihren Kopf an sich und fuhr zärtlich mit seinen Lippen über ihre Stirn.

„Möchtest du wissen, was Jess Dalton mir gesagt hat, Michael?"

Er lächelte vor sich hin. „Natürlich, Liebling." Sie würde es ihm ohnehin erzählen.

„Nun ... du kennst ihn ja selbst. Er scheint die Gefühle anderer zu verstehen, auch wenn er ihnen nicht zustimmt. Nachdem ich meine Seele vor ihm offengelegt hatte, lehnte er sich in jenem alten, wackligen Stuhl zurück – von dem ich stets fürchte, dass er noch einmal unter ihm zusammenbrechen wird – und lächelte mich an. Dann sagte er etwas sehr Seltsames, oder ich dachte damals zumindest, dass es seltsam sei. Er sagte, wenn wir wirklich wüssten, worum wir bitten, wenn wir Gerechtigkeit fordern, dann wären wir vielleicht damit nicht so schnell bei der Hand."

Michael streichelte ihr Haar und wartete, dass sie es ihm weiter erklärte.

„Als ich ihn fragte, was er damit meinte, trat ein seltsamer Blick in seine Augen. ‚Sara', sagte er, ‚wenn Gott uns vor zweitausend Jahren Gerechtigkeit anstelle des Kreuzes gegeben hätte, wo wären wir dann heute alle?'"

Michael hörte auf zu schaukeln und drückte Sara noch fester an sich. Als Sara fortfuhr, vernahm er beinahe Jess Daltons tiefe, sanfte Stimme.

„Er sprach darüber, dass Gott uns Gnade geschenkt hat, obgleich wir alle seine gerechte Strafe *verdient* hätten. Und dafür können wir ewig dankbar sein", fügte sie leise hinzu.

Michael schluckte, während sein Geist die Bedeutung ihrer Worte – Jess Daltons Worte – zu begreifen versuchte.

„Und dann sagte er noch etwas anderes, Michael, etwas, worüber ich wirklich nachdenken musste. Er hat eine Art, einem Dinge zu sagen, über die man einfach nachdenken muss, auch wenn man es nicht möchte. Er sagte: ‚Und was die Strafe für Patrick Walsh angeht, so möchte ich mich keinerlei Spekulationen hingeben in Bezug auf das, was einen Menschen wie ihn in der Ewigkeit erwartet. Ich glaube jedoch von ganzem Herzen, dass der Verlust der ewigen Herrlichkeit die furchtbarste Strafe ist, die es überhaupt geben kann. Die Hoffnung auf eine Ewigkeit bei unserem Herrn zu verlieren, ist die schrecklichste, die allerschrecklichste Strafe. Und ich danke meinem Heiland jeden Tag, dass er mir Gnade geschenkt hat anstelle der gerechten Strafe, die ich verdient habe.'"

Michael schlang seine Arme um sie und versuchte, seine Tränen zurückzuhalten. Die Worte, die sie gesprochen hatte, schienen in dem Zimmer, in seinem Geist und in seiner Seele widerzuhallen und nachzuklingen. Und in dem Augenblick, in der Stille ihres Schlafzimmers, während die Liebe seiner Frau ihn wie in einen Vorhang einhüllte, der den Rest der Welt ausschloss, spürte er, wie tief in seinem Inneren etwas passierte, wie sein Schmerz zu heilen begann und wie ihn ein Friede erfüllte, den nur der barmherzige Vater, der Gott aller Gnade, schenken konnte.

***

Darauf bedacht, so schnell wie möglich aus dem Regen heraus und nach Hause zu kommen, war Denny Price beinahe die ganze Strecke zwischen Michaels Haus und seiner Wohnung gerannt, als er plötzlich Pauley Runyan, dem *Strong Man* aus Brewsters *Zehncentmuseum* in der Bowery begegnete.

Es war ungewöhnlich, in dieser Gegend einem Burschen aus dem *Zehncentmuseum* zu begegnen. Denny dachte sogar, dass er Pauley vielleicht überhaupt nicht erkannt hätte, wenn dieser ihn nicht angesprochen hätte.

Anstelle seines Bühnenkostüms, welches seine enorme Größe und seine Muskeln unterstrich, trug Pauley ein Hemd mit offenem Kragen und dunkle Arbeitshosen, wie man sie überall in der Stadt bei den Fabrikarbeitern sehen konnte. Er sah überraschend normal aus, fand Denny, als er ihn näher betrachtete.

„Hallo, Pauley, was machst du denn hier – und noch dazu so eilig?"

Der Bursche keuchte, als wäre auch er den ganzen Weg gerannt. „Sergeant", erwiderte er, nachdem er Luft geholt hatte, „ich soll Captain Burke holen. Ich war zuerst auf dem Revier, dort hat Ryan mir gesagt, dass der Captain zu Hause sei."

„Ja, das stimmt, ich komme gerade von ihm. Ist irgendetwas passiert, Pauley?"

Der junge Mann nahm die nasse Mütze vom Kopf und fuhr mit einer Hand durch die dichten braunen Locken. „Bhima hat mich beauftragt, dem Captain zu sagen, er solle sofort in das Museum kommen! Er sagt, es handelt sich um das kleine Mädchen, das der Pfarrer bei sich aufgenommen hat."

Dennys Interesse war geweckt. „Du meinst das kleine Mädchen von Pastor Dalton?"

„Ja, Sir. *Stump* soll den Pastor holen, während man mich zu Captain Burke geschickt hat." Er holte wieder tief Luft, dann fuhr er fort. „Bhima sagte, ich soll den Captain bitten, so schnell wie möglich zu kommen."

Denny dachte einen Augenblick über das, was der junge Mann ihm gesagt hatte, nach. „Du kennst das Haus, in dem der Captain wohnt?"

Pauley schüttelte den Kopf. „Nein, aber ich werde es finden; in der vierunddreißigsten Straße, hat Bhima mir gesagt."

Denny nickte und dachte nach. „Ich werde den Captain holen. Du gehst zum Museum zurück. Bhima könnte dich brauchen, falls es Ärger gibt."

Der Junge zögerte nur einen Augenblick. „Jawohl, Sir. Aber Sie werden dem Captain sagen, dass Bhima meint, es sei sehr dringend?"

„Ja, ganz bestimmt. Lauf jetzt zurück."

Einen Augenblick lang betrachtete Denny Pauleys muskulösen Rücken, bevor er sich umwandte und in die entgegengesetzte Richtung davonlief.

33. Kapitel

Eine wohlgemeinte Täuschung

Wer mag sagen, auf welchen, manchmal sonderbaren Wegen
Gott seinen Willen wirkt, ausgießt seinen Segen ...
Oscar Wilde (1854 – 1900)

Weil es unaufhaltsam regnete, wurde es an diesem Tag früh dunkel. In Bhimas kleinem Zimmer auf der hinteren Seite des *Zehncentmuseums* spendete die Öllampe gerade so viel Licht, dass man die Männer erkennen konnte, die dicht zusammengedrängt im Dunkeln saßen.

Ihre Gesichter waren ernst, besorgt und in unterschiedlichem Maß von Zorn und Erwartung gezeichnet. Je hitziger die Diskussion zwischen ihnen wurde, umso angespannter wirkten ihre Gesichter.

„Gewiss hätten wir auch genug Beweise", sagte Jess Dalton, seine sonst so freundliche Stimme voller Sorge gereizt, „auch ohne solche Maßnahmen zu ergreifen."

Captain Burke schüttelte den Kopf. „Ich fürchte, nein." Er warf dem Sergeant einen Blick zu.

Seargeant Price, dessen rotes Haar ebenso nass an seinem Kopf klebte wie das völlig durchgeweichte Hemd an seinem Körper, blickte von seinem Captain zu dem Pastor. Dann nickte er, um seine Zustimmung zum Ausdruck zu bringen.

„Es erscheint mir so extrem und so gefährlich zu sein", beharrte Jess Dalton.

Bhima schaute ihn an. „Ich sage das mit allem Respekt, Herr Pastor, aber wir bringen Ihr kleines Mädchen dann in echte Gefahr, wenn wir nicht sofort handeln."

Einen flüchtigen Augenblick lang sah Bhima äußerstes Entsetzen in den Augen des Pfarrers. „Aber müssen wir sie denn *hierher* bringen?", fragte er. „Könnten wir nicht ... gibt es keine Möglichkeit ...?"

Captain Burke sah den bekümmerten Pastor verständnisvoll an. „Wir werden unter allen Umständen dafür sorgen, dass sie in Sicherheit ist", sagte er leise. „Wir werden versuchen, ihn zu täuschen. Wenn Winston uns jedoch dazu auffordert, kann es sein, dass wir das Mädchen vorzeigen müssen. Falls es dazu kommen sollte, werden wir jedoch mit unserem eigenen Leben für sie eintreten."

Der große Pastor runzelte die Stirn, während er sich mit einer Hand durch seine dichten Locken fuhr. „Gut, wir werden tun, was du uns sagst, Michael." Seine Stimme klang resigniert. „Aber ich begreife es immer noch nicht. Warum kann man Winston nicht allein aufgrund dieses Vorhabens festnehmen? Er hat sich doch selbst schon belastet, indem er Fritz diesen Plan unterbreitet hat."

Captain Burkes Blick wanderte von dem Pastor zu Fritz, dann ruhte er einen Augenblick lang auf Bhima. Bhima spürte das Dilemma, in dem sich der Polizist befand, und kam ihm zur Hilfe. „Ich glaube, was Captain Burke nicht aussprechen wollte, ist die Tatsache, dass kein Gericht Leuten wie uns Glauben schenken würde. Man könnte sagen, dass wir vor Gericht keine ... äh Glaubwürdigkeit besitzen. Es stünde das Wort eines englischen Adligen gegen ... uns."

Captain Burke warf Bhima einen Blick zu, aus dem sowohl Verlegenheit als auch Dankbarkeit sprach. Jess Dalton betrachtete Bhima noch einen Augenblick lang und begriff.

„Wenn Sie mich nach meiner Meinung fragen, Herr Pastor", sagte Bhima leise, „dann glaube ich, dass Captain Burkes Vorschlag die beste Lösung darstellt."

„Er hat recht, Herr Pastor", fügte Sergeant Price hinzu, bevor er sich an seinen Captain wandte, der neben ihm stand. „Unmittelbare Beweise von zwei Polizeiangehörigen wird das Gericht nicht ignorieren können. Ich werde die Aufgabe übernehmen."

Ein feiner Mann, dieser Sergeant, dachte Bhima. Ein anständiger und aufrichtiger Mensch, der Gerechtigkeit und Wahrheit hochhielt. In dieser Beziehung glich er Captain Burke sehr, der jetzt seinen Sergeant finster anblickte.

„Nein, dies ist *nicht* deine Aufgabe", erklärte der Captain. „Du bleibst mit Pastor Dalton hier und wirst mir Rückendeckung geben, wenn ich zurückkomme."

„Nein, Mike – äh, Captain, entschuldige bitte, aber dein Aussehen ist für so ein hässliches Geschäft nicht geeignet. Verstehst du das nicht?"

Der Captain kniff die Augen zusammen, doch ehe er widersprechen konnte, fuhr Sergeant Price eilig fort. „Sei mir nicht böse, Michael, aber für diesen Job siehst du ein wenig zu kultiviert aus." Die Arme vor der Brust verschränkt, grinste er gutmütig. „Für solche hässlichen Geschäfte braucht man so eine gemeine Visage wie meine, verstehst du? Es wird mir nicht viel Mühe machen, den Ganoven zu spielen, das kannst du mir glauben!"

Bhima war der Meinung, dass der Sergeant viel zu geringschätzig von sich gesprochen hatte, doch seiner Feststellung, dass der Captain für diese Aufgabe „zu kultiviert" aussähe, stimmte er voll zu. Er bezweifelte, dass Captain Burke einen guten Verbrecher abgeben würde.

Es war offensichtlich, dass die beiden Männer Freunde waren, als sie einander gegenüberstanden und sich in die Augen sahen, und genauso offensichtlich war auch der Kampf, der sich in dem Captain abspielte. „Du gibst zweifellos einen besseren Verbrecher ab als ich", sagte er schließlich trocken. „Trotzdem bin ich noch dein Vorgesetzter, Sergeant, vergiss das nicht."

Sergeant Price, immer noch ein Grinsen auf dem Gesicht, zuckte nur mit den Achseln.

Der Captain betrachtete ihn noch einen Augenblick lang, bevor er mit einer Handbewegung sein Zugeständnis signalisierte. „Also gut, du übernimmst die Aufgabe."

Er wandte sich an Fritz Cochran. „Wenn Winston zurückkommt, sagst du ihm, dass der Auftrag noch heute Abend ausgeführt wird. Außerdem sagst du ihm, dass das Geschäft auf jeden Fall nur unter der Bedingung zustande kommt, dass er das Geld eigenhändig abliefert, wenn das Mädchen – übergeben wird." Er hielt inne. „Das musst du unbedingt fordern, vergiss es nicht: Er muss das Geld heute Abend abliefern – und zwar *hier.* Nicht später als zehn Uhr; keinerlei Ausnahmen."

Fritz nickte. „Heute Abend um zehn", erklärte er feierlich.

„Jess ..." Der Captain wandte sich wieder an Pastor Dalton. „Wird Kerry mitmachen? Wir brauchen unbedingt ihr Einverständnis für unseren Plan."

Der große Pastor antwortete nicht sofort. Als er schließlich zu sprechen begann, klang seine Stimme nicht sehr zuversichtlich. „Ich werde sie überzeugen müssen. Kerry ist ziemlich verstört wegen dieser Angelegenheit mit Amanda. Aber wenn sie begreift ... ja, ich glaube, sie wird einverstanden sein."

Als der Captain sich wieder an Sergeant Price wandte, war sein Gesicht so hart, wie Bhima es noch nie gesehen hatte. „Dir ist bestimmt klar, Denny", erklärte er leise und angespannt, „dass ein Halunke, der seine eigene Nichte entführen und ermorden lassen will, nicht zweimal überlegt, bevor er einen Polizisten umbringt?"

Der Sergeant lächelte nicht mehr. „Du brauchst dir keine Sorgen zu machen, Mike – Captain. Ich werde keine Probleme haben, mit einem schwächlichen Engländer fertig zu werden."

Der Captain machte weiter eine finstere Miene, doch es war alles abgesprochen. Von jetzt an, das wusste Bhima, konnten er und die anderen nichts tun, außer zu warten ... und zu beten.

* * *

An diesem Abend stand Kerry Dalton in ihrer Küche und hielt das schlafende kleine Mädchen in ihren zitternden Armen. Molly Mackenzie, die große, tüchtige Haushälterin der Daltons, stand neben Kerry. Die Arme vor ihrem kräftigen Oberkörper verschränkt, beobachtete sie mit ihren dunklen Augen aufmerksam die junge Frau. Von Zeit zu Zeit versuchte sie, Kerry davon zu überzeugen, Amanda halten zu dürfen. Doch Kerry könnte es nicht ertragen, ihr Kind nicht bis zum letzten Augenblick, bis zur letzten Sekunde selbst in den Armen zu halten.

Als das Klopfen an der Hintertür ertönte, öffnete Kerry, Amanda in ihren Armen, selbst, doch sie war völlig unvorbereitet auf das, was sie sah.

Vor ihr stand ein schmutziger, grob aussehender Raufbold von einem Mann – das Gesicht mit Ruß geschwärzt, das Kinn stoppelig und eine alte Mütze über die Augen gezogen, wodurch er noch furchterregender aussah.

Kerrys Herz sprang bis in ihre Kehle, und ihr Puls begann zu rasen. Unwillkürlich schreckte sie zurück. Ihr Entsetzen musste offensichtlich gewesen sein, denn der Eindringling nahm die Mütze vom Kopf und lächelte sie freundlich an.

„Ich bin es, Mrs Dalton“, sagte er leise, während er in die Küche trat, „Denny Price.“

Kerry atmete tief durch und versuchte zu lächeln. „Sergeant Price ... ja, Jess hat mir erzählt, dass Sie die Rolle übernehmen werden, aber ich hätte nicht erwartet ...“

„Sie hatten nicht erwartet, dass ich so echt aussähe, nicht wahr?“

Kerry musterte ihn von oben bis unten. Er sah wie ein Verbrecher aus, daran bestand nicht der geringste Zweifel. Dann fiel ihr Blick auf eine alte, zerlumpte Reisetasche in seiner Linken – eine große Tasche, groß genug, um ein kleines ...

Sie rang nach Atem und presste Amanda fester an sich. „Nein!“

Die Augen von Sergeant Price folgten Kerrys Blick zu der Tasche. „Die Tasche ist ein Bluff“, erklärte er schnell. „Hat es Ihnen Ihr Mann nicht gesagt?“

„Sie – Sie meinen“, stammelte sie, „Sie versuchen, Winston davon zu überzeugen, dass die Leiche –“ Sie erstickte nahezu an diesem Wort.

Der Sergeant nickte halb entschuldigend.

„Ich werde sie nicht hergeben!“, sagte Kerry fest entschlossen. „Sie brauchen sie nicht. Sie haben ... das da.“ Sie erschauderte, während sie verzweifelt versuchte, einen Rest Fassung zu bewahren.

„Winston besteht darauf, die Lei... das Mädchen zu sehen“, antwortete Sergeant Price verbittert. „Wir hoffen, dass er nicht darauf besteht, in die Tasche zu schauen. Doch falls er es dennoch tut, brauchen wir das Mädchen, um die nötigen Beweise gegen ihn zu haben.“

Sergeant Price sah sie fest an. „Bei meinem Leben, Mrs Dalton“, erklärte er bestimmt, „ich werde es nicht zulassen, dass dem Mädchen etwas zustößt.“ Er setzte die Reisetasche ab und streckte seine Arme nach Amanda aus.

Die Wärme des schlafenden Kindes konnte die kalte Woge der Angst nicht durchdringen, die über Kerry hinwegspülte, als sie ihren Blick von Sergeant Price’ rußverschmiertem Gesicht zu seinen wartenden Armen gleiten ließ.

Ruckartig trat sie einen Schritt nach hinten, dann hielt sie inne, von Mollys stützender Hand aufgehalten.

„Vertrauen Sie mir“, flüsterte er, während er Kerry voller Mitgefühl in die Augen sah.

Es brach ihr das Herz, als sie schließlich, einen Kloß im Hals, das unendlich kostbare Bündel in seine Arme legte.

* * *

Als Winston zehn nach zehn noch immer nicht in dem Museum erschienen war, krampfte Michaels Magen so sehr, dass ihm übel wurde. Während er, den Revolver in der Hand, an der dünnen Papierwand stand, die diesen Raum von Bhimas Zimmer trennte, und lauschte, lief ihm der Schweiß den Rücken herunter, und er fühlte sich klamm und unbehaglich.

Er glaubte, Jess Dalton nie wieder in die Augen sehen zu können, falls sie dieses grausame Stück umsonst inszeniert hätten. Den Pastor und seine Frau solchen Qualen auszusetzen für nichts und wieder nichts ...

Es darf nicht umsonst sein. Bitte, Gott, lass es nicht umsonst sein.

In dem Zimmer nebenan, Bhimas Zimmer, wartete nur Fritz Cochran auf Winston. Hier, hinter Michael auf einer kleinen Liege, die Pauley Runyan als Bett diente, hielt Jess Dalton Wache über seine kleine Tochter, die schließlich in den Armen ihres Vaters wieder eingeschlafen war. Mit ihm warteten Bhima und Pauley in angespanntem Schweigen.

Michael wusste, welche Qualen der Pastor durchleiden musste. Er konnte nur hoffen, dass der Mann durchhielt, bis alles vorüber war.

Während er wartete, befürchtete er, dass irgendetwas passiert sein könnte, das ihren Plan zunichtemachte. Doch was? Was *konnte* überhaupt schiefgehen, zumindest, bevor Winston überhaupt erschienen war?

* * *

Das leichte Klopfen an der Tür des Zimmers nebenan war zaghaft, unsicher, doch Michael hörte es sofort.

Er spürte, wie auch in die anderen hinter ihm Bewegung geriet. Er hob eine Hand, um sie zur absoluten Stille zu mahnen.

Die Wände waren so dünn, dass sie kaum Geräusche schluckten. Sein Herz raste, als er die abgehackten Worte mit unmissverständlichem britischen Akzent hörte, denen ein Fluch folgte ...

* * *

„Abscheulicher Slum! Es ist kaum zu sagen, was schlimmer ist, die Hunde, die frei auf den Straßen herumlaufen, oder die schmutzigen Bettler, die einem das Geld aus der Tasche ziehen wollen!"

Fritz Cochran schwieg, während der Engländer zur Tür hereinstürzte und den Regen von seiner Jacke schüttelte. „Ich habe ein Taxi genommen, doch der Fahrer kam kaum an den schmutzigen Wilden auf den Straßen vorbei! Was für ein Höllenloch!"

Mitten im Zimmer blieb er stehen. „Wo ist er?"

„Er wird bald kommen", erwiderte Fritz regungslos. „Er muss jetzt jeden Augenblick hier sein."

Winston schüttelte sich weiter den Regen aus dem Haar und von der Kleidung. „Ich kann es nicht erwarten, wieder aus dieser grässlichen Höhle herauszukommen. Kaum zu glauben, dass tatsächlich Menschen in diesem Dreck leben."

Fritz betrachtete ihn schweigend.

Winston, der sich schließlich beruhigt hatte, sah Fritz stirnrunzelnd an: „Bist du ganz sicher, dass du dich auf den Killer verlassen kannst, den du angeheuert hast? Du sagtest, er sei einer der schlimmsten."

Fritz nickte. „Er wird kommen. Sie können auf ihn zählen."

Winston schnaubte. „Das bezweifle ich noch."

„Er wird Ihren Auftrag ausführen. Darauf allein kommt es Ihnen doch an, oder?" Er hielt inne. „Sie haben das Geld bei sich? Für mich und für ihn?"

Winston betrachtete ihn einen Augenblick. „Ich habe das Geld. Doch es bleibt hier" – dabei klopfte er auf seine Brusttasche – „bis ich den Beweis gesehen habe."

Fritz hätte dem Mann am liebsten einen Tritt versetzt. Er hatte zwar keine Arme, aber das Leben in der Bowery hatte ihn gelehrt, seine Füße geschickt zu gebrauchen.

„Sie wollen tatsächlich die Leiche des Kindes sehen?", sagte er, während er sich fragte, wie ein Mensch so tief sinken konnte.

Winston zog eine Augenbraue hoch. „Für den Betrag, den ich dir und deinem Henkerfreund zahle, will ich auch sehen, was ich kaufe. Doch wenn er nicht bald kommt, kannst du deinem Anteil ade sagen. Und wenn er sich nicht an die Vereinbarung hält, sieht keiner von euch das Geld, verstanden?"

„Er wird kommen", wiederholte Fritz und betete, dass es bald sein möge.

* * *

Als schließlich ein lautes Klopfen ertönte, zuckte Fritz zusammen und schaute nervös zu, wie der Mann eintrat.

Sergeant Price sah mit der schmutzigen, zerknitterten Kleidung und dem rußverschmierten Gesicht wirklich wie ein Verbrecher aus. In einer Hand trug er eine große, zerlumpte Reisetasche.

Der Engländer betrachtete den Ankömmling abschätzend.

„Nun?", fauchte er.

„Nicht so laut", warnte der Entführer in barschem Ton. „Sie sind der Brite?"

„Ich stelle die Fragen, verstanden! Hast du den Auftrag erfüllt, für den ich dich bezahle?"

Price betrachtete den anderen. Die Mütze tief in die Augen gezogen und mit einem zornig glühenden Blick, sah er äußerst furchteinflößend aus. „Sie haben mich bis jetzt für gar nichts bezahlt", antwortete er mürrisch, während seine Augen zu der großen Reisetasche in seiner Hand wanderten.

Winstons Gesicht glühte, und er kniff die Augen zusammen. „Zeig her", zischte er.

„Nicht, bevor ich mein Geld habe", gab Price zurück, den Griff der Tasche fest umklammert.

„Zeig mir den Beweis, du Narr – sofort!" Der Engländer nahm

die schwere Tasche, hievte sie auf die schmale Liege und riss sie auf. Beiden Männern den Rücken zugewandt, erstarrte er. Einen Augenblick lang herrschte absolute Stille in dem kleinen Zimmer.

Fritz drohte das Blut in den Adern zu gefrieren. Sergeant Price musste sich jetzt etwas – das Richtige – einfallen lassen, oder sie wären beide tot.

Schließlich zog Winston, wie benommen, einen Sack Sand aus der Reisetasche und hielt ihn so, als wollte er sein Gewicht feststellen. Dann drehte er sich blitzschnell um und schleuderte ihn Price ins Gesicht.

„Was soll das bedeuten?“, brüllte er. „Wo ist das Mädchen?“

Einen Augenblick lang sah es so aus, als wollte Winston sich auf den Entführer stürzen. Doch Price trat ihm entgegen, und der Engländer schien zu erwägen, dass sein Gegner größer und kräftiger war als er. Price hielt ihn mit einem eisigen Blick auf Distanz.

„Das Mädchen ist genau dort, wo ich sie zurückgelassen habe. Und dort wird sie auch bleiben, bis ich das Geld gesehen habe.“

„Meinst du, sie *lebt* noch?“ Winston stieß diese Worte in blinder Wut hervor.

Price streckte sich zu seiner vollen Größe aus und warf Winston einen vernichtenden Blick zu. „Ich bin nicht so dumm, um einen Mord zu begehen, nur gegen das Versprechen eines *Engländers.*“ Dabei spie er ihm das letzte Wort förmlich ins Gesicht. „Das Mädchen lebt – und sie wird so lange leben, bis ich Ihre gute Absicht und Ihre *Ehrbarkeit* gesehen habe.“

„Das war nicht vereinbart!“

Price starrte auf ihn herab. „*Vereinbart* war“, fauchte er ihn in dem gleichen rauen Ton an, „Entführung und Mord. Die Hälfte des Auftrags ist erledigt, Mister. Und jetzt sehe ich mein Geld, es sei denn, Sie wollen den zweiten Teil selbst erledigen.“

„Du ...“

Price trat einen Schritt auf Winston zu; der Engländer taumelte nach hinten.

„Haben Sie das Geld oder nicht, Mister?"

„Ich habe es! Ich habe ihm ..." Er zeigte mit dem Finger auf Fritz. „Ich habe ihm gesagt, wenn der Auftrag erfüllt ist!"

Die Augen von Price funkelten. „Und ich sagte, ich werde den Auftrag erledigen, nachdem ich bezahlt worden bin. Und ich sage das jetzt zum *letzten Mal*, Brite. Entweder Sie bezahlen jetzt – *Stump* und mich –, oder ich nehme das kleine Mädchen und bringe sie wieder nach Hause."

Fritz' Herz stockte, während er beobachtete, wie die beiden aufeinander losgingen. Erst als er sah, wie der Engländer langsam in seine Brusttasche griff, stieß er einen verhaltenen Seufzer aus.

„Also gut", murmelte Winston. „Hier ist dein Geld. Und seins!" Mit verdrießlichem Gesicht warf er Fritz einen kleineren und Sergeant Price einen größeren Geldbeutel zu. „Jetzt tu, wofür du bezahlt worden bist!"

Die Augen des Sergeant blitzten, als er erwiderte: „Jawohl Sir, das werde ich tun, ganz bestimmt."

* * *

In dem Augenblick explodierte das Zimmer. Michael stürzte durch die Tür, den Revolver auf Colin Winston gerichtet, während Denny Price nach hinten griff, um seine Pistole aus dem Gürtel zu ziehen.

Mit einer schnellen Bewegung richtete Denny die Waffe auf Winstons Gesicht, wobei er befriedigt grinste. „Ich tue, wofür ich bezahlt werde, Mr Winston. Ich verhafte Sie hiermit wegen Anstiftung zu Entführung und Mord. Wenn Sie bitte so freundlich wären, diesem Gentleman Handschellen anzulegen, Captain?"

Michael spürte eine beinahe atemberaubende Befriedigung in sich aufsteigen, als er sah, wie sich der ungläubige Blick in Winstons Augen zuerst in Verstehen und dann in Zorn verwandelte.

Der Engländer fuhr Fritz Cochran an. „Du elende, betrügerische Missgeburt ..."

Einen Augenblick lang stellte sich Michael mit Genugtuung vor, wie er Colin Winston bewusstlos schlagen würde. Stattdessen schleuderte er jedoch den Engländer mit einem Ruck herum und legte ihm Handschellen an. Er stellte fest, dass es Denny Price offensichtlich großes Vergnügen bereitete, den rotgesichtigen Winston mit einem Wortschwall von Beschimpfungen zu überschütten. Denny war kein Mensch, der eine derbe Sprache bevorzugte, dennoch gelang es ihm vorzüglich, mit den passenden Worten seine Abscheu gegenüber einem Menschen zum Ausdruck zu bringen, der seine eigene Nichte umbringen lassen wollte.

Zum ersten Mal seit sehr langer Zeit freute sich Michael wieder, Polizist zu sein.

* * *

Weniger als eine halbe Stunde später erhielt der Polizist, der den ganzen Abend über am Haus der Daltons auf Posten gestanden hatte, die erwartete Nachricht und brachte Kerry Dalton in das *Zehncentmuseum.*

Sergeant Price wartete an der Hintertür und riss sie auf, sobald er sie sah.

Mit klopfendem Herzen eilte Kerry hinein. Als sie den großen Polizisten sah, blieb sie stehen und forschte einen Augenblick lang mit zitternden Beinen in seinen Augen.

Der Sergeant lächelte – ein breites, strahlendes, typisch irisches Lächeln, das seine Augen tanzen ließ. Er verneigte sich leicht vor ihr. „Ich nehme an, Sie sind gekommen, um Ihr kleines Mädchen abzuholen, Mrs Dalton. Es ist mir eine große Freude, Sie zu ihr zu führen."

Erleichterung durchflutete Kerry, und sie drohte beinahe ohnmächtig zu werden. Als der Sergeant ihr seinen Arm bot, ergriff sie ihn schnell und ließ ihn erst los, als sie Bhimas Zimmer betrat.

Ihr Blick erfasste den gesamten Raum, ehe er auf einer Gruppe haften blieb, die dichtgedrängt in einer Ecke versammelt war. „Jess!“, rief sie. Er drehte sich, und sein Gesicht hellte sich auf, als er sie sah. Er löste sich von der Gruppe und kam mit schnellen Schritten auf sie zu.

„Kerry – es ist alles in Ordnung! Winston ist verhaftet. Michael und ein anderer Polizist sind bereits mit ihm unterwegs.“

Winston interessierte Kerry im Augenblick nicht im Geringsten. Sie konnte an nichts anderes denken als an ihr kleines Mädchen.

„Jess – wo ist sie? Wo ist Amanda?“

Jess legte einen Arm um Kerrys Schulter und zog sie an sich heran. Bevor er jedoch antworten konnte, hörte Kerry das hohe, fröhliche Lachen, das sie stets an eine sprudelnde Quelle erinnerte.

Sie wandte sich um und legte eine Hand auf den Mund, als sie zuschaute, wie sich die Gruppe auf der gegenüberliegenden Seite des Zimmers teilte. Mitten durch sie hindurch schwirrte Bhima, der nette, freundliche Junge, der keine Beine hatte, in seinem Wagen auf Kerry und Jess zu. Vor ihm auf dem Wagen saß eine aufgeregt lachende Amanda, die sich offenbar köstlich amüsierte.

Sie erblickte Kerry sofort und streckte ihr beide Arme entgegen. „Mama!“

Bhima hielt vor Kerry an. „Was für eine überaus reizende Tochter Sie haben, Mrs Dalton“, sagte er. „Vielleicht werden Sie ihr jedoch jetzt einen Wagen kaufen müssen. Ich fürchte, wir haben sie schrecklich verwöhnt.“

Kerry rannen Tränen über die Wangen, als sie ihr kleines Mädchen in die Arme nahm. „Wie soll ich euch jemals danken ... euch allen!“, stieß sie hervor.

Ihre Augen wanderten zu Sergeant Price, der sich auf der anderen Seite des Zimmers gegen die Wand gelehnt hatte, ein müdes, aber zufriedenes Lächeln auf dem rußverschmierten Gesicht. „Und besonders Ihnen, Sergeant. Ich werde Ihnen niemals genug danken können! Sie haben Ihr eigenes Leben für Amanda aufs Spiel gesetzt.“

„Aber nicht doch, Mrs Dalton“, erwiderte der Sergeant, während er sich von der Wand entfernte und die Hände in die Taschen steckte. „Es bestand zu keinem Zeitpunkt eine echte Gefahr. Einem ekelhaften Engländer wie Winston das heimzuzahlen, was er verdient hat, ist nicht schwieriger, als einen feigen Hund auf Vordermann zu bringen. Das können Sie mir glauben.“

Er grinste sie an. „Obgleich ich zugeben muss“, fügte er hinzu, „dass es mir vielleicht ein klein wenig mehr Vergnügen bereitet hat.“

Teil drei

Die Verheißung wird erneuert

Hoffnung für die Zukunft

Dann will ich ihr von dorther ihre Weinberge geben
und das Tal Achor zum Tor der Hoffnung machen.

Hosea 2,17a

34. Kapitel

Heimat für die Verbannten, Land der Freiheit

Dieses Land trägt einen besonderen Geruch,
einen Duft, der auf das Meer hinausweht,
um die Luft und die Sinne der unzähligen
Menschen zu erfüllen,
die auf der Reling der Schiffe stehen –
mit Sehnsucht in den Augen und einem glühenden
Verlangen im Herzen ...
Es ist der Wind der Freiheit –
geboren auf den Schwingen der Hoffnung.

Morgan Fitzgerald (1850)

Ende September

Bevor sie zum Hafen fuhren, inspizierte Sara noch ein letztes Mal den östlichen Flügel, den sie für die Fitzgeralds gelüftet und teilweise neu hergerichtet hatten. Ihre Großmutter folgte ihr auf Schritt und Tritt, um entweder zu loben oder zu kritisieren.

„Ich wünschte, wir hätten mehr Zeit gehabt, um noch mehr Möbel durch neue ersetzen zu können." Ihre Großmutter war auf ihren Stock gelehnt, als sie gemeinsam das zweitgrößte Schlafzimmer in diesem Flügel musterten. „Wir haben hier tatsächlich nichts mehr verändert, seit der Zeit, als dein Großvater noch lebte und dein Bruder und du uns an den Wochenenden besucht habt. Die meisten Möbelstücke sind furchtbar alt."

„Ach, Oma, die Möbel sind gut. Der kleine Fitzgerald ist kaum mehr als ein Baby. Ich bezweifle, dass es ihn interessiert, ob die Möbel alt oder neu sind."

Die Großmutter sah nicht überzeugt aus. „Trotzdem, das Mädchen wird das Zimmer mit ihrem kleinen Bruder teilen, und sie ist alt genug, um ihre Umgebung zu beurteilen."

„Deshalb habe ich das Messingbett und Mutters Tisch in dieses Zimmer gebracht – und die Puppen." Sara lächelte zärtlich zu den Porzellan- und Stoffpuppen, die überall in dem Zimmer verteilt waren. Sie hatte sie aus der Sammlung aus ihrer eigenen Kindheit ausgewählt, und ihr Anblick löste einen Strom von schönen Erinnerungen aus. „Annie Fitzgerald wird sich gewiss in diesem Zimmer wohlfühlen." Sie runzelte die Stirn. „Ich wünschte nur, Tierney würde auch mitkommen. Michael ist so enttäuscht."

Ihre Großmutter schürzte ihre Lippen. „Ich weiß, meine Liebe. Aber Jungen in seinem Alter wollen allein die Welt erobern. Michael wird das bestimmt verstehen." Die Großmutter hielt inne, immer noch nachdenklich. „Nun, zumindest haben die Fitzgeralds ein schönes, großes Wohnzimmer neben ihrem Schlafzimmer. Und das blaue Zimmer für ihren Diener ist auch wunderschön geworden. Wie hieß er doch? Sandemon, ja, er hat sein Zimmer gleich neben den Fitzgeralds."

Sara nickte. „Ja, das ist prima, Oma. Versuche aber bitte daran zu denken, dass Sandemon kein Diener ist. Morgan betrachtet ihn, glaube ich, mehr als einen Freund und Kameraden. Er gehört praktisch mit zur Familie, hat Michael gesagt."

„Nun, er scheint ein richtiges Wunder zu sein. Ich kann es kaum erwarten, ihn kennenzulernen wie auch Morgan Fitzgerald selbst. Nun, mir liegt jedenfalls in erster Linie daran, dass alles bequem und freundlich für sie eingerichtet ist, damit sie sich zu Hause fühlen können."

„Das werden sie bestimmt", erklärte Sara, die durch das Zimmer schritt, um eine Nadel an den Vorhängen neu zu befestigen. „Ich mache mir eher Sorgen darum, dass wir an alles gedacht haben, was

Morgan braucht. Es muss schon schwer genug sein, im eigenen Heim, wo man alles entsprechend einrichten kann, an den Rollstuhl gefesselt zu sein. Bei einer Reise gibt es gewiss zahllose Probleme zu meistern. Michael hat mir geholfen, und wir haben versucht, alles sorgfältig zu planen. Trotzdem mache ich mir Sorgen, dass wir noch etwas vergessen haben könnten."

Es war Michaels Idee gewesen, am Seiteneingang eine Rampe anzubringen, und er hatte selbst noch einige Veränderungen an den sanitären Einrichtungen vorgenommen, die die Behinderung seines Freundes berücksichtigten. Um Morgans Größe zu entsprechen, hatten sie sogar ein neues, viel größeres Bett für das Gästezimmer besorgt, das er mit seiner Frau teilen würde.

Binnen weniger Wochen hatten sie tatsächlich sehr viel erreicht, doch Sara machte sich weiterhin über Einzelheiten Gedanken, um nicht etwas Wichtiges übersehen zu haben. „Michael sagt, dass Morgan bestimmt nicht möchte, dass wir uns ihretwegen Umstände machen, doch wir freuen uns beide viel zu sehr auf ihren Besuch, als dass wir die Vorbereitungen als ‚Umstände' betrachten würden."

Sara führte ihre Großmutter am Arm, als sie in den Korridor hinaustraten. „Oma, ich möchte dir noch einmal danken, dass du sie eingeladen hast, hier zu wohnen. Es wird schön für Michael sein. Er ist so glücklich, seitdem er weiß, dass sie kommen."

Die Großmutter hielt einen Augenblick inne, um den Stock zu richten. „Weißt du, ich freue mich selbst schon sehr auf diesen Besuch. Es ist eine Ehre, jemanden wie Morgan Fitzgerald bei sich aufnehmen zu dürfen. Der Mann zählt gewiss zu den Honoratioren, obgleich Michael jedes Mal protestiert, wenn ich davon spreche."

Saras Großmutter sprach weiter, während sie den Flur entlanggingen. „Wie ich Michael und dir bereits gesagt habe, meine Liebe, plane ich, ihre Gesellschaft zu genießen. Dein Großvater und ich pflegten regelmäßig Gäste zu haben, und ich vermisse die Aufregung und das Leben im Haus. Außerdem", fügte sie mit einem fröhlichen Augenzwinkern hinzu, „freue ich mich schon auf Tischgespräche, in denen nicht nur von Polizisten und Verbrechern die Rede ist. Im Augenblick solltest du jedoch, falls du nicht möchtest, dass der arme Mann und seine Familie im Hafen verloren gehen, Michael und deinen Vater im Salon abholen, damit ihr euch auf den Weg begeben könnt. Gewiss gehen beide inzwischen schon nervös auf und ab."

* * *

Nora schaute in den Spiegel ihrer Frisierkommode und versuchte, objektiv einzuschätzen, wie sie nach so langer Zeit in Morgans Augen aussehen würde.

Älter, das war gewiss. Das Haar an ihren Schläfen war silbern geworden, und um ihren Mund und in den Augenwinkeln waren Linien zu sehen, die früher nicht dort gewesen waren.

Obwohl Morgan und sie etwa im gleichen Alter waren, wusste sie, dass sie älter aussah, als sie in Wirklichkeit war. Und Morgan? Gewiss hatten sich beide sehr verändert, seitdem sie das letzte Mal Abschied genommen hatten.

Es würde schwer sein, ihn im Rollstuhl zu sehen. Obgleich sie sich schließlich an den Gedanken gewöhnt hatte, bereitete es ihr dennoch Sorge, wie sie darauf reagieren würde, wenn sie ihm in Wirklichkeit gegenüberstand.

Wie viel hatte sich für sie alle seit ihren Kindertagen in ihrem Dorf verändert ... für Morgan, für Michael und für sie!

Einige der Veränderungen waren sehr tragisch. Schon als junger Mann hatte Michael seine Frau verloren, und Morgan war auf der Höhe seiner Mannesjahre von einem Unbekannten zum Krüppel geschossen worden. Er war beinahe allein zurückgeblieben nach dem Tod seines Bruders Thomas, und schließlich dem Tod seiner Nichte Katie und seines Neffen Tom – die beide in Amerika gestorben waren.

Auch Nora hatte Unglück und den Tod ihrer Lieben ertragen müssen – Owen, ihr erster Mann, ihre kleine Tochter Ellie und bald darauf Tahg, ihr ältester Sohn. Ihre Gesundheit war durch die Hungersnot und den Scharlach beinahe völlig ruiniert, ihr Herz geschwächt, ihre Kraft geraubt worden.

Doch trotz allen Unglücks hatte es auch Freude für sie gegeben. Sie alle hatten Liebe empfangen: neue Ehegatten, Kinder und eine wunderbare, dauerhafte Freundschaft.

Sie fragte sich aufgeregt, wie es wohl heute sein würde, wenn sie nach so langer Zeit endlich wieder vereint wären. Waren sie einander fremd geworden? Würde ihr Umgang miteinander unnatürlich und peinlich sein? Oder würde das Band, das sie in all den Jahren – selbst über Meere hinweg – verbunden hatte, sich als so stark erweisen, wie sie immer geglaubt hatte?

Als Evan das Zimmer betrat und sich hinter sie stellte, wurde Nora aus ihren Gedanken gerissen. Lächelnd drückte er ihre Schulter. „Du siehst reizend aus", sagte er, während er sich herabbeugte, um sie auf die Wange zu küssen. „Wie immer. Aber, Nora, bist du ganz sicher, dass du dich stark genug fühlst, um heute Morgen mitzukommen?"

Sie nickte. „Wie soll ich dich bloß überzeugen? Es ist so, wie ich dir gesagt habe, Evan – schon seit einigen Tagen fühle ich mich so stark und gesund wie schon lange nicht mehr. Du darfst dir nicht so viele Sorgen machen."

„Pass aber auf, dass du dich nicht übernimmst."

„Ich werde auf mich achten, das verspreche ich dir. Doch ich möchte heute dort sein, mit dir und mit Michael. Das verstehst du doch, nicht wahr?"

Er streckte sich, seine Hand umfasste weiter ihre Schulter. „Natürlich verstehe ich das." Einen Augenblick lang sah er sie an, als ob er etwas sagen wollte, aber nicht genau wusste, wie.

„Evan?"

Er schüttelte den Kopf. Als er ihrem Blick im Spiegel auswich, drehte sie sich um und sah ihn an. „Irgendetwas beunruhigt dich, Evan. Was ist los?“

Langsam wandte er sich ihr wieder zu. „Ich ... schäme mich, es dir zu sagen“, erwiderte er leise. „Vielleicht ist es w-wirklich töricht v-von mir, aber s-sosehr ich mich auch darauf freue, Morgan Fitzgerald wiederzusehen – ist m-mir jedoch gleichzeitig etwas ... bange.“

Nora runzelte die Stirn, unfähig, sein Gesicht zu deuten. „Bange? Warum sollte dir wegen Morgan bange sein? Er bewundert dich über alle Maßen.“

Wieder blickte er weg. „Du – ihr beide – habt einander einmal sehr viel bedeutet. Ihr habt euch geliebt ...“

Als sie endlich begriff, schaute Nora ihn betrübt an. „Oh, Evan, ... gewiss meinst du nicht ... du darfst nicht denken ...“

Sie nahm seine Hand. „Oh, Evan ... Evan! Wie ist es möglich, dass du dir nach so langer Zeit meiner Liebe nicht gewiss bist? Kannst du wirklich an meiner Liebe zweifeln, nach allem, was wir erlebt haben?“

Er sah vollkommen elend aus. Nora war traurig, dass er ihrer Liebe nicht völlig vertrauen konnte, doch sie glaubte, ihn zu verstehen. Bevor sie ihn jedoch trösten konnte, wandte er sich von ihr ab.

„Es tut mir leid“, sagte er kaum vernehmbar. „Ich würde niemals deine Treue in Frage stellen, Nora, niemals. Ich glaube, ... es ist meine eigene Unsicherheit. Ein M-Mann wie Fitzgerald – so ein großartiger Mann – stellt gewiss selbst im Rollstuhl die meisten anderen Männer in den Schatten. Und du *hast* ihn geliebt, und er dich.“

Noch immer mit dem Rücken zu ihr gewandt, berührte er seinen leeren Ärmel – eine, so vermutete Nora, unbewusste, aber doch nicht völlig bedeutungslose Geste.

Als er sich schließlich wieder zu ihr umwandte, trat sie näher zu ihm, seine Hand mit ihren beiden Händen umschlossen. Ihre Augen glitten über sein Gesicht ... das gute, starke, freundliche Gesicht mit den polierten Brillengläsern, dem exakt beschnittenen Bart und den glänzenden Wangen.

Wie sehr liebte sie diesen Mann.

Es schmerzte sie so sehr, dass er glaubte, in ihren Augen unzulänglich zu sein wegen seiner Statur, seines fehlenden Arms, seines Stotterns ... oder irgendetwas anderem, das er als Schwäche betrachtete. In Wahrheit machten ihn diese Dinge ihr nur noch lieber. Irgendwie ärgerte es sie sogar, wie wenig er von sich selbst hielt.

„Evan – du törichter, törichter Mann!“, stieß sie hervor, unfähig, die Tränen zurückzuhalten, die gleichzeitig mit ihren Worten hervorquollen.

Er zwinkerte, völlig verblüfft. „Warum, Nora, was habe ich ...“

„Du bist mein Geliebter, Evan Whittaker! Du bist mein Ehemann, mein bester Freund – und mein Liebster! Verstehst du das nicht? Ja, Morgan war der Geliebte meiner Mädchenjahre. Er war mein Held, meine Jugendliebe. Aber, du, Evan – du bist der Geliebte meines *Lebens!*“

Sie trat einen Schritt zurück, ihre Hände vor ihrem Gesicht. „Ich möchte dir etwas sagen, Evan“, sagte sie, und ihre Stimme war kaum mehr als ein Flüstern. „Ich schäme mich, dies einzugestehen, etwas, das besser ein Geheimnis bleiben sollte. Doch ich werde es dir sagen ... trotz meiner Scham ... weil du es verdienst, die Wahrheit zu erfahren.“

Tief seufzend nahm sie die Hände vom Gesicht, um ihm direkt in die Augen zu sehen. „Ich liebe dich nicht nur mehr, als ich Morgan Fitzgerald je geliebt habe, ich liebe dich in Wahrheit auch mehr, als ich Owen geliebt habe – Owen Kavanagh, meinen Ehemann ... und Daniels Vater. Hörst du mich, Evan? Verstehst du, was ich dir sage? Ich ... liebe ... dich ... *mehr!* Ich habe keinen Mann jemals so geliebt, wie ich dich liebe, Evan Whittaker. Und du darfst nie wieder meine Liebe in Frage stellen, nachdem ich dir das gesagt habe. Niemals!“

Evans Züge waren schlaff, seine Haut kreideweiß geworden. Mit einem schmerzerfüllten Blick sah er sie an und wollte sie an sich ziehen. Doch Nora ließ es nicht zu, sondern suchte in seinen Augen nach etwas, das sie selbst nicht genau definieren konnte.

„Oh, Nora ... meine Liebste ... kannst du mir verzeihen? Es tut mir so leid! *Ich* war so töricht, und was es dich gekostet hat!" Er hielt inne. „Nora – vielen Dank! Danke, dass du mir so etwas ganz ... Persönliches gesagt hast. Du kannst d-dir nicht vorstellen, wie viel es mir bedeutet, von dir diese Worte zu hören."

Nora sah, was sie gesucht hatte, das stille Selbstvertrauen, das sie vorhin vermisst hatte. Sie tat einen Schritt auf ihn zu, dann blieb sie stehen. „Du musst mir versprechen, dass du nie wieder an meiner Liebe zu dir zweifelst, Evan."

Er reichte ihr seine Hand. Hinter seinen Brillengläsern war ein neues Leuchten in seine Augen getreten, strahlte ihr ein neues Selbstbewusstsein entgegen. „Ich verspreche es dir, Nora, ganz fest."

Nora fühlte sich angestrengt, gleichzeitig jedoch auch seltsam erleichtert, endlich die volle Wahrheit über ihre Gefühle ausgesprochen zu haben. Erfreut, dass ihr Eingeständnis ein neues Selbstvertrauen in Evan geweckt hatte, sank sie in seine Arme.

Einen Augenblick lang standen sie schweigend da, und Nora ließ ihren Kopf an seiner Schulter ruhen. „Nora?", sagte Evan schließlich. „Könntest du mich vielleicht, obwohl ich versprochen habe, nie wieder an deiner Liebe zu zweifeln, ab und zu daran erinnern, wie sehr du m-mich liebst?"

Nora lächelte vor sich hin, bevor sie ihr Gesicht zu einem Kuss erhob.

* * *

Seit über einer Stunde befanden sich Morgan und sein gesamtes Gefolge in Erwartung der ersten Anzeichen der Küste Amerikas an Deck.

Das Wasser war von Abfällen verschmutzt, die offensichtlich von den Emigrantenschiffen, die in den Hafen New Yorks einliefen, über Bord geworfen worden waren. Dies schien so üblich zu sein.

Morgan zuckte bei diesem Anblick unwillkürlich zusammen. Er, der das saubere Wasser Irlands gewöhnt war, hatte sich nicht vorgestellt, dass sein erster Anblick der Vereinigten Staaten den achtlos weggeworfenen Müll der Neuankömmlinge einschließen würde.

Wenigstens galten auf dem Schiff, mit dem sie den Ozean überquert hatten, in Bezug auf derartige Nachlässigkeiten strenge Vorschriften. Die *Destiny* – Schicksal – stellte insgesamt eine wunderbare Verbesserung im Vergleich zu dem dar, was er über andere Schiffe, besonders über britische Emigrantenschiffe, gehört hatte, wo die Menschen, wie Vieh auf dem Zwischendeck zusammengepfercht, dazu verurteilt waren, die gesamte Reise inmitten von Schmutz, Elend und Krankheit zu verbringen.

Die *Destiny,* ein neues Schiff und vermutlich das schnellste von Farmingtons Schiffen, war sauber und bot allen Passagieren genug Platz. Morgan war nicht in der Lage, selbst in das Zwischendeck hinabzusteigen, aber Sandemon, der sich in seinem Auftrag alles angesehen hatte, hatte berichtet, dass die Kojen der Emigranten mehr als angemessen waren.

Michaels Schwiegervater schien ein Mann zu sein, der ein Gewissen hatte. Morgan war es schwergefallen, Lewis Farmingtons Angebot einer freien Überfahrt in Kabinen auf seinem neuesten Schiff anzunehmen. Er hatte stets geglaubt, dass er, falls er jemals eine Überfahrt nach Amerika machen würde, diese Zeit unter den gleichen furchtbaren Bedingungen, wie die meisten seiner Landsleute vor ihm, in den feuchten, hässlichen Räumen des Zwischendecks zubringen würde.

Doch damals hatte er nicht gewusst, dass er diese Reise als ein Krüppel im Rollstuhl antreten würde und mit einer Frau und zwei

Kindern. Nachdem er widerstrebend Lewis Farmingtons großzügiges Angebot angenommen hatte, hatte er zu seiner Freude erfahren, dass das schöne Schiff dieses Mannes faire Bedingungen für alle Reisenden, einschließlich der Emigranten bot. Es wäre ihm zuwider gewesen, in aller Bequemlichkeit zu reisen, während die armen Auswanderer auf dem Zwischendeck in ihrem Elend umkamen.

Der Morgen ihrer Ankunft sah vielversprechend aus; an dem klaren Himmel über ihnen erstrahlte die Herbstsonne und es wehte ein frischer, nicht zu kühler Wind. In der Ferne tauchten andere Schiffe auf, und überall raunte man, dass bald Land in Sicht sei.

Sie waren alle schon sehr aufgeregt, am allermeisten natürlich Annie, die vor Freude beinahe zu tanzen begann. Gabriel, sicher in Sandemons starken Armen geborgen, begann unruhig zu werden, doch Morgan bestand darauf, dass er an Deck blieb. Obwohl Gabriel gewiss zu jung war, um sich später an Einzelheiten seiner ersten Begegnung mit den Vereinigten Staaten von Amerika zu erinnern, würde es dennoch ein bleibender Eindruck sein, den ihm, in den tiefsten Tiefen seines Wesens verborgen, weder Zeit noch Umstände jemals rauben konnten.

Neben Morgan, zu seiner Linken, stand Finola, die Hand auf seine Schulter gelegt. Ihre gewöhnliche Gelassenheit schien in dem Maße von ihr zu weichen, wie ihre freudige Erwartung wuchs.

Er legte seine Hand auf die ihre. „Nun, mein Liebling, du kannst es wohl kaum noch erwarten?"

„Ja", sagte sie, beinahe außer Atem. „Ich habe davon geträumt, Amerika zu sehen, aber ich hätte nie geglaubt, dass es Wirklichkeit wird. Doch für dich, Morgan, muss das Warten beinahe unerträglich sein. Bald wirst du deine Freunde und deine kleine Nichte wiedersehen."

„Sie wird inzwischen gar nicht mehr so klein sein, schätze ich." Im Geist rechnete er aus, wie alt Johanna sein musste. „Johanna und unsere Annie sind beinahe gleich alt – dreizehn Jahre."

„Glaubst du, dass wir Freunde sein werden, *Seanchai?*", fragte Annie. „Deine Nichte Johanna und ich?"

Die Stimme seiner Tochter klang ein wenig beunruhigt, und Morgan wurde von neuem bewusst, was für ein bedeutendes Ereignis diese Reise für sie darstellte. „Ich kann mir nichts anderes vorstellen, *a leanbh,* mein Kind", erwiderte er. „Aber du erinnerst dich, dass Johanna nicht hören kann? Du darfst nicht vergessen, sie anzuschauen, wenn du mit ihr sprichst, damit sie die Worte von deinen Lippen ablesen kann."

„Aber sie kann sprechen?"

„Gott sei es gedankt, ja. Ich habe jedoch keine Ahnung, wie gut sie sprechen kann. Sie hat erst seit kurzem ihre Stimme wiederentdeckt."

„Sie wird es bestimmt kaum erwarten können, dich wiederzusehen, Morgan", sagte Finola.

„Ich hoffe nur, dass sie mich noch wiedererkennt."

Er hatte das mehr zu sich selbst als zu den anderen gesagt, doch Sandemon hatte es gehört. „Verwandte erkennt man immer wieder", sagte der schwarze Mann leise. „Außerdem ist es auch noch nicht zu lange her, seitdem ihr euch zum letzten Mal gesehen habt."

„Ja, aber bei jungen Menschen machen ein paar Jahre viel aus. Und sie hat mich nie im Rollstuhl gesehen."

„Ich bezweifle, dass deine Nichte überhaupt von dem Rollstuhl Kenntnis nehmen wird", bemerkte Annie fröhlich, als kannte sie Johanna bereits und achtete sie sehr hoch. „Sie wird viel zu glücklich sein, dich wiederzusehen, um sich noch um irgendetwas anderes zu kümmern."

Morgan nickte, fest entschlossen, sich nicht der melancholischen Stimmung hinzugeben, die ihn schon den ganzen Morgen übermannen wollte. Während der Überfahrt hatte er beschlossen, es nicht zuzulassen, dass die Gedanken an eine bevorstehende Operation – falls es überhaupt zu einer Operation käme – die fröhliche Stimmung seiner Familie während der Reise beeinträchtigten.

Bald würde er Freunde und Verwandte wiedersehen – Michael, Nora, Johanna und Daniel John, den wunderbaren Evan Whittaker. Außerdem hatten Michaels Schwiegervater und ein mit der Familie befreundeter Pfarrer bereits Schritte unternommen, einen amerikanischen Verleger auf Joseph Mahons Aufzeichnungen über die Hungersnot in Irland aufmerksam zu machen. Es schien berechtigte Hoffnung zu bestehen, dass das Tagebuch veröffentlicht wurde – nach Morgans Meinung Grund genug, um diese Reise zu rechtfertigen. Wenn es ihm gelänge, die Wahrheit über Englands Niederträchtigkeit und gewissenlose Gleichgültigkeit an der britischen Presse vorbei bekanntzumachen, dann hatte sich die Reise mehr als gelohnt.

Während der nächsten Tage würde er mit geliebten Menschen zusammen diese gewaltige, bedeutende, neue Nation kennenlernen, über die er bereits Bücher gelesen hatte. Vielleicht würde er verantwortungsbewussten, einflussreichen Leuten begegnen, die Irlands Los wenden halfen.

So würde er sich, obgleich ihn während dieses Abenteuers ein dunkles, unbekanntes – und vielleicht sogar erschreckendes – Terrain erwartete, heute nicht davon beeinträchtigen lassen. Heute würde er Amerika entdecken.

„Land!“, schrie jemand weiter unten auf Deck. Ein anderer nahm den Ruf auf, und die Worte rollten wie Donnerschläge über das Schiff. „Amerika! Durch Gottes Gnade! Endlich in Amerika!“

Morgan verspürte ein Prickeln. Er drückte Finolas Hand fester, als seine Augen ihre Umgebung erfassten. Er hatte nicht erwartet, so viele Hügel zu sehen, die alle in den warmen Farben des Herbstes erstrahlten. Das Meer war ruhig, obgleich es von zahllosen anderen Schiffen wimmelte – Klipper und Barkassen, kleinere Boote, einige mit Sanitätsflaggen, bahnten sich im Zickzack einen Weg zwischen den größeren Schiffen hindurch. Auf einigen der Emigrantenschiffe wehten stolz grün-goldene Fahnen, die gemeinsam mit der an der Takelage aufgehängten Wäsche – meist zerschlissener irischer Fries und ausgefranste rote Petticoats – im Wind flatterten.

Aufgrund der Beschreibung in Michaels Brief wusste Morgan, dass sie durch die *Narrows* einlaufen würden, dem Kanal zwischen Staten Island und Brooklyn. Inzwischen war der Hafen in Sichtweite, in dem es von Menschen nur so wimmelte.

Der Anblick, der sich ihnen bot, wirkte fröhlich und geschäftig, eine Szene, die Kraft, Farbe und Aufregung ausstrahlte.

Atemberaubend!

Inzwischen waren auch die Passagiere aus dem Zwischendeck nach oben gekommen, und man umarmte sich, weinte oder jubelte sich zu. Einige fielen auf ihre Knie und dankten Gott, während andere in stummem Erstaunen verharrten.

Morgan spürte, wie Finola seine Hand noch fester umklammerte, und hinter sich vernahm er Sandemons inbrünstiges „Ah!“. Als er sich umdrehte, sah er, wie sein Kamerad den kleinen Gabriel auf seine kräftigen Schultern hob.

„Siehst du, Gabriel?“, rief Morgan über allen Lärm, der sie umgab, hinweg. „Wir sind in Amerika! Vergiss diesen Tag nie, Junge, dann kannst du eines Tages behaupten, ein Land zu kennen, das über allen anderen bekannt ist. Dieses Land der Auswanderer nennt man Goldenes Ufer oder Land der Freiheit.“

Das Gesicht weiter zum Hafen gewandt, murmelte er vor sich hin: „Ja, und das ist es auch, dieses wunderbare Land, und noch mehr; für Millionen ist es ein Tor der Hoffnung geworden, eine Verheißung, ein Geschenk Gottes. Möge dies immer so bleiben.“

35. Kapitel

Willkommen in New York

In dieser Stadt gibt es Menschen, die für mich selbst den dunkelsten Wintertag erhellen ... und vor deren Gegenwart selbst mein Zuhause verblasst ...

Charles Dickens (1812 – 1870)

Dank der Vorkehrungen und des Einflusses von Lewis Farmington wurden die üblichen Formalitäten, die beim Verlassen des Schiffes notwendig waren, für die Fitzgeralds so schnell und reibungslos wie möglich erledigt.

Sobald Sandemon ihn die Laufplanke hinuntergeschoben hatte, begann Morgan in der Menge nach einem vertrauten Gesicht Ausschau zu halten. Nora würde er gewiss erkennen und zweifellos auch Johanna und Daniel John. Doch er wusste, dass es unwahrscheinlich war, Michael in einer solchen Menschenmenge zu entdecken, nicht nach zwanzig Jahren.

Finola und Annie standen inzwischen mit weit aufgerissenen Augen neben ihm. Zwischen ihnen stand Gabriel, die Arme nach oben gestreckt, die Hände sicher in jeweils einer von ihren Händen verankert.

Im Hafen drängten sich so viele Menschen, dass es praktisch unmöglich war, sich in irgendeine Richtung mehr als einige Schritte vorwärtszubewegen. Obgleich Morgan viel über das Chaos gehört hatte, das die Neuankömmlinge beim Verlassen des Schiffes empfing, spottete die Realität jeglicher Beschreibung.

Lautes Schreien und Weinen wetteiferte mit dem Getrappel von Füßen, die den Kai entlangrannten und den lautstarken Zurufen von Matrosen benachbarter Schiffe. Morgan hörte wenigstens sechs verschiedene Sprachen heraus und außerdem jede Menge Dialekte und Akzente, unter denen Irisch einen vorderen Platz einnahm.

Binnen weniger Augenblicke hatte er auch schon die Schlepper entdeckt, die Michael in seinen Briefen beschrieben hatte: Hart aussehende Männer mit Messern zwischen den Zähnen, gelegentlich eine Schusswaffe in der Hand, schoben sie buchstäblich die Menschen beiseite, um auf die Schiffe zu gelangen, oder sie drängten den Passagieren, die die Schiffe verließen, ihre Dienste auf. Die meisten dieser Kerle waren selbst Iren, Schurken, die ahnungslose Auswanderer aus ihrem eigenen Heimatland ausplünderten. Habgierig und brutal schreckten sie vor nichts zurück und nahmen beispielsweise die Habe einer ganzen Familie in Beschlag, um sie unter „ihren Schutz" zu zwingen. Dann führten sie sie direkt vom Hafen in die katastrophalen Pensionen oder Mietshäuser, die ebensolchen Schwindlern wie ihnen gehörten.

Einer dieser Ganoven eilte soeben durch die Menge und stieß an Morgans Rollstuhl. Er hielt nur so lange in seinem Lauf inne, um Morgan einen Fluch entgegenzuschleudern. Sandemon wollte das Schandmaul mit seiner großen Hand packen, doch Morgan bedeutete ihm, ihn gehen zu lassen.

„Sei vorsichtig", flüsterte er seinem Freund zu. „Von Michael weiß ich, dass kein Schwarzer, ganz gleich aus welchem Grund, die Hand gegen einen Weißen zu erheben wagt, nicht einmal hier in New York."

Sandemon schaute ihn an, und Morgan fragte sich, ob sie nicht das Gleiche dachten: dass der Freiheit selbst im ‚Land der Freiheit' Grenzen gesetzt waren.

Sorgfältig hielt er seine Harfe, die er nicht mit dem anderen Gepäck abgegeben hatte, vor sich im Rollstuhl fest, bevor er seinen Hals reckte, um die Menschenmenge abzusuchen. Es war kaum möglich, irgendetwas zu erkennen, und nachdem sie etwa zehn Minuten an der gleichen Stelle eingeschlossen gewesen waren, kamen sie nun ein kleines Stück auf dem Kai voran.

Durch all den Lärm und die Aufregung war Gabriel inzwischen unruhig, und gewiss hatte der kleine Bursche auch Hunger. Auf jeden Fall sorgte er seinerseits für Aufruhr, und er war auch nicht zu beruhigen, als Finola ihn in ihre Arme nahm.

Morgan wusste, dass es auch nicht mehr lange dauern würde, bis Finola auf das Durcheinander reagierte. Sie fühlte sich unter vielen Menschen stets unbehaglich, und Lärm und Aufregung entnervten sie schnell.

Morgan glaubte, es war vermessen von ihm, anzunehmen, dass jemand sie im Hafen begrüßen würde. Außerdem hatte sich ihre Ankunft verspätet. Durch die Stürme zu Beginn der Überfahrt hatten sie viel Zeit verloren. Trotzdem konnte er seine Enttäuschung nicht völlig abschütteln. Es wäre eine große Freude gewesen, mitten in dieser Menschenmenge einem herzlichen Lächeln der Begrüßung zu begegnen.

Da dies jedoch offensichtlich nicht der Fall war, beschloss Morgan, dass es am vernünftigsten wäre, einen Wagen zu mieten, der sie zu Michaels Haus brachte. Als er dies gerade Sandemon mitteilen wollte, bemerkte er, wie links von ihnen Bewegung in die Menge geraten war. Ein breitschultriger Mann mit dunklem Haar und Schnurrbart kam den Kai heruntergeeilt und bahnte für sich und sein Gefolge einen Weg durch die Menge. Mit strengem Blick, die Hand wie zur Warnung erhoben, drängte er sich mit seinem Gefolge an einer entrüsteten Menschengruppe nach der anderen vorbei.

Als er näher kam, sah Morgan, dass der Mann ein Abzeichen trug, einen kupferfarbenen Stern. Das musste einer der Polizisten von New York sein, ein Mann wie Michael Burke. Der kräftige Mann wirkte zielstrebig und entschlossen – nicht grob und brutal, sondern eher schneidig, hatte eine Ausstrahlung, die deutlich machte, dass mit ihm nicht zu scherzen war.

Morgans Blick wanderte zu der Gruppe, die er anführte, konnte aber durch die Menge, die ihm den Blick versperrte, nur wenig erkennen: zwei Frauen, ein Mädchen mit leuchtend rotem Haar, gefolgt von einem vornehm aussehenden Herrn, ein junger Bursche und ein Mann mit einem schmalen Gesicht, der eine Brille und einen Bart trug.

Er streckte seinen Hals noch höher, um den herannahenden Zug zu betrachten. Doch erst als sein Blick auf einer der beiden Frauen ruhte, begann sein Herz schneller zu schlagen. Diese zierliche Gestalt, der scheu zur Seite geneigte Kopf erinnerte ihn an etwas ...

Morgans Muskeln spannten sich an, während er die anderen zu mustern versuchte. Der Mann mit dem Bart hatte einen leeren Ärmel, der ordentlich an seinem Jackett befestigt war, und auf dem andern Arm trug er ein kleines Kind. Seine Augen wanderten zu dem großen, jungen Burschen mit kohlrabenschwarzen Locken, dann wieder zu den Frauen, von denen eine leicht hinkte, bevor sie schließlich wieder auf demjenigen hafteten, der den anderen den Weg bahnte – auf seinen wachen, dunklen Augen, dem hübschen, spitzbübischen Gesicht, der respekteinflößenden Erscheinung.

Seine Finger umklammerten die Lehnen seines Rollstuhls, bis seine Gelenke knackten. Sie hatten ihn beinahe erreicht, und Morgan hielt den Atem an.

Sie blieben stehen, und Morgan blickte auf. Er sah aus dem Augenwinkel, wie sich die kleine Frau und der große, hübsche Junge mit dem lockigen Haar neben ihr aus der Gruppe lösten.

Nein ... das konnte nicht sein ... sie war zu schlank, hatte zu viel Silber im Haar ... der Junge war zu groß, zu reif, ein erwachsener Mann.

Er starrte sie beide an, und es traf ihn wie ein Hammerschlag, als er sie erkannte.

* * *

Nora schloss einen Augenblick lang die Augen, Daniel Johns Hand umklammert, ehe sie Morgan entgegentrat. Sie durfte nicht, würde nicht zulassen, dass er den Schmerz sah, den sie verspürte, als sie den einst so kraftvollen Körper an den Rollstuhl gefesselt sah.

Doch außer dass seine Beine ihn nicht mehr trugen, schien er sich kaum verändert zu haben. Der große, edle Kopf, das leuchtende kupferfarbene Haar und der etwas dunklere Bart, die durchdringenden grünen Augen, die Aura von Kraft und Stärke – alle diese Merkmale, die ihm das Aussehen eines alten Stammeshäuptlings, eines keltischen Fürsten, verliehen, schienen unverändert geblieben zu sein.

Er war noch immer Morgan, erinnerte sie sich selbst, und er durfte niemals das Mitleid sehen, das ihr das Herz brach, als sie ihn sah.

„Nora“, sagte er leise. „Oh, Nora, *mo ghirseach,* mein Mädchen – du bist es wirklich. Ich freue mich so, ich freue mich so sehr, dich endlich wiederzusehen.“

Er streckte ihr seine Hände entgegen. Nora versuchte, seinen Namen auszusprechen, doch ihrer Kehle entrann nichts als ein ersticktes Schluchzen. Sie zögerte nur einen kurzen Augenblick, bevor sie ihr Gesicht an seine Wange drückte und seine Umarmung annahm, als das, was sie war – eine Art Heimkehr, ein Wiedersehen mit einem alten Freund und Bruder.

* * *

Nur mit äußerster Willenskraft gelang es Daniel John, die Fassung zu bewahren, als er Morgan im Rollstuhl sah. Drei Jahre waren vergangen, seitdem er den Helden seiner Kindheit zum letzten Mal gesehen hatte, den Mann, den er genauso geachtet und geliebt hatte wie seinen eigenen verstorbenen Vater. Viele Jahre lang war Morgan Fitzgerald in seinen Augen ein Riese gewesen. Er war eine majestätische Erscheinung, und fast alle Kinder und Jugendlichen in Killala hatten ihn bewundert. Daniels Bewunderung und Respekt gingen jedoch über die Wertschätzung Morgans gewaltiger Statur und seiner breiten Schultern hinaus. Daniel schätzte Morgan aufgrund seiner Klugheit, seines brillanten Geistes, seiner Tapferkeit und seines Heldenmuts, die dazu beigetragen hatten, zumindest einen Teil der Bevölkerung ihres Dorfes vor dem völligen Verhungern zu erretten.

Sie hatten ihn *an mhac tire rua ó Maigh Eo*, den Roten Wolf von Mayo, genannt. Später hatte man ihm noch einen anderen Titel verliehen, der noch mehr Liebe und Wertschätzung zum Ausdruck brachte: *Seanchai,* Geschichtenerzähler, eine Gestalt, die man in ganz Irland liebte und verehrte.

Doch darüber hinaus war Morgan Fitzgerald sein Freund, und er hatte ihm den Onkel ersetzt, den Daniel nie hatte. Er war für ihn ein Lehrer und ein Vorbild, ein Ideal und eine Quelle der Inspiration. Als sie Irland verließen, war es für Daniel eine der schmerzlichsten Erfahrungen, Morgan Fitzgerald zurücklassen zu müssen; damals war es ihm, als müsste er ein Stück seines Herzens herausreißen und ins Meer werfen.

Doch jetzt war Morgan hier in Amerika, in New York. Sie waren wieder zusammen, zumindest für einige Zeit. Sie würden gemeinsam auf der Harfe spielen, und Morgan würde die alten Legenden erzählen, und genauso wie früher würden sie einfach zusammen sein, zusammen lachen, zusammen wandern ...

Er schluckte hart, als es ihm einfiel ... *sie würden nicht gemeinsam wandern können ...*

Während er zuschaute, wie Morgan und seine Mutter sich begrüßten, verdrängte Daniel den Rollstuhl ebenso aus seinen Gedanken wie die verlorenen Jahre und die alten Sorgen aus der Vergangenheit. Wartend dankte er Gott im Stillen für das Geschenk dieses Tages. Und als seine Mutter schließlich beiseite trat und Platz für ihn machte, lächelte er in Morgans Augen und lief dankbar in die offenen Arme seines ehemaligen Helden und des Freundes, dessen Freundschaft ein Leben lang währen würde.

***

Nach Daniel John drängten sich die anderen zu ihm, scheinbar alle auf einmal. Johanna war kein kleines Mädchen mehr. Morgan musterte sie und staunte, wie sie im Begriff war, eine reizende junge Dame zu werden. Das scharf geschnittene, ernste Gesicht, wie er es von vor drei Jahren in Erinnerung hatte, war weich und rosig geworden. Es strahlte einen faszinierenden Liebreiz aus.

Das dunkelrote Haar war dichter geworden und hatte einen kupfernen Glanz wie das seine. Wellig und golddurchwoben fiel es über ihre Schultern, im Nacken von einem grünen Seidenband gehalten.

Sie betrachtete ihn, während sie mit ihren Händen seinen Namen formte, wie er es sie vor vielen Jahren gelehrt hatte. Und dann sprach sie seinen Namen laut aus, und Morgan glaubte, weinen zu müssen, als sein Name über die einst stummen Lippen kam.

„Onkel Morgan“, sagte sie zweimal. Dann lächelte sie ihn an, offensichtlich glücklich, wie sehr Morgan sich über ihre Errungenschaften freute.

Obgleich er aus Michaels Briefen wusste, dass Johanna wieder zu sprechen begonnen hatte, war Morgan in dem Augenblick zutiefst berührt, als er diese zarte, eher tiefe Stimme hörte, die Worte, die sie unter offensichtlicher Anstrengung formulierte.

Vollkommen überwältigt, fiel es ihm schwer, selbst ein Wort hervorzubringen. „Gott sei gelobt, mein Mädchen! Deine Worte sind wie ein Lied in meinem Herzen!“, sagte er, während er sie in seine Arme schloss.

Nachdem er Nora das kleine Kind anvertraut hatte, trat als Nächster Evan Whittaker heran. Morgan wusste, dass der Mann auf der *Green Flag* einen Arm verloren hatte, doch sein Bart war ihm neu, sodass er ein oder zwei Sekunden brauchte, ehe er ihn erkannte.

Dann trat ein Lächeln auf sein Gesicht, und als Whittaker zurücklächelte, musste Morgan nicht nur daran denken, wie sehr er den zurückhaltenden Engländer mochte, sondern es wurde ihm auch bewusst, wie sehr er sich darauf gefreut hatte, ihn wiederzusehen.

Evan Whittaker reichte ihm seine Hand – was die Engländer gewöhnlich nicht taten, wie Morgan wusste. Seinem Gefühl folgend, beugte Morgan sich nach vorn, und anstatt seine Hand zu nehmen, umarmte er ihn herzlich.

Dann entließ er ihn nur so weit aus seinen Armen, dass er ihn betrachten konnte. „He, Evan, wie gut du aussiehst – wie ein echter Gentleman. Und wie gut es dir steht, Familienvater zu sein!"

In dem Augenblick stellte ihm Nora den kleinen Jungen vor, und Morgan sagte, dass er ein hübscher, kräftiger Bursche sei, das Ebenbild seiner Mutter, bevor er mit einem schiefen Lächeln hinzufügte, dass bei der Vererbung irisches Blut stets über das englische dominiere.

Morgan vernahm ein leichtes Räuspern rechts von sich und wandte sich zur Seite. Bis jetzt hatte sich der dunkelhaarige Mann mit dem Abzeichen im Hintergrund gehalten und geschwiegen. Inmitten der Aufregung und Freude hatte Morgan seine Anwesenheit beinahe vergessen.

Doch jetzt stellte er sich direkt vor ihn. Morgan musterte das hübsche, spitzbübische Gesicht, den leicht zynischen Zug um seinen Mund. Schließlich wanderte sein Blick zu den dunklen Augen. Auf ihnen ruhend, brach eine gewaltige Flut von Erinnerungen über ihn herein. In dem Augenblick sah er nichts mehr von den vereinzelten Silberfäden in dem schwarzen Haar, den zusätzlichen Muskeln über der Brust und den Schultern, dem dunklen Schnurrbart. Einen kurzen, überwältigenden Augenblick lang war er wieder in Killala, saß auf dem hinfälligen Kai und schaute auf das Meer hinaus, an seiner Seite sein bester Freund: Michael Burke, ein kräftiger Bursche, der schon damals über jenen aufmerksamen, alles schnell erfassenden Blick und die unnachgiebige Energie verfügte, die so offensichtlich waren an dem Mann, der jetzt vor ihm stand.

„Das kann nicht wahr sein", flüsterte Morgan.

„Ja, aber es ist wahr, du rothaariger Landstreicher." Die dunklen Augen funkelten, und um den breiten Mund erschien ein Zucken, bevor ein glückliches Lächeln auf das unnachgiebige Gesicht trat.

Erinnerungen von zwanzig Jahren stürmten auf Morgan ein. Von einer ganzen Flut von Gefühlen überwältigt, schloss Morgan einen Augenblick lang die Augen.

Als er sie wieder öffnete, sah er, dass Michaels Augen rot und glänzend waren.

„Mo chara", stieß Morgan hervor. „Michael, mein Freund, so bist du es wirklich!"

„Und hast du nicht lange genug gebraucht, um mich zu erkennen, du Bursche!" Obwohl Michaels Mund immer noch lächelte, klang seine Stimme verdächtig unsicher.

Er beugte sich zu Morgan herab und umfasste seine Schultern, während er seinen Kopf an seine Brust lehnte. Sie weinten natürlich nicht. Sie waren beide starke Männer; und außerdem ginge es nicht an, vor ihren Familien ihre Gefühle offen zu zeigen.

„Zwanzig Jahre, Junge", flüsterte Michael in Morgans Ohr. „Damals warst du kaum mehr als ein großer, schlaksiger *Knabe.*"

„Und du warst ein Dickkopf aus Mayo, der darauf versessen war, in Amerika sein Glück zu machen." Morgan zögerte. „Zwanzig Jahre – kann das sein, Michael? Sind wir wirklich schon Männer in den mittleren Jahren?"

„Keinesfalls", erwiderte Michael, immer noch Morgan umfassend. „Haben wir nicht beide wunderschöne, junge Frauen? Also können wir unmöglich in den mittleren Jahren sein."

Der Gedanke an ihre Frauen brachte sie in die Wirklichkeit zurück. Es war längst an der Zeit, dass sie einander ihre Familien vorstellten, was beide mit nicht geringem Stolz taten.

Inmitten dieser Aufregung kam Morgan in den Sinn, dass nur die Iren es verstünden, aus einem Wiedersehen ein solches großes

Fest zu machen. Doch auf der anderen Seite konnte auch nur ein Volk, das so oft vertrieben worden war und auswandern musste, die unvergleichliche Freude und das Wunder erfassen, geliebte Menschen, die man verloren glaubte, wiederzusehen.

36. Kapitel

Gemeinsame Tage

Ich habe einen Garten
mit Blumen wunderschön.
Ich kann es kaum erwarten,
mit dir sie anzusehn.
Thomas Moore (1779 – 1853)

Als Annie an jenem goldenen Herbstmorgen erwachte, war ihr Schlafzimmer von Sonnenlicht durchflutet. Sie blinzelte, wartete einen Augenblick, bis sie richtig sehen konnte. Dann schaute sie sich in dem Zimmer um.

Mit einem Ruck saß sie aufrecht im Bett. Fergus! Wo war der Wolfshund? Das große Tier schlief immer bei ihr, am Fußende ihres Bettes. Er konnte es bestimmt kaum noch erwarten, nach draußen zu kommen ...

Dann fiel es ihr ein. *Sie war in Amerika!*

Die Vorhänge waren aufgezogen. Sie hatte sie gestern Abend bewusst so gelassen, denn sie wollte New York sehen. Stattdessen war sie jedoch durch die Aufregung des vergangenen Tages im selben Moment eingeschlafen, als sie ihren Kopf auf die Kissen gelegt hatte.

Doch heute war ein neuer Tag – ein Tag, den sie in New York City verbringen, an dem sie das erste richtige Abenteuer ihres Lebens erleben würde! Nun, vielleicht auch das zweite; von Belfast wegzulaufen, um den *Seanchai* in Dublin City zu suchen, war ihr *erstes* echtes Abenteuer gewesen.

Doch dies war gewiss ein bedeutenderes Ereignis. Schließlich hatte sie einen ganzen Ozean überquert!

Einen kurzen Augenblick lang spürte Annie Enttäuschung in

sich erwachen. Sie vermisste Fergus, sehnte sich danach, dass seine große, feuchte Nase ihre Handflächen berührten. Sie wollte ihm die Wunder Amerikas zeigen. Aber natürlich wurde er in Nelson Hall gebraucht, um Schwester Louisa und Lucy zu beschützen. Trotzdem wünschte sich Annie sehnlichst, sie hätten ihn nicht zurücklassen müssen. Dieser Morgen war zu bedeutsam, um ihn allein zu verbringen. An einem Morgen wie diesem brauchte man Gesellschaft.

Sie schaute sehnsüchtig zu Gabriel hinüber, der noch fest in seinem kleinen Bett schlief. Vielleicht könnte sie ihn nur ein klein wenig anstoßen! Auf der anderen Seite wäre er möglicherweise ärgerlich, wenn sie ihn weckte, bevor er richtig ausgeschlafen hatte. Gestern Abend waren sie alle spät zu Bett gegangen.

Seufzend beschloss sie, allein aufzustehen. Sie schwang ihre Beine aus dem Bett und dehnte sich kräftig, bevor sie ihre Füße auf den Fußboden stellte. Was für ein Luxus, anstelle der kalten, harten Bretter aus Nelson Hall einen weichen Plüschvorleger unter den Zehen zu spüren!

Sie nahm die weiche Stoffpuppe, mit der sie geschlafen hatte, dann tappte sie barfuß ans Fenster. Der gestrige Tag war mit angeregten Gesprächen, Fragen und Austauschen von Erinnerungen angefüllt gewesen; heute Morgen würde sie in aller Ruhe ihre Umgebung erforschen.

Obgleich das Haus nicht ganz so groß und verwinkelt wie Nelson Hall war, schien das Gelände kein Ende zu nehmen. Große, alte Bäumen standen so nahe, dass sie die Blätter berühren konnte, wenn sie wollte. Das Gelände war exakt angelegt und sorgfältig gepflegt; sogar die Büsche waren in interessanter, dekorativer Form beschnitten. Auf dieser Seite des Hauses führte ein gepflasterter Weg entlang, dessen Abschluss auf beiden Seiten ein Eisentor bildete.

Annie ging zu dem hinteren Fenster, von wo aus sie eine riesige Rasenfläche sah, die von saftig grünen Büschen und Blütenbeeten unterbrochen war. Weiter hinten, am anderen Ende des Rasens, erblickte sie ein seltsam anmutendes Gebäude, das ein Dach hatte, jedoch an den Seiten offen war und beinahe wie ein kleiner Pavillon aussah. Während sie in den Park hinausschaute, der in der warmen Farbenpracht üppig blühender Herbstblumen erstrahlte, hielt Annie die Puppe fest umschlungen und erlaubte ihren Gedanken, zu den Menschen zu wandern, die sie gestern kennengelernt hatte.

Johanna hatte sie praktisch auf den ersten Blick gemocht. Sie hatten sich sofort verstanden und trotz Johannas Taubheit recht gut unterhalten. Daniel schien auch sehr nett zu sein. Und wie gut er aussah! Es war einfach wunderbar, Tierney Burkes amerikanischen Freund und Kameraden kennenzulernen, obgleich er ihr viel älter und ernster als Tierney erschien.

Die Whittakers waren einfach großartige Leute, fand Annie. Sie würde es zwar dem *Seanchai* nie eingestehen, doch sie wusste, dass Mrs Whittaker und er sich einst in ihrem Heimatdorf Killala geliebt hatten. Sie hatte diese faszinierende Tatsache von Tierney Burke erfahren, der ihr jedoch geboten hatte, darüber zu schweigen. Natürlich würde sie dieses Geheimnis nicht ausplaudern, doch glaubte sie, dass es wunderbar und romantisch war, dass der *Seanchai* und die Geliebte seiner Jugendzeit so gute Freunde geblieben waren, selbst über den Ozean hinweg.

Die Burkes waren fantastisch. Beinahe sofort hatten sie ihr angeboten, sie „Tante Sara“ und „Onkel Michael“ zu nennen, worüber sie sich sehr gefreut hatte. Tante Sara und ihre Großmutter waren echte Damen, aber ohne jegliche Allüren. Onkel Michael hatte sie ein bisschen überrascht. Nachdem sie gehört hatte, wie Tierney sich immer wieder einmal über seinen Vater beschwerte, hatte sie nicht recht gewusst, was sie von ihm erwarten sollte. Onkel Michael konnte jedoch herzlich lachen, schien gern zu necken und sah eigentlich für einen alten Mann recht gut aus; Annie hatte ihn sofort gemocht.

Es war erstaunlich und wunderbar, wie er und der *Seanchai,* die als Jungen zu Hause in Irland Freunde gewesen waren, nach zwanzig Jahren oder mehr immer noch so eng verbunden waren. Annie fragte sich, wie es wäre, einen Freund fürs Leben zu haben, und plötzlich vermisste sie Tierney Burke und Jan Martova.

Zweifellos betrachteten die beiden sie noch nicht als eine gute Freundin, doch diese Zeit würde schließlich kommen – wenn sie erst einmal älter war. Vielleicht wäre es dann für sie genauso wie bei dem *Seanchai,* Onkel Michael und Nora. Vielleicht würden sie einmal Freunde fürs Leben: sie, Tierney Burke und Jan Martova.

Vielleicht würden sich beide junge Männer sogar eines Tages in sie verlieben und sie müsste zwischen ihnen wählen! Natürlich würde sie sich für Tierney Burke entscheiden. Jan Martova sah unheimlich gut aus, und er war überaus liebenswürdig, doch er war auch einige Jahre älter – eigentlich schon ein Mann. Nein, sie und Jan Martova würden gute Freunde sein, aber nicht mehr. Und er würde es verstehen. Er würde sie mit seinen sanften, dunklen Augen anschauen, traurig, dass sie ihn nicht so liebte wie er sie, doch er würde freundlich sein und ihr und Tierney Burke seinen Segen wünschen.

Annie seufzte und hörte auf, über die Zukunft nachzudenken, während sie sich langsam und widerstrebend aus ihren Träumen löste. Hinter ihr hatte Gabriel sich zu regen begonnen, und als sie sich umwandte, sah sie, wie er sich in seinem Bettchen hinkniete und sie verschlafen anlächelte.

„Addie?“

Sie eilte zu ihm, hob ihn aus dem Bett und nahm ihn in ihre Arme. Dann wirbelte sie ihn und die Puppe einmal im Zimmer herum.

Er fing an zu lachen, und Annie, die ihre Freude über dieses neue Abenteuer nicht mehr länger für sich behalten konnte, lachte mit ihm. „Wach auf, kleiner Bruder, wach auf! Heute entdecken wir Amerika!“

***

Sara wachte abrupt auf und stellte fest, wie ihr Mann neben ihr im Bett lag und sie lächelnd betrachtete.

„Mich im Schlaf anzustarren, ist eine Unart von dir, Michael Burke."

Er strich ihr eine Haarsträhne aus dem Gesicht und lächelte weiter. „Es gefällt mir, dich anzuschauen, wenn du wehrlos bist, Sara, denn das ist schließlich nur selten der Fall."

„Dir gegenüber bin ich *immer* wehrlos." Sie gähnte und reckte sich. „Ich kann es immer noch nicht glauben, dass du wirklich eine Woche frei genommen hast. Nur nach unserer Hochzeit warst du länger als einen Tag zu Hause."

Sie sagte nicht, was sie dachte, nämlich, dass sie einmal geglaubt hatte, es würde immer so für sie sein. Vor ihrer Hochzeit hatte sie von trauten Abenden am Kamin und goldenen Morgen geträumt, an denen sie gemeinsam aufwachten und viel Zeit hätten, sich zu unterhalten und einander nahe zu sein.

Die Wirklichkeit sah so aus, dass sie die Abende oft allein mit ihrer Großmutter verbrachte, während Michael entweder noch im Dienst oder in einer Versammlung der Kommission war. Oft weckte er sie, wenn er lange nach Mitternacht zu Bett ging, und morgens war er meist schon aufgestanden und angezogen, wenn sie aufwachte. Der Mann schien beinahe ohne Schlaf auszukommen, eine Eigenschaft, die Sara insgeheim ärgerte, denn sie selbst war mit weniger als acht Stunden Schlaf beinahe nicht zu gebrauchen.

Er nahm sie in seine Arme. „Wenn diese Woche vorbei ist, wirst du mich gewiss an den Ohren aus dem Haus schleifen."

„Gewiss." Sie gähnte wieder. „Jetzt im Ernst, Michael, ich finde es wunderbar, dass du ein paar Tage frei hast, um mit Morgan zusammenzusein."

„Und mit dir", fügte er hinzu. Er wollte sie küssen, hielt jedoch inne und strich mit einer Hand über die Stoppeln in seinem Gesicht.

Als sie es bemerkte, zog sie seinen Kopf zu sich. „Zart", ermahnte sie ihn.

Nachdem er sie geküsst hatte, lag Sara lächelnd da. Ihren Kopf an seine Schulter geschmiegt, war sie überglücklich, diese stille Morgenstunde mit ihm allein genießen zu können. Einen Augenblick später kam ihr ein weniger erfreulicher Gedanke in den Sinn und sie schaute zu ihm auf. „Du musst furchtbar enttäuscht sein, dass Tierney nicht mitgekommen ist, nicht wahr?"

In seiner Antwort klang Traurigkeit mit. „Ja, ich hatte bis zum letzten Augenblick gehofft, er würde mitkommen. Ich frage mich jedoch, ob er mitgekommen wäre, wenn er gewusst hätte, dass Walsh tot war, ehe er diese Reise mit dem Zigeuner antrat."

Sara schwieg, denn sie hatte sich dieselbe Frage gestellt. „Er wird bald nach Hause kommen, Michael. Tierney wird eines Tages zurückkommen, und dann wird alles in Ordnung kommen zwischen euch. Das glaube ich ganz fest."

„Ich musste gestern einfach daran denken, als wir die anderen im Hafen abgeholt haben", gab er zu. „Wie schön wäre es gewesen, ihn die Laufplanke herunterkommen zu sehen. Und dann später, als ich Morgan mit seinem kleinen Sohn und Evan und Nora mit Teddy sah – oh, welche Flut von Erinnerungen stürmte da auf mich ein!"

Sara litt mit ihm mit. Sie wusste, dass er Tierney nicht nur vermisste, sondern dass ihn außerdem der Konflikt belastete, der ihr Verhältnis jahrelang getrübt hatte.

„Ich wünschte, ich könnte dir *noch einen* Sohn schenken", sagte sie impulsiv, während sie sich dicht an ihn schmiegte. „Wie würde ich mich über einen kleinen Jungen freuen, der genauso aussieht wie du!"

Er hielt sie fest und streichelte ihr Haar. „Weißt du, ich würde mich auch über ein kleines Mädchen freuen – ein fröhliches, keckes kleines Fräulein wie die Mama."

Sara träumte noch einen Augenblick lang von Babys – von kleinen Jungen und Mädchen, doch sie sagte nichts mehr.

„Also“, erklärte sie, um einen fröhlichen Ton bemüht, „wie sehen deine Pläne für heute aus?“

Den Kopf auf einen Arm gestützt, erwiderte Michael: „Nun, auf Morgans Bitte habe ich Jess Dalton eingeladen, bei uns vorbeizuschauen, damit sie sich kennenlernen können. Morgan möchte gern mit seinem Verleger sprechen. Deine Großmutter hat ebenso ein Treffen mit Mr Greeley vorgeschlagen. Morgan ist sehr daran interessiert, die Tagebuchaufzeichnungen über die Hungersnot sobald wie möglich zu veröffentlichen.“

„Und was ist mit seinem Termin bei Dr. Günther?“

„Mir scheint, dass er die Untersuchung so lange hinausschieben will, bis die Angelegenheit mit dem Tagebuch geklärt ist.“

Auf einen Arm gestützt, sah Sara Michael an. „Für Finola muss es sehr beunruhigend sein, wenn Morgan sich mehr um die Veröffentlichung des Tagebuchs sorgt, als er sich um seine eigene Gesundheit bemüht.“

Er lächelte ironisch. „Es ist eine Gnade für uns Männer, die wir oft große Toren sind, dass unsere Frauen bereit sind, unseren Eigensinn zu ertragen. Ich für mein Teil werde stets dankbar sein für die Geduld meiner guten Frau.“

„Das würde ich meinen“, erklärte Sara, während sie sich wieder in seine Arme sinken ließ. „Ich hoffe, er wartet nicht zu lange, Michael. Vielleicht könntest du mit ihm sprechen und ihn davon überzeugen, die Sache nicht zu lange hinauszuzögern?“

„Ich glaube, ich weiß, was ihn bewegt“, erwiderte Michael leise. „Und weil ich Morgan kenne, verstehe ich es auch.“

Er lag einen Augenblick lang da, den Blick zur Decke gerichtet. „Joseph Mahons Tagebuch bedeutet Morgan sehr viel; nicht nur weil der Priester sein Freund und geistlicher Vater war, sondern weil Morgan glaubt, dass es für Irland tatsächlich eine Hilfe bedeuten könnte, wenn diese Berichte eine weite Verbreitung fänden. Er sagt, dass es *immer* hilfreich ist, wenn die Wahrheit erst einmal bekanntgemacht ist. Ich glaube, er will zuerst dafür sorgen, dass dieses Tagebuch veröffentlicht wird – für den Fall, dass bei der Operation etwas schiefgehen sollte." Er hielt inne. „Falls es überhaupt zu einer Operation kommt."

„Ach, Michael, das ist so eine wichtige Entscheidung für ihn, nicht wahr? Eine Operation könnte sein ganzes Leben verändern!"

„Nicholas Grafton hat mir erklärt", fuhr Michael angespannt fort, „dass diese Operation für Morgan lebensgefährlich ist."

„Doch er ist bereit, dieses Risiko auf sich zu nehmen." Sara hielt inne und dachte nach. „Ich glaube, du würdest genauso handeln."

„Welcher Mann würde das nicht tun?", bemerkte Michael leise. „Wenn auch nur die geringste Chance besteht, seine Beine wieder gebrauchen zu können ... ja, dann wird Morgan das Risiko eingehen."

Sara wollte nicht, dass er sich in der einzigen Zeit, die sie heute für sich allein haben würden, der Melancholie hingab, und so wechselte sie das Thema. „Ist Finola nicht atemberaubend?"

Er lächelte ein wenig. „Sie passt sehr gut zu Morgan, das stimmt. Sie sieht aus, als käme sie direkt aus dem Märchenbuch, wie eine verzauberte Prinzessin in den alten Sagen."

„Sie ist schön", sinnierte Sara. „Ich glaube, ich habe noch nie eine schönere Frau gesehen als Finola Fitzgerald."

Er schaute sie an, dann zog er sie näher zu sich. „Wie ich bereits gesagt habe, sie ist genau die richtige Frau für Morgan. Ich selbst habe jedoch eine besondere Vorliebe für eine Frau mit dunklem Haar und großen, sanften Augen." Er kam mit seinem Gesicht noch näher an Saras heran. „Eine Frau wie du, Mrs Burke, das ist die richtige Frau für *mich.*"

Er küsste sie zärtlich. Dann strich er ihr Haar aus dem Gesicht und schaute ihr in die Augen. Er lächelte über die Röte, die in ihrem Gesicht aufstieg. Sara wollte ihm sagen, wie unendlich dankbar sie war, dass er sie zur Frau gewählt hatte, doch sie fand keine

Worte, die das zum Ausdruck brachten, was sie in ihrem Herzen spürte.

Das machte jedoch nichts aus, denn Michael schien ohnehin jetzt nicht sprechen zu wollen.

***

Als Finola an diesem Morgen ihr Haar hochsteckte, beobachtete Morgan sie im Spiegel. Er saß im Bett und las eine weitere der Zeitungen, die ihm Michael gestern Abend gegeben hatte.

Er war total vertieft. Seine Brille war ein wenig auf dem Nasenbein heruntergerutscht, die Stirn vor Konzentration in Falten gelegt. Gelegentlich lachte er kurz auf oder gab einen überraschten Laut von sich, und ein- oder zweimal murmelte er sein Missfallen in seinen Bart.

„Ich denke, dieser Mr Greeley wird mir gefallen", erklärte er, während er sich die nächste Zeitung nahm. „Seine Leitartikel zeigen deutlich seine Sympathie für die schwarzen Sklaven und die irischen Auswanderer. Habe ich dir schon gesagt, dass ich ihn vielleicht schon bald treffen werde? Michael hat mir gesagt, Pastor Dalton glaubt, dass er Josephs Tagebuch möglicherweise als Fortsetzungsreihe in seiner Zeitung veröffentlichen wird ..." Dabei schwenkte er die Zeitung in seiner Hand – die *Tribune*.

Lächelnd wandte Finola sich zu ihm um. „Ich glaube, ein großes Stück des Weges ist bereits vor unserer Ankunft geebnet worden."

Morgan legte die Zeitung beiseite. Als er ihr von seinen Hoffnungen für die kommenden Tage berichtete, glühte sein Gesicht voller Eifer, und er sprach, vor Energie sprühend, gleichzeitig auch mit den Händen.

Finola betrachtete ihn fasziniert. Sie hatte sich inzwischen an die Intensität seiner Gefühle gewöhnt, daran, wie er mit beinahe fieberhaftem Eifer die Ziele verfolgte, die er für wert erachtete.

Doch sie glaubte, ihn noch nie so lebhaft und inspiriert erlebt zu haben wie jetzt.

Später, als er ihr alle Pläne für ihren Aufenthalt in Amerika erläutert hatte, brachte sie behutsam das Thema zur Sprache, das ihr auf dem Herzen lag.

„Morgan ... wann wirst du dich Dr. Günther vorstellen?"

Ohne zu zögern, antwortete er: „Wenn ich alles für die Veröffentlichung von Josephs Tagebuch geklärt habe." Als spürte er, dass seine Antwort sie keineswegs befriedigte, beeilte er sich, ihr zu versichern: „Es wird nicht lange dauern. Wie du bereits gesagt hast, scheinen Lewis Farmington und Pastor Dalton schon sehr viel Vorarbeit geleistet zu haben."

Plötzlich wurde Finola bewusst, dass Morgans Augen fast immer zärtlich auf ihrem Gesicht ruhten, wenn er mit ihr sprach. Jetzt schien er ihrem Blick jedoch bewusst auszuweichen.

Dadurch beunruhigt, setzte sie sich zu ihm auf die Bettkante. Erst als sie seine beiden Hände ergriff, schaute er ihr in die Augen.

„Morgan ... ich weiß, dass dir Vater Josephs Tagebuch sehr viel bedeutet. Und ich weiß auch, dass ein Grund für diese Reise darin bestand, es veröffentlichen zu lassen."

Er erwiderte nichts, sah sie jedoch misstrauisch an, als wüsste er, welche Richtung das Gespräch nehmen würde.

„Ich muss dir etwas sagen, Morgan, und ich bitte dich, Geduld mit mir zu haben. Obgleich ich ebenso wie du glaube, dass das Tagebuch wirklich veröffentlicht und weit verbreitet werden sollte, muss ich zugeben, dass dies im Augenblick nicht das ist, was mir am meisten auf dem Herzen liegt. Morgan, bitte ... versprich mir, dass du die Untersuchung bei Dr. Günther nicht aufschiebst."

Sein Blick wanderte zu ihren Händen, und erst jetzt wurde ihr bewusst, wie fest sie ihn umklammert hielt, doch sie ließ ihn nicht los.

„Du hast doch nicht etwa Angst, dass ich meine Meinung geändert habe? Das werde ich nicht tun."

„Nein, ich habe keine Angst, dass du deinen Entschluss geändert hast, sondern vielmehr, dass du in deinem Eifer, das Tagebuch herauszugeben, dich selbst vernachlässigst. Ich warne dich, Morgan, das werde ich nicht zulassen!"

Er lächelte und ließ seine Augen über ihr Gesicht gleiten. „Wenn du nicht aufpasst, Finola, *a stór,* meine Liebling, wirst du noch eine schreckliche Xanthippe."

„Eine gute irische Ehefrau wolltest du sagen", konterte sie, um einen heiteren Ton bemüht.

„Das bist du bereits", sagte er, während er ihre Hände an seine Lippen führte. „Kein Mann könnte sich eine bessere Frau wünschen."

„Dann versprich mir", bat sie, unfähig, in dem gleichen, unbekümmerten Ton zu sprechen wie einige Augenblicke zuvor. „Versprich mir, dass du dich dem Arzt bald vorstellen wirst, ohne Aufschub, ganz gleich, was du in Bezug auf die Veröffentlichung des Tagebuchs erreichst – oder nicht erreichst."

Er neckte sie weiter. „Nun hört euch diese Frau an, welche Forderungen sie stellen kann!"

„Morgan ... versprich es mir!"

Wieder führte er ihre Hände an seine Lippen. „Oh, Finola, weißt du immer noch nicht, dass ich dir die ganze Welt und alle Sterne am Himmel versprechen würde, wenn du mich darum bätest?"

„Ich will weder die ganze Welt noch alle Sterne, sondern ich möchte nur dieses eine Versprechen."

Er nickte zum Zeichen seines Einverständnisses, und dann küsste er sie. „Würdest du bitte Sandemon holen, damit er mir aus dem Bett helfen kann. Ich muss mich anziehen."

„Wir schaffen das auch gut ohne Sandemon", erklärte Finola und stand auf.

„Ich vermute, du hast recht", erwiderte Morgan trocken, während Finola ans Fenster trat und hinausschaute. „Das solltest du ihn jedoch besser niemals hören lassen."

„Sandemon scheint außerdem beschäftigt zu sein. Er ist unten im Garten, mit deinem Freund Michael."

„Oh gut, ich hatte gehofft, die beiden würden sich näher kennenlernen. Michael ist so traurig wegen seines Sohnes; vielleicht kann Sandemon ihn ein wenig trösten."

„Nun, Frau", sagte er einen Augenblick später, „soll ich den ganzen Tag faul herumliegen, oder wirst du mir jetzt helfen?"

Lächelnd drehte sie sich um, und ihre tiefe Liebe zu ihm verzehrte sie fast.

Er begegnete ihrem Blick mit einem schelmischen Lächeln. „Das heißt, falls du mir nicht noch ein wenig Gesellschaft leisten möchtest." Er klopfte auf das Bett, dann setzte er seine Brille ab. „So eilig habe ich es nun auch wieder nicht."

* * *

Bei seinem Morgenspaziergang im Garten hatte Michael plötzlich Morgans Kameraden Sandemon erblickt – das „Wunder von den Westindischen Inseln", wie Morgan ihn oft nannte – und er ging zu ihm.

Obwohl es ein kühler Morgen war, traf er Sandemon in Hemdsärmeln an, während er an Großmutters sorgfältig gepflegtem Kräuterbeet vorbeiging, das Gesicht leicht nach oben gerichtet, als saugte er den Duft in sich auf. Als Michael näher kam, lächelte er höflich und nickte ihm zu.

„Ich hatte auf eine Möglichkeit gehofft, Ihnen zu danken", erklärte Michael ohne jegliche Vorrede. „Morgan hat mir berichtet, dass mein Sohn Ihnen sein Leben verdankt."

Sandemon schüttelte den Kopf und vermied es, Michael direkt anzuschauen. „Ihr Sohn verdankt sein Leben allein Gott", erwiderte er, noch immer lächelnd. „Als sie die Cholera hatten, habe ich Ihren Sohn und seinen Freund nur gepflegt, so gut ich es konnte."

„Trotzdem stehe ich in Ihrer Schuld für alle Freundlichkeit, die

Sie Tierney erwiesen haben. Dafür danke ich Ihnen von ganzem Herzen." Michael hielt inne, unsicher, wie er die Frage, die ihm auf dem Herzen brannte, formulieren sollte. „Tierneys Freund – äh, Morgan sagt, er sei ein Rom, ein Zigeuner."

„Jan Martova, ja, er gehört zum Stamm der Roma."

„Und die beiden sind mit einem Zigeunerwagen quer durch Irland unterwegs." Michael hörte selbst den gereizten Unterton in seiner Stimme. Wenn er alles von seinem rebellischen Sohn erwartet hätte, aber nicht, dass er sich mit einem Zigeuner einlässt!

„Ja, Tierney scheint eine große Leidenschaft für das Land seines Vaters zu haben. Er wollte es einfach mit eigenen Augen sehen."

„Eine viel größere Leidenschaft, als sein Vater sie jemals besessen hat, fürchte ich", erklärte Michael trocken.

Sandemon ging weiter, und Michael schloss sich ihm an. „Was für ein Mensch ist er, dieser Zigeuner?"

„Jan Martova ist ein feiner, junger Mann mit einem guten Herzen. Er liebt Gott. Er ist ein Christ."

Michael schaute ihn an. „Ein Zigeuner und Christ? Das hätte ich niemals für möglich gehalten!"

„Er hat zum Glauben gefunden, als er an Cholera erkrankt war. Ich kann bezeugen, dass sein Glaube echt ist."

Sandemon hielt inne und wandte sich um, zum ersten Mal begegnete er Michaels Blick. „Vielleicht wissen Sie, dass der junge Zigeuner von seinem Stamm verbannt wurde, als er beschloss, Ihrem Sohn zu helfen, als er krank war?"

Michael nickte. Morgan hatte es ihm in einem seiner Briefe berichtet.

„Obwohl er von ihnen abstammt, praktiziert Jan Martova nicht mehr die religiösen Bräuche der Roma", fuhr Sandemon fort. „Er liebt seine Familie sehr, und er vermisst sie gewiss schmerzlich, doch er ist an ihrem Lagerfeuer nicht mehr willkommen. Und selbst wenn er es wäre, bin ich davon überzeugt, dass er aufgrund seines christlichen Glaubens nicht wieder in das alte Leben zurückfallen würde." Er hielt inne, und seine dunklen Augen forschten in Michaels Gesicht. „Sie haben große Sorge um Ihren Sohn, Captain, nicht wahr?"

Michael schluckte, den Blick abgewandt. Ihm war leicht unbehaglich zumute, mit einem Fremden über seinen Sohn zu sprechen. Doch Morgan hielt so viel von diesem Mann und hatte trotz Sandemons Protest darauf bestanden, dass vermutlich *beide* jungen Männer – Tierney und der Zigeuner – die Cholera nicht überlebt hätten, wenn sich Sandemon nicht rund um die Uhr aufopfernd um sie gekümmert hätte.

„Ich möchte nur das Beste für meinen Sohn", erwiderte Michael seufzend. „Natürlich möchte ich, dass er ein anständiger Mann, ein guter Mensch wird."

„Natürlich, und Tierney wird eines Tages Ihre Hoffnungen erfüllen, Captain."

Michael sah ihn an.

„Ihr Sohn ist mutig und tapfer, zuweilen ein wenig unbesonnen, eine Eigenschaft, die ich bei jungen Menschen oft beobachte. Außerdem ist er treu und hat ein großmütiges Herz; alles Eigenschaften, die einen guten Menschen auszeichnen, meinen Sie nicht auch?"

Michael blickte in das Gesicht des anderen Mannes und wurde von der sanften Freundlichkeit berührt, die sich dort widerspiegelte. „Wie ist er? Im Grunde seines Wesen, wie ist er da?"

Sandemon schien über diese Frage nachzudenken. „Ihr Sohn ringt darum, die Wahrheit zu finden, Captain", antwortete er ruhig und nachdenklich. „Einige Dinge scheinen ihn noch zu verwirren, aber er ist mutig genug, um ihnen nachzugehen und weiter zu forschen. Vielleicht überrascht Sie das, aber ich bin der Meinung, dass diese Reise mit seinem Freund quer durch Irland gut für ihn sein wird; sehr gut sogar. Jan Martova hat eine reine Seele und ein waches Gewissen, Gutes von Bösem zu unterscheiden. Ihr Sohn hätte viel schlechtere Freunde wählen können. Ich glaube, dass die Wochen oder Monate, die sie gemeinsam verbringen, eine Zeit sein wird, die nicht umsonst war."

Michael spürte, wie ihm etwas leichter ums Herz wurde. „Das würde ich gern glauben."

Sandemon streifte Michael mit einem freundlichen, verständnisvollen Blick. „Captain, ich glaube, dass die meisten Menschen sich in ihrem tiefsten Inneren danach sehnen, die Wahrheit zu erkennen – und stark genug sein wollen, nach dieser Wahrheit zu leben. Mir scheint, Ihr Sohn hatte das Glück, stets Menschen zu haben – sowohl seine Familie als auch Freunde –, die ihn lieb genug hatten, um ihn zu ermutigen, ihm beizustehen und für ihn zu beten. Ich meine, Jan Martova wird sich als ein solcher Freund erweisen, und ich glaube, dass unser himmlischer Vater während dieser Reise bei den beiden am Werk sein wird." Er beendete seine Worte mit einem schwachen Lächeln, ehe er hinzufügte: „Und noch etwas, Captain. Wenn Sie es mir gestatten, möchte ich Ihnen sagen, dass ich ebenso wie der *Seanchai* während der vergangenen Monate Ihren Sohn sehr liebgewonnen habe. Es ist in der Tat nicht schwer, einen jungen Mann wie Tierney liebzugewinnen."

Von den einfachen, direkten Worten dieses Mannes erwärmt, hatte Michael plötzlich in Bezug auf Tierney ein so gutes Gefühl wie schon seit Jahren nicht mehr. Auch ohne Morgans „Wunder von den Westindischen Inseln" selbst näher zu kennen, glaubte er, dass es ein echtes Kompliment, eine wahre Ehre sein musste, die Gunst eines solchen Mannes zu genießen. Er freute sich für seinen Sohn, und für sich selbst war er dankbar.

Unwillkürlich streckte er Sandemon die Hand entgegen. Als sie später zum Haus zurückgingen, fühlte er sich ermutigt und erfrischt, überglücklich, dass Gott dieses Wiedersehen mit Freunden geschenkt hatte. Mehr als jemals zuvor hoffte er, dass daraus viel Gutes entstünde, wodurch sie am Ende alle gesegnet werden würden.

37. Kapitel

Briefe

Lass den Schein, suche die Wirklichkeit.
W. B. Yeats (1865 – 1939)

Am Donnerstagnachmittag dieser Woche genoss Quinn eine ihrer seltenen freien Stunden, als sie unter der Eingangstür wiederum einen Brief fand.

Anstatt wie gewöhnlich damit nach oben in ihr Zimmer zu eilen, nahm sie den Brief und verschwand hastig in der Bibliothek. Mrs Whittaker und der kleine Teddy schliefen, und Mr Whittaker hielt die letzte Unterrichtsstunde für heute vor der Chorprobe. Weil Johanna noch in der Schule und Daniel John mit dem Dichter Fitzgerald, der zu Besuch in New York weilte, in Five Points war, nahm Quinn mit großer Sicherheit an, dass sie ungestört sein würde.

In der Bibliothek angekommen, ging sie zu dem großen Fenster hinter Mr Whittakers Schreibtisch. Durch die riesengroße Eiche, die vor dem Fenster stand, drang nur ein schwacher Lichtschein in das Zimmer. Sie hielt den Umschlag ins Licht, und während sie einen Augenblick lang ihren Namen betrachtete, spürte sie eine Flut von Gefühlen in sich aufsteigen, die von Vorfreude bis hin zu Angst reichten.

Ein Teil von ihr hatte gehofft, dass keine Briefe mehr einträfen. Sie wusste, dass sie Daniels Träumen ein Ende bereiten musste. Es durfte nie etwas zwischen ihnen sein, selbst wenn sie etwas für den Jungen empfände, was über Freundschaft hinausging. Außerdem hatte ein junger Mann wie er ein Mädchen verdient, das so gut war wie er: Ein reines Mädchen, das unbescholten und unverbraucht war – und nicht eine wie sie, die durch grausame Umstände und Missbrauch abgestumpft und hart geworden war.

Doch es gab noch eine andere Seite in ihr, tief verborgen, die sie zwar zu ignorieren versuchte, jedoch nicht völlig zum Schweigen bringen konnte. Und dieser Teil von ihr sehnte sich nach der Seele, die sich hinter der Feder verbarg, aus der jene scheue und zärtliche Liebe floss. Dieser zaghafte und doch irgendwie hoffnungsvolle Teil, der in ihr verborgen lag, sträubte sich dagegen, auf diese süße, wenn auch nur flüchtige Berührung durch diese Verse zu verzichten, die sie zu heilen schienen.

Schließlich öffnete sie den Umschlag mit zitternder Hand. Den Schmerz in ihrer Brust ignorierend, nahm sie die einzelne Seite heraus und hielt sie dicht vor ihr Gesicht, damit sie die Worte entziffern konnte.

Wie erwartet, war es wieder ein Gedicht, aber diesmal etwas anders als sonst. Dringlicher und von wachsender Ungeduld gekennzeichnet, war es jedoch weder fordernd noch zornig, obgleich die Zärtlichkeit der vorausgegangenen fehlte.

Sie las die letzten Zeilen, dann noch einmal.

„Ich habe kein Silber, ich habe kein Gold,
– weder Samt noch glänzende Seide.
Mädchen, bist du dennoch mir hold?
All meine Träume geb ich dir zum Kleide.“

Quinn schluchzte leise, und ihre Augen wurden feucht. Einen Augenblick lang konnte sie nicht lesen, was am Schluss noch geschrieben stand. Als ihre Augen schließlich wieder frei waren, zitterte das dünne Blatt in ihrer Hand.

„Wenn du auch nur ein wenig Herz hast, dann komm bitte heute Abend zu dem Musikpavillon im Schedlen-Park. Wir müssen uns unterhalten, oder ich muss dir zumindest das sagen, worüber ich nicht länger schweigen kann.“

Ein Luftzug drang durch das Fenster herein, und das Blatt flatterte leicht in Quinns Hand. Trotz der Kühle, die in dem schattigen Raum herrschte, spürte Quinn, wie ihr Schweiß auf die Stirn und den Rücken trat. Mit einem tiefen Seufzer ließ sie sich auf die Fensterbank sinken und starrte nach draußen, in Richtung des Parks, der nur ein Stück weiter oben auf der anderen Seite der Straße gelegen war.

Lange Zeit saß sie so da, das Blatt zwischen ihren Fingern. Ihr Herz schmerzte, und ihre Augen füllten sich mit Tränen. Sie hatte sich noch nie zuvor eingestanden, dass sie an jenem Tag Millen Jupe einfach erlaubt hätte, sie totzuschlagen, ohne auch nur die Hand zu erheben, wenn sie jemals geahnt hätte, welche Schmach und Schande sie von da an verfolgen würde.

Seit jener Nacht war ihr Leben nicht den Preis wert, den sie gezahlt hatte. Und wenn sie Daniel Kavanagh die Wahrheit sagte, – und wenn die volle, grässliche Wahrheit nötig wäre, um ihn von seinem Bestreben abzubringen, würde sie es tun – dann wäre ihr Leben noch weniger wert.

* * *

Alice Walsh kam zum ersten Mal seit Patricks Tod wieder zur Chorprobe, und so spürte sie eine gewisse Nervosität, als sie die Stufen zum Whittaker-Haus hinaufstieg. Sie hatte nach der Gerichtsverhandlung zweimal mit Evan Whittaker und seiner Frau gesprochen, doch die Jungen hatte sie seit Wochen nicht mehr gesehen. Wenn sie jedoch jemals wieder ein einigermaßen normales Leben führen wollte, musste sie damit anfangen – und das schon bald. Wenn sie zu lange wartete, würde alles nur noch schwerer werden.

Um ihretwillen und um der Kinder willen musste sie sich der Realität stellen, einer Realität, die durch ein Gerichtsverfahren bestätigt worden war: Patricks Tod war ein Unfall; er starb durch einen ungewollt ausgelösten Schuss. Das Gericht hatte entschieden, dass Alice in instinktiver Notwehr gehandelt und gleichzeitig versuchte hatte, Ruth Marriotts Leben zu retten – die tatsächlich sofort gestorben war, nachdem Patrick sie die Treppe hinuntergestoßen hatte ... was Alice zu jenem Zeitpunkt natürlich nicht wissen konnte. Das Gericht hatte sie für unschuldig erklärt.

Trotzdem empfand sie noch immer Reue und Trauer darüber, ihre Träume und ihren Mann verloren zu haben. Obgleich er vorgegeben hatte, etwas zu sein, was er nicht war, war Patrick dennoch ihr Ehemann, derjenige, den sie bis in den Tod zu lieben und zu ehren gelobt hatte.

Und jetzt hatte der Tod sie geschieden – der Tod durch ihre eigene Hand. Das Gericht hatte sie freigesprochen. Gott hatte ihr vergeben. Doch es würde noch lange Zeit dauern, bis sie sich selbst vergeben hatte.

Auf der obersten Stufe blieb sie stehen und holte tief Luft. Sie ermüdete jetzt schneller als früher, was gewiss auf die Wochen mit wenig Schlaf und Appetit zurückzuführen war. Zum ersten Mal, seitdem sie sich erinnern konnte, nahm sie ab, würde sogar bald ihre Kleidung ändern lassen müssen, wenn sie weiter so viel an Gewicht verlor. Es hatte eine Zeit gegeben, in der sie sich sehr darüber gefreut hätte, abzunehmen; jetzt erinnerte es sie nur an ihren Schmerz.

In ihren Augen brannten unvergessene Tränen, als sie in den kühlen, dunklen Flur des Whittaker-Hauses trat. Sie wusste, dass sie die Qualen ihrer Vergangenheit noch lange, lange Zeit – vielleicht für immer – mit sich herumtragen würde. Aber sie wusste auch, dass sie ihr Leben nicht beherrschen mussten, zumindest, solange sie es nicht zuließ.

Heute wollte sie den ersten Schritt unternehmen, den Schmerz der Vergangenheit hinter sich zu werfen. Ihre Mutter hatte sie gerade gestern, und das nicht zum ersten Mal, daran erinnert, dass sie entweder in ihrem Schmerz ertrinken oder Heilung erfahren konnte, indem sie anderen diente.

Ihre liebe Mutter! Alice hatte sich einst über die stoische Gelassenheit ihrer Mutter geärgert und ihre Auffassung abgelehnt, jeglichem Übel durch gute Taten beikommen zu können. Auch heute stimmte sie nicht in allem mit Ula Brauns durchorganisiertem, typisch deutschem Lebensstil überein. Doch sie musste, zumindest im Augenblick, zugeben, dass viel Weisheit hinter dem Rat ihrer Mutter steckte, sich zu beschäftigen, und vorzugsweise damit, anderen Gutes zu tun. Nachdem sie um Kraft und Stärke gebetet hatte, dies tun zu können, hatte Alice beschlossen, heute wieder bei den Proben zu helfen.

Sie hoffte, Mr Whittaker würde sich freuen, sie wiederzusehen. Zweifellos würde er sich, wie andere auch, in ihrer Gegenwart eine Zeit lang befangen fühlen. Niemand schien recht zu wissen, was er zu Alice sagen sollte in ihrer ... Situation. Sie glaubte, das zu verstehen, doch sie wusste auch, dass sie außer ihren Eltern dringend ein paar Menschen brauchte, die sie mit einem Mindestmaß an Normalität behandelten. Und sie glaubte auch, dass Evan und Nora Whittaker dies tun würden.

Drinnen angekommen, fand sie das geräumige alte Haus ungewöhnlich still vor. Sie war früh gekommen. Mr Whittaker war vermutlich noch im Unterricht, und weil sie wusste, dass Mrs. Whittaker nach dem Mittagessen stets ein wenig ruhte, wollte sie sie nicht stören.

Die Tür zur Bibliothek war angelehnt. Alice wollte eintreten, hielt jedoch inne, als sie das Mädchen auf dem Fenstersims sitzen sah. In dem trüben Licht schien sie eher eine zarte, zerbrechliche Silhouette, mehr Schatten als Wirklichkeit zu sein.

Dann sah Alice, wie die schmalen Schultern des Mädchens bebten. Ihr Schluchzen klang wie das eines verzweifelten Kindes.

Sie erkannte, dass es Quinn O'Shea war, die junge Irin, die bei den Whittakers als Haushälterin arbeitete. Nora Whittaker machte kein Geheimnis aus der Tatsache, dass das Mädchen sich als große Stütze erwiesen und dass sie sie inzwischen sehr liebgewonnen hatte.

Alice zögerte, unsicher, ob sie das Mädchen allein lassen oder ihr zu helfen versuchen sollte. Da ihr eigener Kummer noch so frisch war, würde sie kaum dazu taugen, einen anderen zu trösten.

Doch das Mädchen war noch so jung und so offensichtlich verzweifelt, dass ihr Mutterherz es nicht ertragen konnte. Vorsichtig tat sie einen Schritt in die Bibliothek, dann noch einen, bevor sie sich räusperte, um ihre Anwesenheit kundzutun.

* * *

Während er in dem Polizeiwagen auf Michael und Morgan Fitzgerald wartete, zog Denny Price den Brief aus seiner Tasche hervor, den er seit Tagen mit sich herumtrug, und faltete ihn auseinander. Er wusste nicht mehr, wie oft er diesen Brief bereits gelesen hatte, doch jedes Mal übermannte ihn der gleiche Schmerz.

Jetzt las er ihn noch einmal, und wieder spürte er, wie sich sein Magen zusammenkrampfte. Der Brief aus Irland, eine Antwort auf einen Brief von ihm, hatte ihn schließlich vor etwa zwei Wochen erreicht. Seitdem schienen seine Tage und Nächte länger und dunkler geworden zu sein. In den meisten Nächten hatte er kaum mehr als zwei bis drei Stunden Schlaf gefunden, manchmal sogar noch weniger. Selbst tagsüber, wenn er seinen Dienst ausübte, konnte er die Seiten, die er zusammengefaltet in seiner Tasche bei sich trug, nicht vergessen.

Seine Schlaflosigkeit und Unruhe entsprangen der gleichen Ursache: eine große Traurigkeit, ausgelöst durch den Inhalt des Briefes, und ein Schuldgefühl, sich in Angelegenheiten eingemischt zu haben, die ihn nichts angingen. In Wahrheit hatte er nicht das Recht, sich diese Informationen zu besorgen, die er jetzt besaß. Außerdem konnte die Beschaffung dieser Informationen schlechthin als Einmischung ausgelegt werden.

Es machte wenig Unterschied, dass seine Tat durch das Verlangen motiviert war, zu helfen. Jetzt, da er schließlich im Besitz jener

Informationen war, wurde ihm klar, wie leicht sie für den Menschen, dem er helfen wollte, Demütigung und Bedrängnis bedeuten konnten. Er hatte seine Befugnisse überschritten, seine Stellung als Polizist ausgenutzt.

Doch trotz dieser beunruhigenden Erkenntnis, dass sein Handeln fragwürdig – oder sogar hinterhältig – war, empfand er eine gewisse bittere Befriedigung, seinen Gefühlen gefolgt zu sein. Zumindest kannte er jetzt die Wahrheit.

Nun musste er nur noch herausfinden, wie er die Wahrheit in rechter Weise gebrauchen könnte.

* * *

Das Mädchen schaute entsetzt auf und sprang auf ihre Füße.

„Quinn? Es tut mir leid ... ich wollte dich nicht stören. Aber ... kann ich dir vielleicht helfen?"

Das Mädchen schüttelte den Kopf. Obwohl sie Alice gegenüberstand, sah sie sie nicht an, sondern hielt ihren Blick auf die Tür gerichtet.

Alice verspürte einen unerklärlichen Drang, das Mädchen zurückzuhalten, sie daran zu hindern, den Raum zu verlassen – was Quinn offensichtlich vorhatte. Intuitiv schloss sie die Tür hinter sich, bevor sie weiter auf das Mädchen zuging.

Das junge Gesicht trug deutlich Spuren bitteren Weinens; auf den scharfen Wangenknochen waren Tränenspuren sichtbar, und die ungewöhnlichen, goldgefleckten Augen waren rot und geschwollen. Das Mädchen stand vor ihr, in einer Hand ein Blatt Papier, die andere Hand an der Seite zur Faust geballt, als wollte sie vor dem Eindringling fliehen. Doch Alice entging nicht, dass sie ihre Tränen kaum zurückhalten konnte.

Ihr erster Gedanke war, dass das Mädchen ein Kind erwartete, ein Dilemma, in das viele Immigrantenmädchen in dieser Stadt gerieten. Doch irgendwie glaubte sie nicht, dass dies bei Quinn

O'Shea der Fall wäre. Nora Whittaker hatte im Gegenteil einmal bemerkt, dass sie eher jeglichem Kontakt mit jungen Männern auszuweichen schien.

Dennoch bestand die Möglichkeit. Alice hatte gesehen, wie verliebt Daniel das Mädchen ansah, und Mr Whittaker hatte einmal beiläufig bemerkt, dass Sergeant Price oft bei ihnen hereinschaute, seitdem Quinn O'Shea bei ihnen arbeitete.

Sie glaubte jedoch weder von Daniel noch von Sergeant Price, dass sie das Mädchen missbraucht hätten. Keiner der beiden hatte bei ihr den Eindruck erweckt, leichtfertig mit den Gefühlen eines jungen Mädchens zu spielen. Alice war sich ziemlich sicher, dass das, was das Mädchen auch immer beunruhigte, nichts mit dieser Art Schwierigkeiten zu tun hatte.

„Bist du sicher, dass ich dir nicht helfen kann?", bot Alice noch einmal ihre Hilfe an. „Du kannst dich mir anvertrauen ... ganz besonders jetzt ..."

Quinn O'Shea kniff die Augen zusammen und sah sie an, und Alice glaubte, ihr Widerstand wäre ein wenig gebrochen.

Sie konnte selbst nicht beschreiben, was sie dazu drängte, so offen mit einem so jungen Mädchen zu sprechen, die beinahe eine Fremde war. Doch nachdem sie erst einmal begonnen hatte, schienen ihr die Worte mit Leichtigkeit über die Lippen zu fließen. „Ich glaube, ich bin selbst lange genug unglücklich gewesen, um zu erkennen, wenn andere sich elend fühlen."

Sie legte ihre Tasche mit den Noten auf den Tisch und zog die Handschuhe aus, als hätte sie vor zu bleiben. „Natürlich war ich in der glücklichen Lage, mit meiner Mutter sprechen zu können, und sie hat außergewöhnlich starke Schultern. Manchmal denke ich, sie könnte die Last der ganzen Welt tragen, wenn es nötig wäre."

Alice blickte auf und forschte im Gesicht des unglücklichen Mädchens. „Die meisten von uns", fügte sie leise hinzu, „sind jedoch nicht so unverwüstlich."

Irgendetwas sagte ihr, dass dieses Kind – denn Quinn O'Shea war gewiss kaum mehr als ein Kind – niemals den Trost oder die Sicherheit erfahren hatte, eine Mutter mit starken Schultern zu haben. Etwas in diesem ausweichenden – wenn nicht sogar ängstlichen – Blick deutete darauf hin, dass sie abgelehnt, wenn nicht sogar gänzlich verstoßen worden war.

In diesem Augenblick erreichte Alices eigener Schmerz den Schmerz, der sich hinter diesen verwundeten Augen verbarg, und dann glaubte sie zu spüren, wie ein Verstehen begann. Plötzlich sehnte sie sich danach, das Mädchen in ihre Arme zu nehmen und einfach ... festzuhalten.

Stattdessen ging sie zu dem Sofa vor dem Kamin und bedeutete Quinn, ihr zu folgen. „Ich bin zu früh zur Probe gekommen. Möchtest du dich nicht mit mir unterhalten, während ich warte, meine Liebe?" Ihre Augen wanderten zu dem Blatt Papier, welches das Mädchen weiter umklammert hielt. „Vielleicht möchtest du mir erzählen, was dich an diesem Brief so beunruhigt."

38. Kapitel

Beginne zu leben

Tränen, die man nur nach innen weint,
haben keine Kraft zu reinigen.
Worte, die man nicht ausspricht,
gehen schließlich im Geist verloren.
Gefühle, die man leugnet,
müssen sterben.

Anonymus

Quinn zögert, als Alice Walsh auf dem Sofa Platz nahm. Einen Augenblick lang betrachtete sie die Frau argwöhnisch, von der unerwarteten Einladung, sich zu ihr zu setzen, verwirrt. Sie konnte nicht verstehen, wie jemand, der viel älter war als sie, ihr so schnell seine Freundschaft anbieten konnte, jemand, der außerdem in einer ganz anderen Welt lebte. Zudem traute sie der ganzen Sache nicht recht.

Und doch brauchte sie in diesem Augenblick dringend jemanden, der ihr sagte, was sie tun sollte. Mit den Whittakers konnte sie nicht über diese hässlichen Dinge reden. Sie konnte diesen feinen, anständigen Menschen nicht die Schrecken und die Schande ihrer Vergangenheit offenbaren – diesen lieben Menschen, die sie in gutem Glauben bei sich aufgenommen hatten, als sie nicht wusste, wo sie bleiben sollte, die ihr Arbeit und einen anständigen Lohn geboten hatten und sie so freundlich behandelten, als hätten sie sie schon immer gekannt. Sie konnte ihnen ihre Schmach einfach nicht enthüllen.

Doch irgendetwas an Alice Walsh sagte Quinn, dass sie ihr vertrauen konnte. Vielleicht war es deswegen, weil Mrs Walsh ihren

Ehemann in einem furchtbaren Skandal erschossen hatte. Diese Frau wusste, was Schmach und Schande bedeuteten.

Nach Patrick Walshs Tod hatte es viel Gerede gegeben – natürlich nicht hier im Whittaker-Haus, denn die Whittakers redeten nicht hinter dem Rücken über andere, aber eine Reihe von Geschäftsinhabern hier in der Gegend hatten es jedem erzählt, der es hören wollte, und Quinn hatte tagelang beim Einkaufen allerlei Geschichten darüber zu hören bekommen.

Nach den Gerüchten zu urteilen, war Mrs Walshs Ehemann ein völlig verdorbener Mensch, der in dunkle Geschäfte aller Art verwickelt war. Er hatte seine Geliebte umgebracht und hätte auch Mrs Walsh erledigt – so wurde es zumindest erzählt –, wenn sie ihm nicht zuvorgekommen wäre.

Quinns Gedanken hakten sich an dieser Tatsache fest. Sie schluckte hart und versuchte Alice Walsh zu mustern, ohne sie anzustarren. Trotz ihrer Vorsicht fühlte sie sich zu der Frau hingezogen – zu ihrer Offenheit, ihrem natürlichen, ungekünstelten Verhalten, und besonders faszinierte sie die Tatsache, dass Mrs Walsh nicht nur den Betrug ihres Ehemanns verkraftet hatte, sondern auch die traurige Berühmtheit ertrug, die der Tod ihres Mannes zwangsläufig nach sich zog.

Alice Walsh hatte auf Quinn immer den Eindruck eines traurigen Menschen gemacht. Selbst wenn sie lächelte, schien aus ihren Augen noch ein Hauch von Kummer zu sprechen. Vielleicht fühlte sich Quinn deshalb ihr gegenüber freier. Heute empfand sie jedoch noch etwas anderes: eine Art *Seelenverwandtschaft,* ein Band, das für die andere Frau vielleicht beleidigend wäre, Quinn jedoch im Augenblick sehr real erschien.

Langsam und zögernd ging Quinn zu dem Sofa und setzte sich neben Alice Walsh. Die Frau lächelte, als freute sie sich über ihre Gesellschaft.

Unsicher befeuchtete Quinn ihre Lippen. Sie sah die Frau einen Augenblick lang an, dann hielt sie ihr kurzentschlossen das Blatt in ihrer Hand entgegen. „Ich bekomme immer wieder solche Briefe“, erklärte sie unvermittelt. „Ich weiß nicht recht, was ich damit anfangen soll.“

Alice Walsh nahm das Blatt, und ihre Augen ruhten einen Augenblick auf Quinn, bevor sie die Zeilen überflog. „Du hast noch mehr solche Briefe erhalten?“

Quinn nickte und biss sich auf die Lippen. „Ja, eine ganze Reihe“, erwiderte sie, die Hände in ihrem Schoß gefaltet.

„Hast du eine Ahnung, wer der Absender ist?“

Quinn zögerte, bevor sie wiederum nickte. „Ich bin sicher, dass es Daniel Kavanagh ist.“

Mrs Walsh schaute sie an und berührte mit einer Hand die Brosche an ihrem Hals. „Aha, ja ... also, der Junge ist offensichtlich in dich verliebt. Er schreibt sehr schön, wirklich. Aber was fühlst du ihm gegenüber – oder sollte ich vielleicht lieber nicht fragen?“

„Nein, das ist schon in Ordnung“, erwiderte Quinn, wich Alice Walshs Blick jedoch aus. „Daniel ist ein großartiger Junge, er ist stets sehr nett zu mir. Er hat mir Grammatikunterricht gegeben und mir eine Menge über Amerika beigebracht.“ Ihre Hände krampften sich noch fester ineinander. „Doch ich habe nicht die gleichen Gefühle für ihn, die er für mich zu haben scheint.“

„Dann musst du es ihm sagen, mein Mädchen“, erklärte Alice Walsh leise. „Wirst du dich heute Abend mit ihm treffen?“

Quinn antwortete nicht sofort. Sie starrte in den Kamin, und ihr Herz war genauso kalt wie die leere Feuerstätte. Sie fragte sich, ob es nicht töricht von ihr war, so einen feinen jungen Mann wie Daniel abzulehnen, der dazu auserwählt schien, im Leben Hervorragendes zu leisten. Die meisten Mädchen ihres Standes wären überglücklich, wenn sich ihnen eine solche Gelegenheit böte. Doch gerade die Tatsache, dass er so ein wunderbarer Mensch war, stellte gleichzeitig den Grund dar, weshalb sie ihn nicht betrügen durfte. Er hatte es nicht verdient, schäbig behandelt zu werden. Er verdiente ein Mädchen, die seinen Wert zu schätzen wusste ... und das seine Liebe verdiente.

„Ich glaube, ich werde hingehen", sagte sie schließlich. „Ich muss gehen, denke ich. Er schickt mir schon wochenlang Briefe, Gedichte. Ich darf nicht zulassen, dass es so weitergeht, nicht wahr? Ich kann nicht zulassen, dass er annimmt, ich hegte die gleichen Gefühle wie er. Der einzige Ausweg scheint darin zu bestehen, ihm die Wahrheit zu sagen."

„Es wird sehr schwer für euch sein", bemerkte Mrs Walsh sanft. „Besonders, weil ihr unter demselben Dach lebt. Glaubst du, dass du es ihm erklären kannst?"

„Das muss ich!", beteuerte Quinn. „Er darf sich in Bezug auf mich keinerlei falschen Hoffnungen hingeben. Zwischen uns kann nie etwas sein, und das muss ich ihm begreiflich machen."

Alice runzelte die Stirn und warf Quinn einen seltsamen Blick zu. „Bist du dir ganz sicher, Liebes? Ich glaube, er würde gewiss Geduld haben, bereit sein zu warten ..."

„Nein!" Quinn sprang auf. Sie erschauderte, während ihr Atem schnell und stoßweise ging. „Ich bin nicht gut genug für ihn, verstehen Sie das nicht! Ich bin für keinen Mann gut genug!"

Verwirrt nahm Alice Walsh Quinns Hand. „Du meine Güte, mein Kind, wie meinst du das bloß? Du bist ein wunderbares Mädchen, Quinn. Ja, und die Whittakers können nicht genug Gutes über dich berichten! Ich bin sicher, sie würden sich freuen, zu erfahren, dass Daniel und du einander liebt."

Jäh zog Quinn ihre Hand zurück. Sie sah die Überraschung auf Mrs Walshs Gesicht und wusste, es war ein Fehler anzunehmen, sie könnte sich einer Frau wie ihr anvertrauen. Was verstünde eine Lady wie Alice Walsh schon von dem Leben, das sie gelebt hatte? Keine anständige Frau wusste von solchen Dingen; keine anständige Frau wäre fähig, zu glauben, dass es überhaupt Männer wie Millen Jupe gab.

Doch der Blick dieser Frau war weder schockiert noch entrüstet, aus ihren Augen sprach nichts als Mitleid und unendliche Freundlichkeit. Und diese Freundlichkeit war es, die das Eis bei Quinn brach.

***

Als Quinn ihre Hand zurückzog, als hätte sie sich verbrannt, zuckte Alice zusammen, betrübt darüber, ihr Kummer bereitet zu haben.

Quinn stand zusammengesunken da, die Arme fest um ihren Körper geschlungen, als müsste sie sich zusammenhalten. Sie war offensichtlich verstört, ihr Mund zitterte, und ihre Augen brannten.

„Die Whittakers kennen mich nicht!“, stieß sie plötzlich zornig hervor. „Sie würden mich verachten. Wenn sie die Wahrheit wüssten, würden sie mich sofort aus dem Haus werfen! Und gewiss würden sie nicht zulassen, dass ich ihrem kostbaren Sohn irgendwie näher käme!“

Über diesen Ausbruch des Mädchens verblüfft, wusste Alice nicht, was sie tun sollte. Als sie etwas einzuwenden versuchte, brachte Quinn sie mit der nächsten Bemerkung zum Schweigen.

„Ich bin nichts anderes als eine Dirne!“ Sie spie die Worte förmlich aus. „Eine Dirne und eine Mörderin!“

Alice sah erschrocken zu, wie die gewöhnliche Zurückhaltung des Mädchens vor ihren Augen zerbrach. Es schien, als wäre plötzlich eine riesige Woge der Qual und Selbstverachtung an einem verborgenen Ort in ihrem Inneren aufgebrochen, die sich nun in dem furchtbaren, herzzerreißenden Ausbruch entlud.

Sie stand auf und wollte das Mädchen trösten, aber Quinn stieß sie beinahe gewaltsam fort, während sie vor ihr zurückwich.

„Oh, Quinn ... Kind ... ich möchte dir doch nur helfen ...“

Als wären diese Worte wie ein letzter Schlag in einem heftigen Angriff gewesen, sank Quinn plötzlich vor Alice in sich zusammen, unter der Last, die sie, wer weiß wie lang, allein getragen hatte. Sie erschauderte, und dann begann sie zu weinen – das resignierte, hoffnungslose Weinen völliger Verzweiflung.

Alice ging zu ihr, und diesmal gestattete ihr das Mädchen, dass sie es zum Sofa zurückführte. „Ganz ruhig, mein Kind! Was immer es auch ist, du darfst es nicht mehr allein tragen. Sag es mir, Kind ... erzähl es mir."

Ihre Worte schienen eine Tür zu der Seele des Mädchens zu öffnen. Aus ihrer Kehle drang ein heftiges Schluchzen, das aus den tiefsten Tiefen ihres Wesens zu kommen schien. Sie weinte einige Zeit, während Alice sie festhielt, sie zu beruhigen und zu trösten versuchte, wie sie es mit ihrer eigenen Tochter, mit ihrer Isabel, getan hätte. Was immer dem Mädchen auch zugestoßen war, es musste grausam gewesen sein.

Das Weinen ließ schließlich nach, aber das Mädchen zitterte immer noch, als sie zu sprechen begann.

„Ich habe bisher mit keinem Menschen darüber gesprochen", sagte sie, ihre Stimme kaum mehr als ein heiseres Flüstern. „Außer meiner Mutter, aber Mutter hat mir nicht geglaubt ... zumindest tat sie so. Sie sagte, ich sei selbstsüchtig und übermütig. Und dann hat sie mich weggeschickt."

Alice schluckte, und auch ihre Augen füllten sich mit Tränen, als sie sich für das wappnete, was jetzt folgen würde.

* * *

Es gab nur einen Grund, weshalb Quinn zu Millen Jupe in Stellung gegangen war: ihre Mutter, ihre jüngere Schwester Molly und sich selbst vor dem Tod zu retten.

Stellungen als Dienstmädchen waren in der gesamten Grafschaft mehr als rar, aber Situationen wie die, in welche Millen Jupe Quinn schließlich gezwungen hatte, waren weitverbreitet, besonders während der Hungersnot.

Der Gutsbesitzer oder sein Verwalter, je nachdem, wer von beiden auf dem Gut ansässig war, schickte nach einem der Mädchen aus dem Dorf und bot – zumindest musste es einer Familie in der Zeit der Hungersnot so scheinen – einen außerordentlich hohen Lohn, damit sie bei ihm als Köchin oder Haushälterin arbeitete.

Diese Aufforderung erging gewöhnlich an junge, gutaussehende Mädchen. Ihr nicht zu folgen, bedeutete mit großer Wahrscheinlichkeit die Zwangsvertreibung der gesamten Familie. Während in der gesamten Grafschaft Hunderte vor Hunger und Kälte starben, erschien ein Ruf ins Herrenhaus manchmal wie eine Rettung.

Als sie den Ruf erhielt, widersetzte sich Quinn, lehnte es tatsächlich ab, in das Gut zu gehen. Später flehte sie ihre Mutter an, sie nicht zu schicken. Obgleich ihr Verwalter, Millen Jupe, weder alt noch hässlich war, war seine Brutalität und sein ausschweifender Lebenswandel in der gesamten Grafschaft bekannt. Zu jener Zeit war Quinn erst fünfzehn Jahre alt, und der Gedanke, mit diesem Verwalter unter einem Dach leben zu müssen, ängstigte sie.

Es war ihre Mutter, die sie schließlich davon überzeugte, dass ihr nichts anderes übrig blieb, als sich zu fügen. Und so war sie schließlich gegangen – um ihrer kleinen Schwester willen, die sie über alles liebte, und um ihrer Mutter willen, die sie ebenfalls liebte, obgleich diese Liebe niemals erwidert worden war.

Zwei Jahre etwa hatte sie in dem Gutshaus gelebt und als Haushälterin und Köchin gearbeitet. Später hatte Millen Jupe sie zu seiner Geliebten – und zum Objekt seiner Ausschweifungen – gemacht.

„Am Anfang war es gar nicht so schlecht", erzählte sie Alice mit belegter Stimme. „Er hat mich zunächst recht anständig behandelt, zahlte mir einen angemessenen Lohn und gab mir sonntags freie Zeit, um meine Mutter und Molly zu besuchen. Später hat er mich sogar ein wenig lesen gelehrt und mir sogar erlaubt, seine Bibliothek zu benutzen."

Der Mann war zu Beginn wirklich nett, beinahe, als schätze er

Quinn als Freundin, als Kameraden. Als er hässlich zu werden begann, schien es, als wäre diese Wende urplötzlich eingetreten. Er schleppte sie zu sich ins Bett und vergewaltigte sie wiederholte Male, dann beschämte er sie so lange, bis sie seinen Anschuldigungen glaubte – dass sie ihn herausgefordert und dazu verleitet hätte, diese Dinge mit ihr zu tun.

„Ich habe einige Male versucht, vor ihm wegzulaufen, doch die Schläge wurden jedes Mal grausamer, nachdem er mich zurückgeholt hatte. Je kühner ich wurde, umso gemeiner wurde er. Er drohte mir, das Haus meiner Mutter über ihrem Kopf anzuzünden, wenn ich nicht aufhörte wegzulaufen. Und so brachte er mich durch seine Drohungen und seine Brutalität schließlich dazu, dass ich aufgab und bei ihm blieb."

„Hast du es nicht deiner Mutter erzählt?"

Quinn starrte auf ihre Hände. „Doch, ich habe es ihr gesagt. Sie erklärte, ich würde gewiss etwas tun, was dem Mann missfiel, sonst würde er nicht so hart zu mir sein. Außerdem sagte sie, ich solle mir große Mühe geben, ihm zu gefallen, sonst müssten wir es alle büßen."

Als sie aufschaute, sah sie in Alice Walshs Augen, wie schockiert die Frau war. Schnell wandte Quinn ihren Blick ab und fuhr mit ihrer Geschichte fort.

Sie hatte nicht gewusst, wie grausam ein Mensch gegenüber einem anderen sein konnte. Obwohl ihre Mutter stets kalt und gleichgültig gewesen war, hatte sie dennoch nie ihre Hand gegen Quinn oder ihre kleine Schwester erhoben. An ihren Vater konnte sich Quinn kaum noch erinnern – er war gestorben, als sie sieben Jahre alt war –, doch sie hatte noch vage das Bild eines Mannes vor sich, der einen Bart hatte, traurige Augen und eine sanfte Stimme. Quinns Vater war ein stiller, freundlicher Mann gewesen.

Nichts in ihrem jungen Leben hatte sie auf einen Verrückten wie Millen Jupe vorbereiten können. Beinahe jeden Tag missbrauchte er sie auf verschiedenste Art und Weise, und je mehr er trank, umso größer wurde seine Verderbtheit. Zum Schluss pflegte er sie in jenen seltenen Augenblicken, da er nüchtern war, mit seinen Worten anstatt mit seinen Händen zu verletzen.

Quinn schien es, als sei dieser Mann vom Bösen selbst besessen. Sie verbrachte ihre Tage in einem Gefängnis körperlicher Qualen und emotionalen Terrors. Ihre Nächte verbrachte sie in der Hölle.

Vielleicht war sie nach beinahe zwei Jahren auch schon ein wenig verrückt geworden, wie Jupe, oder vielleicht war ihr Handeln auch durch seine letzten, besonders brutalen Schläge ausgelöst worden. Höchstwahrscheinlich wurde sie jedoch schließlich zu jener sinnlosen Verzweiflungstat getrieben, als er den Namen ihrer Schwester in sein gieriges Maul nahm ... zu jener Tat, die schließlich dazu führte, dass sie von zu Hause ... und aus ihrem Heimatland fliehen musste.

„In jener letzten Nacht schlug er mich grausamer als je zuvor. Dann drohte er mir und meiner Familie, bevor er mich von neuem zu schlagen begann. Und schließlich sagte er, dass er mich durch meine kleine Schwester Molly ablösen lassen würde.

Er verhöhnte mich und sagte, dass Molly jetzt beinahe so alt sei wie ich, als ich zu ihm gekommen war. Er sagte ... er sagte, er zöge es vor, seine kleinen Freudenmädchen selbst so großzuziehen, dass sie ihm gefielen."

Er hatte sich im Bett aufgesetzt und fing an, wie es seine Gewohnheit war, sich mit einem Küchenmesser einen Apfel zu schälen. Er verhöhnte sie weiter, und als er ihren Zorn sah, hielt er ihr das Messer vor das Gesicht, als wollte er sie schneiden.

Jetzt war das Maß voll. Quinn stürzte sich auf ihn, rang ihm das Messer ab und fuhr damit seitlich über sein Gesicht.

Brüllend wie ein wütender Stier, stieß er sie aus dem Bett, sodass sie zu Boden fiel, dann trat er sie immer und immer wieder.

Das Messer fiel ihr aus der Hand, glitt über den Fußboden. Irgendwie fand Quinn die Kraft, nach dem Messer zu springen. Als sie sich, das Messer in der Hand, auf den Rücken rollte, fiel

Jupe mit einem wahnsinnigen Schrei über sie her, als wollte er sie umbringen.

Dabei stürzte er in das Messer. Mit einem letzten Rest gesunden Menschenverstandes erkannte Quinn, was geschehen war, und stach, in der Hoffnung, ihr Leben zu retten, das Messer noch tiefer in sein Herz.

Benommen und voller Schmerzen quälte sich Quinn unter dem leblosen Körper hervor und taumelte auf ihre Füße. Er war tot, oder sah zumindest so aus. Sie wartete nicht ab, bis sie sicher sein konnte. Ihre Seele schrie in ihr, ihr Körper rebellierte gegen die Qualen, die er in dieser Nacht erduldet hatte. Sie stürzte aus dem Haus und rannte den ganzen Weg nach Hause.

* * *

„Deine Mutter ... hat dir gesagt, es sei deine Schuld gewesen?“, fragte Alice ungläubig. „Sie hat dir gesagt, dass du fortgehen sollst?“

Du gnädiger Gott, was hatte dieses Kind erduldet! Es war ein Wunder, dass sie überhaupt überlebt hatte!

Das Mädchen nickte. Sie hatte Alice nur einmal in die Augen geschaut, während sie ihre Geschichte erzählte. Auch jetzt wich sie ihrem Blick aus, obgleich sie ihren Kopf ein wenig gehoben hatte.

So vorsichtig, als wäre Quinn aus feinem Porzellan, berührte Alice Quinns Kinn und hob ihr Gesicht hoch, sodass sie sie ansehen konnte. Tränen rannen aus den schmerzerfüllten Augen, bahnten sich einen Weg über das schöne Gesicht. Alices Augen brannten ebenfalls, und sie wusste, dass sie vielleicht auch jeden Moment zu weinen anfänge.

„Hör mir zu, Quinn! Was dir zugestoßen ist – diese furchtbare Zeit bei dem Verwalter, jene letzte Nacht, das Messer – das alles ist nicht deine Schuld! *Nichts* davon ist deine Schuld! Verstehst du?“

Das Mädchen schaute sie an. „Ich hätte nie zu ihm gehen dürfen. Ich hatte die Wahl.“

„Wirklich?", fragte Alice. „Hattest du wirklich irgendeine andere Wahl? Und welche wäre das gewesen? Deine Familie von Haus und Hof vertreiben und verhungern zu lassen? Du meine Güte, mein Mädchen, deine eigene Mutter hat dich dazu gedrängt! Du hattest *keine Wahl!* Du warst erst ein Kind!"

„Wenn ich aber vor jener letzten Nacht geflohen wäre ... dann wäre er zumindest nicht tot ..." Das Mädchen schloss die Augen, als könnte sie die Erinnerungen nicht ertragen.

„Wenn es möglich gewesen wäre, ihm zu entkommen, dann wärst du ihm auch entkommen!", erklärte Alice bestimmt. „Du hast es versucht, Kind – du hast es versucht. Es war nicht deine Schuld, dass du ihm nicht entfliehen konntest! Oh, Quinn, du musst verstehen, dass nichts von alledem deine Schuld war!"

Das Mädchen öffnete die Augen. Alice vermochte den Anblick derartiger Verzweiflung nicht länger zu ertragen. Behutsam nahm sie das Mädchen in ihre Arme, ihren Kopf sanft gegen ihre Schulter gelehnt.

„Oh, mein liebes Kind ... mein liebes Kind", flüsterte Alice, zutiefst betrübt über die furchtbaren Qualen, die Erniedrigung und all das Böse, das dem Mädchen widerfahren war. „Dich trifft keine Schuld an dem, was dir angetan wurde. Du bist keine Mörderin, Kind. Du bist ein *Opfer!*"

Lange saßen sie dort auf dem Sofa, und die Schatten in dem Raum wurden immer länger. Während sie Quinn in ihren Armen hielt, sprach Alice ihr ermutigende und tröstende Worte zu, und Quinn ließ ihren Tränen der Scham, der Schmach und des Schmerzes freien Lauf.

„Gott verurteilt dich nicht, Quinn, und du darfst dich selbst auch nicht verurteilen", erklärte Alice, als sich das Mädchen ein wenig beruhigt hatte. „Gottes Wort enthält gerade dazu eine wunderbare Verheißung", sagte sie und suchte in ihrem Gedächtnis nach den Worten, die sie in den Tagen nach der Verhandlung auswendig gelernt, an die sie sich selbst geklammert hatte.

„Wenn uns unser Herz verdammt, ist Gott größer als unser Herz und erkennt alle Dinge … wenn uns unser Herz nicht verdammt, so haben wir Zuversicht zu Gott.“

„Kein Gericht im ganzen Land … zumindest nicht in diesem Land“, fuhr Alice fort, „würde dich für den Tod dieses Mannes verantwortlich machen. Schau mich an: Ich habe meinen eigenen Ehemann erschossen! Und doch hat mich das Gericht von jeglicher Schuld freigesprochen. Und ich akzeptiere dieses Urteil. Ich kann das, was ich getan habe, nicht wieder rückgängig machen, kann bereits Geschehenes nicht mehr ändern, doch ich glaube, dass auch Gott mich von meiner Schuld freigesprochen hat, ebenso wie das Gericht. Und wenn ich glaube, dass ich in Gottes Augen unschuldig bin, dann darf ich mich selbst in meinem Herzen auch nicht mehr verdammen.“

Das Mädchen setzte sich zurück und schaute Alice an.

„Das Gleiche musst du auch tun, Quinn. Du musst annehmen, dass du unschuldig bist. Gib Gott alle diese Jahre der Qual, der Angst und der Not, gib ihm dein zerbrochenes Herz und deine Schuld. Gib ihm alles hin … und beginne zu leben.“

Alice sah, wie ein schwaches Licht in den tränenverhüllten Augen zu leuchten begann, Verstehen sich andeutete … ein neuer Morgen anzubrechen schien. Und sie glaubte, in den Worten des Trostes, die sie Quinn O'Shea zugesprochen hatte, gleichzeitig die Stimme des vergebenden Vaters zu hören, der *ihr* die gleiche Mahnung zurief …

„Gib mir deinen Schmerz, dein zerbrochenes Herz, deine Schuld. Gib alles mir, Alice … und beginne zu leben.“

39. Kapitel

Die Gräuel dieser Stadt

An diesem Ort: mit seinen engen Gassen,
die zu beiden Seiten sich verzweigen,
wo Schmutz und Dreck sich von Ferne riechen lassen,
wird das Leben die gleichen Früchte wie in jedem Elend zeigen.
Charles Dickens (1812 – 1870)

Die Not und das Elend, dem Morgan in Five Points begegnete, überstieg alles, was er erwartet hatte.

Wenige Minuten nachdem sie die Stelle erreicht hatten, die lächerlicherweise als *Paradise Square* – Paradiesplatz – bezeichnet wurde – ein dreieckiger Platz, auf dem die fünf Straßen, die dem Slum seinen Namen gaben, zusammenliefen – wünschte Morgan sich bereits, er hätte nicht darauf bestanden, diesen Ort mit eigenen Augen zu sehen. Sowohl Michael als auch Evan Whittaker hatten ihr Bestes getan, ihn von diesem Vorhaben abzubringen. Selbst Jess Dalton, der in seinem Dienst sehr viel Zeit in diesem Slum verbrachte, hatte Morgan gewarnt, dass er bisher vermutlich nichts erlebt hatte, das ihn irgendwie auf die Begegnung mit dem Elend in Five Points vorbereitet hätte.

Jetzt wusste Morgan, warum sie alle so beharrlich versucht hatten, ihn zurückzuhalten. Dieser Ort war ein Gräuel, ein Alptraum, der gewiss jedem Versuch spottete, seine Abscheulichkeit, seine Schrecken und seine Verderbtheit zu beschreiben.

Er hatte die Slums von London und Paris gesehen, kannte nur zu gut die gefährlichen Gassen in den Liberties, den Slums von Dublin, doch nichts hatte ihn in dem Maße mit Entsetzen und Abscheu erfüllt wie dieser Hort des Elends und Verderbens hier in Amerika.

Er hatte geglaubt, ihn könnte inzwischen nichts mehr schockieren oder entsetzen. Er hatte in seinem eigenen Land genug Leid und schreiendes Unrecht gesehen, das einem Menschen das Herz brechen konnte. Doch es überstieg jegliche Vorstellung, mitten in einer Stadt, deren Straßen oft als „goldene Straßen" gepriesen wurden, eine solche Hölle menschlichen Elends vorzufinden – und außerdem zu wissen, dass die meisten der Einwohner dieses Slums seine eigenen Landsleute waren.

Als Sandemon ihn durch eine von Abfall übersäte Gasse nach der anderen schob, während Michael und Jess Dalton ihn zu beiden Seiten flankierten und Daniel John ihnen vorausging, glaubte Morgan durch die Straßen der Hölle zu fahren. Von jedem Gebäude, das sie sahen, schien der Putz abzubröckeln, Fensterscheiben waren zerbrochen und Türen aus ihren Angeln gerissen. Die zerfurchten Gassen waren buchstäblich mit leeren Whiskeyflaschen und tierischen Abfällen gepflastert. Der Gestank allein reichte, dass es selbst den stärksten Mann schüttelte. An fast jeder Ecke lauerten Bettler und schlampige Frauen – die ebenfalls betrunken waren –, während aus jeder offenen Tür Schreie, Schläge oder Weinen zu hören waren.

Je weiter sie sich in das Slum hineinwagten, umso unfassbarer wurde der Anblick, der sich ihnen bot. Auf dem Rückweg zum *Paradise Square* weckte jedoch ein Gebäude in besonderer Weise Morgans Aufmerksamkeit – ein furchtbar hässliches Ungetüm, das einer verzerrten, übergroßen Krabbe glich. Morgan war sicher, dass er noch nie etwas so Abscheuliches gesehen hatte.

Sie blieben vor dem Gebäude stehen, und Morgan schaute zu Michael auf. „Was in aller Welt ist das?", fragte er, wobei er nicht erst den Versuch unternahm, seine Abscheu zu verbergen.

„Dies ist die Alte Brauerei", erklärte Michael, und der bittere Unterton in seiner Stimme war nicht zu überhören. „Wir werden nicht hineingehen."

Morgan forschte einen Augenblick lang im Gesicht des Freundes, bevor er seine Aufmerksamkeit wieder auf das Gebäude richtete.

„Diese Stätte sieht beinahe lebendig aus", bemerkte Sandemon. „Wie eine Brutstätte des Bösen."

„Genau das ist es auch", erwiderte Michael. „Was man in dieser Höhle sieht, reicht, um monatelang Alpträume zu haben."

„Sie soll jedoch bald abgerissen werden", erklärte Jess Dalton ruhig.

„Abgerissen werden?" Michaels Überraschung über diese Bemerkung des Pastors war offensichtlich.

Jess Dalton nickte, während der Hauch eines Lächelns seinen Mund umspielte. „Ich habe es erst in dieser Woche mit Sicherheit erfahren. Die Frauen des Frauenmissionsgebetsbunds werden schließlich erleben, wie ihre Gebete erhört worden sind. Es wird noch einige Zeit dauern, denn es muss erst noch mehr Geld gesammelt werden, bevor das Gebäude abgerissen und neu aufgebaut werden kann. Der Gebetsbund hat jedoch vor, das Gebäude zu kaufen, und sie hoffen, dass es in zwei Jahren abgerissen sein wird."

Die Arme über der breiten Brust verschränkt, betrachtete der Pastor das Gebäude mit einer gewissen Befriedigung. „Es scheint irgendwie richtig zu sein, nicht wahr, dass ein neuer Pfeiler für das Reich Gottes genau an dem Ort errichtet wird, wo die Finsternis so viele Jahre lang regiert hat. Eine Lasterhöhle und Brutstätte des Bösen wird abgerissen, um an ihrer Stelle ein Missionsgebäude zu errichten."

„Gott sei es gedankt!", sagte Michael.

„Ja, Gott sei es gedankt", wiederholte Jess Dalton, noch immer lächelnd. Er wandte sich an Morgan und Sandemon. „Weil Sie den Hintergrund dieser Stätte nicht kennen, wird es Ihnen schwerfallen zu verstehen, was für einen Sieg diese Wende bedeutet. Doch diese Nachricht bekräftigt, wie alles andere, was in den letzten Jahren hier in Five Points geschehen ist – und vielleicht noch *mehr* als alles andere – meinen Glauben, dass Gott in New York City am Werk ist."

Morgan nickte, obgleich diese Nachricht es nicht vermochte, die Qual seines Herzens zu lindern, mit eigenen Augen zu sehen, unter welch erniedrigenden Bedingungen sein Volk hier lebte. Tausende seiner Landsleute hatten ihr Land verlassen, nur um zu überleben. Sie waren in das „Gelobte Land" gekommen mit der Hoffnung, für sich und ihre Kinder ein besseres Leben zu finden. Stattdessen endeten viele von ihnen hier in dieser Höhle des Elends und der Hoffnungslosigkeit. Sollte sich Irlands Tragödie auch hier immer weiter fortsetzen?

Am schlimmsten waren, zumindest in Morgans Augen, die Kinder betroffen. Sie brachen ihm das Herz. Als zerlumpte, kleine Bettler und ohne das Lebensnotwendigste zu haben, huschten sie durch die Straßen, um Geld oder Lebensmittel zu erbetteln, und bei manchen von ihnen hatte man beinahe den Eindruck, dass sie gleichermaßen um eine Berührung flehten, die kein Schlag war. Morgan hatte seine Taschen binnen weniger Minuten geleert, unfähig, ihren hohlen Augen und den kleinen Händen zu widerstehen, die wie Krallen nach ihm griffen.

Einige von ihnen, selbst noch kleine Kinder, trugen noch kleinere auf ihrem Rücken. Sie waren gewiss von brutalen oder gleichgültigen Eltern verstoßen worden, erklärte Jess Dalton. Viele von ihnen hatten kaum mehr als eine zerrissene Decke auf dem Leib, um ihre Nacktheit zu bedecken; Schuhe hatte fast niemand.

Zu Hunderten huschten sie durch die Straßen, wie streunende Tiere. Zum ersten Mal erkannte Morgan etwas davon, wie bemerkenswert die Arbeit von Evan und Nora Whittaker und wie groß die Last war, die auf ihre Schultern gelegt war, und er schickte an Ort und Stelle, inmitten der verfallenen Häuser und schmutzigen Gassen ein Gebet nach oben, dass Gott sie weiterhin segnen und für sie sorgen möge.

„Jetzt verstehe ich, was Evan Whittaker gemeint hat", sinnierte er leise. „Als wir einst in Killala auf der Landungsbrücke standen, hat er mich gewarnt, und später vermutete ich, dass die Warnung mehr von Gott selbst als von Evan Whittaker kam. Zu diesem Zeitpunkt waren wir letztlich Fremde, doch schon damals hatte der Engländer eine Art, die mich packte. ‚Fitzgerald', sagte er zu mir, während er mich durch seine Brillengläser anschaute, ‚Fitzgerald, Sie sind ein sehr großer Mann, ein starker und mächtiger Mann. Aber selbst *Sie* sind nicht stark genug, um das Leid einer Nation, die Last eines ganzen Volkes auf sich zu nehmen, es sei denn, Sie erlauben, dass Jesus Ihr Herz in seine Hände nimmt und Sie trägt.'"

Morgan betrachtete wieder seine Umgebung, die hilflosen, armen Seelen, die betrunkenen Kerle, die verlorenen Kinder von Five Points. Dann wanderte sein Blick wieder zu dem verkommenen alten Gebäude, das laut Jess Dalton Lastern aller Art Herberge bot.

„Evan Whittaker hatte recht", sagte er leise. „All das", und dabei umschrieb er mit seiner Hand einen großen Bogen, „würde selbst die stärksten Männer erdrücken, wenn sie aus eigener Kraft an Gottes Werk gingen."

Er schaute zu Michael und Jess Dalton und dann zu Daniel John, der, auf einem Knie hockend, eine schmutzige Schlaufe am Arm eines kleinen Jungen mit dreckverschmiertem Gesicht richtete. Das Kind nannte Daniel John ‚Doktor'.

Morgan schluckte und strich mit einer Hand über seinen Bart. „Was ich hier sehe, weckt in mir eine noch größere Sehnsucht, meine Beine wieder gebrauchen zu können. Es weckt in mir den Wunsch, durch diese Gasse und in die erbärmlichen Behausungen zu gehen und irgendwie zu helfen – wie ihr alle es tut."

Michael legte eine Hand auf Morgans Schulter. „Hast du deine Schriften vergessen, Morgan, und wie du damit so vielen die Wahrheit in die Hände gegeben hast? Gott segne dich, du hast dafür gesorgt, dass Tausende und Abertausende die Wahrheit über die Hungersnot in Irland – und über die Rolle Englands – erfahren!"

Jetzt meldete sich auch Jess Dalton zu Wort. „Michael hat recht. Durch Ihre Bemühungen wird die Geschichte, das Erbe eines ganzen Volkes, kommenden Generationen bewahrt bleiben."

Morgan hob eine Hand, um anzudeuten, dass er ihre Worte schätzte. Doch sie verstanden ihn nicht. Er war nicht undankbar für die Vereinbarungen, die diese Woche getroffen werden konnten: erstens mit Greeley, der zugesagt hatte, Josephs Tagebuch in seiner Zeitung als Fortsetzungsreihe zu veröffentlichen, und dann mit S. W. Benedict, Jess Daltons Verleger, der einen Vertrag über die Veröffentlichungsrechte des Tagebuchs abfassen würde und außerdem versprochen hatte, das Buch so schnell wie möglich drucken zu lassen.

Doch irgendwie schien dies alles nicht zu genügen. Er wollte ... er sehnte sich schmerzlich danach, unter die Menschen seines Volkes gehen zu können, hier, an diesem Ort, in ihrem Exil wie auch zu Hause in Irland, wo Tausende und Abertausende noch immer dem Tod preisgegeben waren.

Er wollte ... er musste ... wieder *laufen* können.

Ach ja ... morgen, erinnerte er sich mit ziemlicher Beklommenheit, würde er den „ersten Schritt" unternehmen, um genau das zu erreichen.

40. Kapitel

Begegnung im Park

Wie tief ein Mensch sich auch gesunken glaubt,
Liebe vermag es, wieder zu erheben sein Haupt ...
James Whitcomb Riley (1849 – 1916)

Als Quinn O'Shea an diesem Abend auf dem Weg in den Park war, fragte sie sich, warum Daniel nicht mit den anderen Familienmitgliedern in das Konzert gegangen war. Die Whittakers und Burkes begleiteten heute Abend ihre irischen Gäste zu einem Abend mit Jenny Lind in Castle Garden.

Laut Zeitungsberichten war dies nur eines von vielen Konzerten, die die berühmte Sopranistin in New York geben würde, und es versprach tatsächlich eine große Sache zu werden. Quinn hätte gedacht, dass auch Daniel gern die Sängerin hören wollte, die von den Zeitungen als „schwedische Nachtigall" bezeichnet wurde. Sie hatte ihn jedoch weder am Nachmittag noch am frühen Abend gesehen, und die Familie war ohne ihn weggegangen.

Im Laufe des Tages hatte Quinn noch immer damit gerechnet, dass man sie bat, auf Teddy aufzupassen. Sie hatte gehofft, eine Entschuldigung zu haben, die Verabredung aufzuschieben.

Doch Johanna und die Tochter der Fitzgeralds hatten sich freiwillig bereit erklärt, auf die beiden Kleinen aufzupassen, um den Erwachsenen einen freien Abend zu gönnen. Unter dem wachsamen Auge des großen, schwarzen Mannes, Sandemon, würden sie auch auf die Jungen im Whittaker-Haus achten.

Es gab offensichtlich keinen Ausweg. Sie musste es tun – heute Abend noch.

***

Während sie, von der größten Menschenmenge umgeben, der Morgan jemals begegnet war, in Castle Garden saßen, dachte Morgan über die Gegensätze zwischen dem Bild, das sich ihm jetzt bot, und dem Elend, das ihn nur wenige Stunden zuvor erschüttert hatte, nach.

Diese Insel am südlichen Ende der Stadt, auf der sich die Konzerthalle – ein Rundbau – befand, war offensichtlich vorher Standort einer Festung gewesen. Jetzt befand sich hier das größte Unterhaltungszentrum New Yorks.

Sie waren schon seit kurz nach fünf hier, obwohl das Konzert nicht vor zwanzig Uhr beginnen würde. Es war bereits alles überfüllt. Morgan schätzte wenigstens sechs- bis siebentausend Zuschauer in der Konzerthalle, während noch Hunderte anderer sich in ihren Booten um die Insel herumscharten.

Auch sie waren eine recht große Gesellschaft, zu der außer Morgan und Finola Lewis Farmington und seine Frau Winifred gehörten, eine reizende englische Lady, die außerdem Evan Whittakers Tante war, sowie Nora und Evan, Sara Burke und ihre Großmutter. Daniel John müsste jetzt jeden Augenblick zu ihnen stoßen – Michael saß nicht bei ihnen, sondern er war einer der Polizeihauptleute, die mit ihren Männern versuchten, in der Konzerthalle und dem umliegenden Gelände Ruhe und Ordnung aufrechtzuerhalten. Sandemon hatte es vorgezogen, zu Hause zu bleiben. Obgleich er es nicht geäußert hatte, vermutete Morgan, dass sein dunkelhäutiger Kamerad die Gesellschaft von Kindern dem Gewühl der Konzertbesucher vorzog.

Er schaute zu den Rängen, die zu einer bemerkenswert hohen Decke emporstiegen, bevor er seinen Blick über die Menge der Zuschauer gleiten ließ. Während er so dasaß und auf den Beginn des Konzerts wartete, kamen ihm wieder die Gegensätze in den Sinn, denen er heute begegnet war: von dem Schmutz und Elend in Five Points bis hin zu dem Glanz und der Fröhlichkeit in dieser vollbesetzten, festlichen Konzerthalle. Dennoch glaubte er überall den Pulsschlag dieser Stadt, ja sogar den Herzschlag dieser Nation zu spüren.

Jemand hatte einmal gesagt, der Schlüssel für Amerikas Stärke läge in seiner Vielfalt. Vielleicht stimmte das, dachte Morgan, jedoch nur, wenn diese Vielfalt respektiert wurde.

Er hatte die Erfahrung gemacht, dass zu oft Unterdrückung als einzig brauchbares Mittel betrachtet wurde, mit Unterschieden und Gegensätzlichkeiten fertig zu werden. In seinem Heimatland hatten die Engländer in ihrem Versuch, das Land zu besetzen und zu kolonialisieren, von Anfang an anstelle von Toleranz und Respekt eine Politik der Tyrannisierung und Versklavung des irischen Volkes betrieben. Morgan musste sich fragen, welche Folgen es sowohl für Irland und England gehabt hätte, wenn die Briten sich dafür entschieden hätten, Irlands reiches, altes Kulturerbe zu fördern, anstatt das Land zu plündern und den Versuch zu unternehmen, die irische Sprache, Geschichte und Wirtschaft zu zerstören.

Hätte England dem irischen Volk grundlegende Rechte garantiert, hätte vielleicht die Chance bestanden, dass etwas anderes gewachsen wäre als Hass, Streit und schließlich Krieg.

Morgan fragte sich wiederum, ob Amerikas Zukunft anders aussehen würde. Nach dem zu urteilen, was er in den Zeitungen entdeckt und in Gesprächen mit Michael und anderen gehört hatte, zog über dem Land ein Gewitter herauf, in dem rassische und ethnische Gegensätze aufeinandertreffen würden.

Jess Dalton fürchtete beispielsweise, dass die Nation sich am Ende über dem heftigen Streit, der um die Frage der Sklaverei entbrannt war, spalten könne. Der Pfarrer, der für die Abschaffung der Sklaverei eintrat, sah – vielleicht mit prophetischer Sicht –, dass sich dieses Land am Rande einer großen Schlacht befand, einem Krieg zwischen den Nord- und den Südstaaten. Ein solcher Krieg – der sich letztlich gegen das eigene Land richtete – hätte gewiss verheerende Folgen.

Bevor Morgan noch weiter diesen trüben Gedanken nachsinnen konnte, holte ihn das Orchester in seine Umgebung zurück. Nach der Ouvertüre erschien ein Bariton namens Belletti auf der Bühne und sang ein kurzes Solo. Danach geriet Bewegung in die Menge, gefolgt von einem stürmischen Applaus, als die „schwedische Nachtigall" – Jenny Lind – endlich auf der Bühne erschien. Die Zuschauer standen auf, und es wurde erst still in der Menge, als der Dirigent mit seinem Taktstock klopfte.

Morgan hörte die ‚Casta Diva' aus Bellinis *Norma* nicht zum ersten Mal, doch nie hatte er sie so gehört wie jetzt. Die berühmte Sopranistin, eine ziemlich gewöhnlich aussehende junge Frau mit scharf ausgeprägten, aber eher derben Gesichtszügen, besaß eine Stimme, die alles andere als gewöhnlich war. Während sie in ihrem weißen Kleid auf der Bühne stand, das helle Haar über beiden Ohren zu einer dicken Rolle geformt, schien sie sich mit der Reinheit und Perfektion einer unbeschreiblichen Stimme über den Konzertsaal und die Zuschauer, ja selbst über das Orchester hinaus emporzuschwingen.

Finola, die neben Morgan saß, stockte vor Bewunderung der Atem, dann lächelte sie Morgan zu. Ihre Augen waren vor Rührung feucht, und auch Morgan konnte die Faszination nicht leugnen, die diese Musik auf ihn ausübte. Er drückte Finolas Hand, erfreut darüber, dass ihr der Abend so viel Vergnügen bereitete, und gestärkt durch die Tatsache, dass sie bei ihm sein konnte.

Während es immer später wurde und die schwedische Nachtigall in Casee Garden weiterhin Tausende von Zuschauern fesselte, vergaß Morgan schließlich seine Gedanken an Gegensätze und Konflikte, Unterdrückung und Krieg. Es gelang ihm sogar, zumindest während dieser wenigen, süßen Stunden, seine Befürchtungen in Bezug auf die Untersuchung bei Dr. Günther zu zerstreuen, die am folgenden Tag auf ihn wartete.

Eine Zeit lang, obgleich sie allzu kurz währte, machte es ihm nichts aus, ob seine Beine ihn trugen oder nicht. Das Wunder und der Zauber der Musik hatten ihn völlig beschlagnahmt und über sich selbst erhoben.

***

Die Dämmerung hatte einen kühlen, feuchten Hauch mit sich gebracht, der die von Gaslaternen erhellten Straßen und den verlassenen Park in einen Schleier herbstlicher Melancholie hüllte. Quinns Stimmung, die sich durch die Ermutigung von Alice Walsh etwas aufgehellt hatte, trübte sich nun wieder, während sie sich für die Begegnung mit Daniel Kavanagh wappnete.

Auf der einen Seite fürchtete sie dieses Treffen, doch andererseits wuchs in ihr die neugewonnene Gewissheit, dass sie, welche Konsequenzen der heutige Abend auch immer nach sich zöge, wieder neu lernen würde, zu leben – ohne Scham und Selbsterniedrigung, ohne jene furchtbare Trostlosigkeit und das Gefühl, völlig allein zu stehen. Zum ersten Mal seit vielen Jahren hatte sie mit einem winzigen Hoffnungsschimmer, dass Gott sie erhören würde, sogar einen vagen Versuch unternommen zu beten.

All das verdankte sie Alice Walsh, und sie würde der guten Frau gewiss noch jahrelang jeden Tag von neuem dankbar sein. Im Augenblick jedoch musste sie sich für den Kampf stählen, der sie erwartete.

Quinn stieg die kleine Anhöhe hinauf, die schließlich wieder zu dem Konzertpavillon hinabführte. Im Laufen füllte sie ihre Lungen mit dem herbstlichen Geruch von Holz und sterbenden Blättern. Außerdem verspürte sie noch einen schwachen Duft von Hefe und Gebackenem, der von Gärtners Bäckerei herüberkam.

Diese vertrauten Gerüche stimmten sie plötzlich sehr traurig. Vielleicht würde sie das alles verlieren, wenn Daniel erst einmal die Wahrheit erfahren hatte: diese Umgebung, ihre Stellung als Haushaltshilfe, die Menschen, die sie liebgewonnen hatte; besonders, wenn Daniel es seiner Familie erzählte.

Das Whittaker-Haus war Quinns Heimat – die *einzige* Heimat, die sie jemals hatte. Dort wurde sie als Mensch angenommen, dort wurde ihre Arbeit geschätzt. Sie hatte genug zu essen und abends Ruhe und Zeit für sich. Sie hatte diese Menschen lieb gewonnen, ganz besonders auch die kleinen Jungs. Auch die Gegend war ihr lieb geworden, die vertraute Umgebung vermittelte ihr ein Gefühl der Sicherheit, ein eigentümliches Zugehörigkeitsgefühl.

Tatsächlich konnte sie den Gedanken kaum ertragen, dies alles nach so kurzer Zeit wieder zu verlieren. Doch sie würde tun, was sie tun musste und auch die Folgen tragen.

Quinn schaute von der Spitze des kleinen Hügels hinunter und entdeckte in dem düsteren Pavillon eine Gestalt. Tief durchatmend zog sie ihr Schultertuch fester um sich, bevor sie weiterging.

In der Dämmerung sah sie heute noch schlechter als gewöhnlich. Erst als sie schon beinahe die Stufen zu dem Pavillon erreicht hatte, entdeckte sie ihren Irrtum.

Sie hielt inne, den Blick auf den Mann gerichtet, der dort im Schatten der Dämmerung stand und offensichtlich auf sie wartete. Ein Mann, der viel robuster, wesentlich stärker gebaut war als Daniel Kavanagh.

Entsetzt erschauderte sie. Dann trat der Mann aus dem Schatten hervor, und Quinn sah sein Gesicht.

Sergeant Price!

Eigentlich hätte sie nur erleichtert sein sollen, dass die gefürchtete Begegnung nun doch aufgeschoben war. Stattdessen durchströmte sie jedoch beim Anblick des lächelnden Polizisten eine unerklärliche Freude.

Ihr Puls raste, als sie ihn anstarrte. „Was – was machen Sie denn hier?“

Er kam ihr eine Stufe entgegen, dann noch eine und streckte ihr seine große Hand entgegen, um ihr in den Pavillon zu helfen.

Quinn starrte einfach nur auf die ausgestreckte Hand, dann blickte sie wieder in sein Gesicht, das inzwischen ernst geworden war. Das Haar glatt zurückgekämmt, sah er in seinem adretten Jackett und dem schneeweißen Hemd wirklich elegant aus.

Was hatte er vor? Was wollte er hier?

Schließlich erlaubte sie ihm, ihr die Stufen hinaufzuhelfen. Dann starrte sie den Mann an, als hätte sie ihn noch nie zuvor im Leben gesehen.

„Was machen Sie hier, Sergeant?“, fragte sie noch einmal.

„Ach Mädchen, ich habe auch einen Namen, wusstest du das noch nicht? Willst du nicht endlich den Sergeant weglassen und mich ‚Denny‘ nennen?“

Er benahm sich sonderbar. Ihre Gedanken jagten durcheinander, und sie sagte das Erste, was ihr in den Sinn kam: „Wo ist Daniel?“

Der Sergeant schaute sie an. „Daniel?“

Quinn nickte. „Daniel Kavanagh.“

„Nun ... er ist gewiss mit seiner Familie und ihren Gästen aus Irland zu dem Konzert in Castle Garden.“

Quinn schüttelte den Kopf. „Nein, ich sollte mich mit ihm hier treffen.“

Der Sergeant runzelte die Stirn. „Du ... solltest Daniel hier treffen? Heute Abend?“

„Nicht, was Sie denken!“, beeilte sie sich hinzuzufügen. Sie wollte nicht, dass er vermutete, was er zu vermuten schien. „Ich bin gekommen, um ... ihm etwas zu erklären.“

Er betrachtete sie mit seinem forschenden Polizistenblick, einem Blick, wie er auch einem Verbrecher gegolten haben könnte und unter dem Quinn sich zu winden begann.

„Sie brauchen mich nicht so anzusehen“, teilte sie ihm mit. „Es geht Sie nichts an.“

„Der Junge hat dich gebeten, dich mit ihm hier im Konzertpavillon zu treffen, nicht wahr?“ Er sprach leise, doch Quinn missfiel der Unterton in seiner Stimme. Es war offensichtlich, dass er an der Wahrheit ihrer Worte zweifelte.

„Habe ich es Ihnen nicht gesagt?“

Der Sergeant vergrub seine Hände tief in seinen Taschen und sah Quinn eindringlich an. „Und hat der Junge dich vielleicht in einem Brief gebeten, hierherzukommen?“

Quinn schnappte nach Luft. Wie sollte er etwas von dem Brief wissen?

Er holte tief Luft und langsam trat ein Lächeln auf sein Gesicht. „Nicht Daniel hat dir den Brief geschrieben, Mädchen“, sagte er mit unendlicher Zärtlichkeit in seiner Stimme. „Ich war es.“

„Das haben Sie nicht!“, schoss sie zurück. Quinn war so verblüfft, dass sie beinahe über seine Unverschämtheit gelacht hätte. Als ob ein dickköpfiger Ire wie er jemals Liebesgedichte schreiben könnte!

„Ich war es, das ist die Wahrheit“, erklärte er, und nun lächelte er nicht mehr. „Ich habe diesen Brief geschrieben und dich gebeten, heute Abend hierherzukommen, und ich habe auch alle Gedichte geschrieben, die du vorher erhalten hast. Sie haben dir von meinen Gefühlen erzählt, Quinn O'Shea, und darum bitte ich dich, mich ernst zu nehmen.“

Quinn öffnete den Mund, brachte jedoch kein Wort heraus, und ihrer Kehle entrann stattdessen nur ein ersticktes Keuchen.

„Du dachtest, es wäre Daniel, nicht wahr?“ Er grinste. „Ja, wie sollte so ein großer Trampel wie ich auch solche Gedichte schreiben!“ Er hielte inne, bevor er die Gedichte Zeile für Zeile zu rezitieren begann.

Quinn war erstaunt, und noch mehr wunderte sie sich darüber, wie natürlich die Verse über die Lippen des Mannes kamen, wie das Wasser eines Stroms, das sanft über die Steine des Flussbetts plätschert.

Sie hielt sich mit einer Hand den Mund zu. Also war es überhaupt nicht Daniel, der sich in sie verliebt hatte! Nicht Daniel, sondern der große, stämmige Ire. War das möglich? Konnte dieser grobe, ungebildete Polizist wirklich der Autor dieser Gedichte sein, die ihr

Herz mit ihren lyrischen Worten, ihren reizenden Zeilen gerührt hatten?

Sie war völlig verblüfft und versuchte, ihre Gedanken zu ordnen, war jedoch zu nichts anderem fähig, als ihn fassungslos anzustarren.

Er hielt im Rezitieren inne und stieß einen tiefen Seufzer aus. „Ich wusste nicht, was ich sonst tun sollte. Du hast mir nie eine Chance gegeben, dir zu sagen, was ich für dich fühle. Du bist immer vor mir davongelaufen. Und selbst wenn du mir eine Chance gegeben hättest, bin ich kein Mann schöner Worte, einer blumenreichen Sprache ... außer wenn ich sie zu Papier bringen kann vielleicht. Ich musste einfach einen Weg finden, um dir zu zeigen, was du mir bedeutest."

Einen kurzen Augenblick lang ... einen wunderschönen, schmerzlich süßen Augenblick ... gestattete Quinn sich, die Entdeckung seiner Gefühle zu genießen, während ihr Herz still eingestand, dass auch sie etwas für ihn empfand.

Und dann traf sie die volle Bedeutung dieses Geständnisses wie ein Schlag. Das war noch schlimmer, viel schlimmer, als sie es sich vorgestellt hatte, ja noch viel schlimmer, als wenn Daniel ihr Poet gewesen wäre! Dieser Sergeant Price, der so viel Platz in Anspruch zu nehmen schien, während er näher zu ihr trat, war kein Junge, er war ein *Mann* – ein Mann, den sie lieb gewinnen könnte, wie sie sich zum ersten Mal selbst eingestand. Hier stand ein erwachsener Mann vor ihr, der sie offenbar für ein anständiges, liebenswertes Mädchen hielt.

Doch er wusste nicht, wer sie in Wirklichkeit war. Und – oh, bitte, Gott – er sollte es auch nicht erfahren!

Sie schüttelte den Kopf, als wollte sie mit dieser Bewegung die Schmach und die Schande ihrer Vergangenheit abschütteln. Das war damals, und nun war heute. Es gab Dinge, die sie ändern, und andere, die sie nicht ändern konnte. Es gab keinen anderen Ausweg – sie musste ihm die Wahrheit sagen! Die Tatsache, dass er nicht Daniel war, spielte keine Rolle bei dem, was sie zu tun hatte. Sie durfte nicht zulassen, dass er oder irgendein anderer Mann sie für jemanden hielt, der sie in Wirklichkeit nicht war.

Sie hob ihren Kopf und schaute ihm in die Augen, wobei sie innerlich zurückschreckte, als sie die Zärtlichkeit sah, die sich in seinem Blick widerspiegelte. „Sie wollen also sagen, dass ... Sie für mich etwas empfinden, dass Sie mich mögen?“

Er trat noch einen Schritt auf sie zu, doch Quinn hielt ihn mit ihrer Hand zurück, wie man einen Schlag abwehrt.

„Ja, Mädchen, und du brauchst keine Angst vor meinen Gefühlen zu haben.“

Quinn schluckte, ihre Kehle war trocken und angeschwollen. „Sie dürfen nicht weitersprechen“, erwiderte sie wie benommen. „Es gibt vieles, was Sie über mich erfahren müssen. Wenn Sie es erfahren haben, werde ich weggehen, und Sie können mit diesem Wissen machen, was Sie wollen.“

Sie holte tief Luft, innerlich um den rechten Anfang ringend. „Was ich zu sagen habe, ist hässlich, ... und es beschämt mich. Ich muss es Ihnen aber sagen, und Sie werden dann selbst verstehen, warum.“

„Nein, Mädchen“, sagte er leise, sodass Quinn überrascht zusammenzuckte. „Du brauchst mir *nichts* zu erzählen. Ich weiß alles.“

Quinn erstarrte. Ihr Herz schien aufzuhören zu schlagen, als sie ihn ungläubig anstarrte.

Er wollte ihr näher kommen, doch dann schien er es sich anders zu überlegen. „Ich kenne deine Geschichte, Quinn O’Shea.“

In dem Augenblick schien seine Stimme der zärtlichste Laut zu sein, den sie jemals gehört hatte. „Ich kenne deine Geschichte, und sie macht mir nichts aus. Ich empfinde nur Trauer wegen des Schmerzes, den du erdulden musstest. Nicht deine Vergangenheit interessiert mich, sondern deine Zukunft, die ich gern mit dir teilen möchte.“

„Woher?“, stieß Quinn schließlich hervor. „Woher sollten Sie es wissen?“

Sein Blick füllte sich mit Schmerz, und er wandte seine Augen einen Moment von ihr ab. Als er sie wieder anschaute, sprach Reue aus seinen Augen. „Ich muss dich um Verzeihung bitten, Quinn O'Shea. Meine Schuld verfolgt und quält mich seit Tagen. Ich kann dich nur bitten, dass du verstehst, warum ich so gehandelt habe. Ich hatte nur gehofft, einen Weg zu finden, dir zu helfen.“

„Was wollen Sie mir damit sagen, Denny Price? Was haben Sie getan?“ Es war, als hallten ihre Worte aus weiter Ferne wider.

„Ich habe zu Hause in Irland einen Freund“, erklärte er, und starrte auf die Bretter unter ihren Füßen. „Er ist auch Polizist wie ich. Ich ... äh ... ich habe Niall geschrieben, und er hat sich ein wenig umgehört, bei einigen der Jungs in Roscommon. In deiner Stadt, in Athlone, spricht man heute noch davon, was dir – was Millen Jupe – zugestoßen ist.“

Er schaute sie noch immer nicht an.

„Sie ... haben von Millen Jupe gehört?“ Sie starrte ihn voller Entsetzen an. „Sie wissen ... dass ich ihn umgebracht habe?“

„Ja.“ Seine Stimme wurde hart. „Und ich weiß auch, *warum.*“

Quinn konnte ihre Tränen nicht mehr länger zurückhalten. Von einer Flutwelle der Demütigung überwältigt, wollte sie nichts als weglaufen ... vor Denny Price ... vor New York ... vor sich selbst. Dieser Mann kannte ihre Schande. Er wusste es.

Er beging den Fehler, ihre Hand ergreifen zu wollen. Quinn sprang zurück, als würde diese Berührung ihre Haut versengen, und er hob schnell beide Hände in die Höhe zum Zeichen dafür, dass er sie nicht bedrängen würde.

„Wie lange wissen Sie es schon?“

Seine Antwort kam nur zögernd. „Seit ein paar Wochen, noch nicht sehr lang.“

Seit ein paar Wochen ...

„Die Gedichte ... Sie haben vor ein paar Wochen begonnen, mir Gedichte zu schicken ..."

Sein Blick war direkt und zärtlich. „Ja, das stimmt."

„Sie haben es *gewusst* ... und mir trotzdem solche Gedichte geschrieben?"

Er erwiderte nichts, sondern nickte nur, während er ihr weiter in die Augen schaute.

Quinns Kinn begann zu beben. „Wie", stieß sie hervor, „wie konnten Sie mit diesem Wissen solche Worte schreiben?"

Wieder trat Schmerz auf sein Gesicht, der jedoch schnell wieder verschwand. „Das einzig Wichtige für mich war, zu wissen, dass ich dich liebe, Mädchen."

Das konnte nicht wahr sein ... das konnte niemals wahr sein. Das konnte ihr nicht passieren, das konnte Leuten wie Quinn O'Shea niemals passieren.

Er hielt inne und fuhr mit einer Hand über seine Augen. „Vielleicht interessiert es dich, zu wissen, dass man in der Stadt nur gut über dich redet, dass du nur in Notwehr gehandelt hast – und dass der Mann es sich selbst zuzuschreiben hatte. Man sieht es sogar als ein Wunder an, dass Jupe dich nicht schon längst vor jener Nacht umgebracht hatte." Er hielt inne, dann fügte er hinzu: „Es gibt keine Anklage gegen dich – keinerlei Anschuldigungen."

Quinns Beine zitterten. Sie fror und glühte gleichzeitig. Sie wollte lachen, und sie wollte weinen.

Wieder streckte der Mann ihr eine Hand entgegen. Quinn starrte auf die Hand, dann schaute sie ihm in die Augen.

„Gib mir deine Hand, Quinn O'Shea."

Quinn biss sich auf die Lippen, bis sie es vor Schmerz nicht mehr aushalten konnte. Dann streckte sie ihm ihre Hand entgegen.

Sanft umschloss er sie, dann zog er sie genauso sanft gerade so nahe, dass sie die Flut der Gefühle, die in seinen Augen brannte, deutlicher sehen konnte.

„Quinn, hör mich bitte an", fuhr er mit sanfter Stimme fort.

„Hör mir gut zu. Ich liebe dich schon lange Zeit. Ich kann es einfach nicht mehr länger für mich behalten. Ich bitte dich, Quinn O'Shea, meine Frau zu werden."

Quinn rang nach Atem. Sie versuchte, ihre Hand wegzuziehen, doch er ließ sie nicht los. „Warte", sagte er. „Warte, ich bitte dich, mich zu heiraten, ... wenn du dazu *bereit* bist. Bis dahin – und immer danach – werde ich dein Freund sein. Ich bin ein geduldiger Mensch. Ich werde dir so viel Zeit geben, wie du brauchst, um mich lieben zu lernen, wie lang dies auch sein mag. Und selbst wenn du mich niemals lieben solltest, Quinn O'Shea – nun, dann glaube ich, werde ich noch immer dein Freund sein."

Er forschte in ihren Augen, und dann, als hätte er gefunden, wonach er gesucht hatte, zog er sie näher an sich, nahm sie in seine Arme und hielt sie behutsam, vorsichtig ... beinahe wie man einen Freund umarmt.

Während ihre Gedanken weiter durcheinanderjagten und ihr Herz raste, stand Quinn ganz still und wagte kaum zu atmen. Zum ersten Mal in ihrem Leben machte ihr die Berührung eines Mannes keine Angst, bereitete ihr sogar Freude.

„Ich werde dir niemals wehtun, Quinn", flüsterte er, und strich ihr das Haar aus dem Gesicht. „Und es darf dir auch sonst niemand mehr wehtun. Bei meinem Leben, niemand darf dich mehr verletzen."

Quinn zögerte nur einen kurzen Augenblick, bevor sie ihren Kopf an der Festung seiner starken Schulter barg. Schließlich ließ sie ihren Tränen freien Lauf, und während sie weinte, begannen die Tränen auch die Schmach und die Qualen ihrer Vergangenheit fortzuwaschen.

41. Kapitel

Der Chirurg und der Seanchai

Was sieht er, dieser stolze Pfau, wenn er mich
mit seinem herablassenden Blick betrachtet?
Bin ich Fleisch und Blut für ihn oder
nur ein Punkt in der Reihe seiner Errungenschaften?
Morgan Fitzgerald (1850)

Jakob Günther selbst war noch eine größere Überraschung als sein trübes, enges Sprechzimmer am Hast River.

Seit beinahe einer Stunde hatte Morgan mit Sandemon auf den ehrenwerten Chirurgen gewartet. Während der letzten zwanzig Minuten etwa spürte er, wie er die Geduld verlor. Seine Selbstbeherrschung hing an diesem Vormittag, gelinde gesagt, an einem seidenen Faden, und in diesem Augenblick wollte er am liebsten zur Tür hinausstürzen und die nächstmögliche Überfahrt zurück nach Irland buchen.

Sie waren die Einzigen in dem kleinen Warteraum, der nicht größer als eine Abstellkammer war, was Günthers selbsternannten Ruhm in Morgans Augen äußerst zwielichtig erscheinen ließ. Wo waren die Patienten dieses großen Chirurgen, wenn sie sich nicht um seine Aufmerksamkeit drängten?

Schließlich wurde die Tür aufgerissen, und ein kalter Luftzug drang in das Zimmer ein, gefolgt von einer hageren Gestalt in einem schwarzen Mantel. Morgan sah zu, wie der Neuankömmling die Tür hinter sich mit einem langen, schmalen Fuß zustieß und achtlos seinen Mantel von sich warf, bevor er sich an Morgan wandte.

„Sie sind Mr Fitzgerald, nehme ich an? Ich bin Dr. Günther – Jakob Günther."

Morgan starrte ihn zunächst nur überrascht an, eine bissige Bemerkung, die ihm auf der Zunge lag, schluckte er hinunter. Aus irgendeinem Grund hatte Morgan sich Jakob Günther als einen Mann vorgestellt, der die Mitte seines Lebens längst überschritten hatte, rundlich, mit lichtem Haar. Vielleicht hatte der arrogante Unterton seiner Briefe Morgan zu der Annahme gerührt, dass er es mit einem exzentrischen älteren Herrn zu tun hatte, der zu seiner eigenen Befriedigung lebte und arbeitete.

Doch der Mann, der jetzt vor ihm stand und ihn mit unverhohlener Dreistigkeit und nüchternem Interesse betrachtete, sah aus, als wäre er in Morgans Alter und bestimmt nicht älter als Ende dreißig. Er war ziemlich groß, knochig, und das scharf gezeichnete Gesicht trug die Spuren von Narben, vermutlich Pockennarben.

Morgan brauchte einen Augenblick, um sich zu fassen. Er mochte sich in Bezug auf das Alter und Aussehen des Arztes getäuscht haben, aber gewiss nicht, was seine Arroganz betraf. Seine stahlgrauen Augen musterten ihn abschätzend, als sei er nichts anderes als ein fragwürdiges Stück Rind, das keinen anderen Wert besaß als den eines Forschungsobjekts. In dem flüchtigen Blick, den der Arzt Sandemon widmete, spiegelte sich nichts anderes als Gleichgültigkeit wider.

„Ich komme ziemlich spät. Es ließ sich nicht vermeiden." Die Schroffheit des Arztes schlug sich selbst in seiner Sprache nieder; seine Worte klangen abgehackt, die Luft wie Hagelkörner schneidend. Sein Wiener Akzent war noch erkennbar, obgleich seine Sprache insgesamt schon sehr amerikanisiert wirkte. „So – dann fangen wir an. Bei Ihrer Größe werde ich im Untersuchungsraum die Hilfe Ihres Begleiters brauchen. Hier herein", erklärte er über die Schulter, während er in einem Zimmer auf der rechten Seite verschwand, welches durch einen Vorhang abgetrennt war.

Und das war alles, kein Wort der Entschuldigung, nicht das geringste Anzeichen menschlicher Wärme und Anteilnahme.

Morgan knirschte mit den Zähnen, als sie Günther in den Untersuchungsraum folgten. Sein erster Eindruck von dem Mann, in dessen Macht es liegen könnte, Morgans Leben zu verändern, war alles andere als beruhigend.

* * *

Die Untersuchung selbst nahm viel weniger Zeit in Anspruch, als Morgan erwartet hatte; außerdem erschien sie ihm viel zu unkompliziert, um verlässlich zu sein. Morgan hatte es auf der anderen Seite auch überrascht, wie sanft Günther während der Untersuchung vorgegangen war. Nach der rauen, schroffen Begrüßung hätte Morgan sich nicht gewundert, wenn der Mann ihn wie zähen Brotteig durchgeknetet hätte. Stattdessen waren die Hände, die ihn untersuchten, sanft, sicher und geschickt zu Werk gegangen, hatten die Instrumente sorgfältig und zielgerichtet gebraucht. Günther schien sogar, wenngleich auch nur während dieser kurzen Augenblicke, seine Schroffheit abzulegen.

Während der Untersuchung selbst machte der Arzt keinerlei Bemerkungen, außer dass er gelegentlich etwas Unverständliches vor sich hin murmelte. Nachdem er die Untersuchung beendet hatte, verließ Dr. Günther das Zimmer, damit Morgan sich ungestört wieder ankleiden konnte.

„Was hältst du von ihm?“, flüsterte Morgan, als Sandemon ihm wieder in den Rollstuhl half. „Außer seinem Charme, meine ich, den ich nicht genug loben kann.“

Sandemon lachte leise vor sich hin und wartete mit seiner Antwort, bis Morgan bequem saß. „Seine Manieren lassen gewiss einiges zu wünschen übrig, doch seine Hände sind geschickt und fähig, und in seinen Augen brennt das Feuer des Genies.“

„Oder des Wahnsinns“, erwiderte Morgan trocken. „Du hast also den Eindruck, dass er ein fähiger Mann ist?“

„Ein äußerst fähiger Mann.“ Sandemon sprach leise, sein Ton

war nachdenklich. „Dr. Günther scheint sowohl Selbstvertrauen als auch Kompetenz zu besitzen."

„Du hast vergessen, seine Arroganz zu erwähnen."

Morgan wäre in seiner Rede gewiss fortgefahren, doch in diesem Augenblick kam Dr. Günther in das Zimmer zurückgefegt. Während er ihm gegenüber an seinem Schreibtisch saß – einem spartanischen, zerschrammten Stück, das nicht besser zu Günther hätte passen können –, hatte Morgan Gelegenheit, die Hände des Mannes zu studieren. Mit den Handflächen noch unten auf dem Schreibtisch ruhend, erweckten sie in der Tat den Eindruck von Kraft und Geschicklichkeit, wie Sandemon bereits beobachtet hatte. Seine Finger waren ungewöhnlich lang, spitz zulaufend, mit großen, ausgeprägten Knöcheln und leicht geröteter Haut.

Überrascht erkannte Morgan: Dies waren die Hände eines Mannes, dem körperliche Arbeit nicht fremd war. Er erinnerte sich daran, dass James Dunne einmal erwähnt hatte, dass ‚Chirurgie' eigentlich ‚mit den Händen arbeiten' bedeutete. Er war verblüfft, wie deutlich diese Bedeutung an den Händen von Jakob Günther sichtbar wurde.

Der Chirurg hob eine Hand und strich damit durch sein glattes sandfarbenes Haar, wodurch es jedoch noch mehr durcheinandergeriet als zuvor. „Also, Mr Fitzgerald – wenn ich Sie fragen darf: Wie gut verkraften Sie Schmerzen?"

Trotz seines Verhaltens von vorhin auf eine solche Direktheit des Arztes unvorbereitet, spürte Morgan, wie er sich verkrampfte. „So gut wie jeder andere auch, nehme ich an", erwiderte er vorsichtig.

„Die Maßnahmen, die Ihr Zustand zu erfordern scheint, schließen eine Menge Unannehmlichkeiten und Schmerzen ein. Dabei denke ich nicht so sehr an die Operation selbst, denn ich würde Äther als Narkotikum einsetzen."

„Es wäre vielmehr die Zeit der Genesung nach der Operation, die sich sehr lang und schwierig gestalten würde", erklärte er in seiner kurzangebundenen Art weiter. „Obgleich Sie sich für einen

Menschen mit Ihrer Verletzung in einem bemerkenswert guten körperlichen Zustand befinden, schwächt eine Operation zwangsläufig den gesamten Organismus und seine Widerstandskraft. Es würde sehr lange dauern und hohe Anforderungen an Sie stellen, bis Sie sich wieder völlig erholt haben."

Während er sprach, forschte Dr. Günther unablässig in Morgans Augen, als wollte er ihn abschätzen. Falls er bereits irgendwelche Schlussfolgerungen gezogen hatte, verstand er es, sie sorgfältig zu verbergen.

Morgans Geist versuchte krampfhaft alle Einzelheiten von Dr. Günthers Erläuterungen zu erfassen. Obgleich er die Warnungen des Arztes in Bezug auf Schmerzen und Unannehmlichkeiten sehr wohl gehört hatte, schien er im Augenblick außerstande, über die Worte „eine Operation, wie ich sie vorschlage" hinauszukommen.

„Sie meinen also, dass eine Operation möglich wäre?", unterbrach Morgan ihn abrupt.

Günther hielt seinen Blick weiter direkt auf Morgan gerichtet. „Möglich vielleicht, aber mit einem hohen Risiko und keinerlei Garantien."

Morgan ließ sich in seinem Stuhl zurückfallen. Als er Sandemons starke Hand auf seiner Schulter spürte, war er unendlich dankbar, seinen Freund bei sich zu wissen.

Er stieß einen tiefen Seufzer aus und bat: „Erzählen Sie mir mehr davon, und ersparen Sie mir bitte nichts."

Günther stützte seine Ellenbogen auf den Schreibtisch und faltete seine Hände. „Um ganz ehrlich zu sein, dies wäre ein Experiment; eine solche Operation ist in den Vereinigten Staaten noch nicht durchgeführt worden. Ich weiß natürlich, was ich tue, es ist jedoch nicht möglich, die konservativen alten Herren, die in diesem Land die Medizin – nebenbei bemerkt ebenso wie in Europa – beherrschen, davon zu überzeugen, dass wir Risiken eingehen müssen, wenn wir weiter vorankommen wollen. In Europa ist man nicht ganz so zaghaft, aber auch dort hat man den Wert von Forschung und Experiment für unsere Arbeit noch nicht erkannt."

Morgan setzte sich auf. „Verstehe ich Sie richtig, dass Sie noch nie eine solche Operation *ausgeführt* haben?"

Günther lächelte – ein schnelles, schwaches Lächeln, das seine Augen nicht erreichte, ehe es wieder erlosch. „Sie wären der Erste. Lassen Sie mich Ihnen erklären, dass unsere anatomischen Kenntnisse durch unzureichende Lehrmethoden noch sehr begrenzt sind. Das gesamte Gebiet der Chirurgie leidet an dem Mangel an Versuchsobjekten, ganz zu schweigen von den Professoren, die nicht viel mehr wissen als ein Student im ersten Studienjahr. Deshalb stehlen Studenten Leichen aus den Armenkrankenhäusern, um daran zu studieren, eine Praxis, gegen die man gewiss in aller Schärfe vorgehen wird, sobald die Behörden erst einmal Wind davon bekommen haben."

Er legte seine Hände wieder hin und begann mit seinen Fingern auf die Schreibtischplatte zu klopfen. „Eine Operation, wie ich sie Ihnen vorschlage, wird, zumindest in diesem Land, noch jahrelang eine Seltenheit bleiben. Ich bin jedoch nicht bereit, zu warten, bis ich ein alter, zittriger Mann bin, um etwas zu versuchen, wovon ich jetzt schon weiß, dass es durchführbar ist."

Das Unbehagen, das an Morgan nagte, seitdem Günther angefangen hatte zu sprechen, stürzte jetzt mit voller Kraft wie ein hungriger Geier über ihn herein. „Nun – was gibt Ihnen die Gewissheit, dass Sie in der Lage wären, eine solche Operation auszuführen?"

Günther schien zu explodieren. „Ich war dabei, als man in Europa eine solche Operation durchgeführt hat, mit etwas primitiven Methoden zwar, wie ich zugeben muss, aber ich *habe* es gesehen. Ich habe zugeschaut, und ich habe dabei gelernt. Ich kann Ihnen versichern, dass ich in der Lage bin, die Operation auszuführen, Mr Fitzgerald."

Er hielt inne, bevor er wieder jenen unnachgiebigen, starren

Blick auf Morgan richtete. „Was ich Ihnen nicht garantieren kann, ist der Erfolg. Es gibt eine Vielzahl von Möglichkeiten, meist unerfreulicher Natur. Sie könnten nach der Operation mit einer Lähmung aufwachen, die sich auch auf die oberen Extremitäten ausgedehnt hat; Sie könnten überhaupt nicht mehr aufwachen. Wenn Sie überleben, hätten Sie gewiss viel zu leiden. Außerdem kann ich nicht garantieren, dass Sie wieder laufen werden. Es besteht bereits jetzt ein beträchtlicher Muskelschwund, der sich jedoch in der postoperativen Phase noch verstärken wird. Das Ausmaß der Nervenschädigung kann man im Augenblick nicht genau erkennen.

Nur Ihre eigene Willenskraft und göttliches Eingreifen – falls Sie an so etwas glauben – werden am Ende den Ausschlag geben, ob Sie wieder laufen können oder nicht."

Morgan befeuchtete seine Lippen und versuchte zu schlucken, doch er gab es auf, als er merkte, dass sein Mund völlig ausgetrocknet war. „Haben Sie denn keinerlei Hoffnung für mich?", fragte er mit heiserer Stimme. „Ich habe noch keinen Grund – keinen *vernünftigen* Grund von Ihnen gehört, weshalb ich mich einer solchen Operation unterziehen sollte. Mir scheint, Sie sagen mir nichts anderes als ein schlimmes Schicksal voraus. Ich bin keine Ratte, an der Sie experimentieren können. Ich bin ein Mensch."

Sandemons Hand drückte seine Schulter fester, doch Morgan hatte die Geduld mit dem Mann verloren, der ihm gegenüber am Tisch saß. Es war sinnlos, wenn jegliche Hoffnung, die er vor der Untersuchung gehabt hatte, von dem Arzt selbst im Handumdrehen zerstört wurde.

Jakob Günther schien über seine Worte nachzudenken, dann schob er seinen Stuhl zurück und stand auf, die Arme hinter dem Rücken verschränkt. „Wie viel ist es Ihnen wert, Mr Fitzgerald? Wie gern *möchten* Sie wieder laufen?"

Morgan starrte ihn an. Die offene Frage erschien ihm mehr als geschmacklos, und die Worte hingen zwischen ihnen in der Luft, bis sie nur noch ein Echo in Morgans Ohren waren.

Ja, wie gern wollte er wirklich wieder laufen?

„So gern, dass Sie die recht annehmbare Lebensqualität, die Sie im Augenblick zu genießen scheinen, aufs Spiel setzen wollen?", forschte Günther weiter. „So gern, dass Sie selbst Ihr Leben aufs Spiel setzen würden?"

„Ich kann diese Fragen jetzt nicht beantworten, ich brauche Zeit, um über die Konsequenzen nachzudenken."

Günther sah aus, als wollte er sie entlassen, doch Morgan hatte nicht die Absicht, das Sprechzimmer zu verlassen, ohne noch mehr Informationen erhalten zu haben. „Bitte erklären Sie mir, warum Sie überhaupt auf Dr. Dunnes Briefe geantwortet haben. Ich gebe zu, dass Ihre Briefe an ihn und an mich alles andere als optimistisch waren – und was ich bisher von Ihnen gehörte habe, war noch weniger ermutigend. Wenn das Risiko so groß und die Aussichten auf Erfolg so gering sind, warum, glauben Sie, sollte ich dann einer Operation zustimmen? Mir scheint, nur ein Narr oder ein Verrückter würde sich auf ein solches Wagnis einlassen, und ich möchte keines von beiden sein."

Günther zog eine Augenbraue hoch, und sein schmaler Mund verzog sich wieder zu einem schwachen Lächeln. „Vielleicht ist der Arzt derjenige, der verrückt ist. Ein verrückter Chirurg auf der Jagd nach einem anderen irren Abenteurer. Nur möchte ich das, was Sie Wahnsinn nennen, lieber als Kühnheit bezeichnen."

Morgan forschte in dem Gesicht des anderen und kam, ohne selbst zu wissen, warum, zu der Schlussfolgerung, dass Günther alles andere als verrückt war. Er war stolz, zynisch, vielleicht ohne jegliche menschliche Wärme – aber nicht verrückt.

„Wo würden Sie die Operation durchführen?", fragte er unvermittelt.

Dr. Günther schien von der Frage überrascht zu sein. Einen Augenblick später kam er, die Hände immer noch auf dem Rücken, um seinen Schreibtisch herum. „Im Bellevue", erklärte er, „aus dem einfachen Grund, dass kein anderes Krankenhaus in dieser Stadt bereit ist, mich ... meine Experimente in ihren Häusern ausführen zu lassen." Er lächelte ein wenig. „Bellevue hat mir widerstrebend gestattet, an Armen und Geisteskranken zu operieren. Wie einer der Verantwortlichen es so taktvoll ausgedrückt hat: ‚Wen interessiert das schon?'"

Der Arzt fuhr fort, Einzelheiten der Operation zu erläutern, wovon Morgan nicht das Geringste verstand. Ihm fiel auf, dass Sandemon die Worte des Arztes aufmerksam verfolgte und einiges davon zu begreifen schien.

„Nach Ihrem augenblicklichen Zustand und dem zu urteilen, was ich über Ihre Verletzung weiß, bin ich geneigt, anzunehmen, dass die Kugel eine Fraktur in Ihrem Rückenmark verursacht hat. Damit verbunden sind schwere Prellungen und Schwellungen sowie die Schädigung von Nerven, welche irreversibel ist. Dennoch könnte die Kugel selbst zu der Lähmung beitragen – und sie könnte, wenn sie sich verlagert, natürlich auch die Ursache für eine fortschreitende Lähmung sein." Er fuhr mit seinen Erläuterungen fort, und man hatte den Eindruck, als spräche er mehr zu sich selbst als zu Morgan. „Nach der Operation würde ich sie in einem Gipsverband – wie in einer Art Kokon – vom Hals bis an die Mitte des Oberschenkels ruhigstellen. Wie lange, vermag ich jetzt noch nicht zu sagen, auf jeden Fall jedoch einige Wochen lang."

Morgan zuckte zusammen, erwiderte jedoch nichts. Sein Geist rebellierte gegen die grausamen Einzelheiten, die Günther mit sachlicher Distanziertheit darlegte. Nur unter Aufwendung äußerster Willenskraft konnte Morgan sich zwingen, den detaillierten Erläuterungen des Arztes weiter zu folgen.

„Wenn der Gips abgenommen ist ..." Wieder folgte jenes beredte Achselzucken, das Hochziehen der Augenbrauen. „Dann werden wir sehen, was wir erreicht haben – falls wir überhaupt etwas erreicht haben sollten."

Zum ersten Mal seitdem der Arzt mit seinen Erläuterungen begonnen hatte, holte Morgan tief Luft, obgleich sein Atem nur stockend ging.

„Ich möchte Sie noch einmal fragen", erklärte er angespannt. „Haben Sie irgendwelche Hoffnung für mich?"

Günther sah ihn an, sein Gesichtsausdruck war unergründlich. „Hoffnung? Was soll ich darauf antworten, Mr Fitzgerald. Ihr Arzt aus Dublin hat erwähnt, dass Sie einen festen Glauben besitzen. Also hängt die Antwort vielleicht von Ihnen ab. Wie groß ist Ihr Glaube? Glaubende finden oft an Stellen Hoffnung, wo andere überhaupt nicht danach suchen."

Morgan fühlte sich von diesen Worten seltsam gereizt, als versuchte Günther bewusst, sich über ihn lustig zu machen. Doch schließlich begann sein schwindelerregender Herzschlag sich wieder zu verlangsamen, und sein hämmernder Puls erreichte allmählich seinen normalen Rhythmus. Er war dabei, über die Gefahren, die der Arzt ihm aufgezeigt hatte, hinaus die noch nicht näher erläuterten Möglichkeiten zu sehen.

Er antwortete auf Günthers Frage mit einer anderen Frage. „Und wie steht es mit Ihnen, Herr Doktor? Haben *Sie* Glauben?"

Ein zynisches Lächeln erschien auf Günthers Gesicht. „Das hätten Sie gern, nicht wahr? Dann könnten wir gemeinsam um ein Wunder beten, und wenn die Operation erfolgreich wäre, würden Sie es Ihrem Gott zuschreiben, als hätte ich keinen Anteil daran. Nun, es tut mir leid, Mr Fitzgerald, ich fürchte, Sie werden unter das Messer eines Heiden geraten, falls Sie sich für die Operation entscheiden. Ich glaube an kaum etwas anderes außer an die Verderbtheit meiner Zeitgenossen."

Morgan forschte in dem Gesicht voller Hohn, den Augen voller Spott. Der bittere Unterton der Arztes war ihm ebenfalls nicht entgangen. Er spürte, dass es in Jakob Günthers Leben auch Schmerz gab, einen Schmerz, den selbst die Hände des geschicktesten Chirurgen nicht zu lindern vermochten.

„Gott kann die Hände eines Heiden ebenso wie die eines Heiligen gebrauchen“, erwiderte Morgan aufrichtig. „Es kommt zuweilen sogar vor, dass Gott Verrückte oder Dumme für seine Zwecke gebraucht.“

Der Arzt zog nur die Augenbrauen hoch, doch Morgan verspürte dennoch eine gewisse Befriedigung. Er hatte schließlich den Panzer des Mannes durchbrochen, wenn auch nur an einer winzigen Stelle.

„Interessanterweise“, fuhr Morgan fort, „ist mein Glaube schließlich durch diese Verderbtheit des Menschen entstanden, von der Sie gerade sprachen, das heißt, als ich meine eigene Verderbtheit erkannte.“

Morgan gab dem Arzt keine Gelegenheit, etwas zu erwidern. „Vielen Dank für Ihre Zeit, Herr Doktor“, erklärte er, ein wenig über sich selbst überrascht, dass es ihm so leichtfiel, Dr. Günther gegenüber höflich zu reagieren. „Sie werden gewiss verstehen, dass ich alles sorgfältig überdenken muss. Reicht es Ihnen, wenn ich Ihnen meine Antwort bis morgen mitteilen lasse?“

Der Arzt nickte kurz und sah stumm zu, wie Morgan und Sandemon sich zum Gehen wandten.

Nachdem sie die Praxis verlassen hatten, holte Morgan tief Luft. Er war so erleichtert, Günthers kaltem Zynismus endlich entronnen zu sein, dass er den furchtbaren Gestank des Flusses kaum bemerkte. Während die Antwort, die er dem Arzt gegeben hatte, schwer auf ihm lastete, fragte er sich wiederum, ob es nicht vollkommen töricht wäre, sein Leben in die Hände eines solchen Mannes zu legen.

Doch es gab niemanden sonst. Jakob Günther war seine beste, wenn nicht seine einzige Hoffnung. Ein ernüchternder Gedanke, den er jedoch bei seiner Entscheidung mit in die Waagschale werfen musste.

* * *

Es war am späten Nachmittag, als sie in Michaels Haus zurückkehrten.

Sandemon rollte Morgan in das große Wohnzimmer. In der Tür hielten sie abrupt inne; in dem Zimmer wimmelte es von Menschen. Am Kamin saß Finola. Annie und Johanna spielten in der gegenüberliegenden Ecke des Zimmers mit Gabriel und Teddy. Auch Michael und Sara, Nora und Evan – und sogar Daniel John waren anwesend, die Augen gespannt auf Morgan gerichtet.

Einen beunruhigenden Augenblick lang überlegte Morgan, ob sich während seiner Abwesenheit irgendetwas Schlimmes ereignet hatte, ehe ihm die Erleuchtung kam, dass sie alle auf *ihn* warteten. Als er weiter in das Zimmer rollte, gelang es ihm, seiner Stimme einen heiteren Ton zu verleihen. „Nun ihr – Wiedersehen haben wir bereits gefeiert, und ich sehe auch keine Leiche, sodass ihr offensichtlich auch keine Totenwache haltet. Sagt, was führt euch hier zusammen?"

Sie tauschten alle untereinander Blicke aus – außer Finola, die ihre Augen auf ihn gerichtet hielt.

Michael brach das peinliche Schweigen. „Weißt du, keiner von uns konnte sich auf etwas konzentrieren, so gespannt sind wir alle auf die Nachricht, die du bringst. So dachten wir, es sei am besten, gemeinsam zu warten."

Inzwischen hatte Gabriel seinen Vater erspäht und kam zu ihm gerannt. Morgan nahm den Jungen auf den Schoß und drückte ihn herzlich, bevor er sich wieder den anderen zuwandte.

Einen Augenblick lang – und nur für diesen Augenblick – war Morgan enttäuscht. Auf dem ganzen Weg von Jakob Günthers Praxis bis hierher hatte sich Morgan nach nichts so sehr gesehnt als nach Finolas Ruhe und klarem Verstand, danach, mit ihr die Dinge durchzusprechen und zu hören, was sie zu sagen hatte, denn er wusste, dass sie ihn trösten und beruhigen würde, wie immer sie auch über die Operation dachte.

Dann wurde ihm bewusst, wie töricht, ja selbstsüchtig er war.

Konnte er sich nicht glücklich preisen, das Zimmer voller Menschen zu finden, denen er so sehr am Herzen lag! Er konnte später noch mit Finola allein sprechen, im Augenblick jedoch würde er mit all seinen Lieben zusammen sein.

Finola war aufgestanden und kniete jetzt neben ihm. Sie forschte in seinem Gesicht, als wollte sie seine Gedanken lesen. Morgan stellte Gabriel auf den Boden und schickte ihn wieder zu Teddy und den Mädchen, dann ergriff er Finolas Hand. Er wandte sich den Gesichtern der Wartenden zu und erzählte ihnen mit einem Lächeln, das keineswegs gezwungen war, was er von Jakob Günther erfahren hatte.

42. Kapitel

Im Garten

Oh, Heiland, dass auf dich ich seh,
in meiner Pein und bittren Qual.
Führ du mich durch Gethsemane
herauf zum Sieg aus des Todes Tal.

Anonymus

Es war schon spät, als sich die Türen des großen Zimmers hinter den letzten Gästen schlossen, und noch später, als alle im Haus schließlich in ihre Zimmer gegangen waren.

„Du wirst es mir sagen ... wenn du deine Entscheidung getroffen hast?"

In ihrem Bett sitzend, ihr goldenes Haar seitlich über eine Schulter gelegt, forschte Finola in Morgans Augen, während sie seine Hand fest umklammert hielt.

Leicht beunruhigt stellte Morgan fest, dass sie sehr abgespannt aussah. Unter ihren Augen lagen dunkle Schatten, und ihre helle Haut sah blasser aus als gewöhnlich.

„Geht es dir gut, *mo chroí*?", fragte er, während er im Rollstuhl dicht neben ihrem Bett saß. „Du siehst erschöpft aus." Er berührte ihre Wange, und sie legte ihre Hand über die seine.

„Mit mir ist alles in Ordnung, Morgan. Du sollst heute Abend nicht an mich denken, sondern nur an dich selbst."

„Nicht an dich zu denken, wäre genauso wie nicht zu atmen", erwiderte er lächelnd. „Nun, willst du mir jetzt versprechen, dass du dich schlafen legst?"

„Ich kann dir nicht versprechen, dass ich schlafen werde, aber ich verspreche dir, zu ruhen. Geh jetzt, Morgan. Ich weiß, dass du Zeit brauchst, um allein zu sein, aber bitte – bleib nicht zu lang. Du musst auch schlafen."

Sie beugte sich zu ihm, um ihn zu küssen. Morgan hielt sie noch einen Augenblick lang fest. „Finola? Du hast mir noch nicht gesagt, was ich deiner Meinung nach tun sollte."

„Ach, mein Liebster, du weißt, dass ich das nicht kann!" Ihre Augen ruhten zärtlich auf seinem Gesicht. „Wie du dich auch immer entscheidest, du musst es für dich tun, nicht für mich. Nur für dich und für Gott, wie er dich führt. Ich kann dir nur versprechen, dass ich bei dir sein und dich lieben werde, ganz gleich, wie deine Entscheidung auch ausfällt."

Er drückte ihre Hand. „Kein Mensch könnte sich noch mehr wünschen", erwiderte er sanft. „Ruh dich aus, Finola, *a stór.* Ich bin bald zurück."

Er hatte sie nicht einfach vertrösten wollen, doch während er aus dem Zimmer hinausrollte, fragte er sich, wie lange ein Mensch brauchen würde, um eine Entscheidung zu treffen, die vielleicht die wichtigste seines Lebens war.

* * *

Vom ersten Tag an hatte Morgan sich zu den Gärten hinter dem Haus hingezogen gefühlt. So begleitete ihn Sandemon heute Abend über den großen Rasen und brachte ihn zu dem Pavillon am anderen Ende der Anlagen. Von einer großen Zahl spätblühender Blumen und Büsche umgeben, atmete Morgan mit großem Vergnügen den herbstlichen Duft ein und genoss die belebende Frische der Abendluft.

Sandemon kam um den Rollstuhl herum. „Soll ich bei dir bleiben, oder möchtest du lieber allein sein?"

Morgan schüttelte den Kopf, eine Hand erhebend. „Du brauchst nicht zu warten. Es ist schon spät, und du bist gewiss müde. Ich komme allein zurück; ich werde die Rampe am Seiteneingang benutzen."

Er spürte, wie Sandemon zögerte, wie die dunklen Augen des Freundes auf ihm ruhten. Sein Gesicht sah ungewöhnlich ernst und unergründlich aus, gestattete keinerlei Hinweis auf seine Gedanken oder Gefühle.

„Hast du irgendeinen Rat für mich?" Morgan versuchte nicht, den Ernst seiner Lage herunterzuspielen. Die Zeit war längst vorüber, da sie gemeint hatten, sich voreinander verstellen zu müssen. „Ich bin nicht so stolz, als dass ich deinen Rat nicht hören würde, wenn du mir irgendetwas sagen möchtest."

„Ich weiß keinen Rat, *Seanchai*", erwiderte Sandemon leise. „Aber ich weiß ganz sicher, dass unser Herr bei dir sein wird, wie immer du dich entscheidest."

Morgan nickte, und Sandemon drückte im Gehen die Schultern des Freundes. Er wollte allein sein, doch in dem Augenblick, als Sandemon ihn verließ, erschauderte er leicht – nicht von der Kühle der Abendluft, sondern von der Woge der Einsamkeit, die über ihm zusammenzuschlagen drohte.

* * *

Über alle Maßen müde und von der feuchten Kühle der herbstlichen Nachtluft fröstelnd, dachte Sandemon wehmütig an die wohlige Wärme im Haus. Doch anstatt der Versuchung nachzugeben und ins Haus zurückzugehen, suchte sich Sandemon ein einsames Plätzchen für sich unter einer großen, alten Eiche, deren Äste die letzten goldenen Blätter festhielten.

Seine Jacke fester um sich schlingend, bereitete er sich darauf vor, zu warten. Es war eine kalte, sternenklare Nacht, und auch der Mond schien hell am Himmel. Die Augen auf die Gestalt gerichtet, die zusammengehockt im Rollstuhl saß, spürte er die Last seines Freundes förmlich auf seinem eigenen Rücken.

Während er so dastand und zu dem *Seanchai* hinüberschaute, begann er zu beten. Zuerst betete er für Morgan um Glauben und kindliches Vertrauen, eine weise Entscheidung zu treffen. Obgleich er zu wissen glaubte, wie diese Entscheidung aussehen müsste, würde er sich nichts anmaßen, sondern warten, bis er es von Morgan gehört hatte.

Dann betete er weiter darum, dass sich in dieser Nacht noch andere treue Beter fänden, die in den kommenden Tagen, als Kinder eines Gottes vereint, für einen der ihren eintreten würden. Zu oft schienen sogar Gotteskinder zu vergessen, was ihre gemeinsame Fürbitte bewirken konnte. Obwohl die Heilige Schrift und die Geschichte dieser Welt voll sind von Beispielen dafür, wie durch das Gebet der Gläubigen Leben verändert, Schlachten gewonnen und das Böse besiegt worden war, verließ man sich in Krisenzeiten auf alles andere als auf das Gebet. Es war eine traurige, aber unbestreitbare Tatsache, dass sich erst dann, wenn alles andere fehlgeschlagen war, Menschenherzen vor Gottes Thron beugten und verzweifelt um Hilfe flehten.

Sandemon betete, dass Gott alle aufrief, die den tapferen Poeten liebten, der jetzt um eine Entscheidung rang, die sein Leben verändern würde – alle, die in den vergangenen Jahren durch seine Worte, sein Tun, sein Leben berührt und beeinflusst worden waren –, sich im Glauben zu vereinen und um seinetwillen die Pforten des Himmels zu stürmen.

Schließlich betete er um Frieden für den *Seanchai,* um einen Frieden, der in der Tat alle menschliche Weisheit überstieg ...

„Frieden, Herr, für diesen bekümmerten, suchenden Geist ... Frieden für die gequälte Seele. Einen Frieden erbitte ich, der bleibt, der standhält in seiner großen Not, im dunklen Tal der Schatten. Friedefürst, verleihe diesem deinem geängstigten Sohn deinen Frieden in dieser Nacht."

* * *

Zuerst war Morgan versucht, diese Nacht im Garten als seine dunkelste Stunde, als sein Gethsemane zu betrachten, doch dann erschien ihm dieser Gedanke irgendwie beinahe gotteslästerlich. Sich selbst im gleichen Licht wie Jesus zu sehen war äußerst respektlos.

Dennoch musste er an den Menschensohn denken, der wie er im Garten Gethsemane gekniet hatte, in Todesangst, sogar Blut schwitzte im Hinblick auf den furchtbaren Kampf, der ihm bevorstand. Auch dieser Mann war allein gewesen im Garten der Qual, hatte keinen, der seinen bitteren Kelch leeren, die Not seiner Seele teilen oder ihm die Last, die sein Herz beschwerte, abnehmen konnte.

Morgan wusste, dass ein Mensch in Augenblicken wie diesen tatsächlich völlig allein war, in Augenblicken wichtiger Entscheidungen und großer Verzweiflung, wenn das Leben selbst von der Entscheidung abzuhängen schien, die man zu treffen hatte. Dennoch erkannte er nach diesen ersten qualvollen Minuten des Ringens um eine Antwort, um Weisheit und Erkenntnis langsam, dass er *nicht* allein war. Dieser lieblich duftende Herbstgarten war zu einem stillen, heiligen Ort geworden. Er spürte die Gegenwart des Herrn.

Er konnte nicht niederknien, nicht mit seinen gelähmten Beinen. Er hatte oft gedacht, dass er, wenn er jemals durch Gottes Gnade und Barmherzigkeit seine Beine wieder gebrauchen könnte, als Erstes in Demut und Danksagung vor seinem Herrn niederknien würde. Im Augenblick konnte er jedoch nur in seinem Herzen knien, während sein Leib in dem Rollstuhl hockte, seine Hände die Sprossen eines Spaliers umkrallten.

Während er so dasaß, wurde er allmählich immer ruhiger, viel gelassener, als er es heute Abend für möglich gehalten hätte. Die Jahre seines Lebens stürmten auf ihn ein wie tosende Wogen – Abschnitt für Abschnitt: seine einsame Kindheit, seine unruhigen Jugend- und Wanderjahre, seine törichten, leichtfertigen Sünden und seine Irrwege. Während sich sein Leben so vor ihm aufrollte, wurde er mit erschütternder Klarheit daran erinnert, welche seltsamen und unvorhersehbaren Wendungen sein Leben genommen hatte.

Hätte jemand die Veränderungen voraussagen können, die Gott herbeigeführt hatte, die überraschenden Wendungen ... und Niederlagen ... die ihn schließlich heute Abend hier an diesen Ort geführt hatten?

Es war ein Geheimnis.

Ein Wunder.

Plötzlich, in einem strahlend hellen Augenblick der Erleuchtung, wusste er, dass er heute Abend nicht, wie er es ursprünglich vorhatte, um ein Wunder beten würde. Er hatte in der Tat bereits sein Wunder geschenkt bekommen. Einem einsamen Landstreicher, einem umherziehenden Poeten, der kaum mehr als die Jacke auf seinem Rücken besaß – einem heimat- und mittellosen Vagabunden war ein großer Besitz anvertraut worden, den er nicht erarbeitet hatte, eine liebende Frau, die er niemals verdient, und zwei kostbare Kinder, die er nicht gezeugt hatte.

Wenn das kein Wunder war, was dann? Außerdem hatte er in seinem Schmerz und seiner Erniedrigung, in der Hilflosigkeit seines Gelähmtseins Gottes grenzenlose Barmherzigkeit erfahren. Indem er lernen musste, mit seinen nutzlosen Beinen zu leben und den Schmerz zu ertragen, der im unteren Teil seiner Wirbelsäule und noch heftiger in seinem nach Freiheit hungernden Geist brannte, hatte er die Realität eines liebenden, vergebenden, errettenden Gottes entdeckt.

In seiner Schwachheit war ihm der Blick auf Gottes Kraft geschenkt worden. In seiner Qual hatte göttliche Liebe ihn getröstet, und schließlich hatte er, nachdem er die Last seines Kreuzes angenommen hatte, Frieden mit Gott gefunden.

Um seiner Seele willen durfte sich die Entscheidung, die er heute Nacht treffen würde, nicht auf die Hoffnung gründen, wieder laufen zu können, sondern auf die unumstößliche Tatsache, dass

Gott, unabhängig davon, ob er laufen konnte oder nicht, dennoch Gott und trotz allem treu war und blieb. Die Verheißung für sein Leben, der Reichtum allen Lebens lagen nicht in Gottes Gaben begründet ... sondern in Gott selbst.

„Lass dir an meiner Gnade genügen ...“

Wenn seine Heilung nicht durch ein plötzliches, strahlendes Eingreifen Gottes geschah, dann würde sie Tag für Tag, Jahr um Jahr geschehen, während er mit Gott ging, ganz gleich, ob seine Beine ihn trugen oder nicht.

Durch Gottes Liebe, gesegnet mit einer Familie und Freunden, lebte er, wenn auch nicht völlig wie ein Gesunder, dennoch ein erfülltes Leben.

Er betete auch darum, dass er immer dankbar bleiben würde.

Morgan blieb noch einige Zeit in dem kleinen Pavillon, ehe er zum Haus zurückrollte. Plötzlich blieb er erschrocken stehen, als eine dunkle Gestalt auf dem Weg erschien.

„Darf ich dir helfen, *Seanchai*?“

Morgan forschte in dem ernsten Gesicht des anderen. „Du hättest nicht warten sollen. Gewiss bist du bis auf die Knochen durchgefroren, du, der du die warme Luft des Südens so liebst.“

Sandemon trat hinter den Stuhl und begann Morgan den Weg entlang zu schieben. „Ich wollte mit dir warten“, erklärte er leise.

„Dieser Tag war ungewöhnlich lang“, erwiderte Morgan über die Schulter. „Du musst sehr müde sein.“

„Nicht so müde wie du.“

Einige Zeit fuhren sie schweigend durch die Nacht, bis Morgan schließlich erklärte: „Ich nehme an, du hast für mich gebetet, während du gewartet hast.“

„Für dich ... und mit dir.“

Die Räder holperten über einen heruntergefallenen Ast, und Sandemon fuhr langsamer.

Morgan schluckte hart. „Ich bin dir sehr dankbar, dass du bei mir geblieben bist“, sagte Morgan mit bewegter Stimme.

„Es war mir ein Vorrecht, *Seanchai,* und eine Freude."

„Jesus hätte solche treuen Freunde haben sollen", bemerkte Morgan. „Stattdessen schliefen seine Jünger, während er Todesqualen litt. Ich frage mich, warum ein elender Mensch wie ich mit besseren Freunden gesegnet ist als der Herr selbst."

„Was ich für dich tue", erklärte Sandemon leise, während er den Rollstuhl anhielt und seine Hände sanft auf Morgans Schultern legte, „ist gleichzeitig auch für unseren Herrn."

Morgan nickte. „Ja, das stimmt. Und Gott wird sich über deine Treue freuen, und ich mich auch."

Einen Augenblick verharrten sie so. Dann räusperte sich Morgan und erklärte: „Ich habe mich entschieden, ich werde mich operieren lassen."

Die Hände auf seinen Schultern drückten ihn unwillkürlich fester. „Ja, das habe ich mir gedacht", kam die leise Antwort. „Und du hast Frieden mit deiner Entscheidung, *Seanchai*?"

„Ja, ich habe Frieden, was auch kommen mag." Morgan zögerte, bevor er fortfuhr. „Ich möchte dich um zwei Dinge bitten, obgleich ich eigentlich kein Recht dazu habe."

„Dann gebe ich dir das Recht, *Seanchai.* Bitte, was es auch sei. Du weißt, dass ich alles tun werde, was in meiner Macht liegt."

Ja, das würde er bestimmt. Das wusste Morgan, und sein Herz floss vor Dankbarkeit über, einen solchen Freund zu haben, der sein Leben auf so mannigfache Weise unendlich reich gemacht hatte. „Ich hoffe, dass du bei meiner Familie in Nelson Hall bleiben würdest, falls ich die Operation nicht überleben sollte – bei *unserer* Familie. Finola und die Kinder würden dich dringend brauchen. Natürlich wäre in finanzieller Hinsicht für dich gesorgt. Die Gewissheit, dass du bei ihnen bliebest, würde mir mehr bedeuten, als Worte ausdrücken können."

„Ich würde bleiben, *Seanchai.* Du wusstest es bestimmt, auch ohne zu fragen."

Morgan *hatte* es gewusst. Trotzdem hatte er die Fragen aussprechen müssen – um seinetwillen.

„Und deine zweite Bitte, *Seanchai*? Du sprachst von zwei Dingen."

Morgan atmete tief durch. „Ich wollte dich bitten, bei mir zu sein, während Günther mich operiert. Ich kann es selbst nicht genau erklären. Ich weiß nur, dass es mir Frieden geben würde, zu wissen, dass du die ganze Zeit bei mir bist, zuschaust, betest."

Es herrschte ein langes, betretenes Schweigen. Morgan glaubte schon, er wäre zu weit gegangen mit seiner Bitte. Auch der selbstloseste Mensch musste irgendwann an seine Grenzen kommen.

Als die Antwort kam, klang sie seltsam dumpf, beinahe erstickt. Doch die Worte waren klar, und sie erwärmten Morgans Herz, als hätte man ihn in eine weiche Daunendecke gehüllt.

„Wenn der Arzt einverstanden ist, werde ich während der gesamten Operation bei dir bleiben, *Seanchai*", erklärte Sandemon. Er hielt inne, bevor er mit festerer Stimme hinzufügte: „Und auch in den Tagen und Monaten und Jahren danach ... und mögen sie zahlreich und gesegnet sein ... werde ich immer bei dir sein."

Morgan brachte kein Wort hervor und nickte nur zum Zeichen seiner unendlichen Dankbarkeit. Auch das hatte er gewusst, ohne zu fragen.

43. Kapitel

Versammelt im Bellevue

Denn wo zwei oder drei versammelt sind in meinem Namen, da bin ich mitten unter ihnen.

Matthäus 18,20

Darauf bedacht, den Ärzten und dem anderen Personal, die in der Vorhalle hin und her eilten, aus dem Weg zu gehen, hockte Finola in der Ecke auf einem der Stühle, die Michael Burke für sie besorgt hatte. Von ihrem Platz aus konnte sie nichts von dem angrenzenden Flur oder den Patientenzimmern nebenan erkennen. Sie sah nichts außer den tristen Wänden und dem kalten Fußboden des kleinen Zimmers, in dem sie warteten.

Sie war noch nie in einem Krankenhaus gewesen, zumindest konnte sie sich nicht daran erinnern. Dieses Bellevue-Krankenhaus war riesengroß und bestenfalls phantasielos gestaltet. Trostlos wie ein Gefängnis und gleichermaßen furchteinflößend, war es vom Geruch der Krankenzimmer und beißender Chemikalien erfüllt. Während sich die Stunden des Vormittags hinzogen, spürte Finola, wie die giftigen Düfte immer mehr ihren Magen reizten.

Während des langen Wartens reagierte Finola immer empfindlicher. Jeder Ton dröhnte in ihren Ohren und zerrte an ihren Nerven: der schroffe Wortwechsel zwischen den Ärzten, das Stöhnen der Patienten, die herzzerreißenden Schreie, die in dem Korridor widerhallten, als kämen sie aus weiter Ferne.

Außer dem Lärm, der von dem Flur zu ihnen hereindrang, nahm sie auch jeden Laut derjenigen wahr, die mit ihr in der Vorhalle warteten: das Aufschlagen von Michael Burkes Schuhen auf dem harten Fußboden, während er auf und ab ging, das häufige Seufzen seiner Frau Sara, das leise Klicken des Brillengestells, wenn

Evan Whittaker seine Brille ab- und sofort wieder aufsetzte, das Trommeln von Daniel Kavanaghs Fingern auf dem kleinen, zerkratzten Tisch in der Ecke, Pastor Daltons Schritte, wenn er den Raum verließ und wieder hereinkam, die leisen Worte, die er mit einem der vorbeikommenden Ärzte wechselte. Allein Nora schien keinen Laut von sich zu geben, während sie, die Hände in ihrem Schoß gefaltet, still dasaß und Finola immer wieder einen verständnisvollen Blick zuwarf.

Sie warteten seit dem frühen Morgen, und inzwischen waren es bald drei Stunden. Obwohl der Arzt ihnen von vornherein gesagt hatte, dass die Operation längere Zeit in Anspruch nehmen würde, wuchs Finolas Angst mit jeder Stunde, die verstrich. Drei Stunden schienen viel zu lang, um irgendetwas Gutes von der Operation erwarten zu können.

Als hätte er ihre Angst gespürt, kam Pastor Dalton zu ihr. „Dieser Vormittag muss Ihnen endlos erscheinen, Mrs Fitzgerald. Bestimmt werden wir jetzt bald etwas hören. Kann ich Ihnen in der Zwischenzeit irgendetwas bringen? Oder kann ich sonst irgendetwas für Sie tun?“

Finola schüttelte den Kopf. Sie versuchte zu lächeln, doch stattdessen musste sie gegen die Tränen ankämpfen, die plötzlich in ihr aufstiegen.

Der große Pastor kniete sich vor ihr hin. „Sollen wir noch einmal gemeinsam beten?“, fragte er sanft, und seine Augen spiegelten Freundlichkeit und Verständnis wider.

Finola schaute ihn an. „Ja, bitte“, erwiderte sie dankbar.

Natürlich hatten sie an diesem Morgen schon sehr viel gebetet – sowohl jeder für sich allein als auch alle, die hier versammelt waren, gemeinsam. Doch als die Stunden ohne jegliche Nachricht aus dem Operationssaal vergingen, wurde immer mehr, immer inniger gebetet.

* * *

Sandemon spürte nach nunmehr beinahe drei Stunden, wie die Spannung und Angst in ihm zunahmen. Ihm war leicht schwindlig, was jedoch mehr auf den üblen Äthergeruch als auf die Operation selbst zurückzuführen war.

Immer wieder hatte er sich daran erinnern müssen, dass er keine Frage stellen, keinerlei Laut von sich geben und nicht einmal zu geräuschvoll atmen durfte, um den strikten Anweisungen Folge zu leisten, die der Arzt ihm vor Beginn der Operation erteilt hatte.

So hatte Sandemon mit zunehmender innerer Spannung stundenlang regungslos dagestanden und zugeschaut, wie der Chirurg und sein Assistent mit einem leicht frenetischen Blick an dem Rücken des *Seanchai* operierten.

Doch jetzt, da seine Nerven ebenso angespannt waren wie die Muskeln seines Brustkorbs, und die Bilder vor seinen Augen zu verschwimmen begannen, wandte er sich um und schaute zu dem schmalen Fenster hinaus auf den Fluss. Er war innerlich auf die endlosen Stunden, die Spannung und das Unbehagen, so lange in der gleichen Stellung zu stehen, vorbereitet gewesen. Auch mit widerlichen chemischen Gerüchen hatte er gerechnet, jedoch nicht mit der Wirkung, die dieses widernatürliche Eindringen in den großen, kräftigen Körper des *Seanchai* auf ihn haben würde.

So schwach und kränklich Morgan Fitzgerald auch war, als Sandemon zu ihm nach Nelson Hall gekommen war, dies war nichts im Vergleich zu dem gefährlichen Zustand, in dem er jetzt vor ihm lag: vollkommen verletzlich, ganz und gar einem Arzt preisgegeben, der wenig, wenn überhaupt etwas für die Person zu empfinden schien, die unter seinem Messer lag.

Am Fenster stehend, atmete Sandemon tief durch und unterbrach nur für einen Augenblick seinen Gebetskampf, den er Stunden vor dem Morgengrauen begonnen hatte. Je länger sich die Stunden des Vormittags hinzogen, umso größer wurde seine Sorge. Er hatte jedoch vom ersten Augenblick der Operation an gespürt, dass in dem Raum eine Kraft am Werk war, die nichts mit dem arroganten Arzt zu tun hatte.

Natürlich war Jakob Günther ein hochbegabter Chirurg, mit überaus geschickten Händen und einem brillanten Verstand. Trotzdem war er nur ein Mensch und damit zwangsläufig menschlichen Schwächen und Grenzen ausgeliefert. Für Sandemon war es Trost und Ermutigung zugleich, während dieser kritischen Stunden zu spüren, wie begrenzte menschliche Fähigkeiten durch göttliche Macht geführt und geleitet wurden.

Das klirrende Geräusch, als Metall auf Metall traf, riss Sandemon jäh aus seinen Gedanken, und er wandte sich abrupt um.

Der Arzt sah lange genug von seiner Arbeit auf, um Sandemons Blick zu begegnen. Zum ersten Mal, seitdem sie den Operationssaal betreten hatten, schien Günther Sandemons Gegenwart wahrzunehmen. „Die Kugel", erklärte er schroff.

Hoffnung begann in Sandemon aufzusteigen, doch sie sank sogleich wieder, als der Arzt ihn eindringlich vor falschen Erwartungen warnte. „Das Einzige, was wir im Augenblick wissen, ist, dass seine Wirbelsäule von der Kugel befreit ist. Es ist zu früh für irgendwelchen Optimismus."

Sandemon wusste, dass der Arzt recht hatte. Dennoch war die Kugel entfernt worden, und der *Seanchai* hatte es überlebt. Das genügte, um seine Hoffnung zu stärken, zumindest im Augenblick.

Der Chirurg und sein Assistent arbeiteten fieberhaft an dem *Seanchai.* Günthers Hände operierten unvorstellbar schnell, sicher und geschickt, sodass sein Assistent zu kämpfen hatte, mit ihm mitzuhalten. Günthers Gesicht und Hals waren schweißüberströmt, und Sandemon sah, dass auch sein Kittel feucht war. Der Arzt kämpfte offensichtlich darum, die Wunde nicht mit seinem Schweiß zu infizieren, denn er strich sich im Abstand von wenigen Sekunden immer wieder mit dem Arm über die Stirn, um den Schweiß abzuwischen.

Sandemon zögerte nur einen Augenblick, bevor er ein sauberes Tuch von dem Instrumententisch aufhob. Leise trat er neben den Arzt, der mit einem ärgerlichen Stirnrunzeln zu ihm aufsah.

Günthers Blick wanderte von Sandemons Gesicht zu dem Tuch, und er begriff. Sein Gesicht hellte sich auf, während seine Hände innehielten und er sein Gesicht Sandemon zuwandte, damit er es mit dem Tuch abwischte.

Und so arbeiteten sie bis zum Ende der Operation zu dritt weiter: Günther arbeitete mit fieberhafter Konzentration, während der junge Assistent sich bemühte, den scharfen Anweisungen des Arztes Folge zu leisten, und Sandemon wischte die Stirn des Arztes trocken, während er weiter in stillem Gebet verharrte.

* * *

Als Finola vom Flur her Schritte hörte, hielt sie den Atem an und wartete. Schon viele Male hatte sie an diesem Vormittag enttäuscht feststellen müssen, dass die Schritte vorübergingen, anstatt dass jemand eine Nachricht von Morgan brachte.

Doch diesmal verlangsamten sich die Schritte kurz vor der Tür. Finola stand auf und wartete; ihr Herz raste.

Als sie Sandemon in der Tür erblickte, war ihr erster Gedanke, dass etwas schiefgelaufen war und der Arzt ihn geschickt hatte, die traurige Nachricht zu überbringen. Als er den Raum betrat und direkt vor ihr stehenblieb, begegneten die Augen des schwarzen Mannes ihrem Blick.

Ihr Puls dröhnte beinahe schmerzlich in ihren Ohren, während sie in Sandemons Gesicht forschte. Sie war unfähig zu sprechen, vermochte nicht, die Frage über ihre Lippen zu bringen, die ihr seit heute Morgen, als Dr. Günther Morgan zu operieren begonnen hatte, auf dem Herzen brannte.

Und dann lächelte er – ein flüchtiges, mattes Lächeln, aber er lächelte.

„Der *Seanchai* hat die Operation gut überstanden, Mrs Finola", erklärte er leise. „Die Kugel konnte entfernt werden, und jetzt ruht er. Obgleich der Arzt vor jeglichen Spekulationen warnt, ist er mit dem Verlauf der Operation und dem Zustand des *Seanchai* recht zufrieden."

Die Tränen, die Finola stundenlang zurückgehalten hatte, flossen nun mit einem Mal über. „Gott sei es gedankt!", stieß sie hervor.

Dieselben Worte erklangen immer wieder, als die anderen, die mit ihr in der Vorhalle gewartet hatten, zu ihr und dem erschöpften Sandemon traten.

44. Kapitel

Für die Hilflosen und Hoffnungslosen

Er ergab sich nicht dem Jammer
wie jene Toren, die es wagen,
in der Verzweiflung finstren Kummer
dem kleinsten Hoffnungsschimmer abzusagen.
Oscar Wilde (1854 – 1900)

Für den Rest des Oktobers und während des gesamten Novembers lag Morgan in dem Gipsverband, den Jakob Günther ihm angepasst hatte. Als wären der Zustand beinahe totaler Hilflosigkeit, sporadische Krämpfe, die Schmerzen in der unteren Rückenhälfte, die mörderisch juckende Haut nicht genug der Qualen, hatte der Arzt – den Morgan in der Zwischenzeit als *verrückt* eingestuft hatte – mit Sandemon einen erbarmungslosen Plan täglicher therapeutischer Maßnahmen erarbeitet, zu denen auch Traktionen gehörten.

Morgan fühlte sich restlos elend. Einzig die Dankbarkeit, noch am Leben zu sein, half ihm, das alles zu ertragen. Zumindest traf dies für seine besseren Tage zu.

Trotz der ausgezeichneten Fürsorge, die ihm durch seine Frau und Sandemon zuteilwurde – und der unermüdlichen Aufmerksamkeiten seitens der anderen –, schien sein körperlicher Zustand sich immer weiter zu verschlechtern, je mehr Zeit verstrich. Der Gipsverband – sein *Kokon* – mit äußerster Sorgfalt so gestaltet, dass er ihm die größtmögliche Bequemlichkeit bot, war sogar mit weichem Vlies ausgekleidet. Dennoch hatte er ständig mit wunden Stellen zu kämpfen, und die Untätigkeit war sein größter Feind.

Manchmal meinte er, sein Körper würde in dem Kokon versteinern. Mehr als einmal träumte er, dass seine schwachen Knochen zerbrechen und einzeln durch das Zimmer fliegen würden, wenn der Gipsverband schließlich entfernt würde. Durch die eingeschränkte Bewegungsfreiheit spürte er Schmerzen an Stellen, die ihm vorher nicht einmal bewusst waren, sodass er kaum mehr als wenige Minuten am Stück schlafen konnte.

Doch wenn er tatsächlich verrückt würde, was er oft glaubte, dann wären es nicht die Schmerzen oder die Untätigkeit, die ihn dazu bringen würden, sondern das höllische Jucken! Ob bei Tag oder bei Nacht, ob er wachte oder schlief, es ließ niemals nach. Nach den ersten Tagen hatte er eine Reihe von komplizierten Gedankenspielen erfunden, um seine Sinne von dieser entsetzlichen Qual abzulenken, doch keines von ihnen brachte dauerhaften Erfolg. Inzwischen waren sie alle nutzlos geworden.

Doch so schlimm die körperlichen Qualen auch sein mochten, die geistigen waren noch viel grausamer. Er hatte seine Unabhängigkeit stets sehr hoch geschätzt. Als einer, der jahrelang praktisch völlig frei und ungebunden allein durch das Land gezogen war, außerdem mit einem außergewöhnlichen Maß an Kraft und Gesundheit gesegnet, hatte er sich nur unter großen Schwierigkeiten und mit grenzenloser Verbitterung in den Rollstuhl ergeben. Auch nachdem er gelernt hatte, die Realität seiner Lähmung zu akzeptieren und mit den ihm auferlegten Einschränkungen zu leben, musste er weiter gegen Ruhelosigkeit und Melancholie ankämpfen. In allem hatte Morgan jedoch eine Art bitterer Befriedigung gefunden, die schlimmsten Qualen erduldet und überlebt zu haben – so hatte er gemeint –, die einem normalen Sterblichen jemals begegnen konnten.

Erst jetzt wurde ihm bewusst, wie naiv er in seiner Annahme gewesen war. In diesem Gipskokon gefangen zu sein, war schlimmer als alles, war er sich jemals vorzustellen vermocht hatte. Die Hoffnung drohte ihm immer mehr zu entschwinden, und er wusste nicht, wie es ihm noch gelingen würde, sich der völligen Verzweiflung entgegenzustellen.

Zumindest solange er sich besinnen konnte, hatte er stets dazu geneigt, sich nicht zu beklagen. Im Augenblick fand er es jedoch nahezu unmöglich, sich zusammenzunehmen und nicht über sein Los zu murren.

Er hatte tatsächlich Angst davor, dass ihn seine augenblickliche verdrießliche Lage am Ende noch so aggressiv machte, dass er alle anderen noch genauso unglücklich machte, wie er selbst war. Mit diesem Gedanken im Hintergrund versuchte er immer, eine fröhliche Miene aufzusetzen, sobald jemand das Zimmer betrat. Es gelang ihm sogar, nicht zu fluchen oder zu schreien, wenn Sandemon seine Beine in die verhasste Traktionsvorrichtung legte und wieder herausnahm, obgleich ihm sehr danach zumute war.

Alle versuchten, ihm zu helfen, und das war sein Verhängnis. Morgan wünschte sich beinahe, sie würden damit aufhören, zumindest eine Zeit lang. Er hatte mehr Besucher als die Queen, dessen war er sicher. Sie befürchteten zweifellos alle, dass er sich dem drohenden Wahnsinn hingeben könnte, wenn sie nicht alles taten, was in ihrer Macht lag, um seine Langeweile zu lindern.

Und sie waren alle so zum Verzweifeln *nett,* so fröhlich und optimistisch. Selbst Michael, der, wie Morgan vermutete, noch genauso ärgerlich sein konnte wie damals als Junge in Mayo, war stets die Heiterkeit in Person, wenn er zu Besuch kam.

Auch Daniel John besuchte ihn, und anfangs war ihm die Gesellschaft des Jungen äußerst willkommen. In der Zwischenzeit hatten sie jedoch das Thema seiner Zukunftspläne, ab dem Frühjahr mit dem Studium der Medizin an der Universität bzw. einem medizinischen College zu beginnen, ebenso ausgeschöpft, wie sie nahezu alle Schachstrategien ausprobiert hatten, die der modernen Welt bekannt waren.

Annie versuchte immer wieder, ihn aufzuheitern. Das war natürlich sehr lieb von ihr. Auf ihre Bitte hin hatte er alle Sagen und

Märchen erzählt, die er kannte, und er ließ auch *sie* auf Lateinisch und Irisch rezitieren, damit sie in ihrer Ausbildung nicht zurückfiel, wobei er immer wieder nach Wegen suchte, ihr auf diskrete Weise zu helfen, ihren groben Belfaster Akzent endgültig abzulegen.

Ja, dieses Mädchen! Sie war sowohl ein Engel als auch ein Kobold – mit genug Energie für sie beide!

Gabriel konnte natürlich nicht verstehen, warum sein Papa so lange im Bett liegen musste, und noch viel weniger, weshalb er vom Hals bis zu den Knien „verpackt" war. Unter den jetzigen Umständen war Morgan natürlich kein erfreulicher Anblick für den Jungen, und so war es ganz normal, dass der kleine Gabriel bei den Besuchen am Krankenbett nach wenigen Minuten unruhig wurde.

Wenn es darum ging, seine Qualen zu verbergen, stellte jedoch Finola stets die größte Herausforderung für ihn dar. Er kämpfte einen ständigen Kampf zwischen seinem Verlangen, sie bei sich zu haben auf der einen, und seiner wachsenden Ungeduld mit sich selbst, ihr kein rechter Ehemann zu sein, auf der anderen Seite.

Allein ihre Gegenwart machte ihm stets von neuem bewusst, dass er zu einem starren Klotz geworden war. Seine reizende junge Frau war mit all ihrem Charme und ihrer Lebenskraft an einen Mann gekettet, der so nutzlos war wie ein Baumstumpf.

Er hasste seine augenblickliche Situation. Er hasste es, seine bereits eingeschränkte Beweglichkeit verloren zu haben – und das Gefühl, ein Mann zu sein! Und besonders hasste er es, völlig von anderen abhängig zu sein.

Er machte sich Sorgen, dass es Michael und seiner Familie in der Zwischenzeit leid war, ständig Gäste ihm Haus zu haben. Er machte sich Sorgen, dass Finola inzwischen ungeduldig darüber wurde, mit einem nutzlosen Klumpen Gips anstatt mit einem richtigen Mann verheiratet zu sein.

Und vor allem beunruhigte es ihn, alle diese Qualen erduldet zu haben, und am Ende doch keinen Schritt laufen zu können.

Mindestens einmal am Tag dachte er daran, Sandemon zu bitten, ihn mittels eines Hammers von dem verhassten Gips zu befreien. Natürlich würde Sandemon nicht auf eine solche verrückte Bitte eingehen. In letzter Zeit schien sogar das Wunder von den Westindischen Inseln in Morgans Gegenwart äußerst vorsichtig zu sein – ein Verhalten, das für diesen Mann alles andere als typisch war.

Was Morgan sich heute sehnlichst wünschte, war jemand, dem genauso elend zumute war wie ihm – jemand, der sich nicht um seine Hilflosigkeit und seine Schwermut kümmerte; jemand, der so gequält und übelgelaunt war, dass es nicht nötig wäre, Fröhlichkeit oder irgendetwas anderes vorzutäuschen.

Erst jetzt fiel es ihm, von einer Art grimmigen Freude begleitet, ein, dass heute Freitag war, der Tag, an dem Jakob Günther, der hochgeschätzte Arzt, seine Visite zu machen pflegte.

* * *

„Wann genau werde ich aus dieser Folterkammer befreit?", fragte Morgan, während der Arzt wie gewöhnlich seine Untersuchung durchführte.

Nach der formalen Art seiner Einschätzung zu urteilen, schien es ihm kaum möglich, dass Günther irgendeine Veränderung seines Zustandes feststellte.

„Sie haben mir diese Frage bereits zum zweiten Mal gestellt, seitdem ich gekommen bin", erwiderte der Arzt mit unerträglicher Gelassenheit.

„Und Sie haben mir bislang nicht geantwortet", fauchte Morgan.

Günther zog nachsichtig die Augenbrauen hoch und gab einen schnalzenden Laut von sich. „Ziemlich gereizt heute, nicht wahr?"

Morgan warf ihm als Antwort nur einen zornigen Blick zu. In Wahrheit mochte er den rätselhaften, distanzierten Arzt inzwischen sehr und freute sich auf seinen Besuch am Freitag. Er fesselte Morgan, trotz aller Rauheit und Schroffheit. Er war nicht nur ein anspruchsvoller Gegner im Schach, sondern er war auch äußerst scharfsinnig und auf den Gebieten der Literatur und Philosophie sehr bewandert.

Dr. Günther hatte in der Tat keinerlei Glauben und reagierte unweigerlich mit einem frostigen Blick, wenn Morgan auch nur die geringste Bemerkung in Bezug auf religiöse Dinge wagte. Morgan hatte mit den verschiedensten Taktiken versucht, diesen Widerstand des Arztes zu umgehen, aber es war ihm nicht gelungen, die Mauer zu durchbrechen.

Auf jeden Fall war er über die Maßen dankbar für einen Besucher, der nicht versuchte, ihn zu umsorgen oder aufzuheitern. Die Persönlichkeit des Arztes ließ einfach keine oberflächlichen Freundlichkeiten zu. Morgan konnte er selbst sein, konnte sich sogar ein gewisses Maß an Griesgrämigkeit leisten, ohne dass er riskierte, Dr. Günther zu beleidigen. Der Mann schien keinerlei Gespür für Schroffheit zu haben, weder bei sich selbst, noch bei anderen.

Im Lichte dieser Erwartungen war es ein kleines Wunder, als der Arzt Morgan mit der folgenden Bemerkung verblüffte: „Das alles muss für Sie sehr schwer sein."

Der Arzt war noch immer über Morgan gebeugt und klopfte an dem Gips, als erwartete er eine Antwort. Dabei hatte er die kluge Stirn in Falten gelegt, und sein Gesicht spiegelte echtes Verständnis wider.

Morgan betrachtete ihn argwöhnisch. „Seit wann bemerken Sie die Schwierigkeiten Ihrer Patienten?"

Um Günthers schmalen Mund zuckte jenes flüchtige Lächeln, das Morgan stets auf merkwürdige Weise faszinierend fand, vielleicht, weil dem Arzt auch die geringste Äußerung menschlichen Gefühls unbehaglich zu sein schien. Und dann tat er das Unglaublichste: er lachte – ein angespanntes, krächzendes Lachen zwar, aber dennoch eine vernehmbare Äußerung von Belustigung. „Sie sind viel zu groß, um sie ignorieren zu können", entgegnete er, während er sich aufrichtete. „Nachdem ich einige Erfahrungen mit dem irischen Temperament gesammelt habe, weiß ich außerdem, wie hoch Sie Ihre Unabhängigkeit schätzen müssen."

„Ich verstehe. Und was, bitte schön, macht dieses ‚irische Temperament', das Sie offenbar so gut kennen, aus?"

Die Arme über der Brust verschränkt, betrachtete Jakob Günther Morgan mit der für ihn gewöhnlichen, sachlichen Distanziertheit.

„Melancholisch, sehr zur Selbstbeobachtung neigend, äußerst eigensinnig und selbständig, streitsüchtig und hochexplosiv."

„Es ist hoch zu loben, dass Sie unsere weniger erfreulichen Züge unerwähnt lassen", erklärte Morgan mit knirschenden Zähnen. „Falls Sie damit fertig sind, mich zu beleidigen, hätte ich jetzt gern eine Antwort auf meine Frage. Wann, frage ich Sie noch einmal, werde ich meinen Kokon abwerfen?"

Der Arzt schien entschlossen zu sein, dieser Frage auszuweichen. „Gestatten Sie mir, dass ich Ihnen zuvor noch eine Frage stelle, nur um meine Neugier zu befriedigen. Wie kann es sein, dass ein Mann, der so lange gelähmt war, so fit ist, körperlich – und trotz Ihrer augenblicklichen Gereiztheit auch geistig? Ihr Zustand ist einfach bemerkenswert."

„Sandemon", erwiderte Morgan, ohne zu zögern. „Der Mann ist ein echter Zuchtmeister. Er hat vom ersten Tag an, seitdem er bei mir ist, begonnen, mit mir zu arbeiten, und er hat bis heute nicht nachgelassen. Als er zu mir kam, war ich in der Tat ein armseliges Geschöpf", fuhr Morgan fort, der bei der Erinnerung an die Ankunft seines Freundes lächeln musste. „Ich war niedergeschlagen, dem Selbstmitleid und Schmerz ergeben und hatte außerdem sehr viel an Gewicht verloren. Sandemon erarbeitete ein spezielles Übungsprogramm für mich, und schon bald trat eine spürbare Besserung meines Zustandes ein."

Die Arme noch immer über der Brust verschränkt, betrachtete der Arzt Morgan mit einem forschenden Blick. „Das war Ihr Glück. Alles andere wäre Ihnen nicht zugute gekommen." Er hielt inne.

„Trotzdem ist, wie ich Ihnen bereits gesagt habe, die Zeit Ihr Feind. Sind Sie darauf vorbereitet, mit der Enttäuschung fertig zu werden, falls Sie nie wieder laufen können?"

Morgan sah ihn stirnrunzelnd an. Dr. Günther schien nicht die geringste Wärme zu besitzen, die seinen eisigen Charakter ausgleichen könnte. Und doch konnte er den Mann nicht verachten, sondern fragte sich nur, welche Faktoren dazu beigetragen hatten, dass er so geworden war.

Morgan gab vor, überrascht zu sein. „Haben Sie so wenig Vertrauen in Ihre eigenen Fähigkeiten, Herr Doktor? Ich kann mir nicht vorstellen, dass Ihr grandioses Ich auch nur die Möglichkeit eines Versagens zulassen würde."

Günther zuckte mit den Achseln, eine Bewegung, die er zu einer Geste eleganter Gleichgültigkeit entwickelt zu haben schien. „Sie kannten das Risiko, bevor Sie sich auf die Sache eingelassen haben. Ich war sehr direkt zu Ihnen, nicht wahr?"

„Auf brutale Weise", erwiderte Morgan trocken. „Dennoch war ich der Meinung, dass sich das Risiko lohnt."

In den Augen des Arztes leuchtete etwas auf, das Morgan nicht zu definieren vermochte.

„Und sind Sie das noch immer?", fragte der Arzt leise. „Glauben Sie, dass sich das Risiko gelohnt hat?"

Morgan zögerte, und die zornigen Gedanken, die er an diesem Vormittag gehegt hatte, stachen ihn wie Nadeln. Plötzlich schämte er sich, dass er sich dem Selbstmitleid hingegeben hatte. Dr. Günthers Frage, die zweifellos eine Herausforderung war, erinnerte ihn wieder daran, wie viel eigentlich auf dem Spiel gestanden hatte, und sie erinnerte ihn auch daran, dass er vor Gott ein Versprechen abgelegt hatte, den Ausgang anzunehmen und das Beste daraus zu machen, was auch immer geschah.

Er versuchte, Dr. Günther dies zu erklären, doch als er den Punkt erreichte, an dem es darum ging, dass er im Glauben das Beste aus allem machen wollte, ganz gleich, welches Ergebnis die

Operation bringen würde, spürte er, wie bei dem anderen die Jalousie herunterging.

„Ich weiß, dass Sie mich nicht verstehen", beendete Morgan seine Erklärung kleinlaut. „Wie soll man seinen Glauben erklären?"

„Man versucht es gar nicht erst, zumindest nicht gegenüber einem Heiden wie mir", erwiderte Günther sarkastisch. „Doch ich gönne Ihnen Ihre Illusionen. Wenn Sie in irgendeiner Weise für Sie hilfreich sind, dann pflegen Sie sie."

Mit einer abrupten Bewegung ergriff er seinen Arztkoffer und tat einen Schritt zur Tür. „Ach so ..." Er wandte sich um und sah Morgan an. „Was den Gips betrifft ..."

Morgan rang die Hände.

„Am Montag", erklärte der Arzt in seiner beiläufigen Art. „Wir werden ihn am Montag entfernen."

Morgan sah zu, wie Günther das Zimmer verließ und die Tür hinter sich ins Schloss fallen ließ, wie es seine Gewohnheit war. Eine Woge der Erleichterung übermannte ihn.

Am Montag! Am Montag würde er aus seinem Gipsgefängnis befreit werden! Obgleich er wusste, dass ihn Tage, Wochen schwersten körperlichen Trainings erwarteten, wollte er im Augenblick an nichts anderes denken als an die Tatsache, dass er sich am Montag endlich wieder einmal richtig waschen würde. Er würde sich im Bett drehen, so oft er wollte, er würde es genießen, des lästigen Juckens und Brennens endlich Herr zu sein! Am Montag würde er seine Frau in seine Arme nehmen und seine Kinder an sich drücken! Er würde sich kratzen, wo immer es juckte – und sooft er wollte!

Dann kam die Angst. Morgan glaubte, dass eine gewisse Furcht vor der Therapie, die ihn erwartete, völlig normal war. Dr. Günther hatte ihm bereits gesagt, dass sie erbarmungslos schmerzhaft und imstande wäre, auch den stärksten Willen zu brechen.

Und dann war da noch die Angst vor dem, was nach der Therapie folgen – oder besser, *nicht* folgen könnte.

Im Augenblick schienen jedoch der Montag und die Wochen danach noch eine ganze Lebenslänge entfernt zu sein. Morgan war realistisch genug, um zu wissen, dass die Zeit schnell kommen würde, wenn die Frage beantwortet sein würde, die seit Monaten an ihm nagte: Würde er wieder laufen können? Würde er am Ende laufen können, nachdem alle Kämpfe und Qualen ausgestanden waren?

Er wagte es nicht, sich irgendwelchen Spekulationen darüber hinzugeben, was vor ihm lag. Es gab jedoch etwas, das er nicht ignorieren konnte. Er hatte Dr. Günther nichts davon erzählt – hatte mit niemandem, nicht einmal mit Sandemon darüber gesprochen, weil er dem noch keinen Glauben schenken konnte, was sich am Ende nur als Täuschung seiner Phantasie erweisen könnte.

Während der letzten beiden Wochen glaubte er, meist in den späten Nachtstunden, ein Stechen in seinen Beinen zu spüren. Beim ersten Mal hatte er angenommen, es sei ein Traum, doch dieses Gefühl war seitdem mehr als einmal wiedergekehrt.

In dem Gipskokon war es nahezu unmöglich, ein so vages Gefühl zu lokalisieren, falls dieses Gefühl tatsächlich existierte. Außerdem hatte sich Morgan nach der Schussverletzung, lange bevor er überhaupt an eine Operation gedacht hatte, einige Male vorgestellt, wieder Gefühl in seinen Beinen zu haben.

Gott allein wusste, was es zu bedeuten hatte, genauso wie er allein wusste, was die kommenden Wochen bringen würden. Morgan dachte, dass er an dieser Stelle einfach dankbar dafür sein sollte. Ihm stand ein schwerer Kampf bevor, dessen Höhepunkt niemand voraussagen konnte. Welcher Mensch hätte die Kraft, durchzuhalten, wenn er wüsste, dass ihn nach allen Anstrengungen nur das Ende seiner Träume erwartete?

Wenige Minuten später betrat Sandemon das Zimmer.

„Nun, gibt es heute irgendwelche Neuigkeiten von Dr. Günther?“, fragte er, während er das Betttuch glatt zog und den Tisch neben dem Bett gerade rückte.

Morgan sah ihn an. „Unser hochgeschätzter Arzt hat tatsächlich gelacht“, erklärte er, als er die wichtigere Neuigkeit noch zurückhielt. „Er hat laut gelacht, kannst du dir das vorstellen?“

Sandemon zog überrascht die Brauen hoch. „Das ist gewiss eine erstaunliche Neuigkeit.“

Morgan sah Sandemons nachdenkliches Gesicht. „Was ist los? Ich kenne diesen Blick. Du hast eine Idee.“

Sandemon lächelte. „Ich frage mich, ob wir nicht vielleicht am Ende herausfinden, dass die Operation nicht nur für dich allein war.“

Verwirrt runzelte Morgan die Stirn. „Wie meinst du das?“

Sandemon zuckte flüchtig mit den Achseln. „Ich glaube, dass auch Dr. Günther von dieser Bekanntschaft profitiert. Er mag und respektiert dich in der Zwischenzeit sehr, das ist offensichtlich. Vielleicht hast du einen begütigenden Einfluss auf ihn, und vielleicht gebraucht Gott dich sogar als Werkzeug, das Herz des Arztes aufzuschließen.“

Morgan winkte ab. „Dieser Mann ist ein hoffnungsloser Fall.“

„Kein Mensch ist ein hoffnungsloser Fall“, erklärte Sandemon ohne Zögern.

„Aber dieser ist es, das kann ich dir versichern. Außerdem werden wir längst zu Hause in Irland sein, bevor sich auch der geringste Samen unseres Einflusses einen Weg durch diesen sturen Kopf bahnen kann.“

„Dennoch ist der Samen ausgesät ...“ Sandemon ließ seinen Satz unvollendet verhallen, doch es war klar, was er meinte.

Morgan stieß einen kurzen Laut aus, der seinen Zweifel signalisierte, dann erklärte er: „Er wird am Montag den Gips entfernen.“

Die dunklen Augen des anderen suchten seinen Blick. „Endlich“, sagte er leise.

„Ja, endlich, aber trotzdem gibt es noch einen weiten Weg zu gehen.“

Sandemon nickte. „Vergiss nicht, dass du diesen Weg nicht allein gehen wirst.“

Morgan schaute ihn an, und ihm gelang ein angespanntes Lächeln. „Bete darum, dass ich ihn überhaupt gehen werde, *mo chara*, mein Freund. Bete bitte darum."

45. Kapitel

Strahlende, wunderbare Gaben

Wie einst den Himmel mit Sternen er bedacht,
die hell erstrahlen über alle Dunkelheit,
wird er beenden der bittren Qualen finstre Nacht –
und Freude schenken der Seele, die sich in Liebe ihm geweiht.
Robert Farren (1909 – 1984)

Heiligabend 1850

„Quinn? Könnte ich dich bitte einen Augenblick sprechen?"

Quinn O'Shea blieb stehen und betrachtete Daniel Kavanagh mit Vorsicht, während dieser die Treppe herunterkam. Sie fühlte sich in seiner Gegenwart noch immer unbehaglich. Seitdem er von ihr und Denny gehört hatte, war er ihr aus dem Weg gegangen, doch trotz dieser Distanz war er stets höflich gewesen.

Gelegentlich hatte Quinn bemerkt, wie er sie mit traurigen Augen ansah. Er schien sein Verliebtsein noch nicht ganz überwunden zu haben. Sie fragte sich, ob die Whittakers Daniel von ihrer Vergangenheit erzählt hatten. Es gab natürlich keinen Grund, weshalb sie es ihm *nicht* erzählen sollten, doch es fiel ihr immer noch schwer, sich vorzustellen, dass er es wusste.

Seine Familie hatte ihr nichts als Freundlichkeit erwiesen, als sie ihnen endlich die Wahrheit gesagt hatte. Denny war mit dabei, und obgleich dies die Sache nicht leichter gemacht hatte, hatte seine Gegenwart ihr dennoch geholfen, den Kampf durchzustehen.

Quinn hatte seitdem keinerlei Veränderungen in ihrem Verhalten ihr gegenüber festgestellt, doch bei Daniel wäre dies gewiss anders. Er lächelte jedoch, während er ihr entgegenkam.

In einigem Abstand blieb er stehen, die eine Hand an der Seite, die andere auf dem Rücken. Er sah unsicher aus, als wollte er jetzt, da er vor ihr stand, am liebsten weglaufen.

Schließlich begann er zu sprechen. „Ich wollte dir nur sagen – ich wollte dir danken, das heißt dir und Sergeant Price, dass ihr angeboten habt, heute Abend bei den Jungen zu bleiben, sodass meine Familie bei den Burkes Heiligabend feiern kann. Das ist wirklich sehr nett von dir – und dem Sergeant."

Er schien über Dennys Namen zu stolpern, als verspürte er dabei einen leichten Stich in seinem Hals.

„Ach, das ist kein Problem", erwiderte Quinn, noch immer unsicher in Bezug auf seine Absichten. „Es ist uns eine Freude."

Als er nichts mehr sagte, sondern nur unbehaglich dastand, bemühte Quinn sich, die Spannung zu lösen. „Euer Freund, Mr Fitzgerald – wie geht es ihm? Gibt es irgendwelche Veränderungen?"

Daniel schüttelte den Kopf. „Nein, leider nicht. Er scheint sich etwas stärker zu fühlen, doch er kann nicht – er ist noch immer an den Rollstuhl gebunden."

Wieder herrschte peinliches Schweigen zwischen ihnen. Einen Augenblick später nahm er seine Hand hinter dem Rücken hervor und streckte Quinn ein kleines, schön verpacktes Geschenk entgegen.

„Das ist für dich", sagte er und beobachtete ihre Reaktion.

Quinn sah zu Daniel und dann zu dem Päckchen in seiner Hand.

Mit dem Kopf auf das Geschenk weisend, erklärte er: „Du kannst es jetzt öffnen, wenn du willst, doch zuvor möchte ich gern noch etwas sagen."

Aus Furcht, er könnte noch immer in sie verliebt sein, wandte sie ihre Augen von seinem festen Blick ab. Sie schätzte Daniels Freundschaft, hatte gehofft, dass die künstliche Förmlichkeit zwischen ihnen ein Ende haben würde. Nach einem Augenblick des Zögerns nahm sie das Geschenk und wappnete sich gleichzeitig gegen das, was er ihr sagen würde.

Schweiß trat auf seine Stirn, während er seine Hände an seiner Seite zur Faust ballte und wieder öffnete. „Ich wollte dir nur sagen –“ Er räusperte sich, bevor er fortfuhr. „Ich freue mich sehr für dich und Sergeant Price. Er ist ein feiner Mann. Meine Familie hält ihn hoch in Ehren, und auch ich mag ihn sehr. Du bist ... du bist ein wunderbares Mädchen, Quinn, und hast nur das Beste verdient.“ Er hielt inne. „Das ist alles, was ich sagen wollte. Du kannst jetzt das Geschenk öffnen, wenn du möchtest.“

Quinn starrte ihn verblüfft an. *Er wusste es.* Er kannte die Wahrheit, dessen war sie gewiss. Und er wollte ihr auf diese Art sagen, dass er sie deswegen nicht weniger schätzte. Wie die anderen in seiner Familie nahm auch er sie so an, wie sie war.

Zu ihrer Bestürzung brach sie fast in Tränen aus. Sie biss sich auf die Lippen und versuchte zu lächeln. „Das ist sehr nett von dir, mir das zu sagen, Daniel.“

Eine leichte Röte trat auf sein Gesicht und er schaute für ein oder zwei Sekunden weg. „Möchtest du nicht dein Geschenk öffnen?“

„Mein Geschenk ... o ja, natürlich!“ Sie riss vor Verwunderung ihre Augen weit auf, als sie eine kleine, schmale Schachtel hervorzog. Mit einem Finger öffnete sie den Deckel. In der Schachtel lag eine formschöne Brille.

Quinn sperrte ungläubig den Mund auf. „Oh ... oh, Daniel!“ Sie stieß einen tiefen Seufzer aus und schaute auf die Brille. „Du meine Güte! Sie ... sie ist für mich?“

„Setz sie doch einmal auf. Wir wollen sehen, ob es die richtigen Gläser für deine Augen sind.“

Nun konnte Quinn ihre Tränen nicht länger zurückhalten. Sie konnte tatsächlich einen Augenblick überhaupt nichts sehen, als sie die Brille vorsichtig in die Hand nahm und aufsetzte.

„Hier“, sagte Daniel, während er aus seiner Westentasche eine kleine Karte hervorzog. „Lies das.“

Quinn schnappte verblüfft nach Luft, als ihre Augen die kleinen, exakten Buchstaben auf der Karte betrachteten. „Wie klar alles aussieht!", rief sie. „‚Dr. med. Nicholas A. Grafton' steht hier!"

Sie blickte auf. „Daniel", stieß sie hervor, „noch nie habe ich ein so wunderbares Geschenk bekommen! Doch woher – woher hast du gewusst, dass ich eine Brille brauche?"

„Woher ..." Daniel zwinkerte. „Nun, ich glaube, ich habe es vermutet, als ich sah, wie du während unserer Grammatikstunden die Nase in das Buch gesteckt hast." Er hielt inne. „Fröhliche Weihnachten, Quinn O'Shea, und das Gleiche auch für Sergeant Price, wenn du es ihm bitte von mir ausrichten würdest."

Quinn meinte, dass er vielleicht etwas traurig aussah, als er sich umwandte und ging. Vielleicht auch nicht; vielleicht lag es auch nur daran, dass sie mit ihrer neuen Brille sein Gesicht deutlicher erkennen konnte.

***

Während er in ihrem Schlafzimmer neben ihr auf dem Bett saß, steckte Nora einen Ärmel von Evans Jackett hoch. „Ist es nicht reizend von Sara und ihrer Familie, uns alle zu Heiligabend einzuladen – und noch dazu ein spätes Abendessen zu planen, sodass wir zuvor unseren Gottesdienst und die Bescherung hier bei den Jungen haben können?"

„Beinahe jeder, den wir kennen, könnte bei Sara Unterricht in Aufmerksamkeit und Rücksichtnahme nehmen", erklärte Evan lächelnd. „Das wird gewiss ein ganz besonderes Weihnachtsfest für uns alle."

Nora stand auf und wartete, dass sie ihm in sein Jackett helfen konnte. „Ja", sagte sie, während er aufstand und die Jacke anzog, „wir wollen darum beten, dass es wirklich für jeden unvergesslich schön wird."

Sie trat hinter Evan, um seinen Kragen zu richten. „Nächstes

Jahr", sagte sie, nachdem sie einen tiefen Seufzer ausgestoßen hatte, „wird Daniel John dank der Hilfe von Tante Winnie und Mr Farmington an der Universität sein." Sie umfasste seine Schultern. „War es nicht großartig von ihnen, ihre Hilfe für die Finanzierung seines Studiums anzubieten!"

Evan nickte. „Tante Winnie kann sehr bestimmt und überzeugend sein, falls du es noch nicht bemerkt haben solltest, und das Geld von der Veröffentlichung der Musikstücke wird auch helfen."

„Daniel John kann endlich seinen Traum verwirklichen", seufzte Nora. „Ein großes Geschenk von Gott – und von den Farmingtons; ein wunderbares Geschenk." Sie hielt inne und ihre Stimme bekam einen traurigen Klang. „Doch er wird weggehen, Evan, und auch Morgan wird mit seiner Familie nach Irland zurückkehren. Wer weiß, wohin wir alle verstreut sein werden, ehe es wieder Weihnachten wird."

Nora hob die Hand, um sein Revers glattzustreichen, doch Evan hielt sie fest. „Ich bin ganz sicher, dass Daniel zu Weihnachten nach Hause kommen wird, Liebling. Und vielleicht fahren wir bald einmal nach Irland, um die Fitzgeralds zu besuchen. Wer weiß?"

Nora zog skeptisch die Augenbrauen hoch. „Und nehmen wir dann alle unsere Jungen mit, wenn wir nach Irland reisen?"

Evan lachte auf. „Nur, wenn wir es uns leisten können, für diese Zeit einen ganzen Stab von Betreuern einzustellen!" Einen Augenblick lang forschte er in ihrem Gesicht. „Möchtest du nicht irgendwann einmal n-nach Irland zurückkehren und deine Heimat w-wiedersehen, Nora?"

Natürlich hatte sie bereits darüber nachgedacht. „Ich glaube schon, aber nur besuchsweise. Irland ist schließlich meine Heimat." Sie hielt inne und dachte nach. „Doch mein Leben hier ist so ausgefüllt – ich bin zufrieden, Evan."

Nora lächelte ihn an. „So – und wie gut Sie in Ihrem neuen

Anzug aussehen, Mr Whittaker!", neckte sie ihn, bevor sie ihn auf die Wange küsste.

„Wirklich?" Er warf einen verstohlenen Blick in den Spiegel der Frisierkommode, dann wandte er sich Nora zu. „Nun, wenn Sie gestatten, Sie sehen heute Abend auch überaus reizend aus, Mrs Whittaker."

„Das muss wohl an meiner neuen Brosche liegen." Nora berührte den kleinen Granat in der herzförmigen Fassung an ihrem Hals. „Trotzdem meine ich immer noch, dass dieser Schmuck viel zu extravagant ist, Evan."

„Unsinn, ich kann ihn kaum sehen, ohne ganz nahe an dich heranzukommen", erwiderte Evan, während er Nora fest an sich zog und ihr in die Augen lächelte. Einen Moment später hielt er sie so, dass er in ihrem Gesicht forschen konnte. „Sag, Liebling, fühlst du dich nur halb so gut, wie du heute Abend aussiehst? Du siehst blühend aus!"

„Ich fühle mich wohl, Evan, wirklich. Das erinnert mich daran, dass ich dir noch etwas von den Tests berichten muss, die Dr. Mandel Anfang der Woche gemacht hat. Er war heute Nachmittag einen Augenblick hier, als du gerade bei den Jungen warst."

Evan sah sie ängstlich an, und Nora beeilte sich, ihn zu beruhigen. „Es ist eine *gute* Nachricht, Evan, keine schlechte! Du meine Güte, Evan, wie sehr du dich immer sorgst! Dr. Mandel scheint mit meinen Fortschritten recht zufrieden zu sein. Er sagte, dass ich jetzt wieder längere Zeit auf den Beinen sein kann, und er hat sogar die Dosis meiner Medikamente ein wenig verringert."

„Ach Nora, das ist einfach wunderbar! Ja – das ist das schönste Weihnachtsgeschenk, das ich mir wünschen kann!"

Nora lachte über seine offenkundige Erleichterung. Der Mann sorgte sich ja so sehr um sie!

Nora blickte zu ihm, ihre Arme waren um seinen Hals geschlungen. „Und du, Evan Whittaker", sagte sie zärtlich, „du bist mein

Schatz, ein ganz besonderes Geschenk Gottes für mich." Sie hielt inne, und plötzlich wurde ihr schwer ums Herz.

Evan, stets sensibel für ihre Gefühle, forschte in ihren Augen. „Was ist los? Ist etwas nicht in Ordnung?"

Nora schüttelte den Kopf. „Es ist alles in Ordnung. Ich habe mir nur gerade gewünscht – dass Gott so wie mir auch Morgan Heilung schenken würde. Als ich ihn zuletzt gesehen habe, versuchte er, so fröhlich zu wirken, doch in Wirklichkeit schien er sehr bekümmert zu sein."

Evan nickte. „Wer wäre nicht bekümmert, so viel durchgemacht zu haben, ohne die geringste Veränderung zu spüren! Doch wir dürfen nicht aufgeben, Nora. Morgan hat es auch nicht getan. Er lebt und wird immer stärker. Vielleicht ist das Gottes Antwort auf unsere Gebete.

„Ja", erwiderte Nora leise. Sie wusste, dass Evan recht hatte. Im Stillen wünschte sie sich jedoch, Gott hätte spürbarer eingegriffen.

* * *

Wenige Augenblicke bevor sie nach unten gingen, stand Sara mit dem Rücken zu Michael gewandt und machte den Verschluss der Smaragdkette ihrer Mutter zu.

Sanft legte er seine Hände auf ihre Schultern, und Sara lächelte im Stillen, als sie sich vorstellte, wie er auf das Weihnachtsgeschenk reagieren würde, das sie ihm jeden Augenblick machen würde. Sie erschauderte, als er seine Lippen auf ihren Hals presste, ehe er sie zu sich herumdrehte, um sie anzuschauen. „Reizend", sagte er sanft. „Du siehst einfach strahlend aus heute Abend, Sara, *a ghrá,* dass selbst die Smaragde deiner Mutter verblassen."

Sara lächelte ihn an und dachte, wie immer, dass er einfach zu gut aussah.

„Du wolltest mir etwas sagen", erinnerte sie ihn. Sie konnte es kaum noch erwarten, bis sie ihm ihr Geschenk machen konnte, doch sie wollte zuerst hören, welches Geheimnis er ihr offenbaren würde.

„Wirklich?“ Er schaute sie verdutzt an.

„Michael, hör auf, mich zu necken. Wir müssen jeden Augenblick nach unten gehen. Sag es mir *jetzt!*“

Seine Hände umfassten ihre Taille. „Eigentlich wollte ich dich vielmehr etwas fragen, als dir etwas zu sagen.“

„Spiel nicht den Schüchternen, Michael Burke, sag es mir sofort!“

Sein Gesicht nahm einen nüchternen Ausdruck an. „Nun gut“, sagte er, während er ihr in die Augen schaute. „Ich möchte gern wissen, was du sagen würdest, wenn ich die Polizei verließe.“

Was Sara auch immer erwartet haben mochte, das auf keinen Fall. „Die Polizei verlassen? Ist das dein Ernst, Michael?“

Er nickte. „Ich glaube schon. Simon Dabney hat mich erneut gebeten, Mitglied der Stadtverwaltung zu werden. Ich bin versucht, es zu probieren, Sara.“

Sie forschte in seinem Gesicht. „Du willst wirklich die Polizei verlassen – deine Männer und deine Arbeit aufgeben? Das alles hat so lange einen Teil deines Lebens ausgemacht.“

„Vielleicht zu lange“, erklärte er mit einem tiefen Seufzer. „Ich habe die Gewalt, die Korruption satt – und ich will nicht mehr so oft bis spät in die Nacht arbeiten. Ich weiß, wie du dich um mich sorgst – ja du machst dir Sorgen, glaube nicht, ich hätte es nicht bemerkt. Und um die Wahrheit zu sagen, mache ich mir selbst auch manchmal Sorgen um mich. Polizist zu sein, kann einen Menschen – hart machen“, erklärte er. „Man kann schließlich sogar gefühllos werden, und ich möchte nicht, dass dies bei mir geschieht.“

Sara schaute ihn offen und ein wenig besorgt an. „Michael, ich möchte nicht leugnen, dass ich erleichtert wäre. Obwohl du deine Arbeit wirklich ausgezeichnet tust, muss ich dir recht geben: Ich mache mir Sorgen. Aber – bist du dir ganz sicher? Bist du sicher, dass du nicht mehr bei der Polizei und dennoch glücklich sein kannst?“

Seine Hände umschlangen sie fester. „Das werde ich erst wissen, wenn ich es versucht habe, nicht wahr? Außerdem", erklärte er leicht verdrießlich, „ist da noch die Tatsache, dass ich nicht jünger werde. Ich werde bald zu alt sein, um Verbrecher zu jagen. Und deshalb möchte ich aufhören, bevor ich zu alt und verbraucht bin, um irgendetwas anderes zu tun."

Saras Augen glitten über sein hübsches Gesicht – das immer noch entschieden zu jung aussah für einen Mann, der sich so viele Sorgen um sein Alter machte wie Michael – und sie konnte ein leichtes Lächeln nicht unterdrücken.

„Nun? Was denkst du?"

„Ich denke", sagte sie betont, „dass ein Mann, der bald Vater wird, alles andere als alt und verbraucht ist."

Michaels Gesicht wurde schlaff und aschfahl, als er sie mit offenem Mund anstarrte. „Das ist nicht wahr!", stieß er hervor.

„Aber doch, mein Liebling", erwiderte Sara, über seine Verwunderung lachend. „Es ist wirklich wahr."

Seine Augen glänzten, und seine Stimme wurde zärtlich. „Bist du ganz sicher?"

„Ohne jeden Zweifel." Sie hielt inne. „Das ist mein Weihnachtsgeschenk für dich, Michael."

Er gab einen erstickten Laut von sich, und dann begann er zu lachen. Er hob Sara auf und wirbelte sie so lange herum, bis sie ihn warnte, sie würde bald in Ohnmacht fallen.

Als erinnerte er sich plötzlich an ihren Zustand, stellte Michael sie vorsichtig auf ihre Füße und nahm ihre Hände in seine. „Sara ... ach Sara, was für ein Geschenk du für mich bist! Und was für ein Geschenk du mir heute Abend gemacht hast! Ich kann es kaum erwarten, es allen zu sagen."

„Michael!" Sara spürte, wie sie rot wurde. „Du kannst es nicht allen erzählen, nicht öffentlich. Das macht man einfach nicht."

Er schoss zurück. „Du erwartest doch nicht im Ernst von mir, dass ich darüber schweige? Das werde ich nicht, und das kann ich nicht! Ich werde es allen im Haus erzählen, und zwar heute Abend!" Er strahlte Sara an. „Und dann werde ich auf die Straße laufen und es den Nachbarn erzählen – und danach vielleicht in der ganzen Stadt! Was meinst du, Sara, *a ghrá?*"

„Ich meine, du bist verrückt", erwiderte Sara, die sich über seine jungenhafte Begeisterung vor Lachen kaum halten konnte.

Er küsste sie herzlich auf die Stirn, auf jede Wange und auf die Nasenspitze. „Das bin ich wirklich", stimmte er mit glänzenden Augen zu, „verrückt nach meiner Frau und verrückt nach meinem Kind."

Dann nahm sein Gesicht einen nüchternen Ausdruck an, und er hielt sie so, dass er sie anschauen konnte. „Sara, versprich mir bitte, dass du mir helfen wirst, für unser Kind ein besserer Vater zu sein, als ich jemals für Tierney war."

Sara starrte ihn an. „Oh, Michael! Du warst Tierney ein *guter* Vater, und eines Tages wird er merken, wie viel du ihm bedeutest. Er wird nach Hause kommen, Michael, du wirst es sehen. Tierney wird wieder nach Hause zurückfinden."

Während Sara diese Worte aussprach, wusste sie, dass sie recht behalten und Tierney nach Hause kommen würde. Sie glaubte an einen festen Kreis der Liebe innerhalb einer Familie, und sie glaubte daran, dass Gott die Macht hatte, Wunden zu heilen, dic auch in Familien, wo man einander innig verbunden war, zu Spaltungen führen konnten. Außerdem glaubte sie an Tierney, denn sie hatte an dem Tag seiner Abreise in seinen Augen seine Liebe zu seinem Vater gesehen.

Tierney würde nach Hause kommen, und wenn er kam, würde er seine Familie wartend finden.

46. Kapitel

Morgans Stern

Du bist Gottes liebendes Lächeln über meinem Leben,
meiner Seele heller Morgenstern, die Frau, die Gott mir gegeben.
Morgan Fitzgerald (1850)

Alle Anwesenden stimmten darin überein, dass dieses späte Abendessen am Heiligabend eine hervorragende Idee war.

An dem langen Esstisch im großen Festsaal platziert, erschienen alle Familienmitglieder entspannt und von der Freude des Weihnachtsfestes zu erstrahlen. Eine üppige Menge grüner Zweige, Beeren und getrockneter Blumen tauchten den Saal in festliche Farben. Daniel Kavanaghs Weihnachtsharfe, zu einer alljährlichen Tradition geworden, nahm, mit bunten Bändern, grünen Zweigen und Lametta geschmückt, stolz ihren Platz auf der Stirnseite des Festsaals ein.

Die Mahlzeit war überschwänglich – gebackener Schinken und gebratener Truthahn, festlich dekorierter Mais, kandierte Süßkartoffeln, Austern, verschiedene Saucen und eine endlose Auswahl gebackener Köstlichkeiten. Ein Festmahl!

Es gab viele Geschenke, jeder lächelte herzlich, die Herzen waren warm. Es war Weihnachten.

* * *

Morgan kam es beinahe so vor, als säße er zu Hause in Nelson Hall an seinem eigenen Tisch, so schön und natürlich war es, heute Abend nach so langer Zeit wieder unter seinen Lieben zu sein. Finola neben ihm strahlte, ihr Gesicht glühte, und in ihren Augen spiegelte sich das Licht der Kerzen, die überall in dem großen Saal leuchteten. Jedes Mal, wenn ihre Blicke sich zufällig begegneten, lächelte sie und legte diskret unter dem Tisch ihre Hand in die seine. Das Dessertgeschirr war abgeräumt, und nun waren die Geschenke an der Reihe. Sowohl der Tisch als auch der Fußboden bildeten ein Meer aus bunten Schleifen und Geschenkpapier. Zwischen dem Öffnen der einzelnen Geschenke wurden viele Erinnerungen ausgetauscht, und man lachte viel.

Alle waren sie heute Abend hier versammelt: die Fitzgeralds, die Burkes, die Whittakers, die Farmingtons, Saras Großmutter und Sandemon, der zu Morgans großer Erleichterung speziell eingeladen worden war, mit im Kreis der Familie und Freunde zu feiern. Nur der kleine Gabriel und sein neuer Freund Teddy waren mit der Vorfreude auf den Weihnachtsmorgen zu Bett geschickt worden, nachdem sie früher zu Abend gegessen und die Weihnachtsgeschichte gehört hatten.

Bei so vielen Menschen in einem Zimmer herrschte natürlich ein fröhliches Durcheinander, was jedoch niemanden zu stören schien. Während Morgan am Tisch saß und seine Blicke in die Runde schweifen ließ, jedes Lächeln, jedes fröhliche Gesicht genießend, spürte er ein beinahe überwältigendes Gefühl des Wohlbefindens in sich aufsteigen. Die einzige Enttäuschung für ihn heute Abend war dic Tatsachc, dass cin geladener Gast nicht erschienen war: Jakob Günther.

Seltsam, wie sehr er den Arzt vermisste. Mit Saras und Michaels Zustimmung hatte er Dr. Günther eingeladen, obgleich er wusste, dass er ihm möglicherweise ins Gesicht lachen würde. Der ungläubige Chirurg wusste natürlich nichts von der Heiligkeit des Weihnachtsabends. Dennoch wünschte Morgan sich sehnlichst, er wäre hier.

Morgan war auf eine Ablehnung seitens des Arztes vorbereitet gewesen; er hätte keine Miene verzogen, wenn der Mann offen über ihn gespottet hätte. Worauf er nicht vorbereitet war, war das Unbehagen, mit dem Günther auf die Einladung reagiert hatte.

Der Mann schien verwirrt, vielleicht sogar peinlich berührt zu sein, seine Augen wanderten in jede Richtung, und seine Antwort war nicht mehr als ein Murmeln: „Sehr nett von Ihnen, ich bezweifle jedoch, dass ich es einrichten kann."

Morgan hatte ihn nicht bedrängt, sondern ihm nur noch einmal versichert, dass er herzlich willkommen war und dass er sich durch seine Gegenwart persönlich geehrt fühlen würde.

Die Tatsache, dass Günther nicht gekommen war, stellte gewiss keine Überraschung dar, aber eine Enttäuschung. Doch dieser Abend war viel zu fröhlich, festlich und heilig, um über Günthers Abwesenheit zu grübeln.

Er blickte zu Finola, die neben ihm saß. Sie trug ein eisblaues Kleid und den Elfenbeinanhänger in der Form eines Schwanes, den er ihr zur Hochzeit geschenkt hatte. An ihrer rechten Hand funkelte der Saphir-Diamantring, den er ihr heute Abend geschenkt hatte. Dieser Ring hatte seiner Urgroßmutter gehört und wurde seitdem in der Familie weitergegeben. Morgan hatte ihn eigens für den Fall, dass sie über Weihnachten in den Vereinigten Staaten blieben, auf die weite Reise von Irland mitgenommen.

Er lehnte sich zu ihr und nahm ihre Hand. „Du bist die einzige Frau, die ich jemals gekannt habe", flüsterte er ihr allein zu, „die selbst einen Saphir verblassen lässt. Du bist ein Stern, der hellste Stern in meiner Welt."

Sie lächelte ihn an. „Das Geschenk ist zu groß, Morgan. Es raubt mir den Atem."

„Wie du mir, *mo chroí.* Aber ich habe noch ein Geschenk für dich, eines, das ich bis zum Schluss aufgehoben habe."

Er gab ihr keine Gelegenheit, eine Rückfrage zu stellen, und suchte stattdessen Sandemons Blick, der ihnen gegenüber am Tisch saß. Der Mann mit der dunklen Hautfarbe nickte kurz, bevor er sich erhob und den Saal verließ.

Während er zur Tür ging, schaute Morgan ihm die ganze Zeit

nach. Als einen Augenblick später eine Gestalt in der Tür erschien, war er überrascht, nicht Sandemon, sondern Robert, den alten Butler, zu erblicken, der Jakob Günther in den Festsaal führte.

Sichtlich unbehaglich stand der Arzt mit dem hageren Gesicht in der Tür und ließ seinen Blick durch den Saal schweifen. Unter einem Arm hielt er ein Paket, während er mit der anderen nervös über sein Kinn strich.

Eine Woge der Freude erfasste Morgan, und er erhob eine Hand, um den Arzt zu begrüßen. „Dr. Günther! Welch großartige Überraschung! Nur herein, nur herein!"

Gleichzeitig erhoben sich Lewis Farmington und Michael, um Dr. Günther zum Tisch zu begleiten, wo ein Dienstmädchen sofort einen Platz gegenüber von Morgan und Finola eindeckte.

„Sie haben das Essen verpasst", bemerkte Morgan, nachdem der Arzt sie erreicht hatte. „Aber Sie werden wenigstens noch ein Dessert bekommen."

„Nein, bitte machen Sie sich meinetwegen keine Umstände", protestierte der Arzt. „Ich wollte früher kommen, wurde jedoch durch einen Notfall im Bellevue aufgehalten. Ich möchte mich für mein verspätetes Eintreffen entschuldigen."

Morgan glaubte dem Arzt, dass er die Wahrheit sagte und tatsächlich die Absicht gehabt hatte, früher zu kommen, und er beeilte sich, Dr. Günther zu beruhigen. „So spät ist es auch noch nicht, und ich freue mich sehr, dass Sie gekommen sind. Dies ist ein zwangloses Beisammensein, Sie werden sich bald wie in einer großen Familie fühlen."

Der Arzt schaute Morgan in die Augen. „Ich fürchte, ich kenne dieses Gefühl nicht", erklärte er, „denn ich *hatte* nie eine Familie." Er räusperte sich, offensichtlich peinlich berührt von der Preisgabe dieser Seite seiner menschlichen Erfahrungen.

Ach, wie viele Fragen Morgan gern gestellt hätte, wären die Zeit und der Ort passend gewesen! Unter den gegebenen Umständen hielt er sich, jedoch nur mit größter Anstrengung, zurück. „Nun, ich glaube", erwiderte er herzlich, „unsere Familie taugt so gut wie jede andere dazu, sich mit ihr anzufreunden."

Nun wandte sich Günther mit einer steifen Verbeugung an Finola, und Morgan hätte sich nicht gewundert, wenn er auch noch die Hacken zusammengeschlagen hätte. „Wenn Sie gestatten, Mrs Fitzgerald", erklärte der Arzt förmlich und überreichte ihr das Paket, das er bei sich trug.

Finola machte viel Wesens, als sie die kleine französische Porzellanfigur auspackte. Der Arzt schien sich über ihr Entzücken zu freuen, obgleich er ihr keinen Augenblick in die Augen sah.

Plötzlich kam Morgan ein Gedanke in den Sinn. Vielleicht waren Günthers Umgangsformen nicht aufgrund seiner Böswilligkeit so anstößig, sondern einfach deshalb, weil er es nicht gewohnt war, Umgang mit anderen Menschen zu pflegen. Vielleicht war der Mann einsam. Morgan blieb keine Zeit, diesen Gedanken weiter zu verfolgen, denn in diesem Augenblick betrat Sandemon das Zimmer, ein paar stabile Krücken in der Hand.

In dem Saal breitete sich sofort Schweigen aus. Morgan spürte Finolas fragenden Blick und drückte schnell ihre Hand. „Das Geschenk, das ich dir versprochen habe, Finola, *a stór* – ein Geschenk, ganz besonders für dich."

Dann verließ er sie und rollte am Tisch entlang durch den gesamten Festsaal bis zu der Stelle, wo Sandemon wartete.

Er hielt den Rollstuhl an, und Sandemon bückte sich, um die Räder zu arretieren. Der schwarze Mann richtete sich wieder auf, und als spürte er Morgans Unsicherheit, begegnete er seinem Blick, ihm fest in die Augen schauend.

„Vergiss nicht, *Seanchai,* dass du es vor heute Abend schon viele Male geschafft hast. All die anderen Male waren für dich. Heute Abend – heute Abend ist es für die, die dich lieben."

Morgan schluckte, holte tief Luft, und dann nickte er. „Ich bin bereit."

Sandemons starke Hände ergriffen die seinen und stützten ihn, während er sich langsam auf seine Füße stellte.

Er merkte, wie sich Unruhe in dem Saal ausbreitete, wie alle den Atem anhielten, während er sich langsam aufrichtete und Sandemon die Krücken unter seinen Armen anpasste.

Die Schienen, die von seinen Hosenbeinen verdeckt wurden, schienen heute schwerer zu wiegen als in allen Übungsstunden. Er fühlte sich benommen, beinahe schwindlig durch die Angst, die ihn beinahe den gesamten Abend belauert hatte.

Nachdem er noch einmal tief durchgeatmet hatte, hob Morgan langsam den Kopf und ließ seinen Blick über den Saal mit den vielen Gesichtern gleiten. Auf den Gesichtern, die sich ihm zugewandt hatten, las er Schockiertheit und Ungläubigkeit.

Er erinnerte sich daran, dass er, wie Sandemon soeben wiederholt hatte, dies so viele Male in der Abgeschiedenheit von Sandemons Schlafzimmer geübt hatte. Seit jenem Tag vor einigen Wochen, an dem er mit Sicherheit festgestellt hatte, dass er wieder ein gewisses Maß an Gefühl in seinen Beinen hatte, hatte er sich über alle Maßen angestrengt, hatte gekämpft und sich selbst bis an die Grenze des Erträglichen gefordert. Er wollte es niemandem sagen – außer Sandemon natürlich; weder Finola noch Michael, niemandem. Er wollte absolut sicher sein, ehe er sein Geheimnis preisgab.

Doch jetzt war die Zeit gekommen. Schließlich machte er einen Schritt, dann noch einen. Er hörte ein leises Schluchzen, sah, wie Finola am anderen Ende des Zimmers aufgestanden war. Und wieder schritt er aus; das Gewicht der Schienen an seinen Beinen ignorierend und nur noch darauf konzentriert, einen Fuß vor den anderen zu setzen, ging er langsam auf Finola zu.

* * *

Finola stand weinend da und sah zu, wie er sich seinen beschwerlichen Weg durch den Saal bahnte.

Er trug einen rehbraunen Anzug, der beinahe wie sein Hochzeitsanzug aussah. Die Jacke spannte an den Nähten, während seine kräftigen Schultern sich auf die Krücken stützten. Seine Schritte waren schwer und angestrengt ... aber fest.

Er hatte geglaubt, dass sie nichts ahnte. Am Anfang war es auch so. Er hatte ihr stets gesagt, dass er zur ‚Therapie' ginge, wenn Sandemon ihm früh am Morgen aus dem Bett geholfen und ihn leise aus dem Zimmer geschoben hatte. Und zu Beginn hatte sie ihm geglaubt.

Erst später, als er in der Nacht neben ihr unruhig zu werden begann ... und seine Beine bewegte ... oder als sie das Poltern in dem Zimmer nebenan gehört hatte ... erst dann hatte sie es gewusst.

Doch sie hatte gleichzeitig auch gewusst, wie unheimlich wichtig es für ihn sein musste, sie zu überraschen. So hatte sie geschwiegen. Sie wünschte sich die Überraschung so sehr für ihn, wie er sie sich offensichtlich für sie wünschte. Und heute Abend, als sie die Entschlossenheit und den Jubel in seinen Augen leuchten sah, war sie unendlich dankbar, dass sie ihr Geheimnis gewahrt hatte.

* * *

Während er an ihnen vorüberging, nahm Morgan nur im entferntesten Sinne wahr, dass sich alle Anwesenden von ihren Stühlen erhoben hatten. In der hintersten Ecke seines Bewusstseins registrierte er das verhaltene Weinen, die leisen Ausrufe der Überraschung, doch er war derart auf seinen Weg konzentriert, dass alles andere in den Hintergrund zu treten schien.

Er warf einen flüchtigen Blick auf Annie, die sich mit beiden Händen den Mund zuhielt, während Tränen aus ihren dunklen Augen rollten.

Annie, meine Tochter ... das ist für dich.

Michael stand mit gespreizten Beinen da, beide Hände ausgestreckt mit den Handflächen nach oben, als wollte er Morgan auffangen, falls er fallen sollte. Morgan lächelte und musste an die stets wachsamen Augen von Michael denken, der schon als Junge in Killala über die Sicherheit der kleineren Kinder im Dorf gewacht hatte.

Michael ... ach, Michael, Freund meiner Kindheit, Freund für mein Leben ... das ist für dich ...

Er ging an Nora und Evan vorüber. Sie sahen aus, als wären sie zusammengeschmiedet und weinten ungeniert, während ihr Lächeln durch ihre Tränen hindurchschien. Neben ihnen stand Johanna, ihre strahlenden grünen Augen – die den seinen so ähnlich waren – leuchteten, auch als sie schluchzte.

Gott segne euch, meine Lieben ... Freunde und Verwandte, die ihr mir so teuer seid ... das ist für euch ...

Alle schienen vom Tisch zurückgetreten zu sein; sodass er sich ungehindert zwischen ihnen hindurch seinen Weg zu Finola bahnen konnte. Schweiß trat auf seine Stirn, und sein Herz hämmerte von der Anstrengung, doch er ging weiter, Schritt für Schritt mit äußerster Vorsicht und Entschlossenheit.

Er schaute zu Jakob Günther, und was er sah, brachte ihn beinahe zum Straucheln. Dr. Günther war aufgestanden, mit langsamen, bewussten Bewegungen Beifall klatschend. Auch alle anderen stimmten schließlich ein. Morgan war nahe genug, um die Augen des Arztes sehen zu können. In den Augen, die gewöhnlich bar jeglichen Gefühls zu sein schienen, leuchtete sowohl Stolz als auch Freude – und noch etwas anderes, etwas Undefinierbares, das verdächtig nach großer Bewunderung aussah.

Als Morgan an ihm vorüberging, begegnete der Arzt seinem Blick und sagte leise ein einziges Wort: „Bravo!“

Für Morgan war dieses eine Wort der Anerkennung ein Geschenk.

Inzwischen hatte er Finola fast erreicht. Er sah, wie sie ihre Hände über ihrem Herz fest zusammengepresst hatte, sah die Röte auf ihrem reizenden Gesicht, die Tränen, die aus ihren Augen strömten.

Sie trat ihm entgegen, und Morgan begann zu lächeln. Ja, er lächelte und konnte nicht wieder zu lächeln aufhören, als er das Ende seines langen, schweren Weges erreicht hatte und direkt vor ihr stand.

Nur einmal hatte er bisher vor ihr gestanden, an ihrem Hochzeitstag. Sandemon hatte ihn in Eisen geschnürt, damit er während der Trauung stehen konnte. Doch damals hatte er gewusst, dass dies nur ein vorübergehendes Vorrecht war, dass er in den Rollstuhl zurückkehren würde, sobald der Traugottesdienst vorüber war.

Doch heute war das anders.

Er sprach leise auf Irisch allein zu ihr. „Das ist für dich, Finola, speziell für dich. Ohne dich wäre dies nie geschehen. Du bist mein heller Morgenstern, meine Freude."

„*Oh, Morgan ...*" Als sie ihm ihr Gesicht zuwandte, strahlte es so hell, als würde es direkt von der Sonne beschienen. „Meine Liebe, mein Leben ..."

Der Applaus hatte aufgehört. In dem Festsaal war es wieder still geworden und man hörte nur noch vereinzeltes Schluchzen. Finola umarmte ihn und benetzte sein Jackett mit ihren Tränen.

Dann kam Annie zu ihm, lachend und weinend zugleich, als sie ihre Arme um seine Taille schlang.

Und dann umringten sie ihn alle ... Michael und Sara, Nora und Evan, Daniel John und Johanna ... alle umarmten sie ihn mit Liebe, um seine Freude zu teilen und ihm ein langes Leben, gute Gesundheit und Gottes Segen zu wünschen.

Während der ganzen Zeit stand Morgan neben seiner Frau, so aufrecht, wie es ihm gelang, und es kam ihm tatsächlich sehr aufrecht vor.

Epilog

Eine treue Harfe

Ein Schwert wird jedenfalls Recht dir bringen,
eine treue Harfe mit Freuden dir lobsingen!
Thomas Moore (1779 – 1853)

März 1881

Den im Hafen von New York ankommenden Passagieren und den zahllosen Menschen, die auf ihre Abfahrt warteten, erschien die auf dem Dock versammelte Gesellschaft wie eine Versammlung vornehmer und einflussreicher Persönlichkeiten – vielleicht sogar fürstlicher Abstammung.

Erst bei näherem Hinsehen entdeckte der aufmerksame Beobachter, dass sich die Gruppe, die für das Aufsehen sorgte, zumindest zum Teil aus *Iren* zusammensetzte. Die alte Flagge Irlands, die goldene Harfe auf grüner Seide und auch die neuere in Grün-Weiß-Orange flatterten neben Amerikas Sternenbanner im Wind. In einiger Entfernung stand ein Dudelsackpfeifer, der eine Reihe alter irischer Melodien spielte.

Noch seltsamer war der Anblick von zwei Reihen Jungen – einige von ihnen schwarzer Hautfarbe – die sich inmitten der achtbar gekleideten Mitglieder der Versammlung aufgestellt hatten. Jeder der Jungen hielt ein Fähnchen aus weißer Seide in der Hand, auf das ein grünes Kleeblatt gestickt war. Neben ihnen stand ein sanftmütig aussehender Mann mit Bart und Brille – und einem leeren Ärmel anstelle des linken Armes.

Die ungewöhnliche Gruppe hatte sich inzwischen um ein mit grünem Fahnentuch dekoriertes Podium versammelt, während sich dicht hinter ihnen inzwischen Hunderte von Menschen drängten. Unter solche, die einen seriöseren Eindruck machten, mischten sich auch zwielichtige Gestalten – zweifellos Einwanderer.

Im Mittelpunkt der Aufmerksamkeit stand offensichtlich der Mann auf dem Podium – eine ziemlich robuste Erscheinung trotz seines maßgeschneiderten braunen Anzugs und seines hellen Seidenhalstuchs. Selbst auf Krücken gestützt, wirkte er noch wie ein Riese von einem Mann. Mit seiner wilden Kupfermähne, die von dem frischen Morgenwind zerzaust wurde, war er die Verkörperung eines alten Stammesfürsten mit bronzefarbenem Bart und zerfurchtem Gesicht, wie man sie zuweilen in den Geschichtsbüchern abgebildet fand. Hinter ihm stand eine stattliche junge Frau, deren dichtes, wogendes flachsblondes Haar ein Gesicht von atemberaubender Schönheit umgab. Sie hielt ein Kind in ihren Armen: offensichtlich ihr eigenes, einen reizenden Junge mit goldblondem Haar, der das Ebenbild seiner Mutter war. Neben ihnen stand ein imposant aussehender schwarzer Mann mit Matrosenmütze sowie ein kess aussehendes junges Mädchen, deren dunkle Augen vor Energie sprühten.

Als der Dudelsackpfeifer seine Darbietung beendet hatte, wandte der Riese mit dem kupferfarbenen Haar auf dem Podium sich an die Menge, die sich versammelt hatte. Er hatte eine kräftige, volltönende Stimme mit irischem Klang, doch – zumindest dem geschulten Ohr – fiel auf, dass hier ein gebildeter Mann sprach.

Die Umstehenden stimmten darin überein, dass dies, selbst im Hafen von New York, eine eigenartige Versammlung zu so früher Stunde war.

***

Diejenigen in der Menge, die sich um das Podium drängten, hatten gehört, dass Morgan Fitzgerald, obgleich er in seinen jüngeren Jahren dafür bekannt gewesen zu sein schien, kein Mann großer Reden war. Als jedoch bekannt geworden war, dass Irlands berühmter Poet und *Seanchai* New York bald wieder verlassen und nach Hause zurückkehren würde, hatten zahlreiche Vertreter von irischen und irisch-amerikanischen Gemeinden ihn überredet, vor seiner Abreise wenigstens einige Worte der Ermutigung an sein Volk zu richten.

Einige Augenblicke lang sprach er über seine Eindrücke von New York, bevor er, wie er es nannte, auf den „irischen Beitrag" zu Amerika einging. Er sprach über Frieden – und dass es in Irland keinen Frieden gab. Überraschenderweise war sein Ton völlig frei von Zorn und Bitterkeit, als er die englische Krone unverblümt der „Politik der Unterdrückung und Kolonialisierung" anklagte, der Irland seit Jahrhunderten zum Opfer gefallen war. Selbst als er dem britischen Reich klar und deutlich die Schuld für die große Hungersnot gab, war nichts von Groll in jener wunderbaren Stimme zu spüren.

Zum Schluss, als der *Seanchai* das große Meer von Gesichtern überblickte, die auf ihn gerichtet waren, hallten seine abschließenden Worte wie ein Hymnus hinaus in den Hafen:

„Ihr fragt mich, wie eure Kinder und Kindeskinder hoffen können, der gleichen Brutalität, den gleichen Entbehrungen, dem gleichen bitteren Schicksal, das ihr erduldet ... und überlebt habt, zu entgehen. Und ich sage euch, dass der Hass und die Zwietracht zwischen allen Völkern – nicht nur zwischen Irland und England – *niemals* enden werden, bis wir endlich begreifen, dass wir alle Kinder eines Gottes sind – eines Schöpfers –, dessen Herz jedes Mal bricht, wenn wir einander verletzen."

Der *Seanchai* richtete sich so weit auf, wie es ihm auf seinen Krücken möglich war. Seine Augen schienen ein Meer uralter Sorgen widerzuspiegeln, während er die Menschen betrachtete, die sich immer dichter herandrängten.

„‚Sagt euren Kindern davon', hat unser Gott gesagt, ‚und lasst's eure Kinder ihren Kindern sagen und diese wiederum ihren Nachkommen: ... Denn es zieht herauf in mein Land ein Volk, mächtig und ohne Zahl; das hat Zähne wie die Löwen und Backenzähne wie die Löwinnen. Sagt ihnen, das Feld ist verwüstet und der Acker ausgedörrt, das Getreide ist verdorben.' *Sagt* es ihnen!"

Die gewaltige Stimme wurde leiser, und die Zuhörer strengten sich an, kein Wort zu verpassen.

„Sagt euren Kindern, wer sie sind, wo sie herkommen, was sie euch bedeuten – und ihrem Gott. Lasst nicht zu, dass sie vergessen, dass sie Iren sind, ja, oder irische Amerikaner – lasst aber ebenso niemals zu, dass sie vergessen, dass sie Gottes Kinder sind." Er hielt inne. „Niemals wird Frieden in Irland anbrechen, bevor nicht Gottes Liebe in unseren Herzen anbricht."

Es wurden Flaggen geschwenkt, laut Beifall geklatscht und auch viel geweint. Der *Seanchai* stand still da und ließ seine Augen über die Menschenmenge wandern, als wollte er jedes einzelne Gesicht in sein Herz schließen, während die Jungen mit den Kleeblattfähnchen „My Country Tis of Thee" (Mein Land gehört dir), gefolgt von „Let Erin Remember" (Lasst Irland sich erinnern) sangen.

Als Morgan Fitzgerald sich auf seinen Krücken abstützte und auf der altehrwürdig aussehenden Harfe zu spielen begann, die der schwarze Mann ihm gereicht hatte, rannen Tränen über die Gesichter derer, die dem Podium am nächsten standen. Er spielte ihnen ein altes Lied – „The Minstrel Boy" (Der fahrende Sänger) – ein Lied von Thomas Moore, das selbst den Dornenbüschen Tränen entlockt haben soll. Und während Morgan Fitzgerald dieses Lied sang, füllten sich auch die wenigen Augen, die noch trocken geblieben waren, mit Tränen.

Nachdem der *Seanchai* und seine Familie ihre Freunde in einem tränenreichen Abschied umarmt und sich auf das Schiff begeben hatten, behaupteten einige, zu hören, wie das alte Lied weiter durch den Hafen klang, und von den großen Kisten, die aus fernen Ländern kamen, und den Schiffen, die in ferne Länder hinausfuhren, widerhallte ...

„Land der Lieder!“, sagte der Sänger und Kriegesheld.
„Und ob schon betrüget dich alle Welt,
ein Schwert wird jedenfalls Recht dir bringen,
eine treue Harfe mit Freuden dir lobsingen !“

JAMES REDFIELD
CAROL ADRIENNE

L'EXPÉRIENCE DE LA DIXIÈME PROPHÉTIE

TRADUIT DE L'AMÉRICAIN PAR YVES COLEMAN

J'AI LU

Titrc original :

THE TENTH INSIGHT, HOLDING THE VISION
AN EXPERIENTIAL GUIDE
Warner Books, Inc., New York.